SV

Tomás Eloy Martínez

Der General
findet keine Ruhe

Roman

Aus dem Spanischen von
Peter Schwaar

Suhrkamp

Die Originalausgabe unter dem Titel
La novela de Perón
erschien zuerst 1985.
© Tomás Eloy Martínez 1990

Erste Auflage 1999
© der deutschen Ausgabe
Suhrkamp Verlag Frankfurt am Main 1999
Alle Rechte vorbehalten, insbesondere das des öffentlichen Vortrags
sowie der Übertragung durch Rundfunk und Fernsehen,
auch einzelner Teile.
Kein Teil des Werkes darf in irgendeiner Form (durch Fotografie,
Mikrofilm oder andere Verfahren) ohne schriftliche
Genehmigung des Verlages reproduziert oder unter
Verwendung elektronischer Systeme verarbeitet, vervielfältigt
oder verbreitet werden.
Satz: Libro, Kriftel
Druck: Clausen und Bosse, Leck
Printed in Germany

Für Susana Rotker

Wenn es der Leser vorzieht, kann dieses Buch auch als ein Werk der Fantasie angesehen werden. Aber es besteht immer die Chance, daß solch ein Werk der Fantasie einiges Licht auf das wirft, was als Tatsache geschrieben worden ist.

ERNEST HEMINGWAY,
Vorwort zu *Paris – ein Fest fürs Leben*

Wie Sie wissen, sind wir Argentinier dafür bekannt, daß wir glauben, die Wahrheit gepachtet zu haben. Zu mir kommen viele Argentinier, um mir die oder die Wahrheit zu verkaufen, als wäre es die einzige. Und ich, was soll ich tun? Ich glaube ihnen allen!

JUAN PERÓN zum Autor,
26. März 1970

Eins
Abschied von Madrid

Wieder träumte General Juan Perón, er gehe bis zum Eingang des Südpols und eine Horde Frauen lasse ihn nicht hinein. Beim Erwachen hatte er das Gefühl, sich in keiner Zeit zu befinden. Er wußte, daß es der 20. Juni 1973 war, doch das hatte nichts zu bedeuten. Er war in einem Flugzeug unterwegs, das bei Anbruch des längsten Tages in Madrid gestartet war und dem Abend des kürzesten Tages in Buenos Aires entgegenflog. Das Horoskop prophezeite ihm einen unbekannten Schicksalsschlag. Was für ein Schlag mochte das sein, wo doch der einzige, den er noch nicht erlebt hatte, der ersehnte Tod war?

Er hatte es nicht einmal eilig, irgendwohin zu gelangen. Es ging ihm gut so, an seinen eigenen Gefühlen hängend. Was war denn das, die Gefühle? Nichts. Dem jungen Mann hatte man gesagt, er könne nicht fühlen, er könne Gefühle nur spielen. Er brauchte bloß eine Traurigkeit oder ein Zeichen von Mitleid zu sehen, und schon heftete er sie sich mit einer Stecknadel ins Gesicht. Sein Körper streifte ständig woanders umher, damit ihm die Sehnsüchte des Herzens nichts anhaben konnten. Sogar die Sprache färbte sich ihm allmählich mit ungebräuchlichen Wörtern: flugs, obliegen, Posse. Nichts hatte ihm gehört, und er selbst gehörte sich weniger als sonstwer. In seinem Leben hatte er ein einziges richtiges Zuhause gehabt – diese letzten Jahre in Madrid –, und jetzt hatte er auch das verloren.

Er schob den Vorhang vor dem Fenster beiseite und erriet das Meer unter dem Flugzeug, also das Nirgendsland. Oben bewegten sich einige gelbe Himmelsstreifen träge von einem Meridian zum nächsten. Die Uhr des Generals zeigte fünf, aber an diesem Ort, diesem Unfixpunkt des Raums, stimmte keine Uhrzeit wirklich.

Sein Sekretär hatte ihn in der Erste-Klasse-Kabine zurückgehalten, damit er bei der Ankunft noch frisch wäre und die wartende Menge ihn so sähe wie den andern, den Perón der Vergangenheit. Er verfügte über vier Sitze, Sofas und einen kleinen Eßtisch. Im Halbdunkel musterte er seine Gattin, die sich die Zeit mit einer Illustrierten vertrieb; sie war klein wie ein Vogel und hatte den Vorzug, nur die Oberfläche der Menschen zu sehen. Den General hatten Frauen immer erschreckt, die weitergingen und sich in seinen Nichtgefühlen breitmachten.

Kurz vor dem Mittagessen nahm ihn der Sekretär auf einen Gang durch die Touristenklasse mit, wo ein hundertköpfiges Gefolge saß. Er erkannte fast niemanden. Namen von Gouverneuren, Abgeordneten, Gewerkschaftsführern wurden ihm ins Ohr geraunt. »Ah, ja«, grüßte er. »Ich zähle auf Sie. Lassen Sie mich in Buenos Aires nicht allein . . .« Da und dort drückte er eine Hand, bis sich ihm ein Schmerz in die Magengrube bohrte, so daß er stehenbleiben mußte, um Atem zu holen. »Ach was, das ist nicht schlimm«, beruhigte ihn der Sekretär, während er ihn zu seinem Sitz zurückbrachte. »Es ist nicht schlimm«, wiederholte der General. »Aber ich möchte allein sein.«

Die Gattin hüllte seine Beine in eine wollene Decke und klappte die Lehne zurück, damit ihn sein träges Blut wieder etwas belebte.

»Was ist Daniel doch für ein guter Kerl! Hast du gesehen, Perón, was für einen dienstbereiten Mann uns Gott da gesandt hat?«

»Ja«, stimmte der General zu. »Und jetzt laßt mich schlafen.«

Der Sekretär hieß José López Rega, aber bei der ersten familiären Gelegenheit hatte er ernstlich gebeten, ihn Daniel zu nennen, denn unter diesem Sternnamen werde ihn der Herr kennen, wenn dereinst die Trompeten der Apokalypse erschallten. Er glich einem Vorstadtmetzger – untersetzt und allzu vertraulich. Wie eine Fliege setzte er sich auf jedes Gespräch, ohne sich im geringsten um die Empfindsamkeit der

Leute zu kümmern. Früher hatte er sich noch bemüht, sympathisch zu sein, aber jetzt nicht mehr. Jetzt war er stolz darauf, daß man ihn unsympathisch fand.

Während der General im Flugzeug Siesta hielt, hatte López zweimal versucht, die Luftdichte in seinen Lungenbläschen zu messen. Er drang mit den Gedanken in ihn ein und folgte dem müden, stockenden Verlauf der Strömungen von einem Bläschen zum andern. Als er beim Zwerchfell auf ein Schnarren stieß, erschrak er. Er beschloß, auf der Armlehne sitzend beim General zu wachen und der Luft mit seiner Willenskraft Beine zu machen. Inzwischen schlüpfte die Señora, gelangweilt von der wiederholten Lektüre eines Artikels über ein sevillanisches Verlöbnis in der Zeitschrift *¡Hola!*, aus den Schuhen und vergaß ihren Blick in der Landschaft aus reinem Stahl, in der sich das Flugzeug unmerklich fortbewegte.

Kaum sah der Sekretär den General die Augen öffnen, hieß er ihn aufstehen und durch den Gang gehen. Er legte die Decke zusammen, klappte die Lehne hoch und rückte eins der Sofas ans Fenster.

»Setzen Sie sich hierher«, ordnete er an. »Und öffnen Sie die obersten Knöpfe an der Hose.«

»Wie spät ist es?« erkundigte sich der General.

Der Sekretär schüttelte den Kopf, als hätte er eine Kinderfrage vernommen.

»Was weiß ich. Vielleicht zwei Uhr. Bald werden wir den Äquator überfliegen.«

»Also gibt es kein Zurück mehr«, seufzte der General. »Es stimmt, was Sie mir prophezeit haben, López. Daß ich mein Leben eines Tages in der Pampa lassen werde.«

Seit zwei Monaten bereitete sich Perón darauf vor, nach Buenos Aires zurückzukehren – seit das Militärregime den Wahlsieg der Peronisten anerkannt hatte und sich ergeben darauf einstellte, sie regieren zu lassen. »Kommen Sie sofort ins Vaterland. Kehren Sie wieder heim«, beschworen ihn Hunderte von Telegrammen. Heim? lächelte er. In Argentinien gibt's kein anderes Daheim als das Exil.

In diesem Jahr war es in Madrid sehr zeitig Frühling geworden. Öffnete er Ende März die Balkontür seines Schlafzimmers, so erreichte ihn von fern der Geruch nach Fritiertem und Tauben, und das genügte seinem Körper, um die Vergangenheit wiederaufleben zu lassen. Der General hob die Arme, und unversehens war da das Gurren der Menge. Tausende Tauben erschauerten beim rituellen Gruß »Genossen!« und feierten ihn, mit Fotos und großen Plakaten winkend. Noch weiter weg, zwischen den Rosenpflanzungen und den Türmen mit den Taubenschlägen, neben dem Häuschen, wo die Zivilgardisten des Generalissimo Franco postiert waren, befanden sich die Eingänge der englisch-argentinischen Metro, mit deren Bau man 1909 mehr oder weniger vor seinen Augen begonnen hatte. War er etwa nicht hinter Großmutter Dominga Dutey durch diesen Morast gestapft, als sie im Kriegsministerium das Armenstipendium holten, das ihm ein Studium an der Militärschule ermöglichen sollte?

An diesem Punkt der Vergangenheit weigerte sich die Fantasie des Generals immer, weiter vorzurücken. Er wurde wegen noch nicht eingetretener Dinge melancholisch – ich werde Madrid verlieren, werde zu alt sein, um allein durch das Haus zu gehen, das man mir in Buenos Aires geschenkt hat. Und an der plötzlichen Leere in seinem Herzen stellte er fest, daß er nur dann Zeit hatte, glücklich zu sein, wenn er ohne Land war.

In diesen Märztagen befiel ihn die Ahnung, daß er nicht gehen sollte. Immer wenn er an Buenos Aires dachte, wanderte sein Schwerpunkt von der Leber in die Nieren und stach ihn von innen heraus. Er sagte jeweils, das seien schlechte Vorzeichen, die das Unheil beschleunigten, und das einzige Mittel dagegen sei ein John-Wayne-Film im Fernsehen – der Staub der Western, wo die Feuchtigkeit von Buenos Aires nicht hingelangte. Seine Hände blieben an Tüchern und Tischdecken hängen, und als auch noch die Weißwaren für die Reise eingepackt wurden, klammerte sich der Körper an die Aureole, welche die Dinge überall hinterlassen hatten.

Über solchen Verwirrungen gingen ihm die letzten Wochen dahin. Auf seinem Programm standen jeden Tag drei bis sieben Gespräche: Immer mußte er bei irgendeinem Streit zwischen den Parteien, die sich mit den Zähnen um die Macht stritten, den Schiedsrichter spielen. Er schrieb den einen oder andern Brief, telefonierte täglich einige Male (wenn nicht mit dem Arzt in Barcelona, der seine Prostata behandelte, dann mit dem Tierarzt: er hatte eine Pudelweibchenfamilie, die viel zu tun gab), und wenn er wie früher durch die Gran Vía spazieren wollte, wurde es ihm nicht mehr erlaubt. Würde sich der Ewige Vater einfach so auf der Straße zur Schau stellen – redete man es ihm mit seiner eigenen Devise aus –, so hätte man schließlich keinen Respekt mehr vor ihm.

Seit dem peronistischen Wahlsieg nahm ihm der Sekretär den ganzen administrativen Kleinkram ab: Er bestimmte die Leute, die vom General empfangen würden, und diejenigen, die ihn nie mehr besuchen durften, nachdem sie bisher fast täglich bei ihm gewesen waren. In beiden Fällen entschied der Sekretär auf Grund der positiven oder negativen Ausstrahlung, die von den Leuten ausging und die er förmlich riechen konnte. Abends sortierte er die Korrespondenz und vernichtete die belanglosen Briefe, damit der General mit ihnen keine Zeit verlöre. Oft überlebten die Auslese nur gerade die Stromrechnungen und die Sonderangebote des Warenhauses Galerías Preciados, die die Gattin so interessierten.

Jeden Tag am frühen Morgen krähten die Hähne den General aus dem Schlaf. Erleichtert stellte er fest, daß noch nicht heute war, daß es noch lange dauerte bis zur Rückkehr. So oft hatte er sich das immer wieder gesagt, daß ihm beinahe der 20. Juni 1973 entgangen wäre.

Es war schon spät, nach halb fünf, als ihn der erste Hahnenschrei überfiel. Der General kniff die Augen zu und protestierte: »Jetzt ist dieser verfluchte Tag da, und ich hab nicht mal Zeit gehabt, mich vorzubereiten.« Langsam stand er auf, ging zum Balkon und betrachtete durch die Tür den

13

Dunst in den Bergen. Er drehte das Radio an und suchte wie immer die Nachrichten. Er bekam einige undeutliche Stimmen und eine Musik herein, aber sie entschlüpften seiner Aufmerksamkeit, als drängen sie in andere Ohren.

Noch in Unterhosen kam der Sekretär ins Zimmer gestürzt, schaltete das Radio ab und schnalzte mit den Fingern: »Aufstehen, es ist höchste Zeit! Aufstehen!« Der General wich zum Bett zurück. Er wollte die frische Luft einatmen, und ein plötzlicher Schwindel verwirrte ihn. Er war bleich. Sein Körper war mit den Jahren schlaff geworden und sah jetzt aus wie ein Schwamm, der langsam im Wasser untergeht. Ich bin ein überschwemmter Mann, und so werden sie mich dorthin bringen, dachte er. Dann stellte er fest, daß sein Schmerz nicht vom Körper herrührte, sondern von der unheilvollen Helligkeit, die die Flanken der Meseta hochkroch.

Die Gattin brachte ihm das Frühstückstablett. »Weder Butter noch Brötchen«, bat der General mit unwillkürlich spanischer Betonung. »Ich möchte bloß Pfefferminztee. Das Abschiednehmen ist mir auf den Magen geschlagen.«

Er machte sich sorgfältig zurecht und zog einen blauen Anzug an. Aufs Taschentuch gab er einen Spritzer von dem Parfüm, das er benutzte, seit er Evita kennengelernt hatte, und das ihn immer an den Satz erinnern würde, mit dem sie ihm nähergekommen war: »Sie riechen so, wie ich es mag, Oberst: nach Condal-Zigaretten und Pfefferminzpastillen. Es fehlt Ihnen nur noch ein wenig Atkinsons.« Und am nächsten Tag tauschten sie Lavendel- und Cytrus-Parfüm-Fläschchen, »um so zu tun, als wären wir verlobt«, hatte sie gescherzt, mit aller Absicht, es Wirklichkeit werden zu lassen. Aber der Satz, mit dem ihn Evita erobert hatte, war ein anderer, erfüllt von so durchdringenden Gerüchen, daß ihn die Erinnerung nicht mehr ertragen konnte: »Danke, daß es Sie gibt.«

Neben dem noch nicht gemachten Bett stehend, die Gefühle abermals reglos, hörte der General die Lastwagen vorbeifahren, die unter der Leitung des emsigen Sekretärs die Kleiderkoffer zum Flughafen brachten.

»Was soll ich anziehen?« schreckte ihn die Gattin auf, während sie die Lockenwickler entfernte. »Schau her: Diese drei Kleider hab ich noch nicht eingepackt.«

»Du wirst alle drei anziehen müssen, mein Schatz. Buenos Aires ist so weit weg, daß sogar die Kleider müde ankommen.«

Es war halb sieben, als sie Hand in Hand zum Portal hintergingen. Von der Straße her, jenseits des Gittertors, wurden sie mit Beifall und Blitzlicht überschüttet. Einige Journalisten riefen nach einer Erklärung des Generals, was es auch wäre – ein Wort nur, um sie für die vielen Tage zu entschädigen, die sie ihn nicht zu Gesicht bekommen hatten. Aber beide, die Gattin und er, hoben nur den Arm und sagten auf Wiedersehen.

Im Hof des Moncloa-Palastes erwartete sie Generalissimo Francisco Franco in festlicher Uniform. Drei Monate zuvor hatte er endlich eingewilligt, Perón zu empfangen, nachdem er jahrelang weder seine Audienzgesuche zur Kenntnis genommen noch seine Weihnachtsgrüße beantwortet hatte. Aber dann war er ihm vor drei Monaten, wie jetzt, mit einer Eskorte von Admiralen und Reitern entgegengekommen, zwischen den Standarten der Napoleonischen Feldzüge und den marokkanischen Wachen, und hatte ihm eine so schlappe Hand gereicht, daß der General nur gerade seine Finger drücken konnte.

»Was ist denn mit Franco los?« entfuhr es Perón beim Weitergehen. »Er ist doch bloß drei Jahre älter als ich, aber er sieht aus, als habe man ihn erst heute morgen aus einer Flasche Formalin gezogen.«

Und gleichzeitig sagte der Generalissimo zu seinem Adjutanten: »Schauen Sie bloß, was das Exil aus diesem Mann gemacht hat. Er ist in meinem Alter und schon eine Ruine.«

Aber am 20. Juni beschnupperten sie einander neugierig, um zu sehen, mit welchen neuen Widrigkeiten die Macht sie geschlagen hatte. Es überraschte sie, daß sich nichts geändert und sie es nicht gemerkt hatten. Sie unterzeichneten einige Freundschaftsprotokolle und fuhren in einer Kolonne Richtung Flughafen Barajas ab. Die Straße war von blau-weißen Wimpeln gesprenkelt, die eine gute Reise wünschten. Bei der Pisteneinfahrt hielt im Halbkreis ein Husarenschwadron Wache. Der Generalissimo sah den Namen des Flugzeugs:

»Oh, Beteigeuze, der sterbende Stern ... Ein Astronom hat ihn mir beim Angeln am Himmel von Galicien gezeigt. Aber ich, ich konnte ihn überhaupt nicht sehen. An einem einzigen Punkt standen Tausende von Sternen. Der Mann ließ nicht locker: Dort ist er – der Beteigeuze ist fast tausendmal größer als die Sonne! Aber ich hab nichts gesehen, rein gar nichts.«

»Der Name war eine Idee von López, meinem Sekretär, und zwar, weil der Beteigeuze alle fünf Jahre seine Intensität verändert, wie das menschliche Schicksal. Wenn ich in Buenos Aires bin, schicke ich Ihnen ein Teleskop zum Geschenk, Caudillo.«

Sie traten aufeinander zu, um sich zu umarmen, spürten aber zugleich, daß der andere dabei zerbröseln könnte. Franco hielt ihm die Wangen hin:

»Hier sind Sie immer willkommen, General.«

»Ach, wenn das doch wahr wäre«, sagte Perón.

Kaum hatte das Flugzeug abgehoben und sich in Kastiliens Ockerdürren verloren, bat er, in Ruhe gelassen zu werden, und schlummerte ein. Die Gattin zog ihm die Schuhe aus und begann die Morgenzeitungen durchzublättern. Es war so ruhig und das Halbdunkel so geläutert, daß sie sich mit geschlossenen Augen noch in ihrem Madrider Schlafzimmer wähnen konnten, eingelullt von diesen Turbinen, die eher wie das Gurgeln einer alten Tante klangen. Nach kurzer Zeit schreckte der General aus dem Schlaf auf:

»Wie spät ist es?«

»In Madrid schon Viertel nach neun«, antwortete die Gattin. »Aber in Buenos Aires ist es noch lange nicht hell. Da oben kann man nicht wissen, in welcher Zeit man lebt. Du hast ja gehört, was Daniel sagte: Dieses Flugzeug fliegt in der Gegenrichtung zur Zeit.«

Der General schüttelte den Kopf.

»Wie sich die Welt verändert hat, mein Schatz. Alles sind bloß Irrtümer Gottes.«

Auf den Kanaren machte das Flugzeug eine Zwischenlandung, unter einer so weißen Sonne, daß sogar die Landschaft verschwamm. Der Gouverneur der Inseln kam mit Keramikblumen für die Señora und einer Handvoll Medaillen an Bord, die er aufs Geratewohl den nächstbesten Hälsen umhängte. Dann hielt er auf Zehenspitzen eine Rede, die auf einen falschen Besucher gemünzt war, denn sie pries die siegreiche Strategie des Generals in Kriegen, die dieser nicht einmal von fern gesehen hatte. Die Zeremonie fand ein abruptes Ende, als ein Fliegenschwarm ins Flugzeug schwirrte und sich ohne Erbarmen auf die Anwesenden setzte.

Es dauerte lange, bis sie wieder starteten. Als der Tag weiter vorgerückt war und sie bei den Kapverdischen Inseln ein Unwetter umflogen hatten, ging der General auf die Toilette. Er betrachtete sich im Spiegel. Die Säcke unter den Augen waren geschwollen, und auf den Wangen sprossen unerwartet einige weiße Stoppeln. Er ging wieder hinaus und holte das Necessaire, um sich zu rasieren, und die Färbewatten. Weiße Scheißhaare, dachte er. Ich muß schon außerordentlich traurig sein, daß mir der Bart auf diese Art wächst.

Auf dem Sitz hatte man ihm einige Karten mit den als punktierte Linien eingezeichneten Linien der Aerolíneas Argentinas, mit den Flottenstützpunkten in der Antarktis und den seit 1955 stillgelegten Eisenbahnnetzen deponiert. Er faltete den Stadtplan von Buenos Aires auseinander. Mit dem Zeigefinger fuhr er die Autobahn entlang, die sich von den Fabriken in Villa Lugano zwischen großen Betonwohnblöcken, öffentlichen Schwimmbecken und Eukalyptusplantagen zum Flughafen Ezeiza hinauszog. Er versuchte sich den Standort der Autobahnbrücke vorzustellen, wohin man ihn bringen würde, damit er zur Menge spräche. López hatte ihm erzählt, daß ihn fast eine Million Menschen erwarte. Ganze Familien seien dabei, ihre Häuser zu verlassen, ohne die Türen zu verriegeln, als wäre das das Ende der Welt. Ein berühmter Sänger, der auf den Landstraßen noch die Pilger ermutigt habe, sei ins Schwärmen geraten, als er daran erinnert habe: »Ein geheimnisvoller Strahl erleuchtet uns! Das ist der Glaube, der Berge versetzt! Gott ist bei uns! Gott ist Argentinier!«

Als das Flugzeug die Grenze zwischen den beiden Hemisphären überflog, geriet es in eine heftige Turbulenz, und die Flügel bebten. Die Piloten teilten dem General mit, in der Ferne könne man die Küste Brasiliens sehen, und luden ihn ein, ins Cockpit zu kommen. »Ich habe keine Lust«, bedankte er sich. »Das einzige, was mir Brasilien gebracht hat, sind Verdruß und Pech.«

Hingegen sollten sich die wenigen Freunde zu ihm setzen, denen er noch traute.

»Bringen Sie sie schon her«, sagte er zu López. »Es ist spät geworden, und wir müssen uns vorbereiten.«

Er war einverstanden, daß zuerst die Tochter und der Schwiegersohn des Sekretärs kämen, die die Señora mit Histörchen von Filmstars zu unterhalten pflegten. Der Schwiegersohn, Raúl Lastiri, war ein Vorstadtgauner, der sich auf saftige Braten verstand und mit einer ordinären Handbewegung die Frauen in den Nachtlokalen zu verführen wußte; Norma, die Tochter, war fünfundzwanzig Jahre jünger, behandelte Lastiri aber mit schwiegermütterlicher Süffisanz.

Durch die Vorhänge vor den Toiletten erkannte der General José Rucci, den schmächtigen CGT-Generalsekretär[*], der an den Nägeln kaute, während er darauf wartete, vorgelassen zu werden. Perón empfand Zuneigung für ihn.

»Mein Freund?« rief er. Vorsichtig streckte das Männchen den Kopf herein. Er hatte einen dichten Schnurrbart, der seinen riesigen Adamsapfel im Takt begleitete. Um seine Fri-

---

* Anmerkungen auf Seite 469.

sur nicht zu gefährden, hatte er sich die Tolle mit Haarspray festgepappt. »Kommen Sie, setzen Sie sich. Stehen da unten wirklich eine Million Menschen? Bei unserer Ankunft werden es doppelt so viele sein. Und wenn sie scheuen, wie Pferde?«

»Keine Bange, mein General.« Rucci kam aufgeblasen herein. »Wir haben den Flughafen und das ganze Gebiet um die Brücke abgesperrt. Ich habe Tausende von Getreuen auf den Zufahrtsstraßen verteilt. Wenn nötig, werden sie für Perón sterben.«

»Genau – für Perón sterben«, hörte man die Señora erwachen.

Der General senkte den Kopf. Merkwürdig: Immer wenn er das tat, wurde ihm die Zeit zu Wasser, das aus seinem Körper rann. Er senkte den Kopf, und wenn er ihn wieder hob, waren schon viele Dinge geschehen, an die er sich nicht mehr erinnern konnte, als wäre die Abenddämmerung von heute unversehens zu einer Abenddämmerung von morgen geworden.

Neben die Señora setzte sich ein Italiener, der sie fortwährend mit Modezeitschriften und Sonnenbrillen bedachte. Es hieß, vor seinem Tod habe Papst Johannes XXIII. ihn mit seinen frömmsten Bekenntnissen belohnt. Der General selbst hörte ihn jeweils telefonisch mit den Kardinälen der vatikanischen Kongregationen scherzen und ohne Vermittler mit Mao Tse-tung und seiner Heiligkeit Papst Paul VI. konversieren, sogar zu Tageszeiten, in denen sie für niemanden zu sprechen waren.

Er hieß Giancarlo Elia Valori. Häufig besuchte er die Villa in Madrid, immer bestrebt, für einen gewissen befreundeten Bankier, Licio Gelli, der ihn auf diesem Flug nach Buenos Aires ebenfalls begleitete, einen Orden zu bekommen. Gelli war ein düsterer, wortkarger Herr. Im Gespräch mit dem General lächelte er zwar ungezwungen, blieb aber auf Distanz, als fürchtete er, mit irgendeiner Seuche angesteckt zu werden. Von Valori verführt, hatte ihm der Sekretär zugesichert, den Orden zu bekommen. Aber der General zauderte: »Das große Befreierkreuz, Valori ... Warum will er soviel?« Der Italiener gab nicht nach: »Ich habe die Kirche auf Ihre Seite gebracht, Euer Exzellenz. Bringen Sie Gelli auf meine Seite.«

Von allem Bitteren und Lästigen, dem sich der General auf der Reise gegenübersah, war nichts so unerträglich wie die Gesellschaft Héctor J. Cámporas, des Präsidenten der Republik. In den letzten drei Jahren, als er sein persönlicher Delegierter gewesen war und keine andere Aufgabe gehabt hatte, als ihm zu gehorchen, war Cámpora treu, diskret, wundervoll gewesen. Manchmal, wenn es Abend wurde, vermißte ihn der General und gab ihm sogar ein paar freundschaftliche Klapse, ohne zu merken, daß Cámpora gar nicht da, sondern in Buenos Aires war. Aber die Machtübernahme hatte den Präsidenten korrumpiert. Er nahm seine Rolle ernst, spielte sie mit allzu großer Begeisterung. Er wollte populär sein. Es gefiel ihm außerordentlich, daß man ihn Onkel nannte: den Bruder des Führers. Immer wenn der General an diesen Unfug dachte, loderte Zorn in ihm auf.

Zum Glück hatte sich Cámpora während des Fluges wenig sehen lassen. Zweimal, noch über Spanien, hatte er sich zu nähern versucht: »Fühlen Sie sich wohl, Señor? Kann ich irgend etwas für Sie tun?« Aber der General winkte ab: »Machen Sie sich keine Sorgen, Cámpora. Ruhen Sie sich aus. Nutzen Sie diese letzten toten Stunden, um sich auszuruhen.« Schweigend hatten sie das Mittagessen geteilt. Seit fast einer Woche waren sie einander fremd. Cámpora fühlte sich immer mehr versucht, um Verzeihung zu bitten, aber er wußte nicht, wofür.

Er war fünfundsechzig und von durchsichtigen Gefühlen – jedes Glück leuchtete in seinem Gesicht wie eine Kerze. Er war stolz auf seine Zähne und das schmale Schnurrbärtchen, das ihm über den Lippen tanzte; sein Benehmen war feierlich und liebenswürdig wie das eines Tangosängers. Er schritt würdevoll einher, die Schultern jünger als der Körper.

Aber in Gegenwart des Generals wurde er ein anderer: Das Zittern, das von seinem Herzen hinunterstieg, krümmte ihn derart, daß er aussah wie ein Kellner mit der Serviette überm Arm.

Als Perón nach ihm schickte, hatte er sich schlecht gefühlt, ihm war übel. Beim Betreten der Kabine sah er, daß die Señora von der Sonne geblendet wurde, und eilig zog er den Vorhang vor das Fenster.

»Was machen Sie da, Cámpora?« tadelte ihn der General. »Überlassen Sie solche Verrichtungen den Stewardessen. Und setzen Sie sich endlich hin. Seit Stunden laufen Sie von einem zum andern.«

Der Sekretär ließ Tee und Gebäck servieren. Lange herrschte Schweigen – oder vielleicht Verwirrung –, bis die Señora aus Versehen mit den Schuhen Zeitschriftenlaub aufwirbelte. Das war wie ein Signal. Perón stand auf. Cámpora, der sich endlich entspannt hatte, spannte sich wieder. Alle konnten spüren, wie es in vollkommener Ordnung Nacht wurde. Mit einem Ausdruck tiefen Kummers breitete der General die Arme aus.

»Ich habe mich längst amortisiert, Freunde. Das einzige, was ich vom Leben noch erwarte, ist, im Dienste des Vaterlandes die letzten Patronen verschießen zu können . . .« Er seufzte. Seine Stimme wechselte in ein anderes Register und färbte sich mit plötzlichem Zorn: »Jeden Tag bekomme ich aus Buenos Aires alarmierende Nachrichten . . . Ich höre, daß völlig grundlos Unbekannte in Fabriken eindringen, sie im Namen Peróns besetzen und die rechtmäßigen Eigentümer vertreiben . . . Ich habe erfahren, daß unter Berufung auf einen Peronismus, der nicht der meine ist, die ergebensten Gewerkschafter belästigt und geschlagen werden . . . Man hat mir sogar gesagt, mitten in der Nacht würden die Generale angerufen und ihre Familien bedroht . . . Was sind das für Verrücktheiten? Überall unterwandern die Extremisten unsere Bewegung, oben und unten. Wir gebrauchen nicht gern Gewalt, aber wir lassen uns auch nicht für dumm verkaufen.

So kann das nicht weitergehen! Die Unordnung führt ins Chaos, und das Chaos endet im Blut. Und wenn uns endlich die Augen aufgehen, haben wir kein Land mehr. Es wird kein Argentinien mehr geben. Angesichts von soviel Stümperei werden die Militärs erneut konspirieren. Und mit Recht! Aber ich werde nicht da sein, um sie aufzuhalten. In meinem Alter opfert sich keiner mehr, um in Ruinen zu sterben. O nein. Ich mache Sie darauf aufmerksam, daß Chabela und ich beim ersten Gewaltstreich die Koffer packen und nach Spanien zurückfahren.«

Mit den Lippen jedes Wort des Generals nachbildend, stimmte der Sekretär emphatisch zu. Er konnte sich nicht mehr beherrschen und platzte heraus:

»Solche Tragödien ereignen sich, weil Sie zu gutmütig sind, weil Sie nicht wollten, daß die Schuldigen ihre verdiente Strafe bekommen.«

». . . und sie nicht im hohen Bogen aus der Bewegung hinausgeworfen haben«, vervollständigte Rucci.

»Im hohen Bogen«, stimmte der General zu.

An diesem Punkt der Geschichte geschah es. Einer der Piloten riß die Kabinentür auf, verstört. Wie besessen deutete er mit dem Daumen nach unten. Die Worte mußten seinen Mund schon fast verlassen haben, denn als er des Generals Majestät diese Versammlung überragen sah, wußte er nicht, was er mit ihnen anfangen sollte. Nach einem Augenblick des Zögerns schluckte er sie wieder hinunter. Der Sekretär nahm ihn am Arm und zog sich mit ihm in den Bug zurück.

»Und jetzt sagen Sie, was los ist«, drängte er ihn.

»Der Kontrollturm in Ezeiza rät uns, auf einem andern Flughafen zu landen, Señor.« Der Bordfunk auf dem Instrumentenbrett gab hysterische Pfiffe von sich. Der Kopilot, ebenfalls aufgeregt, beantwortete die Bodeninformationen mit langen Aahs und Oohs. »Offenbar haben sie die Tribüne angegriffen, wo man den General erwartet hat. Ein riesiges Durcheinander. Tote, Erhängte, von den Massen Niedergetrampelte . . . Die Meldungen sind furchtbar.«

»Erzählen Sie das genauso dem General«, schrie López, die Kabinentür öffnend. Alle wandten sich um. Sogar Gelli, der sich gerade Tropfen in die Augen träufelte, spitzte entsetzt die Ohren.

Kaum begann der Pilot die Geschichte zu wiederholen, verzweifelte die Señora:

»O mein Gott! Was sind denn das für Greuel?«

Valori, der Italiener, beeilte sich, sie zu trösten, und hielt ihr ein parfümgetränktes Taschentuch hin. Unterdessen hatte der General den Instinkt für den Ernst seiner Lage keine Sekunde lang verloren. Er wollte wissen, ob sich die Piloten mit Oberstleutnant Jorge Osinde, dem Chef des Empfangskomitees, besprochen hätten und welches die Meinung von Vizepräsident Solano Lima sei, den unten auf dem Flughafen die schrecklichen Ereignisse gewiß quälten. Ja, sie hatten alles getan:

»Die erste Meldung haben wir um 15.05 Uhr bekommen, einen Anruf von Oberstleutnant Osinde. Ein sehr wirres Gespräch. Man hörte Schreie . . . Jemand, der sich nicht zu erkennen gab, hat uns um 15.23 Uhr erneut angerufen. Man sei dabei, die Verhafteten zu verhören, sagte er. Und man nehme an, es handle sich um ein Komplott mit dem Ziel, den General zu ermorden.«

Die Señora war am Ende und brach in Tränen aus.

»Distensione, distensione!« empfahl Valori mit hysterischer Stimme.

»Und was sollen wir jetzt tun?« Angriffslustig trat der Sekretär vor Präsident Cámpora. »Haben Sie vielleicht ausnahmsweise eine Idee, Mann?«

»Um 15.32 Uhr haben wir mit Dr. Solano Lima persönlich gesprochen«, fuhr der Pilot fort. »Er hatte das Gebiet eben im Helikopter überflogen. Er empfahl, den Flughafen Ezeiza zu vergessen, und ist gleicher Meinung wie Oberstleutnant Osinde, der uns rät, nach Morón zu fliegen. Der Vizepräsident hat versprochen, wieder anzurufen. Er will direkt mit Dr. Cámpora sprechen.«

»Und weiß man, wer mit alldem angefangen hat?« fragte der General.

»Man weiß es schon, Señor, so jedenfalls hat es geheißen.« Der Pilot las einige Notizen vor: »Um 14.03 Uhr wurden auf der Straße 205 etwa dreitausend Personen registriert, die mit Plakaten der Bewaffneten Revolutionären Streitkräfte und der Montoneros vorbeizogen und zur Tribüne vorrückten. Um 14.20 Uhr versuchten diese Leute die Sicherheitskordons zu durchbrechen und auf das Gelände unmittelbar bei der Tribüne, genau vor der Brücke, einzudringen, wo so viele Leute waren, daß keine Stecknadel zu Boden fallen konnte. Da die Kordons nicht nachgaben, eröffneten die von den FAR das Feuer. Sie benutzten Waffen sowjetischer Provenienz mit gestutztem Lauf. Als der Angriff abgeschlagen wurde, kam es zu einer allgemeinen Schießerei ... Man hat uns sehr unterschiedliche Zahlen der Opfer übermittelt: fünfzig, hundert, fünfhundert. Anscheinend haben die Sanitätstrupps alle Hände voll zu tun, und einige Verwundete werden in die Krankenhäuser von Lanús und Monte Grande gebracht. Das Allerschrecklichste ...« Der Pilot wollte es schon erzählen, biß sich aber auf die Zunge. »Diese Details sind zu gräßlich für die Señora ...«

»Nur zu«, sagte sie. »Jetzt kommt es auch nicht mehr drauf an.«

»In Ezeiza sind mehrere Männer an Bäumen aufgeknüpft worden. Auf den Flughafenpisten schleppen sich kräftige Burschen dahin, die mit Ketten halb tot geschlagen wurden. Wie der Kontrollturm erklärt, brodelt es im Volk, und es sorgt auf eigene Faust für Gerechtigkeit.«

Vollkommen erledigt, gab der Pilot die Notizen dem Sekretär und massierte sich mit den Fingerspitzen die pulsierenden Schläfen.

»Da ist eine letzte Nachricht von Osinde«, sagte López. »Es ist alles schon vorbereitet für die Landung in Morón. Er wartet auf Anweisungen des Generals und von niemandem sonst.«

»Was kann ich denn hier tun, so weit weg, so wehrlos?«
jammerte Perón. »Lassen Sie mich einen Augenblick allein.«

»Das geht nicht«, unterbrach ihn der Sekretär. »Dafür haben wir keine Zeit. Wir sind jeden Moment in Buenos Aires.«

Der General drückte seiner Frau die Hände.

»Ich hab's ja geahnt. Sie haben Wind gesät, und jetzt ernten sie Sturm.«

Sie stimmte zu:

»Ja, Sturm.«

Der General schloß die Augen und ließ sich in den Sitz fallen.

»Auf diese Art zurückzukommen ... Wie traurig.«

»So traurig«, echote die Señora kopfschüttelnd.

»Also können wir nichts tun«, entschied der Sekretär. »Es wird keine Zeremonie in Ezeiza geben. Man soll die Leute endlich zersprengen. Man soll sie irgendwie von dort wegschaffen. Wir werden in Morón landen.«

Präsident Cámpora spürte, daß sein Moment gekommen war. Den General verdroß seine Art zu regieren? Schön, dann würde er eben so handeln, als wäre er Perón. Er würde die Macht ausüben, die man ihm anvertraut hatte.

»Nein, Señor«, desavouierte er den Sekretär. »Wir müssen nach Ezeiza, wie auch immer. Das Volk ist tagelang unterwegs gewesen, um den General aus der Nähe zu sehen. Wie könnten wir es enttäuschen? Irgendeinen Ausweg wird es schon geben ... Wir sind seit über zwölf Stunden in diesem Flugzeug. Es ist kinderleicht, weiterzukreisen, bis wir das Problem gelöst haben ...« Beim Sprechen fühlte er sich immer einzigartiger, unwiderlegbarer, endlich mächtig. Er wandte sich an den Piloten: »Der Oberkommandierende der Streitkräfte bin ich, verdammt. Teilen Sie Osinde mit, daß ich eine Botschaft aufzeichnen werde, um die Leute von hier aus zu beruhigen. Und wenn der General einverstanden ist, wird auch er sprechen. Ja, genau: zwei Botschaften. Man soll die Rundfunksender benachrichtigen, daß sie sie ununterbrochen ausstrahlen. Wir brauchen zehn Minuten, das ist alles.

Man soll durch Lautsprecher bekanntgeben, daß der General und Onkel Cámpora einen Friedensappell ans Volk richten werden. Dann wird das Ganze ein Ende haben, und wir können in Ezeiza landen.«

Der Pilot öffnete die Kabinentür, um den Befehl auszuführen.

»Gar nicht rufen Sie an«, zügelte ihn der Sekretär. »Kommen Sie ja nicht auf die Idee anzurufen! Da unten bringen sich Tausende von Verrückten um, weil ihnen ein Verrückter hier oben Flügel verliehen hat. Mit der Sicherheit des Generals spielt man nicht. Wenn wir in Ezeiza runtergehen, wird die Meute über uns herfallen. Die sind alle krank, haben den Verstand verloren. Oder sprechen Osindes Berichte etwa nicht eine deutliche Sprache?«

In der Erwartung eines Zeichens hefteten sich aller Augen auf Perón. Eine unbekannte Macht ließ sie aufstehen. Es geschah nichts – der General war eingeschlafen. Die Señora kraulte ihm das Haar, vielleicht zärtlich.

»Daniel hat recht«, murmelte sie. »Daniel hat recht . . .«

»Tun Sie wie geheißen, Kapitän«, herrschte ihn der Sekretär an. »Oder ist Ihnen noch immer nicht klar, wer hier das Sagen hat?«

Zwei
Die Genossen des Arca

Nur zwei Stunden hat Arcángelo Gobbi in dieser Nacht des Grauens geschlafen, und noch ist er in seinem Schlafsack starr vor Kälte. Aber er hat mehr als genug Willen, um aufzustehen und Gott zu danken, daß er den großen Tag erleben darf. Inbrünstig betrachtet er das Foto des Generals, das die Bühnenbildner in die Mitte des Altars gehängt haben, wo er Wache hält, auf der dem Flughafen Ezeiza am nächsten gelegenen Brücke. Bei Einbruch der Dunkelheit wird Perón im Helikopter landen und, über dem Kopf der Menge schwebend, zur Kanzel gehen, um seine Heimkehrpredigt zu halten. Arcángelo wird neben ihm stehen, bei der Ehrengarde. Jetzt geht er einige Schritte weiter und legt sich unters Foto, um den Himmel zu betrachten. Gleich wird es Tag werden. Brächte der Wind das Riesenporträt aus Eisen und Holz zu Fall, so würde Arcángelos Körper genau halbiert. Das ist der unmögliche Tod, den Gott ausschließlich den Auserwählten seines Paradieses vorbehält.

Seine Aufgabe ist es gewesen, zwischen zwei und fünf Uhr morgens die improvisierten Unterkünfte auf der städtischen Autorennbahn zu bewachen. Über dreißigtausend Personen hatten da geschlafen, die Frauen in den Boxen, die Männer in den die Rennstrecke säumenden Zelten. Als die Ablösung kam, waren Arcángelos Knochen eiskalt. »Es ist sehr windig«, warnte er seinen Kameraden. »Es ist der Wind, der dich fertigmacht.« In diesem Moment meldete das Transistorradio entschieden, die Temperatur betrage zwei Grad.

Um Viertel nach fünf war er wieder in seinen Schlafsack auf der Tribüne gekrochen. Dort schliefen ein weiteres halbes Dutzend Männer – Unteroffiziere a.D., die wie er über Peróns Leben wachen sollten. Auf und unter der Brücke machten, wie er wußte, die Schwadronen der Gewerkschaftsjugend mit gezogenem Revolver die Runde. Die

Nacht zog sich träge dahin. Ab und zu donnerte ein Hintern, wurde ein Jammern laut. Allmählich entspannte sich Arcángelo in seinem Schlafsack. Auf einmal hörte er, daß ihn die Jungfrau Maria rief, und er rannte im Schlaf, um sie zu suchen.

Er hatte überlebt, weil Gott groß ist. Seine Mutter war kurz nach der Geburt an Kindbettfieber gestorben, so daß ihn der Vater einigen kränklichen Tanten überantworten mußte, die nach und nach ebenfalls an tropischen Seuchen starben. Die einzigen Erinnerungen an seine Kindheit waren die Hitze in einem elenden Wellblechverschlag beim Marktplatz von San Miguel de Tucumán und der Anblick einiger Spatzen, die in der unbarmherzigen Sonne auf dem Gehsteig verendeten. Den größten Teil des Tages war er allein, während der Vater weit weg von zu Hause bei einer Zeitung die Linotype bediente. Und er kannte keinen andern Spaziergang als die Kreuzwege der Kirchen.

Mit neun Jahren konnte Arcángelo weder lesen noch schreiben. Er bekam Masern und Durchfälle, ohne daß es jemand merkte. Er genas wie die Hunde: indem er sich beleckte und schlückchenweise Wasser trank. Erst als die Nachbarn dem Vater Vorhaltungen machten, weil er den Jungen wie einen Wilden aufzog, brachte er Bleizeilen aus der Druckerei nach Hause, anhand deren er ihn mit den Buchstaben vertraut machte. Schon nach kurzer Zeit konnte Arcángelo fließend lesen, allerdings nur, wenn er die Bücher im Spiegel betrachtete, mit verkehrten Buchstaben. Als er den Katechismus lernen mußte, kamen seine Kenntnisse ins Lot.

Zweimal wöchentlich hatte er den Katechismusunterricht in einem Franziskanerkloster, wo die besten Schüler mit einer Tasse Mate und einem Stück Griebenbrot belohnt wurden. Einmal erzählte einer der Jungen, er habe von der heiligen Klara geträumt. Der Lehrer fragte, wie das Gesicht der Heiligen und ihr Diadem ausgesehen hätten. »Ihr Gesicht habe ich nicht sehen können, weil es der Himmel zugedeckt hat«, antwortete der Kleine, »aber das Diadem war aus blutigen Perlen.« – »Du hast sie genauso gesehen, wie sie ist«, lobte der Mönch. Und er brachte den Jungen ins Refektorium, damit er von dem Huhn äße, das vom Mittagsmahl übriggeblieben war.

In der folgenden Nacht träumte Arcángelo von der Heiligen Jungfrau Maria. Er sah sie in einem samtenen Mantel einherschreiten, gekleidet wie auf den Altären. Irgendwann im Traum kraulte sie ihm die Haare und lächelte ihn traurig an. »Arcángelo, mein lieber Arca« – das waren die einzigen Worte, die sie sagte. Als er seinen Traum den Mönchen erzählte, erlebte er eine schreckliche Enttäuschung. Statt ihn zu belohnen, befahlen sie ihm, hundertmal in sein Heft zu schreiben: »Ich werde nie wieder lügen.« Aber er ließ sich nicht einschüchtern und hatte noch oft denselben Traum.

Ende 1951 wurde der Vater arbeitslos und beschloß, mit dem Sohn nach Buenos Aires auszuwandern. Sie verbrachten zwei Tage in einem Zug, der sich blind durch Staubwüsten kämpfte. Obwohl sie ihr Gesicht mit feuchtem Papier bedeckten, mußten sie die Augen schließen, damit ihnen nicht herumfliegende Dornen die Hornhaut aufschlitzten. Als sie am dritten Morgen erwachten, sahen sie sämtliche Horizonte voller Gärten und Paläste. Das war Buenos Aires.

Ein Freund des Vaters brachte sie in einer kleinen Druckkerei in Villa Soldati unter, in der Nähe des Riachuelo, und verschaffte ihnen dort auch Arbeit. Nachts rollten sie eine Wergmatratze aus, legten sich neben die kleinen Schmelzöfen der Linotypes und schwitzten aus allen Poren. Die Luft war so feucht, daß sie ständig verklumpte Bronchien und einen Bleigeschmack auf der Zunge hatten.

An den Sonntagen gingen sie mit dem Freund zum Tempel der Wissenschaftlichen Schule Basilio in der Calle Tinogasta am andern Ende der Stadt. Von außen war es ein nichtssagendes Haus mit angefaultem Verputz, Gittertüren und einem schmutzigen Garten. Im Innern jedoch gab es überall Zeichen Gottes. Rund um den Saal herum beleuchtete ein einziges Kerzenband die Fotos der Geister, die im Haus Buße taten. Don José Cresto, der evangelische Leiter, erklärte den neu Dazugekommenen, das seien alles vertrauenswürdige Seelen, sie brauchten sich nicht vor ihnen zu fürchten. Wenige Monate vorher, im Juni 1952, war Cresto berühmt geworden, als er mit der Kraft seines Geistes zwei deutsche Seiltänzer beschützt hatte, die mit verbundenen Augen von der Spitze des Obelisken auf einem Seil zum Dach eines hundert Meter entfernten Gebäudes balancierten.

Im Grunde hielt jedoch Doña Isabel Zoila Gómez de Cresto den Betrieb des Tempels aufrecht; sie stellte mit Glimmer aus der Schlucht von Humahuaca besetzte Glücksskapuliere her und verwaltete die Almosen, wobei sie allen, die weniger als fünfzig Centavos spendeten, die Flammen des Fegefeuers androhte.

Während Don Josés Predigten und Trancen mußte man sehr gut aufpassen, denn seine Redeweise, schon von Natur aus wirr, wurde nun vollends unverständlich; so sagte er nicht Kaplan, sondern Kaftan, und nicht Unser Vater im Himmel, sondern Hundert Kater mit Schimmel. Ständig sprang ein dürres Mädchen mit schmalen Lippen und auseinandergestellten Hühnerfüßen ein, das Don José artig half, wenn er über ein Wort stolperte.

Immer zu Monatsanfang gab Doña Isabel de Cresto ein Fest, bei dem sie Empanadas und Zitronenlimonade zu bescheidenen Preisen auftischte. Manchmal fanden die Frommen einen Plattenspieler und spielten Stücke von Antonio Tormo. Häufiger vergnügten sie sich aber mit Gesangswettbewerben und dem Rezitieren von Versen Belisario Roldáns. Eines Tages wurde ein Klavier gebracht, und auf Doña Isabels Drängen hin spielte das Mädchen Beethovens ›Für Elise‹. Sie tat es mit solcher Hingabe, daß sie sich immer, wenn sie eine falsche Taste erwischte, mit einem Kopfschütteln entschuldigte und noch einmal von vorn begann. An einem andern Sonntag verkleidete sie sich als Mädchen vom Lande und tanzte mit Cresto eine Polka, ohne das Stück zu beenden, denn der Körper des Alten bewegte sich so neben dem Takt, daß sich die Zuschauer vor Lachen ausschütteten.

Arcángelo, damals fünfzehn, verliebte sich sterblich in das junge Mädchen, vollkommen hoffnungslos. Sie stand kurz vor ihrem vierundzwanzigsten Geburtstag, und auf die Frage, ob ihr denn jemand den Hof mache, antwortete sie stets mit gesenkten Augen: »Nein, niemand. Mir gefallen nur gesetzte Männer, und für die komme ich immer zu spät.«

Im Herbst 1954 ging es mit der Schule bergab. Viele Fromme wurden Anhänger eines Evangelistenpastors, Theodore Hicks, des sogenannten ›Magiers von Atlanta‹. Statt wie Cresto die Toten anzurufen, trieb Hicks auf einem Fußballplatz vor aller Augen den Lebenden die Krankheiten aus. Sogar Perón empfing ihn im Regierungsgebäude, »um zu sehen, wie das ist«.

Eines Sonntags Ende Juli ging Arcángelo allein zum Tempel in der Calle Tinogasta. Kaum hatte er den Saal betreten, bemerkte er den scharfen Geruch der frei herumschwebenden Geister. Einer flog höher als alle andern, die ihn respektvoll grüßten. Arca fragte, wer es sei. »Die Seele von Don Carmelo Martínez«, antwortete Doña Isabel und zeigte ihm das entsprechende Foto. Martínez war ein verdienstvoller Angestellter der Hypothekenbank gewesen, der seit zwanzig Jahren tot war und den man jetzt herbeigerufen hatte, damit er sich von seiner Tochter verabschieden konnte. Da sah Arcángelo im Halbdunkel das schmallippige junge Mädchen mit gekreuzten Armen in einem Betstuhl beten.

»Wie lange hab ich sie schon nicht mehr gesehen!« rief Arcángelo unwillkürlich.

»Wie lange!« sagte Don José. »Ein gewisser Redondo, ein Muntergeber, hat sie mitgewonnen, damit sie in den Provianten Fransen tanzt.«

»Señor Redondo, ein sehr frommer Unternehmer, hat sie engagiert, um in den Provinzen Flamenco zu tanzen«, übersetzte Doña Isabel. »Eine einmonatige Tournee. Jetzt hat man sie als Tänzerin in der Zarzuelatruppe von Faustino García aufgenommen, und nächste Woche, nach den letzten Aufführungen im Teatro Avenida, werden sie nach Montevideo und Bolivien gehen.«

»Ich hab es schon vorhergewagt, als sie noch ein feines Rädchen war: Isabels Stele ist für den Ruhm besingt.«

»Sie heißt Isabel, wie die Señora?« fragte Arcángelo nach.

»Nein«, sagte Doña Isabel. »Ihr richtiger Name ist María Estela Martínez Cartas. Aber weil er ihr nicht gefiel, hat sie sich meinen ausgeborgt, der ist künstlerischer.«

An diesem Abend ließ das Verlangen, Isabel in der Zarzuela tanzen zu sehen, Arcángelo keinen Schlaf finden. Als er erwachte, waren seine Hände von all dem Klatschen im Schlaf schweißnaß. Er wartete auf den Donnerstag, wo es eine Nachmittagsvorstellung zum halben Preis gab, und kaufte sich eine Karte für den Olymp im Teatro Avenida. Für ihn war die Aufführung ein Fiasko. Isabelita ging in den Choristinnen unter, und da sie so schmächtig war, wurde sie oft von den Bäumen des Bühnenbildes und dem Schellentamburin der Protagonistin verdeckt. Im zweiten Bild erwartete er sie vergeblich. Er sah sie nicht wieder.

Trotzdem war das der letzte glückliche Nachmittag für lange Zeit. Dem Vater wurde mitgeteilt, die Regierung habe das Grundstück der Druckerei enteignet und sie müßten schnellstmöglich umziehen. Zu alledem geriet die Natur so durcheinander, daß die Bäume nach Weihrauch rochen und die Mateblätter bei der Berührung mit Wasser Schwefelwolken ausdampften.

Einmal hörten sie abends General Perón im Radio der katholischen Kirche den Krieg erklären. Auf Maiskörnern kniend, tat Arcángelos Vater Buße, damit der Herr Jesus dem General seine alte Besonnenheit zurückgäbe, aber wenige Wochen später hielt Perón eine flammende Rede gegen die Perversität der Geistlichen, gab die Erlaubnis, Ehen zu scheiden, und ordnete an, die Bordelle zu öffnen.

Auch wenn die Gebete der Gobbis den General nicht mit der Kirche versöhnen konnten, so wirkten sie doch das Wunder, ihnen Arbeit zu verschaffen. Der Metzger des Viertels stellte sie einem Drucker in der Calle Salguero vor und vermietete ihnen ein Zimmer in einer Mietskaserne nahe dem Staatsgefängnis.

Dort träumte Arcángelo auch wieder allnächtlich von der Heiligen Jungfrau Maria. Obwohl er noch nicht ausgewachsen war und seine Stimme manchmal kiekste, sah er aus wie ein alter Mann. Er ging gebückt, und in seinem ganzen Gesicht sprossen Pickel. Am merkwürdigsten waren seine alterslosen Augen, die glänzten wie große leere Seen und so dicht am Nasenbogen lagen, daß sie sich beim Schauen nirgendwohin zu setzen schienen.

Er brauchte eine Frau nur anzulächeln, und schon fühlte sie sich bedroht und wandte sich von ihm ab. Arcángelo, der auf Körbe immer empfindlich reagiert hatte, rächte sich, indem er von Frauen träumte. Kaum legte er den Kopf aufs Kissen, beschwor er sie herbei, machte sie auf eisernen Bettfedern bewegungsunfähig und hielt sie die ganze Nacht in seiner Fantasie fest, und sie flehten ihn an, ihnen nicht mit Glasscherben die Vagina zu verstümmeln und mit der Gartenschere die Brustwarzen abzuschneiden, aber Arcángelo blieb hart. Er ließ sie für jede einzelne Kränkung büßen, die er im Wachzustand erlitten hatte.

Hier also erschien ihm auch die Heilige Jungfrau Maria wieder im Traum. Arca sah sie barfuß vom Altar steigen, das Kind in den Armen, und als er niederkniete, um sie zu verehren, zog sie ihn zärtlich hoch und gab ihm die Brüste, damit er an ihnen sauge: »Ich habe zuviel Milch, und sie schmerzen mich.«

Er träumte Nacht für Nacht von ihr. Nach einiger Zeit kam sie ohne das Kind, vermummt und mit Augenringen wie eine Schwindsüchtige. Ihre riesigen Brüste schrumpften allmählich zu mageren Birnchen. Arcángelo erwartete sie mit soviel Mitleid, daß sein ganzer Körper Tränen vergoß, sogar die Fußsohlen. Einmal, als sie zu ihm trat, um ihn zu trösten, wagte er es, ihr den Schleier vor dem Gesicht zu lüften. Und

33

obwohl er ohne den geringsten Zweifel wußte, daß das die Heilige Jungfrau Maria von den Altären war, gehörten die Züge, die er im Traum sah, Isabelita Martínez.

Es folgten Monate der Unruhe. Der General wurde gestürzt und floh nach Paraguay. Doña Isabel de Cresto wurde von einer Krankheit aufgezehrt, die die Ärzte nicht diagnostizieren konnten, und Don Josés Predigten hatten nicht mehr die Kraft, Geister anzuziehen. Sogar Arcángelo und sein Vater mußten sich zwingen, die Gottesdienste in der Calle Tinogasta zu besuchen, wo das Leben so aus dem Gleis gekommen war, daß die Möbel nicht mehr nach Geistern, sondern nach Mäusen und Motten rochen.

Die Crestos bekamen zweimal Post von Isabelita Martínez; das erste war eine melancholische, in Antofagasta aufgegebene Postkarte, das zweite, gefühlvollere ein Brief aus Medellín, Kolumbien. Sie hatte es nicht leicht gehabt. Statt nach Bolivien zu fahren, war sie mit dem spanischen Ballett von Gustavo de Córdoba die Küsten von Peru und Ecuador hinaufgezogen. Die Theater, in denen sie arbeitete, waren so elend, daß die Impresarios noch am Tag der Premiere mit den Einnahmen verschwanden und den Künstlern nichts anderes übrigblieb, als während der Nachtvorstellungen erbärmlicher Bars Getränke zu servieren, um das Hotel und ein warmes Mittagessen bezahlen zu können. »Wir sind so dürr geworden«, schrieb sie, »daß uns ein Deutscher in Guayaquil angeboten hat, in einem Film über Schiffbrüchige als Statisten zu arbeiten.«

Schließlich wurden sie engagiert, um in Medellín an den jährlichen Gedenkfeierlichkeiten für Carlos Gardel Tangos zu tanzen. Da sie als einzige aus Argentinien gebürtig waren, rechneten sie mit einem vollen Erfolg und steckten ihre ganzen Ersparnisse in bessere Kostüme. Aber zur Eröffnungsvorstellung kamen nur zwanzig Personen und am nächsten Tag vier, denn im Theater einen Block weiter wurden für einige Centavos die acht Filme gezeigt, die Gardel für Paramount gedreht hatte, und im Flughafenrestaurant erregte ein japanischer Sänger Aufsehen, der die Stimme des Verstorbenen imitierte.

Die Truppe löste sich an Ort und Stelle auf. »Unserem Schicksal überlassen«, berichtete Isabel, »wußten wir nicht weiter. Einige Mädchen sind in die Bars zurückgegangen. Ich nicht. Ich habe meine Kleider und Flittersachen im Pfandhaus versetzt und Arbeit als Klavier- und Flamencolehrerin gesucht, in der Hoffnung, so das nötige Geld für die Rückfahrt nach Buenos Aires zusammenzubringen. Aber Gott ist mir zu Hilfe gekommen. Ein hochangesehener Künstler aus der Karibik, Señor Joe Herald, hat mich unter seine Fittiche genommen. Ich bin als zweite Tänzerin in seine Truppe eingetreten. Wenn die Proben zu Ende sind, werden wir auf Tournee gehen. Wir werden eine Woche in Cartagena sein und dann in Panama debütieren. Wir tanzen Varieténummern, nicht Flamenco, aber die Behandlung ist so gut, daß ich äußerst zufrieden bin. Señor Herald ist wie ein Vater zu mir. Er schenkt mir soviel zu essen, daß ich fürchte, dick wie eine Kuh zu werden . . .«

Mit Hilfe von Arcángelo, der schöne Druckbuchstaben schreiben konnte, schickte Doña Isabel Isabelita einen ellenlangen Brief, in dem sie ausführlich ihre Krankheiten beschrieb und die über Argentinien hereingebrochene Gottlosigkeit beklagte. Voller Sehnsucht wartete sie auf Antwort. Jeden Nachmittag fing Don José den Briefträger ab, und jedesmal, wenn er mit leeren Händen zurückkam, tröstete er seine Frau mit demselben Spruch: »Isabels Stele ist sehr mit dem Ruhm bekräftigt.«

Seit Doña Isabels Krankheit schlimmer geworden war, ging Arcángelo sie häufig besuchen. Neben dem Bett sitzend, nahm er ihre Hand und erzählte ihr von den Fledermäusen, die er in Tucumán über die Dächer des Markts hatte fliegen sehen. Liebend gern hätte er ihr von seinen Begegnungen mit der Heiligen Jungfrau Maria berichtet, aber er getraute sich nie.

Doña Isabel starb im September 1956; bis zum Schluß

wollte sie nicht an das Glück glauben, das Isabelitas Leben auf den Kopf gestellt hatte. Als sie schon mit dem Tod rang, zeigte ihr Don José in einer Zeitschrift Fotos, auf denen das junge Mädchen, entstellt durch Fettleibigkeit und Dauerwelle, in einem Hotel in Caracas neben General Perón zu sehen war. »Die geheimnisumwitterte Sekretärin des abgesetzten Diktators«, besagte die Bildunterschrift. Uninteressiert blätterte Doña Isabel die Illustrierte durch und stellte fest, alles, was da stehe, sei eine Lüge, um die Leserschaft zu betören. Dann drehte sie sich der Wand zu und verbat sich, noch einmal mit den Verrücktheiten dieser Welt belästigt zu werden.

Ihr Grab auf dem Chacarita-Friedhof, anfänglich voller Kränze mit Widmungen und Versprechungen, war nach kurzer Zeit verwahrlost. Nur Arcángelo und der Vater gingen ab und zu noch hin, um die Metallvasen blank zu reiben, aber als der Witwer den Tempel in der Calle Tinogasta schloß und eine geheimnisvolle Reise unternahm, verloren auch sie das Interesse an diesen Erinnerungen.

Jetzt wurde die Druckerei zum einzigen Anziehungspunkt für sie. Die meisten Maschinensetzer folgten dem Fernunterricht des Rosenkreuzerordens, und Arcángelo überzeugte den Vater, die Kurse ebenfalls mitzumachen. So erwarben sie allmählich Einsicht in die Sprache der Klänge und Farben und in die neuen Erkenntnisse der Astronomie.

Selbst Ende 1957, als sie in der Druckerei mit Arbeit überhäuft waren, studierten Arcángelo und der Vater lieber die Lehre, statt auszuruhen. Bevor sie zu Bett gingen, beugten sie sich immer über die Himmelskarten und trugen die unendlichen Entdeckungen ein, die im Observatorium der Rose-Croix-Universität in Kalifornien gemacht wurden.

Arcángelo fürchtete, der Militärdienst würde seine Ausbildung unterbrechen, und trat mit einem Amulett zur Musterung an. Wegen seitlicher Wirbelsäulenverkrümmung wurde er untauglich geschrieben. Einer der Sanitätsgehilfen rügte ihn, weil er ohne seine Brille in die Kaserne gekommen sei. Was für eine Brille? fragte Arcángelo überrascht. Da erfuhr er, daß er rechts kurzsichtig und links astigmatisch war und die Welt immer fehlerhaft betrachtet hatte.

Der Druckerei, die Paso de los Libres hieß, wurden fast alle Akzidenzen anvertraut, die man damals in Buenos Aires las: die Wahlpropaganda von Arturo Frondizi und Alejandro Gómez, die Pamphlete, mit denen Pater Benítez für die Abgabe eines leeren Stimmzettels warb, und selbst die geheimen Befehle, die die Metall- und Textilindustrieführer ihren staatlich beaufsichtigten Gewerkschaften erteilten.

Im März 1958 wurde das Druckereipersonal durch einen weiteren Maschinensetzer verstärkt, ebenfalls ein Rosenkreuzer. Obwohl er eine Flötenstimme hatte und schwerhörig war, hatte er angeblich in einem New Yorker Rundfunksender gesungen, bevor er als Gefreiter bei der Bundespolizei gedient hatte. Er unterhielt einen regen Briefwechsel mit den Erben des Theosophen Eliphas Lévi und brüstete sich damit, die Kabbala und die Alchimie zu beherrschen.

Es war José López Rega. Damals war sein Benehmen zwar diskret, aber er war schon sehr begabt fürs Ressentiment. Mit Vorliebe verbrachte er die Abende beim Truco-Spiel im El Tábano, einem Klub in Saavedra, wo die Mitglieder in Pyjama und ausgelatschten Hanfschuhen hingingen. Sonntags kam er zeitig mit einem Korb Innereien in den Klub und suchte sich die schattigste Stelle des Laubdachs im Hinterhof aus. Wenn er sich nicht ums Feuer kümmerte, kickte er mit ein paar andern herum, immer als rechter Verteidiger. Bei Einbruch der Dunkelheit zerfetzte er, begleitet von irgendeinem elenden Gitarristen, mit seiner Baritonstimme die Boleros von María Grever und die Walzer von Agustín Lara. Und zum Ausklang, aber erst nach vielem Bitten, sauste er durch die Noten von ›Granada‹ und riskierte dabei jeden Moment einen Atemstillstand.

Sein größter Stolz war, wie er sagte, die Lebensmitte erreicht zu haben, ohne jemandem etwas schuldig zu sein. Noch vor seinem dreizehnten Geburtstag hatte man ihn als

Hilfsarbeiter in die Textilfabrik Sedalana gesteckt. Um die Härte dieses Loses auszugleichen, nahm er abends bei einer Lehrerin im Viertel Unterricht in Solfeggio und Vortragskunst. Im Sommer 1938 konnte er sich als Küchengehilfe auf einem Handelsschiff verdingen. Sechs Monate lang war er verschwunden. Nach seiner Rückkehr erzählte er, er habe bei der WHOM gesungen, einem spanischen Sender in New York, und zwar mit solchem Erfolg, daß ihm irgendein Theateragent einen Vertrag für den Nachtklub Chico in der 42. Straße angeboten habe. Er habe nur zwei Vorstellungen gegeben, da sein Schiff schon wieder zurückgefahren sei.

Einer der Mitspieler im El Tábano, Student an der Englischen Kulturschule, beschloß, ihn einer Prüfung zu unterziehen, um ihn von seinem hohen Roß herunterzuholen. »Schreib mir doch mal den Namen dieses Yankee-Senders auf«, forderte er ihn heraus. López Rega schrieb korrekt: WHOM. »Of whom are you talking?« trieb ihn der andere in die Enge. Und zu aller Überraschung gab der Maschinensetzer die rätselhafte Antwort: »I knew six honest servingmen / (They taught me all I knew); / Their names are What and Why and When / and How and Where and Who. Of whom am I talking?«

Den Rest der Geschichte erfuhr Arcángelo, weil José ihn ihm selbst erzählte. An einem frühen Morgen überraschte er ihn im Schuppen, wie er um den Stern Vega herum Planeten zeichnete und das tiefe Purpur des Beteigeuze mit grauer Wasserfarbe übertünchte.

»Ein so großer Stern, der stirbt?« fragte Arcángelo.

»Du sagst es. Aber er stirbt nicht von allein. Ich habe angefangen, ihn umzubringen.«

Von diesem Tag an waren sie unzertrennlich. Um sich für die Ehrfurcht erkenntlich zu zeigen, die Arcángelo vor seinen Fähigkeiten hatte, nahm ihn López als Schüler an. Nach der Arbeit zogen sie sich ins Papierlager zurück und lernten mit den Tierkreistafeln und den Noten, die jeden Buchstaben des Vaterunsers begleiteten, die Äquivalenz der Wohlgerüche. Manchmal nahm ihn López ins El Tábano mit und erteilte ihm das Privileg, sich hinter ihn zu setzen, während er Truco spielte. Auf der Fahrt im Minibus zeigte er ihm die Notizen für das gewaltige Kompendium der esoterischen Astrologie, das er zu schreiben begonnen hatte, und beklagte sich, daß ihn seine Frau, die er Chiquitina nannte, so oft in seiner Gedankenarbeit störe, um den Klatsch im Viertel zu kommentieren: »Der Armen will es nicht in den Kopf, daß ich nicht von dieser Welt bin.«

Als sie eines Abends über die Plaza Alberdi spazierten, wenige Häuserblocks vom Klub entfernt, enthüllte ihm López, daß er mit General Perón und der verstorbenen Evita in vertraulichem Kontakt gestanden habe. Arcángelo hörte die Geschichte und kam nicht aus der Verwirrung heraus.

»1946 wurde mir von den Höchsten Mächten die Mission übertragen, die beiden in ihrer Residenz in der Calle Austria zu bewachen. Die Stimmen sagten mir, es genüge, sie einmal täglich zu sehen, und zwar von weitem. Ich beschloß, die Gestalt eines einfachen Polizeibeamten anzunehmen, um im Häuschen beim Eingang acht Stunden Wache stehen zu können. Ich weiß nicht, inwiefern ich nicht aufpaßte. Für eine gewisse Zeit verlor ich meine Kräfte. Ich wurde in die Büros eines Richters versetzt, wo ich fünf Jahre litt. Als ich zum Gefreiten befördert wurde, durfte ich auf meinen ehemaligen Posten zurück. Mittlerweile war alles schon zur Katastrophe geworden. Evita wollte keine Beziehung mehr zum General; das einzige, was sie noch interessierte, war, für die Armen zu sorgen. Sie kam um fünf Uhr früh von der Arbeit zurück, wenn er eben aufstand, um zur seinen zu gehen. Zu allem Unglück wurde sie auch von einer tödlichen Krankheit aufgezehrt, und die war schon zu weit fortgeschritten, als daß ich Evita noch hätte retten können. Am 4. Juni 1952, als Perón eben zum zweiten Mal als Präsident vereidigt werden sollte, mußte ich auf den zu den Schlafzimmern der Residenz führenden Treppen Wache stehen. Am frühen Morgen gab Evita Anweisung, sie zu baden und anzukleiden, um mit dem

General in den Kongreß zu fahren. Sie war vollkommen erschöpft, und trotzdem hielt sie die ganze Dienerschaft in Trab. Ein Ärztekonsilium verweigerte ihr die Erlaubnis, aber sie hörte nicht auf sie – sie war starrköpfig und nicht umzustimmen. Und sie weinte herzzerreißend. Nach einer Weile kam ihre Mutter, Doña Juana Ibarguren, und ging zu ihr hinein. Evita warf sich ihr in die Arme und wollte sie nicht mehr loslassen. ›Mama, ich habe Perón überzeugt!‹ sagte sie. ›Nach dem heutigen Tag ist mir alles egal! Ich will ein letztes Mal mein Volk sehen und dann in Frieden sterben!‹ Doña Juana widersprach ihr. Draußen sei es eisig kalt und der Wind verätze einem die Augen. Nachdem die Mutter gegangen war, schlossen die Krankenschwestern die Schlafzimmertür ab. Evita bekam einen Wutanfall, aber die Müdigkeit beschwichtigte sie sogleich wieder. Sie klagte leise, sanft: ›Warum läßt man mich meine Leute nicht sehen, meine lieben armen Leute?‹ Dann wurde es still im Haus ...« Auf einer Bank der Plaza Alberdi setzte sich López auf diese Erinnerungen, als erschüfe er sie in Wirklichkeit selbst, als bereitete er sie darauf vor, sich zu ereignen. »Ich unternahm eine gewaltige geistige Anstrengung, damit sie wieder gesund würde. Umsonst. Ich ermattete. Einen Moment lang fürchtete ich, in Ohnmacht zu fallen. Ich riß mich zusammen und ging zum Schlafzimmer hinauf. Ich kam an einem großen Spiegel vorbei, betrachtete meinen Körper darin und sah, daß er äußerlich kräftig und gesund war, daß aber die Eingeweide in seinem Innern bloß Spinnweben und Staub waren. Ich trat ein. Evita ruhte im Halbdunkel. Sie spürte meine Anwesenheit, erschrak aber nicht. ›Ich komme in Vertretung sehr hoher Mächte‹, sagte ich. ›Seien Sie unbesorgt, heute werden Sie neben dem General den Segen des Volkes erhalten.‹ – ›Wie denn das?‹ fragte sie verwirrt. Sie führte sehr unflätige Reden und begann, gegen alle Gift und Galle zu speien: ›Diese Ärzte ..., diese Durchschnittsgenerälchen ... Niemand will mich rauslassen ...‹ Ich berührte sie. Sie war eine schöne Frau gewesen, aber jetzt war sie nur noch Luft. Sie wog siebenunddreißig Kilo. Ich spürte, daß es Gottes Plan war, sie in allernächster Zeit abzuberufen. ›Lassen Sie sich unverzüglich Schmerzmittel in die Knöchel und den Nacken spritzen‹, sagte ich zu ihr. ›Und man soll Ihnen ein Korsett aus Gips und Draht anfertigen, damit Sie sich aufrecht halten können, wenn Sie mit dem General im offenen Wagen durch die Straßen defilieren . . .‹ Sie streckte mir die Hände entgegen, und ich drückte sie. Und nach diesem Tag bin ich nie wieder in die Residenz gegangen.«

»Und was hat man bei der Polizei gesagt? Stellen Sie sich vor – bei einer solchen Geschichte!«

»Evita hat sie nie erzählt. Oder Gott hat sie aus ihrem Geist getilgt.« López kaute einige Blättchen. Man sah ihm kein Gefühl mehr an; der Schweiß, die Hanfschuhe, der Zahnstocher im Mund waren wieder wie immer. »Sogleich reichte ich meinen Abschied ein. Ich versuchte, als Bariton wieder zum Radio zu gehen, und *Sintonía* druckte sogar ein Foto von mir ab und empfahl mich als Filmschauspieler. Was soll ich dir sagen, mein Junge. Ich mußte diese Ideen fallenlassen. Wer hätte sonst fürs tägliche Brot aufkommen sollen? Mit Frau und Tochter kann man sich's nicht leisten, Künstler zu sein. Ich wurde Anhänger der Rosenkreuzer, beschaffte mir eine kleine Linotype, und als ich sie wieder verkaufte, steckte ich das Kapital in die Druckerei in der Salguero. Du siehst: der Herr ist mit uns.«

Auf dem Weg zum El Tábano hätte Arcángelo López gern erzählt, daß auf seine Weise auch er mit dem Leben des Generals in Berührung gekommen war, durch Isabelita Martínez, das schmallippige junge Mädchen. Aber an diesem Abend schwieg er lieber, denn López Rega führte ihn in ein Reich von Sternsymbolen ein, und am nächsten Tag berichtete er ihm von Büchern, die sein Bewußtsein veränderten. Erst Jahre später, nachdem der Sekretär das volle Vertrauen der Señora gewonnen hatte, getraute sich Arcángelo, ihm die Geschichte in einem Brief zu erzählen.

Wie lange schon – ein ganzes Leben? In der Ferne, hinter dem hohen Gerüst einesWasserturms, steht die Nacht auf. Auf der Tribüne liegend, beobachtet Arcángelo das Durcheinander am Himmel. Die Bilder von Peróns beiden Gattinnen decken ihn mit sämtlichen Laken zu, die ihm seine Mutter vom Leib gezogen hatte. Der Wind bläst auf das unwahrscheinliche Foto von Evita und verzeichnet es mit einem Rauchstoß. Isabel dagegen vervielfacht sich, wie Arcángelo sieht, in den zahllosen Kiosken und Prozessionen des frühen Morgens: Dort kommt sie, lächelnd auf den Minibusdächern, sich reckend und streckend auf den Wimpeln der Gewerkschaftsjugend von Berazategui und mit erhobenem Arm von den Rot-Kreuz-Krankenwagen grüßend. Heute gehört Isabelita allen, aber es gibt ein geheimes Fäserchen an ihr, das nur Arcángelo kennt. Nicht die Andachten, die die beiden in der Wissenschaftlichen Schule Basilio geteilt haben, und auch nicht der Liebesdunst, den sie an jenem letzten Nachmittag in der Zarzuela im Teatro Avenida gespürt haben mußte. Nein. Die Isabel, die Arcángelo wie einen Schatz hütet, hat nie seine Träume verlassen; dort hat er sie besessen, berochen und bespitzelt, ausgelöscht und angezündet mit den ganzen Stürmen seines Blutes. Aber jetzt nicht mehr, Arcángelo Gobbi. Jetzt reist sie der Wirklichkeit entgegen. Sie wird so unvollständig in dir bleiben wie das acht Meter hohe Foto, das man zur Zeit noch fertig zusammenfügt, links neben dem Foto des Generals. In dir werden ihr derselbe Ellbogen, der Haarkranz, die Achsel des Kleides fehlen, die man ihr eben anzusetzen beginnt.

Und an diesem Punkt läßt Arcángelo den Vorhang herunter, denn die Befehle, die er von José López Rega bekommen hat, müssen hier auf der Tribüne ausgeführt werden, genau von dem Moment an, wo es – jetzt – hell wird.

Drei
Die Fotos der Zeugen

Wie also lautet der Auftrag? Vor allem herausfinden, wer Perón ist. So hatte es der Chefredakteur der Zeitschrift *Horizonte* verlangt. Wie mag ein Mann dieses Formats sein? hatte sich Reporter Zamora besorgt gefragt, als er den Auftrag erhielt. Das läßt sich unmöglich in einem Monat recherchieren.

Das ist die Zeit, die uns zur Verfügung steht: ein Monat, beschied ihn der Chefredakteur kurzerhand. Perón kann jeden Augenblick zurückkehren. Womit sollen wir den Hunger unserer Leserschaft stillen? Mit Auszügen aus seinen Reden, mit einem glorreichen Fotoalbum, wie es die Wochenzeitung *Gente* macht? Der offizielle Perón ist längst ausgeschöpft. Wir müssen den andern suchen. Erzählen Sie seine ersten Jahre, Zamora, das hat noch nie jemand im Ernst getan. Es gibt haufenweise Lobreden, Mythen, Dokumentensammlungen, aber die Wahrheit ist nirgends zu sehen. Wer war der General, Zamora? Enträtseln Sie ihn ein für allemal – kitzeln Sie die Worte hervor, die er sich nie zu sagen getraut hat, beschreiben Sie die Impulse, die er wahrscheinlich unterdrückte, lesen Sie zwischen den Zeilen ... Die Wahrheit ist das, was man verbirgt, nicht wahr? Suchen Sie die Zeugen seiner Kindheit und Jugend, einige werden wohl noch leben, nehme ich an. Das ist es, da müssen Sie anfangen! Der Perón, den die Argentinier kennen, scheint 1945 geboren worden zu sein, mit fünfzig – ist das nicht absurd? Bevor er fünfzig ist, hat ein Mann Zeit, vieles zu sein.

Zamora hatte das Ganze überaus zügig erledigt, indem er die Aussagen von etwa siebzig Personen chronologisch miteinander verflocht. Wie ein Besessener schuftete er täglich zwölf, fünfzehn Stunden, ohne daran zu denken, daß das Leben verging. Was hätte er auch gewonnen, wenn er das Leben gespürt hätte?

Die andern Reporter beneideten ihn um seinen Erfolg, um seine glänzenden Artikelschlüsse, um die Eindringlichkeit, mit der er auf zwei Zeilen eine Persönlichkeit schilderte, aber Zamora war überzeugt, eine gescheiterte Existenz zu sein. Seine Liebesehe war zur unerträglichen Routine geworden, die Gedichte, die zu schreiben er sich jeden Tag gelobte, kamen nie über den zweiten Vers hinaus, die gesundheitsschädigenden Reportagen, die er annahm, um sich die Freiheit zu erkaufen, sich irgendeinmal ohne Not den Roman von der Seele zu schreiben, den er in sich trug, hatten seine Jugend für immer irregeleitet. Er begnügte sich mit einem gesunden zwanzigjährigen Hintern in Stundenhotels und jährlich zwei Reportagen im Ausland. Der Morast stand ihm schon bis zur Nase, und es war zu spät, um sich freizustrampeln.

Allmählich die Schleier um Perón zu lüften war immer aufregender geworden, das bestritt er nicht. Er fühlte sich unerwartet stolz auf seine Arbeit. Doch der Chefredakteur der Zeitschrift sagte, da müsse noch etwas anderes her. Haben Sie denn nicht gelesen, was die andern gemacht haben? Zwei Sonderkorrespondenten in Puerta de Hierro, Tag und Nacht, und zwei weitere Cámpora dicht auf den Fersen. Schauen Sie sich das an, Zamora: diese Riesenfotos vom Exil, Jahr für Jahr. Und wir wollen mit dieser mageren Geschichte mithalten, ohne noch etwas dazu? Wir werden verlieren wie im Krieg. Vielleicht mit einer ganzseitigen Anzeige in *La Nación* und *Clarín*, oder? Der General, wie ihn noch keiner gesehen hat, die nackte Wahrheit, wie finden Sie das, Zamora? Schlecht, Chef, das find ich Scheiße. Die Wahrheit ist unerreichbar, sie liegt in sämtlichen Lügen, wie Gott.

So war die Idee entstanden, die Geschichte auszustellen – ausstellen: das war's, das Wort betörte den Chefredakteur –, aber in Fleisch und Blut. *Horizonte* wird in Ezeiza eine Oper inszenieren, *il risorgimento*, die Auferstehung der Vergangenheit. Wir werden die Zeugen, die sich noch bewegen können, dorthin bringen, Zamora, sie sollen das Willkommenskomitee sein. Alles muß rasch in die Wege geleitet

werden. Wenn wir sie zwei Wochen vorher in einer Sondernummer zu ›Helden von gestern‹ erklärten oder so, na?
Stellen Sie sich vor: die Schulkameraden, die Vettern und
Kusinen, die Schwägerinnen und Schwäger, alle schon un-
widerruflich mit unserem Titel verbunden und gemeinsam
mit Perón den Heimatboden küssend.

Am Vortag des 20. Juni bekam der *Horizonte*-Chefredak-
teur von López Rega die Einwilligung, seine Gäste in der
Halle des internationalen Hotels von Ezeiza zu versammeln.
Osinde, der Chef der Kommission, die die Rückkehr organi-
sierte, würde niemals den Zutritt zur Landepiste erlauben.
Und einige Namen wollte er von der Liste gestrichen haben.
Was hatte Julio Perón da verloren, Vetter ersten Grades des
Generals, der sich öffentlich schämte, dessen Verwandter zu
sein? Und María Tizón, die ältere Schwester seiner ersten
Frau – wozu diese uralten Geschichten aufwärmen? Er war
einverstanden, daß man ihnen ein Frühstück servierte und die
Gruppe im Hotel fotografierte, kein Problem. Aber ehrlich
gesagt war es ihm lieber, wenn man sie vom General fernhielt:
Bringen Sie sie auf die Flughafenterrasse, von dort aus mögen
sie der Ankunft beiwohnen. Ich habe Platz für zehn Personen,
mehr nicht. Sie können ein Plakat mit dem Namen der Zeitschrift aufstellen, aber das kostet. Reicht das etwa nicht?

Das wird gewaltig zum Kotzen sein, hatte sich Zamora
beklagt, die obszöne Apotheose des argentinischen Journalismus. Der Chefredakteur fühlte sich beleidigt: Passen Sie
sich diesem Land an, es verändert sich, Mann. Was sollen
jetzt Ihre altväterischen Moralpredigten?

Auch Vetter Julio hatte tagelang gezögert, ehe er die Einladung annahm. Er bereute es schon genug, daß man ihm ein
Interview abgelistet hatte. Und obwohl er jedes seiner Worte
auf die Goldwaage legte, verrieten ihn sein Tonfall und einige
unwillkürliche Seufzer. Zweimal schon hatte er diese merkwürdige Begegnung mit Vetter Juan abgelehnt: Wir haben
uns ja nicht mehr unterhalten, seit wir zwanzig waren, nicht
wahr? Und du hast meine Briefe ja nie beantworten wollen.

Was haben wir voneinander zu erwarten, Juan Domingo? Na, was hätten wir uns denn noch zu geben?

Schließlich hatte ihn seine Schwester María Amelia überredet. Sie war bereit. Sie besaß die formelle Zusage, daß das Andenken an ihren Vater, Tomás Hilario Perón, nicht besudelt würde, dessen Selbstmord in einer Apotheke der Calle Cerrito manchmal noch Anlaß zu Gerede gab. Sie werden uns die Fotos geben, die sie entdeckt haben, Julio; findige Polizei. Ich werde hingehen, wenn ich diesen Preis bezahlen muß, um wieder ruhig schlafen zu können.

Gut, dann geh ich auch; ich werde Juan die Hand geben, wenn er sie mir gibt, aber sagen tu ich kein Wort zu ihm. Seinetwegen verlasse ich seit fünfunddreißig Jahren meine vier Wände in der Calle Yerbal nicht mehr und verleugne meinen Namen. Dieses stumme Dasein, das bin ich – und wer ist er, um es zu durchbrechen.

Als Vetter Julio am 20. Juni um acht Uhr morgens die Hotelhalle betritt, bemerkt er, daß es auch den andern Frühstücksgästen unangenehm ist. Sie sitzen beim Sprechen auf der Stuhlkante. Der Landwirt Alberto J. Robert, der mit Perón in Camarones die Kindheit verbrachte, kaut eine Tabakkugel. Und beim Schauen werden seine starverschleierten Augen zu Silex.

»Ich erinnere mich noch ganz genau an Peróns Vater, Don Mario!« sagt er. »Er war sehr geschickt im Verarbeiten von Kaimanleder. Wir stellten gemeinsam Zügel, Maulkörbe, Halfter her. Und wir gingen auf die Jagd, auch das. Jawohl. Tagelang hinter den Guanakos her . . .«

Wird man erzählen müssen? Vetter Julio ist besorgt: das hat er doch schon getan. Erzählen – nein, auf keinen Fall. Zamora kommt auf ihn zu und beruhigt ihn. Die Gäste plaudern nur untereinander, allmählich erkennen sie sich in der Vergangenheit. Hat man Ihnen Don José Artemio Toledo vorgestellt? Ebenfalls ein Vetter ersten Grades. Und seine Frau, Doña Benita? Sie haben den General seit vierzig Jahren nicht mehr gesehen.

Er, José Artemio, trägt eine Baskenmütze und tippt zum Gruß daran. Benita hat ihre Fuchspelzjacke nicht abgelegt, die Hitze steigt ihr ins Gesicht.

»Ach ja? Vettern von welcher Seite denn?« fragt María Amelia und rückt ihren Stuhl neben den Julios.

»Von Toledo-Seite«, antwortet Benita. »José Artemios Mama und die des Generals waren Schwestern . . . Oft haben sie nachgefragt, wie das sein kann, Schwestern vom selben Vater und von derselben Mutter, aber mit anderem Familiennamen. Wir wissen es nicht. Solche Sachen sind typisch für die Leute aus den Orten Lobos, Roque Pérez, Cañuelas, 25. Mai. All das ist eine einzige Welt . . .«

Die Kellner haben den Frühstückstisch fertiggedeckt. An die Kopfenden setzt Zamora Hauptmann Santiago Trafelatti und Señorita María Tizón. Sie trägt ein rosa Kostüm; sie hat gehört, erzählt sie lachend, Perón werde Buenos Aires beim Eindunkeln in einer Montgolfiere überfliegen. Und er werde von Avenida zu Avenida schweben und die Leute grüßen. Vielleicht lädt er sie, die sie da im internationalen Hotel in Ezeiza sind, zu sich in die Montgolfiere, wenn er sie sieht. Und warum ihn nicht darum bitten? Hauptmann Trafelatti, ehemaliger Kampfgefährte, bezweifelt, daß das stimmt. Das würde Perón nie tun – er leidet an Schwindel.

An jeden einzelnen Platz hat *Horizonte* eine Mappe mit Dokumenten und Fotos gelegt. Die Gäste geraten in Begeisterung, als sie sie sehen. Nicht so Vetter Julio: Er will nichts zeigen, bewegt keinen Muskel.

Er stammt aus einer Familie, die zum Verheimlichen erzogen ist. Anderthalb Jahre nach dem Tod seines Vaters, noch in voller Trauer, heiratete die Mutter erneut und überließ die Kinder der Obhut von Tante Vicenta Martirena. Damit sie einschliefen, erzählte ihnen die Tante Märchen, die alle dieselbe Moral hatten: »Immer gibt es ein Gefühl / für jede Gelegenheit. / Benutz das passendste, / und du wirst einen besseren Eindruck hinterlassen.« So wuchsen sie heran und lernten, einen besseren Eindruck zu hinterlassen, das zu sagen, was die Erwachsenen von ihnen zu hören wünschten.

Señorita María Tizón gibt eine Vergrößerung des Fotos herum, das ihre Schwester Potota und Juan Domingo neben einem Packard von sich machen ließen.

». . . im Sommer 1930, in den Flitterwochen.«

»Das war 1929«, verbessert Benita Escudero de Toledo sie. »Ich weiß es genau: Sie haben am 5. Januar 1929 um halb acht Uhr abends geheiratet, nicht in der Kirche, sondern in einer Kapelle, die man behelfsmäßig bei der Braut eingerichtet hat, wegen Juans strenger Trauer. Don Mario Tomás, sein Vater, war kurz vorher gestorben. Da sind einige Vermählungsanzeigen, die es beweisen.«

Auch María Amelia sieht gerührt die Fotos in ihrer Mappe durch. »Ich kann's nicht fassen!« flüstert sie Julio ins Ohr. Und dann laut:

»Danke, Señor Zamora. Endlich spüre ich, daß sich das doch gelohnt hat.«

Die Postkartenfotos, die sie bekommen hat, atmen tatsächlich so lebendig aus der Vergangenheit herein, daß sie nicht wie Fotos, sondern wie Erscheinungen wirken. Auf einer liest María Amelia, stehend und von Tante Vicenta liebevoll umarmt, in einer Fibel. Auf einer andern spielen sie und Julio mit Dominosteinen, auf samtbezogenen Hockern sitzend und den Rücken einem Wohlstandsdekor aus Blumen, griechischen Säulen und golden betroddelten Vorhängen zugewandt.

»Die wurden gemacht, kurz bevor Juan Domingo bei uns in der Schule von Tante Vicenta wohnte, nicht wahr, Julio?« teilt María Amelia rasch mit.

»Nein«, tadelt sie der Bruder. »Die wurden 1900 aufgenommen, am letzten Tag des Jahrhunderts. Schau doch, das Atelier: Resta y Pascale, in der Calle Corrientes und Rodríguez Peña. Auf der Rückseite im Siegel ist bestimmt das Datum eingeprägt.«

Obwohl er uriniert hat, bevor er sich zu Tisch gesetzt hat,

geht Julio wieder hinaus auf die Toilette. Seit Tagen quält ihn die Eigenmächtigkeit seiner Schließmuskeln. Tatsächlich spürt er, daß nichts an seinem Körper noch ihm gehört. Im Spiegel hat er gesehen, wie das Doppelkinn selbständig zittert und wieder zur Ruhe kommt, sobald er wegschaut; auch die linke Schulter hebt sich überraschend. Genauso ergeht es ihm mit dem Urin. Ständig hat er das Gefühl, daß ihm ein Tropfen entrinnt, aber nein: Wenn er sich befühlt, ist er trocken. Jetzt hat er sich naß gemacht, ohne zu wissen, wie. Und obwohl in der Hotelhalle der Kamin brennt und zu seinen Füßen ein elektrischer Ofen steht, ist die Feuchtigkeit in seine Hose eingedrungen und läßt ihn schaudern.

Beiläufig hat er beim Aufstehen seine eigene Fotomappe mitgenommen. Er wählt das entfernteste WC, verriegelt die Tür, und nachdem er den verbliebenen schütteren Urinstrahl abgeschlagen hat, setzt er sich auf die Schüssel.

Drei Fotos befinden sich in der Mappe. Er legt sie übereinander auf seine Beine, um sie der Reihe nach aufdecken zu können. Für einen Moment spürt er präzise die Flamme des Augenblicks, in dem sie aufgenommen wurden. Er sieht den Fotografen Magnesiumpulver in eine Lampe füllen und dann den Kopf unter eine schwarze Kapuze stecken, sieht wieder das schmutzige, vielleicht feuchte Aufblitzen, das die sepiafarbenen Tupfer auf dem Foto erklärt; aus diesem Grund ist auch Großmutter Dominga im Hintergrund nicht zu sehen. Und allmählich entwickeln sich in ihm die Bilder, wie sie sich damals in ihrem fernen Säurebad entwickelt haben. Juan und Julio haben beide kurzgeschorene Haare, mit einem Anflug von Simpelfransen. Beide (und dahinter María Amelia, die mit zwei Schulkameradinnen in Korbschaukelstühlen sitzt) tragen weiße Überzieher. Obwohl Juan Domingo eingeschüchtert wirkt, sieht er doch kräftig und zäh aus, wegen dieser eisigen Winde Patagoniens, mit denen dich dein Vater abgehärtet hat. Ich habe dir gesagt, du sollst lächeln, Juan, und du hast geantwortet, du seist immer noch schüchtern; kaum eine Woche warst du bei Großmutter. Wahrscheinlich weil man dich einfach dir selber überlassen hatte und du keinen Trost finden konntest, sieht man jetzt im Widerschein deines runden Gesichts die Traurigkeit. Ich dagegen empfinde nichts – das Magnesium hat mir jeden Ausdruck verwaschen.

Dasselbe hier, auf diesem Bild, das man von uns Kameraden der dritten und vierten Klasse der Polytechnischen Schule in der Cangallo zwischen Nr. 2300 und 2400 gemacht hat. Ich bin noch immer reserviert, die Augen schon gedackelt von der Ahnung all des Unglücks, das mich erwartete, und du, obwohl mürrisch, bist sehr dick, Juan Domingo, bist gescheitelt und trägst eine große Fliege auf dem Eton-Kragen. Die Lehrervertreterin Enriqueta Douce, die du, mit Metallbrille, in der Mitte des Fotos sehen wirst, pflegte zu sagen, du seist mein Vampir – ich würde nach und nach verschwinden, damit du immer größer werden könntest.

Ach natürlich – Enriqueta! Ja, die rief mich Ende 48 an, ganz bestürzt, weil du einem deiner Biographen gesagt hattest, diese Schule, an der wir studiert haben, sei die Internationale Schule in Olivos gewesen, auf die nur (wie du sagtest) ›Jungen aus reicher Familie‹ gingen, und nicht unser bescheidenes Schulhaus mit drei oder vier Patios zwischen der Azcuénaga und der Ombú, wo sogar die Herbarien und die Landkarten mittelständisch waren. Du erinnerst dich doch wenigstens noch an Enriqueta, die Nichte von Don Raimundo Douce, dem Direktor und Besitzer der Schule? In diesem Sommer 48 wollte sie dich unbedingt korrigieren und schickte dir einen Brief in den Präsidentenpalast, um zu retten, was sie höflich einen *lapsus linguae* von dir nannte, ein Versehen der Erinnerung, obwohl ich ihr sagte, sie soll es nicht tun, denn dir sei die Vergangenheit bloß Verrat wert. Enriqueta, hab ich zu ihr gesagt, so ist Juan in allem. Er redet nicht vom kleinen Hof seines Vaters, sondern von seiner Großfarm, und mir hat er außerdem erzählt, seine Mama ist eine Urenkelin der Konquistadoren, der Eroberer, wo doch unsere ganze Familie wußte, daß sie die Tochter eines eroberten Indios war. Irgendein Bürohengst im Präsidentenpalast hat Enriqueta in deinem Namen zurückgeschrieben, Juan, und ihr versprochen, sobald man Zeit habe, werde man den Lapsus korrigieren und du werdest sie bald in die Residenz einladen, damit ihr euch gemeinsam ›an die glücklichen alten Zeiten‹ erinnern könntet. Es ist jetzt nicht mehr von Bedeutung, daß du die Ärmste hast sitzenlassen und sie das Kleid nie anziehen konnte, das sie sich eigens für diese Gelegenheit gekauft hatte. Sie ist so schlagartig gealtert, daß sie nicht einmal mehr weiß, was die Vergangenheit ist. Aber mich macht es rasend, Juan, daß du dich weiterhin beharrlich als ehemaligen Studenten der Internationalen Schule Olivos und nicht der Polytechnischen Schule Cangallo ausgibst und daß der Fehler jetzt in all deinen Biographien weiterverbreitet wird. Damit hast du dir nicht nur den Luxus geleistet, dein Leben selber zusammenzustellen, sondern auch die andern Leben über den Haufen zu werfen.

Ist das nicht das, was du immer getan hast: deine Geschichte von einem mausgrauen Ort an einen prestigeträchtigeren zu versetzen, aber die Beteiligten hast du alle mitgenommen? Sind wir, deine Mitschüler, etwa nicht ehemalige Studenten einer Schule, die wir gar nie besucht haben? Und genau besehen: Warum sitzt Don Julio Perón eigentlich hier in einem der Hotel-WCs und schaut sich ängstlich diese alten Fotos an, wenn nicht wegen eines weiteren theologischen Durcheinanders, wie sie Juan Domingo in der Geschichte der andern ständig anrichtet? Sieben Alte haben ihren Alltagstrott umgestoßen, um ihn willkommen zu heißen. Sie werden sich tatsächlich so lächerlich benehmen und ihn mit der *Horizonte*-Sondernummer in der Hand umarmen, die sie noch gar nicht gesehen haben: die sogenannt wahre Geschichte, die Zamora aufgrund dessen geschrieben hat, was sie ihm erzählt haben.

Obwohl Julio sehr zugeknöpft gewesen war und die Interviews mit ihm alles in allem nicht länger als zwei Stunden gedauert hatten, weiß er ganz genau, daß Zamora den andern wie eine regelrechte Nervensäge zugesetzt hatte. Und einige Wunder hatte er zustande gebracht: bestimmte Zeitmaschinen, Vergangenheiten, die noch immer in lauterem Zustand flossen.

Zum Beispiel: José Artemio Toledo und Benita Escudero bewahrten unversehrt das erste eheliche Schlafzimmer von Vetter Juan und seiner vielgeliebten Potota, das Brautkleid eingeschlossen. Zwischen den Flakons auf dem Toilettentisch verwelkten mit noch immer ungelösten Schleifen die Briefe, die sie sich während Juan Domingos – langen – Abwesenheiten geschrieben hatten. Und Señorita María? Sie, die so standhaft Zamoras Überredungskünsten widerstanden hatte, brachte sie ihm nicht am Ende ihr Tagebuch dar, als die andern Tizón-Schwestern, die sie durch die Vorhänge bespitzelten, einmal gerade nicht aufpaßten?

Nur Vetter Julio hatte den Reporter mit immer matterer Einsilbigkeit gelangweilt und endlich verscheucht. Aber jetzt ist er, gegen seinen Willen, da – um die Intrige der sieben Zeugen zu vervollständigen. Sieben wegen der Anzahl der Töne (sagte Zamora), wegen der Tugenden und der Sünden. Und weil die Linien des Dreiecks über dem Quadrat, die die Himmelslinien auf der Erde widerspiegeln, ebenfalls die Summe sieben ergeben.

Die letzte der Postkartenfotos auf seinen Beinen hat hier gar nichts zu suchen, an diesem Fäkalienort. Schändung, Beleidigung. Es ist ein Meisterwerk des Fotografen E. Della Croce, das einen jungen Mann mit großen Ohren und nahe beieinanderliegenden Augen wiederaufleben läßt, auf dessen Stirn sich mit wilder Entschlossenheit die ersten Schimmer des Todes zeigen. Aufgeregt stellt Vetter Julio fest, daß die Aufnahme gemacht wurde, kurz bevor sich dieser junge Mann, Tomás Hilario, sein Vater, hinter dem Ladentisch einer Apotheke mit Zyanid umbrachte, zwei Tage danach. Und er spürt, wie in seinem Innern ein wildes Tier erwacht, hört, wie es ihm mit seinen Zähnen die letzten Bastionen des Atems durchbeißt, aber da ihn niemand leiden gelehrt hat, weiß Vetter Julio nicht, wohin mit dieser Pranke, wie er sie beschwichtigen und mit welchem Schmerz diese Träne weggespült werden soll. Er hat eine tosende Angst, kann aber nicht genau sagen, wovor: Sind die Blitze, die entfesselten Stürme jetzt die Vergangenheit? Oder eher die Fragen, die die Vergangenheit nicht mehr wird beantworten können?

Vier
Beginn der Memoiren

»Mein ganzes Leben lang habe ich den andern gehört, Cámpora«, sagt der General. »Und jetzt soll ich mit siebenundsiebzig nicht einmal das Recht haben, mir zu gehören?«

Draußen, in Madrid, bekommt der Samstagabend, 16. Juni, Risse – Trockenheit und Hitze sind unerhört.

Seit mindestens einer Viertelstunde läßt Präsident Cámpora stehend und mit größtem Respekt den Rüffel des Generals über sich ergehen. Er trägt erstmals den festlichen Cutaway, den er nicht einmal am Tag seiner Machtübernahme anziehen mochte, und neben der hellblau-weißen Binde quer über der Brust, unterhalb der Jackettasche, ist ein großes Peronistenabzeichen angesteckt. Perón dagegen, sich in seinem Schreibtischsessel behaglich zurücklehnend, fällt im grellsten Ensemble seiner Garderobe neben ihm ab: rotes Freizeithemd, zweifarbige Schuhe und wie Sahneeis glänzende Hosen. Auf dem Kopf sitzt die Schirmmütze. Ab und zu springt ihm eine Pudelauswahl auf die Knie. Dann wenden sich die Gedanken des Generals völlig von Cámpora ab und spielen wie Käfer in den Pudelkräuseln.

»Sie sind nach Madrid gekommen, um es sich hier gutgehen zu lassen«, wirft ihm Perón vor. »Ich, um ein Beispiel zu geben, habe mich verleugnen lassen müssen – stellen Sie sich vor, Ihretwegen tu ich sogar so, als quälte mich eine Fistel. Sie sind gekommen, um eine Menge Reden zu hören und zu halten. Meiner Meinung nach sind das Verdauungsstörungen der Seele, Cámpora. Schauen Sie nur das arme Land an, das Sie eben verlassen haben, bloß für das, wie Sie sagen, Privileg, mich abzuholen. Zum Teufel mit dem Privileg! Man erzählt mir andauernd von eingenommenen Fabriken und von Übergriffen der Guerrilleros in Argentinien. Sie hätten Ihre Pflicht besser erfüllt, wenn Sie dort geblieben wären, um dieses Durcheinander zu beseitigen, indem Sie regieren. Ich habe Ihnen die Macht gegeben, also üben Sie sie auch aus. Wozu brauch ich Sie denn hier, Cámpora. Ich habe mich amortisiert. Ich kann bestens allein ins Vaterland zurückfliegen. Diese Woche hatte ich mir reserviert, um mich mit mir zu befassen, um nachzudenken, gelassen zu sein. Aber Ihnen fällt nichts Besseres ein, als einen Haufen Müßiggänger mitzubringen, die mich um persönliche Audienzen bitten, die ich in Einerkolonne empfangen soll. Es sind Hunderte! Sie rufen zu jeder Tages- und Nachtzeit an. Die Nachbarn beklagen sich schon, weil die Telefonleitungen im Viertel immer blockiert sind. Und mich lassen sie nicht ausruhen. Fast hab ich das Gefühl, Sie tun es absichtlich, Cámpora, Sie haben diese Meute auf mich gehetzt, um mich einzuschüchtern, so daß ich nicht mehr zurückwill.«

Tief betrübt senkte der Präsident den Kopf.

»Sie verstehen mich falsch, mein General. Nicht ich habe Sie in Madrid abholen wollen. Das Vaterland hat mich geschickt...«

Es klopft. Die Hündin auf den Knien des Generals springt hinunter und schlittert bellend zwischen den Möbeln umher.

»Herein, herein!« ermuntert Perón. Und auftritt ein Journalist der Agentur Efe, den der Sekretär am Arm hereingeleitet. Cámpora ist überrascht: Hat der General etwa nicht Zeugen verboten? Jedoch: »Nehmen Sie bitte Platz. Möchten Sie einen Kaffee?«

Irritiert schaut der Präsident auf die Uhr.

»Ich entschuldige mich«, sagt er. »Ich war schon im Aufbruch. Generalissimo Franco wird jeden Augenblick in der Moncloa eintreffen. Ich bin schon mindestens eine Viertelstunde zu spät. Ich bin in der Hoffnung gekommen, Sie würden mich vielleicht begleiten, mein General, aber ich schicke mich darein, daß dem nicht so ist.«

Perón breitet die Arme aus. Auch diesmal, erklärt sein Blick, hat ihn Cámpora nicht verstanden.

»Ist Ihnen jetzt klar, daß nicht mein Vaterland mich abholen gekommen ist? Das Vaterland hätte es überhaupt nicht eilig mit dem Bankett in der Moncloa.« Und die Mütze abnehmend, wendet sich der General dem Journalisten zu. »Wie ich eben zu Cámpora gesagt habe, mit all dem Zerfall und Chaos in Argentinien können wir es uns nicht leisten, in der Welt herumzuspazieren und Champagner zu trinken. Darum muß ich in mein armes Land zurück: damit alle lernen, anständig zu sein.«

Schon hat der Präsident als Zeichen seines Rückzugs zu einer Verbeugung angesetzt, als der letzte Satz seinem Herzen die Würde zurückgibt, die auf der Reise nach Madrid so erschüttert worden ist.

»Sie haben recht, Señor«, antwortet er mit zitterndem Kinn. »Sie sind es, der in Argentinien führen muß.« Er tritt einen Schritt zurück, nimmt sich die Präsidentenbinde ab und versucht auf Zehenspitzen, sie Perón quer über die Brust zu legen: »Die steht nicht mir zu. Wenn ich die Binde angenommen habe, dann, um Ihnen zu dienen. Und da sie Ihnen gehört, gebe ich sie Ihnen zurück.«

Der General läßt sich nicht aus der Fassung bringen. Väterlich macht er sich von Cámpora los:

»Ich bitte Sie, Mann! Was fällt Ihnen ein, mir ein heiliges Symbol über dieses Hemd zu ziehen?«

Und unversehens, völlig übergangslos, befällt ihn ein Wunsch nach Einsamkeit, so gebieterisch wie ein Husten. Das kommt vor im Alter, hat man ihm gesagt: daß die Stimmung mir nichts, dir nichts umschlägt. Die Traurigkeit ist der Sommer, die Verärgerung der Frühling.

Er möchte allein sein. Morgen vielleicht nicht, aber in diesem Moment möchte ich allein sein.

Er beauftragt López Rega, Cámpora zur Einfahrt der Villa 17. Oktober zu begleiten, wo ihn eine Eskorte von Limousinen und Motorrädern mit eingeschalteten Scheinwerfern erwartet. Und den Korrespondenten der Agentur Efe schickt er weg: Bei der Hitze und der ganzen Plackerei mit dem Umzug liegt mein Blutdruck am Boden, junger Mann. Eines

Tages werden wir uns noch lange und ausführlich unterhalten können, zweifellos in Buenos Aires.

Er sieht, wie der Präsident, zwischen den Taubenschlägen entschreitend, zurückwinkt. Da läßt er eine verwirrende Einladung in die Szenerie fallen, von der die Biographen Jahre später nicht wissen, ob sie sie dem Schuldgefühl oder der Ironie zuschreiben sollen:

»Begleiten Sie mich doch morgen zur Kommunion, Cámpora! Und feiern Sie nicht zu lange – die Messe ist um sieben!«

Auch er müßte jetzt zu Bett gehen. Sowohl Puigvert als auch Flores Tazcón, seine Leibärzte, haben ihm empfohlen, sich immer vor zehn Uhr zur Ruhe zu begeben. Aber wie soll er ihnen gehorchen, wenn sein Werk noch nicht vollendet ist und er spürt, daß die Zeit zu Ende geht? Seit Monaten versagt er sich selbst die geringste Ablenkung. Manchmal führt ihn Isabelita in Versuchung, wenn sie ihn ruft, damit er sich im ersten Programm *Captain Blood* mit Errol Flynn anschaut oder ›Rufen Sie die Einhorn‹, die gewalttätigste Folge der Serie *Cannon*. Nein, Señora, er muß sich abrackern und Lord Chesterfields Briefe an seinen Sohn Philip Stanhope wiederlesen, wo er Benimmregeln gefunden hat, die er in seinem undisziplinierten Argentinien einführen möchte.

›Das ist das Ende der Zeiten‹, sagt er sich jeweils, wenn er vom Buch abschweift. Das Jahrtausend, die Sintflut, die Engelstrompeten, die zur Apokalypse rufen? »Das ist das Ende deiner Zeit, Juan«, hat ihm die Mutter in seinen Südpolträumen gesagt, »der Rausch, wo sämtliche Horizonte untergehen müssen, die Verlassenheit, wo all deine Alter zusammentreffen werden.«

Und daher muß er sich dem Schlaf verweigern, wie bereits in den letzten zwei Wochen. Er ist dabei, seine Memoiren zu korrigieren. Oder besser gesagt: Er versetzt sich selbst in die Memoiren, die López ihm geschrieben hat; seit Monaten sieht ihn der General bei der mühseligen Arbeit, Kassetten abzuschreiben und Dokumente durcheinanderzubringen.

Erst jetzt, vielleicht zu spät, geht ihm auf, daß diese Memoiren das Kreuz sind, das der peronistischen Kirche noch gefehlt hat. Mehr als die Tabernakel seiner meisterlichen Vorlesungen über politische Führung oder seine gesammelten Reden werden die Memoiren dazu dienen, die breite Masse am Vorbild zu schulen. Er hatte sich geirrt in Santo Domingo, als er seinem Berater Américo Barrios gesagt hatte: »Memoiren, nein, darauf bin ich allergisch. Wenn ich sie schriebe, würde ich denken, ich bin gar nicht mehr am Leben. Das soll ein anderer machen.« López also.

Unterrichten, schulen, die Vorstellung läßt ihm keine Ruhe. Die Massen müssen seine Tugenden tief in sich aufnehmen, sich in Peróns Vergangenheit wiedererkennen. Das hatte er in gewisser Weise schon 1951 gesagt: »Die Massen denken nicht, die Massen fühlen und haben mehr oder weniger intuitive, organisierte Reaktionen. Aber wer löst diese Reaktionen aus? Der Führer. Die Massen sind wie Muskeln. Ich sage immer, der Muskel allein ist nichts ohne das Gehirn, das ihn in Bewegung setzt.« Das ist es: Seine Vergangenheit wird die Tugend bei den künftigen Generationen ganz natürlich keimen lassen.

Evita hatte es schon intuitiv gewußt, als sie *Der Sinn meines Lebens* veröffentlichte. Das Volk braucht Märchen und Gefühle, nicht den eintönig doktrinären Mischmasch, den er ihm zu seinem großen Bedauern hat verabreichen müssen.

Hinter ihm, in der Bibliothek, neben den im Exil gesammelten Kürbisgefäßen und Saugröhrchen für den Mate, befinden sich die Mappen mit den ins reine geschriebenen Memoiren. In einigen Anekdoten erkennt er sich selbst nicht wieder, aber da sind die Dokumente, und die lügen nicht. López hat recht, das Alter hat vieles in ihm gelöscht. Wie oft ist ihm der Name von Potota, seiner ersten Frau, von der Zunge verschwunden! Wie hieß sie bloß, wie hieß sie bloß – Amelia, María Antonia, Aurelia, Amalia, Ofelia Tizón? Das Gedächtnis war seine zuverlässigste Begabung gewesen, und jetzt verlor er es zusehends.

Um es zu neuem Leben zu erwecken, legte ihm López manchmal Fotos voller Säure- und Sepiaflecken vor. Mit dem Zeigefinger deutete er auf eine Person und forderte ihn heraus: »Wer ist das, mein General, na, erinnern Sie sich?« Und er schüttelte den Kopf: »Ich weiß nicht, ich weiß nicht. Der kommt mir bekannt vor, aber der da . . ., den hab ich noch nie gesehen . . .« Dann deckte der Sekretär die andere Hälfte des Fotos auf: »Schauen Sie sich an, mein General. Erkennen Sie sich nicht mehr? Das sind Sie selbst, 1904, 1908, 1911 . . . Das da, auf der andern Seite, ist Ihre Kusine ersten Grades, María Amelia Perón – Sie beide lebten fast drei Jahre lang in derselben Wohnung . . .« – »In Camarones?« fragte der General verwirrt. »Nicht in Camarones, in der Schule, die Ihre Tante Vicenta Martirena geleitet hat.« – »Ist es wirklich so, wie Sie sagen, daß diese María Amelia eine Kusine ersten Grades von mir ist? Und dieser Bursche da, López? Sagen Sie, wem gehört dieser finstere Blick?«

Jetzt möchte er mit diesen Erinnerungen allein sein. Er setzt die Brille auf, schiebt die Seiten ins Licht und liest den ersten Abschnitt der Memoiren wieder durch, mit dem er nie zufrieden gewesen ist:

Mein Vater war ein Sohn von Tomás Liberato Perón, Arzt und Doktor der Chemie . . .

Warum nicht noch einen Schritt weiter zurückgehen und den sardischen Urgroßvater, der gegen 1830 am Río de la Plata an Land ging, und die schottische Urgroßmutter, von der sein Vater die blaue Maserung der Augen geerbt hatte, aus dem Dämmer der Mazorca-Zeit erretten? Ich bin ein Schmelztiegel der Rassen, Argentinien ist ein Schmelztiegel der Rassen – das ist das Hauptmerkmal für die absolute Übereinstimmung zwischen dem Land und mir. Auf die werden wir besonders hinweisen. Der General wühlt in den Dokumenten, die López mit ›Ahnen‹ betitelt hat, macht sich von da und dort Notizen und schreibt neu:

Soweit ich Kenntnis habe, war der erste Perón, der argen-
tinischen Boden betrat, ein sardischer Kaufmann, Mario
Tomás. Er hatte einen vom König von Sardinien ausgefer-
tigten Paß bei sich, und mit dieser Empfehlung brauchte er
nicht lange auf die Unterstützung anderer Sarden zu war-
ten. Er eröffnete einen Schuhladen und hatte rasch Erfolg.
Manche behaupten, er sei mit dem Verkauf von Stiefeln für
die Mazorca reich geworden, wie man damals die Polizei
von Buenos Aires nannte. Ich glaube eher, als guter Ge-
schäftsmann hatte mein Urgroßvater wohl auf sämtlichen
Altären Kerzen angezündet, ohne auf das Gesicht der Hei-
ligen zu achten.

Er war erst drei Jahre in Buenos Aires, als er, am 12.
September 1833, Ana Hughes Mackenzie ehelichte, eine
blauäugige Schottin. Da beide schlecht Spanisch sprachen,
benutzten sie zur Verständigung vermutlich die universel-
le Sprache der Gesten.

So ist's besser. Aus San Juan hat man ihm geschrieben, auf
der Passagierliste von 1823 figuriere ein gewisser Pedro Perón. Ein anderer Perón, ein gewisser Domingo – am Ende
sein Urgroßvater? –, lief, von Montevideo kommend, 1848 in
den Hafen von Buenos Aires ein. Der General beschließt,
diese Details nicht zu erwähnen, um die Klarheit der Erzäh-
lung nicht zu beeinträchtigen. Er wird sich auch nicht bei
den schwarzen Wolken des Bankrotts aufhalten, die 1851
über dem von unitarischen Wucherern mit einer Hypothek
belasteten Familiengeschäft dräuten. Vielmehr hält er sich
damit auf, die Adjektive auszumerzen, mit denen López den
folgenden Absatz garniert hat:

Von den sieben Kindern, die die Perón-Hughes ihrem
neuen Vaterland schenkten, zeichnete sich Tomás Liberato,
der Älteste, geboren am 17. August 1839, am meisten aus.
Das Leben dieses (rühmlichen) *Vorfahren ist voller Ehren-*
ämter. Er war nationaler Senator der Mitre-Partei für die

Provinz Buenos Aires, Präsident des Nationalen Hygiene-
rates, was soviel wie Minister war, und (heroischer) *leiten-*
der Armeearzt im Krieg gegen Paraguay. Er erfüllte
mehrere Missionen im Ausland, insbesondere in Frank-
reich, wo er einige Zeit lebte. (Er vergoß sein Blut) *Er*
nahm auch an der Schlacht von Pavón teil. 1867, kurz
bevor er die Abschlußprüfung ablegte, um seine Approba-
tion als Arzt zu erhalten, heiratete er (eine überaus distin-
guierte Dame, Doña) *Dominga Dutey. Diese meine Groß-*
mutter war Uruguayerin aus Paysandú und die Tochter
(vornehmer) *französischer Basken, die aus Bayonne*
stammten.

Mehr als ein Historiker hat diese Angaben zu korrigieren
beliebt, als der General die Zeitschrift *Panorama* autorisier-
te, sie zu publizieren. Der Großvater sei 1868 Provinzabge-
ordneter und nicht nationaler Senator gewesen, haben sie
gesagt. Die Sarmiento-Regierung habe ihm wegen seiner
selbstlosen ärztlichen Dienste während der Gelbfieberepide-
mie für ein knappes halbes Jahr ein Stipendium in Paris
gewährt. Aber er sei nicht in den Krieg gegen Paraguay gegangen – das haben sie ebenfalls bestritten. Er habe sich nicht
einmal aus dem Feldlazarett wegrühren dürfen, das notdürf-
tig in Buenos Aires errichtet worden war, um die Verwundeten aufzunehmen. Verdient habe er sich zwar schon
gemacht, aber eine hochgestellte Persönlichkeit sei er nicht
gewesen. Warum hat der General den Großvater unbedingt
in falschem Glanz erscheinen lassen müssen, wo es doch
schon genug echten gab? Anfälle von Größenwahn, warf
ihm ein Anonymus vor. Erinnern Sie sich nicht mehr, daß
Sie, als Sie noch Herr und Gebieter über die Republik waren,
persönlich eine Biographie von Dr. Perón verfassen ließen,
lobend zwar, aber wahrheitsgetreu?
Wie könnte ich mich an all das nicht erinnern. Und außerdem, was hat es schon für eine Bedeutung. Ich sehe keinen
Unterschied zwischen der Darstellung meines Großvaters,

die López Rega in den Memoiren – zugegeben – ein wenig veredelt hat, und dem Fleisch und Blut der Wirklichkeit. Verdammt, im wesentlichen sind sie doch ein und dieselbe Person, oder etwa nicht? Diese Leidenschaft der Menschen für die Wahrheit habe ich immer für töricht gehalten.

An diesem Flußufer habe ich die Tatsachen. Sehr gut, ich halte sie so fest, wie ich sie sehe. Aber wer garantiert mir, daß ich sie so sehe, wie sie sind? Jemand hat irgendwo geschrieben, ich soll die Dokumente besser studieren. Jaja. Da sind sie, die Dokumente, soviel ich nur will. Und wenn es sie nicht gibt, erfindet sie López. Er braucht nur die Hände auf ein Blatt Papier zu legen, und schon vergilbt es, das hat er mir selbst gesagt. Damit hat er mich so verwirrt, daß ich, wenn ich ein Foto aus meiner Kindheit anschaue, nicht weiß, ob ich tatsächlich drauf bin oder ob López mich soweit gebracht hat.

Aber am andern Flußufer ist das, was ich von den Tatsachen spüre. Und das ist für mich das einzige, was zählt. Nie wird jemand wissen, was für ein Gesicht Mona Lisa hatte und wie sie lächelte, denn dieses Gesicht und dieses Lächeln entsprechen nicht dem, was sie war, sondern dem, was Leonardo gemalt hat. Eva hat dasselbe gesagt: Man muß die Berge dorthin versetzen, wo man will, Juan. Denn wo du sie hinversetzt, dort bleiben sie. Genauso ist die Geschichte.

Meinen Großvater Tomás Liberato habe ich nicht kennengelernt. Ich weiß, daß er an Schlaflosigkeit litt und in seinen letzten Jahren, als er sich kaum noch auf den Beinen halten konnte, die Nächte zurückgezogen zwischen Destillierkolben und Räucherpfannen verbrachte, um das Virus der Schlaflosigkeit zu fassen zu kriegen. Er war auf die Idee gekommen, das Virus wandere in den Beinen der Wanderheuschrecken hin und her, so daß er Heuschrecken kochte und dann destillierte, um das Wasser zu analysieren. Er hinterließ in diesem Haus einen so durchdringenden Gestank, daß meine Großmutter nach den ersten Jahren der Trauer umziehen mußte, da sogar die neuen Kleider viel später noch immer nach Heuschrecken rochen. Ich kann nicht wissen, ob sich diese Geschichten so ereignet haben oder nicht. Aber meine Großmutter spürte sie so und erzählte sie mit diesen Worten weiter. Wenn es andere Wahrheiten gibt, sind sie nicht mehr von Interesse. Die Geschichte wird mit derjenigen Wahrheit vorliebnehmen müssen, die ich erzähle.

Jetzt, General. Jetzt können Sie ohne Gewissensbisse bis zu dem Moment weitergehen, wo Sie in die Militärschule eintreten. Vergessen Sie die unangenehmen Details, verschweigen Sie sie. Pusten Sie sie aus diesen offiziellen Memoiren hinaus, damit kein Stäubchen davon zurückbleibt. Alle Menschen haben das Recht, ihre Zukunft zu bestimmen. Wie sollten Sie da nicht das Privileg haben, ihre Vergangenheit auszuwählen? Seien Sie Ihr eigener Evangelist, General. Scheiden Sie das Gute vom Bösen. Und wenn Sie etwas vergessen oder verwechseln, wer wäre so vermessen, Sie korrigieren zu wollen? Lesen wir also noch einmal die Memoiren, so wie López sie ins reine geschrieben hat.

Die Familiennamen meiner Großeltern mütterlicherseits waren Toledo und Sosa. Soweit meine Kenntnisse reichen, waren alle Vorfahren dieses Zweiges Argentinier. Es wird gesagt, sie hätten in der Zeit der Conquista die kleine Garnison von Lobos gegründet. Ich bin mir da nicht so sicher. Ich weiß nur, daß meine Mutter in diesem Dorf geboren wurde, unter bescheidenen, fleißigen Landbewohnern.

Mein Vater, Mario Tomás Perón, war für ein städtischeres Leben bestimmt, aber der Zufall machte auch ihn zu einem Pampamenschen. Er wurde am 9. November 1867 geboren. Sein einer Bruder, Tomás Hilario, führte die Apotheke. Wir nannten ihn den ›Pharmachologen‹. Der andere, Alberto, wollte, glaube ich, unbedingt Soldat werden; bei seinem Tod war er Hauptmann oder Major.

(Und welches ist das Geburtsdatum Ihrer Mutter? hat ihn López bedrängt. Nennen wir es beim einen, so macht es sich schlecht, es bei der andern zu vergessen. Ich weiß es einfach nicht mehr, hat der General geantwortet. Wir haben ihren Geburtstag immer Anfang November gefeiert. Aber das Jahr, das Jahr ... Lassen Sie es so.)

Es gibt viele Versionen über die Gründe, die meinen Vater dazu bewogen, auf dem Land zu arbeiten. Ich weiß, daß er auf Wunsch des Großvaters ein Medizinstudium begann und irgendwann wieder damit aufhörte. Irgendwo habe ich gelesen, daß er das Studium wegen Typhus unterbrechen mußte, aber er erzählte es mir nicht so, sondern sagte einfach, er habe es satt gehabt. 1890, ein Jahr nach dem Tod des Vaters, ließ er sich in Lobos auf geerbten Gütern nieder und blieb dort als Viehzüchter. In Lobos wurde am 8. Oktober 1895 ich, Juan Domingo, geboren. Mein älterer Bruder, Mario Avelino, wurde in wenigen Wochen vier.

Gegen 1900 verkaufte mein Vater die Viehgroßfarm und die Grundstücke, denn er sagte, das sei kein Land mehr, sondern Vorstadt von Buenos Aires. Er tat sich mit der Firma Gebrüder Maupas zusammen, die in der Nähe von Río Gallegos ein großes Stück Land besaß, am Rande Patagoniens. Und er fing wieder von vorne an.

(Da gibt es einen dunklen Punkt, hat López Rega zu ihm gesagt. Ihr Vater tat sich mit den Gebrüdern Maupas zusammen, um in Río Gallegos Land zu bewirtschaften. Warum ist er dann in Cabo Raso geblieben, fast hundert Kilometer nördlich davon? Wie kann ich das wissen, hat der General geantwortet. Das sind schon so uralte Geschichten, daß sie wie zu einem andern gehören. Der Sekretär hat den Kopf geschüttelt: Strengen Sie sich an. Ich kann mich nicht erinnern, daß die Geschichte so ist, wie Sie sie erzählen, mein General. Woher wissen Sie das? hat der General neugierig gefragt. Ich weiß es, hat López geantwortet. Immer wenn Ihnen ein Gedanke herunterfällt, hebe ich ihn auf wie ein Taschentuch. Da habe ich sie alle, innerhalb dieser Grenzen, auf der unsichtbaren Bleistiftlinie, die ich um meinen Körper herum zeichne.)

Mein Vater war streng in allem, was mit unserer Erziehung zu tun hatte. Er nutzte jede Gelegenheit, um uns eine Lektion zu erteilen. Deswegen spürten wir seine Liebe aber nicht weniger. Gemeinsam gingen wir auf Straußen- und Guanakojagd. Oft mußten wir ordentliche Schläge einstecken, denn sich zu Pferd durch die patagonische Pampa bewegen bringt so manche Überraschung mit sich. Wir besaßen acht Windhunde, die die Jagdarbeit erledigten, aber um ihnen folgen zu können, mußte man galoppieren. Und wie.

Meine Mutter war eine hervorragende Reiterin, sie war eine Amazone. Von der Küche gar nicht zu reden, bei allem hatte sie eine sichere Hand. Wir sahen in meiner Mutter Arzt, Berater und Freund. Sie war Vertraute und Trösterin. Als wir rauchen lernten, taten wir es in ihrer Gegenwart.

(Habe ich gut wiedergegeben, worum Sie gebeten haben, mein General: in der Schilderung Ihres Vaters die männlichen und in der Ihrer Mutter die weiblichen Züge zu betonen? Keinerlei Halbheiten, um die Leser nicht zu verwirren. Gefallen sie Ihnen so, zwei vorbildliche Leben? hatte López, als er die erste Kladde fertig hatte, gefragt, während sie von der Dachstube behutsam wie Genesende wieder hinunterstiegen. So ist es gut, hatte Perón geantwortet. Genau, wie ich wollte.)

Kurz vor Mitternacht zogen sie sich zurück, um zu lesen. Isabel schlief, und die Hündinnen lagen schon friedlich in ihren Verschlägen. Anfänglich – war seither ein Jahr vergangen? – pflegten sie sich beim Schreibtisch zu treffen, dort, wo jetzt der General sitzt und jede Seite noch einmal durchliest. Es wehte eine brütendheiße Brise, genau wie an diesem Abend des 16. Juni. Draußen, auf der andern Seite der Gitter, ohrfeigten die Wächter der Guardia Civil mit ihren Handlaternen die Luft. »Das ist nicht der Ort für Bekenntnisse«, hatte der General gesagt. Und López: »Sie haben recht. Hören Sie doch dieses Licht – die Wachen fotografieren uns.«

Einige Tage waren sie noch unschlüssig und wanderten mit Schriftstücken und Aufnahmegerät vom Eßtisch zu einem unter der Treppe verborgenen Garderoberaum. Schließlich wagten sie sich ins einzige abgeschiedene Zimmer hinauf, das es im Haus gab und das López den Kreuzgang nannte. Es lag im zweiten Stock und hatte vor langer Zeit als Abstellraum für die Putzutensilien gedient. Von dort führte eine schmale Wendeltreppe in die Mansarde hinauf, wo der General die Kriegsatlanten, Berge von Briefen und die Zeitungen aus seiner ruhmreichen Zeit aufbewahrte. Aber seit dem denkwürdigen Abend im Jahr 1971, als sein Todfeind, Präsident Alejandro Lanousse, befahl, Perón den Leichnam seiner zweiten Frau zurückzugeben – der über fünfzehn Jahre lang unter falschem Namen auf einem Mailänder Friedhof versteckt gewesen war –, hatte sich im Haus alles geändert. Evita war da. Man spürte sie.

Isabel beauftragte einen Architekten, den Dachboden zu vergrößern und ein Fenster auszubrechen, den Raum mit Teppichen auszulegen und zwei Sofas, einen Betstuhl und ein Altarbild mit den klassischen Porträts der Verstorbenen hineinzustellen. Oben, in der frisch getünchten, sauberen, mit Luftreinigern ausgestatteten Mansarde, lag SIE in ihrem Sarg, im ewigen Licht von sechs roten, fackelgleichen Lampen. Isabel hatte den Leichnam unbedingt mit echten Altarkerzen beleuchten wollen, aber der Einbalsamierer sagte, diese toten Gewebe bekämen nur dank entzündlicher Substanzen keine Fäulnisflecken, und empfahl, auch die Lampen in der Dachstube gegen das Risiko von Kurzschlüssen und Funken zu schützen. In den Kreuzgang kamen wenig Besucher, nur die engsten Freunde. Zur Grabstätte fast niemand: Evitas Schwestern, wenn sie durch Madrid reisten, und sonntags Isabel, um Blumen hinzulegen. Die Türen des Kreuzgangs waren mit Samt beschlagen worden, damit man nichts hören konnte. Dort schrieb López die Erinnerungen des Generals nieder, und beide lasen, in sich selbst versunken.

In den ersten Monaten dieser Arbeit schloß Perón die Augen und ließ sich gehen: Er gab eine Geschichte nach der andern von sich, und es war, als füllte sich der Raum mit Federn. Manchmal, wenn er wieder zu sich kam, war der Sekretär nicht mehr da. Sogleich saugte sich sein Körper mit Blumenduft und Benzingeruch voll. Sie, sagte er; es ist Eva, die von der Mansarde herunterkommen möchte. Und Entsetzen schüttelte ihn. López? rief er die Treppen hinunter. Immer überraschte er den Sekretär dabei, wie er an seinem Schreibtisch saß und eifrig die Aufnahmen abschrieb. Obwohl sein Gesicht von Schlaflosigkeit zerfurcht war, hielt ihn der Schreibfluß aufrecht. Er streute nicht nur eigene Gedanken in die Memoiren ein, sondern auch Geschichten, die der General übergangen hatte, an die sich der Sekretär dagegen ganz genau erinnerte: »Lesen Sie diese Seite – wieso haben wir jenen Sommer verschwiegen?« erregte er sich dann. »Denken Sie nach, mein General, greifen Sie weit zurück. Januar 1906. Man hat uns schwarz angezogen und uns dazu noch eine Trauerbinde über den Arm gestreift. So haben uns Tante Vicenta und Tante Baldomera zum Gebet in den Raum geführt, wo General Bartolomé Mitre aufgebahrt war; Sie und ich gingen voran, Kusine María Amelia und Vetter Julio folgten uns Hand in Hand und ganz ernst. Baldomera erdreistete sich, dem großen Mann die Stirn zu küssen. Wir andern gingen uns im Trauerbuch eintragen, erinnern Sie sich . . .« Und der General antwortete: »Jetzt, wo Sie's sagen, erinnere ich mich wie durch einen Nebel hindurch. Aber ich sehe nur die Kusine und den Vetter. Ich ging allein voran und bahnte mir einen Weg durch die weinenden Menschenmassen hindurch. Buenos Aires war ein einziger Friedhof. Wir schwitzten aus allen Poren und erstickten fast in der Hitze all der Blumen. Und Sie, was haben denn Sie dort gemacht, López? Wie alt waren Sie?« Der Sekretär antwortete nie.

Perón gefielen solche amüsanten Einfälle, aber vormittags,

wenn López' Stimme bereits korrigierte Sätze der Tonband-
aufzeichnung rezitierte – ›Mein Vater, Mario Tomás . . .‹ oder
›Meine besten Freunde waren die Hunde . . .‹ –, spürte er,
wie ihn ein fremder Körper aus seinem eigenen Körper zu
vertreiben suchte, und dann klammerte er sich ans Treppen-
geländer, um sich nicht zu verlieren. »Auf diese Art kann ich
am besten für Sie sorgen, mein General«, beruhigte ihn López jeweils. »So lenke ich die Leiden, die durch Ihren Organismus gehen, auf meinen.«

Jetzt, wo er die Seiten der ersten Tage wieder durchliest,
merkt er, wie sorgfältig der Sekretär die Ausrutscher verbessert hat. Er hat die wirkliche Geschichte wiedergegeben,
diejenige, die geschehen mußte, die zweifellos die Oberhand
behalten wird. Jetzt kann er beruhigt in den Memoiren wei-
terlesen:

Alles änderte sich, als wir tief in den Süden kamen. Ob-
wohl die neue Farm – sie hieß Chankaike – für die Kälte
gerüstet war, war das Leben schwierig. Im Winter sank das
Thermometer auf minus 28 Grad. Der Kampf mit der Na-
tur war unser tägliches Brot, aber alle Widrigkeiten fielen
für uns nicht ins Gewicht. Wir wuchsen in völliger Freiheit
auf, nur gerade der Führung und Kontrolle eines alten
Lehrers unterstellt, der uns die Grundschulkenntnisse zu
vermitteln hatte.

Unser Zufluchtsort waren zwei riesige Stücke fruchtba-
res Schwemmland. Die Passatwinde, die in dieser Gegend
mit über hundert Stundenkilometern daherbrausen,
dämpften unsere Begeisterung für das Landleben. Wenn es
unter minus 20 Grad war, wurden wir zu Hause einge-
schlossen. Einmal erwischte mich eine dieser schrecklichen
Kälten, und die Zehen froren mir ein. Als ich sie wieder
auftaute, fielen mir die Nägel aus. Aber Gott weiß, was er
tut. Die Nägel wuchsen nach, stärker als zuvor.

Meine besten Freunde waren die Hunde, von denen es
im Süden wegen der Arbeit mit den Schafen so viele gibt.

Bei den Feldarbeiten taugen einige von ihnen mehr als mehrere Knechte zusammen. Die Hunde haben in meinem Körper ein unauslöschliches Andenken hinterlassen: eine verkalkte Hydatide in der Leber.

Nach dem schrecklichen Winter 1904 kaufte mein Vater mitten in Chubut, am Fuß der berühmten Basalthochebene, zwei oder drei Quadratmeilen Land. Dort befinden sich die einzigen Tränken in dieser weiten Gegend. Von Chankaike gingen wir wieder in den Norden zurück, nach Cabo Raso, wo wir eine Zeitlang blieben, bis das Haus auf dem neuen Land fertiggebaut war. Ende 1905 zogen wir um.

Obwohl ich meinen Vater von da an nur ganz selten sah, hat er in mir einen sehr lebhaften Eindruck hinterlassen. Er war noch einer von der alten Garde, wie es heute nicht mehr viele gibt. Überall, wo er wohnte, war er Polizeichef und Friedensrichter ›ad honorem‹, Ämter, die den angesehensten Bewohnern übertragen wurden. Man wird also verstehen, daß mein Zuhause ebenso Großfarm wie öffentliche Kanzlei war. Dort übte er sein Patriarchat aus und genoß jedermanns Hochachtung und Freundschaft.

Im März 1904 wurde ich nach Buenos Aires geschickt, um meine Ausbildung fortzusetzen...

(Ein Gurgelkonzert im oberen Badezimmer profaniert die Lektüre. Der General erkennt den Lärm, mit dem López Rega seine Mitternachtstoilette ankündigt. Jedem Gurgeln folgt ein Rotzauswurf und beinahe gleichzeitig das Trommelfeuer von Fürzen, mit dem der Sekretär seinen Darm erleichtert.

Ihren Darm, mein General, hat ihn López korrigiert. *Ich* habe damit nichts zu tun. Es sind die Winde, die sich in Ihren Mund einschleichen und danach meinen Körper benutzen, um sich zu befreien. Wie ist das möglich? hat Perón gefragt. Ich habe immer eine perfekte Verdauung gehabt. Aber der Sekretär beharrt darauf: Das Gurgeln, ja, das kommt von mir. Aber die andern Geräusche übermitteln *Sie* mir.

März 1904? überlegt der General. Da kann etwas nicht stimmen. In diesem Jahr ging ich nach Buenos Aires auf die Schule, aber ich erinnere mich auch an den berüchtigten Winter, der gerade um diese Zeit Patagonien entvölkerte. Das sind zwei Erinnerungen, die sich nicht verbinden können – es sieht fast so aus, als wär's einer von beiden unangenehm geworden, so daß sie den Standort gewechselt hat. López beruhigt ihn. In solchen Dingen, mein General, gibt es kein Versagen des Gedächtnisses, sondern nur Irrtümer der Wirklichkeit.

War es also 1904? Oder im Sommer darauf? Er sah sich noch genau in das alte Haus in der Calle San Martín kommen, die Hände voller Brombeerflecken. Er trug einen Rucksack, und am Gürtel hing ihm ein Krug, dessen unteren Teil die Mutter mit Pampasgrasblüten bemalt hatte, damit der Junge nie das Land vergäße, von dem er stammte. Die Großmutter empfing ihn gleichgültig. Sie reichte ihm die Wange zum Kuß, ohne in ihrem Stuhl mit Schaukeln aufzuhören, und die beiden riesenhaft gewachsenen Tanten schickten ihn, die Arme in die Hüften gestemmt, zum Spülbecken hinten im Hof zum Waschen. War das wirklich 1904? Der General streicht den letzten Satz durch und kritzelt eine weitschweifigere Version an die Ränder.)

Aber der Unterricht meines Vaters und des alten Lehrers erfüllte die großen Erwartungen nicht, die die Familie in mich setzte. Ich mußte nach Buenos Aires fahren, wo meine Großmutter väterlicherseits die Vervollständigung meiner Erziehung übernehmen sollte. Als freier Schüler absolvierte ich die ersten Klassen der Grundschule und hatte sehr bald aufgeholt.

(Ja, an diesem Punkt kann er den Faden wiederaufnehmen:)

Die Veränderung war gewaltig. Der abgehärtete, zähe kleine Gaucho wurde bald ein Junge wie alle andern in der

Hauptstadt. Mit zehn dachte ich fast wie ein Mann. In Buenos Aires kam ich allein zurecht, und der Rockzipfel meiner Mutter oder der Großmutter zog mich nicht so an wie die meisten gleichaltrigen Jungen. Ich wollte erwachsen sein und benahm mich dementsprechend.

Meine Großmutter war schon ziemlich alt. Deshalb ersetzte ich sie als Familienoberhaupt. Das hatte einen enormen Einfluß auf mein Leben, denn so begann ich mich unabhängig zu fühlen und selbständig zu denken und Entscheidungen zu treffen. Ich war nicht besonders lernbegierig oder fleißig. Im Sport schon, nichts gefiel mir so sehr wie der Sport.

Als ich Jahre später auf die Internationale Schule Olivos kam, begeisterte ich mich für den kleinen Fußballplatz, den wir dort hatten. Die Schule war eine dieser Lehranstalten für Kinder aus reichen Familien und hatte viele Vorteile. In Olivos blieb ich bis einschließlich dritte Klasse, in einer wegen der uns zugestandenen Freiheit und Verantwortung sehr ungewöhnlichen Studienordnung. Dort wurde ich auch Fußballspieler. Es war die Zeit der berühmten Mannschaft von Alumni, deren Spieler für uns Helden waren.

Wie jeder ›ragazzo qualunque‹ lernte ich das, was mir nicht zusagte, mit Gedächtnistraining; bei allem andern gebrauchte ich den Verstand. Der Durchschnittsunterricht widmet sich stärker dem Gedächtnis. Und am Ende seines Lebens

(Hier hält der General inne. Oft hat sich ihm der folgende Satz im Kopf herumgedreht. Aber hat er ihn tatsächlich gesagt? Stammt der Satz wirklich von ihm, oder hat der Sekretär seine Gedanken gelesen und ihn auf die Seite gesetzt?)

weiß der Mensch genau das, woran er sich erinnern kann. Der Mensch weiß genau das, woran er sich erinnern kann. Aber wichtig ist nicht die exakte Erinnerung an die Din-

ge, sondern was man aus ihr macht, die Farbe, mit der man
sie tönt.

Nach dem zweiten Jahr der Sekundarstufe in Olivos
mußte ich allmählich eine Entscheidung bezüglich meiner
Zukunft treffen. Ich gedachte, den Rat meines Vaters zu
befolgen und Medizin zu studieren. In der Familie Perón
war das der vorherrschende Beruf gewesen. Mein Urur-
großvater soll Chirurg in Alghero gewesen sein, einem
kleinen Hafen im Westen Sardiniens. Und mein Großvater
kam als Arzt zu Ruhm und Ehren. Ich war von meinem
Los fast überzeugt. Im dritten Jahr begann ich Anatomie
zu büffeln, das anspruchsvollste Fach, wenn man an der
medizinischen Fakultät aufgenommen werden wollte.
Aber zu dieser Zeit besuchten mich einige Kameraden, die
soeben in die Militärschule eingetreten waren. Begeistert
erzählten sie mir, wie großartig dieses Leben sei und wie
sehr es die Lehrer darauf anlegten, den Charakter der
jungen Burschen zu stählen. Ich sagte: »Das ist es, was ich
will.« Und ich entdeckte in mir den Soldaten, der ich bis
heute geblieben bin. 1910 legte ich meine Eintrittsprüfung
ab. Schließlich trat ich zu Beginn des folgenden Jahres als
Kadett ein.

(Also war alles in Ordnung. López hatte die Memoiren von
dem Kusinen-, Vettern- und Tantenklecks säubern können,
der sie verunstaltet hatte. Wenn man Vicenta und Baldomera
Martirena wegließ, bei denen der General aufgewachsen war,
brauchte man auch nicht mehr von der ersten Ehe der Großmutter Dominga zu sprechen. Eine Witwe, die zum zweiten
Mal heiratet, ist weder Märtyrerin noch Vorbild. Auch die
Schatten von Vetter Julio und Kusine María Amelia waren
vom Horizont verschwunden. Mit welcher Begründung,
López? Um Onkel Albertos schändlichen Selbstmord zu
umgehen und so jede Schwäche im Blute der Peróns zu eliminieren? Oder um nachdrücklich darauf hinzuweisen, daß
er, Juan Domingo, von Kindesbeinen an frei und verantwort-

lich war, ein richtiges Familienoberhaupt, wie er so trefflich geschrieben hatte?)

»López!« ruft er. Jenseits der Wandschirme, rechts vom Schreibtisch, erwartet ihn der Sekretär, auf einem Treppenabsatz stehend. Er trägt einen changierenden Hausmantel und riecht von fern nach Lancaster-Kölnisch-Wasser. »Das erste Kapitel ist sehr gut, López«, sagt der General und steht auf. »So müssen wir weitermachen. Sind Sie bereit für heute abend? Das Gespräch mit Cámpora hat mir viele innere Knoten gelöst. Er wollte mir die Präsidentenbinde überziehen, stellen Sie sich vor! Als genügten kleine Gesten, um das Land wiederaufzurichten! Ich möchte in diesen Memoiren mehr in die Tiefe gehen, López. Jetzt, wo die Tränen der Vergangenheit trocken sind, habe ich das Verlangen zu reden.«

»Dazu bin ich da, mein General, damit Sie sich an alles erinnern.« Der Sekretär reicht ihm einen Arm auf der schwarzen Treppe, Perón stützt sich auf ihn. »Steigen Sie langsam hoch, hierdurch. Nehmen Sie sich zusammen. So ist's gut, nur weiter. Schrittchen für Schrittchen. So, und nun die nächste Stufe. Halten Sie sich mit dieser Hand am Geländer fest, damit ich Sie führen kann. Eins, zwei, eins. Konzentrieren Sie sich auf mich. Kommen Sie. Haben Sie keine Angst vor der Nacht. Ich bin oben, im Kreuzgang, können Sie mich hören?«

Fünf
Die Gegenmemoiren

Daß es in der Wohnung so still ist, wo doch draußen ein einziges Getöse herrscht, hat Noon Antezana aufgeweckt. Immer wenn er auf Stille stößt, ahnt sein Körper irgendein Unglück.

Aber was gibt es denn schon zu befürchten? Neben ihm schläft Diana, und die Aktion 20. Juni ist bis ins kleinste Detail unter Kontrolle. Kürbiskopf Iriarte hat zum x-ten Mal Motoren und Felgen der Leyland-Busse überprüft, Pepe Juárez hat die Waffen gereinigt und gefettet, Vicki Pertini hat sich mit einem Heer von freiwilligen Näherinnen herumgeschlagen, um die Buchstaben auf den Riesenplakaten fertigzubekommen, PERÓN ODER TOD, REVOLUTIONÄRE STREITKRÄFTE / WILLKOMMEN GENERAL / MONTONEROS ZUR STELLE, und er selbst, Noon, hat vor dem Zubettgehen die Versammlungen in Berisso, Florencio Varela und Cañuelas abgeklopft. Am Mittag dieses 20. Juni, nach dem Abmarsch vom Llavallol-Rondell, werden die Kolonnen der Aktivisten beim hinteren Teil der Tribüne anlangen, an der Autobahn nach Ezeiza. Dann wird Noon befehlen, sich zangenförmig aufzufächern und die ersten dreihundert Meter der Kundgebung einzukesseln, vor welcher der General sein achtzehnjähriges Exil beenden und die Geburt des sozialistischen Vaterlandes ankündigen wird.

Wie können Drinnen und Draußen so verschieden sein? Hier in der Wohnung hört man nur das Atmen, als stürbe etwas. Alles ist mittlerweile auf der Strecke geblieben: die Angst, die Familie, die Gesundheit, der Stolz. Nach und nach hat er alles aufgegeben, nur um das Licht dieses Tages zu erblicken, um diese Geschichte zu umarmen. Aber draußen, draußen – wer weiß, was die Geschichte in diesem Moment ausheckt.

Noon richtet sich auf und zündet sich eine Zigarette an. Er

spürt – unmöglich, ihn nicht zu spüren, wie fern er auch sein mag – Dianas gebieterischen Körper. Seine ungewisse Mission und sie haben gleichzeitig begonnen. Ende März hatte sich Noon Perón gegenüber verpflichtet, die Entwaffnung der Sondereinheiten zu organisieren und sie für die Zeit des Friedens vorzubereiten – »Es müssen Predigerschulen gegründet werden«, hatte der Alte mit Nachdruck gesagt –, und der Abgeordnete Diego Muniz Barreto hatte auf der Durchreise in Puerta de Hierro Diana Bronstein als Gehilfin vorgeschlagen: »Sie ist eine erstklassige Führungsperson. Eine geborene Mobilmacherin. Zur Zeit läßt man sie als Gewerkschaftsarchivarin in Almagro die Zeit verträdeln.«

Muniz hatte sie ihm in seinen Büroräumlichkeiten in der Calle Florida persönlich vorgestellt, als sie wieder in Buenos Aires waren. Seit er sie erblickt hatte, den Körper zwischen den Aquarien mit den Tropenfischen verborgen, die der Abgeordnete sammelte, spürte Noon, daß sein ganzes Wesen in tiefste Verwirrung stürzte. Er war wehrlos angesichts dieses sinnlich wie Piranhas züngelnden Gestrüpps roter Haare, ließ sich von den eindringlichen Augen bezwingen, die nicht zu dem sommersprossigen Gesicht passen wollten, und verlor den Schwerpunkt, als sein Blick zwischen Dianas Brüste fiel, deren gesträubte Knospen den Himmel witterten.

Sie war die Tochter eines rumänischen Schneiders, der per Briefwechsel ein fades Polenmädchen geheiratet hatte. Zu Hause wurde ausschließlich Jiddisch gesprochen. Kaum auf dem Mädchengymnasium, setzte Diana alles daran, diese Sprache wieder zu verlernen, denn sie wollte den Familienerinnerungen für immer entkommen und als reine Argentinierin noch einmal geboren werden. Ein Philosophielehrer unterrichtete sie in Sex und permanenter Revolution. Nach zwei Jahren wollte er sie heiraten. Diana verlor jede Illusion.

Von da an erlaubte sie keinem Mann mehr, sie zu erwählen. Sie war es, die die Männer erwählte, in Textil- und Marmeladenfabriken, wo sie sich einschleuste, um die Arbeiter zu schulen. Nackt im Bett, las sie ihnen geduldig Marta Harneckers Lehr- und Ches Tagebücher vor, beugte sie zärtlich über die Biographien von Trotzki und Rosa Luxemburg und half ihnen anschließend mit einem Wissen, das sie immer wieder erstaunte, die Neuheiten der Lust zu entdecken. ›Es gibt keinen Grund, warum die Revolution des Körpers im Widerspruch zur Revolution der Völker stehen sollte. Wenn den Armen alles versagt wird, warum sollen wir uns dann auch noch die Lust versagen?‹ dachte sie jeweils, um den Wahnsinn ihrer Orgasmen zu rechtfertigen.

1972 brachte sie ein Pralinenverpacker, Dickerchen genannt, von ihrer Trotzki-Leidenschaft ab. Die Vierte Internationale sei, sagte er, das letzte Glied eines anachronistischen und überdies ruinierten Sozialismus. In Argentinien führten alle revolutionären Wege über Perón. Diana wurde böse, ihr Verstand erklärte sich für beleidigt: Im Namen welcher Ideologie sprach man da zu ihr? Perón war ein Paradebeispiel für Opportunismus, ein unterentwickelter Mussolini-Imitator. Zwar setzte die Arbeiterklasse weiter ihre Hoffnung auf ihn, das stimmte, aber die revolutionäre Arbeit bestand ja gerade darin, diese Heuchelei zu entlarven und die in ihrem Dienst gedeihende Gewerkschaftsbürokratie zu entthronen. Dickerchen hielt sie fest in den Armen und gab ihr mit unerwarteter Autorität John William Cooke zu lesen, die Briefe, die er Perón aus Havanna schrieb, werden deine Bedenken zerstreuen, diesmal oder nie, Diana, mein Liebling, die Geschichte wird direkt an uns vorüberziehen, und ich werde dich nicht gehen lassen, ohne daß du sie berührt hast.

Einige wenige Wochen war Diana noch im Zweifel, bis die Abschlachtung einer Gruppe von Guerrilleros bei Trelew – worin sie ein eindeutiges Zeichen von Staatsterrorismus erblickte – und die tumultuarische Totenwache am Sitz der Peronistischen Partei sie endlich überzeugten. Sie erklärte sich bereit, Soldatin Peróns zu werden, solange man ihr erlaubte, ihre kritische Unabhängigkeit zu behalten: keinerlei Persönlichkeitskult oder blindes Von-oben-nach-unten. Am selben Abend, an dem die Guerrilleros beerdigt wurden, begann sie mit einem hohen Politiker aus Almagro zusammenzuarbeiten. Durch die Begegnung mit Noon wurde sie zur Vollzeitaktivistin.

In keiner Weise hatte sie Noon das Privileg eingeräumt, sie zu verführen. Sie war es, die ihn, nachdem sie wochenlanger Belagerung widerstanden hatte, von heute auf morgen anrief und in ein Stundenhotel einlud, um des reinen Vergnügens willen, ihre Kräfte mit diesem eingebildeten Körper zu messen. Das Zimmer, das man ihnen gab, roch nach Sex. Unmöglich konnte da jemand dem Irrtum erlegen sein, sich wirklich zu lieben. Das Bett war mit Stuckengelchen verziert, die jeden Moment vom Baldachin fallen konnten. Unter den Flicken an den Laken schimmerte die demütigende Plastikdecke, die die Matratze schützte. Durch die hinter modrigen Samtvorhängen versteckten Fenster erkannte man die Grabmäler des Recoleta-Friedhofs. Beim Eintreten ordnete Diana an, das Licht auszumachen. Es war eine Offenbarung. Wortlos paßten die Körper ineinander, gerieten gemeinsam in dieselben Schauer und verließen sie wieder den gleichen Erinnerungen entgegen.

Bald fühlte sich Diana bei dieser Geschichte dauernd in Gefahr. Sie fürchtete sich zu verlieben. Aus Angst ging sie von Noon weg, und aus Mitleid kam sie wieder zurück – sie empfand ihn zugleich als ganzen Kerl und als Waise, als Machtmenschen und als Liebes- und Barmherzigkeitsanalphabeten, so daß sie ihn, wenn er ihr (immer widerwillig) irgendeinen Winkel seiner Biographie erzählte, am liebsten mit dem Laubwerk ihrer Haare zugedeckt und auf dem Schoß eingelullt hätte, mein armer Noon, mein armer Kleiner.

Tatsächlich war Noon allein aufgewachsen, in der Obhut von Kindermädchen, die ihn mit Eiscreme vollstopften, damit sie ihre Ruhe hatten. Die Eltern, die sich getrennt hatten, noch bevor er laufen lernte, schlichteten den Streit um ihn so, daß sie ihn halbierten, für jeden ein halbes Jahr, was letztlich das ganze Jahr für keinen war. Nachdem sie ihn die längste Zeit vergessen hatten, erlebten sie plötzlich ein Aufflammen von Schuldgefühlen und rissen ihn sich gegenseitig wegen eines Jachtausflugs auf dem Tigris oder eines Wochenendes in Punta del Este aus den Händen. Aber kaum hatten sie sich seiner bemächtigt, hielt ihr Enthusiasmus nicht länger als eine Stunde vor. Eines der wenigen Male, wo sie sich einigten, war, als es darum ging, ihn als Kadetten auf der Militärschule anzumelden. Noon war auf jedes Unglück gefaßt, außer auf das der Dogmen und Disziplinen. Er brauchte lange, um sich in die Marter zu schicken, daß man ihn vor dem Morgengrauen weckte, ihn zwang, sich unter eiskaltem Wasser munterzuduschen, und ihn wochenlang mit Drill, Marathonläufen auf offenem Feld und Hüpfen in der Hocke quälte. Allmählich lernte er, daß er, um sich Respekt zu verschaffen, immer eine Extremposition einnehmen mußte: sklavisch gehorchend und göttlich befehlend. Er begann seinen Körper zu dressieren. Obwohl er Sport haßte, blieb er sonntags zu Stabhochsprung und Gewichtheben in der Akademie. Einmal zwang ein Feldwebel die ganze Klasse zur Strafe, in einer mit Eisstangen gefüllten Pferdetränke anzutreten. Noon hielt als einziger die volle Stunde durch, ohne die Besinnung zu verlieren, aus Eigenliebe und weil er die Schwäche der andern verachtete. Aber er schwor bei seinem Herzen, daß er, sobald er Offizier wäre, den Feldwebel suchen und zur gleichen Strafe verdonnern würde.

Er hieß eigentlich Abelardo Antezana und hatte ein rundes, lebhaftes Gesicht, aus dem sich unharmonisch das Kinn vorwölbte, dessen Grübchen so tief war, daß es aussah wie die Narbe einer Schußwunde. Einmal in seinem ersten Akademiejahr hieß ihn der Englischlehrer eine Liste unregelmäßiger Verben an die Wandtafel schreiben. Einige Sonnenstrahlen drangen durchs Fenster herein und verfingen sich in seinem Haar. Der Lehrer stand auf und betrachtete ihn: »Heben Sie den Kopf, Kadett.« Noon gehorchte schüchtern. »It's wonderful! You have a noon-face.« Wie? lachte die

Klasse. »You have a noon-face. Ihr Gesicht sieht aus wie ein Mittag«, wiederholte der Lehrer.

Seither hatte er den Übernamen Noon. Beim Fußballspiel wußten die Kadetten der gegnerischen Mannschaft, daß sie ihn aus dem Konzept bringen konnten, wenn sie ihn Noonface nannten, und immer wenn er am Ball war und über den Rasen stürmte, brauchten sie ihm nur zuzurufen: »Du hast den Ball gefressen, Noon!«, damit er unweigerlich den Ball quer übers Feld ins Aus schoß.

Im Frühling 1969, kurz bevor er den Leutnantssäbel erhielt – Vierter seines Jahrgangs, aber Bester der Artilleristen –, veränderte ein Zufall sein Leben. Bei der Hochzeit einer Kusine lernte er Juan García Elorrio kennen. Juan war hitzig, brillant und stur in der Diskussion. Er ging gebeugt, und eine neurasthenische Glatze vergrößerte ihm die Stirn. Er leitete eine linke Zeitschrift, *Cristianismo y revolución*, und predigte Heldentum und Heiligkeit, aber es wollte ihm nicht in den Kopf, daß man beide Zustände nur durch Martyrium erlangen konnte.

Mit dem Zeigefinger Noons eisernes Kinn im Visier, indoktrinierte ihn García Elorrio geschickt von der ersten Begegnung an. San Martíns Armee sei dabei, in einer unsichtbaren Welle neuer Befreier wiederzuerstehen, sagte er. Es handle sich um junge Peronisten und Christen, entschlossen, in einem erbarmungslosen Kampf gegen die Henker der Armen, die sie zu einem langsamen Tod durch Verhungern, Analphabetismus und Krankheiten verdammten, ihr Leben hinzugeben. »Und wer ist der Feind?« wollte Noon wissen. Für Juan war jeder Irrtum ausgeschlossen. Es waren die unrechtmäßigen Besatzer des Vaterlandes: die Feinde von innen, all die Generale und Admirale, die das Land an den Imperialismus verkauften.

Ein denkwürdiger Vortrag von García Elorrio überzeugte ihn vollends: »Es ist die Pflicht jedes Revolutionärs, die Revolution zu machen«, hatte Juan erklärt, voraussehbar, aber fiebernd. »Und die Pflicht eines rechtschaffenen Mannes besteht darin, vor der grauenhaften Gewalt von oben die Augen nicht zu verschließen, die Hände nicht in den Schoß zu legen. Wie kann man ungerührt bleiben angesichts der vorbildhaften neuen Märtyrer namens Camilo Torres und Ernesto Guevara, unserer Brüder in der Gerechtigkeit, unserer Lehrmeister in der Nächstenliebe? Sie werden für immer in den Gewehren der anonymen Guerrillas, die überall in Lateinamerika kämpfen, in den Rebellenmacheten der Bauern und im Rächerdynamit der Bergarbeiter weiterleben. Diese Märtyrer heißen in Argentinien John William Cooke und Eva Perón, für die die einzige Rettung des Vaterlandes, wie auch für uns heute, im revolutionären Bewußtsein des peronistischen Volkes bestand . . .«

Innerlich erleuchtet, hingerissen von einem heldenhaften Ideal, das ihn geradewegs dazu bringen würde, sich gegen die Werte seiner Eltern aufzulehnen, bat Noon um die Entlassung aus der Militärschule und lief in die Reihen des Feindes über. Er faßte diesen Entschluß so bestimmt, daß sich ihm niemand in den Weg zu stellen wagte. Im Dezember erfuhr er aus den Zeitungen von den feierlichen Paraden und Fahneneiden seiner ehemaligen Gefährten. Inzwischen hatte er bereits seine eigene Jugendmiliz auf die Beine gestellt und war mit Perón zusammengetroffen.

In den folgenden drei Jahren sah er ihn unzählige Male. Er suchte die Villa 17. Oktober als Sprecher der radikalsten Gruppen auf und legte immer irgendein tollkühnes Projekt dar, um die Militärdiktatur anzugreifen. Obwohl die Kriegspläne undurchführbar schienen, hieß der General sie immer gut. »Wenn Sie über die geeigneten Leute verfügen, dann nur zu, Antezana. Das Regime soll uns nicht mit Hausschafen verwechseln.«

Und Noon griff an. Mit derselben unermüdlichen Fantasie organisierte er einen Überfall auf die Wachhäuschen des Präsidentenpalasts in Olivos, sprengte achtunddreißig Petroleumtanks der Fiat in die Luft und ließ Ballone aufsteigen, die über den Gefängnissen Aufmunterungsparolen für die

gefangenen Aktivisten abwarfen: ›Gefallene Märtyrer geraten nie in Vergessenheit‹ / ›Vergossenes Blut schürt nur
unsere Wut.‹

Im April 1973, wenige Wochen nach dem peronistischen
Wahlsieg, kam Noon mit bösen Ahnungen von Madrid zurück. Er hatte einen General angetroffen, der sich allzusehr
an die Macht zurücksehnte. Jeder, der diesen seinen letzten
Triumph bedrohte, entzündete seinen Zorn. Von Revolution
war keine Rede, er wollte als Mann des Friedens ins Vaterland
zurückkehren. »Mit einem einzigen Hauch werde ich alle
Brände löschen, und ich werde mit keinem Erbarmen haben,
der sie wieder entfacht.« Noon hatte auf Lenin gesetzt, und
jetzt erwies sich, daß erst Kerenskij als Kröte geschluckt
werden mußte. Die Alternative ist ganz einfach, hatte Perón
zu ihm gesagt: »Wenn wir rasch handeln wollen, brauchen
wir Ströme von Blut. Ich würde lieber auf Strömen von Zeit
wandeln.«

Er legte es darauf an, daß ihm die Militärs wieder trauten,
daß sie seine Führererfahrung respektierten. Und deshalb
würde er zu Beginn nur sanfte Reformen einführen, Veränderungen aus der Pipette. »Sehen Sie mich genau an, Antezana – komme ich Ihnen wie ein Betrüger vor? Gewiß nicht.
Ich werde den Argentiniern beibringen, daß Institutionen
wichtiger sind als Revolutionen. Ich habe es mehr als einmal
gesagt: Ich bin ein zahnloses Raubtier, ein alter, pflanzen-
fressender Löwe. Ich mache keinem etwas vor, aber viele
Leute sind daran interessiert, sich mit mir etwas vorzuma-
chen.«

Trotzdem brach Noon in der Gewißheit von dort auf, daß
der General, wenn die Massen um jeden Preis die Revolution
wollten, sich diese, im Gegensatz zu 1945, ohne Zögern auf
die Fahne schriebe. Wer zuerst auf der Straße ist, wird Perón
fest in der Hand haben, überlegte Noon. Man wird ihm zeigen müssen, daß die Peronisten von 1973 nicht mehr so
bedingungslose Anhänger sind wie die von 1955, daß sich die
justizialistische Doktrin den neuen Winden anzupassen hat.

Ende Mai beschloß Noon bei einem Treffen mit seinen Stellvertretern, am Camino de Cintura, einen halben Kilometer von der Autobahn nach Ezeiza entfernt, ein Landhaus zu mieten und von dort aus den Marsch von zwanzigtausend kriegserfahrenen Aktivisten zu leiten, die von den Flanken her die Vorhut der Kundgebung einkesseln und den Alten mit ihren aufständischen Parolen zudecken würden.

Eines Sonntags – am 3. Juni – bezogen Diana und er das düstere große Haus, das von nebelausdampfendem Gehölz umpanzert war, in dessen Tiefen ein mit Schlamm und verfaultem Laub angeschwollenes Schwimmbecken stank. Eine Woche später quartierten sich auch Vicki Pertini und Kürbiskopf Iriarte hier ein; sie brachten eine ganze Sammlung von Landkarten und Peuser-Führern mit, um das Operationsgebiet im Detail zu studieren, aber Noon zog es vor, im Sandkasten zu proben, wie in der Militärschule, mit himmelblauen Fähnchen für die treuen Truppen und schwarzen für die hypothetischen Gegenattacken des Feindes.

Als endlich der große Augenblick gekommen war, versammelte Noon alle im Eßzimmer und erklärte ihnen, daß ihnen das Vorankommen nicht leichtfallen werde, daß es aber keine andere Möglichkeit und Methode für sie gebe. Die Tribüne sei von faschistischen Truppenkonzentrationen umringt: Rechts, auf der Fernstraße 205, würde ein Bataillon abgebrühte Polizisten, Eliteschützen, die revolutionären Kolonnen abfangen; an den Flanken, vor den Sicherheitskordons, befänden sich die Sanitätswachen und Krankenwagen, verteidigt von Ergebenen des Sekretärs López Rega; im Norden die Reihe der Zisternenwagen, die über Funk mit der Nachrichtenzentrale verbunden seien, welche Oberstleutnant Osinde im Hotel in Ezeiza leiten werde; und auf der Tribüne selbst würden die berühmtesten Schläger der Rechten, die Schutzengel von Gewerkschaftscliquen und Isabel der Usurpatorin, Wache halten. Also werde sich das sozialistische Vaterland mit Waffengewalt zwischen den Anhängern des reaktionären Vaterlandes einen Weg bahnen müssen.

In der Hocke sitzend, überprüfte Diana jedes Detail in ihrem eigenen Zeichenheft; gedankenversunken hob sie mit den Händen ihre rote Haarkaskade und brachte damit das Blut in Noons Bauch in Wallung. Vicki Pertini, deren Sinne wie eine Logarithmentafel waren – nie ließen sie sich gehen –, füllte rasch die Stille, um die Fähnchen im Sandkasten umzustecken, während Pepe Juárez mit heiserer Stimme erklärte, die Munitionsvorräte seien ausreichend, ja mehr als ausreichend für jegliche Verteidigungsaktion.

Nun setzte ihnen Diana die Strategie auseinander, die mit ihrer Arbeitsgruppe vereinbart worden war, um den Gegner unter Druck zu setzen. Zwischen neun und zehn Uhr vormittags, sagte sie, wird eine Clique von Freunden aus Lanús, die wir Goldkehle nennen, bei der Tribüne Stellung beziehen, neben den Notenständern der Musiker, und sich in Siebner- bis Zehnergruppen aufspalten, innerhalb eines Radius von dreihundert Metern. Gegen zwölf Uhr, wenn sie bereits das Vertrauen der Nachbarcliquen gewonnen haben, werden sie, wie um die Atmosphäre aufzuwärmen, das Feuer mit einem harmlosen Verschen eröffnen, *Auf nach Ezeiza auf Genosse / gib einem alten Montonero die Flosse*, mit – unauffälligem – Nachdruck auf Montonero. Und sogleich, ohne die Glut ausgehen zu lassen, wird der Blaue Bach, ein Chor aus einem Slum von Berazategui, die Goldkehle mit einem lauter angestimmten Lied unterstützen, *Wir wolln das peronistische Vaterland errichten / aber nach Art der Montoneros und der Sozialisten*, und immer so fort, bis Perón das Staatsgebiet überfliegt. Von den Transistorgeräten benachrichtigt, werden nun die Jungs der Goldkehle auf die Wunde zugehen, die den Isabelismus am meisten schmerzt: *Evita gibt's nur eine / allen andren machen wir Beine*, während die vom Blauen Bach ihr ganzes Bedrohungsrepertoire entfalten, *Jetzt oder nie, jetzt oder nie / Schluß mit der Gewerkschaftsbürokratie*. Jetzt werden mit entrollten Fahnen wir auftreten, der General wird im Helikopter von Ezeiza Richtung Tribüne abfliegen, und sobald wir ihn ankommen sehen, wird aus allen Himmelsrichtungen der niemals alte Marsch aufsteigen, der einzige zwingende des glorreichen Tages, *Gemeinsam werden wir siegen*. Dann werden Goldkehle und Blauer Bach mit geschwellter Brust und unisono die revolutionäre Strophe anfügen, was haltet ihr davon?, *Gestern war es Widerstand / heute Montoneros und FAR / mit Perón in den Krieg ziehn / den Krieg des ganzen Volkes klar*. Unterdessen werden Tausende Tauben auffliegen, und die Mädchen von der Vereinigung Evita werden Ballone steigen lassen, der Alte wird auf der Tribüne die Arme ausbreiten und in Tränen ausbrechen, wen wird das nicht aus den Stiefeln hauen?, auch für ihn wird alles sein wie ein Traum.

Die eben gerauchte Zigarette hinterläßt auf Noons Zunge einen Moos- und Käferrückstand. Nach Diana riechend, sieht er, wie sie die vom Winter (sie sagt: vom Leben) schartigen Lippen ein wenig öffnet, und möchte, daß alles schon vorbei wäre und sie nur noch an ihre gemeinsame Wärme denken könnten, daß sie sich genössen und sich lernten und sich verlernten, um sich von neuem zu begegnen. Er kann es noch immer kaum glauben, daß sie gemeinsam da sind – eine Unachtsamkeit der Natur, ein unwiederholbares Wohlwollen der Geschichte.

Noon hat noch eine bittere Haut von den Lagerfeuern in Cañuelas, Florencia Varela und Berisso, an denen er vor dem Zubettgehen noch gewesen ist. Er hat gesehen, wie sich die Genossen in der Umgebung von Llavallol vermehrt haben, als gingen sie auf Spiegeln einher. Als er in Temperley an einem Kiosk vorbeikam, hat er die letzte Nachmittagsausgabe von *Crónica* und *La Razón* und eine Sondernummer der Zeitschrift *Horizonte* gekauft, die dem General gewidmet ist: ›Das vollständige Leben Peróns / Der Mensch / Der Führer / Dokumente und Aussagen von hundert Zeugen‹, mit Glanzumschlag und einem Riesenposter des Genannten, lächelnd wie ein kriegerischer Adler.

Als er nach Hause kam, zog er den Kürbiskopf und Vicki in die Diele hinaus, damit sie sich diese bezahlten Schweinereien ansähen, aber jetzt, als er die langsame Hitze der Schlaflosigkeit im Körper aufsteigen fühlt, beugt er sich über die Seiten von *Horizonte* und liest, verächtlich zu Beginn, dann alarmiert von den Erosionen, die die hundert Zeugen auf dem biographischen Körper des Patriarchen zurückgelassen haben. Jemand hat tatsächlich den Perón gesehen, den ich nicht kenne, denkt Noon wiederholt. Jemand hat ihn mit diesen Geschichten tätowiert, hat ihn in der Zeit wie ein Laken zusammengelegt, auf seiner eigenen Mannesgrenze verwandelt.

Und da er spürt, daß ihm, Noon, Perón endlich zustoßen wird, Perón sich in sein Bewußtsein fallen lassen wird, schaut er in diese unerwarteten Seiten hinein wie in einen Abgrund.

1. Die Vorfahren

Mario Tomás Perón konnte den Frühling 1886 nie vergessen, als er, vom Typhus genesend, nach Lobos kam. Der Bahnhof war noch so neu, daß sich die Einwohner wie für ein Hochamt herausputzten, um den Besuch des Zuges zu feiern. Schon zeitig postierten sich die jungen Burschen auf den Bahnsteigen, stramm und glänzend, mit dem Rükken gegen den Wind, der ihnen die Schnurrbartspitzen entwaffnete. Die jungen Mädchen spazierten Arm in Arm mit ihren Kusinen und ahnten die Schmeicheleien voraus. In jener Zeit standen alle Verlobungen irgendwie in der Schuld des Zuges.

Mario Tomás Perón, damals neunzehn Jahre alt, hatte eine bronzefarbene Haut und war groß, korpulent und wenig gesprächig. Sein ganzer Stolz war die schöne Handschrift, die er in der Grund- und Hauptschule perfektioniert hatte; seine Leidenschaft waren die Pferde, die er gewandt wie ein Viehtreiber ritt und pflegte. Nach Lobos war er der gesunden Luft wegen gekommen, um sich vom Typhus zu erholen.

Da der Vater in ihm die Liebe zur Medizin wecken wollte, hatte er ihn zum Pferdezureiter gemacht. Einmal monatlich sattelte Mario zwei Braune und begleitete den Vater bei seinen Visiten in Roque Pérez, Cañuelas und Navarro, wo seine Kranken verstreut waren. Da ihm beim Anblick von Blut die Sinne schwanden, vergnügte er sich lieber im Freien bei den Landarbeitern. Viele Jahre später entfachten diese Ritte in ihm eine dauerhafte Liebe zur Botanik und Archäologie. Bei seiner Ankunft in Lobos hatte er ein Pampa-Herbarium und einen Aufsatz von Cuvier über die fossilen Knochen der Säugetiere im Gepäck.

Er war der älteste Sohn von Tomás Liberato Perón und Dominga Dutey, einer Uruguayerin aus Paysandú, deren Familie aus Chambéry in der Haute-Savoie ausgewandert war. Als sie Ende Februar 1867 heiratete, war sie zweiundzwanzig und Witwe, und ihre Töchter aus erster Ehe, Baldomera und Vicenta Martirena, sollten auf das Leben der Peróns einen größeren Einfluß haben als deren sämtliche Blutsverwandten.

Tomás Liberato Perón stammte von einem Sarden, Tomás Liberato, und einer Schottin, Ana Hughes, ab, die aus der Nähe von Dumbarton kam. Seit mindestens vier Generationen trugen alle Peróns dieselben Namen, damit die Mütter immer einen Mario oder Tomás hätten, der sie an ihren Mann erinnerte, und weil das Geschlecht, wie Ana Hughes sagte, nicht nur durch den Familiennamen vererbt würde, sondern auch durchs Tauföl.

Mario Tomás wurde am 9. November 1867 geboren, als es in Buenos Aires eben die ersten Opfer einer Choleraepidemie gegeben hatte. Da der Vater mit der Untersuchung der hygienischen Verhältnisse in den Pökelfleischfabriken beschäftigt war, konnte er nicht einmal bei der Geburt anwesend sein. In den folgenden Jahren sah er seine Söhne nur, wenn sie ihn, hinter ihm herreitend und die Satteltaschen mit Lebensmitteln und Schröpfköpfen gefüllt, auf Visite bei abgelegen wohnenden Kranken begleiteten.

Als Mario Tomás nach Lobos kam, war Don Tomás Liberato schon völlig entkräftet. Wochenlang schloß er sich in seinem Laboratorium ein, um die Lebensgewohnheiten der Heuschrecken zu erforschen. Er merkte nicht einmal, daß der älteste Sohn ausgezogen war.

Etwa zwei Kilometer vom Marktplatz von Lobos entfernt, an der Landstraße, lebten der Maurer Juan Irineo Sosa und seine Frau Mercedes Toledo seit 1870 in einer mit nachbarlicher Hilfe erbauten Hütte aus Lehm und Schilf, die auf bloßer Erde stand. Zuerst brachen sie zwei einander gegenüberliegende Türen aus, damit die Luft zirkulieren konnte, aber da eine der beiden auf eine übelbeleumdete Gasse hinausging ...

Nun werden gleichzeitig alle Ufer der Wirklichkeit überflutet. Diana rekelt sich und streckt die Finger spinnenschnell gegen Noons Rücken aus; gesichtslos hört er den glühenden Flug von ihr, der Tierin, die mit allen Stimmen der Zoologie nach ihm ruft. Und jetzt klopft Vicki Pertini an die Tür, scheu, aber ebenfalls drängend:

»Könnt ihr mal 'n Augenblick kommen, ja? Auf der Brücke beballern sie sich schon! Die Faschos haben die Tribüne umzingelt.«

Noon legt das *Horizonte*-Heft weg.

»Hast du gehört, Diana?«

Sie hat es so deutlich gehört, daß sie mit noch schlafverklebter Stimme eine Einschätzung der Lage vornehmen kann:

»Es ist noch nicht mal sechs Uhr, und schon hat der Kampf um die dreihundert Meter begonnen.«

Aber wie immer hat Vicki Pertini sie umsonst alarmiert. Die Laune von der Zigarette verdüstert und von einem bitteren Mate aufgeheitert, ordnet Noon Antezana die Berichte, die von der angeblichen Front eintreffen. Nach wie vor ist alles im Lot. Das mit der Brücke ist kaum eine Rauferei zwischen zwei nirgends zugehörigen Grüppchen gewesen.

Es sind Schüsse gefallen, das ja, und ein Mann ist verwundet worden – ein Anhänger, ein Fremder? Sein Name ist ihnen nicht bekannt. Mit einem Schuß in den Eingeweiden ist er ins Krankenhaus von Ezeiza gebracht worden, wo er jetzt wohl auf dem Operationstisch liegt. Im übrigen hat Vicki schon einen gewissen Anhaltspunkt für ihre Befürchtungen: Tausend Schergen von López Rega und der Gewerkschaftsjugend haben um die Tribüne ein Eisengeflecht gebildet. Auf der Fernstraße 205, hundert Meter südlich, halten sie eine Schule besetzt. Und sie blockieren die Zufahrtsstraßen. War das nicht das Vorausgesehene? Doch, das war es, seufzt Pepe Juárez. Aber wir hatten auf ein Wunder gehofft: auf eine Massendiarrhö oder daß Perón sie desavouieren würde. Was tun – wir haben kein Talent fürs Unglück.

Der Kürbiskopf kommt von einer Runde zurück. Wir haben Rückenwind, verkündet er gutgelaunt, die Aktion 20. Juni läuft mit vollen Segeln. Er hat über tausend Genossen, mit Milch und taschenweise Brot verproviantiert, die Fernstraße 3 herunterkommen sehen. Sie tragen Kopfschützer und Poncho, als dauerte das Fest einen Monat. In der Nähe von La Salada, etwa drei Kilometer nördlich, hat er sich in einem Lager von Pampa-Viehtreibern aufhalten lassen, die zu Ehren des Generals Gauchogesänge improvisieren. Das hat mir doch zu denken gegeben, erzählt er, für diese Leute ist die Zeit stehengeblieben. Sie reden, als wäre Perón nie gegangen. Und auf dem Rückweg habe ich mich gefragt, was wir mit all denen machen werden, wohin wir die verfrachten sollen.

Endlich spüren sie, wie der Tag anbricht, auf sie herunterfällt. Irgendwo geht die Sonne auf. Noon weiß nicht, wohin mit diesem Licht, und befiehlt, es zum Verschwinden zu bringen, für einen Moment die Fenster zu schließen. In der Diele neben dem Sandkasten versammelt er seinen Stab und beschließt, jetzt zum langen Marsch zu blasen. Der Kürbiskopf und Vicki werden die Leyland-Busse zum Llavallol-Rondell fahren; Pepe Juárez und die Freiwilligen aus den

Slums werden ihnen zu Fuß, auf den Bahngleisen, bis zum Camino de Cintura folgen. Diana und er, Noon, werden die Kolonnen von Monte Grande und Cañuelas zur Fernstraße 205 führen. Am Mittag werden sich alle unter dem Wasserturm in der Calle Almafuerte treffen, einen halben Kilometer hinter der Tribüne.

Bevor sie abmarschieren, werfen sie noch einen Blick auf die Geisterporträts in *Horizonte*; als sie beim Foto eines unerklärlichen Dokuments verweilen, zucken sie die Schultern, überhören die Stimmen der Zeugen, die den Mythos Perón anfressen. Und als sie hinausgehen, bleibt ersterbend die Zeitschrift im Dunkel zurück, zwischen den fiktiven Städten im Sandkasten.

Etwa zwei Kilometer vom Marktplatz von Lobos entfernt lebten der Maurer Juan Irineo Sosa und seine Frau Mercedes Toledo seit 1870 in einer Lehmziegelhütte. Zuerst brachen sie zwei Türen aus, damit die Luft zirkulieren konnte, aber da eine der beiden auf eine übelbeleumdete Gasse hinausging, mußte Juan Irineo sie zumauern. Sie besaßen zwei große Lederriemenbetten, zwei Kochtöpfe aus Eisen, einen Wasserkrug mit Waschschüsseln und mehrere auf dünnen Karton geklebte Heiligenbildchen.

Am einen Ende des Zimmers befand sich Juan Irineos Reitzeug, am andern ein kleiner Spiegel, vor dem sich die Töchter kämmten. Juana war die ältere; sie war am 9. November 1875 geboren worden und genoß eine ungebundene Kindheit im Sattel. Nachmittags bereitete sie auf dem Hof nebenan Mate zu oder lauschte neugierig den Gitarristen, die sich im Kramladen zum Spielen und Trinken trafen.

Beiden Eltern war ihre Abstammung unbekannt, aber sie nahmen an, sie sei dunkel und verwickelt. Es gab zu viele Toledo Sosas, Sosa Toledos und Toledos pur in der Familie, und die Verwandtschaften waren so übertrieben inzestuös, daß sie nicht echt sein konnten. Immer wieder kamen blonde Mischlinge ins Dorf, die Juana Vettern nannte. Sie beherbergten sie, ohne ihnen irgendwelche Fragen zu stellen, nicht weil sie fürchteten, sie würden eine erlogene Herkunft anführen, sondern vielmehr, sie könnten eine unerträgliche Wahrheit enthüllen.

Ohne sich auf ein einziges Dokument zu stützen, behauptet ein Biograph der Familie, Juans Eltern stammten aus Castilla la Vieja. Den Bewohnern von Cabo Raso wird Juana eine andere Geschichte erzählt haben: »Sie wuchsen in der Nähe von Guasayán auf, in Santiago del Estero. Und soviel ich weiß, waren sie reinrassige Indios.«

Als Mario Tomás Juana kennenlernte, 1890, trauerten beide um ihre Väter. Tomás Liberato war vom Schlaf aus seinem Leiden erlöst worden. Nach monatelanger Schlaflosigkeit überfiel ihn eines schönen Tages mitten auf dem Feld das Bedürfnis zu schlafen. Er legte sich am Ufer eines Bachs aufs Pferdegeschirr, und als er klatschnaß erwachte, hatte er so heftiges Fieber, daß ihm der Tod nicht einmal mehr Zeit zum Umziehen ließ.

Auch Juan Irineos letzte Krankheit war überraschend gekommen. Als er eines Abends von den Feldern zurückkam, befahl er seiner Frau, ihm das Bündel zu schnüren und Essen für eine lange Reise zu bereiten. »Wohin gehen wir?« fragte sie. »Ich geh allein«, antwortete er, und wo er stand, neben dem Bett, erbrach er schwarzes Wasser. »Siehe, so ist der Tod gewesen«, klagte er, während er mit trüben Augen umsank.

Die Töchter blieben so mittellos zurück, daß sie sich als Dienstmädchen bei den Gringos verdingen mußten. Dort traf sie Mario Tomás. Juana verführte ihn auf den ersten Blick. Wenn sie bei den Cornfoots die Speisen auftrug, behandelte sie die Gäste arroganter als die Señoritas der Familie. Sie hatte ein rundes Indiagesicht. Unter den kleinen, leuchtenden Augen erhoben sich gebieterische Wangenknochen. Die Nase, stumpf und breit, harmonierte mit dem großen, stets lachbereiten Mund.

Bei den Einwohnern von Lobos gibt es eine dunkle Erinnerung an ihre heimlichen Treffen mit Mario im Reiher-Hohlweg, eher eine Ahnung davon. Jahre später verglich eine von Juanas Kusinen die Romanze mit den Geschichten von Hugo Wast, die sie im Kino gesehen hatte, obwohl es diesmal ein Happy-End gab und der Verführer aus guter Familie die Waise vom Lande nicht sitzenließ.

Zu Beginn des Oktobers 1891 entdeckte Juana, daß sie schwanger war. Eine andere Kusine von ihr, Francisca Toledo, erzählte, angesichts des Durcheinanders in ihrem Körper sei das Mädchen so verwirrt gewesen, daß sie die Schwangerschaftssymptome mit Leberattacken verwechselt habe.

Auch Mario Tomás schmetterte die Nachricht nieder. »Wenn ich heirate«, schrieb er seinem Bruder Tomás Hilario, »werde ich meiner armen Mutter schrecklichen Kummer bereiten. Hier hat man mir geraten, das Mädchen mit ein wenig Geld abzufinden und mich dann nicht mehr um die Sache zu kümmern.« Doch er unternahm nichts, sondern ließ die Zeit vergehen.

Der Junge kam am 30. November 1891 zur Welt, mit Hilfe von Tante Honoria und Kusine Francisca. Dreizehn Monate später, einen Tag vor Weihnachten, wurde er in der Pfarrkirche auf den Namen Mario Avelino Sosa getauft. Euphorisch bat Mario Tomás seinen Bruder Tomás Hilario, aus Buenos Aires herzureisen und Taufpate zu sein.

Es folgten in Lobos Jahre von so abgrundtiefer Benommenheit, daß sich sogar der Staub, wenn er von den Flederwischen ausgeschüttelt wurde, mit demselben Muster wie vorher auf den Möbeln ablagerte. 1896 wurden die ersten Straßen gepflastert und auf den Bürgersteigen Absperrketten gespannt. Das Gerücht, daß es mit Chile Krieg geben werde, traf sehr spät ein, nachdem schon die Friedensprotokolle unterschrieben waren, und um solche Nachrichtenlosigkeit zu feiern, veranstaltete der Lobos Athletic Club Sackhüpfen, Hahnenkämpfe und Sprungturniere, denen dreitausend Einwohner aus der Gegend beiwohnten.

Die Hauptstraße des Dorfes hieß Buenos Aires. Dort besaßen die Moores ein Haus mit je einem Balkon links und rechts des Portals, mit grünen Jalousien, einem Feigenbaum und einem Jasminstrauch im Patio. Ende 1891 bat Mario Tomás, dort als Pensionsgast aufgenommen zu werden. Man überließ ihm das Zimmer rechts auf die Straße hinaus, wo er fast bis zu seinem Weggang aus Lobos wohnte.

Einige Monate lang, zwischen 1893 und 1894, arbeitete er als Justizbeamter. Juan Torres, sein engster Freund, drängte ihn immer wieder, diese Stelle aufzugeben, die ihm so wenig gefiel, und endlich Juana zu heiraten, weit von dort, damit sie nicht länger gedemütigt und beleidigt würde, wenn sie die Wäsche der jungen Herren waschen ging.

Mario Tomás, von unentschlossenem Charakter, getraute sich nicht, einen Skandal heraufzubeschwören, wollte sich aber auch nicht von Juana trennen. Anfang 1895 wurde sie erneut schwanger.

Die Nachricht entmutigte die besseren Familien in Lobos. Don Eulogio del Mármol, den Dr. Perón gebeten hatte, ›auf den Sohn achtzugeben‹, ließ Mario Tomás von der Bildfläche verschwinden mit dem Auftrag, Los Varones, eine seiner Viehfarmen, zu verwalten. Weniger wohlwollend zeigten sich die Damen des Ortes. Sie befahlen ihren Töchtern, den Gehsteig zu wechseln, wenn sie Marios ansichtig würden, und verboten ihnen, bei ihren Treffen auch nur seinen Namen zu nennen. »Nichts ist ansteckender als ein schlechter Ruf«, pflegte Señora del Mármol zu sagen.

Inzwischen genoß Mario die Einsamkeit. Vor Tagesanbruch ging er aufs offene Feld hinaus, brachte die Pferde in die Koppel, überwachte die Felder und beseitigte das Gestrüpp. Er gelobte sich, dieses ungebundene Leben, für das er sich bestimmt glaubte, nie mehr zu ändern.

Am 8. Oktober 1895, als er mit einem Trupp halbwilder Pferde nach Roque Pérez ritt, wurde er von der Nachricht eingeholt, sein zweiter Sohn komme zur Welt. Er galoppierte zurück.

2. Die ersten Jahre

Im Riemenbett, in dem sie seit ihrer Kindheit geschlafen hatte, und nur mit dem Beistand von Kusine Francisca hatte Juana diesmal eine sehr viel leichtere Geburt als bei Mario Avelino. Die Toledos hatten sich auf ein Mädchen vorbereitet. Selbst die von Großmutter Mercedes genähten Windeln hatte rosa Schleifchen. Und Tante Honoria, die beschlossen hatte, dem Neugeborenen ihre Silberringe zu schenken, betete zu Gott, er möge wundertätig das irrige Geschlecht ändern.

Das erste Foto, das, mit fünf Monaten, von dem Jungen gemacht wurde, zeigt, wie sehr er seiner Mutter glich. Er hatte dasselbe tiefschwarze, kräftige Haar, die indianischen Züge, die schon früh vor jeder Überraschung gefeiten Augen. Bis zu seiner Taufe vergingen über zwei Jahre, denn der Vater wollte ihn Tomás Alberto nennen und die Mutter Juan Tomás. Da sie sich nicht einigen konnten, beschloß Tante Honoria, ihn Juan zu nennen, um die Toledos zufriedenzustellen, und Domingo wegen der Großmutter väterlicherseits. Am 14. Januar 1898 brachte man ihn in die Ruinen der alten Pfarrkirche, wo Kusine Francisca und Juan B. Torres die Taufpaten waren[1].

---

1 1971 enthüllte José López Rega, die Geburt von 1895 sei eigentlich die zum fünften Leben von Juan Domingo Perón gewesen. In den vorherigen Leben sei er Per-O gewesen, eine ägyptische Königin, deren Name ›Das Große Haus‹ bedeute und die 3500 v. Chr. über die Dörfer am oberen Nil geherrscht habe; Rompe, der Fisch, dessen Nase ein elektrisches Schwert ist und der in den ozeanischen Gräben östlich der Insel Enttäuschung lebt; Norpe, eine Dogge, die in Catay Marco

Seit Juan Domingo allein sitzen gelernt hatte, setzte ihn der Vater in den Sattel eines Braunen, ritt mit ihm in der Pampa aus und lehrte ihn die Sprache der Tiere, der Ernte und des Regens. Don Eulogio del Mármol schenkte dem Jungen einen kleinen Apfelschimmel und trug einem seiner Arbeiter, dem Indio Sisto Magallanes, auf, ihn ans Galoppieren zu gewöhnen. Sisto war eine ungebildete, kindliche Kreatur und wurde in den Vollmondnächten eingeschlossen, weil er sonst die Mühlen erklomm, um sich ins Fliegen zu stürzen. Aber er hatte eine einmalige Begabung zum Unterrichten: Mit schleppender Baritonstimme erklärte er die Ursachen der Trockenheit und die Neugier der Würmer, als gäbe es keine einfacheren Wahrheiten auf der Welt.

Sehr bald war Mario Tomás des seßhaften Lebens überdrüssig. Ende 1898 verkaufte er Reitzeug und Reittiere, beendete die Beziehung mit Don Eulogio in gutem Einvernehmen und brach mit Juana und den beiden Jungen zu den Gütern von Juan Atucha auf, in der Umgebung von Roque Pérez, wo er einen Acker und etwas Weideland pachtete. Das Haus, in dem sie wohnen mußten, gefiel ihnen ebensowenig wie die Abgeschiedenheit des Ortes. Nach drei Monaten zogen sie auf die Hazienda eines gewissen Dr. Viale, der ihnen einige Hektare überließ.

Im Februar – oder vielleicht März – 1899 wuschen Juana und ihre Kusine Francisca an einer Zisterne Wäsche. Juana war im siebten Monat schwanger, und die quälende Hitze benahm ihr den Atem. In ihrer Nähe jagte Juan Domingo

Polo biß und zur Strafe für diese schändliche Tat mit Glasmehl vergiftet wurde; und der Jesuitenpriester Dominique de Saints-Pères, der an der Schule von La Flèche Descartes' Lehrer gewesen war und auf dem Rittergut Perron, wo er Gast seines Schülers war, vom Blitz erschlagen wurde. 1970 gab Perón zu, einige seiner Artikel mit dem Pseudonym Descartes gezeichnet zu haben, »weil der Philosoph meinen Namen benutzte (Perron) und ich ihm die Artigkeit zurückgeben will«.

Kröten und bemühte sich, sie mit einem Weidenzweig zu dressieren. Es war Mittag. Die Frauen hatten die Bettücher ausgewrungen und hängten sie über die Seile im Hof. »Noch einen Schritt, und das Kind kommt mir zum Hals heraus«, sagte Juana.

In der Annahme, die Geburt stehe unmittelbar bevor, brachte die Kusine sie ins Bett. Sie wollte ihr eben Kompressen machen, als sie Juan Domingo schreien hörte. Sie lief hinaus, erblickte den Weidenzweig auf dem Brunnenrand und sah sogleich, daß der Kleine hinuntergefallen war. Durchs glitzernde Wasser glaubte sie das Häufchen seines kleinen Körpers zu erkennen. Umsonst rief sie nach ihm. Sie ließ den Eimer hinunter, um den Jungen heraufzuziehen. Beim zweiten Versuch konnte sie ihn retten. Er war besinnungslos und hatte Schürfungen.

Es folgten schwierige Monate. Die Nächte verbrachte Mario Tomás im Bett sitzend, da er nicht schlafen konnte und auch diese fremden Felder nicht mehr bestellen mochte. Juana, die wußte, wohin die Schlaflosigkeit in der Familie Perón führen konnte, befürchtete, auch Mario könnte von der Unzufriedenheit aufgezehrt werden. Wenn sie ihn erwachen hörte, zündete sie eine Kerze an, löste die Zöpfe und begann ganz unbefangen Kleider für die Kinder zu nähen. Und dabei plauderte sie vom Essen und von Krankheiten und unterhielt ihren Mann, bis er seine Unruhe vergessen hatte.

Juanas und Marios dritter Sohn hatte das Glück, tot geboren zu werden. Er war schwächlich und fast grün. Statt Augen hatte er zwei schwarze, lidlose Eier. Juana sagte man, sie habe einen Bandwurm geboren, und Tante Honoria wollte nie verraten, wo dieser böse Fötus verscharrt war. Noch am Abend der Geburt überfiel Mario Tomás das dumpfe Gefühl, sie würden von jemandem behext. »Hier können wir nicht mehr bleiben«, entschied er. »Ich werde das Vieh zusammentreiben und mit ihm in den Süden ziehen.«

Doña Domingas Haus war weiß, klein, von Liguster-hecken eingezäunt. Dort lernte Mario die Gebrüder Mau-pas kennen, die entfernt mit den Martirenas verwandt und daran interessiert waren, ihr Land in Chubut besser zu nutzen. Rasch hatten sie einen guten Handel abgeschlos-sen. Mario würde für sie das Gut La Maciega verwalten – in Cabo Raso, zweihundert Kilometer südlich von Puerto Madryn –, seine eigenen Schafe züchten und den Gewinn mit ihnen teilen.

Im Frühling 1900 machte sich Mario Tomás mit einer Herde von fünfhundert Schafen auf die wahnwitzige Reise in die Wüsten des Südens. Beim Aufbruch befahl er seiner Mutter, sich um Juana zu kümmern.

In dem folgenden Jahr gezwungener Einsamkeit fand Juana Gefallen daran, ungebeten lange Perioden in Doña Domingas Villa in Ramos Mejía zu verbringen, bis diese sich in solche Beharrlichkeit fügte. Dort bekam Juan Do-mingo Windpocken, die die Großmutter mit Heißwasser-bädern und Talkumumschlägen linderte. Der Kleine war noch nicht genesen, als ihn Keuchhusten befiel, und dies-mal war es Baldomera, die ihn mit einer Medizin aus vergangenen Zeiten kurierte: Vor dem Morgengrauen, wenn die Bäume Sauerstoff abgeben und die Luft blau wird, schaukelte sie ihn im Park.

Im September 1901 kehrte Mario Tomás nach Buenos Aires zurück. Und wie versprochen heiratete er am 25. dieses Monats Juana, ohne Fest und Zeremonie. Sie unter-fertigte die Urkunde mit ihrer kindlichen, offenen Schrift, die sie bis ins Alter behielt; er verschnörkelte seine Unter-schrift mit einer Doppelellipse. Im letzten Absatz »haben die Ehegatten Perón die in Lobos geborenen Avelino Ma-rio *(sic)* und Juan Domingo als ihre Kinder anerkannt«.

Zwei Wochen später machten sie sich im Frachtschiff Santa Cruz auf die Reise nach Patagonien. Kaum erblickte Juana die trostlosen Küsten von Chubut und hörte den ungestümen Wind, war ihr vollkommen klar, daß die Familie diese Gegend nie mehr verlassen würde. In einem Brief an ihre Schwester María Luisa erzählte sie, als Juan Domingo unter der eisigen Oktobersonne zwischen den Möwenschwärmen Kieselsteine am Strand habe aufblitzen sehen, habe er sie gefragt, ob diese Vögel Glut statt Eier legten.

Die Peróns gingen in Puerto Madryn an Land, beim Eisenbahnpier, und warteten bis zum nächsten Morgen auf den Zug. An der Bahnhofswand hing eine Bronzetafel mit der sechssprachigen unheilverkündenden Warnung: VON HIER BIS CHUBUT SIND ES 51 MEILEN OHNE WASSER. Als der Zug in die sandigen Hügel eindrang, hatten sie den Eindruck, der Horizont ziehe sich unter ein riesiges, mit Buschwerk bedecktes Laken aus Sauerstoff und Kies zurück.

Und so war es bis ins Unendliche. In Rawson fanden sie einen Planwagen, und eine Woche lang ließen sie in den Dünen ihre Spuren zurück. Auf halbem Weg überraschte sie ein rabiater Sturm, der Säulen von Sand, Kies und trockenem Kot aufwirbelte und sie zu einem Umweg zwang, um Schluchten und Abhänge zu meiden. Juan verwirrte es, daß in diesem Ödland, wo die Tiere ständig auf der Hut waren, die Schafe seelenruhig weiterweideten, gleichgültig gegenüber dem Toben des Windes, dem Rasen der Menschen und den Bedrohungen des Himmels, die Schnauze tief im Pampagras.

Mario Tomás hatte La Maciega von Gestrüpp gesäubert und die Wasserstellen überdacht, so daß es eine blühende Farm wurde. Auf den fast fünfzehn Quadratmeilen weideten neun- bis zehntausend Schafe und stand das beste Haus weit und breit: Es war aus Holz und hatte ein Satteldach, Holzöfen und ein Badezimmer mit Wanne. Sogar die alten, von den Arbeiterstiefeln verkratzten Möbel hatten einen Lackanstrich.

Als die Peróns in Cabo Raso eintrafen, ließ sich gerade fünfunddreißig Kilometer östlich, in Camarones, ein verwitweter Zureiter, der Franzose Robert, nieder. Ein Jahr zuvor war er mit dem mutterlosen Kind auf der Kruppe und mit fünfhundert Schafen von Luján aufgebrochen. Die Durchquerung war so hart, daß er bei der Ankunft nur noch hundert Schafe und sein eigenes ausgemergeltes Pferd besaß.

Später erzählte Alberto, der Junge, sie hätten in tiefster Trostlosigkeit gelebt: »Wir lernten Selbstgespräche führen, um wenigstens die Stimme als Begleitung zu haben. Mit der Zeit legten wir das menschliche Verhalten ab und begannen die in dieser Gegend lebenden Tiere zu imitieren. Wir konnten den Durst zurückhalten, den Kopf zur Seite neigen, um dem Staub auszuweichen, und die Risse in der Erde erraten, ehe wir den Fuß aufsetzten.«

Die Peróns und die Roberts wurden unzertrennlich, um soviel Niemandsland zu bannen. Das am Meer gelegene Dorf Camarones bestand aus zehn Häusern, einem Laden und der Post. In jenen Jahren wurde ein Hotel gebaut, aber umsonst, denn die einzigen angemeldeten Gäste mochten gar nicht erst von Bord gehen.

Die gegenseitigen Besuche der Familien dauerten tagelang. Niemand konnte es sich leisten, am Morgen sieben Meilen hin- und abends sieben Meilen zurückzureiten, bloß um ein Schwätzchen zu halten. Alberto Robert hat erzählt, die Peróns seien in einem großen, von drei Pferden gezogenen Planwagen bei ihnen vorgefahren, voraus sei der Zureiter Pancho Villafañe trompetenschmetternd wie ein Postillion in den Patio hineingaloppiert. Juana ergriff sogleich von der Küche Besitz, machte eine Bestandsaufnahme der Vorräte und begann, auf mysteriöse Weise Dörrfleischgerichte zuzubereiten, die auf die Minute bis zum Ende des Besuchs überlebten. Von den Toledos geschult, war sie eine so unfehlbare Geburtshelferin, daß Schwangere von der Bahía Bustamante, ja sogar von dem zwei Wegwochen entfernten Valle de los Mártires sie aufsuchten, nur damit sie gesäßvoran liegende Föten auf den

Kopf drehte, Nabelschnüre entwirrte und nach der Ausstoßung der Plazenta feststellte, ob sich nicht noch ein Zwilling in der Gebärmutter befinde.

Auch Mario Tomás hatte geschickte Hände. Mit der Zeit hatte sich ihm das Gesicht Richtung Stirn verlängert. Vom Kinn hing ihm ein Kehllappen wie bei einem Hahn. Seine ganze Kraft lag um die himmelblauen, schräg verhängten Augen.

Mit sieben hatte Juan Domingo seine Kenntnisse über Pferde vervollständigt. Er konnte die Beine eines Tiers mit dem Lasso fesseln, zwischen tiefen Gräben hindurchgaloppieren und Wunden auswaschen. Seine größte Leidenschaft war die Guanakojagd. Er legte sich auf den Wachttürmen der Maciega auf die Lauer, beobachtete die Bewegung der Gruppen in der Ferne und schmiedete für den frühen Morgen einen Angriffsplan.

Das waren, wie er später sagte, seine Generalproben für den Krieg. Die Guanakos weideten in den Schluchten und an den Hügelabhängen, die Körper im ockerfarbenen Buschwerk wie aufgelöst. Tarnung und Geschwindigkeit waren ihre einzige Verteidigung. Wenn das Leitguanako einen Reiter näher kommen sah, brüllte es, um die Weibchen und die Jungen zu warnen, und nahm mit Vergnügen ein Listigkeitsduell mit dem Jäger an.

Nichts machte Juan Domingo soviel Spaß, wie sie mit falschen Zeichen verwirren, etwa indem er Steine in die Schlucht hinunterwarf oder Staub aufwirbelte, weit von dort, wo er auf dem Anstand war, mit Schnurkniffen und Astfallen. Er ritt in die Schluchten hinein und brach überraschend in die Ebene aus, griff die Gruppen von hinten an oder überrumpelte sie auf den Flanken, wo die Wachsamkeit des Leitguanakos meistens weniger konstant war.

Im Frühling 1903 witterte Mario Tomás eine neue Pechsträhne. Der Frost hatte einen Brief der Gebrüder Maupas verzögert, in dem sie mitteilten, daß La Maciega nicht mehr ihnen gehöre. Zwischen April und Mai hätten sie die Farm an die Firma Mittau und Grether verkauft, die einen andern Verwalter hinschicken werde. Es würde ihm zwar erlaubt, als Gehilfe dort zu bleiben und seine Schafe auf dem Land weiden zu lassen, aber er sei nicht mehr berechtigt, sich am Gewinn zu beteiligen.

Die Nachricht schmetterte ihn nieder. Er zerriß mehrere vorwurfsvolle Briefe an die Maupas und stürzte sich schließlich auf Juanas Drängen in eine endlose Korrespondenz mit der Grenzarmee und den Viehzüchtern der Umgebung, um herauszufinden, ob es noch freie staatliche Grundstücke gab, die er ›auf eigene Rechnung‹ besiedeln konnte.

Er spürte, daß sein Nomadensinn verkümmert war. Und selbst in diesen Tagen höchster Mutlosigkeit war er nicht aus Patagonien wegzubringen. Der eben nach Camarones gezogene Friedensrichter empfahl ihn einem Freund, Luis Linck, der neunzig Kilometer westlich von Río Gallegos, auf dem Gebiet von Santa Cruz, ein Stück unbebautes Land gekauft hatte.

Die Peróns nahmen das Unglück auf sich, solches Gestrüpp zu domestizieren. An einem unbestimmten Oktobertag des Jahres 1903 gingen sie an Bord eines Frachtschiffs. Sie erreichten ihr Ziel am Allerheiligensonntag. Von da an läßt sich ihre Spur deutlich verfolgen, denn Mario Tomás begann seine Eindrücke in einem Cooper-Kalender aufzuschreiben. Wortkarg, was Gefühle betraf, hielt er nur meteorologische Veränderungen, gesundheitliche Widrigkeiten und die Seuchen fest, die die Schafe heimsuchten. Vage und nüchtern erwähnte er auch einige Höflichkeitsbesuche auf dem Nachbargut Los Vascos. Nur ein intimer Satz springt auf der Seite des 25. Dezember 1904 ins Auge: »Vier Jahre ist Tomás Hilario nun schon tot. Gott hab ihn selig. Gott möge ihm verziehen haben, daß er den Willen des Schicksals eigenhändig zurechtbog. Das ist das Los der Männer, denen es die Frauen mit Untreue löhnen. Und ich, was würde ich tun? Und ich? Und ich?« Das war der einzige Moment in Mario Tomás' Leben, wo seine Schrift aus dem Gleichgewicht geriet.

Das Land, auf das sie kamen, hatte Luis Linck Ende 1896 gekauft. Sieben Jahre später brach das Haus des Verwalters, einziger Zufluchtsort in weitem Umkreis, allmählich zusammen. Viele Male war der Schnee auf dem Küchentisch aufgetaut und wieder hart geworden, und selbst die Bohlen des Fußbodens waren unter den Äxten von Holzdieben aus den Fugen gegangen. Nur die Landschaft war großartig. Ums Haus herum tat sich ein Hügelring auf, und jenseits davon, zwischen den Niederungen und Schluchten, bildeten sich Eisnadelnester und riesenhafte Araukarienzapfenkränze. Die Farm, Chankaike, maß zwölf Quadratmeilen und belegte einen feuchten Scheitel in der Gabelung des Brazo Sur des Río Coyle.

Mario Tomás stellte einen Schäfer ein, Peter Roß, dem er die Verwaltung der Hazienda anvertraute und mit dessen Hilfe er das abgerissene Haus wiederaufbaute. Er verbrauchte viele Seiten des Cooper-Kalenders, um ein Brandzeichen fürs Vieh zu entwerfen, bis er 1905 schließlich eines registrieren ließ:

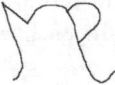

Juan und Mario Avelino hatten Chankaike zwischen April und Mai des Vorjahrs verlassen. Mit Mühe konnten sie ihren Namen schreiben. Niemand hatte ihnen das Lesen beigebracht. Mario Tomás beschloß, die Erziehung der beiden seiner Stiefschwester Vicenta anzuvertrauen, die in der Calle San Martín, im Zentrum von Buenos Aires, eine Mädchenschule leitete und mit Baldomera, Großmutter

Dominga und Tomás Hilarios verwaisten Kindern im oberen Stock desselben Hauses wohnte.

Im Cooper-Kalender ist ersichtlich, daß niemand sie bei ihrer Ankunft im Hafen von Buenos Aires erwartete. Die Familie im Schlepptau, schritt der Vater über die Piers und ging dann durch die Calle Corrientes zur Stadt hinauf. Alle trugen sie Rucksäcke auf dem Rücken und einen Pappkoffer, und am Gürtel hatten sie Steingutkrüge und Feldflaschen mit Wasser hängen, denn die Peróns konnten sich an keine Welt mehr erinnern, die nicht aus Staub war, noch an Menschen, die nicht ständig unter Durst litten.

Einige Schritte vor der Ecke Calle San Martín wollte Juan Domingo auf eine Gartenmauer klettern, um Brombeeren zu pflücken. Doch bevor er dazu kam, fiel er herunter und schmirgelte sich am Verputz die Nase auf. Ein blasser Caballero in schwarzem Gehrock und mit Pilzhut half ihm flugs wieder auf die Beine und reinigte ihm die Kratzer mit einem makellosen Taschentuch.

Mario Tomás ging zurück, um sich zu bedanken, und nannte seinen Namen: Perón. »Ein Verwandter des Arztes?« fragte der Caballero. »Sein Sohn, aber man merkt es nicht mehr, da ich Farmer geworden bin.« – »Auch ich bin Farmer«, antwortete der Mann und zog vor Juana den Hut, »und Sie wissen nicht, wie leid es mir tut, daß man es nicht mehr merkt.« Mit Mühe rupfte er für die Jungen einen Zweig mit Brombeeren ab und überreichte Mario seine Karte. »Stets zu Ihren Diensten«, verabschiedete er sich.

Juan Domingo betrat Tante Vicentas Haus mit beerenviolettem Mund wie ein Herzkranker und durfte die Großmutter erst küssen, nachdem er mit der Bürste gebadet hatte. Vor dem Schlafengehen erzählte er María Amelia die Geschichte von dem Caballero und bat den Vater, ihr die Karte zu zeigen.

Das Mädchen verwahrte das Stückchen Karton zwischen seinen Schulheften. Jahre später sah sie den Mann im

Gehrock von einem Balkon in der Avenida de Mayo aus. Er saß allein in einer Karosse, und die Menge jubelte ihm zu. María Amelia warf ihm duftende Wicken hinunter und stimmte aufgeregt ein: »Es lebe der Präsident der Republik!« Aber an die Visitenkarte erinnerte sie sich nicht einmal mehr, als sich Vetter Juan Domingo 1930 einer Verschwörung anschloß, um den Caballero zu stürzen, und noch weniger, als der Caballero im Juli 1933 starb und sie darauf bestand, zwischen schwarz verhüllten, unaufhörlich weinenden Wäscherinnen dem Sarg zum Recoleta-Friedhof hinterherzupilgern.

In dem Schmuckkästchen, das sie von Doña Dominga erbte, unter dem Ehering ihres verstorbenen Gatten und einem in der Selbstmordnacht zwischen den Kleidern ihres Vaters Tomás Hilario entdeckten Medaillon, bewahrt María Amelia noch immer die mit der Zeit verblaßte Karte des Caballero auf:

HIPÓLITO YRIGOYEN

HACIENDA LOS MÉDANOS

---

3. Schreckliche Entdeckung

Als Juan Domingo zwei Tage nach der Ankunft in Buenos Aires erwachte und erfuhr, daß seine Eltern gegangen waren, ohne sich zu verabschieden, und ihn der Obhut dieser mürrischen, fast unbekannten Frauen überlassen hatten, fiel er in untröstliche Verzweiflung. Da er nicht aufhörte, zu weinen und mit den Fäusten auf den Fußboden zu hämmern, holte Tante Baldomera in der Merced-Kirche Weihwasser, um seine Gedanken auf Gott auszurichten. María Amelia ließ ihre Puppen liegen und versuchte ihn zu liebkosen. Das machte alles noch schlimmer. Juan Domingo wurde von einem Zittern befallen wie ein Besessener. Wenn er sich schlafen legen wollte, verhedderte er die Betttücher, um sie schließlich zu zerfetzen. Man mußte ihn einschließen und warten, bis er sich abreagiert hatte. Für den Fall, daß ihn abermals die Wut überkäme, verhüllten Vicenta und Baldomera mit Tüchern eilig die Penduluhr, die der Stolz des Hauses war und auf deren Zifferblatt die Bronzefiguren einiger Bauern eingearbeitet waren.

Zwei Tage und zwei Nächte lang quälte Juan Domingos Weinen das Herz der Kusine. Einmal erwachte sie und klopfte bei ihm an: »Möchtest du Wasser, Juancito?«

»Ich möchte, daß du stirbst«, antwortete er. »Ich möchte, daß alle sterben.«

Die Zeit spülte auch diese Trauer fort. Nachmittags ging Vetter Julio mit Juan zum Religionsunterricht in die Merced-Pfarrei. Sonntags in der Sieben-Uhr-Messe wirkten die beiden als Ministranten. Vormittags lernten sie das Grundwissen in der Schule im Erdgeschoß der Calle San Martín 458, die offiziell ›Höhere Mädchenschule, Abteilung 7‹ hieß, obwohl neben den einundzwanzig Mädchen auch neun Jungen unterrichtet wurden.

Da er einige Jahre älter war als die andern, gab Juan Domingo bei den Spielen den Ton an. Er erfand verschiedene Arten von Wettmultiplizieren und Gedächtnisübungen anhand von Abschnitten aus dem Lesebuch. Er war größer, stärker, dicker, gröber, und sich Mario Avelinos Passivität und Julios frühe Anfälle von Schwermut zunutze machend, demütigte er sie, indem er ihnen ein Bein stellte und sie mit einer Gerte in die Kniekehle schlug.

1905 entdeckte María Amelia, daß Juan widersprüchliche Dinge tat. Unerwartet steckte er seine ganzen Ersparnisse in eine Puppe für sie, und als er sie ihr gab, ermahnte er sie: »Immer wenn du mit ihr spielst, denk daran, daß ich sie dir geschenkt habe. Verstanden? Ich.« Und am selben oder am nächsten Tag bekleckerte er ihre tadellosen Hefte mit Tinte. Tante Vicenta entschuldigte seine Streiche in der Annahme, die Jahre würden sie ihm schon austreiben. Baldomera hingegen machte ihren Sorgen bei Doña Dominga Luft: »Was mag bloß in diesem Jungen vorgehen, Mama? Meinst du, es ist, weil sie ihn verlassen haben? Was er empfunden hat, als sie ihn allein gelassen haben? Oder ist es der Charakter, das Temperament des geriebenen Indios, das er von Juana geerbt hat? Manchmal, wenn ich ihn genau anschaue, habe ich den Eindruck, er hat gar kein Blut im Körper, als hätte man alle Gefühle aus ihm herausgepumpt. Aber sobald er merkt, daß ich ihn anschaue, zieht er sich ein Gefühl über wie ein Hemd; er streichelt mich, sucht Zärtlichkeit, weint, bricht in Gelächter aus. Noch nie habe ich ein solches Kind gesehen, innen so dunkel und außen mit soviel Licht . . .«

Es ist ein ewiges Gesetz, daß man sich an die Unmäßigkeiten der Menschen erinnert, nicht an ihre Trivialitäten. Bei Juan Perón ist es umgekehrt gewesen: Die berühmteste Episode seiner Kindheit ist bedeutungslos, wogegen die Geschichte, die sein Leben verändert hat, im Halbdunkel geblieben ist.

Zu ersterem braucht man nur zu wissen, daß Doña Dominga Dutey von ihrem Mann den Schädel Juan Moreiras geerbt hatte, eines legendären Gauchos, den die Polizei im Patio des Bordells La Estrella an der Ortsgrenze von Lobos niedergeschlagen hatte. Und daß bei Einbruch der Dunkelheit, bevor die Tanten in dem Haus in Buenos Aires die Kerosinlampen anmachten, Juan Domingo und Vetter Julio die Dienstmädchen in Schrecken versetzten, indem sie den Schädel von innen mit Talgkerzen beleuchteten.

Die zweite Geschichte ereignete sich zwischen Februar

und März 1909. Fünfzehn Monate zuvor hatte sich Mario Tomás Perón, vom Frost in der Provinz Santa Cruz und von gewissen Unstimmigkeiten mit Chankaike-Besitzer Don Luis Linck vertrieben, wieder auf den Weg nach Norden gemacht und sich etwa fünfzehn Kilometer von Camarones und drei oder vier Kilometer vom Meer niedergelassen, auf einem staatlichen Pachtland von einer halben Quadratmeile. Er besaß nichts mehr außer einer Herde von hundert Schafen, fast alle von Krätze befallen, die nur dank Doña Juanas Kreolinbädern überlebten.

Mario Avelino, wegen einer unheilbaren Bronchitis nach Patagonien zurückgeschickt, war es, der den richtigen Namen für das neue Gut fand. »Sind wir schon da, Papa? Das also haben Sie mit Zukunft gemeint?« fragte er, als sie, gegen den Wind ankämpfend, die Möbel vom Planwagen luden.

Das Haus El Porvenir – Die Zukunft – wurde von Don Mario Tomás so lustlos und ohne Überzeugung gebaut, daß die Familie nur zum Schlafen hineinging. Es war eine Lehmziegelhütte mit niedriger Tür, durch die man gebückt gehen mußte. Gegen Westen gab es ein etwa fünfzig Zentimeter hohes Fenster mit dünnen Holzläden. Das Ehebett stand rechts neben dem Eingang, von der Pritsche der Jungen durch einen Kretonnevorhang getrennt. Am andern Ende der Hütte waren Reitzeug und Reitdecken untergebracht. Zum Essen oder zum Aufwärmen von der Kälte zogen die Peróns die Arbeiterunterkunft vor, wo immer ein dienstbereiter Mensch die Kohlenbecken glühen ließ.

Einmal in der Woche suchte Mario den Friedensrichter in Camarones auf, und nach einem langen Gespräch über die Schafspest und die Streifzüge der Pumas stellte er ihm seine schöne Handschrift zur Verfügung, um Eigentumsrechte, Pferdeverkäufe und Geburten in die offiziellen Register einzutragen.

»Allmählich lerne ich den Richterberuf«, lautet Mario

Tomás' vorletzte Notiz im Cooper-Kalender vom 6. Dezember 1908. »Romero hat versprochen, mir den Posten zu überlassen, wenn er von hier weggeht. Ich muß noch mehr üben mit der Schrift.« Und der letzte Eintrag, zwei Tage später: »Man hofft, daß morgen die Fregatte Quintana vorbeifährt, etwa zwei Kilometer seewärts. Sicher kommt Juan damit in die Ferien.«

Jedes Jahr, wenn der Schulunterricht vorbei war, mußte Juan Domingo umständliche Vorkehrungen treffen, um in den Süden zu reisen. Tagelang versuchte er immer wieder auf den Piers von Buenos Aires in Erfahrung zu bringen, ob sich dieser oder jener Fischdampfer zum Golfo San Jorge vorwagen würde und ob man ihn in diesem Fall an Bord ließe. Oder er verschaffte sich die Gastfreundschaft eines Handelsschiffs, das via Magalhãesstraße nach Chile fahren sollte.

Die Überfahrt war immer stürmisch. Jenseits der Halbinsel Valdés näherte sich niemand mehr der Küste, um nicht sein Schiff aufs Spiel zu setzen. Daher stiegen die Passagiere aus, wo es gerade ging. Juan hatte das Glück, von einem Schlepper aus Camarones mitgenommen zu werden, der die Strömungen kannte und die Tücken des Wellengangs geschickt umschiffte. Aber nicht einmal am Ufer war es mit den Aufregungen vorbei. Wenn die Reisenden den Kiesstrand hinaufkletterten, glitten sie aus und wurden oft von einer Welle erfaßt und zu Fall gebracht.

Wie der Vater vorausgesehen hatte, kam Juan am 9. Dezember an. Sein Freund Alberto Robert erwartete ihn in der Nähe des Piers mit zwei kräftigen gesattelten Gäulen und begleitete ihn nach El Porvenir; unterwegs lauschte er unersättlich den Schilderungen von Buenos Aires, wo die Züge wie Maulwürfe durch die Tiefen der Erde schossen und die Karossen von allein galoppierten.

Juan Domingo war drei Jahre älter und behandelte ihn

herablassend. Alberto bewunderte ihn wegen seiner Luchsaugen, seiner unwahrscheinlichen Kraft und seiner Schimpfwörter. Manchmal, wenn sie ganz ruhig dahinritten, stieg Juan überraschend ab und sagte dabei: »Wer als letzter Boden berührt, ist ein Armleuchter.« Oder wenn er ihm die Vokale beibrachte, ließ er ihn schreiben: »Mama ist eine Here, Mama ist eine Hire, Mama ist eine Hore« und so weiter.

Obwohl Juan ein sehr gewandter Guanakojäger war, mußte er anerkennen, daß ihn Alberto noch übertraf. Der Junge kannte die von den Nagetieren aufgelockerten Stellen – wo die Pferde so leicht einbrachen –, erriet die Wege der Gruppen, wenn sie sich zerstreuten, und wo die Weibchen Zuflucht suchten, um ihre Jungen zu verstecken. »Du hast«, schmeichelte ihm Juan, »einen Hundeinstinkt.«

An einem Februar-, vielleicht auch Märzmorgen des Jahres 1909 begleitete Juan Domingo einmal den Vater, als er Richter Romero besuchte. Von den Hochebenen kroch eine entsetzliche Hitze herunter. Sie saßen stumm in ihrem Sulky, um keinen Staub zu schlucken. In einigem Abstand folgte ihnen Alberto auf einer Stute, deren schwarzes Fell mit weißen Haaren durchsetzt war. Sie mochten eine knappe Meile zurückgelegt haben, als Alberto beim Durchqueren eines Hohlwegs eine Guanakoherde in der Nähe ahnte.

Juan Domingo verlor fast den Verstand. Noch nie war er so nahe bei so vielen Tieren gewesen. Was ihn an dieser Jagd am meisten erregte, war sein privilegierter Standort: verborgen im Seitengraben der Straße. Er war ungeduldig, wollte los, die Guanakos überrumpeln, sie mit einem scharfen Peitschenhieb erledigen. Er stellte sich vor, wie sie sich zwar mit wachem Instinkt, aber orientierungslos über die Ebene bewegten, auf der Suche nach dem dunklen Punkt, wo der Tod über sie hereinbrechen würde.

Aber Alberto war nicht so zuversichtlich. Mit Zeichen

machte er auf die Schwierigkeiten aufmerksam: Juan müßte vom Sulky auf die Kruppe der Stute springen, leise und geduckt, während sich Don Mario Tomás von ihnen entfernen würde, ohne die Gangart zu beschleunigen. Und selbst in der Annahme, die Guanakos würden nichts argwöhnen, mußte man berücksichtigen, daß kein Pferd der Welt sie einholen könnte, stöben sie erst einmal in die Flucht.

Trotzdem taten sie es. Juan wechselte auf die Stute, während der Vater den Sulky nach Camarones lenkte. Einen Moment lang warteten die Jungen, reglos, mit angehaltenem Atem. Der Wind war ihnen günstig, er trug ihnen den Rostgeruch der Guanakos zu. Auf einmal hörten sie über sich das Brüllen eines Weibchens.

»Jetzt!« rief Juan und gab der Stute die Sporen. Und sie stürzten auf die Ebene hinaus. Ein ›Chulengo‹ – das schwache, wehrlose Guanakojunge – lief ihnen direkt vors Pferd. Alberto brach ihm das Genick. Er hatte keine Zeit, die Peitsche ein zweites Mal zu heben. Bei diesem blitzartigen Hieb hatte sich die Gruppe aufgefächert und war hinter den Dünen verschwunden. Eines der Tiere galoppierte nur zögerlich hinterher. Alberto kalkulierte: »Das ist die Mutter des Chulengo, sie wird gleich wieder kommen, um es zu holen. Wir wollen hier auf sie warten, in Sicherheit.« Juan weigerte sich, er war überzeugt, daß ihm eine Beute entgangen war, und beharrte darauf, ihrer Spur auf offenem Feld zu folgen.

Über einen Kilometer ritten sie voran, unter einer so mörderischen Sonne, daß sie sie im Kopf zu haben meinten. Endlich erspähten sie die Gruppe von einer Anhöhe aus. Die Flinte in der Hand, stieg Juan ab und stürzte kopfvoran zu Boden. Die scharfe Kante eines Steins drang ihm in den linken Arm und schnitt ihm eine breite Wunde. Das Blut spritzte ihm ins Gesicht. Er ließ nicht den geringsten Schmerzenslaut hören, aber das Gewehr entglitt seinen Händen, und dieses ganz schwache, vom Staub noch gedämpfte Geräusch ließ die Tiere schon zusammenfahren.

Juan Domingo beunruhigte nicht die brennende Wunde, sondern der große Blutverlust. Mit den Zähnen zerriß er den Hemdsärmel, und assistiert von Alberto, verband er sich den Arm. Aber der hörte nicht auf zu bluten. Der Klang der eigenen Stimme erschreckte sie. Zu alledem trug der Wind auch noch Schwaden von siedendem Staub herbei. Sie konnten nicht galoppieren. Im Schritt ging die Stute die anderthalb Meilen zurück, die sie von El Porvenir trennten.

Als sie dort waren, empfing sie eine undurchdringliche, seltsame Stille. In der Ferne sahen sie die Schafe weiden. Einige Arbeiter bewachten sie, während sie im Schatten eines verkümmerten Baums Mate tranken. Sie banden die Stute an den Pfosten und traten in die Küche, um Hilfe zu holen. Niemand war da.

Ängstlich rief Juan: »Mama?« Aber kaum erhob man die Stimme, löschte die Stille sie gleich wieder aus. »Wo mag bloß meine Mutter stecken?«

Sie suchten sie in der Arbeiterunterkunft. Dort war sie nicht. Da rannten sie zum Haus. Die Tür war geschlossen, aber nicht verriegelt. Ehrerbietig drückte Alberto sie auf. Und was er sah, war ein Bild, das er nicht mehr vergaß – der Parasit, der ihm noch jahrelang die Erinnerung verletzte.

Links von der Tür, auf dem Pferdeschwanz, wo die Kämme aufgereiht waren, steckte ein Staubkamm mit Schaft und dicken Zinken, der nicht der Familie gehörte. Rechter Hand, auf dem Ehebett, sah er die nackten Körper eines Mannes und einer Frau, die auf und nieder zuckten. In der Hitze des Gefechts war der Kretonnevorhang vor dem Bett heruntergefallen.

»Mama«, rief Juan Domingo wieder.

Alberto wandte sich um und entdeckte im Gesicht des Freundes einen Zug unmenschlichen Leidens unter den

Blutkrusten. »Mama«, hörte er ihn abermals sagen. Er mochte ihn nicht anschauen. Er hörte, wie Juan das Haus verließ, um sich in den Gehegen zu verkriechen. Nach einer Weile vernahm er zorniges Weinen.

Mit entflochtenen Haaren rannte Doña Juana ins Freie. Über die Küchenschürze hatte sie einen Männerponcho gestreift. Hinter ihr, im halbdunklen Zimmer, erkannte Alberto Benjamín Gómez, einen Maultiertreiber, der eben die Stiefel anzog.

Die Mutter wollte Juan Domingos Wunde waschen, aber der Junge ließ sich nicht von ihr berühren. Er reinigte sich selbst vom Blut, während ihm Alberto immer wieder frisches Wasser in die Waschschüssel goß. Einer der Zureiter kam ihm den Arm verbinden.

»Ich habe Grippe«, erklärte Doña Juana. »Ich habe ganz starken Schüttelfrost bekommen, und Benjamín hat sich erboten, mir Schröpfköpfe aufzusetzen und mich einzureiben.«

Juan Domingo schüttelte den Kopf: »Jaja.« Das war alles, was er sagte. Beunruhigt suchte die Mutter bei Alberto Verständnis: »Ich will nicht, daß ihr Mario Tomás irgendwelche Märchen erzählt. Macht ihm keinen Kummer. Und Mario Avelino auch nicht. Den Männern, die von Frauenkrankheiten reden, verfaulen die Eier und fällt der Schwanz in Fetzen ab.«

Am nächsten Tag verwahrte Juan Domingo mit noch geschwollener Wunde Peitsche und Flinte in der Wintertruhe, packte seinen Rucksack und ritt, ohne sich von der Mutter zu verabschieden, nach Camarones. Wortkarg trieb er sich eine Woche im Dorf herum. Ohne Appetit aß er die Gerichte, die ihm Alberto brachte, und nachts schlief er auf einer Pritsche des Polizeichefs.

Diese lange Bußezeit nahm ein Ende, als ein Frachtschiff, der Erste Mai, in Sichtweite des Hafens auf einem durchscheinenden, ruhigen Meer ankerte, um einige für Buenos Aires bestimmte Ballen Wolle zu laden.

Das war das einzige Mal, daß Juan Domingo, als er in den Schleppkahn stieg, der ihn zum Frachter brachte, den Kopf nicht wandte, um auf Wiedersehen zu sagen.

Sechs
Fest in der Villa

»Das bin nicht mehr ich«, sagt Präsident Cámpora im Morgengrauen des Sonntag, 17. Juni, als noch drei, vier Tage fehlen, um den General nach Ezeiza zurückzubringen. »Das bin nicht ich, sondern der, den Perón aus mir gemacht hat.« Ganze Nächte ohne Schlaf furchen ihm das Gesicht mit bösen Omen und Fehlschlägen. Die Säcke unter den Augen, in freudigen Momenten etwas weicher, hängen jetzt schlaff und schwarz, als verbärgen sie irgendeine Schande. Er trägt Pyjama und Schlafrock, beide glänzend und ein wenig mitgenommen von den Unruhen des Körpers. In den Sesseln des Schlafzimmers wachend, das ihm Franco überlassen hat, neben den Parks der Moncloa, leisten ihm ein paar vertrauenswürdige Berater Gesellschaft. Alle sind erschöpft. Sie sind am Freitagmorgen, dem 15., nach dreizehnstündigem Flug in Madrid angekommen, und das spanische Protokoll gönnt ihnen keine Ruhe. Eben am Vorabend haben sie bei dem vom Generalissimo offerierten Willkommensbankett zwei Stunden mit Reden über sich ergehen lassen müssen. Um zwei haben sie sich schlafen gelegt. Um halb fünf hat Cámpora, ratsuchend, einen Vertrauensmann nach dem andern zu sich gerufen. Dunkel, mit Fragezeichen behaftet ist die Geschichte, die er erzählt.

Warum hat uns General Perón so allein gelassen? Warum erniedrigt, kränkt er uns? Zwei Stunden vor unserem Abflug von Buenos Aires hab ich ihn telefonisch gefragt, ob er uns auf dem Flughafen abholen, ob er zu den Banketten kommen, ob er auf Francos Lobreden selbst antworten wird oder ob besser ich es tun soll. Keine Sorge, mein Lieber, hat er geantwortet, seien Sie ganz ruhig. Und dann ist er nirgends erschienen. So eine Blamage. Franco war ärgerlich. Und der General, wird er kommen? fragte er. Ich habe ihn zu beruhigen versucht: Er hat versprochen zu kommen. Warten wir einen Moment auf ihn. Aber nichts. Und später, als ich mich nach dem Grund für seine Kränkungen erkundigte, wissen Sie, was der General da getan hat? Dröhnend gelacht hat er. Was soll ich Ihnen sagen, mein Lieber, hat er schulterklopfend geantwortet. Ich bin krank, sehen Sie nicht? Und ich habe ihm geantwortet: Glücklicherweise sehe ich, daß dem nicht so ist, mein General. Gott sei Dank sind Sie gesund. Da hörte er auf zu lachen. Ich habe (sagte er) wieder mal so gräßliche Erinnerungsschmerzen. Mir tun die Versprechen weh, die Sie mir gegeben und dann nicht eingehalten haben, Cámpora. Und die zwölf Jahre, in denen mich Franco wie einen Aussätzigen behandelt hat, ohne auch nur auf meine Briefe zu antworten, die schmerzen mich grausam. Hab ich Sie enttäuscht, Señor? fragte ich. In welcher Hinsicht denn, in welcher Hinsicht, fragte ich, um es sogleich wiedergutzumachen? Er wollte nicht damit herausrücken: Denken Sie nach, Cámpora, denken Sie nach . . . Wer hat Sie zum Kandidaten gemacht? Wem haben Sie das Präsidentenamt zu verdanken? Wenn's nur um mich ginge, würde ich es Ihnen nicht vorwerfen. Aber es gibt Tausende von Peronisten, die wütend auf Sie sind. Die möchten Sie im hohen Bogen aus der Regierung werfen, Ihre Söhne liquidieren . . . Ja, das vor allem: Sie möchten mit einem Revolver die Köpfe Ihrer Söhne zum Platzen bringen. Und was soll ich ihnen raten? fragte er mich. Ich schaute ihn ungläubig an. Ich spürte, wie mir eine Eisnadel ins Mark schnitt. Ihnen raten? Wie? (sagte ich.) Befehlen Sie Ihnen Barmherzigkeit, mein General. Befehlen? Das kann ich nicht. Was würde ich danach tun, wenn sie mir nicht gehorchen? Eher werde ich sie zu überzeugen versuchen. Ganz ruhig, Jungs. Cámpora ist ein guter Mensch. Gebt ihm etwas Zeit, damit er seine Söhne zum Verzicht auf die Regierung bringen kann und seinen Nepotismus bereut. Hat er nicht selbst erklärt, er sei Peróns erster Ergebener? Nennt man ihn denn nicht Onkel, den Loyalsten? Ich spreche zu Ihren Gunsten, Cámpora. Aber trotzdem, an Ihrer Stelle könnte ich nicht mehr ruhig sein. Es braucht bloß ein einziger Peronist in Ihnen einen Verräter zu sehen, und niemand kann Sie mehr retten. Der General sprach, als wäre ihm unser Schicksal egal. Und ich versteh es noch nicht, ich weiß nicht weiter, ich zermartere mir das Hirn mit der Frage, worin wir für ihn versagt haben.

»Wir haben uns Zögerlichkeit zuschulden kommen lassen«, antwortet einer der Berater. »So vermute ich: daß wir am Tag nach der Regierungsübernahme alle hätten verzichten und das Präsidentenamt Perón anbieten sollen. Das hatte er erwartet: daß wir nicht zögern würden.«

Schwerfällig erhebt sich Cámpora vom Bett. In den Sesseln verstreut, rauchen beklommen die Männer, die er wachgehalten hat. Ab und zu bestellen sie dem Körper zuliebe etwas Kaffee; wenn er kommt, ist er immer schon kalt.

»Wir haben nicht im geringsten gezögert«, schüttelt der Präsident den Kopf. Während er in die Pantoffeln schlüpft, versucht er die wenigen, mit Festiger gesträubten Haarfäden zu glätten. »Vielmehr haben wir Zeit damit verloren, ihn zu bedrängen. Kommen Sie her, General. Kommen Sie, wir brauchen Sie. Schon im März hab ich ihm hier in Madrid gesagt: Señor, was halten Sie davon, wenn ich gleich in meiner Rede zur Amtsübernahme abdanke und auf der Stelle Wahlen ausschreibe? Wenn ich erkläre, daß ich nichts anderes als Ihr Stellvertreter bin und daß mich das Volk als das gewählt hat, ohne daß auch nur eine einzige Stimme mir zusteht? Das wäre verfrüht, Cámpora, hat er geantwortet. Am nächsten Tag würden die Militärs gegen Sie putschen. Diese Gefahr besteht nicht, sagte ich fest. Niemand will sie. Die Militärs werden keinen Konsens finden. Aber er gab nicht nach: Hören Sie auf mich, Cámpora. Ich kenne meine Pappenheimer. Wenn die Militärs mit Feuer und Schwert losschlagen, werden sich Ihre Freunde vor Angst in die Hose machen. Nicht einmal die Hunde werden es wagen, Sie zu verteidigen. Ich fragte ihn also, was tun: Soll ich einen, zwei Monate im Amt bleiben? Sie werden es schon wissen, sagte er. Dazu habe ich Sie zum Präsidenten ernannt.

Sie öffnen die Fenster, und die kühle Morgenluft strömt herein. Sie hören die Insekten erwachen. Aber die Nacht bleibt und zehrt an Ihnen. Sie haben einen trockenen Hals. »Jetzt einen Whisky?« schlägt einer vor. »Nein. Auf gar keinen Fall«, weist ihn Cámpora in die Schranken. »Wir müssen (wenigstens ich muß) morgen zur Kommunion.« Eine bebrillte Frau wagt schließlich zu sagen:

»Er wollte Sie auf die Probe stellen, Dr. Cámpora. So, wie ich Perón kenne, kann ich nur das annehmen. Er dachte, Sie würden ihn holen kommen, sobald Sie an der Macht wären. Und ohne es groß anzukündigen, in aller Stille. Wäre der General erst in Ezeiza, so wäre kein Militärputsch mehr möglich: Gegen ihn probt keiner den Aufstand. Zwischen den Zeilen hat er Ihnen das gesagt. Aber Sie sind im Amt geblieben, haben in Flores Billard gespielt, haben der Polizei aufgetragen, die Unterdrückung des Volks ein bißchen zu vergessen, haben eine Ladung Mais nach Kuba geschickt, das Sozialabkommen zwischen Arbeitern und Unternehmern unterzeichnet, die Löhne erhöht und die Preise in Schranken gehalten. Sie haben das Unverzeihliche getan. Sie sind populär geworden. Alles konnte Perón von Ihnen annehmen außer dieser Form von Rivalität. Das dreht ihm den Magen um. Und in einem Punkt haben Sie ihm nicht gehorcht, Dr. Cámpora: Sie haben die Guerrilleros aus dem Gefängnis entlassen. Zwölf Stunden nach der Regierungsübernahme haben Sie, statt nach Madrid zu fliegen, die politischen Gefangenen begnadigt. Hat man Ihnen etwa nicht erzählt, daß sich der General entrüstet hat, als er es erfuhr? Daß man ihn sagen hörte: Cámpora ist ein Trottel. Sogar die Rauschgifthändler sind Ihnen entwischt. Erinnern Sie sich nicht?«

»Doch, aber ich versteh's nicht. Ich war gehorsam, loyal. Gestern abend hab ich's ihm gesagt: Mein General, ich schwöre im Angesicht der Geschichte, wenn ich mich geirrt habe, dann, indem ich wörtlich Ihre Befehle ausführte. Und ich habe ihm die Zeitungen mit den Erklärungen gezeigt, die er am 20. Dezember 1972 in Lima abgegeben hat. Ich erinnere mich wörtlich daran: ›Eine peronistische Regierung würde als erste Maßnahme sofort die Gefängnisse öffnen, in denen noch über eintausendfünfhundert Menschen einsitzen . . .‹ Wißt ihr, was er mir geantwortet hat? Mein schlimmster Fehler sei es, gehorsam zu sein. Daß ich nicht diesem oder jenem, sondern allen Befehlen gehorche, blind. Von den sieben Sinnen, die ein Mann haben muß, fehlt Ihnen derjenige der Zweckmäßigkeit, Cámpora. Und er sagte noch mehr: daß ich seine Redeweise nicht interpretieren könne.«

»Und dann mußten Sie ihm die Präsidentenbinde anlegen und den Amtsstab in der Villa lassen«, deutet einer der Presseberater an.

»Ich wollte ihm alles zurückgeben – sogar mein erstes Gehalt als Präsident. Was hätte ich denn anderes tun können? Er sagte mir, er sei es, der befehle, also mußte ich dementsprechend handeln.«

Auf einmal schmettern die Vögel los. Die Schatten lösen sich in Hahnenkrähen und Hundegebell auf. Abermals bestellen sie heißen, frisch gemachten Kaffee.

»Zu spät zum Umkehren«, murmelt die bebrillte Frau.

»Und was soll ich nun anziehen?« sorgt sich Cámpora. »Der General will, daß ich mit ihm in der Sieben-Uhr-Messe das heilige Abendmahl empfange, und ich weiß nicht einmal, was ich dazu anziehen soll. Er wird sich über mich lustig machen, wenn ich sportlich gekleidet bin. Er wird sagen: So respektieren Sie Ihre eigene Amtseinsetzung? Und wenn ich im Anzug komme, kommt er sportlich. Er wird sagen: Mein Lieber, nur Sie können auf die Idee kommen, sich zu dieser Morgenstunde so herauszuputzen. Ich weiß auch nicht, er verwirrt mich immer mehr. Fragt meine Frau, was sie anziehen wird. Der General möchte, daß sie zur Kommunion mitgeht. Ah, ein Schneiderkostüm. Das ist am besten. Diskret. Mit Hut? Mantille?«

Bekümmert läßt er sich in einen Sessel fallen und drückt sorgfältig eine Zigarette in den Perlmutterfilter, den er immer bei sich hat. Und als er sie anzünden will, stellt er fest, daß seine Hände zittern. Er hat in diesen schrecklichen Tagen viel geraucht. Der schmale Schnurrbartstrich hat sich gelb verfärbt.

Nie hat Cámpora die Bestimmungen, die ihm zuteil geworden sind, wirklich erstrebt. 1943 war er fünfunddreißig und hatte sich in seine Zahnarztroutine geschickt. Er übte seinen Beruf in San Andrés de Giles aus, westlich von Buenos Aires. Er war konservativ, aber es fehlte nicht an Mitbürgern, die ihn für radikal hielten. Wegen solcher Verdienste beschloß der Militärgouverneur, ihn zum Gemeindebeauftragten zu ernennen.

Cámpora leistete untadelige Arbeit. Er leitete gewissenhaft die patriotischen Feste der Gemeinde, erschauerte bei jedem Fahnenhissen und verwaltete redlich das bißchen Geld, das ihm anvertraut war. Am 12. Oktober 1944 fuhr er (wie er später erzählen sollte) »zu einem Himmel auf Erden« auf: Er lernte seinen Führer kennen.

Er war zu einer Krankenhauseinweihung in der Stadt Junín eingeladen. Ehrengast war Perón. Als sie einander vorgestellt wurden, strömte Cámpora über: »Mein Oberst, Sie können sich nicht vorstellen, wie sehr ich Sie bewundere.« Und er packte die Gelegenheit beim Schopf, um ihn zu bitten, das Patronatsfest von San Andrés de Giles am 30. November mit seiner Anwesenheit zu beehren. Von da an sollte sie nichts mehr entzweien. Cámpora ermutigte den Oberst in seiner heimlichen Liebelei mit Eva, und zum Dank beschloß sie, ihn zu adoptieren. Meinen Gesellschaftsdamerich nannte sie ihn. Mitte 1948 setzte sie ihn als Präsidenten der Abgeordnetenkammer durch. Ob das nicht doch zuviel ist, Señora? fragte er besorgt. Sie sollen nicht denken, Cámpora, Sie sollen gehorchen. Und ergeben folgte ihr Cámpora überallhin.

Jahre später, als Evita an Krebs dahinsiechte, wachte er eine ganze Nacht bei ihr. Als er ihr bei Tagesanbruch ein feuchtes Tuch auf die Stirn legte, nahm sie zärtlich seine Hände. Setz dich, duzte sie ihn. Und eine Weile schauten sie sich an. »Ich hätte so vieles sein können im Leben, Cámpora! (Sie war eiskalt. Ihre Augen erstarben.) Hausfrau, Bäuerin, Vaudevilleschauspielerin . . . Und sieh, wo ich gelandet bin. Was sagst du: Wo würde diese Evita sein? Sterbend im Bett oder glücklich, ein Kind in den Armen und Fett ansetzend? (Cámpora erschrak. Am liebsten hätte er einen Arzt gerufen.) Findest du, das hat die Mühe gelohnt? Ich merk es nicht einmal mehr. Ich weiß nicht einmal, welcher Tag heute ist. Da, in diesem Bett, kommt alles auf eins heraus . . . Ob es Abend ist oder Morgen, egal . . . (Sie machte Anstalten aufzustehen. Und sank sogleich wieder zurück. Seufzend fragte sie:) Sag mir, wie spät ist es?« Und in seiner Bestürzung antwortete er: »So spät, wie Sie wollen, Señora. So spät, wie Sie wollen.«

1955, nach Peróns Sturz, wurde Cámpora in ein antarktisches Gefängnis verbannt. Das Unglück verstärkte seine Weichheit noch. In einem Brief aus der Nachbarzelle erzählte John William Cooke am 11. April 1957: »Cámpora hat Gott gelobt, sich nie wieder mit Politik zu befassen. Den ganzen Tag betet er und erklärt uns, daß er kein Mann des Kampfes sei.« Einige Zeit später sollte Jorge Antonio die Geschichte vervollständigen: »Bei heftigem Schneefall flohen wir aus dem Gefängnis. Cámpora litt so sehr, daß er beinahe draufgegangen wäre. Als er sich gerettet wußte, hob er die Hand, schaute zum Himmel empor und sagte: ›Mein Gott, ich schwöre, daß ich mich nie wieder politisch betätigen werde!‹ Und ein paar Tränen gefroren ihm im Gesicht.«

Über dreizehn Jahre lang beruhigte ihn die Anonymität. Abermals flickte er Karies, formte künstliche Gebisse, pflanzte in seinem Gemüsegarten in Giles neue Tomatensorten. Gegen 1965 wagte er, nicht ohne Befürchtungen, Perón zu schreiben. Der Brief schloß mit einem Dante-Zitat: »*En la sua voluntade è nostra pace.*« Der General antwortete ihm postwendend: »Zieren Sie sich nicht so, mein Lieber, und kommen Sie nach Madrid, sobald Sie eine Gelegenheit finden. Hier erwartet Sie ein Freund . . .« Er reiste zweimal hin. Auf Spaziergängen unter den Bäumen von Puerta de Hierro vergnügten sich die beiden damit, ihre glorreichen Zeiten heraufzubeschwören. Das heißt, Perón beschwor allein herauf, und des andern Erinnerungen stimmten überein.

Von da an spürte Cámpora, wie sich sein Leben veränderte. Er war noch immer derselbe, der von vorher, aber das Leben entglitt ihm wie einem Reiter sein Pferd, das er in der Verlassenheit der Wüste verschwinden sieht. Die ganze Zeit handelte er auf fremde Rechnung, dahin und dorthin gestoßen von Händen, die er zwar nicht kannte, denen er aber vertraute, denn es waren vom General geschickte Hände. An einem Novembermorgen des Jahres 1971 rief ihn López Rega in San Andrés de Giles an und bat ihn, unverzüglich nach Madrid zu fliegen. Perón hatte eben seinen politischen Stellvertreter abgesetzt und wollte den Posten Cámpora anvertrauen. Und wieder fühlte er sich zu fragen versucht: Ob das nicht doch zuviel ist?

Auf einmal geschahen so viele Dinge mit ihm, daß er keines davon wahrnahm. Er kaufte ein Haus in der Stadt Vicente López vor den Toren von Buenos Aires, damit der General dort wohnen könnte, wenn er zurückkäme. Er setzte sich für die Freiheit der Witwe von Juan García Elorrio ein, dem Chefredakteur von *Cristianismo y revolución*. (Juan war bei einem mysteriösen Autounfall umgekommen; Casiana, seine Witwe, wurde gerichtlich verfolgt, weil sie subversive Dokumente veröffentlicht hatte.) Immer wenn einer der Seinen, ein Volksaktivist, zu Tode gefoltert oder niedergeschossen wurde, führte er Protestdemonstrationen an. Er bot den Polizeisäbeln und dem Tränengas die Stirn. Er wurde beredt. Er geißelte die Unterdrückung durch das Militär heftiger als jeder andere. Die Jungen hängten sich an seinen Arm. Sie gingen überall mit ihm hin, beschützten ihn, schleppten ihn zum Brand ihrer Schlachten. Im Traum flog Cámpora auf einem magischen Teppich dahin: Das war die Geschichte? An einem Juniabend des Jahres 1972 vertraute er vor dem Eingang des Hotels Gran Vía Noon Antezana und zwei weiteren Freunden an: Es ist gar nicht so schlecht, daß ein Mann manchmal tun muß, was er nicht will.

Im November dieses Jahres verließ Perón zum ersten Mal sein Exil. Er blieb vier Wochen in Buenos Aires. Überzeugt davon, daß ihn die Militärs nicht für die Präsidentschaft der Republik kandidieren lassen würden, bestimmte er statt seiner Cámpora. »Ich habe ihm diese Stelle zugewiesen, weil er von unbestechlicher Loyalität ist«, erklärte er den Zeitungen. »Cámpora an der Regierung? Nun, das bedeutet, daß Perón an die Macht kommt.«

(In diesen Tagen schrieb Zamora in *Horizonte* einen sumpfigen Artikel in so verworrener Prosa, daß ihm niemand Beachtung schenkte. Indirekt spielte er auf Cámpora an. In Wahrheit war es aber wie alles aus seiner Feder eine autobiographische Überlegung. Der Leser kann darüber hinweggehen. Der Romancier nicht:

Jedes Wesen, sei es noch so gewöhnlich, sei sein Charakter noch so konventionell, verfällt irgendeinmal in ein unvorhersehbares Verhalten: ein Verhalten, das, indem es dem Wesen Gewalt antut, es gleichzeitig offenbart. Wir alle glauben zu wissen, wer wir sind. Keiner von uns ist in der Lage, zu erraten, was er wirklich tun wird. Denn was wir tun, selbst wenn wir dem scheinbaren Willen unseres Bewußtseins entgegenhandeln, ist letztlich das, was wir wirklich sind. Wir sind also, was wir tun, mehr als das, was wir denken oder sagen. Daher beobachtet Cámpora staunend seine Taten, um zu sehen, ob er sich in ihnen erkennt.

Der Irrtum der Philosophie besteht darin, den Menschen durch das zu erklären, was er denkt oder wahrnimmt. Der Mensch ist, was er ist: Es ist der undurchsichtige, labyrinthische Impuls, der ihn dazu verleitet, ein Leben zu zeichnen, welches nur selten seinem Lebensprojekt gleicht. Allein indem wir leben, lernen wir uns kennen. Das Leben verrät uns.)

»Gebt mir meinen grauen Anzug«, beschließt Cámpora, als er aus der Dusche kommt. »Ich gehe zur Kommunion und muß einen anständigen Eindruck machen.«

Auf der Fahrt nach Puerta de Hierro verschließt ihm die Müdigkeit den Mund. Seine Frau María Georgina streichelt ihm die Hände, um ihm Mut zu machen. Es ist noch nicht sieben Uhr, und schon ist die Luft heiß. Kaum haben sie das Tor der Villa hinter sich und fahren zwischen den Taubenschlägen weiter, erblicken sie in der Ferne die Silhouette des Generals, der beim Bächlein im Hintergrund unter einer Esche mit den Pudelweibchen spielt. Zum Glück trägt auch er Anzug und Krawatte.

»Haben Sie heute morgen Radio gehört?« Mit ausgestreckter Hand kommt ihnen Perón entgegen. »Lauter Ungeheuerlichkeiten. Man hat mich mit Don Quijote verglichen und gesagt, ein Präsident wie Sie in Argentinien sei dasselbe wie Sancho auf der Insel Barataria. Ein anderer, in Radio Nacional, sieht in mir den Grafen von Monte Christo. Ich würde nur ins Vaterland zurückkehren, um mich für die Schurkereien schadlos zu halten, die man mir angetan hat. Und sie haben einen argentinischen Korrespondenten interviewt. Wie soll ich mich erinnern, wer es war? Der Kerl hat sich erdreistet, mir zu raten (stellen Sie sich vor, Cámpora), Sie um einen Kopf kürzer zu machen. Alledem darf man nicht die geringste Bedeutung beimessen. Diese Leute reden einfach ins Blaue hinein . . .« Und während er die Hündinnen auf den Arm nimmt, geleitet er sie zur Kapelle: »Also, gehen wir hinein. Söhnen wir uns mit Gott aus.«

Kurz vor neun, nach der Messe, wimmelt es in der Villa von Besuchern. Mit den Keramikpferden spielend, die den Schreibtisch überwuchern, wartet im Büro des Generals Giancarlo Elia Valori, *gentiluomo di Sua Santità*, Berater der griechischen Obristen, in dem Perón einen Busenfreund Pauls VI. vermutet. Um Valori scharwenzelt wie immer Don Licio Gelli herum: verächtlich in den Geschichten Bartolomé Mitres schnüffelnd, die die Bibliothek zieren. Alle in diesem Haus haben ihm irgend etwas zu verdanken, pflegt Valori zu sagen.

Zwischen Vor- und Speisezimmer tummelt sich eine goyahafte Gemeinde: entthronte Boxchampions, Tangosänger, die wohlbekannten Gewerkschaftsbonzen und zwei Botschafter in den breit gestreiften Anzügen der Leinwandgangster.

In der Küche fritieren Doña Pilar, die Schwester von Generalissimo Franco, und Isabel emsig Krapfen. Aus dem Kellergeschoß dringen Pökeldämpfe herauf. Perón wird den Gästen einen argentinischen Eintopf vorsetzen.

Da er wieder das Gefühl hat, all das gehe ihn nichts an, streift Cámpora durchs Speisezimmer. Hinter den Wandschirmen erkennt er López Rega, der eifrig das Bündel der aus Buenos Aires eingegangenen Telexe studiert. Manchmal beunruhigt den Sekretär eine Depesche. Dann bestellt er eine telefonische Verbindung und erteilt Anweisungen. Der Präsident weiß nicht, wem und wohin. Ihm sagt niemand etwas.

Und er fragt sich, was er hier zu suchen hat, wie er allem entrinnen kann. Er lenkt sich mit dem Betrachten der Fotos im Speisezimmer ab, die bald – am nächsten Tag – abgehängt und verpackt werden müssen: der General auf den Balkonen des Regierungsgebäudes, die Hände der fernen Masse entgegenhebend, der General auf seinem Pferd Mancha vorbeidefilierend, Evita herausgeputzt im Teatro Colón. Auf zwei der Fotos sieht er sich selbst, immer lächelnd. In jener Vergangenheit war alles klarer – jeder wollte genau das sein, was er war.

Plötzlich erschauert María Georgina an seinem Arm. Sie hört den Schatten eines auf dem Haus lastenden Unbehagens: etwas, sie weiß nicht was, ein Messer, welches das Glück dieser Leute entzweischneidet. Wären die Gespräche nicht so laut, prallten nicht in jedem Winkel so viele Arme und Lachsalven und euphorische Begrüßungen aufeinander, María Georgina würde sagen, ein hohles Wehklagen sinke wie Dunst von der Deckentäfelung nieder. Sie? Die Gemahlin des Präsidenten öffnet den Mund und deckt das Erstaunen sogleich mit den Händen zu.

»Sag mal – sie . . . Sie ist doch nicht etwa oben, im Haus?«

Cámpora schaut sie verwirrt an.

»Die Verstorbene?«

»Die Leiche«, bejaht María Georgina. »Evita ist doch nicht etwa immer noch da, auf dem Dachboden?«

Cámpora erschrickt:

»So sei doch ruhig, ich bitte dich. Hier spricht niemand darüber. Sie zeigen sie nicht. Ich weiß auch nicht, was sie mit ihr anfangen werden. Man vergißt besser, daß eine Leiche im Haus ist.«

Kurz nach zwölf geht der General, der sich zu einem Schläfchen zurückgezogen hatte, übellaunig in die Gärten hinunter. Er hat Alpträume gehabt. Als ihn Isabel mit einer Tasse Tee wecken ging, jammerte er und hatte einen Schweißanfall. Ein Mensch, der so an seinen Träumen leidet, sollte nie schlafen, wird sie ihm beim Mittagessen teilnahmsvoll sagen.

Am Tisch des Generals würfelt es Doña Pilar, Valori und Licio Gelli zusammen. An denjenigen Cámporas setzt sich López Rega mit seinen Schlägern. Seit dem Tag seiner Wahl zum Präsidenten hat Cámpora die Feindseligkeit des Sekretärs immer deutlicher gespürt. Von einem Moment auf den andern kann zwischen ihnen beiden der Krieg ausbrechen, und er vermutet, daß der General, vor die Wahl gestellt, seinen Feind schützen wird. Ein spanischer Journalist, Emilio Romero, hat ihm schreckliche Ahnungen zugetragen. López will Isabel in der Regierung unterbringen, und dabei wäre Cámpora (sagt er) das einzige Hindernis.

Wenn das stimmt, bin ich nicht groß von Bedeutung, hat ihn der Präsident widerlegt. Das eigentliche Hindernis ist Perón. Romero läßt nicht locker: Sie, Isabel, geht davon aus, daß Perón bald vom Tod annulliert wird. Er ist ein Greis von beinahe 78 Jahren, man braucht ihn bloß sanft anzutippen. Was ich Ihnen erzählen werde, Cámpora, geschah 1970. Und ich war selbst dabei. Es war im Herbst. Einige führende

Persönlichkeiten der Metallindustrie besuchten den General. Wie immer servierte Isabel Tee. Ein Dicker, ich glaube, aus San Nicolás, spielte unvorsichtigerweise auf Peróns Alter an. Er sagte, er sehe jünger geworden aus. So werde er niemals sterben. Wir erstarrten alle. Wie Sie wissen, Cámpora, erinnert man den General nicht an diese Dinge. López brach das Eis. Er sagte, leider seien alle Menschen sterblich. Den Führer kümmere das nicht. Seine Lehre dagegen solle unsterblich sein. Manchmal, sagte López, braucht er eine Ablösung. Nicht einen Nachfolger, sondern eine Ablösung, die imstande ist, die Lehre so aufrechtzuerhalten, wie sie ist: rein, ohne jede Veränderung. Die Metallindustriellen dachten, López wolle Peróns Stelle einnehmen, und waren alarmiert: Haben Sie schon darüber nachgedacht, wer dieser Mann sein könnte? Ja, sagte der Sekretär mit größter Gelassenheit. Ich habe es mir bereits überlegt. Señora Isabel. Niemand kann besser über die Lehre eines Menschen wachen als ein anderer Mensch seines Blutes. Hier mischte sich Perón ein: Chabela, sagen Sie? Seien Sie nicht albern, López! Gott sei Dank gibt es keine Blutsverwandtschaft zwischen ihr und mir. Da griff der Sekretär auf seine esoterischen Autoritäten zurück: So lautet das heutige Gesetz, mein General, sagte er. Aber laut Paracelsus und andern Weisen von früher durchdringen sich die Geister der Eheleute gegenseitig. Der Blutfluß vermischt sich, wie die Aniline. Perón wurde nachdenklich. Ein Jahr später rückten die Militärs Evas Leiche heraus. Das politische Spiel wurde komplizierter. Und man hat Sie gerufen, Cámpora. Das Thema wurde nicht wieder angeschnitten.

Das ist unwahrscheinlich, Romero. Das glaube ich nicht. (Der Präsident hat die Ahnungen platterdings zurückgewiesen.) Ich weiß mit Bestimmtheit, daß Isabel ehrlich handelt. Wenn López Rega sie zu benutzen versucht, wird sie sich weigern. Tausendundein Mal habe ich sie sagen hören, die Macht interessiere sie nicht.

Romero hat widersprochen. Die Gattin (meint er) wird vom Ehrgeiz zerfressen. Sie ist eine Heuchlerin und also unberechenbar. Bisher haben wir alle geglaubt, López benutze sie. Es ist genau umgekehrt. López ist im Gegenteil ihr Instrument. Wenn er erst ausgedient hat, wird sie auch ihn opfern. Diese kleine hysterische Ratte kennt kein Erbarmen. Sie hat sämtliche Gegner ausgeschaltet. Selbst die Getreusten hat sie geschlagen. Sie ist mit Elefantenfleisch gemästet.

Schon seit einiger Zeit versucht Cámpora, sich bei beiden lieb Kind zu machen, bei López Rega und bei ihr. Das letzte Mal, vor knapp zwei Tagen, hat er sie beide, ohne daß Perón es hörte, beschworen, auf seine Loyalität wie auf die eines Bruders zu vertrauen.

»Hat Ihnen der General einmal gesagt, was er von Loyalitäten hält?« fragte die Señora.

»Sehr oft«, antwortete Cámpora. »Ich hab ihn sagen hören, daß er nach so vielen Schicksalsschlägen den Loyalen und den Verräter schon mit einem Blick erkennen kann.«

»So ist es«, bekräftigte López. »Aber er hat auch gesagt, daß das nicht genügt. Daß die beste Art, sich der Loyalität eines Menschen zu versichern, darin besteht, ihm einen andern zur Seite zu geben, der ihn überwacht.«

»Ach ja? Und wer ist es bei mir?« versuchte Cámpora zu scherzen.

»Wir beide«, sagte Isabel ganz ernst. »Daniel und ich sind die andern von euch allen.«

Auch jetzt, vor den Augen des Präsidenten, zeigt das Netz dieser grenzenlosen Überwachung seine Dichte. López, essend, die Brille auf der Nasenspitze, bekommt unaufhörlich Meldungen: Telexe, Landkarten mit Markierungen, Statistiken, die andere Rätsel verbergen. Die letzten Berichte sprechen von einer Verschwörung. Alles ist noch verschwommen, kaum ein Hauch von Gerüchten. Ein oder zwei Montonerokolonnen – so hat man ihm mitgeteilt – planen, die Tribüne einzukesseln, wenn der General in Ezeiza eintrifft. Sie werden die Mikrophone ergreifen, mehrere Köpfe fordern (vor allem seinen; sie nennen ihn den ›Hexer‹), werden im Chor rufen, daß es nur eine, eine unersetzliche Evita gab, und damit Isabel verhöhnen, vor allem aber werden sie fordern, daß der Peronismus in eine Revolution *moto perpetuo* mündet, das sozialistische Vaterland. Sind es wirklich Montoneros? Einer der Berichte hält sie eher für Leute vom ERP 22. August, Marxisten der Vierten Internationale.

Trifft die Annahme zu, so wird man soviel Feuer mit Blut löschen müssen. Mit dem General kann man (das weiß López) in solchen Fällen nicht rechnen. Er wird wiederholen: Ich tue, was das Volk will, ohne zu merken, daß sein Volk nicht mehr dasselbe ist. Dem General muß man die Realitäten aufzwingen, man muß ihn (wie die Señora immer wieder gesagt hat) vor vollendete Tatsachen stellen.

Der Sekretär ist sicher, daß Cámpora mit zur Intrige gehört. Die Jungen haben sich seiner schon vor Zeiten bemächtigt, sie manipulieren ihn, sind Inkuben. Hat er denn nicht in seinen Reden ein paar Mal Che Guevara zitiert? Mehrmals hat man es dem General schon gesagt, daß Cámpora vom kubanischen Modell fasziniert ist. Daß er den Castro-Peronismus begründen möchte.

Sogar vor seinem Feind verhält sich der Sekretär, als wäre er allein. Er verlangt, daß man in Buenos Aires Oberstleutnant X auftreibt, damit er ihm telefonisch einen Befehl erteilen kann, daß man Kommissar Y sucht, einen Experten in antisubversiven Kämpfen. Man muß (beschließt er) sämtliche Hunde auf die verdächtigen Kolonnen hetzen. Man soll die Namen der Anführer ermitteln und alles genauestens durchkämmen, um ihre Schlupfwinkel zu finden.

Das letzte Telex berichtet, ein Gast einer Kneipe in Monte Grande habe gesagt, man werde in der Konfusion der Ankunft mit Zielfernrohrgewehren auf den General schießen, wenn er zur gepanzerten Tribüne schreite. Aber das Telex endet enttäuschend. Die Polizei nahm den Gast fest. Quetschte ihn aus. Machte alles nur Denkbare mit ihm: Ma-

niküre, Dauerwelle, Kopfwäsche. Riß ihm also die Fingernägel aus, trieb ihn mit einem elektrischen Stachel zum
Wahnsinn, erstickte ihn in einer Badewanne voller Scheiße.
Man erreichte nichts. Das Geschwätz hatte bloß eine kollek-
tive Befürchtung in Worte gefaßt, war schlicht das Delirium
eines Betrunkenen.

Dieser Fehlschlag soll euch nicht entmutigen, empfiehlt
López. Überwacht aus nächster Nähe Rodolfo Galimberti,
der sehr böse ist auf den General und zu jeder Verrücktheit
imstande. Folgt Robi Santucho, der uns auf den Tod haßt.
Sucht Firmenich, Quieto und Osatinsky – bei der ersten
Unachtsamkeit werden die es uns mit Undank lohnen. Und
findet vor allem heraus, was Noon Antezana vorhat. Das ist
der Größenwahnsinnigste von allen. Die andern halten sich
für talentiert genug, um Perón zu ersetzen. Noon nicht: Er
hat das Gefühl, daß er ihn übertrifft. Los, macht schon! In
den drei Tagen, die es noch dauert, kann sich eine x-beliebige
Katastrophe ereignen.

Die Schläger verschwinden vom Tisch. Und López, als
wäre Cámpora Luft, geht immer wieder die Telexe durch, die
Backen von Süßkartoffeln und Innereien gebläht. In der Ferne unter der Esche zerbröselt ein blinder Harfner den Walzer
›Aus meiner Seele‹.

Über dem ganzen Von-Tisch-zu-Tisch ist das Lächeln allmählich vom General abgeblättert; jetzt liegt nur noch ein
dunkler Fleck auf dem Bogen seiner Lippen. Ein uruguayi-
scher Textdichter mit Rabenmähne will ihm unbedingt einen
Gauchogesang widmen. »Später, am Abend«, wimmelt ihn
der General ab. Der Wein hat die Leute erhitzt. Draußen, im
Laubengang des Hauses, drängen sich die Boxer zusammen
und mißhandeln tanzend eine Tarantella. Auf Bitten von
Raúl Lastiri markiert Doña Pilar Franco einige Flamenco-
schrittchen. Kurz vor sechs Uhr kehrt Präsident Cámpora,
den Eintopf schwer im Magen, endlich in den Moncloa-
Palast zurück. Norma, López Regas Tochter, verabschiedet
ihn mit einem tödlichen Satz:

»Armer Don Héctor! So sehr hat man Sie geliebt, und so schlecht spricht man jetzt über Sie!«

Langsam zieht sich die Sonne zurück. Als der General vom Stuhl aufstehen will, kann er nicht. Seine Muskeln sind zerstreut. Damit der Körper ruhen kann, leckt er sich die Gedanken. Das erleichtert ihn. Unauffällig schafft er es bis zum Haus. Er steigt wieder die Treppen hinauf, Richtung Kreuzgang, zum Vorzimmer des Heiligtums, in dem Evita ruht. Der Lärm im Park hat seine Lunge verletzt. Aber hier, in diesem Refugium, ist nichts zu hören. Er nimmt die Mappe mit den Memoiren, deren Lektüre er am Vorabend unterbrochen hat. Er läßt die Seiten vorbeigleiten. Auf einmal spitzt er die Ohren. Was ist das? Was ist das? Ah, die Stille, die hereindringt. Sie kommt von der Dachstube, wo sie ruht, geschützt in dieser Welt. Eva, Ave, der Vogel – was er jetzt fliegen sieht, ist ihre Stummheit.

Es regnet ein wenig Staub. Gießt sie ihn aus? Staub, ein Blütenstäubchen über den Dingen, ein totes Blatt, lautlos? Was sonst könnte Evita fallen lassen außer der Vergeßlichkeit, die sie bei sich hat, all die Jahre ohne Gedanken, die Feuchtigkeit der Nichtorte, an denen sie geschlafen hat: Schränke, Keller, Kohlenschuppen, Schiffsbäuche. Welche Spur wird sie zurücklassen? Diese Stille, dieses Vergessen? Auch so noch beneidet der General solche Ewigkeit: den Ruhm, der bei sich angekommen ist, der von niemandem etwas braucht.

Aber ist es wirklich das, was er will? In früheren Zeiten glaubte Perón immer, man brauche sich die Vergangenheit nur kräftig genug zu vergegenwärtigen, um sich wieder dort zu befinden, brombeerbefleckt und einen Rucksack über der Schulter, die falschen Bewegungen von einst korrigierend und die Antworten gebend, die damals nicht über die Lippen wollten; er dachte immer, wenn er, und sei es nur für einen Augenblick, die Gesundheit von gestern einatme, würde es morgen vielleicht keine Krankheit mehr geben. Das ist so schwierig! hat der General geschrieben. Was tut ein Mensch, um zu wissen, daß dieses oder jenes das richtige Gefühl ist, um wenigstens zu verstehen, was Gefühl ist, was das ist, dem wir diesen vagen Namen geben?

Das einzige, was er einigermaßen deutlich empfunden hat, ist die Angst, und er möchte sich ihrer enterinnern: sicher sein, daß die Angst jetzt nicht existiert und daß sie deshalb nie existieren konnte (durfte). Es ist nicht die triviale Angst vor dem Tod gewesen, sondern vor etwas Schlimmerem: die Angst vor der Geschichte. Er hat gelitten beim Gedanken, die Geschichte würde auf ihre Weise erzählen, was er verschwiegen hat. Es würden andere kommen und ihm ein Leben anerfinden. Er hat befürchtet, die Geschichte würde lügen, wenn sie von Perón spräche, oder sie könnte entdekken, daß Peróns Leben die Geschichte belogen hat. So oft hat er es gesagt: Ein Mensch ist nur das, woran er sich erinnert. Eher müßte er sagen: Ein Mensch ist nur das, woran man sich von ihm erinnert.

Auch hatte er einmal ein fernes, wirklicheres Gefühl, vielleicht das einzige zu riechende, zu betastende Gefühl, das er je kennengelernt hat: die Beklemmung, die ihm an die Brust sprang, als er 1911 die Tür der Militärschule durchschritt, das Hämmern in der Speiseröhre, das Zittern der Zunge. Vor dem Eingang war es morastig, erinnert er sich. Ein Sulky bespritzte ihm die Hose, und er wollte sich säubern. Danach rochen seine Hände nach Pferdeäpfeln.

Mit welchen Worten hatte er das erzählt? *Ich sagte: »Das ist es, was ich will.« Und ich entdeckte in mir den Soldaten, der ich bis heute geblieben bin. 1910 legte ich meine Eintrittsprüfung ab. Schließlich trat ich zu Beginn des folgenden Jahres als Kadett ein.* (Die ersten zwei Sätze gehören ihm, die beiden andern stammen von López. An jenem Abend hatten sie Gedanken auf Tonband aufgenommen, an welchem Abend?, hatten sie aufgenommen?, versuchten das Land aus der Ferne zu verstehen, zeichneten Blumen auf ein Blatt Pa-

pier. Gedanken wie Blasen, mein General. Und eines Tages
unterdrückte López sie. Sie entflogen, seine armen Gedan-
kenvögel. Er mußte sich standhaft zeigen. Er mußte López
befehlen, statt dessen zu schreiben:)

*[1910 war Argentinien noch immer rundum von Wüste
umgeben. Sie schlich sich unbemerkt in sein Wesen ein. Von
dorther kam ich: aus den Tiefen der Wüste. Aus dem Argentinien, das es nicht gab; in jenen Jahren waren wir
Wind, Staubwolken. Für den Eintritt in die Militärschule
mußten wir die ›Grundlagen‹ von Alberdi studieren. Da
lernte ich, daß das beste Gesetz für die Wüste dasjenige ist,
das sie zum Verschwinden bringt. Regieren heißt besiedeln, las ich. Besiegen wir die Wüste, indem wir sie verschwinden lassen. Ich war ein junges Bürschchen und
dachte: die Wüste verschwinden lassen? Was für ein merk-
würdiger Satz! Als würde man sagen: Das Beste für das
Nichts ist, es abzuschaffen. Die beste Art, daß niemand
existiert, ist, niemandes Existenz zu dekretieren. Kurzum,
ungereimte Gedanken eines Halbwüchsigen.*

*Am 1. Dezember machte ich die Aufnahmeprüfung, ge-
rade nachdem ich das dritte Sekundarschuljahr absolviert
hatte, und am 11. März 1911 trat ich in das alte Haus im
Vorort San Martín ein, das sich in einer sehr spärlich besie-
delten Gegend befand. In der Nähe endete die Straßen-
bahnlinie. Gegenüber befand sich ein Laden. Drei Jahre
sollte ich an diesem Ort verbringen. Ich war erst fünfzehn,
fast könnte man sagen, noch ein Kind. Zu diesem Zeitpunkt übergaben mich meine Eltern dem Vaterland. Und
im Schutz des Vaterlandes wuchs ich auf, wurde ich ein
Mann.*

*Ich spüre die Vergangenheit. Ich kann mich sehen in
jener Zeit. Ich spüre die Vergangenheit in mir wie einen
Film, der durch den Projektionsapparat stolpert. Ich sehe,
wie ich Großmutter Dominga auf Wiedersehen sage.
Weinte ich? Wenn ich es tat, dann für mich in den ersten*

Nächten in einem Schuppen der Schule. Wenn ich es tat,
dann verstohlen, damit es niemand erführe. Ich dachte an
meine Eltern, auch sie in der Einsamkeit Chubuts verlo-
ren. Bei ihnen war ich jemand gewesen. Und auf einmal
fühlte ich mich als niemand.

Viele Jahre später sah ich in einer Fernsehserie, wie Men-
schen von einem andern Planeten mit den Massen unserer
Welt verschmolzen, und da wurde mir klar, daß ich seit
damals genau das war: ein Verpflanzter, ein Baum, dessen
Wurzeln ständig vom Schicksal durchgeschnitten wurden.
Sozusagen ein heimatloses Wesen, mit Familien, die ihm
verlöschen wie Kerzen, einer, der nur gerade befehlen und
gehorchen gelernt hat. Aber nicht fühlen. Von Kind auf
schärfte man mir ein, Gefühl sei eine Schwäche, sei etwas
für Frauen, eine Eigenschaft der Seele, die welken müsse,
ehe sie zum Erblühen komme.

Ich sehe mich im Patio der Schule sitzen, während mich
ein Soldat, der den Friseur spielt, wie wild kahlschert und
mir kaum eine elende Tolle stehen läßt; ich sehe mich in der
Dienstuniform; ich sehe die von diesem Reglement und
von jener Anordnung karierten Tage. Niemand durfte sich
einen höflichen Satz, ein Lächeln, eine Träne erlauben.

Uns Kadetten quartierte man bei den Soldaten in einem
Schuppen ein, den wir ›den Stall‹ nannten, unter einem
Wellblechdach, auf das der Regen trommelte. Die Reveille
weckte uns um fünf Uhr früh, sommers und winters. Wir
hatten genau drei Minuten, um uns das Gesicht zu wa-
schen, und fünf, um uns, fertig angezogen, im Hof in Reih
und Glied zu stellen. Wir tranken Mate mit Milch und
wurden dann auf einem kleinen Fußballfeld sehr hart und
unerbittlich geschliffen. Da merkte ich, daß ein Mensch nie
weiß, wie weit er mit seinem Körper gehen kann, wo die
Grenze dieser fast unbegrenzten Kraft ist, die der Körper
besitzt. Wir versuchen ja selten, mit ihm noch weiterzuge-
hen, bis zu dem Punkt, wo man nicht mehr kann. Man
spürt nur, daß man existiert, wenn der Körper sagt: Es

reicht. In der übrigen Zeit denkt man nicht einmal, ich bin der und der, da bin ich, da ist ein kleiner Ort, den ich auf der Welt mein nenne. Viel später wurde mir gesagt, ein jüdischer Philosoph habe dieselben Ideen gehabt wie ich, aber man konnte mir nicht präzisieren, wann er sie niedergeschrieben hatte. Ich weiß auch nicht, ob er sie so empfand wie ich, am eigenen Körper.

Obwohl das Leben in der Militärschule sehr hart war, war ich auf jede Art von Mühen und Opfern vorbereitet. Die eiskalten Morgen in San Martín kamen mir wie ein Spiel vor im Vergleich zu denen in Patagonien, und die täglichen Soldatenverrichtungen wurden mit der Zeit zu einem Vergnügen.

Wir hatten nur einmal im Monat Ausgang, nach dem Antreten vom Samstagnachmittag, und am Sonntag mußten wir vor zehn Uhr abends zurück sein. Schwere Verstöße wurden mit Entzug dieses einzigen Ausgangs bestraft; die Aufsässigsten setzte man in den Disziplinarraum, die Hände auf den Knien, von der Reveille bis zum Zapfenstreich, und sie durften nur gerade aufstehen, um auf die Toilette und zum Essen zu gehen.

Der Theorieunterricht fand nachmittags statt. Es wurden uns Geschichte, Naturwissenschaften, Geographie vorgetragen... Das Programm glich dem der vierten Gymnasialklasse. Vor kurzem war der obligatorische Militärdienst gesetzlich eingeführt worden, in der Absicht, den Millionen halbanalphabetischer junger Einwanderer, die unser Land besiedeln wollten, Argentinität einzutrichtern. Ich erinnere mich, daß Don Manuel Carlés, der später die faschistischen Milizen der Patriotischen Argentinischen Liga aufstellen sollte, einer meiner gebildetsten Lehrer war. Er unterrichtete uns in Literatur. In seinen Vorlesungen, regelrechten Ansprachen, behandelte er uns immer wie Offiziere, die schon eine Truppe befehligen. »Die Nation«, sagte Carlés, »erwartet, daß ihr den unkultivierten, unwissenden, gottlosen Rekruten zu erlösen ver-

steht.« Seine Absicht war es, uns vor den Anarchisten zu warnen, die schon alles unterwandert hatten und unser politisches Leben durcheinanderbrachten. Die meisten von ihnen waren Ausländer. Sie schleusten sich in die Fabriken ein, wiegelten mit ihren beißenden Propagandareden die Arbeiter auf, und schon war es geschehen. 1910 lösten sie fast dreihundert Streiks aus!

Mein Vater sagte immer, kein Argentinier ist es ganz, bis er nicht ein Dorf gegründet oder ein Stück Land bebaut hat. An einem Winterabend, als ich sieben oder acht war, setzte er meinen Bruder und mich neben den Küchenherd. »Präsident Roca hat den Indios die besten Grundstücke dieses Landes weggenommen und an seine Freunde verschenkt«, sagte er. »Die Herrensöhnchen aus der Stadt, die sie nicht von oben bekamen, haben sie unter Beihilfe der Militärs für ein Schandgeld gekauft. Mario Avelino und ich werden das bißchen Land bestellen, das wir haben. Juan Domingo müßte Soldat werden, damit er verhindern kann, daß man es uns wegnimmt.«

Nach dem Willen sowohl meines Vaters wie meiner Großmutter hätte ich Medizin studieren sollen, aber diese (vielleicht in einem ungeduldigen oder depressiven Moment ausgesprochenen) Sätze habe ich nie vergessen. Manchmal denke ich, meine Zukunft hat sich in dem Moment entschieden, wo ich sie hörte. Ich schlug die militärische Laufbahn nicht ein, um mir Land anzueignen – ich besitze ja keins –, und auch nicht, um Dörfer zu gründen, was ich lieber getan hätte, sondern um zu lernen, wie man Menschen gründet, wie man sie führt.

In mir gab es weder wirtschaftliches Kalkül noch einen irgend gearteten materiellen Hunger. Wie hätte es ihn auch geben können, wo ein Leutnant damals doch zweihundert Pesos im Monat verdiente, denselben elenden Lohn wie ein Schullehrer? Mit dieser Summe konnte man nicht einmal die Miete für eine mehr oder weniger anständige Wohnung in Buenos Aires bezahlen.

In der Kunst der Führung unterrichteten uns deutsche Offiziere. Als ich in die Militärschule eintrat, wurde die argentinische Armee noch immer von den alten, auf den französischen Reglementen und Handbüchern basierenden Taktiken General Alberto Capdevillas geführt. Aber schon wurden wir mit preußischen Gewehren und Kanonen ausgerüstet. Wir konnten mit den Mausern und Krupps umgehen. Das traditionelle Käppi, mit dem ich meine Kadettenausbildung begonnen hatte, wurde bald von der deutschen Pickelhaube mit dem langen Kegel ersetzt, unter dem sich das argentinische Wappen befand.

Wir gewöhnten uns sehr rasch an die neue Ordnung. Wir marschierten im Gleichschritt, und die Kommandos wurden nach preußischer Art gegeben. Da ging es nicht ums Denken, sondern ums Gehorchen. Manchmal rebellierte unser Temperament, aber wir machten weiter. Für meine Lehrer waren die Namen von Clausewitz, Schlieffen und von der Goltz eine so gewaltige Legende wie ..., na?, wie die Legende Napoleon. 1914 kehrte General José Félix Uriburu aus Berlin zurück, wo er in die persönliche Garde des Kaisers aufgenommen worden war. Er war so voller germanophilen Fiebers, daß wir Kadetten ihn ›von Pepe‹ nannten. Und so erging es noch vielen andern...

Einer der schönsten Eindrücke, die die Militärschule in mir zurückließ, war die Kameradschaft, die Saat guter Freunde. Diese Freundschaften habe ich im Lauf der Jahre aufrechterhalten. Von den hundertzwölf, die mit mir den Leutnantssäbel empfingen, sind schon fast alle gestorben. Alteingesessene Argentinier gab es nur sieben oder acht. Zu diesen gehörte auch ich. Da wir abgesondert von den Zivilisten lebten, bildeten wir schließlich eine Familie. Man hat über mich gesagt, ich hätte nie eine andere gehabt, die Armee sei mein einziges wirkliches Gefühl gewesen. Na und? Ich habe keine Unterschiede zwischen Vaterland und Armee gemacht. 1955 wollte mir eine verräterische Clique beides wegnehmen. Sie zwang mich in die Verbannung. Sie

beschloß per Dekret, daß ich nicht mehr General war.
Letzteres war mir egal. Schließlich war ich noch immer
Perón. Aber daß man mir die Armee wegnahm, das
schmerzte mich sehr, es war, als hätte mich die Familie
verlassen. Und sogleich dachte ich: Ich bin wie Argenti-
nien, auch ich habe ein Wüstenschicksal. Sie wollen mich
zur Nichtexistenz verurteilen, zur Leere, zum Niemands-
land. Dazu, daß ich keinen Namen, keine Vergangenheit
habe, ohne Wurzeln lebe. Die usurpatorische 55er-Dikta-
tur beschloß, daß ich von diesem Datum an null sei. Da
begann ich nachzusinnen: Wollen wir doch mal schauen,
wo wir die Null hintun, ob nach hinten, wo sie nichts taugt,
oder nach vorn. So zwangen sie mich zu kämpfen. Und
damit taten sie mir einen großen Gefallen ...
    Am 13. Dezember wurde ich Leutnant ...]

Er durfte nicht nachgeben und mußte López befehlen, es auf
genau diese intime Art aufzuschreiben: die Familie, die Wüste, so, wie er es empfand. Aber der Sekretär dachte an die
Geschichte. Seien Sie historischer, mein General, sehen Sie?
Festigen Sie das Porträt mit etwas Marmor. Offenbaren Sie
sich nicht, geben Sie sich nicht preis. Wahre Größe erwächst
aus Verschweigungen. Wann haben Sie denn gehört, daß ein
großer Mann aus dem WC kommt, spült, in Unterwäsche vor
den Leuten erscheint? Die Familie – was ist das? Machen Sie
es zu Vergessenheit. Früher waren Sie nicht so. Nie haben Sie
sich Fragen gestellt, mein General. Machen Sie Schluß damit.
Große Männer haben nur Antworten.

Er hat nicht unrecht: López ist sehr vernünftig, wenn er
will.

Die Geschichte braucht nicht zu wissen, daß ich, Juan
Domingo Perón, das Recht auf Unschlüssigkeiten habe, auf
die Schwäche, nicht zu können. Daß ich mit meinen siebenundsiebzig Jahren keine bessere Antwort finde als eine gute
Frage.

Sehr schön, hat der Sekretär gesagt. Fragen Sie sich nur,

mein General. Legen Sie die Eingeweide auf den Tisch. Wagen Sie es. Was ist mit Ihnen in der Nacht der Züchtigung passiert, nach Ihrem Eintritt in die Militärschule? Ziehen Sie sich diesen schmerzhaften Dorn aus dem Herzen.

Und er ist nicht fähig dazu gewesen. Es gibt Gefängnisse der Erinnerung, gegen die man nicht ankommt; sie sind gut aufgehoben dort, wo sie sind, in ihrem Nest, und verlöschen allmählich. Wie hat López sie verheimlicht? Mit welchem Mantel hat er diese Schatten umhüllt? Schauen wir mal. Hier steht es:

1910 legte ich die Aufnahmeprüfung ab. Zu Beginn des folgenden Jahres wurde ich Kadett. Es war Brauch, daß die Neulinge zur Taufe einer Prüfung unterzogen wurden. Sie hieß Manteo *und bestand in grausamen Prügeln, die uns die letzten Reste zivilen Hochmuts aus dem Leib schüttelten und nebenbei unseren Geist stählten. Vor meinem Eintritt war eine Gruppe Kadetten damit gedemütigt worden, daß sie auf allen vieren nackt auf dem mit Rauhreif überzogenen Patio herumkriechen mußten; andere hatte man mitten in der Nacht aus dem Bett geholt und gezwungen, in große Becken mit eiskaltem Wasser zu steigen; manch einer landete mit einer von den Stöcken gebrochenen Rippe im Sanitätsraum.*

Ich war gegen jede Züchtigung gewappnet. Ohne zu mucksen, gehorchte ich im ersten Schuljahr den Kadetten des zweiten und im zweiten denen des dritten. Um sich im Führen zu üben, dachte ich, muß man zuerst den Gehorsam lernen. Aber die Manteos *erschienen mir als Grausamkeit. Im Juni 1911, drei Monate nach meinem Eintritt, erfuhren wir, daß die Jungs aus der zweiten Klasse eine gehörige Prügelei für uns vorbereiteten. Sie beabsichtigten, unsere erste Parade, am Tag des Fahneneids, zu einem Fiasko werden zu lassen: Wir sollten stöhnend und übel zugerichtet vorbeimarschieren. Damals war die Kälte schrecklich. Die Temperaturen sanken fast allnächtlich un-*

ter den Gefrierpunkt. Ich trommelte meine Kameraden
zusammen und sagte zu ihnen: Wir müssen diese Schwei-
nerei verhindern. Suchen wir die Unterstützung der Ka-
detten der dritten Klasse. Und so geschah es. Wir bildeten
eine Kommission und begannen zu verhandeln. Hören wir
ein für allemal mit den Manteos *auf, schlug ich ihnen vor.*
Nie mehr soll jemand eine schlechte Erinnerung an seine
Jahre auf dieser Schule zurückbehalten. Alle willigten ein.
Das war mein erster politischer Sieg. Wir wurden bei
Oberstleutnant Agustín P. Justo vorstellig, dem stellvertre-
tenden Leiter, und er pflichtete unseren Argumenten bei.
Von da an hatte es ein Ende mit diesen wilden Gebräuchen.

(Ein Mann sollte nicht das sein, woran er sich erinnert. Er
sollte sein eigenes Vergessen sein. Wie die Geschichte, die er
eben gelesen hat; es ist nicht die, die er noch in sich hat, die
sein Denken mit Feuer prägt. Die Worte sind in eine andere
Haut geschlüpft, als sie von den Gedanken zum Mund wanderten. Jemand hat sie vergewaltigt. López? Oder er, Perón,
sein Wille zu vergessen?

Der Sekretär hat ihn herausgefordert, auch von den Ma-
növern zu erzählen, die sie in der Nähe von Concordia
erduldeten, im Sommer 1913. Und der General hat sich wi-
dersetzt. Dort, in dieser Vergangenheit, habe ich nichts zu
fragen, hat er gesagt, nichts zu antworten.

Und trotzdem. Ach, die Manöver! kitzelt López. Einige
von uns waren dazu prädestiniert, in diesem Jahr zu sterben.
Erinnern Sie sich an den 3. Dezember, mein General? Im
Morgengrauen brachen wir unser Lager in Ayuí ab. Wir
wollten einige Kilometer den Río Yuquén entlangmarschie-
ren und dann in Lastwagen zur Eisenbahnstation Jubileo
vorrücken. Aber Oberstleutnant Agustín P. Justo beschied
uns abschlägig und sagte, der Widerstand des menschlichen
Körpers lasse sich immer noch etwas weiter dehnen, und je
höher wir unseren Körpern das Ziel steckten, um so weiter
würden wir es bringen. Er befahl uns, zu Fuß auf einem

sandigen Weg vorzurücken, mehrere Meilen vom Flußufer entfernt, wo uns die Lastwagen erwarteten. Justo hatte, wie ich mich erinnere, den Humor einer Hyäne. Zwar verbot er die *Manteos* als unmenschlich, und jetzt folterte er uns mit eiskaltem Lächeln.

Schon zu Beginn des Marsches wurden zwei Kadetten ohnmächtig. Die Sonne riß einen fünfzig Grad heißen Mund auf. Und Sie hatten einen geschwollenen Knöchel, mein General. Immer wieder schnürte ich Ihnen die Stiefel auf und massierte den Knöchel. Man sah weder Bäume noch Wasserstellen, nicht einmal einen kläglichen grünen Fleck in dieser Unermeßlichkeit von Sand und Spalten. Es gab einen Moment, wo es Vögel regnete. Sahen Sie sie, López Rega? Befanden Sie sich auch in diesem Schrecken? Ich marschierte und marschierte, antwortet der Sekretär. Erinnern Sie sich nicht? Ich war einer von Ihnen, Juan Perón. Ich sah, wie die Sonne den Vögeln auf den Flügeln haftete, und sagte mir: Sie werden herunterfallen. Ich sah, wie die Sonne auf ihren Hals niederstach und sie einen nach dem andern auf die Sandfelder schmetterte. Das ist Regen, sagten Sie. Und ich sagte: Das dürfte der einzige Vogelregen sein, den wir unser Lebtag sehen. Wir schleppten dreißig Kilo schwere Rucksäcke, und unter den Feuerkuppeln brachen einige unserer Kameraden zusammen. Marschiere, Juan, marschiere – Sie und ich wiederholten das einander immer wieder. Ich bin ein Infanterist, marschieren ist mein Beruf. Wir gehörten zu den ersten, die die Eisenbahnstation Jubileo erreichten. Der Zug wartete seit Stunden auf uns. Der General hat den Kopf geschüttelt: die Manöver, die Vögel. Mit alldem werden wir ein tüchtiges Bündel Vergessen schnüren. Seien wir barmherzig mit der Erinnerung, López. Erschrecken wir sie nicht.)

Am 13. Dezember 1913 wurde ich Leutnant. Lange hob ich in der Brieftasche einige Zeitungsausschnitte auf, die die Zeremonie vom Trommelwirbel im Morgengrauen bis zum Eintreffen des Kriegsministers ausführlich schilder-

ten. Und unsere soldatische Aufstellung im Patio . . . Und die Rede des Schulleiters . . . Und das Exerzieren der Infanteristen auf dem Platz hinter dem Gebäude . . . Zwanzig Jahre später suchte ich die Zeitungsausschnitte, um sie den Tizóns zu zeigen, meiner Schwiegerfamilie. Aber aus der Brieftasche fiel bloß gelber Staub – sie waren zu Asche geworden.

In diesem Sommer ging ich wie immer nach Patagonien in die Ferien. Mein Vater hatte mir drei Bücher zum Geschenk gekauft und bat mich, sie immer griffbereit zu haben. Es waren die Briefe an seinen Sohn von Philip Stanhope, dem Grafen von Chesterfield, die Lebensbeschreibungen von Plutarch in der Garnier-Ausgabe und der Martín Fierro von José Hernández. In jedes Buch schrieb er eine passende Widmung. In das von Lord Chesterfield »Damit Du lernst, Dich unter den Leuten zu bewegen«, in das von Plutarch »Damit Du Dich von diesen weisen Männern inspirieren läßt« und in das von José Hernández »Damit Du nie vergißt, daß Du vor allem andern einer von hier bist«.

Wiederholt habe ich Plutarchs großes Werk beigezogen, wenn ich in der Kriegshochschule Militärgeschichte unterrichtete. Als ich darin die Biographie des Perikles las, lernte ich die Fähigkeit der Geduld. ›Alles mit Maß und in Harmonie‹, lautete die Losung dieses vorbildlichen Führers. Und das ist auch der Satz, den ich den Ehrgeizigen und Voreiligen immer wieder zitiere, wenn sie mich um Rat fragen.

Den Martín Fierro kann ich auswendig. Es gibt fast keine Rede von mir, wo ich mich nicht aus dem einen oder andern Grund auf einen seiner großartigen Verse berufe. Als mein Vater ihn mir gab, war er Bauernlektüre. Sein späterer Ruhm kam ihm nicht zustatten. Mehr noch als die Gestalt des Fierro, Deserteur der Armee, gerissen und etwas roh – so sehr, daß er schließlich sogar mit den Indios zusammenlebte –, beeindruckte mich der gesunde Menschenverstand des alten Vizcacha, der den hilflosen, ungebildeten Gauchos jener Tage tiefgehende Lektionen in Überleben anbot.

Hernández beschreibt Vizcacha als alten Einsiedler, schmutzig, arm, mit einem Rudel Hunde. Zumindest hinsichtlich der Armut und der Hunde gleicht er doch mir, nicht wahr? Eine Gestalt von so übler Erscheinung kann einem Stadtmenschen nicht sympathisch sein. Aber ich, der ich auf dem Land aufgewachsen war, ahnte sogleich, daß Hernández den Vizcacha zum Beschützer der Unglücklichen machen wollte, zu einem, dessen Sprache nur die verstünden, die zum Leiden erzogen waren.

Das ist es, was ich tat. Wer aufmerksam die Briefe liest, die ich meinen Landsleuten in all diesen Jahren geschrieben habe, wird feststellen, daß ich mich nicht auf Fierros Klagen, sondern auf Vizcachas Lebensweisheiten beziehe. »Die eigene Haut zu hüten, / des Lebens höchster Gehalt ist«, habe ich empfohlen, denn ich kenne keinen besseren Segenspsalm auf das Leben. Und um den Gedanken zu vervollständigen: »Mach' dir den Richter zum Freund / und such' ihm nichts abzuzwacken. / Will er dich aber hier packen, / du mach' dich klein allemal. / Denn stets ist nützlich ein Pfahl, / um sich zu scheuern den Nacken.«

Gleich nach meinem achtzehnten Geburtstag wurde ich zum 12. Front-Infanterieregiment nach Paraná abkommandiert. Ich befehligte die erste Kompanie, einen Zug von achtzig Soldaten und zehn Unteroffizieren. Die Kaserne, in der Nähe der Steilufer des Flusses gelegen, war ein schon wackliges Bauwerk, das sich aus riesigen fensterlosen Schuppen zusammensetzte. Sie war zur Beherbergung der jüdischen und italienischen Siedler errichtet worden. Als ich dorthin kam, war das Ganze unter dem Namen ›Die Einwanderung‹ bekannt.

Zum ersten Mal entdeckte ich das Elend, in dem unser Land versunken war. Die Kinder der Landarbeiter wuchsen wie Tiere heran, im Freien, analphabetisch. Und die Eltern starben in voller Jugend, mit löchrigen Lungen. Ich

sah kleine Jungen im Hafen neun Stunden am Tag siebzig
Kilo schwere Säcke schleppen. Ich erfuhr, daß die Frauen
Tuberkulose bekamen, wenn sie Wolle kämmten und die
Zigarrenfabriken vom Staub reinigten. Am meisten beein-
druckte mich aber, daß sie mit Verachtung an die Zukunft
dachten. Sie dachten vielmehr überhaupt nicht an sie. Sie
waren blind für die Zeit. Da die Vergangenheit immer
schrecklich war, verschwand sie beinahe sofort aus ihrem
Gedächtnis. Daher schrieben sie ihr Wohl und Wehe der
Fügung zu. Besser gesagt, das Wohl der Vorsehung und das
Wehe der Regierung.

In die Lektüre versunken, hat der General vergessen, daß
unten, in den Gärten der Villa, das Fest weitergeht. Stimmen
auf der Treppe erinnern ihn daran; gedämpft, obszön hört er
sie heraufkommen. Was sagen sie? Der Mann, betrunken,
sucht ein Bett. Die Frau sträubt sich heftig. Wenn sie es bis
hierher geschafft haben, ist das Haus schon eingenommen,
infiziert, räudebeschmutzt. Wird denn niemand kommen
und sie aufhalten? Der General erschrickt. Draußen vor der
Tür hört er das Geknutsche. Sie wollen herein, tappen nach
der Klinke. Werden sie tatsächlich so dreist sein und den
Kreuzgang entweihen? Wissen sie denn nicht, daß im oberen
Stock Eva, Ave, der Vogel erwachen könnte?

»Gehen Sie sofort runter, verdammtes Pack!« López' fer-
ner Ruf dringt rettend in die Höhle des Kreuzgangs. »Gehen
Sie runter und hauen Sie ab!«

(Das mußte *er* sein: auf den Vogel achtend, Eva der Ent-
weihung entziehend, diese verhindernd.) Der General seufzt.
Er entspannt sich. An der Tür stehend, hört er, wie sich das
Paar entfernt. Er erkennt die Stimme eines Leibwächters.
Und auch die Frau: ein armes vulgäres Ding. López ver-
scheucht die Neugierigen aus dem Speisezimmer, säubert die
Schlafräume von Nachzüglern. »Los, rühren Sie sich schon!
Verlassen Sie das Haus!«

Wird Musik gespielt? Abermals ist nichts zu hören. Wieviel Nacht mag draußen sein? Und wieviel Madrid bleibt ihm noch zu erleben?

Nachdenklich wendet sich der General wieder den Mappen zu. Eine Gipsfliege hat sich auf die Seite gesetzt. (Und jetzt kommst du auch noch, um mir die Vergangenheit vorzulesen? Sie und ich, wir haben nie darüber gesprochen. Es hat uns beiden weh getan. Das ist sehr alt, Vogel. Du warst noch nicht auf der Welt:)

Es war im Winter 1914. Am selben Tag, an dem wir vom Attentat auf Prinz Franz Ferdinand in Sarajevo hörten, gründete ich in Paraná den Boxing Club. Immer habe ich fanatisch das Boxen kultiviert, aber damals kämpften wir blindlings, ohne Technik. Wir wußten nicht einmal, wie man sich die Hände bandagiert. Einmal brach ich mir die Fäuste. Wegen eines schlecht gelandeten Schlags standen mir oben die Mittelhandknochen heraus. Noch heute sieht man die Buckel auf den Handrücken.

Ich verbrachte viele Stunden allein, schaute auf den Fluß und vergnügte mich mit der Karte der ewig stehenden Sterne. Da regten sich meine ersten, sagen wir: metaphysischen Zweifel. Wie im Wettsingen des Schwarzen mit Martín Fierro fragte ich mich, was die Substanz der Ewigkeit ist, wohin die Zeit geht, an welchem Punkt des unendlichen Universums sich der Ursprung der Dinge befindet und an welchem andern Punkt wir das Ende erkennen können.

Unverhofft kam ich zu einigen Antworten. Es war an einem Abend desselben Jahres 1914 in der Dämmerung. Der Himmel war so wolkenlos blau, daß sich nicht einmal die Vögel getrauten, ihn zu beflecken. Ich hatte mich in der Avenida Costanera auf eine Bank gesetzt. Auf einmal tat sich am Horizont ein dunkler Schlund auf. Ich hörte das Prasseln einer schwarzen Flamme. In Sekundenschnelle wurde es Nacht, die Luft schwängerte sich von Giftgeruch. Man hatte das Gefühl, das Innere der Erde verfaule. Ein ungeheurer Heuschreckenschwarm war über die Stadt hergefallen und verschlang alles Grün. Ich erinnerte mich an meinen Großvater, der die Schuld an seiner Schlaflosigkeit ihnen gab und ihre Beine in Destillierapparaten auskochte, um das Virus zu finden, das ihn wach hielt. Ich vergaß Gestank und Aufregung und blieb dort, am Flußufer, um zu sehen, wie sie ihre Eier legten. Ich packte ein Weibchen, riß ihm die Flügel aus, damit es nicht davonfliegen konnte, und schaute es aus der Nähe an: die harte Schale der Augen, die fiebrigen Fühler, die gewaltigen Kinnladen. Und ich fragte mich: Wenn Gott allgegenwärtig ist, wie es in den Evangelien steht, dann muß er auch im Herzen der Heuschrecken sein. Mit einer Krawattennadel stochernd, versuchte ich das Herz dieses Weibchens zu finden. Ich suchte und suchte. Da war nichts. Ich ließ das Insekt auf dem Boden liegen und ging. An diesem Abend hatte ich gelernt, daß sich Gott nur dort befindet, wo Gutes ist, und daß er nicht mit dem Bösen koexistieren kann. Diese Antwort ist mir für immer geblieben.

Ende 1915 wurde ich zum Oberleutnant befördert. Wenige Wochen später verlegte das 12. Regiment seinen Stützpunkt nach Santa Fe, am andern Flußufer. Ein Teil der Truppe quartierte sich in der alten Landwirtschaftsgenossenschaft ein, damals ›Die Messe‹ genannt. Der Rest, darunter auch ich, fand im Waisenhaus eine Unterkunft.

Da erlebte ich das einmalige Glück, einem der besten Befehlshaber zu dienen, die unsere Armee je gehabt hat: Bartolomé Descalzo, der als Hauptmann Dienst leistete. Er war mein Sokrates, der Schöpfer meiner Seele. Einmal fragte ich ihn, ob die Ereignisse in unserem Leben und unser Todestag schon im Schicksal geschrieben stünden. »Nur der Tod steht geschrieben«, antwortete er, »denn man weiß von keinem, der am Tag vorher gestorben wäre. Aber das Leben ist etwas anderes – ein richtiger Mann läßt niemals zu, daß das Schicksal die Entscheidungen trifft, die er hätte treffen sollen.« Diese Gedanken habe ich oft wie-

derholt. So oft, daß einige sie für die meinen halten. Aber das stimmt nicht, sie stammen von Bartolomé Descalzo.

Es begannen turbulente Jahre. Am 2. April 1916 fanden in Argentinien zum ersten Mal demokratische Wahlen statt. Ich sympathisierte mit Lisandro de la Torre, dessen Hochburg Santa Fe war, aber ich stimmte für Hipólito Yrigoyen, der für die einfachen Leute eine große Hoffnung verkörperte.

Die Armee war beunruhigt wegen der anarchistischen Agitationen. Am 9. Juli dieses Jahres, nach der Parade zur Hundertjahrfeier der Unabhängigkeit, bahnte sich ein Individuum einen Weg durch die Menge und feuerte zum Ruf »Es lebe die Anarchie!« einen Schuß auf den Kopf von Dr. Victoriano de la Plaza ab, der ja schon dabei war, die Präsidentschaft der Republik zu übergeben. Glücklicherweise hatte er schlecht gezielt. Die Kugel prallte an einem Balkon der Casa Rosada ab.

Das hätte Yrigoyen, der drei Monate später die Macht übernahm, als Warnung dienen sollen. Tat es aber nicht. Seine Regierung wurde von einem regelrechten Feuerwerk von Streiks und Sozialkonflikten begrüßt. Das war nur logisch. Yrigoyen hatte bei Arbeitern und Bauern hohe Erwartungen geweckt und brauchte zu lange, um sie zu erfüllen. Er empfing persönlich Eisenbahner- und Textilarbeiterdelegationen – was noch nie ein Präsident getan hatte –, hielt Reden gegen die Unternehmer, aber dann legte er die Hände in den Schoß, statt die Reformgesetze voranzutreiben, auf die wir alle warteten. Die Massen verloren die Geduld und erhoben sich. Yrigoyen hatte die Brutalität seiner Vorgänger am eigenen Leib erfahren und war gegen Repression. Aber er verfügte über keinen Ansatzpunkt, um die Lage unter Kontrolle zu bringen. Er sah sich einem kriegstüchtigen Anarchismus gegenüber, der von so gefährlichen Ideologen wie Malatesta und Georges Sorel inspiriert war, und dachte, solche Leute könnten von der Polizei in Schranken gehalten werden. Aber natürlich

verlor die Polizei immer die Kontrolle über sie. Da holte er
die Armee. Uns Offiziere enttäuschte diese Unfähigkeit
des Präsidenten, der einerseits seine Popularität nicht ein-
büßen wollte, indem er mit harter Hand durchgriff, wie es
nötig gewesen wäre, anderseits die Armee dann doch in
unpopuläre Aktionen verwickelte.

(Jetzt, wo er diese Sätze liest, erinnert sich der General ganz
deutlich an die Betonung, mit der er jeden einzelnen von ihnen
diktierte, die überraschende Heiserkeit der Schlüsse, die Fieb-
rigkeit, mit der er Malatesta oder Sorel sagte und an Cohn-
Bendit und Alain Krivine dachte: Das Buenos Aires von 1917
verwandelte sich ihm ins Paris des Mai 68. Das waren Verwü-
stungen der Idealisten, nicht?, die Jahre der Intellektuellen,
dieser Hunde der Seele. Durch Unruhen schmälerten sie die
Größe Yrigoyens, den Ruhm General de Gaulles . . .
   Im Zorn hat er diktiert, was er jetzt traurig liest. Und er
fragt sich, ob dieses Danach, von dem aus er sich erzählt,
nicht für immer das Gestern zerstört hat, wo sich die Dinge
ereigneten.)

Hauptmann Descalzo hatte einen unfehlbaren Instinkt,
um Ausschreitungen in Schach zu halten, bevor sie außer
Kontrolle gerieten. 1917 brachte er uns nach Rosario, wo
wir, um anarchistischen Sabotageakten zuvorzukommen,
das Gelände besetzen sollten, auf dem die Straßenbahnen
standen. 1918, als ich ins Zeughaus Esteban de Luca in
Buenos Aires abkommandiert wurde, sagte er mir beim
Abschied: »*Wir sind dabei, ins Dunkel zu treten, Ober-*
leutnant Perón. An die Türen unseres Hauses hämmert der
wildeste Sturm, und der Präsident will oder kann ihn nicht
hören. In Europa ist der Krieg mit der Niederlage der
besten Armee der Welt zu Ende gegangen. Jetzt richten die
Anarchisten die Augen auf uns.« *Seine Worte bewegten*
mich. »*Ich möchte Sie um einen persönlichen Gefallen bit-*
ten«, *sagte ich zu ihm.* »*Wenn die Stunde kommt, wo es*

diesem Feind zu begegnen gilt, so rufen Sie mich. Ich möchte an Ihrer Seite kämpfen, mein Hauptmann.«

In Buenos Aires hatte ich viel zu tun. Die Sportleidenschaft, die ich nie verlor, nahm meine Gedanken voll und ganz in Anspruch. Ich betrieb Hoch- und Stabhochsprung, spielte Basket- und Fußball. Vor allem aber frönte ich dem Fechten. Bei der Militärmeisterschaft 1918 gewann ich die Goldmedaille im Degenturnier. Meine Technik war flexibel, als föchte ich mit dem Florett, und die Gegner konnten meine Stöße nicht parieren.

Am 22. Juni fiel Schnee in Buenos Aires. Euphorisch stürzten die Leute auf die Straßen hinaus. Ich aber war ruhelos. Ich sah durchs Fenster die Flocken rieseln und dachte, demnächst würde ich dreiundzwanzig. Ich verspürte die Leere der Zeit. Ich wußte, daß ich bald würde heiraten müssen. Zwar genoß ich das Alleinsein, aber ich brauchte eine rechtschaffene Frau an meiner Seite. Offiziere werden mit offeneren Armen empfangen, wenn sie ein Zuhause haben.

Damals gingen wir zu sehr wenig Festen, und es kam uns nicht im Traum in den Sinn, einem Mädchen aus guter Familie den Hof zu machen. Wir besuchten einige Tanzlokale, aber mit gedungenen Frauen. Wenn einer von uns sich erleichtern wollte, suchte er eine solche Frau auf, und damit hatte es sich. Danach wurden die Bordelle verboten, und statt für ihre Bedürfnisse eine Hure zu dingen, schändeten die jungen Männer die Töchter aus guter Familie. Die Männer meiner Generation spielten nicht mit diesen Dingen: Innerlich waren wir achtunggebietende Leute. Nach außen hin vergnügten wir uns und tanzten mehr als alle andern, aber in den Nachtklubs, mit käuflichen Frauen.

Viele Jahre später schrieb ich einen kurzen Artikel, in dem ich von einem förmlichen General erzählte, der nicht einmal in den Salons Säbel und Käppi ablegte. Eine junge Französin fragte ihn herausfordernd: Wie machen Sie denn

Liebe? Und der Mann antwortete: Ich mache nicht Liebe.
Ich kaufe sie schon gemacht. So dachte auch ich. Damit
mich nichts vom Soldatenberuf ablenkte, regelte ich meine
Mannesdringlichkeiten für ein paar Pesos.

Hauptmann Descalzos Prophezeiung erfüllte sich früher
als angenommen. Die Anarchisten richteten ihre Augen
auf uns. Das Jahr 1918 war mit einigen Streikgeplänkeln in
der Metallfabrik von Pedro Vasena zu Ende gegangen.
Von den Anarchisten ermutigt, forderten einige Arbeiter
höhere Löhne und lockerere Arbeitsbedingungen. Viele
mochten nicht mitmachen, und die Erhebung verlief im
Sand, doch die Unzufriedenheit war jetzt gesät.

Am 3. Januar 1919 begann das Durcheinander. Vasena
hatte seine Fabrik in der Calle Cochabamba, in der Nähe
des Constitución-Viertels. Die Depots befanden sich in
Pompeya, wenige Häuserblocks vom Riachuelo entfernt.
Zwischen den beiden Orten herrschte ein ununterbroche-
ner Pritschenwagenverkehr. Wegen der Agitationen wur-
den die Fahrzeuge von berittenen Polizisten bewacht. Am
Morgen dieses 3. Januar stürzten die Streikenden überra-
schend von einem unbebauten Grundstück hervor und
beschossen die Wagen. Dabei wurde eine Frau getötet, die
nichts mit der Sache zu tun hatte. Am 5. wiederholte sich
das Ganze, ein Vorarbeiter wurde getötet. Am 7. hatte der
Konflikt den Siedepunkt erreicht: Die Anarchisten griffen
an, die Polizei kämpfte sie mit Kugeln und Säbeln nieder.
Es gab fünf tote und etwa zwanzig verletzte Arbeiter.
Yrigoyen wollte das Problem lösen, indem er die Parteien
versöhnte. Er beauftragte den Innenminister, zwischen
Vasena und den Streikenden eine Vereinbarung zu erzie-
len. Unter dem Druck der Regierung gab das Unterneh-
men klein bei und bot an, zwölf Prozent mehr Lohn zu
zahlen und keine Repressalien zu ergreifen.

Aber soviel zerbrochenes Geschirr war nicht mehr mit
Speichel zu kitten. Die Toten vom 7. Januar dienten den
Anarchisten als Vorwand, um das Land in Aufstand zu

versetzen. Di Giovanni, Scarfó, Miguel Arcángel Roscigna und viele andere Anarchisten, die in den folgenden Jahren berühmt werden sollten, begannen ihre Laufbahn in diesen Scharmützeln. Es handelte sich um eine sehr gut eingefädelte internationale Verschwörung, dergestalt, daß in derselben Woche des Jahres 1919 in Berlin die Spartakistenaufstände ausbrachen. Dort entschied sich der Streit in wenigen Tagen mit dem Tod von Rosa Luxemburg und ihrem Genossen Karl Liebknecht. Nachdem die Erhebung ihre Führung verloren hatte, kehrten wieder Ruhe und Ordnung ein. Hier dagegen baute Yrigoyen weiter auf die Vorsehung.

Es war ein schrecklicher Sommer. Buenos Aires brannte. Im Patio des Zeughauses gab es kein anderes Lüftchen als das der umherschwirrenden Fliegen. Sogar die Pferde wieherten vor Anspannung. Am 8. Januar sollten die Gefallenen beerdigt werden. Da riefen die Anarchisten zu einem Generalstreik auf. Wir alle befürchteten eine Katastrophe. Die Polizei war schlecht vorbereitet, so daß sie die Kontrolle schnell verlieren würde. Die Armee sah sich zum Einschreiten gezwungen.

Meine Funktion im Zeughaus bestand darin, die Versorgung der Truppe mit Munition sicherzustellen. Ich hatte sehr viel zu tun, da allein in der Stadt Buenos Aires acht bis zehn Regimenter stationiert waren. Wie befürchtet, arteten die Trauerfeierlichkeiten in Straßenkämpfe aus, denen über sechshundert Menschen zum Opfer fielen. Am 11. Januar berief die Regierung die Anarchistenführer zu sich und beruhigte die Gemüter.

Die Arbeiter der Fabrik Vasena zogen einigen Nutzen aus dieser Tragödie: Das Unternehmen reduzierte den Arbeitstag auf acht Stunden und erhöhte die Löhne um dreißig Prozent.

Aber wenn sie tief sind, verheilen Wunden nicht über Nacht. Man muß sie ständig beobachten. Mein ehemaliger Lehrer Manuel Carlés gründete die Patriotische Argenti-

nische Liga, bei der sich viele katholische und nationalistisch gesinnte junge Männer einschrieben. Sie verfügten über einen Stoßtrupp, dessen Hauptaufgabe es war, die ausländischen Agitatoren hinauszuwerfen. Manchmal wandten sie gewalttätige Methoden an, aber sie waren nicht bösartig.

Die Volkszählung von 1914 hatte ergeben, daß wir acht Millionen Einwohner hatten, wovon ein Drittel nicht in Argentinien geboren war. Ein großer Teil der lebenswichtigen Industrie befand sich in fremder Hand. In Patagonien rupften die jüngst aus Europa eingetroffenen Abenteurer schnell die gutgläubigen Einheimischen. Im Norden von Santa Fe verfügten die Engländer über ein Imperium, das beinahe so groß war wie ihre eigene Hauptstadt. Es hieß La Forestal. Das Geschäft bestand im Fällen enormer Quebrachowälder, aus deren Holz man das Tannin gewann. Die Genehmigung reichte von San Cristóbal bis zu den Grenzen des Chaco und umfaßte über zwei Millionen Hektar. Auf diesem Gebiet befanden sich sieben oder acht Siedlungen, in denen meines Wissens etwa zehntausend Menschen arbeiteten.

Alles, was unter diesem Himmel Platz hatte, war Eigentum der Engländer: die Geschäfte, das Wasser, die Urwälder, die Polizeikorps und die Frauen. Um die Frauen scherten sie sich zum Glück wenig – sie wohnten in großen Häusern inmitten von Golfplätzen und tadellosen Gärten und gaben Feste mit berühmten Musikern, die direkt vom Teatro Colón in diese Einsamkeit kamen. Ich erfuhr, daß sie 1903 Toscaninis komplettes Orchester engagiert hatten und 1915 (kurz vor den Tragödien, die mich in diese Gegend führten) ein Konzert mit Caruso organisierten. Unsere einheimischen Mädchen bekamen ihnen nicht, sie zogen die Liebe ihrer faden Blondinen vor.

Im Juli 1919 lehnten sich die Einwohner der Siedlungen auf. Sie verlangten Lohnerhöhung und hygienische Wohnungen. Da organisierte La Forestal ihre eigene Repres-

sionsarmee. Man holte die gefährlichen Häftlinge aus den
Gefängnissen und gab ihnen eine Uniform und Waffen. Es
begann das Foltern und Morden. Um die Streikenden
weichzumachen, stellte das Unternehmen Wasser und
Strom ab. Einmal mehr mußte die Armee eingreifen.

An einem Samstag in diesem Juli, als sich die Dienststun-
den im Zeughaus länger denn je dahinzogen, wurde mir
ein Telegramm von Hauptmann Descalzo gebracht. Man
schickte ihn nach La Forestal, um Ordnung zu schaffen,
und ich sollte ihn begleiten. Ich hatte schon alles geregelt:
meinen Sonderauftrag und die Ernennung meines Stell-
vertreters. Oberleutnant Perón durfte keine abschlägige
Antwort erteilen.

Descalzo vertraute mir ein Detachement von zwanzig
Soldaten an und schickte mich ins Dorf Tartagal, wo etwa
vierhundert Familien lebten. Nie habe ich diese Urwälder
vergessen. Man ritt durchs Dickicht und sah die Vögel wie
Spinnweben fliegen. Neben dem Pfad taten sich Sümpfe
auf, und es gab glänzende Türmchen, wie Feuerstellen. Es
waren Ameisenhaufen. In der Ferne standen die Quebra-
chobäume, fünfzehn bis zwanzig Meter hoch, mit ihren
knotigen, gefolterten Ästen. Und über alledem lag ein zie-
gelroter Staub, der, wenn er sich auf die Natur setzte, sie
austrocknete. Das war das Tannin. In solcher Umgebung
lebt kein Mensch länger als fünfundzwanzig Jahre. Die
Engländer machten Schichten von acht bis zehn Monaten.
Den einheimischen Arbeitern blieb nichts anderes übrig,
als diese Hölle bis zum Tod zu erdulden. Der Meistverdie-
nende bekam hundert Pesos im Monat und mußte sie in
den Geschäften von La Forestal ausgeben, wo ein Paket
Mate zwei fünfzig kostete.

Ich gelangte mit einem Güterzug in die Nähe von
Tartagal. Der Lokführer zeigte mir eine Bresche im Ur-
wald und sagte, das Dorf sei sechs Kilometer entfernt.
Meine Leute und ich machten uns auf den Weg. Wir hat-
ten wohl noch nicht die Hälfte zurückgelegt, als ich

zwischen den Bäumen verdächtige Bewegungen bemerkte. Ich befahl Robben, und wir begannen uns im Zickzack zu bewegen. Ich selbst blieb reglos stehen und achtete auf die Stille. Auf einmal hörte ich, wie jemand hinter mir sein Winchester-Gewehr entsicherte. Ich bewahrte meine Kaltblütigkeit. Descalzo hatte mich gebeten, um jeden Preis ein Massaker zu verhindern. Wie sollte ich das anstellen? Ich faßte den einzig möglichen Entschluß. Ich hob die Arme und rief:

»Halt! Halt! Die sich hier befinden, sollen sich zeigen! Seien Sie ganz ruhig. Niemand wird Ihnen etwas antun. Ich bin Offizier der argentinischen Armee und bin nicht gekommen, um gegen Sie zu kämpfen. Ich möchte Ihnen helfen.«

Einige zerlumpt aussehende Arbeiter mit mehrere Tage altem Bart traten aus dem Wald und kamen ängstlich näher. Sie sagten, man habe ihnen das Wasser abgestellt und sie wüßten nicht mehr, wie sie ihren Kindern etwas zu essen geben sollten. Das Unternehmen hatte den einzigen Laden im Ort geschlossen.

Ich riet ihnen, die Waffen niederzulegen und mir zu vertrauen. Mit Gewalt läßt sich hier nichts ausrichten, sagte ich. Letztlich sind die Engländer von La Forestal keine Ungeheuer, sondern auch Menschen. Eine gewisse Sensibilität werden sie wohl haben. Lassen Sie mich mit ihnen reden.

Ich führte sie nach Tartagal zurück, begleitet von der Truppe. Ich suchte den Geschäftsführer des Ladens, ein Bürschchen namens Sosa, und befahl ihm, seine Ware zu verkaufen. Er beliebte, sich zu weigern. Ohne das Bett zu verlassen, gähnte er und begann sich die Augen auszureiben. Der Laden gehört La Forestal, sagte er, und darf nicht ohne schriftliche Genehmigung der Eigentümer geöffnet werden. Ich mußte ihn anschreien: Befolgen Sie meine Befehle! Ich übernehme die Verantwortung, im Namen der argentinischen Armee! Das Bürschchen drehte mir den

Rücken zu. Hier gibt es keine Armee, die irgend etwas zu sagen hat, antwortete er. Die einzige Amtsgewalt auf diesem Gebiet ist The Forestal Land, Timber and Railways Company.

Möglicherweise konnte er weder lesen noch schreiben, aber Englisch sprach er wie ein Lord. Meine Verärgerung wuchs. Ich zog den Revolver. Sie öffnen jetzt auf der Stelle den Laden, oder Ihr letztes Stündchen hat geschlagen. Und ich nahm ihn einfach mit, in Unterhosen. Es mochte etwa acht Uhr morgens sein. Der Himmel war rot.

Ich ließ den Kerl von drei Soldaten bewachen, während er verkaufte, und suchte mit dem Rest der Truppe die Engländer auf. Es waren zwei Ehepaare. Einer der Männer hatte einen geflickten Nasenrücken. Ich vermutete, daß er Boxer gewesen war, und brachte die Sprache auf Jorge Newbery, González Acha und andere große Fighter der Zeit. Er kannte sie nicht. Seine Welt war englisch, und er lebte in dieser gottverlassenen Quebrachogegend wie in einem Vorort von London. Gewisse Leute können sich ihrer Zeit nicht anpassen. Andere können es nicht mit dem Ort – dieser Engländer gehörte zu letzteren.

Ich lud ihn ein, einige Runden zu boxen, und er nahm mit Vergnügen an. Hinten im Haus befand sich ein Spielzimmer mit Billardtischen, Barren und Hanteln zum Trainieren. Im Nu hatten wir Seile gespannt und einen Ring errichtet. Der Engländer lieh mir ein Paar Handschuhe und half mir beim Bandagieren der Hände. Ich bat einen der Soldaten, uns mit einer Pfeife die Zeit zu geben: ein kurzer Pfiff, um den Beginn der Runde anzukündigen, und ein langer, wenn die drei Minuten um wären.

Wir fingen an. Der Mann war ein Profi. Er landete einige hinterlistige Jabs. Er trieb mich in eine Ecke und gab mir eine gewaltige Linke aufs Ohr. Ich strauchelte und ging zu Boden. Als ich die erschrockenen Gesichter meiner Soldaten sah, hielt ich die Runde bis zum Ende durch, so gut es irgend ging.

*In der Pause sagte einer der Jungs zu mir: Kommen Sie
nicht auf den Gedanken, uns im Stich zu lassen, mein
Oberleutnant. Das ging mir ans Herz. Ein Offizier der
argentinischen Armee kann es sich nicht leisten, vor seinen
Untergebenen zu verlieren, schon gar nicht im Kampf gegen einen Zivilisten, einen ausländischen noch dazu. Ich
war blind vor Wut, beherrschte mich aber. In solchen Be-
drängnissen sind Kaltblütigkeit und Gerissenheit das einzige, was uns retten kann. Als der Kampf weiterging, hielt
ich Distanz zum Engländer, nahm ein paar Schläge in die
Nieren hin und begann mich zu bewegen, als wäre mir
übel. Mein Gegner fiel darauf herein. Unbesorgt um die
Blöße, die er mir bot, kam er heran, um mich fertigzuma-
chen. Ich sah die Blöße und verpaßte ihm einen Schlag an
die Schläfe. Er stürzte wie vom Blitz getroffen. Wir zählten
über dreißig Sekunden aus. Da er nicht zu sich kam, mußten wir ihn aus einem Eimer mit Wasser bespritzen. Die
Engländerin, die mit ihm verheiratet war, begann zu heu-
len, weil wir ihr den Fußboden ruiniert hatten. Aber bald
vergaßen wir den Zwischenfall und wurden Freunde.*

*Sie luden mich ein, mit ihnen zu speisen: zartes, aber
schlecht zubereitetes Fleisch, kalt. Beim Nachtisch sagte ich
zu ihnen: Sagen Sie, was hindert Sie daran, die Situation
der Arbeiter zu verbessern?*

*Sie holten einen Verwalter, um das Problem darzulegen.
Einige Punkte waren leicht zu lösen. Die Arbeiter verdienten einen durchschnittlichen Tagelohn von drei Pesos und
wollten fünfzig Centavos mehr: einverstanden. Sie arbeiteten täglich zwischen zwölf und fünfzehn Stunden und
verlangten ein Maximum von siebzig Stunden die Woche:
einverstanden. Am Sonntag wollten sie eine Zulage: unmöglich. Eine Woche Urlaub: ebenfalls unmöglich. Wenn
man in allen Punkten nachgebe, würden sie im folgenden Jahr mit neuen Forderungen kommen, meinte der Verwalter.*

Einer der Engländer ließ durchblicken, das Unterneh-

men könnte schon großzügiger sein, gäbe es unter den Arbeitern nicht so viele eingeschleuste Anarchisten. Ich fragte sie, ob sie Beweise dafür hätten, und sie zeigten mir Erkennungsbogen, die die Provinzpolizei erstellt hatte. Sie nannten Namen wie Lotito, Ifrán, Vera, Lafuente und Giovetti.

Ich bot ihnen einen Handel an. Sie akzeptierten alle Begehren der Arbeiter, die ich für gerechtfertigt hielt, und die Armee nahm sich der Anarchisten an. Sie umarmten mich gerührt und gaben mir ihr Ehrenwort, die Abmachung einzuhalten, wenigstens in Tartagal.

Ich spazierte zum Laden zurück, wo sich das halbe Dorf versammelt hatte, stellte mich auf einen Schemel und erzählte ihnen von meinem Gespräch. Da ließen mich die Frauen hochleben, und die Männer wollten mich auf die Schultern heben. Als ich sah, daß alle zufrieden waren, bat ich sie, ihre Zukunft selbst in die Hand zu nehmen und die Anarchisten, die sie aufhetzen wollten, sogleich zu melden. Die Parteien unterzeichneten einen Vertrag. Ich fungierte als Zeuge.

Am selben Abend organisierten die Arbeiter ein Tanzfest. Ich nahm die Einladung an, vorausgesetzt, es würde kein Alkohol getrunken – schließlich mußte meine Truppe sechs Kilometer zur Eisenbahnlinie zurückmarschieren und auf einen Zug warten, der um sieben Uhr früh vorbeikam.

Bei Einbruch der Dunkelheit erschien ich mit den beiden englischen Ehepaaren. Bis dahin hatten sich die Vertreter der Forestal noch nie unter die Arbeiter gemischt. Anfänglich fühlten sich alle etwas unbehaglich, aber als ich eine der Gringofrauen zum Tanz aufforderte, lockerte sich die Spannung. Leider hatte ein Querulant, wie es sie immer gibt, Schnaps mitgebracht und ließ ihn unter den Tischen zirkulieren. Einer meiner Soldaten trank zuviel. Er bekam einen Schwips und begann der Frau eines Vorarbeiters den Hof zu machen. Der Mann zog das Messer,

um ihm den Hals durchzuschneiden. Ich gewahrte die Be-
wegung und hielt seine Hand fest. Keine Frau ist es wert,
daß ein anständiger Mann ihretwegen ins Gefängnis
kommt, sagte ich zu ihm. Ich ließ den Soldaten in die
Arrestzelle werfen, entschuldigte mich bei den Gringos
und ging.

Einige Monate später kamen die Anarchisten zurück
und mit ihnen die Unruhen. La Forestal mußte den Ver-
trag brechen, den ich mit soviel Mühe geschlossen hatte.
Wieder stellte man den Leuten das Wasser ab. Ich erfuhr,
daß eine Pockenepidemie die Bevölkerung dezimierte und
daß ein nervöser Arbeiter in Villa Guillermina einen Re-
kruten getötet hatte. Das 12. Infanterieregiment mußte
mit Maschinengewehren einschreiten. Es gab ein Massa-
ker. Aber ich war nicht dort.

Ich wurde zum Stabsoberleutnant befördert und am
16. Januar 1920 in die Unteroffiziersschule abkomman-
diert. Ich erinnere mich noch so deutlich an diese Tage, als
wäre es die Gegenwart. Ich war glücklich, merkte es aber
nicht, denn das Glück ist immer etwas, was wir hinter uns
gelassen haben. In größter Erregung spazierte ich durch
Buenos Aires. Ich hatte soviel erlebt, daß ich glaubte, end-
gültig zurück zu sein. Wer hätte gedacht, daß ich noch
kaum richtig weg gewesen war!

Der General verläßt den Kreuzgang und geht auf die andere
Seite der Grenze hinunter. Zum Glück hat er im Haus niemals Gelegenheit, er selbst zu sein. Was sich da am Treppen-
geländer festhält und über den Teppich gleitet, ist nicht der
General, sondern seine Darstellung. Langsam findet dieser
Körper in die Bewegungen hinein, die er sich für seine Persönlichkeit zurechtgelegt hat. Als er bei den Schlafzimmern
im ersten Stock vorbeikommt, nagelt ihn der Rauch des ge-
bratenen Fleisches und das Brodeln der Gäste fest.

Und wenn er die Schuhe auszöge, den Fernseher anstellte
und sich endlich auf sein eigenes Vergessen setzte? Im zwei-

ten Kanal wird ein Melodram gegeben, *People Will Talk*, mit Cary Grant, die unglaubliche Geschichte eines gewissen Prätorius, der von seinem sinistren Diener beherrscht wird. Im ersten Kanal laufen Nick Carters Abenteuer, die ihn schon so oft amüsiert haben. Eigentlich möchte er der Versuchung nachgeben. Doch nein. Es bleiben ihm nur noch einige wenige Fäserchen von Madrid, und wer weiß, ob ihm überhaupt noch Leben bleibt. Resigniert geht er auf den Garten zu. Er seufzt. Und dann spaziert er weiter, Peróns Lächeln schon auf dem Gesicht.

Sieben
Die Karten decken sich auf

»Alle Menschen werden mit zwei Schrecksalen geboren«,
sagte Don José Cresto sentenziös vor den Schülern der Wissenschaftlichen Schule Basilio, als er von Madrid zurückkam. »Das eine Schrecksal ist das, was wir sind. Das andere
Schrecksal ist das, was wir hätten sein können. Letzteres
habe ich eben an meinen Namensvetter López Rega verloren.« In diesem Winter 1967 war die Zuhörerschaft im
Tempel in der Calle Tinogasta spärlicher geworden. Sie bestand aus pickeligen Dienstmädchen ohne festen Freund und
aus rheumatischen Witwen, die sich mit der Seele ihres Mannes unterhalten wollten. Wenn die Sammelbüchse für die
Almosen vorbeikam, erhielt Don José nur noch ein paar
mickrige Pesos, die nicht einmal für die Zigaretten reichten.
Auch er war allmählich eine Ruine. Die vielen Jahre, die auf
seinem Körper lasteten, ließen ihn gebückt gehen, zitternd
wie ein Fliegenpapier. Noch immer vertrug sich seine Zunge
schlecht mit den Wörtern – diejenigen, bei denen er sich nicht
verhedderte, kamen ihm nur zur Hälfte aus dem Mund. Dennoch lebte er in Gelassenheit und hatte einen ruhigen Schlaf.
Sein Leben zu ändern machte ihm angst.

Das wirkliche Elend begann wie immer mit einer guten
Nachricht. Kurz nach Neujahr 1964 fragte ihn sein Patenkind Isabelita per Postkarte, ob er sich nicht aufraffen könnte, bei ihr in Madrid zu leben.

Sie sind sehr allein Pate, und wozu lügen ich vermisse Sie.
Jeden Morgen schwärme ich Perón von den Zeiten vor, in
denen Sie die Briefe lasen ohne den Umschlag aufzureißen
und die Kranken mit ein paar Worten besprachen, bis sie
gesund waren. Und Perón sagt, ich soll Sie einfach herbrin-
gen, bring ihn wann er will . . .

Um Cresto anzulocken, schickte ihm Isabelita eine Flugfrei-
karte von Buenos Aires nach Madrid und ein rührendes
Telegramm: »Pate setzen Sie Datum ein. Wir setzen unser
Herz ein.«

›Wir‹ hieß, daß ihn auch der General rief. Das vermochte
Don José endlich zu verführen. Auf dieser Seite waren seine
halbzerfallene wissenschaftliche Schule, die von der Regierung angeordneten Massenräumungen, die Volksküchen, der
unlautere Wettbewerb der Kurzlehrgänge in Christentum.
Auf der andern Seite erwartete ihn die Geschichte. Würde ein
so bedeutender Mann wie Perón einwilligen, daß die Basilio-
Lehre und die zwanzig Wahrheiten des Justizialismus in eins
verschmölzen? Würde es möglich sein, daß sich die beiden
Ideen, in einer Intelligenzehe verbunden, gegenseitig durch-
drängen und die gesamte Menschheit anzögen? Eine andere
als Johannes der Dreiundzwanzigste, Nikita Krutscho, Mao
Setun und John Witzgerald Kennedy. Die Zukunft würde
Cresto und Perón gehören.

Mit gutbespeichelter Bleistiftspitze komponierte Don
José das schwierige Telegramm, das schließlich die Änderung
seines Schicksals ankündigte: »Komme Wonnentag. Erwarte
mich Flughafen. Josés Christus.«

Zur Überraschung ihres Mannes interpretierte Isabelita
dahingehend, daß sie den Paten am Donnerstag auf dem
Flughafen Barajas abholen sollten.

Perón mißfiel diese verwahrloste Gestalt mit den langen
Fingernägeln und den Trauerrändern. Aber auf der Fahrt
nach Puerta de Hierro wollte er sich trotzdem von der höflichen Seite zeigen.

»Chabela hat mir erzählt, Sie könnten mit Worten heilen.
Ich kenne die Materie ziemlich gut, denn meine Mutter
hat das in Patagonien ebenfalls gemacht, wo es so viele
schutzlose Menschen gibt. Wie haben Sie es gelernt,
Cresto?«

»Noch vor dem Flaschengebiß. Seither mach ich's nicht
mehr.«

»Das falsche Gebiß scheint ihm die Fähigkeit genommen zu haben«, dolmetschte Isabel.

Als sie den Paseo de la Castellana überquerten und die Calle del General Sanjurjo nahmen, sagte Perón melancholisch:

»Das ist jetzt Madrid, Cresto. Ich wünsche Ihnen sehr viel Glück.«

»Ich auch. Hoffentlich treffe ich die Stele meiner Frau, die mich gewiß überall in Uropa sucht.«

»Sie wird schon kommen, Pate, sie wird schon kommen«, sagte Isabelita ermutigend und drückte ihm die Hände.

Enttäuscht von der Ignoranz des Besuchers, lud ihn der General zu Hause ab wie ein Möbelstück und schenkte ihm von diesem Tag an nur noch seine Unaufmerksamkeit. Aber eifrig folgte ihm Cresto überallhin, wenn auch immer in respektvollem Abstand.

Isabelitas Leben wurde heiterer. Ständig warf sie sich dem Paten unter irgendeinem Vorwand in die Arme, nannte ihn Papa und blieb lange auf seinen Knien sitzen. Nach dem Abendessen, wenn sich der General schon schlafen gelegt hatte und die Lichter im Haus ausgegangen waren, gingen die beiden mit großen brennenden Kandelabern treppauf und treppab, um Doña Isabel Zoilas Seele zu suchen. Dann schlossen sie sich in ein Schlafzimmer im ersten Stock ein, riefen die verstorbenen Freunde an und unterzogen sie Verhören, die manchmal bis zum Morgengrauen dauerten.

Bald begann sich in der Villa Unerklärliches zu ereignen. Man hörte Geräusche von nirgendwo und Schweigen, wo alle sprachen. Einmal öffnete der General eine Kredenz, und drinnen begann es zu husten. Ein andermal hörte er gegen Abend eine nach der andern die Treppenstufen unter seinen Füßen jammern. An einem Sonntag im Sommer, etwa um zehn Uhr abends, verdarben ihnen die Geräusche das Abendessen. Am Tisch saßen der General, José Manuel Algarbe (damals sein Privatsekretär), Isabelita und der Pate. Ein heftiger Windstoß wischte wie eine Schlange unters Tischtuch und kühlte ihnen die Suppe ab. Weitere Luftgestalten begannen einander im ganzen Haus nachzujagen. Algarbe, ein Mann von erprobter Besonnenheit, befürchtete ein Attentat auf den General und stand auf, um die Guardia Civil anzurufen. Als er den Hörer abnahm, biß ihn ein Geräusch in die Hand, und ein Blutstropfen spritzte heraus. Da rannte er durch den Garten und holte den Wächter am Eingangstor. Gemeinsam suchten sie jeden Millimeter im Haus ab, vom Kohlenkeller bis zur Dachstube. Umsonst.

Von diesem Abend an war Isabelitas Stimmung radikal anders. Sie wurde melancholisch. Wegen jeder Kleinigkeit weinend, saß sie stundenlang in ihrem Zimmer. Den Nachttisch machte sie mit einem kolorierten Foto von Doña Isabel Zoila und allmorgendlich frischen Blumen zum Altar. Als der Herbst kam, nahm sie wieder die Gewohnheit an, mit den brennenden Kandelabern hinter Don José herzuspazieren und die Geister anzurufen. Es war unausbleiblich, daß nach so vielen Mühen Doña Isabel Zoila endlich kam.

Sie erschien in Gestalt eines blauen Räuchleins und gab ihnen zu verstehen, sie dürften sie nicht über die Zukunft befragen, da es den Toten untersagt sei, diese Schleier zu lüften. Dafür versprach sie, ihnen die Vergangenheit weit zu öffnen. Isabelita wollte wissen, wie das Paradies gewesen sei. »Beschämend«, sagte die Verstorbene. »Es gibt ein Sternenbett, auf dem sich die Seelen die ganze Zeit umarmen und küssen.« – »Und was machst du mit all den Stirnen?« fragte Don José. Doch das blaue Räuchlein dehnte sich, wandte ihnen den Rücken zu und verschwand.

Als der Pate den General suchte, um ihm die Geschichte zu erzählen, traf er ihn sehr verwirrt an, den Kopf ganz woanders. »Perón will nicht gestört werden«, sagte Isabelita. »Er hat böse Ahnungen.«

Nun folgten sich in der Villa die Besucher auf dem Fuß und tuschelten grüppchenweise in Winkeln, wo Cresto sie nicht hören konnte. Bald erfuhr man den Grund für die ganze Geheimnistuerei. Der General hatte versprochen, noch vor Ende 1964 nach Argentinien zurückzukehren, und da der Dezember näherrückte, mußte er Wort halten. Bei einem der Besucher sah Cresto Anzeichen, die seinen Argwohn weckten. Es war ein Mann mit traurigem Blick, angepapptem Haar und schiefem Lächeln. Sein Name war Augusto Vandor. »Werfen Sie ein Auge auf ihn, mein General, von dem wird man noch eine andere Seite zu sehen kriegen«, mutmaßte Don José. Isabel mußte ihn beiseite nehmen und bitten, sich vorsichtiger zu äußern.

Am Montag, dem 1. Dezember 1964, fuhr Perón, im Kofferraum eines Mercedes Benz versteckt, zum Flughafen Barajas. Am nächsten Morgen kam sein Flugzeug kurz vor zehn Uhr in Rio de Janeiro an. Weiter ließ man ihn nicht. Noch am selben Abend zwang ihn die brasilianische Regierung auf Ersuchen des argentinischen Außenministeriums, nach Madrid zurückzufliegen.

Cresto meinte, nach diesem Mißerfolg sei für den General die Stunde gekommen, mit seiner Dame zu ziehen. Ein Orakel aus dem arabischen al-Mutamid, den er in Momenten der Verwirrung zu Rate zu ziehen pflegte, verkündete ihm:

In seiner Hand sind wir alle nichts als Schachfiguren: Bietet der Springer Schach, rettet die Königin den König.

Isabelita fand, nichts passe besser zu den Befürchtungen des Generals als diese unverständliche Botschaft. In seinem spanischen Exil spürte Perón, daß ihm die Zügel der Bewegung entglitten. Aus der Ferne schwor ihm Vandor Ergebenheit, aber er gab, vor allem in seinen Gesprächen mit den Militärs, sibyllinisch zu verstehen, der General habe sich schon in den Wolken des Olymps verloren. Der Peronismus brauche einen Führer, der mit beiden Beinen auf der Erde stehe: ihn natürlich.

»Was raten Sie mir also an, Cresto?«

Der Pate sagte sein Orakel:

»Wenn man den Kardinal nicht mit der Waffel dämpfen läßt, dann muß er eben mit seinem Samen dämpfen.«

Der General beschloß, so schnell wie möglich mit seinem Namen zu kämpfen. Am 10. Mai 1965 reiste Isabelita nach Paraguay. Sie hatte einen Brief ihres Mannes für General Stroessner im Gepäck und die Weisung, auf keinen Fall argentinischen Boden zu betreten, mit welchen Garantien und Versuchungen man sie auch immer ködere. Sie verhielt sich äußerst diskret: Von einer Nachrichtenagentur aufgestöbert, bat sie für ihren spanischen Akzent um Entschuldigung. Auf der Straße fragte sie jemand, ob sie wirklich Spiritismus betreibe. »Ich finde es empörend, daß man so was sagt«, antwortete sie aufstampfend. »Ich bin praktizierende Katholikin.«

Als sie einen Monat später nach Madrid zurückkam, tränte Perón in ihrer Umarmung und kündigte an, diese Reise werde nicht die letzte sein:

»Nächstes Mal wirst du nach Buenos Aires gehen müssen, Chabela.«

Mitte August traf in der Villa die Nachricht ein, Vandor komme einmal pro Woche mit führenden Militärs zusammen und hecke mit ihnen einen Staatsstreich aus. Bei diesen Begegnungen sei eine absolut scheinheilige Losung entstanden, die bereits unter den Metallarbeitern die Runde mache: ›Um Perón zu retten, muß man gegen Perón sein.‹

Nun war der Moment gekommen. Einen Monat lang unterrichtete der General Isabelita in der Kunst des Führens, indem er ihr jeden Tag zwei Sätze vorsagte, die sie auswendig lernen mußte. Er legte ihr ans Herz, vor allen Leuten als ›das andere Ich des Generals‹ aufzutreten und immer in seinem Namen zu sprechen. Anfang Oktober, als er spürte, daß sie soweit war, brachte er sie zum Flughafen und sagte zu ihr:

»Paß auf dich auf, Liebling. Wenn ich dich verliere, habe ich niemand mehr.«

Er hatte noch Cresto. Kaum war dieser mit dem General allein, folgte er ihm wie ein Schatten. Morgens um acht, wenn sich der Hausherr an den Schreibtisch im Erdgeschoß flüchtete, um die geheimen Befehle für seine taktischen Kommandos auf Tonband zu sprechen und eine Korrespondenz zu verfassen, die jetzt tatsächlich die subtilsten Worte seines Repertoires erforderte, setzte sich Crestos Silhouette auf der andern Seite der Vorhänge in einen Sessel und verkündete ihre Anwesenheit alle Augenblicke mit gewaltigem Ausspucken.

Noch bevor Perón zum Mittagessen das Speisezimmer betrat, ob Besuch da war oder nicht, saß Don José schon am Tisch, die Gabel in der einen und das Messer in der andern Faust, und band sich eine über und über befleckte Serviette um den Hals. Seit Algarbe zehn Monate zuvor Puerta de Hierro verlassen hatte, benahm sich der Pate ungezogen und allzu vertraulich. Da ihn niemand zurechtwies, ließ er seinem Naturell freien Lauf. Er wusch sich nur selten, und wo immer er hinkam, blieb ein ranziger Geruch nach vergorenem Urin in der Luft hängen.

An einem Dezemberabend übertraf er sich selbst. Der General war vom Journalisten Emilio Romero zum Essen eingeladen worden. Die beiden beabsichtigten, die alarmierenden Berichte aus Buenos Aires zu vergleichen, und wollten sich unter vier Augen sprechen. Perón hatte zwei Schreiben gegen Vandor vorbereitet und war daran interessiert, sie mit dem Journalisten zu erörtern:

Diese Trottel glauben, ich liege im Sterben, und beginnen sich schon um meine Kleider zu raufen, aber sie wissen nicht, daß ihnen der Tote auferstehen wird, wenn sie es am wenigsten erwarten...

So endete das eine. Und das andere begann:

Wir haben keinen Grund mehr, die Leute mit Samthandschuhen anzufassen. Um es ganz deutlich zu sagen: Der persönliche Feind sind Vandor und seine Helfershelfer. Sie muß man voll treffen, und zwar am Kopf, unablässig und schonungslos. In der Politik darf man nicht verwunden. Man muß töten.

Aber das Essen mit Romero wurde ein Reinfall. Abends gegen halb neun wollte der General Cresto irreführen und gab vor, sich den Magen verdorben zu haben. Er ging in sein Zimmer hinauf, zog sich leise an und spazierte im Dunkeln durch den Garten zum Tor, wo ihn eine Limousine erwartete. Als ihm der Fahrer die Tür öffnete, erkannte er undeutlich Crestos winzige Gestalt auf dem Rücksitz. Es blieb ihm nichts anderes übrig, als ihn mitzunehmen.

Der Alte verschlang das Essen so geräuschvoll und mischte sich so ungeniert in die Unterhaltung ein, daß Romero es vorzog, das vertrauliche Gespräch mit dem General auf ein andermal zu verschieben. Hatte Don José einen Gang beendet, so tat er die Heldentat mit einem Rülpser kund und bereitete sich auf den nächsten Gang vor; dazu ließ er alles Wasser im Mund zusammenlaufen, um es dann in den Porzellankrug auf dem Kamin hinter sich zu spucken.

Obwohl der Winter am Tag vor Weihnachten wie eine Peitsche einbrach und seine Strenge bis in den Februar hinein nicht minderte, mochte Cresto Perón auf dessen Abendspaziergängen nicht seiner Gesellschaft berauben. Mit einem Zahnstocher im Mund trottete er hinter dem General her und versuchte, ihm die Landschaften des Jenseits zu beschreiben und ihn in der Beherrschung der Leidenschaften zu unterrichten. Angesichts der Mühsal des Spaziergangs und der Zahnstocherpirouetten kamen die Belehrungen fast sämtlich verdreht heraus. Perón hörte sie sich uninteressiert an. Er schätzte den Alten wenig und hielt ihn etwa für so intelligent wie ein Stutenei.

Die Sache war die, daß Don José seine Schlauheit aus andern Registern bezog. Als Isabelita nach Buenos Aires reisen mußte, gab er ihr eine einzige Empfehlung: sich unter keinen Wurmständen mit der Mutter oder den Geschwistern zu unterhalten, da sie dadurch ihr Leben aufs Spiel setzen würde. Zu Isabelitas Pech erkrankte kurz nach ihrer Ankunft die Mutter an Krebs und bat sie, sie aus Mitleid im Krankenhaus zu besuchen. Verzweifelt rief sie den Paten an, um Rat zu bekommen. Don José wiederholte: »Du weißt, du darfst nicht, unter keinen Wurmständen.« Monate später, als sich Isabelita auf Tournee durch den Chaco befand, wurde ihr mitgeteilt, daß Doña María Josefa Cartas, Witwe des Martínez, in der Hoffnung gestorben war, ihre Tochter würde wenigstens zur Beerdigung kommen. Wieder hieß es nein.

Zwischen März und April 1966 schickte Cresto zwei Schülern von der Calle Tinogasta einen seltsamen Brief, der auf die Erschaffung eines Golems hinzudeuten scheint. Bis heute hat ihn niemand entschlüsseln können:

Meine liben Gleubigen, ich habe die gelegenheit gehabt Etwas all zu Grohssem, ich weiß nicht ob mir Überlegenem Leben ein zu hauchen. Aber es ist so grohss das es mich volständig umfassen kan und sogar um mich herum wachsen wie das Fett das daß Fleisch umgiebt, ich habe das Werk volendet und warte jeden Moment darauf das sich das Werk gegen mich wendet. Das ist logisch. So Was grohsses zu schaffen hat mich geschwächt. Denn ich hab ihm Alles gegeben was Ich hatte. Und es will nicht azeptiren das Ich ein schöpfer bin. Es traut sich nicht eimmal mir ins Gesicht zu sehn, deßhalb schmertzen mich die Kiemen ein wenich. Ich genehse indem ich die äußere sauberkeit meide die zur inneren sauberkeit so im Wiederspruch steet. Also Aufiedersehn. Lest das in der Familie und dann ferbrennt es weil es mich gefehrden kan. Gez.: Josés Christus.

Unterdessen rückte Isabelita in den geräuschlosen Kriegen gegen den Vandorismus mit Hilfe des Namens Perón vor. Ich bin eine Mutter, die gekommen ist, um die irregeleiteten Kinder zurückzugewinnen, sagte sie. Und wenn man ihr riet, heim nach Madrid zu gehen, um sich vor Attentaten zu schützen, antwortete sie starrköpfig: Von hier kriegt man mich höchstens als Leiche weg.

Im März 1966 versuchte Vandor, der Provinz Mendoza einen seiner Getreuen als Gouverneur aufzuzwingen. Perón hieß Isabelita nach Mendoza reisen und dort den Namen eines andern Kandidaten lancieren. Fast eine Woche lang fuhr sie in klapprigen Automobilen die Provinz ab, küßte die Kinder und nahm Briefe an den General entgegen. Vandors Mann verlor.

Drei Monate später, als ihre Mission erfüllt war, kehrte Isabelita nach Madrid zurück, und zwar in Begleitung eines Leibwächters und Kammerdieners, der ihr seine ergebenen Dienste angeboten hatte, ohne dafür ein Entgelt zu erwarten. Es war José López Rega.

Man hatte ihn ihr als treuen Hund, als absolut verläßlich vorgestellt. Der sich für ihn einsetzte, war Bernardo Alberte, ein Major, der Adjutant von Perón gewesen war. Alberte hatte sich oft an López Rega gewandt, um in der Werkstätte der Calle Salguero Untergrundzeitschriften und Widerstandspamphlete drucken zu lassen. Und wenn er um Rabatt bat oder mit einer Zahlung im Verzug war, klopfte ihm López, seine Sorge verhehlend, auf die Schulter: »Der Tag wird schon noch kommen, an dem Sie sich erkenntlich zeigen können, Major Alberte, er wird schon kommen. Möge alles für die gute Sache sein.«

Die Gelegenheit bot sich Ende Februar 1966. Auf Ersuchen des Generals stellte Alberte den Sicherheitstrupp zusammen, der Isabelita auf ihrer Reise in die Provinzen von Cuyo begleiten sollte. Er erinnerte sich daran, daß López Polizeigefreiter gewesen war, und setzte ihn auf die Liste. Damit sich die Señora mit ihm einverstanden erklären konnte, sollte Alberte ihn ihr anläßlich eines geheimen Treffens bei sich zu Hause vorstellen.

Es fand um sieben Uhr abends statt. López hatte seinen blauen Anzug ausgemottet, den er bei Eheschließungen im Viertel trug. Am Revers steckte ein Feldzeichen. Als die Señora paketbeladen und über ihre Müdigkeit klagend eintrat, verneigte sich López vor ihr und schaute ihr fest in die Augen.

»Ich bin ein Gesandter Unseres Herrn«, sagte er.

Mehr bekamen die Zeugen nicht zu hören. Wie verklärt bat Isabelita, sich mit diesem Mann allein unterhalten zu dürfen, und tauchte eine halbe Stunde später mit durchscheinendem Lächeln aus Albertes Arbeitszimmer wieder an die Oberfläche auf, ausgeruht, als erwachte sie aus jahrelangem Schlaf. Von diesem Moment an durfte niemand mehr den wunderbaren Gesandten von ihr fernhalten. Und statt Lopecito begann sie ihn Daniel zu nennen.

Als der Moment der Heimreise nach Madrid näherrückte, bat López die Señora um Erlaubnis, dem General zu schreiben – er müsse ihm mitteilen, wer er sei und was er vorhabe.

»Das ist nicht nötig«, sagte Isabelita. »Ich habe Sie ihm schon genügend beschrieben.«

»Es ist nötig. Wie bei allen Verkündigungen brauchen wir einen Engel. Teilen Sie dem General mit, daß Norma Beatriz, meine Tochter, diesen Sonntag mit einem Brief bei ihm vorsprechen wird.«

Perón überraschte das ellenlange Schreiben außerordentlich, das ihm ein schüchternes, kurzberocktes Mädchen überbrachte, dessen Gesicht unter einem Helm schwarzer, harter, lackstarrender Haare unterging. Seine Aufmerksamkeit blieb an einigen wenigen Abschnitten des Briefes hängen.

Ich gehöre einer LOGE an, die für das Kommen der DRIT-TEN WELT kämpft,   erschöpfend. DIE DRITTE WELT wird sich mittels dreier magnetischer Scheitelpunkte festigen: in ASIEN (Peking), in AFRIKA   (oder seiner Schwachstelle LIBYEN) und dem schräggestellten L in LATEINAMERIKA. Das Werk von ANAEL, einer Loge, die Sie anerkannten, als Sie vor 15 Jahren mit besagtem Namen unseren Vorläufer, den sogenannten MAGIER VON ATLANTA, begrüßten, wird vollbracht sein, sobald das DREIFACHE A zu funktionieren   beginnt, das man erhält, wenn man von Lima eine Gerade nach BUENOS

AIRES zieht und von dort wieder eine nach Sao Paulo
Ich war einer der ersten   GRUNDEINHEI-
TEN   hatte an Ihrer Seite, mein General, einen
bescheidenen Vertrauensposten inne   Päsidenten-
wache. Da können Sie sehen, wie der HERR ›echtes Kapi-
tal‹ in Ihrer Nähe behielt! Mein Lebtag habe ich die Seele
der Menschen studiert   vor allem die hohen verbor-
genen Hierarchien.   DIE LOGE setzt sich aus ehr-
lichen Leuten zusammen   Aber alles wird über-
wacht   Ich kümmere mich persönlich um die
Sicherheit Ihrer Frau Gemahlin   erprobte Tüchtig-
keit und Uneigennützigkeit. Ich will mich auf jeden Fall in
die Bewegung versetzen, sobald sich die politischen Anlie-
gen der SEÑORA auf einem organisativeren Weg befinden
ISABEL PERÓNS Ziel, das die peronistischen Füh-
rer, in ihrem Bestreben, sich in Positionen zu hieven, die
noch nicht reif genug für sie sind, anscheinend vergessen
haben   grüße ich Sie respektvoll.

Als Cresto auf dem Flughafen Barajas Isabelita umarmte, sie ein ums andere Mal ›liebe Tochter‹ nannte und ihr zärtlich übers Haar strich, bemerkte er an ihr eine gewisse Distanziertheit, die jedoch nicht in Zurückweisung mündete. Intuitiv spürte er, daß unter dem Einfluß des massigen Mannes mit dem geheimnisvollen Himmelsblick, der sie begleitete, seine Vormundschaft an Gewicht verloren hatte. Don José war überrascht, daß sein so zurückhaltend veranlagtes Patenkind genußvoll Befehle erteilte und unermüdlich Schmeicheleien entgegennahm: Gestatten Sie, daß ich Ihnen die Handtasche abnehme, Señora? Soll ich Ihnen die Journalisten vom Leib halten, Señora? Sogleich konstatierte Cresto, daß ihn sein Rivale an Geschicklichkeit übertraf. Er mußte ihn zu baldigstem Rückzug bringen.

Bevor sie sich mit dem General entfernte, bat Isabelita ihren Paten, für López Rega eine saubere, billige Pension zu suchen, dort auf ihn zu warten, während er sich frisch machte, und dann mit ihm in die Villa zu kommen, damit er sich mit Perón unterhielte. Sorgen Sie dafür, daß die Rechnung für alle Auslagen mir geschickt wird, sagte sie. Diesem Mann haben wir manchen Gefallen zu verdanken, und irgendwie müssen wir anfangen, es ihm zu vergelten.

Cresto erinnerte sich an eine übelriechende Pension in der Calle de la Salud, wo die Gäste erst um zehn Uhr abends eingelassen wurden. Er pries sie López im Taxi. Nebenbei versuchte er ihn auszuhorchen:

»Haben Sie vor, Ihre Familie herzubringen?«

»Ich habe Arbeit und Familie verlassen, um der guten Sache zu dienen. Und ich werde es mit aller Hingabe tun.«

Don José ging auf, daß der Kampf mit ihm nicht leicht sein würde. Nachdem sie in einem düsteren Treppenhaus in den dritten Stock hinaufgestiegen waren, gelangten sie zur Portierloge der Herberge. Genüßlich inspizierte Cresto das Zimmer, dessen von der Feuchtigkeit mürbe gewordene Tapete in Streifen von den Wänden hing. Den Decken entströmte der Geruch vieler erloschener Stumpen. Als sich der Pate dort verabschiedete, log er vor, Perón wolle eine Woche lang keine Besucher sehen, damit er mit Isabel allein sein könne. Danach werden sie, der Jahreszeit entsprechend, sagte er, in die Sierra de Guadarrama in die Sommerfrische fahren. Im September sind sie wieder zurück.

»Dann werde ich die Señora anrufen, um mich zu entschuldigen«, sagte López verdrießlich.

»Tun Sie das, wenn Sie wollen, aber dem General wird die Importunenz sehr ungelegen kommen. Sehen Sie denn nicht, daß er seit neun Monaten das Patenkind nicht mehr gesehen hat?«

Zurück in der Villa, ließ Cresto das vierte Gedeck vom Eßtisch entfernen.

»Dieser Kerl ist so merkwürdig«, erklärte er Isabel, »daß er noch vom Flughafen aus einige Vettern angerufen hat. Danach hat er mich gebeten, ihn zum Bahnhof Atocha auf den Zug zu taxieren. Und dort hab ich ihn verlassen. Wenn er zurückkommt, wird er sich bei dir melden, liebe Tochter. So hat er mir gesagt.«

Isabelita verwirrte dieses ungewöhnliche Verhalten; im Flugzeug hatte ihr López (vielmehr Daniel) anvertraut, seine einzigen Verwandten auf der Welt seien Frau und Tochter, die er nun aus Liebe zur peronistischen Sache verlasse.

»Ich weiß von nichts«, sagte Don José schulterzuckend. »Ich wiederhole bloß, was er mir gesagt hat.«

Trotzdem war er nicht beruhigt. Klingelte das Telefon, so nahm er übereifrig den Anruf entgegen und verscheuchte ihm unbekannte Stimmen mit polizeiähnlichen Verhören. Die bösen Ahnungen raubten ihm den Schlaf. Zu alledem tadelte ihn andauernd sein Patenkind, weil er nicht badete, und wenn er sich mit seinen angegriffenen Bronchien zu rechtfertigen versuchte, befahl sie dem Gesinde, ihn in eine Wanne mit lauwarmem Wasser zu stecken und Eukalyptusblätter um ihn herum zu verbrennen, um die Luft zu reinigen. »Wenn sich der Pate weigert, dann badet ihn mitsamt den Kleidern«, ordnete sie an. Und tagelang hielt sie ihn auf Distanz und aß mit dem General auf den Zimmern allein zu Mittag und zu Abend.

Am 24. Juli, zwei Wochen nach der Rückkehr, hörte sich Don José endlich der so gefürchteten Stimme gegenüber.

»Ich will die Adresse des Generals in der Sierra de Guadarrama«, sagte López gebieterisch.

Unerschrocken improvisierte der Alte:

»Wie? Das ist ein Stabsgeheimnis.«

»Ein Staatsgeheimnis?« korrigierte ihn der Namensvetter.

»Wenn Sie mich doch verstanden haben, dann brauchen Sie mich nicht zurechtzuscheißen.« Don José hängte auf.

Seit dem Abend seiner Ankunft hatte López nicht mehr gewußt, wohin mit seiner Unruhe. Wenn er sie auf seinen Spaziergängen in den Kolonnaden der Plaza Mayor oder beim Wein in den Kneipen der Calle Echegaray zu verscheuchen suchte, blieb sie ihm wie ein Hühnerknochen quer im Halse stecken und schnitt ihm die Luft ab. Nie hatte er die

Ungewißheit gekannt, und nun schritt er förmlich auf ihr einher. Oft dachte er an die Gobbis. Sie hatten ihm erzählt, daß Don José in Isabel immer das Schuldgefühl wachhielt und sie auf diese Weise für sich einnahm. Schuldgefühl, weil sie nichts zu Ende geführt hatte, weil sie niemand war, weder Klavier- noch Tanzlehrerin, halb Argentinierin, halb Spanierin, am einen Tag politische Emissärin und am nächsten Hausfrau. Ohne Crestos Hilfe würde sie nie ein vollständiger Mensch sein. Im Augenblick war sie nur die Frau von. Isabelita von irgendwem. Das Gegengift, mit dem López Rega der Señora Selbstsicherheit eingeflößt hatte, hatte Wirkung gezeitigt. Sie können, Isabel. Ich werde Sie soweit bringen, daß Sie sich selbst zu helfen wissen. Daß Sie sich auf den Moment vorbereiten, wo Perón nicht mehr da ist. Ganz langsam – Sie können. Und so hatten López' Geister allmählich Crestos Geister verdrängt. Aber welches Gegengift gab es für den Alten?

Als er eines Morgens in den Sabatini-Gärten saß, beschloß er, die Magie zu vergessen und auf die Logik zurückzugreifen. Er führte ein Ferngespräch mit Major Bernardo Alberte, in dem er ihm seine Lage beschrieb und ihn um Hilfe bat. Drei Tage später suchte ihn Isabelita persönlich in der Pension auf.

Von dem Moment an, in dem er den General kennenlernte, holte López die verlorene Zeit wieder auf. Wie viele Tonbänder zur Unterstützung des Hafenarbeiterstreiks sollen wir dem taktischen Kommando schicken? Bis morgen werden sie bereit sein. Sind Sie im Verzug mit Ihrer Korrespondenz? Erklären Sie mir, was Sie zu sagen haben, dann kann ich schon mal die Entwürfe schreiben. Die Señora geht einkaufen? Ich begleite sie. Sie bekommen seit zwei Wochen *La Razón* und *Clarín* nicht mehr? Ich gehe bei Aerolíneas vorbei und erkundige mich, was los ist. Er war unermüdlich. Er kannte die Bücher des Generals auswendig und überraschte ihn manchmal damit, daß er noch ungeschriebene Sätze rezitierte, die aber kommen würden. Sie werden schon kommen, da Sie sie so oft gedacht haben.

Er richtete sich vor sieben Uhr früh in der Villa ein und ging erst, nachdem er sich vergewissert hatte, daß alles erledigt war. Er befleißigte sich größter Diskretion und Verschwiegenheit. Für seine Bemühungen nahm er keinen Centavo. Er war die Kehrseite von Cresto. Je weiter er kam, desto mehr schienen die Probleme zu verschwinden.

Im Oktober 1966 eröffnete er in der Gran Vía ein Import-Export-Büro. Einer in Bonn und Köln tätigen Stellenbörse angeschlossen, vermittelte er Kellnerinnen und Maurer in die beiden Städte und bezog ein Jahr lang drei Prozent der Löhne. Er bemühte sich gar nicht erst, mehr als achtzig Leute vom Lande zu rekrutieren, und trotzdem brachte er es zu einem kleinen Vermögen. In der Überzeugung, das Schicksal lasse sich nur aufhalten, wenn man ihm seinen Zins zahle, zweigte er immer etwas Geld ab, um Postkarten mit dem Bildnis von Perón und Isabelita drucken zu lassen, die er dann in die ganze Welt verschickte.

Anfang November begann López Rega schon aus seiner vollen Baritonbrust zu atmen. Er zog von der heruntergekommenen Pension in der Calle de la Salud in eine Wohnung im Salamanca-Viertel, wo er Isabelita heimlich in den Praktiken geistiger Transfusion unterrichtete.

Trotzdem gelang ihm nicht alles. Manchmal, wenn sich seine schon in der Strategie der Wohlgerüche und den Launen der Farben unterwiesene Schülerin nach einer glücklichen Sitzung zum Gehen anschickte, kundschaftete López – damals Daniel – durch die Vorhänge die Straße aus, um die Diskretion des Besuchs zu verbürgen, und immer traf er auf die linkische Gestalt von José Cresto im kleinen Café an der Ecke, der aus dem Augenwinkel seine Haustür fixierte. Ohne aufzuschauen, grüßte ihn Cresto mit einem Kopfnicken oder einer Handbewegung, als säße er einzig da, um die Aufmerksamkeit auf sich zu lenken.

Eines Abends beschloß Isabelita im Garten der Villa, sich von dieser Unruhe zu erlösen:

»Sie erraten alles, Pate. Also werden Sie auch gesehen haben, daß meine Studien bei Daniel absolut züchtig sind. Sie tun niemandem weh.«

»Tüchtig werden sie wohl sein, Kindchen, aber nicht rein«, schüttelte der Alte den Kopf. »Wenn dich dieser Mann nicht des Fleisches wegen zu sich holt, dann sicher aus Ehrgeiz.«

Und er setzte seine Überwachungen fort.

Der November war ein Monat, in dem Madrid in ungewöhnlicher Stimmung war. Sogar nachts war es heiß. López brannten die Sinne so sehr, daß er, um sie zur Ruhe zu bringen, Gedanken niederschrieb, unter denen er die musikalischen Entsprechungen notierte.

Aus Zwei Machen Wir Eines Untrennbar und Ewig
H-C-F-D-E-G / E-H-G-H-G-C

Und er verfaßte eine zügellose Folge von Briefen, in denen er ankündigte, schon würden sich die Vulkane des Jüngsten Gerichts, die Wogen der Sintflut nähern, wir sind genau in der Mitte der Ewigkeit angelangt, wo sich die Zeit gleichzeitig erinnert und vergißt. Meistens waren es Briefe an die Kameraden von der Druckerei Rosa de Libres. Aber häufig schrieb er auch die großen Meister der Quimbanda-Orden in Paris und Porto Alegre an und bat sie, Zeugen seiner Geschichte zu sein.

(Immer wieder erschrecke ich über das, was ich in mir empfinde, ich höre den Wind, der eben durch mich geweht ist, und pfeife ihm zu: Du wirst diese Größe nicht mehr ertragen, Wind. Du wirst sie nicht ertragen. Manchmal bleibe ich im Zimmer und blute, um mich zu erholen. Ist das das Leben? Ist Leben das Blut, das ich aus den Fußsohlen schwitze? Villone, Arcángelo, Prieto, Piramidami, Cacho, Nilda, hört mir zu. Außen bin ich eine Wirklichkeit, aber in mir drin gibt es eine weitere, die ich euch noch nicht zeigen kann: ein Kleeblatt, wo sich euer aller Wirklichkeiten schneiden. Ob ihr mir wohl glaubt, daß mich die Höhen, auf denen ich mich niederlasse, gewandelt haben? Nein, ich bin ein Hauch. Man diktiert mir ins Ohr, daß ich das GUTE bin. Und was das SCHLECHTE betrifft, befiehlt man mir: Du, Daniel, rotte es aus. Laß es nicht weiter.) Am 16. November 1966 schrieb er gegen Mitternacht seinen Freunden von der Drukkerei:

Ich habe erreicht, daß der General wieder ins Leben zurückkehrt. Er ist kräftig wie ein Knabe. Jung. Mehrmals berührte ich ihn tief und spürte, wie das Haus erzitterte. Es beginnt mein Ameisenwerk, langsam, endgültig.

Ich habe Zeit gebraucht, um den General vorzubereiten. Diese Woche habe ich endlich gespürt, daß ich ungeschminkt mit ihm sprechen konnte. Unter anderem sagte ich ihm, der Zweck meiner Reise sei nicht gewesen, ISABEL zu begleiten oder mich in seiner Villa auszuruhen. Ich sei hergekommen, um eine endgültige Definition der WELTREGIERUNG zu suchen, und würde nicht ohne sie gehen. Der General hat mich um soviel Lebenszeit, daß er seine Bewegung zu Ende institutionalisieren und sich dann als Patriarch und Amerikas Philosoph zurückziehen könne.

Ich habe ihn in Erstaunen versetzt. Auf einmal wurde ihm klar, daß den Augen des HERRN nichts mehr verborgen ist. Daß alles erreichbar ist. Aber ich wollte ihn nicht erschrecken und ließ es dabei bewenden. Weiter bin ich nicht gegangen.

Nun werdet Ihr verstehen, wie schwer es für mich ist, weiterhin Lopecito statt DANIEL zu sein. Wie sehr ich meine Geduld strapazieren muß, um wertlose Gestalten nicht ein für allemal zu vernichten. Jorge Antonio? Wird sterben. Onganía? Wird bald stürzen und keinen Pfifferling mehr wert sein, wenn er erst gestürzt ist. Cooke und Américo Barrios sind gestorben, sie wissen es nur noch nicht.

Das Urteil über Vandor ist gefällt. Auf die Stirn Pedro Eugenio Aramburus, des Tyrannen, der den General stürzte, hat der Finger des HERRN ein blutiges Kreuz gezeichnet.

Ich muß ISABELITA erretten und ganz auf unsere Seite bringen. Ich unternehme alles Denkbare, um herauszufinden, welches der beste Weg ist, damit ganz klar zu beweisen ist, daß ICH es war, der sie errettet hat. Ich weiß noch nicht, ob ich ihr die Kraft des UMHERIRRENDEN TODES übertragen oder sie in der Reinheit ihres Geistes unbefleckt lassen soll. Der HERR wird mich schon zum Besten zu führen wissen.

Wer mein Werk stört, ist José Cresto, den sie als ihren Paten vorstellt. Ihr müßt mir helfen, ihn von hier zu vertreiben. Beauftragt Valori, ehe er geht, Cresto als Agenten der Synarchie zu verklagen. Man muß einen Weg finden, um ihn mit Vandor oder einem noch schrecklicheren Feind zu identifizieren. Ich habe Euch noch nie um etwas gebeten. Aber jetzt ist es an Euch zu handeln.

Der HERR möge Euch erleuchten und mit Euch sein.

Noch bevor die ersten Unterstützungsbriefe eintrafen, gelang es López Rega, Isabel im Krieg gegen Don José auf seine Seite zu ziehen. In der Neujahrsnacht, kurz nach den Toasts, schwor er feierlich, ihr eine Macht zu Füßen zu legen, von der nicht einmal Evita träumen konnte, ich werde Sie zur Höchsten Königin machen, Gottes Tochter die Erlöserin der Welt. Sie senkte die Augen und errötete.

»Unser Herr wird mir die Kraft geben, Seiner würdig zu sein.«

Oft blieben Besucher zum Essen. Wenn Isabelita die Gedecke auflegte, trug sie Sorge, daß nie ein Platz für den Paten frei blieb. Und das einzige Mal, wo er sich einzuschmuggeln versuchte, redete es ihm sein Patenkind persönlich aus mit dem Hinweis, man habe ihm bereits ein Tablett mit Hähnchen aufs Zimmer gebracht.

Don José buhlte so eifrig um Isabels Gunst, daß seine Bronchien wundersam genasen. Zweimal wöchentlich nahm er ein Sitzbad, und dann ging er parfümiert, in Pyjama und Pantoffeln, in die Halle hinunter, damit jedermann Zeuge seiner heldenhaften Sauberkeit würde. Aber das Herz sagte ihm, daß nichts zu machen war. Sogar der General war unbeherrscht, wenn er mit ihm sprach, was sehr ungewöhnlich war bei jemandem, der soviel Höflichkeit verströmte.

Eines Vormittags, kurz vor dem Mittagessen, ging Don José in den Park am Rand des Grundstücks, um die Sonne zu genießen. Die Hitze senkte sich schwerfällig, als hätte jemand sie verschleiert. In der Ferne hörte man die Stimme des Generals einige Briefe diktieren. Ab und zu trällerten die Köchinnen eine Zarzuelamelodie. Auf einmal spürte er einen Stich in den Beinen. Er setzte sich zwischen die Wurzeln der Esche und roch eine Feuchtigkeitsausdünstung, die ihn an Buenos Aires erinnerte. Zum ersten Mal wurde ihm klar, daß er allein war, meilenweit weg, und daß ihn keine Zärtlichkeit beschützte. Die unter den Taubenschlägen tollenden Pudelweibchen rannten herbei und leckten ihm die Hand. Don José drückte sie an seine Brust, um etwas Wärme zu spüren, und streichelte ihnen den krausen Schopf.

»Lassen Sie sie los, Sie alter Nichtsnutz!« Mit heiserer, rissiger Stimme und einem einzigen großen Schritt nahm der General die Stufen des Laubengangs und pflanzte sich vor Cresto auf: »Alter Nichtsnutz! Lassen Sie die Hündin in Frieden!«

»Ich wollte . . .« Die Entschuldigung kam dem Paten nicht über die Lippen. Er hörte den General vor Zorn keuchen, sah seine blutunterlaufenen Augen. Er hatte Angst. Unwillkürlich sprach er mit ländlichem Akzent. »Haben Sie denn nicht gesehen, wie sie mich geschleckt haben?«

Perón wurde blaß. Er schaute ins Leere. Asthmatisch, aufgerichtet vom Gewicht einer toten Sprache, die nach vielen Jahren in ihm wieder zum Leben erwachte, rief er:

»Weg da! Lassen Sie meine Mutter in Frieden!«

Meine Mutter? dachte Cresto. Was hatte die Mutter mit alledem zu tun? Er sollte es bald erfahren. Der Mann, den Perón in seinem Leben am meisten gehaßt hatte, hieß Marcelino Canosa. Es war ein Bauer, mit dem Doña Juana wenige Monate nach ihrer Verwitwung, noch in tiefer Trauer, zusammengezogen war. Er war gleich alt wie Perón, und wenn Doña Juana von ihm sprach, sagte sie ›der Sohn‹. Aber nicht deswegen litt Juan Domingo. Er litt, weil man sich mit einer solchen Mutter nicht in den Offizierskasinos blicken lassen durfte.

Kaum hatte López Rega erfahren, daß diese Erinnerung den General quälte, verschaffte er sich einige Fotos, auf denen der inzwischen alte Canosa neben einem großen Bild von Doña Juana posierte, und ließ sie so kunstvoll retuschieren, daß sich das schiefe Lächeln, das Fuchsgesicht und die finsteren Augen des Stiefvaters Punkt für Punkt mit Crestos Zügen deckten. Sowie er diese tödliche Waffe in den Händen hatte, wartete López Rega auf den geeigneten Moment, sie auf Peróns Knie fallen zu lassen und ihm damit zu verstehen zu geben (als graute ihm vor seinem eigenen Verdacht), daß Don José von Canosas Geist Besitz ergriffen hatte und ihn jederzeit ans Licht ziehen konnte.

Cresto durchschaute die List erst in Buenos Aires. Er zündete vor dem Altar eines Verstorbenen einige Kerzen an, da stieß er unversehens auf die Erkenntnis. Den ganzen Abend schlug er sich an die Stirn: Wie konnte ich nur so blöd sein? Und so einfach hat mich dieser Mathemagier in die Falle tappen lassen? Jetzt ist mir alles klar. Von diesem Tag an hat Perón nicht mehr mich gesehen, er hat Canosa gesehen. Und Isabel gebeten, mich so schnell wie möglich aus dem Haus zu schaffen.

Sie schafften ihn mit einer Hinterlist aus dem Haus – ein Zeichen dafür, daß sie ihn noch immer fürchteten.

Obwohl an einem 7. April geboren, wollte Cresto seinen Geburtstag unbedingt am 3. Februar feiern, gleichzeitig mit Isabel. Am Vortag kaufte er ihr nahe der Plaza Mayor eine als Flamencotänzerin gekleidete Stoffpuppe, der er ein mit Jujuy-Glimmer gespicktes Amulett beilegte, wie sie die verstorbene Patin hergestellt hatte. Nachdem er das Geschenk in Cellophan eingepackt hatte, ging er an diesem Abend stolz in den Speiseraum hinunter. Isabelita, zwischen den Vorhängen versteckt, trat von hinten zu ihm und hielt ihm die Augen zu. Mit einer schmeichlerischen Stimme, die Don José längst vergessen hatte, sagte sie:

»Kuckuck, wer bin ich?«

»Liebe Tochter!« Der Alte machte sich los und wollte sie, sich umdrehend, in die Arme nehmen.

Isabelita ließ es nicht zu.

»Morgen ist unser Tag, Pate, haben Sie daran gedacht? Ich möchte, daß Sie zum Frühstück zu mir und Daniel herunterkommen. Um acht, ist Ihnen das recht? Ich habe die kleine Überraschung für Sie schon vorbereitet.«

»Ich die für dich auch, liebe Tochter! Ich auch!«

Don José Cresto summte sich in den Schlaf. Um fünf Uhr früh nahm er ein Eukalyptusbad und parfümierte sich von Kopf bis Fuß. Durchs Fenster sah er, wie sich die Vögel in den kalten Pfützen vergnügten, und er verspürte eine unbekannte Rührung, als über dem Kragen der Meseta langsam die Sonne aufging, gelber denn je.

Während des Frühstücks wetteiferte er mit seinem Namensvetter in der Kunst des Prophezeiens. Düster verkündete López, er habe Isabel über den Volksmassen auf der Plaza de Mayo schweben sehen, in einem Trauerumhang und die Präsidentenbinde quer über der Brust. Cresto fand die Vision unvollständig.

»Um aufzusteigen, wird es das Patenkind auf Evitas Leiche tun müssen.«

»Ach, Pate, weiß Gott, wo die Militärs die arme Evita hingetan haben«, sagte Isabel und schenkte sich noch eine Tasse Kaffee ein.

»Wo sie sie jetzt hingetan haben, weiß ich auch nicht. Aber ich weiß genau, wo sie sie dir hintun werden. In dieses Haus, Kindchen, zuoberst in dieses Haus.«

Cresto verschlang den schlabberigen Brocken Brot, den er in den Milchkaffee getunkt hatte, und als er spürte, wie er im Magen landete, begrüßte er ihn mit einem Rülpser. Dann band er die Serviette los, rammte sich einen Zahnstocher zwischen die Zähne und machte Anstalten aufzustehen. Isabelita hielt ihn zurück.

»Noch nicht, Pate. Schauen Sie unters Tischtuch. Da liegt Ihr Geburtstagsgeschenk.«

Es war eine Flugkarte der Aerolíneas Argentinas nach Buenos Aires für diesen Abend.

»Sie brauchen ein Bad in der Heimat, Don José«, lächelte ihm López Rega zu. »In der Basilio-Schule beklagen sie sich, daß Sie sie im Stich gelassen haben.«

Obwohl er einen Trick witterte, wußte der Alte nicht, woher er kommen könnte.

»Danke, Kindchen, danke«, stotterte er und befühlte den Umschlag des Reisebüros, ohne ihn zu öffnen. Er verlegte alle fünf Sinne in die Fingerspitzen und erriet schließlich: »Dumm ist bloß, daß ihr mir nur den Hinflug gegeben habt. Wie soll ich denn wieder zurückkommen?«

López beschwichtigte ihn:

»Und wozu bin ich da, Don José? Bin nicht ich es, der sich um alles kümmert? Noch vor Ablauf von zwei Wochen wird der Umschlag bei Ihnen eintreffen, beunruhigen Sie sich nicht. Und wer sagt Ihnen, daß Sie nicht die Señora womöglich persönlich abholen kommt!«

Aber Isabels Stimmung war schon umgeschlagen. Sie bedankte sich nicht einmal für die Stoffpuppe und das Beschwörungsamulett, hielt ihm zum Abschied kaum die Wange hin und erwiderte den dröhnenden Kuß und die Tränen des Abreisenden nicht. Und während sie die letzte Umarmung erduldete, machte sie, bevor Don José durch die Paßkontrolle ging, eine Bemerkung, die seinen Heimflug mit bösen Ahnungen überflutete:

»Wie ist es möglich, daß der Tod der Patin so vieles geändert hat? Als wir noch in Buenos Aires wohnten, waren wir andere Menschen, Sie mehr Geist und ich mehr Fleisch. Und nach und nach hat uns das Leben vertauscht.«

Nach Crestos Abreise entspannte sich die Atmosphäre in der Villa, als hätte sie sich durch einen Nieser Erleichterung verschafft. Der General verjüngte sich derart, daß er wieder in die Konditorei California Kaffee trinken und mit geschwellter Brust auf der Gran Vía spazierenging. Vor lauter Glück drehte er sich manchmal um und schaute die Beine – und die Füße, vor allem die Zehen – der spanischen Mädchen an. Isabel verspürte den unwiderstehlichen Drang, Kleider zu kaufen, und zu Frühlingsbeginn reiste sie, Daniel im Schlepptau, zweimal nach Paris. Auch López Rega wurde immer exaltierter. Er schrieb Briefe an Lyndon Johnson und Leonid Breschnew, in denen er ihnen eine Konferenz der Kosmischen Harmonie vorschlug, präsidiert von General Perón und inspiriert von seiner berühmten Rede über die Organisierte Gemeinschaft. Sie bestätigten ihm nicht einmal den Empfang der Briefe.

Aber wenigstens antwortete ihm Arcángelo Gobbi. Er schrieb in weit auseinanderstehenden Druckbuchstaben, mit halben As und Os, denen eine Motte den Bauch weggefressen zu haben schien. Aber auf wenigen Zeilen standen so glänzende Enthüllungen, daß sie nur der Herr persönlich diktiert haben konnte:

Ich muß Ihnen gestehen, daß ich eine Zeitlang böse auf Sie war, weil Sie einfach gingen, lieber Daniel, ohne mir ein Wort zu sagen. Aber jetzt verstehe ich das Geheimnis. Und ich bin beeindruckt von den Höhen, die Sie erreicht haben.

Wunschgemäß hat Villone Valori gebeten, eine Kampagne gegen José Cresto einzuleiten. Valori, schon mit einem Fuß im Flugzeug, versprach, dem General aus Rom zu schreiben und ihm Beweise gegen Cresto vorzulegen. Und wenn nötig, wird er sich zum Heiligen Stuhl bemühen und darum bitten, daß man ihn exkommuniziert.

Ein Zweifel ist in meiner Seele geblieben, Daniel. Ich glaube, ich habe Ihnen erzählt, daß mein Papa und ich nach unserer Ankunft in Buenos Aires immer in einen Tempel der Wissenschaftlichen Schule Basilio in der Calle Tinogasta gegangen sind. Der geistliche Leiter hieß José Cresto. Ob das derselbe war? Auch ein liebes Mädchen kam immer hin, Isabelita Martínez...

In so wenigen Jahren war soviel geschehen, daß sich López Rega wunderte, die Erinnerung an Arcángelo Gobbi nicht mehr im Kopf zu finden. War das vielleicht dieser picklige Junge, der gebückt ging und von der Jungfrau träumte? Ja, natürlich, das war Arcángelo, er konnte ihn sich noch vorstellen, wie er litt, als der Stern Beteigeuze im Sterben lag.

Vor Zeiten hatte López Rega entdeckt, daß sich der Wille zur Macht nicht so sehr auf das gründet, was man tut, als vielmehr auf das, was man zu tun bereit ist. Daß alle Macht darauf beruht, daß man die Schwachpunkte des andern kennt: sein Geschlecht, seine Schläfe, seine Vergangenheit. Jetzt, da ihm die Vorsehung einen unfehlbaren Weg gezeigt hatte, wie er in Isabels Vergangenheit eindringen konnte, wie sollte er ihn nicht begehen?

Noch am selben Abend, die höchsten Geister berufend, die uns einen, und die edle Sache, die uns wach hält, Arcángelo,

befehle ich Dir, mir in allen Einzelheiten zu berichten, was Du von der SEÑORA kennengelernt hast. Du sollst nichts verbergen, so unwesentlich es auch scheinen mag. Beschreib mir die Veränderungen, die Du im Geruch ihres Stuhlgangs wahrgenommen hast, die Dauer der Menstruationen, den Unterricht, den ihr Doña Isabel Zoila erteilte, ihre Lieblingsfarben und -parfüms, die Art der Kleider, die sie gern trug, was die Nachbarn von IHR hielten. Alles. Wenn Du

irgendein Dokument, einen Brief oder eine Agenda hast,
wo sie direkt oder indirekt erwähnt wird, schick sie mir
unverzüglich. Finde heraus, mit welchen Männern sie ge-
gangen ist und was sie im Kramladen gern gekauft hat.
Worüber sie sich mit dem Bäcker unterhalten hat. Noch
einmal: Erzähl mir alles. Je besser Du es tust, mit desto mehr
Segen und Dank wird der HERR es Dir lohnen.

Die Nachrichten, die ihm Arcángelo schickte, übertrafen
López Regas Erwartungen bei weitem. Endlich konnte er
Isabelitas Weg von Montevideo nach Medellín rekonstruieren und sich ausmalen, welche Schicksale sie zwischen
Cartagena de Indias und Panama erlebt hatte, als sie die Pro-
tegée von Joe Herald war, dem Impresario, den sie und Perón
unbedingt vergessen wollten.

Um ihn in der Ausübung der Ergebenheit anzuspornen,
vertraute López Arca immer geheimere, immer waghalsigere
Missionen an. Er hieß ihn als Boten zwischen den Gewerkschaften und dem Erzbischof von La Plata fungieren, sich in
die Zellen der Nationalen Revolutionären Armee einschleu-
sen (die zu jener Zeit ein Attentat auf Vandor plante) und die
Mystiker des Letzten Wegstücks davon überzeugen, daß
Perón nicht der Messias war.

Tief im Winter 1972 beschloß er, Arcángelo sei nun reif
genug, um sich dem Orden der Auserwählten anzuschließen.
Wozu konnte ihnen dieser Bursche nützlich sein? fragte ihn
Kommissar David Almirón eines Morgens in Madrid. War er
ein Eliteschütze? Konnte er ein Abflußrohr demontieren?
Zu dieser Sorte gehört er nicht, antwortete López. Er ist
nervös, seine Hände schwitzen, und wenn er eine Frau sieht,
verdreht er die Augen. Aber er kennt kein Erbarmen. Er
wird uns nützlich sein. Männer mit geschickten Händen gibt
es zuhauf. Wir brauchen Männer ohne Erbarmen. Und am
selben Nachmittag, während sie unter den Bogen des Palacio
Real spazierengingen, überlegte er laut: Ich will ihn grausam,
aber ohne Gedanken. Haben Sie verstanden, Almirón? Ich

will ihn bedingungslos. Und ich weiß auch, wer ihn abrichten kann. Coba. Lito Coba ist unser Mann.

Kaum in der Einsamkeit seines Zimmers im obersten Stock der Villa zurück, schrieb López Rega:

Arcángelo, Du mußt allmählich die Ressourcen Deines Körpers einzusetzen lernen. Mitte November wird der General zum ersten Mal in die Heimat zurückkehren, und wir werden seine Friedensmission mit unserem Leben verteidigen müssen. Die Linke will ihn in ihr jüdisch-marxistisches Projekt hineinziehen und dann mit ISABEL Schluß machen, der einzigen Klippe, bevor sie auch mit der christlichen Familie in Argentinien Schluß machen kann. Auch wenn wir all diesen Leuten schon den Sarg maßgeschneidert haben, müssen wir offenen Auges schlafen.

Am Freitag, dem 6. Oktober, wird Lito Coba in der Druckerei vorbeikommen. Du mußt fünfundvierzig Tage Urlaub verlangen. Lito wird Dir sagen, was man von Dir erwartet. Gehorche und vertraue ihm, als wäre ICH es.

Arcángelo machte verzweifelte Eifersuchtsanfälle und ausweglose Depressionen durch, bis er zugeben konnte, daß ihn Lito in Daniels Hierarchie nur deshalb übertraf, weil er sich besser vorbereitet hatte. Er hatte ein eckiges Gesicht, eine kastanienbraune Mähne und einen leeren, aber wachen Ausdruck. Er verfügte über ein verzweigtes Netz von wichtigen Freunden, die er nach Puerta de Hierro hatte wallfahren lassen: Bankiers, Gutsbesitzer, Geschäftsführer von Finanzgesellschaften und Vizepräsidenten internationaler Unternehmen. Der General empfing sie immer mit demselben Satz: »Mit welchen Gründen können Sie gegen mich sein, wo es Ihnen doch nie besser gegangen ist als während meiner Regierung? Da waren die Armen weniger arm und die Reichen reicher.«

Was Daniel an Lito am meisten beeindruckt hatte, waren

nicht diese Beziehungen, sondern seine schwindelerregenden Kenntnisse der alchimistischen Wissenschaft, die Exaktheit, mit der er die Zahlenschlüssel von Notarikon wiederholte und Nostradamus' Prophezeiungen interpretierte.

Und gleichzeitig verstand Lito Coba seinen Körper mit der Anmut eines Athleten zu bewegen. Bei den Sportfesten der Schulen hatte er in Stabhochsprung und Rückenschwimmen geglänzt. Aber er sah schlecht, und entsprechend verheerend waren seine Schießrekorde. Daniel hatte ihn mit dem Ohr zielen gelehrt. Monatelang schoß Lito mit verbundenen Augen auf bewegliche Ziele, immer wieder scheiternd und von neuem beginnend, bis er lernte, zu hören, wie sich bewegte, was man nicht sah, bis er den Berührungshauch der Raupen auf der Baumrinde vernahm. Kurz bevor sich Arcángelo dem Orden der Auserwählten anschloß, demonstrierte er auf dem kleinen Gut in Cañuelas, das ihnen als Zufluchtsort diente, was er gelernt hatte. Er stellte sich mit einer Beretta in ein dunkles Häuschen. Fünfzig Meter von ihm entfernt ließ Kommissar Almirón eine Taube auffliegen und rief: »Los!« Lito trat die Tür auf, hörte die Taube durch die Luft pfeilen und schoß ihr mit einer einzigen Kugel den Schnabel weg.

Von dem Moment an, als ihn Coba auf dem kleinen Gut einführte, hatte Arcángelo keinen Zweifel, daß er sich derselben harten Disziplin würde unterwerfen müssen. Und zwar klaglos.

Das alte Haus in Cañuelas, in dem er wohnen sollte, stand am Ende einer Pappelallee und war schon von weitem zu sehen. Es war rosa, hatte ein Ziegeldach und Kreuzgänge wie ein Kloster. Beim Eingang gab es einen Patio mit Fliesenboden.

»Warte hier auf mich und rühr dich nicht vom Fleck«, befahl ihm Lito.

Er stand eine halbe Stunde so da. Kein Lüftchen ging, und der Himmel hatte die Farbe der Sonne. Auf einmal erschienen aus den Tiefen einer Senkung ein halbes Dutzend Hünen mit dunklen Brillen und kamen langsam auf Arca zu. Alle betasteten seine schlaffen Muskeln. Einer horchte ihm das Herz ab.

»Zieh dich aus«, befahlen sie.

Arcángelo gehorchte, ohne zu fragen. Eine Schmerzensflamme fuhr ihm in die Hoden. Er fiel auf die Knie. Sie traten ihm in die Magengrube, hieben ihm ein Brett in den Nacken, tauchten ihn in eine Wanne mit Scheiße, bis ihm die Luft ausging. Er erwachte in den tiefsten Tiefen eines dunklen Lochs. Die eindringende Luft war schwach und faulig. Er hatte keinen Platz, um sich zu setzen, nicht einmal in die Hocke. Ein unstillbarer Durst verbrannte ihn.

Stunden, Jahrhunderte später, als sie ihn aus dem Loch befreiten, stand das Schlimmste noch aus. Sie lehrten ihn, senkrechte Mauern ohne Spalten zu erklettern, ließen ihn mit Ringen und Barren und hoch oben an einem Trapez arbeiten. Immer wenn er das Gefühl hatte, seine Muskeln zerrissen, fügten sie ihm mit einem elektrischen Stachel woanders Schmerz zu: am Zahnfleisch, an den Leisten, an den Brustwarzen. Er sollte überall am eigenen Körper die Sprache erkennen, die er später am Körper der Opfer hören würde. Während der Siesta übte er auf dem Schießplatz mit Ithacas und Berettastutzen und zerfetzte Wergpuppen und Spielzeugvögel.

Am 15. November berichtete ihnen Lito, Perón befinde sich bereits in Rom und werde tags darauf mit einer Alitalia-Maschine nach Buenos Aires fliegen. Vielleicht beginnt noch heute abend ein heiliger Krieg, Jungs. Die Lanusse-Diktatur würde es nicht wagen, den General in seinem eigenen Land umzubringen. Daniel hat uns darauf aufmerksam gemacht. Daniel nimmt an, sie werden in Rom, vor dem Abflug, ein Attentat auf ihn begehen. Wir sind die Auserwählten, die Vorhut, die Himmelstruppe. Nur einer von uns hat das Initiationsritual noch nicht durchgemacht.

»Arcángelo?« rief er sanft. Eine Eisesstimme. »Du mußt dich ausziehen.«

Mit seinen Augen wie eine leere Lagune zog Arca nacheinander Turnschuhe, T-Shirt und Blue Jeans aus. Er stand in den Socken da. Lito streichelte ihm die Hoden mit Wagenschmiere und ging dann nach und nach zum After hinauf. Spreiz schön langsam die Beine, Arca. Ein Ladung Ätzkalk verwüstete Arcángelos Eingeweide, löschte schlagartig seine ganzen Erinnerungen und riß ihm Wunden, Molluskennester, Wespenschwärme, Abflüsse auf. Er spürte einen weiteren Stoß und dann noch einen. Er hörte Lito keuchend brüllen:

»Weißt du jetzt, wie der von einem richtigen Mann ist, du Hurensohn? Weißt du jetzt endlich, was ein Mann ist?«

Und einen Moment lang dachte er, sie schulten ihn in Haß auf den General. Fast im selben Moment ahnte er, daß es nicht so war, daß Daniel dastand und ihm von Helden- und Märtyrertum erzählte.

Als Lito endlich zu ihm sagte:

»Zieh dich jetzt an«,

spürte er die Erniedrigung wie einen Peitschenhieb. Er schaute eins nach dem andern die Gesichter seiner Henker an und spuckte einen Auswurf von Galle und Blut auf Litos Augen.

»Es lebe Perón!« rief einer der Auserwählten.

»Es lebe Perón!« wiederholte Arcángelo mit letzter Kraft.

Perón kam am 17. November 1972 in Buenos Aires an und kehrte fast einen Monat später via Asunción und Lima nach Madrid zurück. Jetzt, während der 20. Juni heraufdämmerte, hoffte Arcángelo, er möchte für immer bleiben.

Er erwachte unter Isabels Riesenporträt. Er dachte, sie würde ihn nicht mehr erkennen, wenn sie ihn wiedersähe. In wenigen Monaten hatte Daniel aus der Ferne einen andern aus ihm gemacht: einen Helden?, einen Menschen? Es wurde hell. Das schwarze Licht des Tagesanbruchs senkte sich herab. An einem Ufer des Himmels sah Arcángelo (wie immer) die Geister der Natur: Kometenschäume, Jungfrauenbrüste, Engel, die sich das schlagende Herz ausrissen, um es dem Herrn zu opfern.

Und er spürte, daß jetzt auch er die Geschichte betrat. Daß all das die Ankündigung einer neuen Zeit war. Und daß Arcángelo Gobbi irgendwann seinen Namen im Buch dieser Zeit lesen würde.

Acht
Miles in aeternum

Die Pendeluhr im internationalen Hotel von Ezeiza hat noch nicht neun geschlagen. Weiß Gott, ob es heute morgen einmal neun schlägt, denkt Vetter Julio, als er sich mit nasser Hose und dem Foto seines Vaters Hilario Perón in der Jackettasche an den Frühstückstisch setzt. Weiß Gott, ob sich die Zeit an genau diesem Punkt der Ewigkeit – am 20. Juni 1973 – auf einmal nicht mehr weiterbewegen will und wir alle für immer da bleiben, in dieser Gegenwart, Juan Domingo von Madrid herfliegend, ohne je anzukommen, und ich ohne Erinnerungen, aber auch ohne Tod.

Hat es diese Pendeluhr des Hotels nicht schon in der Vergangenheit gegeben? Die in den Kranz des römischen Zifferblatts eingearbeiteten Bronzefiguren einiger Bauern sind die gleichen, die wir im Haus von Großmutter Dominga gesehen haben. Und neben der Uhr, auf dem Kaminsims, steht eine Frauenstatuette. Sie gleicht der, die Juan Domingo und ich immer in der Merced-Kirche bewundert haben, als wir Bruder Benitos Ministranten waren.

Wie war das noch, Amelia? Aber woran kannst du dich schon erinnern. Deine Sinne sind über die Oper gestrauchelt, die jetzt von Radio Nacional übertragen wird, und einmal gefallen, können sie nicht mehr aufstehen. Ich hingegen kann es noch deutlich sehen. Das diffuse, durch die Türfenster in die Sakristei dringende Licht ist haargenau wie die Dunkelheit, die durch die Seiten der Zeitschrift *Horizonte* zieht, da neben mir auf dem Hoteltisch. Ich bin der halbwüchsige Julio Perón und bin der alte Vetter – das Licht hat sich in all den Jahren nicht bewegen wollen.

Du müßtest dich erinnern, Juan Domingo. Du warst dick. Wir hatten beide den Kopf fast kahlgeschoren und vorn eine Tolle. Du spieltest den Naiven und fragtest:

Können Sie mir wohl sagen, Bruder Benito, worin sich

Unsere Liebe Frau von den andern Frauen unterscheidet? Ich meine (sagtest du, auf die Statuette in der Sakristei deutend), ob Unsere Liebe Frau Muskeln, Knochen und einen Bauch hat wie andere Menschen auch. Ob sie auch aufs Klo kann. Wer weiß, was Bruder Benito durch den Kopf ging. Er starrte dich unverwandt an, als wärst du ein zu dicker Faden, den er einfädeln müßte. Ich wurde demnächst dreizehn, du warst älter.

Wortlos nahm der Geistliche eine Handvoll Kreide und zeichnete zwei Figuren auf die Wandtafel in der Sakristei. Die linke war ein Frauenkörper im Querschnitt. Man sah die Därme, das schwammige Brustgewebe und die Höhlen des Geschlechtsapparats. Die Figur rechts war eine fast unkörperliche Dame (wie die Statuette), deren Brüste und Bauch von einer Himmelsfranse verschleiert waren.

Ihr seid schon große Jungs, und es ist besser, ein Priester bringt euch diese Dinge bei, sagte Bruder Benito. Na, Juan Domingo, wie heißt das? Eingeweide, antwortetest du. Das ist der Dünndarm der Frauen, korrigierte der Pfarrer. Die sterblichen Frauen haben einen Dünndarm von sechs bis sieben Metern, seht ihr?, und einen dickeren, etwas über eins fünfzig, beide voll von Exkrementen und stinkenden Fasern. Das, was ich hier gezeichnet habe, heißt . . . (er zögerte einen Augenblick) Vagina. Das sind zwei dicke Lippen mit Haaren, in denen der Urin klebenbleibt. Unter den Lippen befindet sich ein Zapfen, den man Klitoris nennt. Unsere Liebe Frau dagegen ist vollkommen keusch und hat keinen dieser Makel, die zur Erbsünde gehören. Sie wurde von einer Gebärmutter aus Wolken statt aus Fleisch geboren und mußte nie defäkieren und urinieren. Die Brüste sprossen ihr nach ihrer heiligen, einmaligen Geburt, verschwanden aber wieder, als das Jesuskind zu trinken aufhörte.

Bruder Benitos Zeichnungen verwirrten die beiden Vettern so sehr, daß sie monatelang neue Erkenntnisse über die weibliche Anatomie suchten. In den Läden des Bajo-Viertels bot ihnen ein Armenier für fünfzig Pesos ein gewisses Buch mit vaginalen Wundern an, wo man, wie er sagte, deutlich sehen könne, daß die Lippen da unten bei den Japanerinnen schräg seien und zu den Augenlidern paßten. Da sie nicht soviel Geld hatten, wollte er ihnen keine einzige Abbildung zeigen. Dafür gaben sie dreißig Centavos aus, um durch die Spalte einer Laterna magica einer Frau zuzusehen, die sich im Takt eines Pianola-Walzerchens auszog. Bei Juan Domingo war es eine Indianerin mit riesigen Brüsten und bei Vetter Julio eine Odaliske, die ihre Blößen mit den Haarwogen bedeckte.

Aber als die Odaliske endlich ein Lächeln andeutete, platschte etwas in Julios Erinnerung hinein: ein Stein aus anderer Zeit kräuselte die glatte Wasseroberfläche.

Das war's also. Die Oper, der María Amelia lauscht, wird unterbrochen. Es folgt ein langes Schweigen und im Schweigen ein Zittern wie bei den Flugzeugen, wenn sie die Äquatorlinie überqueren. Und gleich darauf verkündet ein hohles Piep im Radio, daß es neun Uhr morgens ist. Weiß Gott, ob es je schlagen wird. Es tut – die Penduluhr läßt ihre Glockenschläge erklingen. Die Zeit bewegt sich wieder: Das ist es also gewesen. Am Tisch im Hotel von Ezeiza müht sich Señorita María Tizón, in einem Notizbuch das Eheglück zu schildern, das ihre Schwester Potota Juan Domingo bescherte. Heute abend, wenn sich der General schon von der Tribüne zurückgezogen hat, will sie diese Eindrücke den Journalisten diktieren. Zerstreut blättert Hauptmann Santiago Trafelatti in der *Horizonte*-Sondernummer – Das vollständige Leben Peróns / Der Mensch / Der Führer / Dokumente und Aussagen von hundert Zeugen –; Zamora hat vor einem Weilchen mehr als genug Exemplare gebracht. Der Hauptmann schaut sich die Fotos an, und manchmal, wenn er in einem Abschnitt seinen Namen findet, hält er inne, um zu lesen: Santiago Trafelatti.

Ein Radiosprecher verkündet, das Flugzeug *Beteigeuze* der Aerolíneas Argentinas überfliege, den berühmten General an Bord, mit 900 Stundenkilometern den Atlantik. Es ist neun Uhr zwei in Buenos Aires.

Wieder ergreift die Oper von María Amelias Herz Besitz. Ist es nicht unglaublich, daß man den Morgen dieses 20. Juni ausgesucht hat, um im Radio dieselbe Oper zu bringen, die sie und Juan Domingo vor sechsundfünfzig Jahren im Teatro Colón gehört haben? Ist es nicht wie ein Wunder, daß ich sie im Cellophan einer so langen Erinnerung noch unversehrt höre? Es war Winter wie jetzt: Juli 1917. Langsam nähert sich die Kusine diesem Abend ihrer Jugend, Schrittchen für Schritt. Sie lauscht.

Ich, María Amelia Perón, höre wieder die gestärkten Fräcke im Parkett knistern, sehe mich zwischen all den Fuhrwerken über die Pfützen hüpfen, während Dampf und Schleim aus den Pferdelefzen dringen, entdecke in den vergoldeten Foyerspiegeln abermals mein Ganzbild: das grüne Taftkleid und das Fuchscape von Großmutter Dominga.

Alles ist wieder da: das Orchester, das in den Zwischenakten die Instrumente stimmt, die in ihren abgedunkelten Logen hustenden alten Damen, der mütterliche Lüster, der seine Glastränen zum Trocknen in die Kuppel gehängt hat. Ich sehe den auf die Vorderseite des Programms gezeichneten Titel: ›Manon‹. Und dann die Unterschrift des Komponisten: Jules Massenet. Sogar die Stimmen haben dasselbe Tremolo wie damals. Nur den Tenor vermisse ich. Der Herr Des Grieux, da im Radio, ist eben nicht mehr Caruso, er ist nicht derselbe wie an jenem Abend.

Du bist nur widerwillig ins Theater mitgekommen, Juan Domingo. Du warst mit einigen Schriftstücken deines Regiments aus Santa Fe gekommen, und Tante Baldomero bat dich, uns zu begleiten. Du mußtest die Galauniform anziehen. Du warst, sagte die Tante, Manons Vetter ähnlich. Aber die Oper ödete dich an. Du gähntest, weißt du noch? Auf dem Höhepunkt sang María Barrientos, die Sopranistin, die Arie, die jetzt im Radio von einer andern Frau gesungen wird: *»Adieu, notre petite table.«*

Die Tante und ich erstickten ein Schluchzen. Du hieltest dir einen Handschuh vor den Mund. Dann erschien Caruso in seinem Ordensgewand. Er litt. Biß sich in die Hände. Wollte zu Gott und wußte nicht, wie er sich Manon aus dem Kopf schlagen sollte.

Das zerriß mir das Herz. Du, Juan Domingo, fingst an, mit dem Säbel an die Stiefel zu trommeln. Da trat Manon auf, warf sich Caruso in die Arme und rief: *»Je t'aime!«*

Die Lichter gingen an. Brüsk standest du auf und sagtest, du würdest draußen auf uns warten. Die Theaterlügen brächten dich in Rage, und erst recht die Lügen einer Frau wie Manon Lescaut, die sich auf so niederträchtige Art über die Männer lustig mache. Du verpaßtest zwei Akte, die besten. Wirst du sie heute abend wieder verpassen, und wirst du wieder mit dem Säbel an die Stiefel trommeln, wenn du aus dem Flugzeug steigst? *»Ah, mon cousin, excusez-moi! C'est mon premier voyage!«*

Es ist noch früh, aber die Oper im Radio wird unterbrochen. Erneut klafft Stille. Auf einmal brüllt alles, als hänge das Ohr über einer Grube voll sterbender Tiere. Wir senden fürs ganze Land von der Tribüne in Ezeiza. Nationales Programm. Hier wartet das ganze Vaterland auf General Perón. Hört zu, Genossen!

Ich bin Edgardo Suárez, sagt das Radio jetzt. Ich spreche von der Tribüne aus zu Ihnen. Ich gebe Ihnen die Losung für diesen glorreichen Tag durch. Frieden und Ordnung. Versuchen Sie, keine Energien zu verschwenden. Noch dauert es Stunden, bis der General da ist. Ihm müssen wir unsere ganze Kraft und den Ausdruck unserer Kehlen darbringen.

Eine zweite Stimme meldet sich: Wir wollen das Fest mit folkloristischer Musik beleben. Keine weiteren Ansprachen mehr. Das Radio überträgt Cuecas der Chalchaleros. Und in der Ferne das Trommelgedonner. Und das Geschrei der Verkäufer. Limonade, Limonade, Sandwiches! Kaufen Sie das Heimkehrstirnband! Perón kommt zurück, kaufen Sie das Stirnband! Kaufen Sie *Horizonte*, das *Horizonte*-Sonderheft! Kaufen Sie die Pocho-Mütze, das T-Shirt mit dem Bild des Helden, die Fähnchen, kaufen Sie das Peronistenabzeichen, kaufen Sie!

María Amelia wendet sich den Seiten zu, die Hauptmann Trafelatti liest, und sieht ihr Foto vorbeigleiten, wie sie sich als junges Mädchen an einen Felsen lehnt, ein düsteres, melancholisches, von der eigenen Zukunft verlassenes Bild.

Zwischen den Frühstücksresten auf dem Tisch greift sie sich auch ein *Horizonte*-Heft. Sie sucht sich, und da ist sie wieder und lächelt weiß Gott wem zu – kommenden Kümmernissen. Und schon steigt sie fast unwillkürlich, sich auf die Lippen beißend, in dieses Lebensaltertum hinab und liest:

4. Leitfaden des Gehorsams

Für einen Soldaten darf es nichts Besseres geben als einen andern Soldaten.

Juan Perón,
Organische Charta des GOU,
Grundlagen, März 1943

1909 war das traurigste Jahr in Juans Leben. Zwischen Mai und Juni beschloß Don Raimundo Douce, Direktor der Internationalen Schule in der Cangallo/Ombú, die Schüler der fünften Klasse einen Vorbereitungskurs besuchen zu lassen, damit sie die sechste überspringen könnten und direkt ins Gymnasium kämen.

Juan und Julio, bei weitem die besten Schüler, konnten sich nicht drücken. Da sie schon zu alt waren, um bei der Großmutter unter so vielen Frauen zu schlafen, ließ man sie in der Schule wohnen. Dort aßen und übernachteten sie. An vielen Sonntagen waren sie ganz allein in diesen großen, leeren Patios, da die Großmutter, in den häuslichen Obliegenheiten verstrickt, sie zu holen vergaß. Sie vertrieben sich die Zeit mit Murmel- und Pelotaspielen. Bei Einbruch der Dunkelheit spazierten sie durch die von einer Kerosinlampe erleuchteten Schulräume, wo sich an den riesigen, neben den Wandtafeln hängenden Abbildungen der wirbellosen Tiere und der zweikeimblättrigen Pflanzen ihre Fantasie entzündete.

Manchmal erbarmte sich Don Raimundos Nichte Enriqueta der beiden Jungen und besuchte sie am Sonntagvormittag in der Schule, um ihnen die Suppe aufzuwärmen. Oder sie begleitete sie nach dem Gebet zum Schlafzimmer, wo sie ihnen an der Tür sitzend – aber immer draußen – Jules Vernes Schilderungen von Unterseereisen und Südpolexpeditionen vorlas, bis sie einschliefen.

Am Tag vor Weihnachten ereignete sich etwas Betrübliches. Kaum begannen die Ferien, verabschiedete sich Juan Domingo von der Großmutter und den Tanten und sagte ihnen, er suche sich wie immer ein Schiff, das ihn nach Patagonien bringe. Zwei Wochen später fand ihn eine Polizeistreife schlafend in einem Kornspeicher auf den Piers. Als ihn ein Sergeant wachrüttelte, sagte Juan mit herzzerreißender Stimme: »Mama! Mama! Wo steckt bloß meine Mama?«

Sie brachten ihn zur Großmutter in die Calle San Martín zurück. Zur Entschuldigung führte er an, er habe sämtliche Schiffe verpaßt und bis März auf den Piers bleiben, den Stauern helfen und in den Unterkünften der Landstreicher schlafen wollen. Von El Porvenir schickten ihm seine Eltern zwei Briefe. Juan Domingo mochte ihnen nicht antworten.

Tante Vicentas Bitten nachgebend, kam er eines Tages wieder in sein Kinderzimmer zurück, allerdings nur für den Sommer. Er nahm ein Desinfektionsbad und ließ sich das verlauste Haar abrasieren. Die Tante bezog ihm das Bett mit Leinenlaken. Und als sie ihn an diesem ersten

Abend sah, wie er schon fast schlief, verspürte sie eine solche Zärtlichkeit für ihn, daß sie zu ihm trat, um ihm einen Kuß zu geben. Juan war auf der Hut wie ein Igel. Fuchtelnd wehrte er sie ab. »Mich küßt keine Frau«, weinte er. »Nie werde ich zulassen, daß mich eine Frau berührt!«

Gegen Ende Januar, nachdem sie Mario Tomás und Juana telegrafisch beschwichtigt hatte, dachte Großmutter Dominga, ein so aufsässiger Enkel lasse sich nur mit Strenge bändigen. In *La Nación* las sie die Meldung, die für eine militärische Ausbildung angebotenen Stipendien seien dieses Jahr auf geringes Interesse gestoßen und die Armee müsse nun bei Vakanzen bereits Reserveoffiziere rekrutieren. Sie fand heraus, daß ein in Vaterlandsliebe erzogener Junge aus dem Mittelstand ausgezeichnete Chancen hatte, ein Stipendium zu bekommen, wenn er nach absolvierter Grundschule eine ganz elementare Prüfung in Sprache, Mathematik und nationaler Geschichte bestand. Man brauche nur ein wenig gute Beziehungen, wurde ihr gesagt.

Da suchte sie Hilfe bei den Hygieneabgeordneten, die jeweils in ihr Haus in Ramos Mejía kamen, und erinnerte sie an die von Tomás Liberato, ihrem Mann, dem Land geleisteten Dienste. Jemand versprach ihr, sich bei Julio Cobos Daract, Geschichtslehrer an der Militärschule, für sie zu verwenden. An einem Aprilmorgen wurde Doña Dominga, nachdem sie sich in den für die U-Bahn ausgehobenen Baugruben die Röcke schmutzig gemacht hatte, in Dr. Cobos' Büro vorstellig, den Enkel im Schlepptau. Sie mußte lange im Vorzimmer warten. Cobos empfing sie stehend, verdrießlich, und sagte ihr, wenn ›dieser kräftige Bursche‹ in der Eintrittsprüfung gute Noten bekomme, könne sie das Stipendium schon jetzt als Tatsache betrachten.

Juan Domingo landete auf Platz fünf. Für einen Vertrag, der ihn zu mindestens fünf Jahren Offiziersdienst verpflichtete, würde er Gratisunterricht und -verpflegung sowie einen Sold von 200 Pesos erhalten, sobald man ihm den Grad eines Leutnants erteile.

Als Juan am 1. März 1911 mit umgehängtem Rucksack das als Kaserne dienende baufällige Haus betrat, wurde ihm klar, daß man ihm zwar das Brandzeichen einbrannte, aber dasjenige eines Niemands, daß er nicht mehr als Mensch, sondern nur noch als Gehorsam existierte, daß seine Gedanken im Plural atmeten: Ich bin nicht mehr Perón allein, ich bin Perón minus etwas. Ich werde besitzen, was andere zurückweisen, werde zu dem werden, was andere wollen. Ich werde den Beruf des Gehorchens und des Niemandseins erlernen, um ihn über die andern, gegen die andern auszuüben.

Martín López, der Instruktionsoffizier der Novizen, erklärte ihnen, bis zum Jahresende müßten sie sich selbst als ›ungefiederte Zweibeiner‹ betrachten, als unterste Stufe einer komplexen Hierarchiefolge. Sie müßten den Unteroffizieren gehorchen, den Kadetten des zweiten Jahrgangs, und sämtliche Befehle akzeptieren, so unangebracht oder grausam sie ihnen auch erscheinen mochten. »Es gibt keine Disziplin ohne blindesten Gehorsam«, sagte er. »Und ohne Disziplin wird niemand Erfolg haben.«

Als ihnen am nächsten Tag die Uniformen ausgegeben wurden, lernte Juan Domingo die unbeugsame Wahrheit dieser Warnungen am eigenen Leib kennen. Während sie nach dem Wecken und dem Frühstück im Hof auf den Instruktor warteten, begannen die Kadetten der zweiten Klasse um sie herumzustreichen. Einer von ihnen trat zu Santiago Trafelatti und befahl ihm, die Schuhe auszuziehen. »Bleiben Sie auf einem Bein stehen, wie die Hühner. Los, her mit der Ferse.« Trafelatti spürte einen heftigen Stich an der Fußsohle und konnte einen Schrei nicht unterdrücken. Der Angreifer hielt eine blutige Stricknadel hoch: »Diese Stute hat noch ganz weiche Hufe.« Er krümmte sich vor Lachen. Die andern Herumlungerer wieherten ebenfalls. »Man wird diese Stute ziemlich zähmen müssen, um ihr die Hufe zu härten.«

In der Garderobe mußten sie in Reihen antreten, und man gab ihnen die Uniformen. Juan Domingo probierte gerade seine Mütze, als sie ihm ein Kadett des zweiten Jahrgangs vom Kopf riß und ihm dafür seine eigene ausgefranste Mütze gab. Ein anderer nahm ihm das Garibaldihemd weg. Ein dritter schnappte sich seine Hose und befahl ihm, abgetragene, nach Pferdeäpfeln riechende weite Hosen anzuziehen.

Saúl Pardo, das Nesthäkchen, wagte zu protestieren. Der Feldwebel, der die Kleider austeilte, hieß ihn einen Schritt vortreten und nackt Haltung einnehmen. »Gefällt es Ihnen nicht, ungefiederter Zweibeiner?« – »Nein, mein Feldwebel«, antwortete das Bürschchen. »Also sechs Stunden Arrest: als Schwuler, als Flasche. Und wenn Sie rauskommen, dann hat es Ihnen zu gefallen, verstanden, Sie Huhn?« Ein Offizier gab seinen Segen dazu. In der Garderobentür stehend, sagte er: »Prägen Sie sich diese Lektion sehr gut ein. Gehorsam ist Gehorsam. Gehorchen festigt den Charakter und nimmt den Hochmut. Die hier eingetreten sind, sind Würmer. Wenn sie rauskommen, falls sie überhaupt rauskommen, werden sie Männer sein.« Und er befahl ihnen, in weniger als fünf Minuten im ungepflasterten Hof anzutreten.

Der einzige Weg, der in den Hof führte, war ein zwölf bis vierzehn Meter langer Gang. Dort lauerten die Kadetten des zweiten Jahrgangs den ungefiederten Zweibeinern mit Lederriemen, Peitschen, Seilen und Sporen auf. Juan beschloß, die Feuerlinie in der ersten Gruppe zu überschreiten. Er dachte an die Guanakos, die im Zickzack rannten, sich streckten und duckten, um den Schlägen auszuweichen. Aber wie er sich auch bewegte, er wurde erwischt. Er spürte, wie ihm ein Peitschenende in die Nieren fuhr, die Zähne eines Sporns rissen ihm den Nacken auf, die Kante eines Lederriemens grub sich in seinen Rükken. Übel zugerichtet, brennend, mit der schrecklichen Ahnung, daß sich das nun täglich wiederholen würde, erreichte er das andere Ende. Ein winziger Trost ließ ihn an diesem Tag ohne Groll und Krämpfe schlafen. Er hatte herausgefunden, daß er, während er vorgab, sich mit Schlägen zudecken zu lassen, seinerseits zuschlagen, die Finger in ein Auge bohren, mit einem gezielten Kopfstoß einen Zahn ausbrechen konnte.

Im Schlafsaal lagen die Kadetten auf achtzig Etagenpritschen dicht beieinander. Diejenige Juans stand neben einer der Türen; oben schlief Trafelatti. Eine Woche nach ihrem Eintritt, kurz vor dem Zapfenstreich, gelang es einer Gruppe von zehn oder zwölf Ungefiederten, sich im Schlafsaal versteckt zu halten, während sich die andern im Hof draußen einem weiteren Züchtigungsritual unterziehen mußten. Trafelatti, der sich hinter einigen Kisten versteckt hatte, sah plötzlich Juan hereinkommen, blaß, hechelnd. Er hörte ein rauhes Pfeifen an ihm, aber nicht aus den Lungen, sondern aus einem tieferen Geschoß, und erkannte das Atmen der Angst. Ohne seine Verschanzung zu verlassen, wagte er im Dunkeln zu fragen, was los sei. »Ich habe Pascal mit dem Kopf zwei Zähne ausgeschlagen«, keuchte Juan. »Und er hat mir befohlen, diese Nacht rauszukommen und mit ihm zu kämpfen.«

Pascal war der Athlet der Schule: ein Bär von zwei Metern und hundertzwanzig Kilo, dem keiner im Ring in der Turnhalle länger als eine halbe Minute hatte standhalten können. Seine Spezialität war ein linker Uppercut, ›Freund Hein‹ genannt.

Der Kampf begann um Mitternacht im Kerzenlicht. Ein Kadett der Dritten amtierte als Schiedsrichter. Rund um den Ring hielten zwanzig ungefiederte Zweibeiner die Kerzen in die Höhe. Juan Domingos Zähne knirschten. Die Lippen noch taub, gespalten von Peróns Kopf, tänzelte Pascal in seiner Ecke, um seine imposante Muskulatur aufzuwärmen. Los! forderte sie der Referee auf.

Der Riese drohte mit einer Rechten. Er bewegte sich übellaunig, als hätte er seine Kraft irgendwo weit weg liegenlassen. Trau ihm nicht über den Weg, Perón! warnte ihn Trafelatti. Juan Domingo gab seinem Gesicht mit den Fäusten Deckung und versuchte sich außerhalb von Pascals Reichweite zu halten, doch die nicht endenden Arme des Athleten waren allgegenwärtig, sein Körper sprengte den riesigen Ring.

Auf einmal preschte Pascal vor; er berührte kaum eine Schulter des Gegners, aber es war, als hätte er sie zerschmettert. Dann konzentrierte er sich auf Juans Gesicht. Er landete einen stechenden Schmerz und noch einen an der Schläfe, an der Stirn, neben dem Mund, mühelos, mit halber Kraft, hinten, in der Mitte, links, kein Nerv blieb ungeschoren. Juan Domingo spürte, wie sich sein Zahnfleisch häutete, wie ihm ein Zahn ausgeschlagen wurde, und hörte, daß ihm Pascals Pflug die Lippe furchte und die Augen erstickte. Seine Schläfen schlugen wie ein Vogelherz. Hört schon auf mit dieser Schlächterei! rief Trafelatti, aber Pascal schüttelte den Kopf. Es war noch nicht genug.

Er zog sich in seine Ecke zurück und blieb einige Sekunden reglos dort stehen, bis er sah, daß Juan Domingo wieder zu Atem kam und auf ihn zusteuerte, blind, eine Blöße suchend, wohin er schlagen könnte. Pascal erwartete ihn. Mit hängenden Armen umtänzelte er Juan, die Deckung preisgebend, wie ein Tier. Perón ballte seine ganze Kraft, nahm Anlauf und versenkte seine Faust in Pascals Magengrube. Er schlug gegen eine Stahlwand. Seine Knöchel knackten. Der Riese wankte keinen Millimeter. Mit unendlicher Verachtung, fast mitleidig hob er langsam die Linke. Entsetzt sah Trafelatti das Aufblitzen dieser Zyklopenfaust. Juan Domingo blieb keine Zeit. Er spürte ein Erdbeben, und alles erlosch. Pascals ›Freund Hein‹ sauste zwischen seine Brauen, und die Welt überschlug sich.

Trafelatti wusch Peróns Wunden und brachte seine malträtierten Knochen zu Bett. Ein Krankenpfleger diagnostizierte einen Bruch in den Mittelhandknochen und stellte fest, daß ihm drei Zähne fehlten. Man verband ihm die Hände. Kein Schmerzenslaut kam über seine Lippen. Am 12. März 1911 hörte Trafelatti gegen drei Uhr früh, daß sich in der unteren Pritsche verstohlen etwas bewegte. Er streckte den Kopf heraus und sah, wie Juan Domingo, noch schwach, entstellt, seine Zivilkleider bündelte und in den Rucksack steckte.

Er ging. Desertierte. Verlor Stipendium und Schicksal. Hörte auf, niemand zu sein, und begann, nichts zu sein.

Du gehst, Perón? fragte Trafelatti.

In diesem Augenblick vernahmen sie in der Nähe der Tür die Schritte einer Patrouille. Es war die letzte Runde vor dem Wecken. »Geh ins Bett, Perón«, flüsterte Trafelatti. »Leg dich angezogen unter die Laken. Man darf dich nicht so sehen, sonst schnappen sie auch mich.« Juan Domingo zögerte einen Moment und tauchte dann samt den Gamaschen ins Bett.

Ein Mann ist nicht, was er denkt – er ist, was er tut. Ein Land ist manchmal, was ein Mann zu tun unterlassen hat. Wer wird das nachträglich sagen, wenn diese Nacht des Jahres 1911 alt geworden ist: Trafelatti? Perón? Keiner der beiden erinnert sich noch daran. Sie bringen die Worte durcheinander: Schicksal, Schrecken, Perón, Nation. Die Erinnerung, die Geschichte hat sich ihnen verknotet.

Nach dem Kampf mit dem Kadetten Pascal bemühte sich Juan Domingo, seine Identität mit derjenigen der Armee zu verschmelzen, die Gebote seiner Wünsche zu verleugnen und selbst den verirrtesten Wünschen der Vorgesetzten zu gehorchen. Die reale Welt starb. Die Milchstraße, die Pendeluhr der Großmutter, die Glocke der Straßenbahn, die Erinnerung an die traurigen Sonntage im Internat in der Calle Cangallo – diese Akzidenzien der Wirklichkeit wurden für ihn zu absolutem Nichts. Es gab nur die Armee. Und innerhalb der Armee löste sich an irgendeinem Ufer der Reglemente seine Person auf. Damit ihm gehorcht würde, mußte er gehorchen lernen. *Ja, mein Oberleutnant, ja, mein Hauptmann, ich werde deinem Gehorchdrang gehorchen.*

Er fand an Trafelattis Freundschaft Gefallen. An den Wochentagen gingen sie zusammen hinaus, um über Kieswege und weichen Sand zu laufen und die Beine zu kräftigen, und wetteiferten an den Ringen und Trapezen der Turnhalle, um die Bizepse zu härten.

Des öftern wurde die Schule von deutschen Herren besucht, Offizieren des Kaiserlichen Generalstabs, die dem Unterricht folgten und zu pädagogischen Änderungen rieten. Gerüchteweise verlautete, einer dieser Oberstleutnants verdiene, nur weil er aus Berlin oder Pommern war, gleich viel wie der argentinische Kriegsminister. Juan Domingo war beeindruckt, wenn er aus der Ferne den imposanten Glanz ihrer Pickelhauben sah. Aus ihren knappen, kehligen Befehlen hörte er einen gewissen Hauch von Aristokratie heraus. Hatte die Autorität einen Körper, dann waren die Deutschen der Spiegel, in dem er sich zeigte. In wenigen Wochen wurde die Disziplin knüppelhart. Selbst um die Beine übereinanderzuschlagen, war ein Verhaltensmuster vorgesehen. Die alten französischen Taktikhandbücher wurden durch die Opera magna von Clausewitz, Moltke und Schlieffen ersetzt. In der Galauniform flossen Juan Domingos Gedanken anders. Er plusterte sich auf wie ein Pfau. Er war nicht einfach Perón, sondern Kadett Perón.

Sich anziehen, duschen, essen, paradieren, die Reveille, der Zapfenstreich, die Verpflegung, alles war absehbar. Wie viele junge Männer hatten schon solches Glück? Sogar die *Manteos* wurden allmählich ein notwendiger Schrekken. Schlag mich, damit sich mein Körper stählt. Ich bin nicht mehr, der ich bin. Wie sollte man auf einen solchen Unterschied nicht stolz sein?

Am Samstagabend, wenn sie frei hatten, bügelten Juan Domingo und Trafelatti eifrig ihre Uniform, puderten sich Leisten und Achselhöhlen mit Talkum und besahen sich im Kasinospiegel, ehe sie das Haus verließen, stolz auf diese Gewandung, die ihren Körper so elegant modellierte: die Husarenjacke mit den ungarischen Schnurschleifen und Litzen auf den Achseln, die roten Streifen an den Hosennähten, das französische Käppi.

Sie stiegen in eine Straßenbahn und fuhren durch feuchte, nach Mist stinkende Vororte. In der Nähe des Bahnhofs San Martín, vor der Tür einer Bar mit roten Lämpchen und Pappmachéblumen, standen immer einige biersaufende und polentaverschlingende Walküren. Sie stellten ihr kreideweißes Fleisch aus und lachten ein kreischendes, zahnloses Vogellachen. Korporale und Feldwebel priesen die Fertigkeit, mit der diese Frauen für nur fünfzig Centavos in ihren fremden Sprachen sämtliche Liebesdienste zu erklären verstanden. Den Kadetten war es untersagt, sich ihnen zu nähern, da sie bei der leisesten Berührung eine unheilbare Krankheit übertrugen, die sich nur mit Permanganatbädern und glühenden Nadeln in der Harnröhre lindern ließ. Unverwundbar, wie er war, hatte Pascal es oft gewagt, sich bei ihnen zu erholen, und er kannte sogar ihre Fotos aus besseren Zeiten, als sie noch über das vollständige Gebiß verfügten.

Juan Domingo und Trafelatti suchten sich weniger barbarische Vergnügungen. Sie gingen in den Nachbardörfern Santos Lugares, Tropezón oder Munro in den Zirkus. Kaum erblickte der Zirkusdirektor die Uniformen, improvisierte er einen besonders freundlichen Empfang. Das Posaunenorchester quäkte die Ouvertüre des San-Lorenzo-Marsches. Die Clowns spielten die Komödie eines französischen Sergeants, den die Kadetten auf deutsch demütigten, 'üpfen in derr 'ocke, marsch! – Wir-ham-keine-Lust. Die Trapezkünstler machten eine leichte Verbeugung. Die Trommeln wirbelten. Und nach einigen rheumatischen Kostproben am Trapez gingen die Lichter aus, und ein Scheinwerfer fokussierte den Direktor. Meine Damen und Herren, werte Kadetten, wir unterbrechen den Sturm, denn jetzt kommt die Vorstellung. Die Posaunen deuteten eine krampfhaft ländliche Melodie an. Mit gezücktem Messer sprangen zwei Gauchos von den Rängen in die Arena hinunter. Der Scheinwerfer färbte sich rot. Grundlos beschimpfte ein Gaucho den andern. Der Beleidigte bat das Publikum um Verständnis, seine verletzte Ehre schreie nach Rache. Das Duell begann. Dem Beschimpfer entglitt das Messer. Großmütig erlaubte ihm der andere, es aufzuheben. Die Szene wiederholte sich, aber umgekehrt. Und nun stach der böse Gaucho mit heimtückischem Gelächter seinen Rivalen nieder. Und floh, rannte und rannte, aber auf der Stelle. Auf einmal gingen sämtliche Lichter an. Es erschienen die Heeresverbände, Hunderte von Soldaten, die zwei Klepper zügelten, stellen Sie sich den Pulverdampf und die Fahnen vor, meine Damen und Herren, stellen Sie sich die Feigheit des hinterhältigen Gauchos vor, der von unserer vaterländischen Armee erwischt wird, sehen Sie, wie er um Gnade winselt. Sollen wir ihm vergeben? Neiiiin! Ins Gefängnis mit ihm! Der Zirkus ist Circe.

Stolz auf seine Abzeichen, seinen Umhang, die Kokarde auf dem Käppi, klatschte Juan Domingo Beifall. *Ich bin Perón, der Kadett. Ich bin die Armee.* Und das Spektakel ging mit blauweißen Rauchwolken zu Ende, ein wundervoller Abend.

Sonntags standen Santiago und er spät auf. Triefend vor Brillantine, gingen sie sich im Vorhof der San-Martín-Kirche präsentieren. Sie gaben vor, die Hüte der jungen Mädchen zu bewundern, damit diese sich frei fühlten, ihre Uniformen zu bewundern. Nach der Messe schlenderten sie über den Platz und blieben vor der Pergola stehen, wo die Feuerwehrkapelle die Modewalzer spielten. Mit tiefernstem Gesicht hörten sie zu, und dann zogen sie sich steif zurück, die eine Hand auf den Säbelknauf gestützt, die andere um die Handschuhe geklammert.

Im Mai 1911 fiel auf Buenos Aires eine erbarmungslose Kälte nieder. Am Morgen waren die Felder weiß vom Rauhreif. In die Schlafräume der Novizen mußten Kohlenbecken gestellt werden. Alle bekamen Frostbeulen. Trafelattis Ohren bedeckten sich mit Blasen. Außerdem waren alle nervös, angespannt. Am 9. Juli sollten sie an den unbeugsamen deutschen Inspektoren vorbeiziehen, dabei verhedderten sie sich noch im Stechschritt und beim Stellungswechsel der Mausergewehre während des Marschierens.

Im Juni sank die Temperatur noch mehr, und der unablässige Wind machte ihre Arbeit auf dem Schießplatz zunichte. In dieser Zeit heckten die Kadetten des zweiten Jahrgangs einen so grausamen *Manteo* aus, daß er die Erinnerung an vergangene Leiden begrub und ein für allemal das Dogma des Gehorsams einbrannte.

Die Idee stammte von Pascal. Bisher waren die *Manteos* ein Spiel gewesen, dessen Routine mittlerweile selbst die Opfer beherrschten. Sie bargen keine Überraschungen mehr. Von jetzt an sollten sie ein Ritus sein. Gewalt ließ sich beliebig verfeinern. Die Offiziere würden sich ohnehin blind stellen. Schließlich waren sie es, die von den *Manteos* als von einem darwinschen Selektionsprozeß sprachen, dank dessen die Armee von Faulenzern und Memmen verschont blieb. »So wird der Korpsgeist geschmiedet«, hatte der Kriegsminister früher einmal gesagt und damit zu verstehen gegeben, daß so auch der Körper des Geistes geschmiedet wird.

Während es immer kälter wurde, ließen die Kadetten des zweiten Jahrgangs zu, daß sich die Novizen entspannten und die Grausamkeit der *Manteos* verlernten. Manchmal befahlen sie ihnen vor dem Zapfenstreich, Kisten mit Steinen durch den Hof zu schleppen oder sich in einer Minute aus- und wieder anzuziehen. Aber sonst nichts. Allmählich wurde das Leben monoton. Ohne den Schrecken der Züchtigungen verloren die Proben für die Parade ihren Reiz. Am 28. Juni verharrte die Temperatur den ganzen Tag bei null Grad, und für die Nacht auf den kommenden Tag sagten die Wetterfrösche einen weiteren Rückgang vorher. Pascal hielt den Moment für gekommen, den Ritus durchzuführen.

Die Novizen aßen um acht zu Abend, spielten Karten und legten sich um zehn Uhr schlafen. Wie immer gingen Juan Domingo und Trafelatti auf die Suche nach dem Unteroffizier, der sie boxen lehrte. Seltsamerweise war er nicht da. Gegen zwei Uhr früh kamen die Kadetten des Zweiten in Arbeitsuniform und mit Sporen in den Schlafsaal der Novizen gestürzt. Alles geschah gleichzeitig: Sie machten das Licht an, rissen ihnen die Decken weg, ließen sie nackt neben den Pritschen antreten.

»In den Hof, Kadetten, in den Hof!« brüllte Pascal. »Wir werden Ihnen eine Viertelstunde Reiten geben!«

Benommen suchte Trafelatti eine Decke, um sich einzumummen, bevor er ins Freie ging. Er wurde entdeckt. Ein Nachzügler unter den älteren Kadetten schaute von oben bis unten seinen zerbrechlichen kleinen Körper an und hatte ein Einsehen.

»Ziehen Sie Unterhemd und Unterhose an. Los, schnell!«

Draußen zerbrach die Kälte die Luft. In den halbdunklen Gängen hüpften die Novizen über die eiskalten Fliesen wie über glühende Kohlen. Einigen wenigen war es gelungen, sich eine Decke über die Schultern zu werfen; andere trugen dicke Unterhosen. Alle zitterten wehrlos und mit triefenden Nasen. Ein Sprecher bat um Aufschub. Warum nicht warten bis nach dem Fahneneid?

»Wir werden eine Lungenentzündung kriegen, Señor.

Womöglich gibt's noch einen Unfall. Wir widersprechen dem Befehl ja nicht. Wir werden gehorchen. Aber wir möchten, daß Sie ihn auf ein andermal verschieben ...«

Pascal brach in schallendes Gelächter aus:

»Hat der Kadett etwa Schiß? Ist Ihnen kalt, Sie Ärmster? Springen Sie, Soldat, springen Sie, und lernen Sie, was Mut ist!«

Ein Pummeliger mit gespaltener Braue, der Pascal nach Noten umdienerte, verkündete, in dieser Nacht würden die ungefiederten Zweibeiner zu Vierbeinern befördert.

»Sie stellen sich in Reih und Glied, wie für die Parade. Auf allen vieren. Auf jedem von Ihnen wird ein Vorgesetzter reiten. Schritt, Trab und Galopp. Daß mir keiner schlapp macht oder besonders schlau sein will. Wer stürzt, wartet in der Galerie, ruht sich eine Minute aus und beginnt noch mal von vorn. Kapiert?«

Juan Domingo war damals etwas über fünfzehn und wog keine sechzig Kilo. Er hatte es geschafft, mit den Füßen die Decke bis auf den Gang hinauszuschieben, und obwohl er sie sich schließlich über die Schultern werfen konnte, spürte er, daß seine Hoden eiskalt waren und schmerzten. Hinter einer Säule versteckt, versuchte er sich unsichtbar zu machen. Instinktiv spürte er, daß ihn Pascal im Auge hatte. Er sah, wie er seine Sporen zurechtrückte, den Mantelkragen zuknöpfte, den Gürtel zuschnallte. Er hörte ihn näherkommen, mächtig, wie ein Bär.

»Nehmen Sie die Decke ab, Perón. Ich will Sie ungesattelt reiten.«

Auch Trafelatti hörte Pascals Befehl. Er sah, wie Juan Domingo widerstandslos und entsetzt gehorchte, wie alle gehorchten. Insgeheim war er dankbar, daß die Leibesfülle dieses Mannes bei Perón haltgemacht hatte, bevor sie zu ihm kam. ›Er wird ihm das Rückgrat brechen‹, dachte er und wußte, daß er diesen Gedanken nie vergessen würde.

Sie hießen die Novizen in Reihen von drei Metern Abstand antreten. Hinter jeder Reihe stellten sich die entsprechenden Reiterkadetten bereit.

»Zügel!« rief der Pummelige.

Pascal ließ Perón auf einen Mundvoll Eisen mit gezwirnten Stricken beißen.

»Ungefiederte Zweibeiner, auf alle viere, los!« Die Eiskruste auf dem Hof splitterte. »Kadetten – sitzt auf! Im Schritt vorwärts marsch!«

Juan Domingo schloß die Augen. Auf dem Rücken spürte er das unwahrscheinliche Gewicht seines Peinigers. Er spürte, daß ihn der ganze Planet beugte. Seine Hände glitten über eine Eisklinge. Der Stachel des Blutes durchbohrte ihn. Fast sogleich betäubte ihn die Kälte. Pascals Sporen bohrten sich in seine Nieren. Es roch nach Weide, nach Pferd. Er zog an.

Ich muß gehorchen, sagte er sich immer wieder, ich muß gehorchen. Ich bin ein Mann, ich kann mehr, als ich kann.

Pascal peitschte ihn vorwärts. Fohlen, gehen wir im Trab! Und Perón, sich auf allen vieren vorankämpfend, sagte sich wieder: Ich bin ein Mann, ich halte durch. Der Atem stockte ihm. Neben ihm keuchte die dichte Meute der andern Zweibeiner. Das spornte ihn an. Ich lasse mich nicht kleinkriegen. Du wirst mich nicht zum Desertieren bringen, du Hurensohn. Du befiehlst? Ich gehorche dir. Ich bin ein Pferd? Und ob, ich bin ein Pferd, was dein Wille mir immer gebietet. Ein Schlag mit dem Lederriemen ließ seine Beine erbeben, die unersättlichen Sporen bohrten sich in sein Gesäß. Da bin ich, ich halte durch.

Nie erfuhr er, wann ihn der Peiniger endlich in Ruhe ließ. Man hörte Alarmpfeifen. Jemand weinte. In den Gängen hallten die Stiefel der Wachen. Das letzte, was Juan Domingo sah, waren blutige Eislaken, zwischen denen sein Körper in Schlaf sank.

Am nächsten Tag reagierten die Novizen nicht auf die Reveille. Ihre Knie waren offene Wunden. Juan Domingos Ellenbogen hatten einen Infekt. An seinen Hüften schwärten schwarze Wunden. Er bekam Fieber. Es verging ein weiterer Tag, und noch einer. Santiago Trafelatti nahm wieder an den Proben für den Fahneneid teil, und er, Perón, konnte nicht. Seine Genesung zog sich länger als bei allen andern hin.

Oberst Gutiérrez, der Schulleiter, ordnete eine summarische Untersuchung an, aber da sich die Novizen weigerten, gegen den Schweigekodex zu verstoßen, blieb der barbarische Ritt vom 29. Juni ohne Sühne und demzufolge ohne Erinnerung. Wie alle andern mußte auch Kadett Pascal in der Krankenstation Wache schieben. Gleichgültig spazierte er durch die Gänge, ohne jemanden zu beachten. Inzwischen waren alle gleich: alle trugen ihr Brandzeichen wie ein Stück Vieh.

Je mehr Juan Domingo zur Null der Nullen wurde, desto mehr wurde die argentinische Armee für ihn zur Welt, zur Wirklichkeit, zur Hülle des Ichs. Sie war die Zukunft, die einzig mögliche; sie war sein schon vom Gehorsam tätowierter, ohne die Uniform unverständlich gewordener Körper; und da er die Vergangenheit streichen mußte, nahm die Armee den ganzen für die Vergangenheit bestimmten Raum ein.

Am 9. Juli schworen die Novizen der Fahne Treue und marschierten, etwas mitgenommen, aber schmuck, an den deutschen Inspektoren vorbei. Danach folgten Monate der Routine. Da sie sich für eine Waffengattung entscheiden mußten, beschlossen Juan Domingo und Trafelatti, Infanteristen zu werden, Kasernensoldaten, Erzieher der Plebs. Sie stellten sich vor, die Schlachten der Zukunft würden nicht zu Pferd, sondern, nach endlosen Märschen, Mann gegen Mann geschlagen.

Man schickte sie auf vierzigtägige Feldzüge, in der Umgebung von Córdoba und im Norden von Concordia,

Entre Ríos. Man überzeugte sie, daß sich das Vaterland in ihnen allein befinde. Das Wunder des *Korpsgeists* näherte sich seiner Vollendung. Für einen Soldaten gab es nichts Besseres als einen andern Soldaten.

In diesen Monaten begann Juan Domingo seine neue Soldatenunterschrift auszuprobieren. Er schrieb nur Juan Perón, das J nach links und das P auf die andere Seite geneigt, als wären sie von gegnerischen Winden gezauste Bäume.

Am 18. Dezember 1913 empfing er endlich den Leutnantssäbel. Von den hundertzehn ernannten Kadetten erreichte Juan Domingo das Mittelfeld, *uomo qualunque*, mit Rang dreiundvierzig: die Zahl des Jahres, in dem alles noch einmal beginnen sollte. Er wurde ins 12. Infanterieregiment nach Paraná abkommandiert. Trafelatti, der weiter hinten landete, durfte trotzdem an den Ort, um den er gebeten hatte, nach Tucumán.

An diesem letzten Nachmittag war es unerträglich heiß. Juan Domingo, unter dem Umhang der Galauniform aus allen Poren schwitzend, fuhr mit dem Zug durch sonnenverrostete Vororte zu Großmutter Dominga zurück. Einer seiner Kameraden, Saúl S. Pardo, hatte ihm überraschend ein Album mit Fotos und Zeitungsausschnitten geschenkt. Dort traf Juan Domingo auf sein eigenes Kindergesicht aus dem Jahr 1911, sah Pascal beim Fahnenhissen, begegnete Pardos verdutztem Blick. Und blieb beim letzten Ausschnitt hängen:

LA ACCIÓN, PARANA, 10. DEZEMBER 1913

Katastrophaler Abschluß der Manöver

Die Kadetten der Militärschule, die einen Monat lang auf dem Land von Señor Soler im Norden von Concordia gelagert hatten, kehrten gestern in einem körperlichen Zustand nach Buenos Aires zurück, der den Protest ihrer Angehörigen hervorgerufen hat. Schon im Juli 1911 wurden bei den Vorgesetzten Beschwerden eingereicht wegen Schikanen, die derselbe Kadettenjahrgang durch einen höheren Jahrgang erlitten hatte. Jetzt scheint sich herauszustellen, daß die Verantwortlichen für die Mißhandlungen hochrangige Offiziere gewesen sind.

In Briefen, die diese Zeitung bekommen hat und deren Verfasser anonym bleiben möchten, wird behauptet, daß nach den simulierten Übungsgefechten zwischen den blauen und roten Parteien, die alle erfolgreich verliefen, die Infanterieabteilung am 3. des laufenden Monats ihr Lager in Ayuí abbrach, um am Ufer des Yuquén Chico zu biwakieren und danach von dort zum Bahnhof Jubileo weiterzuziehen. Der stellvertretende Schulleiter, Oberst Agustín P. Justo, befahl, die Strecke zu Fuß zurückzulegen, obwohl der Tag schon erstickend heiß begann. Die Infanteristen marschierten durch sandiges Gelände, und da viele von ihnen nicht durchzuhalten vermochten, brachen sie unterwegs mit einem Sonnenstich zusammen, so daß ihnen Pritschenwagen und Waggons der Militärsanität zu Hilfe kommen mußten . . .

Bei der Großmutter wurde eine Flasche Apfelwein entkorkt, und Tante Vicenta hielt eine Rede aus dem Stegreif, in der sie Gott bat, das Schicksal des frischgebackenen Offiziers zu segnen. Am nächsten Morgen vervollständigte Kusine María Amelia das Album mit einem weiteren Zeitungsausschnitt:

LA RAZÓN, BUENOS AIRES, 18. DEZEMBER 1913

Jahresfest an der Schule San Martín

Ebenso glanzvoll oder womöglich noch glanzvoller als in vergangenen Jahren war (usw.). Als die Trommelwirbel verstummt waren, ergriff nach einer kurzen Stille Señorita Mercedes Pujato Crespo, Präsidentin des Vereins Pro Patria, das Wort und äußerte sich in den höchsten Tönen über die argentinische Armee, wonach sie dem Kadetten Feldwebel Eduardo Pascal Malmierca, dem herausragendsten Schüler des Jahres, die bedeutsame Goldmedaille an die Jacke heftete ...

Ein Telegramm von Don Mario Tomás, das ihn dringend nach Camarones rief, trübte Juan Domingos Feierlichkeiten. 1910 war das Friedensrichteramt auf den Vater übergegangen. Einige Monate lang fuhr er täglich von El Porvenir nach Camarones. Später, müde geworden, überließ er das Land Doña Juanas und Benjamín Gómez' Obhut und richtete sich in dem Blechhäuschen ein, wo die Justizbeamten des Ortes Recht zu sprechen pflegten.

Im Oktober 1912 gab er ohne jegliche Erklärung alles auf: El Porvenir und die Freuden der Kalligraphie. Er beschloß, noch einmal ein Stück Land in den Wüsten Patagoniens zu suchen und es wenn möglich allein zu bewohnen. Er träumte von einer Stadt voller Zinnen, durchzogen von leeren Boulevards, mit einem einzigen Einwohner. Nun rief er Juan Domingo zu sich, damit er seinen Traum gutheiße.

Mario Tomás wartete in der Nähe der Piers mit einem schon gesattelten Zugpferd auf den Sohn. Bei der Umarmung verspürten sie Trauer, als hätte ihnen das Echo eines Unglücks für immer die Kehle zugeschnürt. Auf dem Ritt nach El Porvenir sprach der Vater kaum ein Wort. Er saß bolzengerade auf dem Pferd, aber den Kopf ließ er hängen. Vage erwähnte er seinen Traum. Juan Domingo hatte den Eindruck, statt ein neues Leben zu suchen, wolle der Vater eine Stadt erfinden, in der sich all seine vergangenen Leben verlören.

Er sah, daß das Land heruntergekommen war, als bereite es sich darauf vor, verlassen zu werden. Erneut hatte eine Räudeepidemie die Schafe befallen, und die Mutter hatte das Scheren hinausgezögert, in der vergeblichen Hoffnung, sie würden wieder gesund. Die Blechplatten des Hauses rosteten, ohne daß jemand den Schaden ausbesserte. Selbst Mario Avelino, der sich sonst immer mit Jasminwasser parfümierte, um seinen Bruder zu empfangen, grüßte ihn nur von fern und geistesabwesend. Die Mutter sagte, da er sich immer unter Guanakos bewege, sei der Erstgeborene ebenfalls zu einem Wildtier geworden.

Juan Domingo riet ihnen, El Porvenir zu verkaufen, bevor die Gebäude einstürzten. Er habe gehört, sagte er, im Westen von Camarones erhebe sich eine steinige Hochebene mit herrenlosen Tränken. Wenn man das Wasser entsprechend lenke und Kanäle grabe, könne man diesen Boden vielleicht fruchtbar machen. Jemand habe die Ebene auf den Namen einer mittelalterlichen Utopie getauft, Sierra Cuadrada. Warum es nicht dort versuchen?

»Scheint ein guter Ort für einen Mann allein«, überlegte der Vater.

»Das hat er sich in den Kopf gesetzt«, sagte die Mutter, »eine Stadt für einen Mann allein zu bauen.«

»Und warum errichten Sie nicht eher drei Städte, Papa?« ermunterte ihn Juan Domingo. »Drei Städte für drei Personen.«

»Ich muß zuerst den Boden erforschen. Gleich morgen werde ich hinfahren.« Der Vater zog die Stiefel aus und legte sich angezogen ins Bett.

Als es hell wurde, trank er einige Tassen Mate, füllte einen Beutel mit Keksen und suchte sich ein Reservepferd aus. Niemand durfte ihn begleiten.

»Sind Sie sich dessen sicher, was Sie da tun, Vater?« fragte der jüngere Sohn.

»Einer einzigen Sache war ich mir in meinem Leben sicher, und dieses Vertrauen habe ich verloren. Jetzt laß mich gehen. Ich mache mich auf eine Bußreise.«

Hundert Tage irrte Don Mario Tomás ziellos umher. Als er zurückkam, im April, sagte er, er habe nach dem Überqueren des Chico-Flusses und einiger Salzhügel mitten im Ödland die Minarette einer heiligen Stadt gefunden. In dieser Pampa wolle er sterben. Er schloß mit einem Arbeiter den Verkauf von El Porvenir ab, belud die Pritschenwagen, schickte Benjamín Gómez mit den Schafherden fort und wartete, bis die Regenfälle nachließen. Dann ging er für immer von der Küste weg, noch ärmer als bei seiner Ankunft.

Juan Domingo wartete nur zwei Wochen auf ihn. In Camarones ging er an Bord eines Marinefrachters und fuhr, seinen Offiziersrang geltend machend, um ganz Feuerland herum. In der Ferne sah er einige wenige Schollen. In den Schluchten hörte er das Eis ächzen. Und als man ihm von Amundsens und Scotts Südpolexpeditionen erzählte, begann ihn die Reise ebenfalls zu packen. Er erfuhr, daß die beiden Männer im Frühjahr 1911 fast gleichzeitig vom Ross-Eisschelf aufgebrochen waren. Der Engländer Scott ließ sich von unbrauchbaren Ponys ziehen, während Amundsen Hunde bei sich hatte. Aber beide erreichten das Ziel zu Fuß. Scott, durch die widrigen Winde über einen Monat ins Hintertreffen geraten, fand bei seiner Ankunft neben der verhaßten norwegischen Fahne ein ironisches Billett des Siegers vor.

Auf dem Frachter sah Perón einige der Fotos, die Herbert Ponting und Oberleutnant Henry Bowers noch vor dem Unglück geschossen hatten, das alle das Leben kostete. Er sah die Silhouette des Segelschiffs *Terra Nova* am Horizont einer Eisscheide, sah die erschreckenden Pilze der Burg Berg in der Dämmerung, entdeckte im Antlitz von Scott und seinen vier Gefährten den angesichts des leeren weißen Himmels ebenfalls unschlüssigen Tod.

Sie machten es zu Fuß, überlegte Perón. Der reine Willensantrieb erlaubte es ihnen, eine Grenze zu erreichen, an die noch kein argentinischer Infanterist gestoßen ist. Könnte nicht ich der erste sein, dort den Namen Perón hissen und meinen Vater von seiner Buße erlösen? Im Polarmeer kreuzend, träumte er vom Pol. Er stellte ihn sich als Vulkan vor, der hinter einer Kette von Eisgipfeln aufragte. Er sah, wie er sich um die Gletscher herumkämpfte und die Eiskordilleren bezwang. Er marschierte und marschierte. Er ging zwischen erstarrtem Schaum, kletterte über Eisbergleichen hinunter, wurde von Stalaktiten wie von Pfeilen beschossen. Und trotzdem kam er voran. Schließlich erblickte er, blutüberströmt, unbesiegbar, die Tore des Ziels, den Vulkan in der Ferne. Aber dort erwartete ihn die Mutter und ließ ihn nicht hinein. Immer wenn der Traum von neuem einsetzte, stand sie am selben Ort, die Zöpfe gelöst und einen Männerponcho über dem Morgenrock.

Am 12. Februar 1914 schrieb Juan Domingo an Pardo:

Mein Leutnant, ich will Dir endlich berichten, daß ich ein Schiff nahm und in unseren feuerländischen Kanälen umherfuhr. Du solltest sehen, wie toll das alles ist. Ein paar Burschen auf dem Schiff zeigten mir die Fotos von damals, als Scott in diese Gegend kam und starb. Amundsen, Scotts Rivale, soll ja vor kurzem durch Buenos Aires gekommen sein. Ich denke, als gute argentinische Infanteristen sollten wir auch eine Expedition wie diese beiden vorbereiten. Was meinst Du, mein Alter?

Der Familie ist es in Camarones sehr gut gegangen. Wir hatten eine fantastische Schafschur. Meine Eltern lassen Dich besonders grüßen. Mit den besten Wünschen für die Deinen grüßt Dich herzlich

Ltn. Juan Perón.

Er schickte den Brief vom 12. Regiment in Paraná ab, wo er schon als Truppeninstruktor Dienst leistete. Bald sollte in Sarajevo Prinz Franz Ferdinand erschossen werden. Der Erste Weltkrieg schickte sich an, die Geschichte mit Blut zu beflecken. Juan Domingo würde es erst viel später wirklich begreifen.

Er ließ sich von Jahren des Nichtdenkens einlullen. Ihn interessierten die Freiluftspiele, das Kräftespiel des Körpers, das, was er ›Widersprüche der Muskulatur‹ nennen sollte. Er erlebte die Sehnen als etwas, was irgendwohin zog und ihn zerkrümelte, als weitere, in einem endlosen Gefecht geflochtene Körper, die sich Befehle erteilten und Befehle ausführten. Manchmal versank er auch in Phasen der Gleichgültigkeit, der Mattheit, des reinen Nichts. Aber selbst dann rackerte er sich in allen Varianten der Athletik ab, spielte Fußball, boxte und brillierte im Fechten.

Es geschah das Unvermeidliche mit ihm: Man sah ihn zur selben Zeit in Villa Guillermina und in Tucumán, in einer Distanz von hundert Meilen. Plötzlich fand er Orte nicht mehr, wo er hätte sein müssen. Und zugleich stellten sich ihm Orte in den Weg, die er nie aufsuchen würde. Auch dauerte es lange, bis er die Erklärung für solche Bewegungen fand. Er war etwas über zwanzig, und die Hinterhältigkeiten des Zufalls oder der Geschichte kümmerten ihn nicht groß.

Neun
Die Stunde des Schwerts

Armeeführer wird man nicht per Dekret.
Als Führer wird man geboren, weil man das Öl
Samuels auf dem Kopf hat.

ALFRED VON SCHLIEFFEN,
zitiert von Wilhelm Groener in
Das Testament des Grafen Schlieffen, 1926

Führer wird man nicht, als Führer wird man ge-
boren (. . .), und wer mit genügend Öl Samuels
geboren wird, braucht sonst nicht mehr viel, um zu
führen.

JUAN PERÓN,
Politische Führung, 1951

Das kann kein Werk des Zufalls sein. Welche Instinkte des
Körpers, welche Ahnungen sind freigesetzt worden, daß sich
gerade jetzt, wo es bis zu meiner Rückkehr nach Buenos
Aires nur noch zwei Tage dauert, meine sämtlichen Krankheiten verschworen haben, um mich zu wecken? Sie müssen
irgendeine Warnung für mich haben. Vielleicht macht ihnen
der nahende Kampf Sorgen. Achtzehn Jahre lang habe ich
meine Armeen aus der Ferne geführt. Ich weiß nicht einmal,
welche Überraschungen die Schlachtlinien einem Mann bescheren. Meine Unschlüssigkeiten dürfen nicht veröffentlicht werden, legt sie zu den Akten, mein Feind soll nie etwas
davon erfahren.

Um halb fünf Uhr früh hatte ich Koliken und Atemnot.
Ich erwachte schweißgebadet. López brachte mir ein Beru-
higungsmittel. Das sind Täuschungen des Körpers, mein
General. Warum schenken Sie ihnen überhaupt Beachtung?
Ich sehe, daß Sie stark sind wie ein Zuchthengst. Schlafen Sie.
Er sagte zu mir: Führen Sie diese Unpäßlichkeiten mit Schla-
fen irre.

Aber ich konnte nicht. Das Herz kochte. Ich spürte einen Stich. Ich wollte aufs WC. Als ich mich im Bett aufsetzte, knackten meine Beine. Sie waren wie aus Eis. López! rief ich. Helfen Sie mir beim Pissen. Er stützte mich unter den Schultern. Sehen Sie, wie gut Sie gehen können? Wie ein junger Bursche! versuchte er mich zu beruhigen. Auf dem WC löste ich ein paar elende Tropfen. Die Blase war geschwollen, die Prostata schmerzte mich, der Urin nahm meinen ganzen Körper in Besitz. Aber trotzdem: nichts, bloß ein paar Scheißtropfen.

Und schon ist der 18. Juni gekommen. In wenigen Stunden werde ich all das verlassen. Es wird hell. Wenigstens habe ich den Trost, zu wissen, daß das hier Erlebte hier bleibt. Daß die Zeit die Erinnerungen nicht verfaulen läßt. Man kann sie von hier nach dort mitnehmen, unter den Füßen, in den Tiefen des Körpers enthalten. Ob man mit den Orten dasselbe machen kann? Was meinen Sie, López? In Buenos Aires aus dem Fenster schauen und auf der andern Seite Madrid haben, das frische, trockene Klima, die Taubenschläge, die unter den Pappeln herumtollenden Hündinnen. Ach, das wäre doch etwas ganz anderes! Stellen Sie sich vor. Wenn ich dort aus meinem Haus in der Vicente López treten und in die Schatten des Paseo del Prado eintauchen könnte, wo ich so gern spaziere – wenn dort Madrid wäre, in wie anderer Verfassung würde ich abreisen!

Jetzt, da er draußen die Sonne atmen hört, spürt der General, wie die Krankheiten weichen. Er sieht, wie die zusammengekauerten Nußbäume auf einmal das Gefieder plustern. Erleichtert geht er hinaus, um an López' Seite einen Spaziergang durch den Garten zu machen. Zerstreut nimmt er die Litanei des Klatsches entgegen. Daß sich Cámpora die Nacht in einem Flamencolokal um die Ohren geschlagen und an die Tänzerinnen Nelken verteilt hat. Daß er um drei Uhr früh im Restaurant Tranquilino Braten gefrühstückt hat. Daß man ihn wohl gerade weckt, damit er eine Industrieausstellung besucht. Das reicht, Mann. Mehr will ich nicht wissen. Wir werden noch das Leben verpassen wegen solcher Lappalien.

Die Sonne, die sehr schnell gestiegen ist, läßt sich unversehens auf Perón nieder und bringt ihn aus der Fassung. Hören Sie, López: der Sommerdampf. Sehen Sie, wie er sich zwischen den Pflanzen bewegt. Und dieser Lärm! Wie ein Ameisenheer. Gehen wir ins schützende Haus zurück.

Da an diesem Montag keine Besucher kommen werden und unten die Bediensteten die Salons lüften, schlägt der General vor, gleich in den Kreuzgang hinaufzugehen und sich in die Memoiren zu vertiefen. Wieviel fehlt uns noch, López? In welcher Epoche befinden wir uns? Ich möchte ohne dieses Gewicht von hier weggehen. Und Sie machen mich müde, Mann. Sie kommen nur sehr langsam voran.

Unten an der Treppe erschreckt sie das Gebimmel der Uhren, die acht schlagen. Isabel, noch im Morgenrock und den Kopf voller Lockenwickler, wirtschaftet mit einem Gefolge von Dienstmädchen zwischen Schlafzimmern und Dachboden herum. Sie hat bereits das Bettzeug in die großen Koffer gepackt, und jetzt bleibt ihr noch das Geschirr. Na ja, bei dem ganzen Durcheinander gestern war es vollkommen unmöglich, mit dem Gepäck voranzukommen. Pilarica Franco, die letzte, ging kurz vor Mitternacht. Was für ein Trubel! Daniel? Geht bitte langsam hinauf. Passen Sie gut auf den General auf. Bringen Sie ihn nicht außer Atem. Wie weit hinauf wollt ihr denn noch? Wozu so oft in den Kreuzgang? Was für einen Gefallen findet ihr eigentlich an düsteren Orten? So bleibt doch hier. Sagt euch die Kühle der Schlafzimmer nicht zu?

Auf dem obersten Treppenabsatz stößt der General auf einige Windtupfer, die es hier immer gibt. Schon seit langem versuchen sie herauszufinden, woher diese Einsickerungen kommen, ob aus dem Kühlraum, der die Temperatur im Heiligtum konstant hält, oder von dem Wesen, das oben liegt und, wenn es seufzt, wenn es mitten in der Nacht seine kla-

genden Nichtseufzer ausstößt, blasenartige Spuren hinterläßt. Kältefliegen nennt sie der General.

Hören Sie, López, diese Luftströme. Das Haus wird langsam unwirtlich für uns. Genau wie die Hunde – auch sie
bellen, wenn Herrchen geht.

Schließlich treten sie in den Kreuzgang. Der Sekretär flicht
die Blätter der einen und einer andern Mappe ineinander, als
mischte er Spielkarten. Daß die Geschichte von hier nach da
geht, daß die Geschichte nicht geht – das ändert nichts an den
Folgen. Zeigen Sie her, López, was haben Sie gemacht? Der
General schaut sich nach einer Decke um und legt sie sich auf
die Beine. Lösen Sie mich beim Lesen ab. Ich muß Augen
und Stimme ausruhen. Wo waren wir stehengeblieben? Bei
einem Zweifel, Señor. Sollen wir Ihre Gedanken über das
Militärleben streichen oder so belassen? Sie sind sehr lang.
Und technisch. Da könnte uns schon der eine oder andere
Leser unterwegs einschlafen. Was glauben Sie eigentlich, López, daß ich ausgerechnet die Gebärmutter meiner Lehre
eliminieren werde? Gerade von da kommt doch alles, was ich
über die Kriegskunst sage. Wie kann Ihnen das entgangen
sein? Alles weitere bin nicht ich. Perón kommt von da: Er ist
der *Troupier*, der Pädagoge der Führung, der Palaststratege.
Ich habe kein anderes Wissen als das des Führers. Und gerade
das soll ich nicht sagen. Ich soll mich wie ein Affe anekdo-
tisch von Ast zu Ast schwingen. Kommt nicht in Frage. Die
Leser interessieren mich einen Scheißdreck. Sollen sie doch
einschlafen. Sollen sie sich in ihre Winterquartiere zurückziehen und taub werden. Damit das ganz klar ist. Ich werde
nicht weitermachen, ohne zu erklären, was für eine Art Soldat ich gewesen bin. Verstehen Sie mich?

Ich verstehe:

Jeder Soldat muß wissen, daß seine Aufgabe darin besteht,
Menschen zu führen. Führen ist eine Kunst, und als solche
hat sie eine Theorie, die das Leblose an der Kunst ist. Aber
das Vitale ist der Künstler. Jeder kann ein Bild malen oder

eine Statue meißeln, aber eine Pietà wie diejenige Michel-
angelos oder ein Abendmahl wie das Leonardos gäbe es
nicht ohne sie. So ist auch jeder in der Lage, eine Armee zu
führen, aber wenn man Schlachten will, die Meisterwerke
sind wie die Alexanders des Großen oder Napoleons, wird
man einen General suchen müssen, der als solcher ist, mit
dem heiligen Öl Samuels gesalbt. Führer wird man nicht
per Dekret. Als Führer wird man geboren. Wie die wirk-
lichen Künstler.

(Das sind dieselben Worte, die wir schon so oft wiederholt
haben, mein General. Deshalb habe ich Zweifel. So haben
wir sie in diesem ersten Buch geschrieben, lassen Sie mich
den vollständigen Titel sehen. Aha. »Weltkrieg 1914. Operationen in Ostpreußen und Galizien, Tannenberg, an den
Masurischen Seen, in Lemberg. Strategische Studien«, kein
Komma geändert. Danach sind sie in all Ihren Reden und
Vorlesungen über Führung gekommen, haargenau gleich.
Und in den Erklärungen, die Sie den Journalisten abgegeben
haben. Es sind uns auch einige auf den Fersen gewesen. Jemand hat gesagt, wenn Perón Napoleon und Schlieffen
zitierte, habe er ihnen am Anfang noch Anführungszeichen,
Fußnoten, bibliographische Hinweise zugestanden. Und
später hätten wir diese guten Absichten vergessen. Was immer wir an berühmten Sätzen zur Hand hätten, gäben wir als
unsere eigenen aus. Ich denke, jetzt könnten wir zur Abwechslung einmal andere Worte für denselben Gedanken
suchen. Vaterländischer sein. Das Unsere verfechten. Nicht
mit Leonardo weitermachen, sondern von Quinquela sprechen. Was meinen Sie, Señor?

Der General ist absolut dagegen. Die Argentinier wissen
nicht einmal, wer Schlieffen ist, López, und mit der Zeit
werden sie vergessen, was Napoleon gesagt hat und was er
nicht gesagt hat. Sie werden fragen: Dieser Satz? Oh, der ist
vom General! Und damit hat sich's. Keine Bange, niemand
wird es wagen, meinen Namen in den Dreck zu ziehen, nicht

einmal, mich des Plagiats zu bezichtigen. Meinem armen Land bleibt nichts anderes als Perón. Es hat mich, und auf Wiedersehen. Ich bin die Vorsehung, der Ewige Vater. Also lassen Sie das Gerede, López. Lesen Sie weiter.)

Auf der Rangliste meiner Ambitionen ist es das Wichtigste gewesen, Gutes zu tun, und innerhalb dessen, denen Gutes zu tun, die am meisten darauf angewiesen sind. Nie habe ich mir die Vaterlandsliebe jenseits dieses Gedankens der Nächstenliebe erklären können, wie ich auch die Größe des Vaterlandes nicht verstehe ohne ein glückliches Volk. Ich ziehe ein kleines Land mit glücklichen Menschen einer großen Nation mit unglücklichen Menschen vor. Ich verstehe die, die nur für sich selbst arbeiten. Ja ich entschuldige sie sogar. Es scheint mir naheliegend, daß sie aus ihrer Plackerei materiellen Nutzen ziehen. Aber weit besser verstehe ich die, die für die andern arbeiten, ohne eine Belohnung dafür zu erwarten.

(Perón und Jesus Christus – ein einziges Herz, entdeckt López. Das scheint mir vortrefflich. Vollkommene Übereinstimmung der Zellen. Sich die Decke von den Beinen nehmend, seufzt der General: Das ist meine Bergpredigt, López. Meine Seligpreisung.)

Immer wenn ich mein Leben an mir vorbeiziehen lasse, bereue ich nichts. Ich habe nichts zu bereuen. Ich habe immer ohne Schuldgefühle schlafen können. Man hat mich verleumdet, hat meinen Namen mit den gemeinsten Beleidigungen beschmutzt. Sogar umbringen hat man mich wollen. Nichts hat mich beunruhigt oder macht mir etwas aus, denn ich bin nur meinem Gewissen Rechenschaft schuldig. Und mit dem bin ich im reinen.

Ich hatte nie ein anderes Laster als die Zigaretten, und das habe ich bis auf den heutigen Tag nicht überwinden können. Ich habe Caftan geraucht, Condal, was gerade kam. Auch *Ombú* habe ich ausprobiert. Ich weiß nicht, woraus sie gemacht waren. Ich erinnere mich nur, daß die Lungen *Ombú* hörten und das Weite suchten.

Ich darf mich rühmen, ein guter Kompaniekommandant gewesen zu sein. Von den hundertzehn Mann, die mir unterstanden, ließ ich einen zum Gouverneur von Buenos Aires ernennen, und die andern machte ich zu Ministern und Botschaftern. Alle waren niedriger Herkunft, aber ergeben. Sie hätten sich für mich umbringen lassen.

Es waren stürmische Zeiten mit tiefgreifenden geistigen Veränderungen. Die Einwanderungswelle war abgeebbt, und sowohl, was das Kauderwelsch der Italiener betraf, als auch bei den unvermeidlichen sonntäglichen Ravioli-schlemmereien begannen wir, uns die Einflüsse der Gringos einzuverleiben. Ein Schwank von Armando Discépolo, Mustafa, überzeugte uns, daß aus dem Mischmasch schließlich eine ›starke Rasse‹ hervorgehen würde. Aber Buenos Aires war ein Nest von Mietskasernen. Die Verkäuferinnen, die Näherinnen und Lehrerinnen verdienten kaum genug, um zu essen. In den Fabriken zahlte man den Lehrmädchen zwanzig Pesos monatlich, und ein Paar billige Schuhe kostete fünfzehn.

Natürlich zeigte man den erlauchten Besuchern eine ganz andere Stadt. Prinz Humbert von Savoyen, der Maharadscha von Kapurtala und Edward von Wales, die fast zugleich kamen, zur Zeit Alvears, lernten nur Prachtpaläste kennen. Niemand zeigte ihnen die Frauenversteigerungen, die die Russen in den Hafenbordellen organisierten. Ich selbst habe gesehen, wie ein fünfzehnjähriges Polenmädchen, das mit falschen Heiratsversprechen angelockt worden war, für ein Silberarmband und zweihundert Pesos verschachert wurde. Statt ihnen die Schlachthöfe zu zeigen, wo man das Elend atmete, führte man den Prinzen die preisgekrönten Stiere der Landwirtschaftsgenossenschaft vor, die nur achtzehnkarätige Kacke scheißen.

Eine Episode hat mein Denken für immer geprägt. Das

war die Rede, die Leopoldo Lugones anläßlich der Hun-
dertjahrfeier der Schlacht von Ayacucho in Lima hielt.
Unter den Liberalen und den aristokratischen Groß-
grundbesitzern, die ihm seine Bewunderung Mussolinis
vorwarfen, löste sie ein schreckliches Gezeter aus, aber uns
jungen Offizieren gab sie reichlich zu denken. Wir began-
nen uns bewußt zu werden, daß die Armee der Kompaß
des Vaterlandes sein muß.

Die Politiker waren korrumpiert und pflegten zum
Glück nicht den geringsten Kontakt mit uns. Um uns aus
der Korruption herauszuhalten, bat der Kriegsminister,
General Agustín P. Justo, Präsident Alvear, den Militärs
per Dekret zu verbieten, sich einer Partei anzuschließen.
Unsere Welt war die Kaserne, aber in der Kaserne befan-
den sich die Symbole des Vaterlandes. Wir mußten über sie
wachen.

Leopoldo Lugones trug diese Ideen wundervoll vor. In
Lima sagte er:

(Es hat mich eine Heidenarbeit gekostet, diese Rede zu finden, mein General. Ich mußte sie in der Bibliothek in der
Avenida Calvo Sotelo suchen gehen. Aber da sind die Sätze,
die Sie wollten:)

»Erneut hat zum Wohle der Welt die Stunde des Schwerts
geschlagen. Pazifismus, Kollektivismus, Demokratie sind
Synonyme für dieselbe Vakanz, die das Schicksal dem prä-
destinierten Führer bereithält, also dem Manne, der kraft
seines Rechts des Besten befiehlt, mit oder ohne Gesetz,
denn als Ausdruck der Macht wird dieses Recht eins mit
seinem Willen.«

(Lesen Sie das noch einmal, López. Es lohnt sich. Das war
das erste Mal, daß ein prominenter Zivilist aufstand, um uns
zu sagen: Militärs, ergreifen Sie die Macht, sie steht Ihnen
von Natur aus zu. In diesen letzten Jahren haben es andere

auch wieder gesagt. Aber es sind keine Geistesgrößen mehr oder sonst was. Es sind Nassauer, Helfershelfer der ausländischen Unternehmen. Von dieser ruhmreichen Armee sind bloß noch Fetzen übriggeblieben. Schauen Sie doch die Generale an. Sie sind verängstigt. Alle zittern sie vor meinem Namen. Man hat mir Titel und Uniform genommen, und jetzt wissen sie nicht, mit welchen Ränken sie meine Rache verhindern können. Möchten Sie allen ausstehenden Lohn, mein General? fragen sie mich. Möchten Sie eine Statue in Campo de Mayo? Arme Kerle. Sie haben Angst, daß ich Ihnen den Lohn sperre. Das ist das einzige, was sie interessiert: der Zahltag, das angenehme Leben, der Vorteil. Ich kenne sie sehr gut. Einem, der mich hier besucht hat, mußte ich ein Beruhigungsmittel verabreichen. Mann, habe ich zu ihm gesagt, ich werde doch nichts gegen Sie unternehmen. Ich habe mich längst amortisiert. Verwechseln Sie mich nicht mit dem Grafen von Monte Christo. Wenn sich jetzt Ihr Gewissen beschwert, weil Sie schlecht gehandelt haben, dann ist es nicht mehr mein Problem.

Das sind verwöhnte Leute. Sie haben nur ihre Bequemlichkeit im Sinn. Und zu alledem sind sie auch noch undankbar. Schauen Sie doch, was sie mit dem armen Lugones gemacht haben. Ein ehrenhafter Zivilist, ein wirklicher Tribun. Fünf Jahre lang hat er an die Kasernentore geklopft. Ergreifen Sie die Macht! hat er gepredigt. Ergreifen Sie doch endlich die Macht! Und als wir es schließlich taten, 1930, was hat man ihm dafür angeboten? Eine Lehrerstelle. Das war ein Hohn. Lugones kam völlig herunter. Ich wollte im Offiziersclub, wo wir fochten, mit ihm sprechen. Er war sehr reserviert. Er hatte dauernd Angst wegen irgendwelchem persönlichen Unglück. Behandelt hat er mich höflich. Wir vereinbarten ein Treffen. Aber am nächsten Tag schickte er mir eine Nachricht und verschob es. Von da an sagte er immer, wenn wir uns begegneten: Später einmal, Perón, später. Und ich verstand: Niemals. Der Kummer hatte ihn unnahbar gemacht. Kurz darauf brachte er sich in einer Pension im

Tigre um ... Genug jetzt. Kommen wir auf den zweiten Teil der Limaer Rede zurück. Warum lesen Sie denn nicht endlich weiter?)

»Das Verfassungssystem des 19. Jahrhunderts hat sich überlebt...«

(Ganz genau. Was ich in meiner Botschaft an den Kongreß sagte, im Jahr 48: daß die argentinische Verfassung ein Museumsstück sei. Lugones hatte recht. Man konnte doch nicht weiter ein Gesetz aus der Zeit der Ochsenkarren billigen ...)

»Die Armee ist die letzte Aristokratie, man könnte sagen, die letzte Möglichkeit hierarchischer Organisation, die uns bei all der demagogischen Zersetzung noch bleibt. Nur die Soldatentugend verwirklicht in diesem historischen Moment das höhere Leben, das da ist Schönheit, Hoffnung und Kraft.«

Ich gehörte zu den wenigen Offizieren, die Lugones' Projekt in seiner ganzen Größe zu schätzen wußten. Aber ich war kaum Stabsoberleutnant. Was konnte ich schon tun? Die Macht war zu weit von mir weg. Das einzige, was ich anstrebte, war, das Diplom der Höheren Kriegsakademie zu erwerben und ein anständiges Mädchen zu heiraten, das meinen Vorgesetzten genehm wäre.

Mitte 1925, nachdem ich einige Monate in Santiago del Estero verbracht hatte, um Unteroffiziersanwärter zu rekrutieren, bat ich, in die Kriegsakademie versetzt zu werden. Einmal mehr folgte ich meinem Mentor nach, Major Descalzo, dem man dort den Lehrstuhl für Organisation anvertraut hatte. Ich legte eine hervorragende Prüfung ab. Als ich aufgenommen wurde, spürte ich, daß das Leben noch einmal von vorn begann. Wenn man nur ein einziges Mal lebt, ist es, als hätte man nie gelebt. Es gibt keine andere Möglichkeit, das Leben zu spüren, als es zu begin-

*nen, ohne auf das Ende zu warten. Man muß es immer
wieder beginnen.*

(Seien Sie doch ruhig, López. Lesen Sie, ohne Ihren Körper
soviel grübeln zu lassen. Was suchen Sie denn in diesen Fotos? Warum wirbeln Sie soviel Laub auf? Da gibt es Leer-
räume, mein General. Die Memoiren, die Sie ins Fegefeuer
geschickt haben. Sehen Sie da. Die Vorlesungsnotizen, 1926.
Und da: ein Zigarettenetikett. Combinados Mezcla, die, die
Sie wirklich geraucht haben. Und diese verschwommenen
Rechnungen: Quittungen über die Miete, die Sie für eine
Bude in der Calle Godoy Cruz zahlten, mit sechs weiteren
Offizieren. Schauen Sie die Fotos an – sie sind von einem
traurigen Schatten verschleiert. Sie, General, lächeln zwar in
die Kamera, aber man hat den Eindruck, Sie seien schon halb
gegangen. Das Bild verschwindet allmählich, immer mehr
Sepia. Ich habe auch Erinnerungen beiseite gelegt, die Ihnen
weh taten. Sehen Sie da, Sommer 1925. Da kamen Sie auf die
Estanzia der Familie, in der Sierra Cuadrada in Chubut. Ihr
Vater, schon ganz hager, hatte keine andere Zerstreuung als
die Enkelschar. Mario Avelino hatte Eufemia Jáuregui geheiratet. Sie zeugten vier Kinder; das zweite, Tomás Domingo,
trug den Namen, den man mir weggenommen hatte. Ich
stellte fest, daß mein Vater von einer tödlichen Krankheit
bedroht wurde. Nur mit größter Mühe brachte ich ihn dazu,
mich nach Buenos Aires zu begleiten, um ärztliche Hilfe zu
suchen. Bleiben Sie bei dem Foto, mein General. Sehen Sie
das öde, zwischen Steinpyramiden eingeschlossene Hoch-
land, auf dem sie lebten. Und hier, das Bewässerungslaby-
rinth, das Ihre Mutter mit Hilfe der Arbeiter aushob. Das
Tor, das Schild: ›Estancia La Porteña‹. Können Sie die Erinnerung sehen? Ich sehe alles, López, als wäre es jetzt.

Nachdem die Ärzte in Buenos Aires Ihren Vater untersucht hatten, erlaubten sie ihm die Rückkehr nicht mehr. Die
Arteriosklerose zehrte ihn auf. Der Arme konnte kaum noch
gehen. Wir mußten ein Häuschen in der Calle Lobos kaufen,

fast an der Ecke San Pedrito, im Süden des Flores-Viertels, und mit Doña Juana dort einziehen. Für die Schafschur ging sie nach Chubut zurück, mein General. Nur drei Wochen. Und mit wieviel Sorge wachte sie danach am Bett meines Vaters! Wir wußten, daß es vergeblich war. Don Mario Tomás' Körper, den ich einmal für unsterblich gehalten hatte, wurde immer weniger und verflüchtigte sich immer mehr.

In dieser Zeit lernten Sie Potota kennen. Erinnern Sie sich noch, wie? Woran soll ich mich denn erinnern! Das ist doch schon so lange her! Es wird auf einem Familienball gewesen sein, in Palermo. Hmm . . . Ich glaube, es war auf einem Fest des Offiziersclubs. Ich höre Walzermusik. Ich forderte María Tizón, Pototas Schwester, zum Tanz auf. Und dann sie selbst. Wir unterhielten uns über Filme. Ich hörte sie Gitarre spielen.

Aurelia hieß sie, mein General. Sie war die sechste Tochter von Tomasa Erostarbe und Cipriano Tizón. Er hatte ein Fotogeschäft und war in der Radikalen Bürgerunion aktiv. Und sie nannte man, weil sie so eifersüchtig über ihre Töchter wachte, Señora Eros Darbt. Potota war die kleinste. Sie hatte eine seltsam heisere, aber wohltimbrierte Stimme. Gebrochene Stimmlage, wie bei Eva. Sie brauchen mir die Erinnerungen nicht mehr aufzureihen, López. Schweigen Sie. Sie erzählen mein Leben, als wär's ein Inventar von Gath & Chaves. Es ist nicht meine Schuld, mein General. Es sind die Lücken, die Sie in den Memoiren klaffen lassen wollen. Berühren Sie die Lücke? Können Sie das Verschweigen riechen? Jaja, López. So ist es. Hören Sie endlich auf mit diesen Einschüben. Isabel soll uns Bescheid sagen, wenn sie das Mittagessen serviert. Bis dahin lesen Sie. Machen Sie mit den richtigen Memoiren weiter.)

Das Studium, das mich zu einem sitzenden Leben verdammte, machte meinen Körper schlaff. Ich wurde dick. Am Ende wog ich neunzig Kilo. Als die Ausbildung schon fortgeschritten war, 1927, kam General Alexis von

Schwartz an die Kriegsakademie, ein brillanter Lehrer für Militärische Befestigungen, der in der kaiserlich russischen Armee gedient hatte. Nach den Vorlesungen spazierte ich mit ihm jeweils durch Palermo. Wir sprachen über Moltke, Jomini, Clausewitz und andere Kriegstheoretiker. Aber wenn wir uns verabschiedeten, wiederholte er immer: »Keiner ist so bedeutend wie Graf Schlieffen.«

Damals war es nicht einfach, Bücher von Schlieffen aufzutreiben. In der Militärzeitschrift wurden nur einzelne Artikel gebracht, die meine Neugier anstachelten. Schwartz gab mir ein Werk über die Schlacht von Cannae, auf italienisch. Ich verschlang es in einer Nacht.

Anfänglich verwirrte mich die fast endlose Zahl strategischer Pläne, die Schlieffen im Laufe seines Lebens ausgearbeitet hatte. Dann beunruhigte mich, daß ein Plan häufig im Widerspruch zu einem andern stand, der für denselben Feldzug vorbereitet worden war. Ich dachte: Das kann kein Zufall sein. Das muß einem ureigenen Kriegskonzept entsprechen. Ich ahnte, daß Schlieffen ein Genie war, das man sogar nach seinem Tod nicht verstand.

Also: Jahr für Jahr, selbst unter denselben Umständen, organisierte Schlieffen Truppenkonzentrationen an den Orten, die er vorher ohne Deckung gelassen hatte. Er entwarf eine Strategie, verfocht sie als unübertrefflich, und fast auf der Stelle entwarf er eine neue, um die vorherige zunichte zu machen. Er verlangte von seinen Offizieren gleichzeitig einen Schlachtplan A und einen Schlachtplan B, der zu ersterem im Widerspruch stehen, aber ebenfalls perfekt sein sollte. Wozu dienten ihm diese scheinbaren Paradoxe? Ach, das war das Geheimnis seiner Größe! Selbst bei so unverbrüchlichen Dogmen wie dem, das gebietet, zuerst den einen Feind zu vernichten, ehe man die Truppen gegen den andern wendet, äußerte sich Schlieffen verwirrend. Er empfahl, an allen Fronten auf einmal zu kämpfen. Sein erstes Gebot war der offensive Kampf. Angreifen, immer angreifen, selbst wenn der Feind überlegen ist.

Fast alles, was ich heute weiß, habe ich damals gelernt. Und ich wandte es auf die Politik an. Clausewitz war der Meinung, der Krieg sei eine Fortsetzung der Politik mit andern Mitteln. Für mich ist es gerade umgekehrt: Die Politik ist eine Fortsetzung des Krieges mit andern Mitteln, aber mit denselben Taktiken. Jahre später, wenn man mir einen irritierenden Satz vorhielt, konnte ich erstaunt antworten: Wie ist das möglich, wo ich doch bei der oder der Gelegenheit das Gegenteil behauptet habe? Niemand kann mich für eine einzige Idee verantwortlich machen, die nicht auch ihr Gegenteil einschließt. Bei der Kirche, der Armee, dem Öl, der Agrarreform, den Spezialeinheiten, der Pressefreiheit habe ich immer zwei Handlungsweisen vertreten, zwei oder mehr Pläne, zwei oder mehr doktrinäre Linien – weil mein Charakter jedem Sektierertum abhold ist und weil ich ein Führer bin. Ich kann die Dinge nicht mit der Elle eines einzigen Dogmas messen. Das war Schlieffens entscheidende Lehre.

In meinen Archiven habe ich sämtliche Erklärungen der Wirklichkeit aufbewahrt, die, die ich für positiv, und auch die, die ich für negativ hielt, denn früher oder später würde ich die einen oder andern brauchen können. Natürlich läßt sich dieses Spiel mit den Gegensätzen nicht ins Blaue hinein spielen, sondern nur, wenn man sich an ganz klare gedankliche Linien hält, von denen sich der Führer unter keinen Umständen entfernen darf. Meine lassen sich in drei Hauptbegriffen zusammenfassen: politische Souveränität, wirtschaftliche Unabhängigkeit und soziale Gerechtigkeit. Daß weder Reichen noch Armen etwas fehlt. Chancengleichheit für alle.

In den schwärzesten Momenten meines Lebens, wenn mich meine Feinde, auf die Überlegenheit ihrer Truppen bauend, brutal überfielen, antwortete ich mit Angriff. Greif an, sagte ich mir. Und ich dachte an Schlieffen. Greif an, etwas bleibt dir noch.

In der Kriegsakademie wurde nicht nur gelesen. Wir

mußten auch lange Aufklärungsmärsche durch felsiges Gelände unternehmen und Geodäsiearbeiten an der Grenze erledigen. Nach denen, die ich in den Anden, zwischen Mendoza und Neuquén, zu machen hatte, hungerten meine Augen nach Natur. Ich war nicht Mohammed, aber der Berg kam zu mir. Der Berg näherte sich allmählich meiner Bestimmung.

Demnächst würde ich dreiunddreißig, das Alter, in dem die Menschen ihre tiefste Gewissenserforschung vornehmen. Einige Dinge waren bereits klar: Das Vaterland war mein Leben und die Armee mein Weg, ihm zu dienen. Die vortrefflichsten Offiziere versuchten das Land aus seiner landwirtschaftlichen Misere zu befreien und verlangten von Präsident Alvear, nationale, von den Streitkräften verwaltete Industrien einzurichten, angefangen bei den Eisenhütten.

Unter Agustín P. Justo als Kriegsminister war die Armee zu einem überaus wichtigen Machtfaktor geworden. Sie war es, die die Kastanien aus dem Feuer holte, jedesmal wenn in den Provinzen der Frieden gestört wurde, die die Angriffe auf Privateigentum im Chacogebiet von Santa Fe und auf den Wollgrundstücken von Santa Cruz niederkämpfte. Und was bekamen wir dafür? Ein paar Brosamen vom Tisch! Nur dank seiner Hartnäckigkeit konnte Justo einige Verbesserungen im Militärbudget durchsetzen. Die Anarchisten ermordeten einen Oberstleutnant, und die Witwe wurde kaum mit einem Telegramm abgespeist.

Wir hätten die Worte endgültig satt. Es waren Zeiten gewaltiger Veränderungen. Niemand außer uns hatte ein neues Projekt für das Land anzubieten. Und niemand außer uns konnte es voranbringen. Ich dachte, bald würde das einfache Volk an die Kasernentore hämmern. Und wir müßten uns rüsten.

Ich erinnere mich noch an den Tag, an dem Yrigoyen zum zweiten Mal zum Präsidenten gewählt wurde. Es war ein Aprilabend. Die Regenfälle setzten ein. Ich ging zu

Oberstleutnant Descalzo nach Hause und beobachtete durch die Balkontür die Straße: die Leute, die es eilig hatten, die Kabrioletts, die gelben Bäume. Ich spürte, daß sich eine riesige Traurigkeit für Argentinien ankündigte. Ich sagte zu meinem Mentor: »Dieses Land wird nicht mehr dasselbe sein, wenn Dr. Alvear erst gegangen ist. Die Politiker sind eine aussterbende Spezies. Yrigoyen wird an der Regierung sein, aber wir Militärs werden die Macht haben.« Überrascht hörte mir Descalzo zu: »Wollen Sie denn die Macht, Perón?« Und ich antwortete: »Es geht nicht um Wollen oder Nichtwollen. Es geht ums Schicksal.«

Als die Einsamkeit beim Studium an der Kriegsakademie unerträglich für mich wurde, machte ich mich auf die Suche nach einem anständigen Mädchen aus guter Familie, das lieb und gewandt im Umgang mit Menschen sein sollte. Diese Eigenschaften fand ich bei Aurelia Tizón, die wegen ihrer Anmut Potota genannt wurde, was im Kinderlallen ›hübsch‹ bedeutet. Sie war Lehrerin am Lehrerseminar und liebte die Malerei und die Musik. Sie spielte sehr anmutig Gitarre und Akkordeon. Auch rezitierte sie mit unglaublichem Ausdruck Gedichte von Juan de Dios Peza und Santos Chocano. Sofort stellte ich fest, daß ihr Temperament mit meinem harmonierte. Sie ermutigte mich beim Studium und stellte sich mit größter Diskretion immer hintan. Da ihre Familie hervorragende Verbindungen zu der Radikalen Partei hatte, verband Potota das Nützliche mit dem Angenehmen. Im März 1928 bat ich um ihre Hand. Eigentlich wollten wir im Oktober heiraten, aber die Arteriosklerose meines Vaters verschlimmerte sich, und am 10. November verloren wir den armen Papa. Er war immer mehr erloschen und starb schließlich ohne Klage.

Der Trauer halber verschoben wir die Heirat auf Januar. Ich habe nie ein gutes Gedächtnis für häusliche Details gehabt, die im allgemeinen eher der Klatschsucht als dem wirklichen Kennenlernen der Menschen dienen.

Und von Potota will ich mich nur an eines erinnern: an die
edle Liebe, die sie mir in fast zehn Ehejahren schenkte.

(Wir haben die Gattin alterslos gelassen. López unterbricht
seine Kreuzganglesung und säubert die beschlagenen Bril-
lengläser mit dem Atem, so daß sie sich erneut beschlagen.
Mündig? Unmündig – eine Lolita? Da habe ich ein Büschel
widersprüchliche Daten, mein General. Die einen sagen, sie
sei bei ihrer Heirat noch keine zwanzig gewesen; die andern,
noch keine siebzehn. Ein Radikalenführer aus Palermo, Ju-
lián Sancerni, hat mir diese Fotos ausgeliehen. Schauen Sie:
1912. Das ist die Gattin als Kind. Stehend, auf der linken
Seite, zeigt Sancerni ein militärisches Feldzeichen. Sie versteckt sich in der mittleren Reihe, die sechste von rechts, in
einem grauen Kleid mit weißem Kragen. Und schon so früh
erschien ein Gioconda-Lächeln auf ihren Lippen, und in den
Augen lag, sehen Sie?, der Widerschein eines abnehmenden
Mondes – das Zeichen frühen Sterbens. Beide, Sancerni und
sie, waren nicht älter als neun. Rechnen wir uns also aus, sie
sei 1903 geboren worden. Sie müssen wohl recht haben, López. So wird es gewesen sein. Sehen Sie diesen Ausdruck des
Mädchens, so entrückt, dunkel, als hätte sie mich nicht gekannt. Also das war sie: Potota? Sie wollte mich nie bei
meinem Vornamen nennen. Sie nannte mich Perón. Selbst in
den zwanglosesten Momenten war ich immer Perón.)

Als wir aus unseren Flitterwochen in Bariloche zurück-
kehrten, war schon meine Ernennung zum Stabsoffizier
verkündet worden. Auch erfuhr ich, daß man mir durch
Fürsprache von Oberstleutnant Descalzo die Professur für
Militärgeschichte an der Höheren Kriegsakademie anver-
trauen wolle. Ich fühlte mich als Herr der Welt.
  Meine Dissertation zur Erlangung des Stabsoffiziersdi-
ploms über die Schlacht an den Masurischen Seen erschien
in der Reihe Bibliothek des Offiziers. *Sämtliche Gedan-*
ken, die ich im Laufe meines Lebens darlegte, sind hier

schon deutlich zum Ausdruck gebracht. Ich hatte mir ›Das
Volk in Waffen‹ auf meine Fahne geschrieben, was nichts
anderes bedeutet, als daß sich Industrie, Dienstleistungen
und Energien der Nation der Landesverteidigung unter-
zuordnen haben. Dort vertrat ich auch, Schlieffen folgend,
die These, daß jede Armee, mag sie noch so stark sein, mit
ihrem Führer verwahrlost, altert und stirbt.

(Der General taucht aus seiner bleiernen Müdigkeit auf. Er
wirft die Decke von sich und richtet sich auf. Streichen Sie
diesen Satz, López Rega. Schreiben Sie dafür: Eine einmal
organisierte Armee überlebt auch nach dem Tod ihres Führers intakt. Der Sekretär wird unruhig. An den Satz rühren?
Das ist nicht gesund, mein General. Da er von Schlieffen
stammt, rate ich ab. Eher empfehle ich, seine Aussage zu
vervollständigen. Zu sagen – was halten Sie davon? –: Jede
Armee könnte mit ihrem Führer altern und sterben, hätte sie
nicht einen Ersatzführer, einen Erben, eine Macht, die von
der abtretenden Macht gesalbt worden ist. Neuer Absatz.
Bringen Sie meine Befehle nicht durcheinander, López.
Tun Sie, was ich Ihnen sage. Korrigieren Sie diese Unge-
heuerlichkeit schon.)

. . . daß jede einmal organisierte Armee auch nach dem Tod
ihres Führers unversehrt überlebt. Bis zum Überdruß ver-
trat ich dort die Meinung, daß ein Erfolg nicht improvi-
siert, sondern vorbereitet wird. »Der Führer muß den Sieg
bis zum Letzten suchen und die Schicksalsschläge männ-
lich einstecken.« Dieses Werk widmete ich dem, der es
verdiente: »Dem Oberstleutnant D. Bartolomé Descalzo,
als kleine Tilgung meiner großen Dankesschuld.«
  Inzwischen taumelte das Land dahin. Ich teilte die Ent-
täuschung aller. Meine Sympathien für Lisandro de la
Torre waren schon 1923 geschwunden, als er sich dem Kauf
von Kriegsmaterial widersetzte, das Oberst Agustín P. Ju-
sto, damals Kriegsminister, verzweifelt forderte. Später

beunruhigten mich die Ambitionen Hipólito Yrigoyens,
der mit sechsundsiebzig, schon von seniler Unfähigkeit ge-
zeichnet, noch einmal zum Präsidenten gewählt werden
wollte.

(Unterstreichen Sie all das, López. Mit siebenundsiebzig Jahren kehre ich bei klarem Verstand und ohne Ambitionen in
mein Land zurück. Damit der Unterschied klar ist.)

Und obwohl Yrigoyen in den Wahlen von 1928 sechzig
Prozent der Stimmen errang, nahm die Ablehnung inner-
halb der Armee immer mehr zu. Eines der häufigsten
Gesprächsthemen in den Kasinos war, General Agustín P.
Justo, soeben befördert, werde unter dem Druck der vor-
gesetzten Offiziere eine Bewegung der nationalen Ret-
tung mit einem Kabinett von Alvearisten anführen. Das
Gerücht verbreitete sich so rasch, daß Justo einen Brief
veröffentlichen mußte, um es zu dementieren.
　　Die Armee teilte sich in zwei scharf abgegrenzte Flügel.
Den einen könnten wir ›evolutionistisch‹ nennen. Er hielt
dafür, daß wir Argentinier die Yrigoyen-Bande im hohen
Bogen hinauswerfen und dem präsidentialen Personenkult
ein Ende setzen müßten, aber nichts weiter. Das bedeutete,
daß die Armee, wenn sie sich in die Politik einmischte, es
nur tat, um die traditionellen Strukturen des Landes zu
erhalten und so schnell wie möglich Wahlen durchzufüh-
ren. Die andere Linie, ›reformistischer‹ Prägung, wollte die
Staatsstruktur vollkommen ändern und den von Mussolini
und Primo de Rivera eingeführten Friedens- und Ord-
nungsmodellen angleichen. Jeder Flügel hatte seinen na-
türlichen Führer. Derjenige der Evolutionisten war Justo,
der der Reformisten José Félix Uriburu, ein lauterer, ehr-
licher General, selbst wenn er konspirierte.
　　Kein vernünftiger Offizier konnte sich da heraushalten.
Bei jeder Revolution sind zwanzig Prozent dafür und
zwanzig Prozent dagegen, und der Rest ist für niemanden.

Er wartet und schlägt sich dann auf die Seite der Gewinner.

Yrigoyen brauchte nur die Regierung zu übernehmen, und schon brach das Unglück über uns herein. Die Fleisch- und Weizenpreise fielen. In den Städten lungerten Arbeitslose, Vagabunden, Landstreicher herum. Die einzigen Geschäfte, die blühten, waren die Prostitution und die Vermietung von Zimmern in den Mietskasernen, die sich in jüdischer Hand befanden.

Ich war ein einfacher Hauptmann, und als solcher lebte ich etwas am Rande dieser Dramen auf oberster Ebene. Am Rande, aber nicht gefühllos. Ich erinnere mich an den Karneval von 1930, den Korso in der Avenida de Mayo, die aufgesetzte Fröhlichkeit der Menschen. Früher hatten sich die Maskierten immer mit Duftwasser angespritzt, hatte es Liebesabenteuer gegeben, hatten sich Unbekannte umarmt. Nun aber sah ich viele Leute allein, die ohne jedes Interesse die maskierten Musikantengruppen mit Konfetti bewarfen, als wären sie dazu verpflichtet. Sogar ein Riese war da, als Narrenkönig verkleidet. Und niemand nahm Notiz von ihm. Mit zwei andern Hauptleuten pflegte ich an den Tagen mit verbilligtem Eintritt ins Kino zu gehen, in die Nachmittagsvorstellung. Immer strichen scharenweise Bettler um die Eingänge herum. Sie bewegten sich in Trauben, waren pickelübersät und husteten.

Mir schwante das Schlimmste. Aber ich wußte nicht, wie groß das Elend tatsächlich war.

Ich schloß mich als einer der ersten der Bewegung an, die Yrigoyen am 6. September 1930 stürzen sollte, und war bereit, für dieses Ideal mein Leben hinzugeben. Aber ich fragte mich: Ist Yrigoyen das wert? Ist er nicht ein menschenscheuer Charakter, der eher fliehen wird, wenn er den ersten Schuß hört?

Im Juni 1930 hatte ich mein erstes Treffen mit General Uriburu. Dabei verpflichtete ich mich, mit Descalzo zu sprechen, um ihn für die Verschwörung zu gewinnen. Mein

Mentor war wegen des um sich greifenden Anarchismus
ebenso besorgt wie ich. In den Maschinensetzereien und
Feuerwehrhäusern hatten sich Sowjets gebildet. Der Krebs
wucherte.

Anfang August war selbst dem Kriegsminister die Mili-
tärverschwörung bis in die Einzelheiten bekannt. Aber
niemand legte Wert darauf, ihr Einhalt zu gebieten. Es gab
Leute in diesem Chaos, die glaubten, Hipólito Yrigoyen
wolle selbst gestürzt werden, um nach Hause gehen und
sich ausruhen zu können. Wenn man ihm etwas von Re-
volution sagte, antwortete der Präsident: »Es wird schon
nichts passieren. Das sind vorübergehende politische Agi-
tationen.« Vorübergehend! Am 6. September 1930 starb
ein Argentinien, und ein anderes nahm seinen Platz ein.
Welches von beiden das bessere war, wird die Geschichte
zeigen. Aber dieser Tag war wie die Linie, die der Eroberer
Pizarro auf seinem Marsch nach Peru im Sand zog. Eine
Linie ohne Zurück. Wir würden nie wieder so sein, wie wir
waren.

Selbst Vizepräsident Enrique Martínez hatte seine eige-
nen Putschpläne. Der Arme dachte, wir Militärs würden es
ihm mit einer Beförderung lohnen. Aber als ihm klar wur-
de, daß man mit uns nicht spielt, konnte er das Regierungs-
gebäude nicht schnell genug verlassen.

Yrigoyen, seit mehreren Tagen mit einem ernsthaften
Lungenstau darniederliegend, war wenigstens so charak-
terfest, das Bett zu verlassen und Hilfe zu suchen. Der
Putsch siegte wie durch ein Wunder, denn die meisten Ver-
schwörer waren bis zum letzten Augenblick unschlüssig.
Sie fürchteten, das Omelett würde gewendet, und statt mit
einem Triumphzug auf der Plaza de Mayo würde das Fest
in der Strafanstalt Ushuaia enden. Oder sollen wir verges-
sen, daß am frühen Morgen des Samstag, 6. September, als
General Uriburu Richtung Hauptstadt marschierte, nur
gerade die Militärschule und die Schule für Nachrichten-
verbindungen mit dabei waren? Das Gros der Armee

wartete auf Befehle, weiß Gott von wem. Die Truppen von Campo de Mayo und Palermo fügten sich erst in den Putsch, als Yrigoyen schon gestürzt war. Ein Zivilist übernahm das Kriegsministerium, ein elender Emporkömmling. Und trotzdem zauderte die Armee. Gespalten, unorganisiert, erschreckt und verwirrt, marschierten sie mit dem Gedanken an Niederlage ab. Ein Wunder rettete sie. Welches? Die Ungeduld der Bürger, die Gier nach Veränderung, die Vorliebe für neuartige Vergnügungen, die unter den Argentiniern so rasch Feuer fängt. Yrigoyens waren wir schon überdrüssig. Wir wollten sehen, wie es uns mit Uriburu ergehen würde. Etwa um zehn, erinnere ich mich, verkündete die Sirene der Zeitung Crítica *jubelnd die Revolution. Um fünf Uhr nachmittags war das Regierungsgebäude verlassen. Die Bevölkerung von Buenos Aires stürzte auf die Straßen hinaus und klatschte den vorbeiziehenden Truppen Beifall. Ohne diese uns anspornende Kraft der Bürger hätten wir verloren. Wir gingen unsicher, ohne festen Boden unter den Füßen auf die Macht zu. Als Uriburus Wagen in die Calle Callao einbog, tauchte er in ein Blumenbad.*

Yrigoyen war wehrlos. Die Massen bedrohten sein Haus. Ein paar Getreue brachten ihn zum Regierungspalast in La Plata und riskierten dabei, daß er ihnen unterwegs wegstarb. Mit Ringen um die Augen, abgezehrt schritt der Präsident durch einige Säle aus Eis. In dieser fernen, erfundenen Stadt, einer fast imaginären Stadt, war ihm alles unbekannt. Sicherlich hatte er Angst. Jemand drückte ihm eine Feder in die Hand und legte ihm ein Blatt mit der Abdankung vor. Yrigoyen unterschrieb. Es war ein kurzer Text. Er besagte, daß er die Regierung ›uneingeschränkt‹ verlasse, als könnte man auch eingeschränkt gehen. Und ›uneingeschränkt‹ unterstrich er noch. Selbst an seinem Ende zeigte sich Yrigoyen angesichts der Realität verwirrt.

Ich habe diese Abdankung immer als Symbol verstanden. Für die Argentinier war sie das erste Zeichen eines gesitteten Rücktritts. Mit diesem Dokument war unsere Zukunft besiegelt.

Sein Empfänger war nämlich nicht der Kongreß, wie es sich gebührt hätte, ja nicht einmal der siegreiche General José Félix Uriburu, sondern der Befehlshaber der Militärtruppen der Stadt La Plata, als hätte der Präsident die Bedeutung dieser Handlung nicht geahnt. Daß er, indem er vor einem x-beliebigen Offizier auf die Regierung verzichtete, sich nicht der Institution namens Armee ergab, sondern der rohen Gewalt. Bis dahin hatten wir Militärs Angst gehabt, die Macht zu ergreifen. Yrigoyens Handlung nahm uns die Angst für immer. Und brachte die Zivilisten zur Annahme, allein weil er eine Uniform trage, sei ein Soldat zu allem Möglichen befähigt: eine Gewerkschaft zu beaufsichtigen, Gesetze zu erlassen, eine Schule zu leiten und die Abdankung eines Präsidenten entgegenzunehmen.

Das war so sehr der Fall, daß sich sogar der oberste Gerichtshof auf unsere Seite stellte. Am 10. September, vier Tage nach dem Putsch, erklärten die Richter feierlich, die Macht sei ein genügend starkes Argument, um Ordnung und Sicherheit in der Bevölkerung zu garantieren.

Da Ihre Memoiren des Jahres 30 hier aufhörten – sagte López, die Augen im Halbdunkel des Kreuzgangs rotgeädert vor Erregung –, habe ich am Rand einige Anmerkungen notiert. Solange wir Zeit haben, läßt sich noch alles korrigieren. Hören Sie das, mein General: die Darstellung, deren Veröffentlichung Sie vor kaum drei Jahren zugestimmt haben. Als Sie Tomás Eloy Martínez sagten, Sie hätten sich an der 30er Revolution beteiligt wie irgendein anderer, ohne Schuld, Befehle ausführend. Erinnern Sie sich an ihn, Martínez, der von der Zeitschrift *Panorama*. Lassen Sie mich Ihnen die ganze Aufnahme vorspielen.

Von den ›Memoiren für Eloy zweiter Teil‹ beschrifteten

Kassetten nimmt López die zweite. Er stellt die Lautstärke am Tonbandgerät ein. Die Stimme des Generals erfüllt den Kreuzgang, älter, wie gepflastert:

»Die zweite Regierung von . . .«

Stellen Sie leiser, López, sagt der General besorgt. Und mit dem Finger an die Decke deutend, murmelt er: Wir wollen doch Respekt haben. Vergessen Sie nie den Tod.

Ruhig kehrt die Stimme wieder:

»Die zweite Regierung von Don Hipólito Yrigoyen war nicht so gut wie die erste. Der Mann war schon sehr alt und sein revolutionäres Feuer erloschen. Ein Hofstaat von Winkeladvokaten und Polizeibeamten beherrschte ihn. In seinem eigenen Büro war er ein Entführter. Wenn ein Minister den Präsidenten besuchen wollte, hieß es, er sei sehr beschäftigt. Und fragte Yrigoyen nach dem Minister, so log man ihm vor, er sei auf Reisen im Landesinnern. Bischöfe und Admirale ließ man stundenlang in den Vorzimmern warten (diesen berühmten Besänftigungsräumen!). Meistens mußten sie wieder abziehen, ohne ihn gesehen zu haben, denn der Hofstaat ließ zuerst Rentner und Bettler vor, die ihn unterhielten.

Gegenüber solchen Katastrophen war die Armee weder blind noch taub, und natürlich war die Reaktion schrecklich. Die Befehlshaber gaben ihrer Besorgnis Ausdruck. Mich nahm Descalzo ins Wort. Ich war einer von den vielen, die sich verpflichteten . . . Ich tat es vor allem aus Korpsgeist. Aber Profiteur war die Oligarchie. Sie sah, daß sie die Regierung im Sturm nehmen konnte, und so machte sie es auch.«

Sehen Sie, mein General? López stellt das Gerät ab. Bei dem ganzen Zickzack verliert man leicht die Orientierung. Einerseits sagen Sie, Sie hätten sich dem Putsch als einer der ersten angeschlossen. Anderseits wird nicht klar, ob Sie aus freien Stücken oder bloß aus Zufall Revolutionär waren, ob Sie Mitleid mit Präsident Yrigoyen oder Respekt vor ihm hatten. Ich habe auch erfahren, daß Eloy Martínez damit droht, ein Foto zu veröffentlichen, das am 6. September 1930 von Ihnen gemacht wurde, wie Sie mit triumphierendem Lächeln auf dem Trittbrett von Uriburus Wagen zum Regierungsgebäude kommen. Martínez ist kein Problem. Wir jagen ihm einen ordentlichen Schrecken ein, und damit hat sich's. Die Dokumente verschwinden, werden zerstört. Das macht mir keine Sorgen. Was ich möchte, ist, daß Sie sich für eine einzige Version der Ereignisse entscheiden. Für eine einzige, welche auch immer.

Jetzt bricht der General in Gelächter aus. Beruhigen Sie sich, Mann. Das war alles? Passen Sie auf. Wenn ich mehr als einmal zum Protagonisten der Geschichte geworden bin, dann, weil ich mir widersprochen habe. Schlieffens Strategie haben Sie ja schon gehört. Man muß die Pläne täglich mehrmals ändern und sie einen nach dem andern zu Rate ziehen, je nachdem, wie man sie braucht. Das sozialistische Vaterland? Das habe ich erfunden. Das konservative Vaterland? Das erhalte ich am Leben. Ich muß nach allen Seiten hin blasen, wie der Wetterhahn. Und nie etwas widerrufen, sondern immer neue Sätze hinzufügen. Der uns heute unangebracht scheint, kann uns morgen dienlich sein. Schlamm und Gold, Schlamm und Gold . . . Sie wissen genau, daß ich keine derben Worte brauche, aber für die Geschichte gibt es nur eines. Die Geschichte ist eine Hure, López. Sie geht immer mit dem, der am meisten zahlt. Und je mehr Legenden man meinem Leben anhängt, desto reicher bin ich und desto mehr Waffen habe ich zu meiner Verteidigung. Belassen Sie alles so, wie es dasteht. Ich will nicht eine Statue, sondern etwas Größeres. Die Geschichte beherrschen. Sie in den Arsch ficken.

Was sind das für vulgäre Worte? fragt Isabel, während sie an die Tür des Kreuzgangs klopft. Und sie öffnet sie, ohne einzutreten, und protestiert, die Hände in die Hüften gestemmt. Da vergnügen sich die Herren der Schöpfung mit Männerwitzen, und mich da unten macht das Telefon halb verrückt. Von überall rufen sie an. Cámpora, ob er kommen soll. Was soll ich ihm sagen? Aus dem Pardo-Palast, ich weiß nicht, wie oft: ob sich der General in der Moncloa oder auf dem Flughafen Barajas vom Caudillo verabschieden will. Ein Minister von Cámpora, ich weiß nicht einmal, welcher, erkundigt sich nach dem Terminplan von morgen. Und ich habe mich nicht eine Sekunde hinsetzen können, um die Schuhe auszusuchen, die ich nach Buenos Aires mitnehmen will. Die Koffer von allen sind bereit, nur meine eigenen sind eine Katastrophe.

Nimm einfach nicht mehr ab, Kindchen. Du Ärmste! Man soll uns doch in Ruhe lassen. Ich bin mit dieser ganzen Arbeit sehr im Verzug. Was macht eigentlich die Wache? Ein Posten soll sich zum Telefon setzen und sagen, es ist niemand zu Hause. Der General ist gegangen. López, schließen Sie die Tür. Legen Sie mir die Decke über die Beine. Bei dem Durchzug von unten sind sie kalt geworden. Und fahren Sie endlich fort, Mensch. Los, weiter, zum nächsten Jahr ...

Es ist viel Unsinn geschrieben worden über das, was ich an diesem 6. September tat. Ich hätte Descalzo zum Quartier der Grenadiere begleitet, diese aufgewiegelt und sei mit ihnen gegen das Regierungsgebäude vorgerückt. Dummes Zeug. Das einzige, was stimmt, ist, daß ich zwei Tage lang meine Familie nicht sah und mich mit einem schartigen Messer rasierte, um einen anständigen Eindruck zu machen.

Da gibt es einen Sinn, und deshalb müssen die Texte noch einmal durchgesehen werden. Descalzo, mein Mentor, war an die Infanterieschule berufen worden. Ich mochte ihn nicht allein gehen lassen. Einmal mehr arrangierte er meine Zulassung. Als er sie bekam, stießen wir auf die neue Armee und das neue Vaterland an. Wir waren dabei, in Ungnade zu fallen, wußten es aber noch nicht.

Bereits in den ersten Revolutionswochen waren die Generale Uriburu und Justo in einen Machtkampf verwickelt, der uns Offiziere alle zu Verdächtigen machte. Loyalitäten wurden verletzt. Descalzo, der Justos volles

Vertrauen genoß, wurde von der Infanterieschule abgezogen und in einen Grenzdistrikt in Formosa versetzt. Ich hatte mehr Glück. Ich wurde vom aktiven Dienst suspendiert. Und damit ich nicht untätig dasäße, erfand man für mich eine geographische Erkundungsaufgabe im äußersten Norden. Unfreiwillig erwies man mir damit einen Gefallen. Durch die Schluchten von Salta und Jujuy reitend, drang das Land in mich ein wie noch nie. Meine Sinne entzündeten sich.

Für das Volk begannen schreckliche Jahre. Ich war der einzige von allen Militärs, der die Leute nicht enttäuschte. Ich beanspruche kein anderes Verdienst für mich als das, geschaut und gekämpft zu haben. Was mir die Augen zeigten, das setzte anschließend mein Herz in Gang.

Im Chaco, in Formosa oder Misiones gab es Menschen zu Tausenden, die nicht einmal Hanfschuhe kannten und die beim Anblick eines Autos erschraken. Im Hafen von Buenos Aires errichteten die Vagabunden über Nacht ganze Viertel aus Konservendosen und Pappkarton, die die Touristen wie ein Folkloreschauspiel besuchten. Im Bezirk Avellaneda verschenkte Don Alberto Barcelós konservative Clique den sich an den Türen des Komitees drängelnden Armen Säcke mit Kartoffeln und Mate. Aber gleichzeitig führte sie mit eiserner Faust eine Kette von Spielhöllen und Bordellen.

Selbst Carlos Gardel, ein großer Mann, litt unter der Verwirrung dieser Jahre. Er befreundete sich mit einem gewissen Ruggiero, Leibwächter von Barceló, und willigte ein, an den Sonntagabenden nach dem Pferderennen in den Tanzlokalen von Avellaneda zu singen. Die Vertraulichkeit war so groß, daß Don Alberto Gardel den falschen Paß beschaffte, den er sein Leben lang benutzte. Zum Dank verabschiedete sich Gardel nach der Vorstellung mit Barcelós Lieblingswalzer: ›Ach, Aurora, du hast mich verlassen. / Und ich habe dich doch so sehr geliebt . . .‹

Diese Tanzlokale pflegten von hochrangigen Offizieren

besucht zu werden, und wenn man eingeladen wurde, gab es kein Entrinnen. Ich mußte ein paar Mal hingehen und hatte sogar die Gelegenheit, mich mit Gardel zu unterhalten. Er war ein sehr einfacher, seelenguter Mensch, eher empfindsam als intelligent. Eines Tages wollte er wissen, welches mein Lieblingsstück sei, um es an dem Abend zu singen. Ich sagte es ihm: ›Wo ist denn all das Geld geblieben? / Man hat es mit Bimsstein weggerieben.‹ Diese Verse alarmierten ihn. Wie jeder Künstler war auch Gardel ein höchst vorsichtiges Wesen. Da er befürchtete, jemand könnte zugehört haben, führte er mich in eine Ecke und sah sich nach allen Seiten um. »Sie müssen Verständnis haben, Hauptmann«, sagte er. Damals war ich bereits Major. »Hier kann ich so was nicht singen . . . Das hieße gegen die Gastfreundschaft verstoßen . . .«

Ich nutzte meine vorübergehende Zurückgezogenheit vom öffentlichen Leben dazu, die Vorlesungen, die ich in der Kriegsakademie gehalten hatte, in einem Buch zu vereinen. So entstanden meine Anmerkungen zur Militärgeschichte. *Zwar suchte ich weiterhin die theoretische Unterstützung von Clausewitz und dem Grafen Schlieffen, aber diesmal umriß ich deutlicher auch andere Gedanken. Beispielsweise die Doktrin vom Volk in Waffen. Und auch die vom Einheitskommando für sämtliche Streitkräfte, in Friedens- wie in Kriegszeiten. Beide sollten später Grundsteine der peronistischen Organisation sein.*

Schon 1934 veröffentlichte ich in Zusammenarbeit mit Oberstleutnant Enrique Rottjer das zweibändige Werk Der Russisch-Japanische Krieg. *Ein General hatte die Stirn, uns des Plagiats zu bezichtigen, und es trat ein hinterhältiges Ehrengericht zusammen. Natürlich fiel das Urteil gegen uns aus und verpflichtete uns zu Entschuldigungen. Neid, alles blanker Neid.*

Als Justo zum Präsidenten der Republik gewählt wurde, sah man in mir schon eine Persönlichkeit der Zukunft. Einer der redlichsten Führer, die die Armee je gehabt hat,

General Manuel A. Rodríguez, wurde zum Kriegsminister ernannt. Sogleich schickte er nach mir. »Perón«, sagte er, »ich habe aufmerksam Ihre Bücher gelesen. Ich glaube, unsere Gedanken sind verwandt. Ab morgen werden Sie mein Flügeladjutant sein.«

Auf Anordnung des Ministers unternahm eine von Oberst Francisco Fasola befehligte Kommission eine Erkundungsreise durch die Andengrenzgebiete, zwischen Las Coloradas und Villa La Angostura, südlich von Neuquén. Ich war der zweite Befehlshaber der Expedition. Die Schönheit der Landschaft benahm uns den Atem. Nachts wurde die Luft phosphoreszierend. Wenn es dämmerte, hörten wir die Wildschweine unter den Pappeln und Birken grunzen. Und inmitten solcher Pracht starben die in dieser Einsamkeit lebenden Indios mit zwanzig Jahren an Seuchen und Verwahrlosung. Da ich befürchtete, sie würden alle wie Streichhölzer erlöschen, wollte ich wenigstens die Reste ihrer Kultur retten. Tagelang befragte ich sie mit Hilfe der Dolmetscher, und obwohl ich die Stammeslegenden vergaß, rettete ich doch die Worte, damit andere Soldaten sie brauchen könnten, wenn sie in diese Gegend kämen. Mit dem Vokabular verfaßte ich ein zweisprachiges Wörterbuch: Patagonische Toponymie araukanischer Etymologie.

Schon in Buenos Aires hatte ich festgestellt, daß es Minister Rodríguez sehr schlecht ging. Er war die Zielscheibe aller politischen Phobien. Immer wenn er einen Plan vorlegte, um Militärausrüstungen zu kaufen, verkrallten sich die Sozialisten in ihn. Als seine Krankheit am schlimmsten war, mußte er vor den Kongreß treten. Dort hielt er einen unvergeßlichen Vortrag. »Militarismus entsteht nicht immer in der Armee«, sagte er. »Militarismus ist für gewöhnlich ein Übel, das die Politiker schaffen, wenn sie die Armee mißbrauchen.«

Ein solcher Mensch mußte ja jung sterben. Es heißt, der Krebs habe ihn umgebracht. Ich glaube, es war viel eher der

Abscheu. Das Land war korrumpiert. Sogar die Aristokraten wurden zu Verbrechern. Vollkommen schamlos waren sie in skandalöse Geschäfte mit dem Fleisch, den Straßenbahnen, der Elektrizität, den Eisenbahnen verwickelt. Und dem allem gegenüber zeigte Präsident Justo absolute Gleichgültigkeit. Seit Yrigoyens letzten Jahren war das Regierungsgebäude ein verhexter, verfluchter Ort.

Im Oktober 1935 empfing mich Rodríguez, schon abgezehrt, bei sich zu Hause.» Mein General«, sagte ich zu ihm, »ich möchte weg von hier. Ich habe Ihnen drei Jahre gedient. Dank Ihnen bin ich flügge geworden, und jetzt muß ich meine Kräfte an der Welt ausprobieren.« Und dieser Mann, der nie lächelte, verzog väterlich die Lippen. »In Ordnung. Gehen Sie«, befahl er mir.

Ich ging traurig ins neue Jahr. An einem Februartag wurde mir mitgeteilt, ich sei der neue Militärattaché in Chile. General Rodríguez lag im Sterben. Ich machte mich reisefertig und schickte mich an, die Anden in einem Kabriolett zu überqueren.

(Und an diese Stelle, unterbricht López, wollte ich die Maxime, den Schlußpunkt setzen. Ich habe Sie in Buchstaben aus Fleisch und Blut gesetzt.)

Das Schicksal hat mir viele Versuchungen dargeboten. Beweg dich hierhin, beweg dich dahin, sprach mein Schicksal und offerierte mir Chancen auf dem Präsentierteller. Ich ließ diese Versuchungen auf mich zukommen, erlaubte ihnen aber nicht, mich zu beherrschen. Ich werde dorthin gehen, wo ich will, antwortete ich ihnen. Immer wenn das Schicksal an meine Tür klopfte, war es mein Wille, der ihm öffnen ging. Ich bin ein Wiederkäuer des Zufalls gewesen. Ich habe ihn gekaut und wiedergekäut, damit er mir gehorche. Es gibt Menschen, die sich vom Schicksal und von den andern mitreißen lassen. Ich habe mich nur vom Schicksal und von mir mitreißen lassen.

Und wie im Theater wartet Isabel auf das Versiegen des Gesprächs, um von einem Treppenabsatz aus zu rufen: General, das Mittagessen! Daniel, Cámpora ist da! Was soll ich ihm sagen? Perón seufzt: Er soll hereinkommen, Kind, er soll hereinkommen. Er nimmt die Decke von den Beinen und schüttelt sie aus, falls eine Erinnerung hineingefallen wäre und ein Fremder sie aufheben könnte. Unter dem Muskelgewirr spürt er einen Körper, der nichts mehr mit ihm zu tun hat und sich wie im Traum bewegt. Er stemmt ihn hoch, und sich López zuwendend, wiederholt er die morgendliche Klage: Welches Drama kommt jetzt? Welches Unglück wird mir das nächste Kapitel bringen?

Zehn
Die Augen der Fliege

Den Staatsstreich vom September 1955, bei dem ich gestürzt wurde, führte Eduardo Leonardi an, ein betrunkener General, der mich schon zwanzig Jahre zuvor in Chile verraten hatte und dem ich aus Mitleid verzieh. Er hielt sich nur wenige Monate an der Macht. Ersetzt wurde er durch einen General namens Pedro Eugenio Aramburu, der in der Höheren Kriegsakademie ein Schüler von mir gewesen war. Der Mann war für nichts zu gebrauchen außer für die Ruchlosigkeit.

Den ersten erledigte die Zirrhose. Er fand das wohlverdiente traurige Ende. Des zweiten wird sich irgendwann das Volk annehmen. Es wird den Schaden, den uns dieser Schurke zugefügt hat, nicht ungerächt lassen. Aramburu hat das Land ausländischen Interessen ausgeliefert, erbarmungslos die sich gegen ihn auflehnenden Patrioten füsiliert und Evitas Leiche verstecken oder vernichten lassen (das weiß nur Gott), damit das Volk sie nicht verehren konnte. Solche Verbrechen bleiben nie ungesühnt.

PERÓN zum Autor, 29. Juni 1966

I

Ich habe General Pedro Eugenio Aramburu umgebracht.

Oft hat sich Zamora an das stolze Gesicht erinnert, das diese Worte im verrauchten Café Gijón in Madrid gesagt hat, vor nunmehr zwei Jahren. Und jetzt, da er es wiedersieht, wie es über den Camino de Cintura marschiert, jetzt, da der Blitz dieses unverwechselbaren Gesichts wie ein Laser in ihn eindringt (das tiefe Kinngrübchen, das blonde Haar), hört er deutlich die Narben, die jede Silbe in seiner Erinnerung zurückgelassen hat: Ich habe ihn umgebracht, und du wirst es nie schreiben können. Würdest du es tun, Zamora, es wäre dein Ende. Du würdest deine Familie verlieren. Deine Geschichte wäre ausgelebt. Ich habe diesen Mann hingerichtet. Es ist nicht ganz einfach, zu verstehen, warum.

Die Dinge geschehen auf zweierlei Art: entweder alle auf einmal oder gar keines. Wie soll man die Wirklichkeit bis auf die hinterste und letzte zerstreute Einzelheit umfassen und sich dabei nicht verlieren? Emiliano Zamora, Sonderredakteur der Zeitschrift *Horizonte*, fühlt sich auf einmal wehrlos und klein. Sein Renault 12 kämpft sich in der Gegenrichtung durch die Spinnweben der Masse. Wie soll er vorgehen? Einfach die Zeiten und Orte so erzählen, wie sie sich durch das Gestrüpp des Bewußtseins schlagen? Aber wie? Mit lammfrommer Vernünftigkeit oder mit der Fatalität der Sinne?

Wem würde es in der Beklemmung all der Menschen nicht übel. Selbst auf den schlammigen Schleichwegen wallen Tausende Körper zu Peróns Tribüne in Ezeiza. Ein Bataillon große Trommeln überquert den Bundesschießplatz in Santa Catalina. In der Nähe des Bahnhofs Monte Grande stauen die Kriegsschilde der Kioske das Durchkommen. Zamoras Renault hat sich immer mehr nach links abdriften lassen, um ins Zentrum von Buenos Aires zu gelangen. (Wo hat er nur gelesen, daß man durch Linksabbiegen unfehlbar im Innenhof der Labyrinthe landet?)

Während er in den Fluten nach Lagunen sucht, das Auto schräg – fast besiegt – über dem Straßengraben, schaltet er das Radio ein und aus, ungläubig, daß die Moderatoren die Imagination so mißbrauchen und zwischen einer und der nächsten Cueca immer wieder auf das heilige Wort zurückkommen: General.

Eine Fliege setzt sich auf den Außenspiegel seines Wagens. Eine Fliege, die in der Kälte fliegt? Ihr Rücken ist blau, die Flügel sind rußschmutzig, die Augen gierig: zusammengesetzte Augen, jedes aus viertausend Facetten. Die Wahrheit geviertausendstelt.

Also. Ich bin Emiliano Zamora, groß, kahl, kümmerlich von Zähnen und Skelett, fleckige Knochen, ein Mann, der eine Parisienne nach der andern raucht. Habe unglücklich geheiratet. Fahre in Verlassenheit von Ezeiza nach Buenos Aires zurück.

Im Rückspiegel des Renaults hat unter der Fliege die ganze Postkarte des Peronismus Platz: die Stirnbänder, die ausgestellten Blue Jeans, die T-Shirts, die PERON KOMMT ZURÜCK UND SIEGT singen. Und auf einmal das Grübchen in der Kinnlade: Noon Antezana.

Ich habe ihn umgebracht, Zamora. Ich habe General Aramburu hingerichtet.

Wie beklemmend die Menschenmenge. Noon führt eine endlose Montonerokolonne an, mit dunkler Brille und einem Hirtenstab in der Hand, wie der eines Bischofs. Eine feurige, rothaarige Hagere weidet die Vorhut der Herde. Irgendwo habe ich dieses herrische Gesicht gesehen, diese Bluthaare. Vielleicht in Córdoba, in einem Haus in der Calle Artigas. Ich habe gesehen, wie sie im Mai 69 eine Polizeipatrouille gekapert und zwei Stunden festgehalten hat. Es waren ein Unterkommissar und fünf einfache Polizisten: Geiseln – hörte ich sie sagen – des Kampfplans, der streitbaren Gewerkschaften, der Volksmacht. Die Geiselpatrouille des Aufstands von Córdoba. Ana, Diana? Sie war Jüdin, wie ich mich erinnere. Und jetzt hat sie die Seite gewechselt. Sie ist keine Trotzkistin mehr. Sie ist Montonera. Sie folgt Noon Antezana. Oder wird etwa heute, am 20. Juni, wieder alles gleich sein?

So eine Scheiße. Ich dachte schon, der Vormittag würde ruhig vorbeigleiten, nach meiner kapitalen Geburt mit dem Titel ›Das vollständige Leben Peróns / Der Mensch / Der Führer / Dokumente und Aussagen von hundert Zeugen‹ würde ein erholsames Windchen wehen. In der Halle des internationalen Hotels bin ich, Emiliano Zamora, eingeschlafen, noch während mir das Frühstück aufstieß, das ich mit den Kusinen und Vettern und der Exschwägerin des Generals verschlungen hatte. Ich habe María Amelia Frene gesehen (eher: erraten), die mit verzücktem Ausdruck einer Oper im Radio lauschte. Ich habe Hauptmann Santiago Trafelatti diskret ein Exemplar der Zeitschrift *Horizonte* durchblättern sehen. Undeutlich habe ich verstanden, daß Señorita María Tizón die Ehegeschichte ihrer Schwester Potota aufschreiben wollte, um sie an diesem Nachmittag der Presse vorzulesen. Ich habe die Augen geschlossen. An diesem Punkt des Zufalls hat mich der *Horizonte*-Chefredakteur angerufen.

»Zamora?« Die Zischlaute knisterten in der Leitung. Der Chefredakteur spickte die Worte mit so vielen S, daß ich mich, obwohl ich alles verstand, in einen Patio mit Steinen von Rosette verirrt fühlte, in die Musik einer andern Epoche getaucht. »Weißt du, wieviel Verspätung das Flugzeug aus Madrid hat? Zwei oder drei Stunden. Du hast ja wohl nicht vor, einfach dort sitzenzubleiben und dich an den Eiern zu kratzen. Verfrachte die Alten in einen Bus. Man soll sie ein bißchen rumkutschieren. Wohin? Das wirst schon du beantworten müssen. Über die Pisten, durch die Wälder, vollkommen egal. Sie sollen es ausnutzen. Heute landen in Ezeiza wenig Flugzeuge. Tatsächlich wird nur eines landen. Das soll Osinde für dich arrangieren. Gruß von mir – mal sehen, ob er mir endlich die Gefälligkeiten zurückzahlt, die er mir schuldet. Was heißt, das geht nicht? Verwandte von Perón, Kameraden aus der Kindheit? Du hast wohl zärtliche Anwandlungen bekommen, was? Das sind doch alte Narren! Du hast sie ja schon interviewt, oder? Was zum Teufel kümmert's dich also? Komm auf die Redaktion! Jawohl, und zwar subito. Du mußt mir die Oper des Risortschimento weiterkomponieren. Ich will das vollständige Leben des Generals, Teil zwei. Du steckst ihn in Pantoffeln, wie er im Garten Ameisen zerdrückt oder sich im Fernsehen eine Cowboyserie anschaut. Entschlüssle ihn, Zamora. Muß ich dir etwa auch noch sagen, wie? Ohne mich wärst du ein Nobody. Such Tomás Eloy Martínez – Gruß von mir. Ruf ihn in der *Opinión* an. Wenn er dir nicht hilft, dann sag ihm, er soll sich daran erinnern, was ich für ihn getan habe, als er halbverhungert war.«

Ich habe gehorcht. Meine Dienstbarkeit ist längst ein Reflex. Eine halbe Stunde später betrat ein pickliger Bursche mit leerem Blick und spärlichem Haar das Hotel. Er ging geduckt. Unter dem Jackett beulte sich die Pistole. Ich erriet: eine 9-Millimeter-Walther. Osinde schickte ihn. Er war wortkarg und sagte, draußen warte ein Bus auf meine Zeugen. Sie würden über die Seitenpisten des Flughafens fahren, die Hangare besichtigen. Drei Beamte in Zivil würden das Fahrzeug bewachen.

Ich bat sie, auf die Waffen zu verzichten. Die Fahrgäste, sagte ich, seien alte Menschen. Ich verdeutlichte: Es sind Reliquien. Sie gehören zu Peróns ältester Vergangenheit. Der Mann mit dem leeren Blick verzog die Lippen, ich werde nie erfahren, ob spöttisch oder entsetzt. Er gab mir die Hand. Sie fühlte sich feuchtklebrig an.

»Sie können Vertrauen haben. Ich heiße Arcángelo Gobbi.«

Ich sah die Zeugen meiner Geschichte in einem mit argentinischen Fahnen aufgeblähten Bus verschwinden. Und krank vor Ahnungen stieg ich in meinen Renault 12. Hinter den Hangaren peilte ich die Fernstraße 205 an. In der Avenida Fair sah ich eine Gruppe Fotografen, die im Schein eines Feuers aßen. Ich begegnete Bischof Jerónimo Podestá, der auf das Gepränge seiner Diözese verzichtet hatte, da er sich den Dienst am Herrn nur als Paar vorstellen konnte. Er ging Hand in Hand mit der mutigen Frau, die ihn liebte.

Ich sah meine Freundin Silvia Rudni einen Apfel essen und die frische Luft streicheln. Ich sah, daß sie offen und frei war. In ihren Augen leuchtete das Glück derer, die noch nie an den Tod gedacht haben.

Ich entdeckte Noé Jitrik und León Rozitchner, beides

skeptische Dichter, die in der Avenida Santa Catalina auf einem Balkon standen. Sie schienen zu streiten. Zwischen ihnen sang Tununa Mercado ›Oh, solitude‹ und wiegte ein Kind dazu.

An einer Wand las ich in fehlerhafter Kreideschrift die unendlichen aus den fünf Buchstaben von Perón gebildeten Anagramme. Ich verstand nur eine Litanei. OREN POR PE-RON, REO. PERON ROE PERO NO RONPE. PEOR. (Betet für Perón, den Angeklagten. Perón zernagt, aber zerstört nicht. Schlimmer.)

Da begann die Fliege durch die Kälte zu fliegen.

Ich schaute aus dem Fenster, und die Rauchwolke des Cafés Gijón in Madrid sprang mir in die Augen.

II

Zamora tauchte in den Dunst des Cafés Gijón ein, ohne zu wissen, wem die Stimme gehörte, die ihn um zwei Uhr früh im Hotel geweckt hatte: »Ich werde Ihnen sagen, wer General Aramburu umgebracht hat. Und wo Evitas Leiche ist.«

Jemand würde ihn zwischen zehn und elf Uhr abends an einem Fenstertisch erwarten. Hatte man ihn belogen? Nein. Den rußigen Lügenbelag in den Stimmen erkannte er. Also?

Intuitiv wußte er die Antwort, als Noon Antezana auf ihn zukam:

»Ich werde dich nicht fragen, wie es dir geht, Zamora, weil ich es weiß. Wir haben dich in Paris gesehen: vorgestern, nachmittags um sechs, im Café Bonaparte. Und vorige Woche haben wir dich in Gstaad gesehen, mit Nahum Goldmann. Wirst du eine weitere Verherrlichung der Juden schreiben?«

»Ich bin in Madrid auf der Durchreise, Antezana. Und ich kann nicht bleiben. Verschaff mir ein Treffen mit Perón.«

Lächelnd schüttelte Noon den Kopf.

»Perón ist in die Sierra de Guadarrama gefahren. Seine Scheißpolypen machen ihm wieder zu schaffen. Er kann kaum pissen. Ich biete dir was Besseres an. Du hast ja gehört – was ich dir am Telefon gesagt hab.«

»Das ist zuviel Geschichte, Noon. Die will ich nicht. Und wie sie auch daherkommt, ich glaube sie nicht. Wenn es die Wahrheit ist, kann man sie nicht zahlen. Also muß sie erlogen sein.«

Draußen schrumpfte die Hitze die hageren Bäume. Ein Verleger mit weißen Haaren, schnurrbartlosem Bart und schwarzem Umhang stieß ein düsteres Gelächter aus, um Aufmerksamkeit zu erregen. Zwei Frauen applaudierten. Alle rauchten.

Noon zog ein Bündel Papiere hervor. Er zeigte auf den Titel: ›Bericht für General Perón über die Operation Pindapoy / Kommando Juan José Valle‹. Und übersetzte einige Unterschriften: Fernando Abal Medina, Carlos Gustavo Ramus, Abelardo Antezana.

»Das ist eine Geschichte von Gerechtigkeit«, sagte er. »Sie müßte dich interessieren.«

»Was für einen Preis hat sie?« fragte Zamora.

Der Verleger im schwarzen Umhang fuchtelte mit einer gebogenen Zigarettenspitze und forderte das Café mit einem weiteren Gelächter heraus. Noon kniff die Augen zusammen.

»Dafür gibt es keinen Preis. Genau darum geht es. Ich bin hier, um zu verhindern, daß die Geschichte zu einer Ware wird. Dein Drama ist, daß du bloß einen Teil dessen weißt, was geschehen ist, Zamora. Das macht dich gefährlich. Du wirst keine Ruhe geben, bis du mehr weißt.«

Hinter Noon machte jemand an der Theke einige Lampen aus. Das Halbdunkel begrub die Gesichter. Man sah nur noch den Rauch.

»Da hast du dich geirrt, Antezana. Ich weiß alles, was ich wissen muß.« Zamora sprach angespannt, ohne Anzeichen von Prahlerei. »Ich weiß, wo man Evitas Leiche versteckt hat.

Ich bin einer Spur gefolgt, die ich in Gstaad entdeckt habe, rein zufällig. Ich bin nach Bonn gefahren und habe die Leiche dort gesucht, wo man mir gesagt hatte: in einem Kohlenschuppen der argentinischen Botschaft. Einen solchen Schuppen gab es nicht, dafür einen Garten. Dort habe ich sie vermutet, zwischen den Tulpenbeeten, aufrecht begraben. Aber sie war nicht da. Ich hatte Gelegenheit, einige Archive durchzusehen. Ich erfuhr, daß etwa 1957 eine Eichenholzkiste nach Bonn gekommen war, mit alten Büchern und Papieren, die zu öffnen sich niemand die Mühe gemacht hatte. Es war eine rechteckige Kiste. Man hatte sie in einem Winkel des Kohlenschuppens vergessen, hinter der Botschaft, dort, wo jetzt der Garten ist. Im Sommer 58 wurde dieses Stück Eichenholz in einem Lastwagen aus Deutschland weggebracht. Ich habe herausgefunden, daß sie beim Überqueren der Grenze von drei Männern bewacht wurde; einer von ihnen war ein argentinischer Offizier. Die Vorsichtsmaßnahmen erschienen mir übertrieben. Niemand läßt einige Papiere so lange Zeit liegen, um sie dann ungelesen so scharf bewacht wegzuschaffen. Ich hatte keinen Zweifel. Es war die Leiche.«

»Und was wirst du jetzt tun, Zamora? Ein Stück Glut ist dir in die Hand gefallen. Die Meldung veröffentlichen? Ein Bad im Ruhm nehmen?«

»Perón aufsuchen. Ihm die Geschichte anbieten. Ihn fragen, wie er sie an meiner Stelle schreiben würde.«

»Deshalb habe ich dich ja angerufen, Zamora. Damit du keine Zeit verlierst. Der General kennt jedes Wort von dem, was du ihm erzählen willst. Daß die Leiche dem Vatikan anvertraut worden war. Daß man sie auf Parzelle 86 des Campo-Verano-Friedhofs in Rom beerdigte. Das ist falsch. Wir haben sie schon gesucht. Diese Parzelle gibt es nicht.«

Langsam stand Zamora auf. Er gab weder Enttäuschung noch Überraschung zu erkennen. Er erhob sich einfach, bis sein Kopf in der Rauchwolke verschwand.

»Dann ist alles gesagt. Wozu noch weiterreden?«

Der Verleger mit dem schnurrbartlosen Bart hüllte sich in

seinen Umhang und verließ das Café. Wie ein Wurfriemen-hagel drangen die Insekten hinein, hinter die Lichtkugeln. Die Kellner schwitzten aus allen Poren. Noon befahl:

»Setz dich. Schon die Hälfte dessen, was du weißt, könnte dich das Leben kosten. Jetzt mußt du alles erfahren, um zu überleben.«

»Ich bin kein Feind«, sagte Zamora.

»Nein«, gab Noon zu. »Du bist schlimmer. Du könntest ein Verräter sein.«

An den Tischen beruhigten sich die Stimmen, als wären sie offene, jetzt von einer trägen Hand geschlossene Schubladen. An Zamoras Ohren begannen Worte zu dringen, die von allem beschnitten waren, was den Sinnen zugehörte, ob Licht, Geschmack oder Aussehen. Was er hörte, drang ihm in die Eingeweide.

»Ich habe General Aramburu umgebracht«, sagte Noon. »Ich habe ihn umgebracht, und du wirst es nicht schreiben. Würdest du es tun, Zamora, es wäre dein Ende. Du würdest Frau, Vater, Kinder verlieren. Du würdest sie eine nach dem andern fallen sehen und aus Mitleid bitten, daß man auch dich fällt. Deine Geschichte wäre ausgelebt. Und ich werde nichts tun können, um es zu verhindern. Und jetzt höre, denn du bist zum Schweigen verdammt . . .«

III

Zum zweiten Mal bleibt der Bus vor einem Hangar stehen. María Tizón, die sich nicht aus ihrem Sitz gerührt, sondern an den Erinnerungen gefeilt hat, welche sie am Nachmittag der Presse vorlesen wird, geht den Text noch einmal durch:

Meine Schwester Potota besaß ein Taktgefühl, das ihre Jahre übertraf, und war bereit, die Gefährtin und effiziente Mitarbeiterin eines so fleißigen Mannes voller Ideale zu sein, wie Perón es war.

*Sie verspürte eine starke Neigung zur Kultur und liebte
die Künste. Die Malerei und vor allem die Musik betörten
sie. Sie studierte ein wenig Klavier und ausgiebig Gitarre.
Von ihren Streifzügen durch die Malerei war das Porträt
des Gatten ihr bestes Werk.*

Neben dem Lenkrad des Busses stehend, beschnüffelt Arcángelo Gobbi mit seinem Eidechsenkopf das Geschriebene.
Señorita Tizón spürt ein eisiges Alarmsignal über ihren Nak-
ken ziehen. Vor dem Mann fürchtet sie sich nicht, nur vor
dem Blick, der sich auf ihre Erinnerungen gesetzt hat.
Durchs Fenster erspäht sie Benita Escudera de Toledo. Sie
sieht sie daherhinken, unverkennbar mit Fußschmerzen.
Nun klappt sie das Fenster hoch. »Benita?« ruft sie. »Leisten
Sie mir doch Gesellschaft, und wir plaudern ein wenig.«

*Aber diese Schwester mit ihrer ansteckenden Fröhlichkeit
war schwach angesichts des Verlustes derer, die sie liebte.
Der Tod der Mutter zerriß ihr das Herz. Potota überlebte
sie nur um zwei Jahre. Dann, als sie ihren eigenen Heim-
gang ahnte, wurde sie wieder eine tapfere Frau. In den
zwei Monaten ihres grausamen Leidens, gestärkt allein
durch das heilige Abendmahl, das sie täglich empfing, und
in der Hoffnung auf ein besseres Leben, erlosch sie ergeben. Sie starb in Buenos Aires. Perón betrauerte sie auf-
richtig. Einige sagen, sie sei seine große Liebe gewesen.*

Der Bus rollt zwischen öden Weiden am Rand der Pisten
dahin. Hauptmann Trafelatti erzählt von seinen Abenteuern
als Tierpräparator. José Artemio spricht von Standvögeln,
die sogar im Winter nisten und sich paaren. Einige Helikopter fliegen in Zweiergruppen.

María Tizón wüßte zu gern, wieviel geheimes Leben von
Potota bei Benita gelandet ist. Welche Geständnisse und
Schmerzen. Aber sie weiß nicht, wie anfangen und wo. Sie
sagt: Finden Sie nicht auch, es ist ein Geschenk des Himmels,

daß wir sie gekannt haben? Und Benita antwortet: Ein Geschenk des Himmels. Dann schweigen sie. Vetter Julio nickt ein. Als sie die Stimme senkt, findet María endlich den Ton, der ihre Erinnerung mit Benitas Erinnerung zur Deckung bringt. Sie tuscheln, fassen langsam Vertrauen zueinander:

Haben Sie denn geahnt, daß die arme Potota so leiden würde?

Das habe ich tatsächlich, Señorita María. Von Anfang an habe ich gesehen, daß in ihrem Gesicht ein böses Schicksal geschrieben stand. Wir haben uns alles erzählt. Wir waren, Sie verzeihen, wie Schwestern. Eines Tages, als sie wieder melancholisch war, sagte sie zu mir: Weißt du, wo ich Juan kennengelernt habe, Benita? Im Kino Capitol in der Calle Santa Fe. Wir gingen zu einer Wohltätigkeitsvorstellung, und der Zufall setzte uns nebeneinander.

Natürlich erinnere ich mich! Sie sahen *Der Sohn des Scheichs*. Potota ist zitternd heimgekommen. Mama fragte sie, ob sie krank sei, und sie, nein, nein, keineswegs. Sie war ganz aufgewühlt. In der Nacht habe ich sie berührt. Sie hatte Fieber. Sie war an Liebe erkrankt, Benita. Die paar schmeichelhaften Sätze, die ihr Perón gesagt hatte, hatten ihr völlig den Kopf verdreht. Wie alt war sie? Lassen Sie uns überlegen: Wenn sie am 18. März 1908 geboren wurde, muß sie neunzehn gewesen sein.

Wurde sie rot, Señorita Tizón?

Aber natürlich, Benita, sie ist bei jeder Gelegenheit errötet! Wenn sie auf der Gitarre Albéniz spielte, machte sie es so gut, daß wir alle aus unseren Zimmern kamen, um ihr einen Kuß zu geben. Und sie, wissen Sie, was sie tat? Sie wurde rot wie eine Nelke! Nach eine Woche hat Perón um die Erlaubnis gebeten, sie zu besuchen. Von da an erschien er jeden Samstag bei uns. Sie sind den Gehsteig auf und ab spaziert, und wir haben sie vom Balkon aus mit unseren Blicken begleitet. Was für ein schönes Paar! Er kräftig gewachsen, mit dem Aussehen eines Athleten. Und sie, so winzig klein und zerbrechlich. Eines Abends, als sie schon zu heiraten beschlossen hatten, ist Potota in mein Zimmer gekommen und hat mich umarmt: Ach, María! sagte sie. Ich habe solche Angst, allein zu bleiben! Ich versuchte sie zu beruhigen: Was meinst du mit allein, Schwesterchen? Liebst du Perón denn nicht? Weil, wenn du ihn liebst, wirst du allein mit der Liebe schon dein Leben füllen. Sie sagte: Ich liebe ihn sehr. Aber sein Kopf ist nicht bei mir. Er ist Soldat und kann an nichts anderes denken als an seine Karriere. Dann ist Mama gekommen, und wir haben sie gemeinsam getröstet. Ich strich ihr mit der Hand übers Haar, armes Kind, und Mama sagte zu ihr: Das ist das Los der Frau, Potota. Allein zu bleiben. Der Mann an seine Arbeit, und die Frau kann auf ihn warten. Später kommen mit Gottes Hilfe die Kinder, und das Warten hat ein Ende. Meine Schwester errötete. Aber Sie wissen ja. Die Kinder sind nicht gekommen.

Ich erinnere mich gut an die Monate vor der Heirat... María. Ich erinnere mich genau an den Tod von Don Mario Tomás und an die Trauer. Die Peróns hatten die Haustür halb geschlossen und verboten die Musik. Potota hat die Gitarre verkauft. Sie hat nichts anderes getan als den ganzen Tag mit Tante Juana den Rosenkranz gebetet. Was soll ich tun, Benita? fragte sie mich. So will ich nicht heiraten, mitten in der Trauer.

Uns hat sie dasselbe gesagt, bis Mama sie überzeugen konnte. Männer darf man nicht warten lassen, sagte sie zu ihr. Sie entschieden sich für eine intime Zeremonie, bei uns zu Hause, ohne Fest. Und als sie aus den Flitterwochen zurückkamen, bewahrheitete sich die Ahnung der armen Potota. Sie ist allein geblieben.

Eine grünliche Fliege setzt sich auf die Handtasche, in der María Tizón das kleine Notizbuch mit ihren Aufzeichnungen und zwei Familienfotos vor Arcángelo Gobbis schamlosem Blick versteckt hat.

Schauen Sie, Benita: eine Fliege, die bei dieser Kälte fliegt!

»Wir waren dreizehn Personen«, fährt Noon im Café Gijón fort, »die die Keimzelle der Montoneros bildeten. Zehn haben sich an Aramburus Entführung beteiligt. Sechs haben sein Todesurteil gefällt. Am Tag, an dem Perón nach Buenos Aires zurückkehrt, wird man nicht mehr so zählen. Man wird von zwölf und nicht von dreizehn Gründungsmitgliedern sprechen. Von fünf Richtern. Mein Name wird weggelassen werden. Ich werde für immer außerhalb dieses Gerichts bleiben. Ich erscheine nur in der Rolle, die ich dir gezeigt habe, Zamora. Und jetzt muß ich sie vernichten. Das sind die Absichten des Generals.

Mit größter Klarheit hat Genosse Rodolfo Walsh die Gründe geschildert, die uns zur Hinrichtung geführt haben. Ich will dir vorlesen, was er geschrieben hat: *Aramburu wurde am 1. Juni 1970 um sieben Uhr morgens hingerichtet. Fünfundvierzig Tage später tauchte seine Leiche im Süden der Provinz Buenos Aires auf. Gegen ihn wurden vier gewichtige Anklagepunkte vorgebracht: der Sturz der verfassungsmäßigen Regierung Perón im September 1955 und die zeitlich unbegrenzte Ächtung der peronistischen Bewegung; die Tötung von siebenundzwanzig Argentiniern ohne vorheriges Urteil noch berechtigten Grund im Juni 1956; die Geheimoperation, bei der man Perón die Leiche seiner Gattin Evita raubte, um sie zu malträtieren und außer Landes zu bringen; der gefährliche Beginn der wirtschaftlichen Gewalttätigkeit. Die Regierung Aramburu bildete das zweite schändliche Jahrzehnt. Die Republik Argentinien, die jährlich dem Ausland kaum einen Dollar pro Kopf zurückerstattete, begann diese Kredite, die nur dem Kreditgeber Nutzen bringen, zu verwalten, verschmolz ausländisches Kapital mit nationalen Ersparnissen und häufte eine Verschuldung an, die heute fünfundzwanzig Prozent unserer Exporte mit Zinsen belastet. Ein einziges Dekret, Nr. 13125, hat das Land um zwei Milliarden Dollar inländisch gemachter Bankeinlagen*

beraubt und sie der internationalen Bank zur Verfügung ge-
stellt, die jetzt den Kredit wird kontrollieren und die Klein-
industrie zugrunde richten können.«

»Auch so war es nicht nötig, ihn umzubringen«, sagt
Zamora.

»Du verstehst es also nicht?« wundert sich Noon.

»Ich verstehe den Tod nie.«

»Es war etwas mehr als der Tod. Wichtiger und auch de-
finitiver.«

Noon hat eine Reihe Papiere auf dem Kaffeehaustisch angeordnet. Von weitem sehen sie aus wie die Fotos in einem
Album. Zamora badet sie in Rauch. Die Hitze will nicht
aufsteigen, sondern bleibt hocken, an die Nacht geklammert.

»Wir mußten überleben«, sagt Noon, »und deshalb mußte
ein Feind sterben. Je gewaltiger dieses Opfer, desto größer
würde unser Leben sein. Das ist eine Nietzsche-Idee. Jede
neue Schöpfung hat die Feinde nötiger als die Freunde. Und
einen einzigen bedeutenden Feind nötiger als hundert. Wir
hatten ihn: Aramburu. Es gab keine andere Wahl. Im Mai
1970, bevor wir ihn entführten, schrieb ich an Perón und bat
ihn um Rat. Einmal mehr wusch sich der General die Hände
in Unschuld. Sie werden wissen, was Sie tun, Antezana. Sie
werden die schweren Konsequenzen ja abgewogen haben.
Und als alles vorüber war, kam ich hierher, um ihm diesen
Bericht zu überbringen: ›Operation Pindapoy / Kommando
Juan José Valle‹. Der General lachte über den Namen – ein
Name, der nach einer Orange klingt.

Du wirst verstehen, Zamora, daß er jedes dieser Blätter
mehr als einmal gelesen hat. Das Schicksal, das Evitas Leiche
erlitten hatte, war für den General ein unerträgliches Rätsel.
In den ersten Verhören weigerte sich Aramburu stur, auf das
Thema einzugehen. Eine Ehrensache (sagte er) verbiete ihm
das. Nachdem wir ihn in die Mangel genommen hatten, ge-
stand er schließlich doch etwas. Die dem Vatikan anvertraute

Leiche liege auf einem römischen Friedhof. Er gab uns die Nummer der Parzelle. Wie du weißt, war sie falsch.

Am 1. Juni, etwa um vier Uhr früh, zogen wir uns zur Beratung zurück. Wir waren zu sechst und wollten, daß Gerechtigkeit herrsche, auch wenn es um Aramburu ging. Fernando Abal Medina las die Anklagepunkte vor. Ich übernahm die Verteidigung. Ich trennte die Moral von der Politik. Ich argumentierte, die Verbrechen dieses Mannes lägen schon weit zurück und wir könnten irgendeine Form der Begnadigung finden. Kurz bevor es hell wurde, schrieb jeder von uns sein Urteil auf einen Zettel. Sechsmal las ich: Tod.

Wir blieben noch eine Weile draußen und rauchten. Wir befanden uns auf einem Grundstück von Timote, auf offener Pampa, fünf Meilen östlich von Carlos Tejedor. Zwischen einigen rostigen Pfannen fand ich einen phosphoreszierenden Knochen. Neben mir sattelte Carlos Gustavo Ramus ein Pferd.

Am Horizont sah ich die rötliche Linie der Dämmerung. Ich stand auf und sagte: Um sieben werden wir ihn erschießen. Man muß dem Angeklagten Bescheid sagen, damit er sich vorbereiten kann.

Als er mich kommen sah, wurde Aramburu bleich. Was haben Sie beschlossen? fragte er. Ich sprach feierlich: General, das Gericht hat Sie zum Tode verurteilt. Sie werden in einer halben Stunde hingerichtet werden. Jemand band ihm die Hände auf dem Rücken fest, ich weiß nicht mehr, wer. Aramburu bemühte sich, die Ruhe zu bewahren, und bat, rasiert zu werden. Wir haben nichts, um Sie zu rasieren, General, sagte ich. Und ich betastete mein Gesicht. Überrascht stellte ich fest, daß auch mir der Bart gewachsen war.

Durch einen der Gänge im Haus gelangten wir zum Keller. In der Nähe der Tür postierte ich eine Wache. Zwei von uns blieben draußen im Patio und hantierten mit Schreinerwerkzeug, um die Schüsse zu übertönen.

Auf einer Treppenstufe blieb Aramburu stehen und fragte, wann der Beichtvater käme. Sie werden vor Gott beichten müssen, General, antwortete ich. Die Straßen werden kontrolliert, und wir können niemand herbringen. Er ging die abbröckelnde Treppe zu Ende, wandte uns dann den Rücken zu und betete. Mitten im Bußgebet unterbrach er sich: Was wird mit meiner Familie geschehen? fragte er. Fernando antwortete: Nichts. Alles, was Ihnen gehört, werden wir Ihrer Frau zurückgeben.

Wir steckten ihm ein Taschentuch in den Mund, um die Todesklage zu dämpfen. Dann führten wir ihn zur Wand. Ich zog meine 9-Millimeter-Walther und entsicherte sie. Ich sah, wie er erschauderte.

General, wir schreiten zur Vollstreckung, rief Abal Medina.

Er schloß die Augen. In diesem Moment schoß ich auf ihn. Die Kugel drang ihm direkt ins Herz.

Einen Monat später, als ich den Bericht über die Aktion nach Madrid brachte, bemerkte Perón einen kuriosen Fehler, den Fernando gemacht hatte, als er die Geschichte schilderte, vielleicht um die Statur des Feindes zu vergrößern. Da ist seine Version, Zamora. Du kannst sie lesen.

Abal Medina übernahm die Aufgabe, den Angeklagten hinzurichten. Für uns ist es der Chef, der die größte Verantwortung zu tragen hat.

»General«, sagt Fernando, »wir schreiten zur Vollstreckung.«

»Vollstrecken Sie«, sprach der General zum letzten Mal.

Diese Worte sind unmöglich, *Vollstrecken Sie*, sagte Perón zu mir. Hat man schon einmal jemand mit einem Taschentuch im Mund sprechen hören?«

Zwei Flamencotänzerinnen betreten geräuschvoll das Café. Zamora wischt sich den Schweiß aus dem Gesicht, und diesmal ist er es, der lächelt.

»Also hat euch Aramburu noch an der Schwelle des Todes genarrt. Er hat sein Ehrenwort gehalten und den Ort, wo Eva beerdigt ist, nicht verraten.«

»Das einzige, was er nicht gesagt hat«, räumt Noon ein.

»Und ich glaube, aus diesem Grund war auch ich für seinen Tod. Es gibt nur noch eine Geschichte. Ich mußte diesen ganzen Sommer in Madrid bleiben. Am 8. September 1970 kehrte ich nach Buenos Aires zurück. Am Vorabend hatte eine Polizeipatrouille Ramus und Abal Medina in einer Pizzeria im Vorort William Morris erschossen. Ich beschloß, Fernandos Bericht genauso zu belassen. Ich werde nicht der sein, der das letzte Wort korrigiert, das er Aramburu in den Mund gelegt hat. Dieses ›Vollstrecken Sie‹, das es gar nicht gegeben hat, wird für immer bleiben.«

»Jetzt bin ich dran.« Zamora legt Noon eine Hand auf die Schulter. »Ich weiß, wer Evita hat. Und wo sie ist.«

»Ich weiß, daß du es weißt«, sagt Noon. »Wenn du gekommen bist, dann, weil du es mir erzählen willst.«

V

Als die sieben Kindheitskameraden von Perón zu den ausgeteerten Rändern des Flughafens Ezeiza kommen, öffnet der Bus, der sie spazierenfährt, seine Fenster den Bildern eines unüberschaubaren Festes, dessen Szenen sich in regelmäßigen Abständen wiederholen.

Sie erblicken ein Gewebe von Pilgern, die singend über die Wege eines Eukalyptuswaldes ziehen. Die Männer halten Transparente mit dem Bild Evitas im Zenit ihrer Schönheit auf: im Profil, mit dem Haarkranz, die Lippen leicht geöffnet.

Langsam fährt eine Lastwagenkolonne vorbei, beladen mit Familien, die von sehr weit herkommen. Auf einigen der Fahrzeuge stehen die Namen ihrer abgelegenen Städte: Aguilares, Monteros, Concepción, Choromoro. Und über der Fahrerkabine noch einmal Eva, rußschwarz das Lächeln nach der Fahrt, aber die Frisur mit dem Haarkranz intakt.

Dahinter läßt ein Lieferwagen mit Lautsprechern die Musik von *Evita Capitana* laufen. Und auf einmal setzt Eva mit ihrer Stimme aus einer andern Zeit ein, heiser, zerkratzt, die Luft überrennend: *Der Fanatismus ist die Weisheit des Geistes.* Plötzlich tritt Stille ein. Und dann: *Liebe Genossen, der Fanatismus ist die Weisheit des Geistes.*

Es folgen Frauen mit weißen Taschentüchern auf dem Kopf und Kindern in den Armen. Einige lachen schallend. Die Sonne hüllt sie ein. Leise weht ein Wind.

»Wir müssen ins Hotel zurück«, entscheidet Arcángelo Gobbi am Steuer des Busses. »Dieser Weg ist von den Linken abgeschnitten worden.«

»Schon zurück?« beklagt sich Hauptmann Trafelatti. »Wir haben doch noch gar nichts gesehen . . .«

Arcángelo gibt keine Antwort. Langsam bewegt er den Eidechsenkopf, die Bewegungen der Massen am Horizont abschätzend.

Mehrmals ist der Bus zu den geteerten Gräben gelangt, an denen der Flughafen endet. Erstaunt haben die Fahrgäste auf einen über den Gebüschen surrenden Fliegenschwarm gezeigt. Fliegen, bei dieser Kälte? Und sie haben Lastwagenkolonnen gesehen, immer mit denselben Namen prähistorischer Städte bezeichnet: Famaillá, Burruyacu, El Chañar, Atahona. Ist denn das wie in der Oper? hat sich María Amelia gefragt. Gibt es nur eine einzige Landschaft, und die schickt man auf Tournee?

Da sich María Tizón und Benita von allem, was die Gruppe bestaunt, ferngehalten und sich von den Erinnerungen haben mitreißen lassen, sind sie als einzige überhaupt irgendwohin gekommen. Sie haben die Vergangenheit kaum verlassen. Nachdem sie die Stimme gesenkt und gemeinsam die je und je mit Potota geteilten Häuser der Erinnerung betreten haben, hat sie ein Hunger nach Vertrauen einander immer näher gebracht.

BENITA: Sie waren noch kein Jahr verheiratet, da verfügte Perón, daß sie in eine Wohnung Ecke Santa Fe/Canning zögen. Dort setzte Potota die Einsamkeit am meisten zu. Einmal ging ich hin und bat sie, mich ins Kino zu begleiten.

Was fällt dir ein, Benita? lehnte sie ab. Und wenn Perón zurückkommt, und ich bin nicht da? Sie begann, sich die Zeit damit zu vertreiben, daß sie mir Briefe schrieb.

María: Ich durfte nicht einmal mit ihr telefonieren. Immer hatte sie Angst, das kleinste Geräusch könnte Perón vom Studieren ablenken.

Benita: Alles begann mit diesem fieberhaften Wunsch, ein Kind zu bekommen. Setzte die Menstruation einmal einen Tag zu spät ein, dann schwatzte Pototal unaufhörlich, sie war völlig durcheinander. Und kam sie dann, so gab es ein Meer von Tränen. Was ist nur los mit mir, Benita, was ist nur mit mir los?

María: Da können Sie sehen. Und Mama, ohne es zu merken, beunruhigte sie noch mehr, indem sie immer wieder fragte: Und, Pototita? Wann ist es soweit?

Benita: Ich merkte schon in einem der ersten Briefe, daß sie verängstigt war. Sehen Sie, María? Lesen Sie. Beachten Sie, wie sie, um nur ja niemandem lästig zu fallen, das Gewicht ihres Kreuzes ganz allein trug.

Liebe Benita,

Vor allem würde es mich freuen, wenn es Euch beiden gut geht . . . und auch finanziell. Uns geht es sehr gut. Gott sei Dank!

All diese Tage habe ich Dich besuchen wollen, aber einmal war es der Regen, dann die Kälte und schließlich das Fest, mit dem wir die Revolution begehen, so sind die Tage vergangen, ohne daß ich den so lange angekündigten und ersehnten Besuch bei Dir gemacht habe.

Benita: Außerdem wollte ich Dich sehen und besuchen, damit Du mir die Nadel gibst, um die Fäden der Strümpfe aufzunehmen. Ich habe mehrere Paare, die ich nicht benutze, weil ich sie nicht mit Nähen kaputtmachen will, so kannst Du Dir vorstellen, wie gerne ich Dich besuchen käme oder mich freuen würde, wenn Du mich besuchen würdest. Benita: Obwohl ich weniger beschäftigt bin,

würde ich mich freuen, wenn Du kämst, denn weil Perón
immer nur am Abend da ist, quält es mich sehr, ihn allein
zu lassen, denn obwohl er allein in seinem Zimmer ist,
bittet er mich ab und zu um etwas.

Komm mich bald besuchen, auch wenn Du die Nadel
verloren haben solltest. Du weißt ja, daß es nicht aus Ei-
gennutz ist, denn ich habe Dich immer gebeten zu kom-
men, und auch Artemio.

Und Deine Familie? Wir haben einen Brief von der Fa-
milie aus Chubut bekommen. Es geht allen sehr gut und sie
erwarten uns im Sommer. Wenn Du kommst, werden wir
uns über alles ein bißchen unterhalten und vor allem über
Kinder, vielleicht gibt es ja bei Dir schon etwas Neues.

Bei mir ist es immer dasselbe, im Moment scheint einfach
nichts zu sein ... Geduld! Eines Tages vielleicht ...

Benita: Ruf mich an, sobald Du den Brief hast, ich
möchte wissen, wann ich zu Dir kommen kann oder Du zu
mir.

Also dann Benita hoffentlich geht es allen gut; grüß Dei-
ne Familie und besonders Artemio von mir und Juan.

Herzliche Grüße von Potota

Buenos Aires, 10. 9. 1931
Hier die Nummer, falls Du sie verloren hast: 1053 Pa-
lermo (71)

MARÍA: Einmal, im Sommer, gingen meine Schwester Dora
und ich zu ihr auf Besuch. Pototas Wohnung kam mir sehr,
sehr düster vor. Sie hatte ein Klavier, auf dem sie nie spielte.
Wir unterhielten uns eine Weile. Sie drückte mir die Hände:
María, María, sagte sie, hast du gesehen, wie alle Frauen ohne
Ausnahme in andere Umstände kommen können und ich
nicht? Voller Sorge gingen wir. Meine Schwester Dora begann, sie immer wieder anzurufen, um ihr Mut zu machen:
Mama fragt nach dir, Potota. Du sollst vorbeikommen und
ein wenig sticken. In *El Hogar* sei ein wunderschöner Ro-

man erschienen und sie wolle ihn dir ausleihen. Und so weiter. Schließlich hat Dora sie dazu bringen können, mit ihr zu einem Frauenarzt zu gehen. In der Hoffnung auf ein Wunder war Potota plötzlich ganz verändert.

BENITA: Auch Perón hatte sein Päckchen zu tragen, María. Als er schon Sekretär des Kriegsministers war, hinterbrachten sie ihm die Geschichte, daß Tante Juana und ein Bursche vom Land, Marcelino Canosa, ein Verhältnis hatten und zusammenlebten. Das war grauenhaft! Aber Potota überzeugte ihn, diese wilde Ehe legalisieren zu lassen, bevor die ganze Armee davon erfuhr. Und so geschah es. Perón fuhr nach Chubut und zwangsverheiratete die Mutter.

MARÍA: Zu der Zeit begleitete meine Schwester Dora Potota zum Frauenarzt, weil Perón sowieso nicht da war.

BENITA: In dieser Woche bekam ich einen weiteren Brief. Es war der letzte.

Liebe Benita,

ich wünsche mir, daß Gott Dir und Artemio all die Gesundheit gibt, die Ihr verdient. Ich weiß nicht, was ich Dir über mich sagen soll, Benita. Ich habe viel durchgemacht, weil ich alle möglichen Analysen habe durchführen und mich abtasten lassen, in der Hoffnung, endlich in andere Umstände zu kommen. Heute werde ich alles erfahren. Für den Moment hat mir der Doktor versichert, daß er nichts findet, das heißt, daß bei mir alles normal ist. Der Herr möge ihn erhören! Aber ich mache mir allmählich trotzdem große Sorgen, Benita, denn wenn es stimmt, daß ich nichts habe und fähig bin, dann kann ich mir nicht erklären, daß soviel Zeit vergangen ist, ohne daß etwas geschehen ist.

Benita: Es wäre trotzdem nicht überflüssig, wenn Du mir, sobald Du kannst, die Lätzchen mitbrächtest, die Du mir versprochen hast. Ich erwarte Perón jeden Moment von seiner Reise nach Chubut zurück, also ruf mich bitte an, bevor Du kommst.

Besondere Grüße von mir an Artemio. Empfange einen
herzlichen Gruß Benita von

Potota

Buenos Aires, 10. 3. 1934

María: Was für traurige Tage! Als man ihr die Untersu-
chungsergebnisse mitteilte, ging Potota nicht mehr ans Telefon und wollte auch niemand sehen. Stellen Sie sich diesen
Kummer vor, Benita. Zu Hause wußten wir nicht mehr weiter. Zu alledem schwieg auch noch meine Schwester Dora.
Sie sagte, die Diagnose sei unklar. Eines Abends nahm ich
allen Mut zusammen, ging in ihr Zimmer und sprach sie
darauf an: Willst du uns eigentlich verrückt machen, Dora?
Potota in dieser Wohnung wie in einer Gruft eingeschlossen,
und du hier behältst alles für dich. Sag schon, was ist los?
Kann sie keine Kinder kriegen? Dann soll sie sich eben damit
abfinden, Punktum. Schlimmer, sagte Dora. Sie kann. Perón
ist der, der nicht kann. Und das wird ihm Potota niemals
sagen.

Benita: Daran hat sie sehr gut getan, María. Ich hätte
dasselbe gemacht. Die Eigenliebe eines Mannes darf man nie
verletzen.

María: Schlimm ist, daß Potota nicht wieder dieselbe geworden ist. Ein Unglück hat die andern nach sich gezogen,
wie es eben zu geschehen pflegt. Kurz darauf ist Mama gestorben. Wir haben alle sehr gelitten, am meisten aber Potota.
Sie ergraute. Sie häkelte kleine Tischdeckchen und scheuerte
stundenlang die Wohnung. Am Nachmittag hatte sie schon
vergessen, welche Fußleisten sie am Morgen geputzt hatte,
und begann wieder von vorn.

Benita: Es waren keine Tischdeckchen, María. Es waren
Babyschühchen.

Wie lange steht der Bus schon vor dem Hoteleingang, und die
beiden sitzen noch immer da und flüstern? Beim Aussteigen
wundern sie sich über die Veränderungen. Die Galerien sind

jetzt voll finsterer, dickbäuchiger, bis an die Zähne bewaffneter Männer. Sie tragen weiße Armbinden. Einige orientierungslose Maultiere hat es auf die Parkplätze verschlagen, und die Männer laufen hinter ihnen her, um sie mit Ketten zu verjagen.

In der Hotelrezeption hängen große Porträts von Perón, Isabelita und Eva von der Decke. Auf den Gängen duftet es nach Blumen.

Unglaublich, diese Ungerechtigkeit, beklagt sich María. Potota ist aus alledem getilgt worden. Und Benita am Arm nehmend, stößt sie eine weitere Vertraulichkeit aus: Wie hat sich Perón doch verändert, nachdem er Eva geheiratet hat! Mit meiner Schwester war er ein angenehmer, wohlerzogener Mann. Danach wurde er grob, vulgär. Manche Leute sagen, das war eine Pose, um dem Volk näher zu sein. Ich weiß, daß das nicht stimmt. Daß er es wegen Eva getan hat. Damit sie nicht gar so daneben wirkte.

In der halbdunklen Hotelhalle hat sich Arcángelo hinter einer schwarzen Brille verschanzt. Eine grotesk riesige Waffe sprengt seine Hand. Voller Respekt hört er einem Mann mit kastanienbraunen Haaren und leerem Blick zu.

»Wir dürfen keine Zeit mehr verlieren. Der Oberstleutnant braucht dich. Geh auf der Stelle hin, Arcángelo.«

»Auf der Stelle, Lito«, wiederholt er. Und korrigiert sich sogleich: »Ich geh schon, Señor.«

VI

Jetzt bin ich dran. Ich weiß, wer Evita hat. Und wo sie ist.
Diese Sätze interessieren niemanden mehr. Als Zamora sie vor zwei Jahren und vor Noon Antezana ins Café Gijón fallen ließ, hätten sie die Geschichte aus den Angeln heben können. Jetzt, am 20. Juni 1973, würde niemand mehr einen Finger rühren, um sie aufzulesen. Mittlerweile wissen alle, welche Odyssee Evitas Leiche durchgemacht und wer ihr

Ruhe verschafft hat. Denken wir an morgen. In Kürze, hat Zamora geschrieben, wird dieses Land keine Vergangenheit mehr haben. Hier ist die Vergangenheit etwas Unwirkliches, wie eine Kinoleinwand. Dauernd wird sie durch einen neuen (und schlimmeren) Knalleffekt der Wirklichkeit ersetzt. Sie ist nicht einmal Vergessen.

Es ist schon nach halb zwölf, als Zamora endlich über den Riachuelo nach Buenos Aires hineinfahren kann. Bereits um elf Uhr hätte er bei einer Wohnung in der Calle Arenales vorbeigehen und die Seiten eines Tagebuchs abholen sollen. Sie, die Frau, die ihm diese Lektüre versprochen hat, ist aber vielleicht nicht dort. Vielleicht erwartet sie ihn überhaupt nicht.

Die Straßen von Barracas sind jetzt menschenleer. Fliegen und Papiere fliegen umher. Über den Häusern erlischt die Sonne, eisig wie eine Medaille. In der Nähe der Calle Constitución schrubben zwei Burschen eine Kneipe. Das Seifenwasser umgurgelt die Metalljalousie und spült einen Schwall welke Zigaretten auf den Gehweg.

Zamora vernimmt das Lachen zweier Flamencotänzerinnen, die in den Dunst des Cafés Gijón treten, legt Noon wieder die Hand auf die Schulter und hört sich sagen:

»Ich werde dir erzählen, was mit der Leiche geschehen ist. Wie du weißt, fand ich in der argentinischen Botschaft in Bonn einige Papiere, die die Fahrt einer gewissen rechteckigen Eichenholzkiste über Mannheim, Freiburg und Basel, Schweiz beschrieben. Ich fand heraus, daß die Kiste beim Grenzübertritt von drei Männern bewacht wurde. Einer von ihnen war Offizier der argentinischen Armee. Es machte mich mißtrauisch, daß wegen einiger alter Fetzen Papier solche Vorsichtsmaßnahmen getroffen wurden, und ich hatte keinen Zweifel mehr. Es handelte sich um die Leiche. Ich nahm an, der Empfänger der Sendung hätte den Schlüssel des Rätsels. Es war ein gewisser Giorgio de Magistris, Via Ceresio 86-41 in Mailand. Ich nahm das erste Flugzeug. Die Adresse war die des Cimitero Monumentale, in der Nähe des

Bahnhofs Porta Garibaldi. Stell dir vor, wie aufgeregt ich war, als ich den Friedhof betrat. Ich erwartete nicht ein Grab mit dem Namen: *Eva Perón. Qui giace.* Ich erwartete eine Inschrift, irgendeinen Hinweis.«

»Also war es in Mailand, nicht in Rom«, lächelte Noon.

»Mailand, Via Ceresio. Ich lief einen ganzen Nachmittag den Friedhof ab und mußte am nächsten Tag noch einmal hin. Ein riesiges Eingangstor, eine Säuleneinfriedung. Ich marschierte zwischen den imposanten Grabstätten durch. Ich ging auf den Heldenfriedhof, den *Famedio*, wo Manzoni liegt. Als es schon fast dunkel war, fragte ich zwei Wärter. Ich nannte ihnen den Namen Magistris, gab ihnen sämtliche Zahlen, die auf dem Zettel der Botschaft standen. *Ottantasei!* rief einer der beiden. *Eccolo qua!* Und er führte mich zu einem schmucklosen Gebäude zuhinterst, dem *Tempio di Cremazione*. Ich fühlte Übelkeit, Ärger. Es war ein Moment der Verlorenheit, wie im Traum. Sechsundachtzig wird er genannt, weil am Eingang sechsundachtzig Lire für die Besichtigung verlangt werden beziehungsweise verlangt wurden.«

Zamora sah Noon erschauern. Die Flamencotänzerinnen, einen Sherry in der Hand, machten ihnen von der Theke aus Zeichen.

»Diese Mistkerle haben sie eingeäschert!« sagte Noon. »Warum hast du sie nicht angezeigt?«

»Weil ich nicht sicher bin. Es gibt keinen einzigen Beweis. Hätte ich die Geschichte erzählt, würde man mich heute noch auslachen. Über die Leiche sind tausend Märchen geschrieben worden. Ich wollte nicht noch ein weiteres hinzufügen.«

Die riesige Avenida 9 de Julio tut sich leer vor Zamora auf. In der Ferne, auf der andern Seite des Obelisken, sieht er einen fahnengeschmückten Lastwagen vorbeifahren. Er spürt die angenehme Wärme des eigenen Körpers im Renault, sicher vor der Lächerlichkeit. Sicher für wie lange? In Buenos Aires erwacht die Lächerlichkeit noch vor der Sonne, tagtäglich. Drei Monate nach dem Treffen mit Noon übergab der Botschafter von General Lanusse in Madrid Perón Evitas Leiche. Und auf einmal paßten die Teile des Puzzles zusammen. Wieder um zwei Uhr früh, aber jetzt bei ihm in Buenos Aires, klingelte das Telefon. Es war Noon.

»Zamora? Hast du gesehen, wie blöd wir waren? Es ist meine Schuld, weil ich nicht bis ans Ende gegangen bin.«

»Es ist meine Schuld.« Zamora hängte auf, nachdem er die Geschichte gehört hatte.

Alles hatte er in den Händen gehabt: die Zahlen, den Namen, die Orte. Jahrelang hatte Eva Perón unter dem Namen Maria de Magistris in Mailand gelegen. Ihr Grabstein trug in aller Deutlichkeit die Aufschrift: *Giorgio de Magistris a sua sposa carissima.* Die Daten auf dem Grab stimmten überein – Giardino 41 der Parzelle 86. Nur der Name des Friedhofs war ein anderer: Musocco und nicht Monumentale, in der Via Garagnano und nicht in der Ceresio.

Er fühlt sich vernichtet, unbrauchbar und versteht nicht, woher auf einmal diese Beklemmung kommt. Gierig raucht er eine Zigarette, um sich Mut zu machen, und parkt das Auto vor der Haustür der Person, die ihn vielleicht erwartet. Hat Señora Mercedes etwa nicht versprochen, ihm das Tagebuch zu lesen zu geben, das sie in Santiago de Chile zwischen Januar und April 1938 führte, als sie und ihr Mann mit Potota und Perón eine enge (oder ziemlich enge) Freundschaft schlossen? Hat sie ihm nicht schon am Telefon vertraulich von den Aufregungen der Zugfahrt durch die Anden erzählt, wie sie zu den Häusern von Ñuñoa kamen und wie Potota plötzlich verfiel, bevor sie vom Krebs niedergeschmettert wurde? Du klingelst, Zamora, und sie öffnet dir tatsächlich, Señora Mercedes, die Witwe des Mannes, der 1955 Perón stürzte. Mecha Villada Achával de Lonardi.

Los, Jungs, los, Vorsicht mit den Plakaten, zeigt sie nicht. Wenn wir die Karten jetzt schon aufdecken, bringen sie uns um die Ecke. Singen! Was ist denn mit euch? Ist euch die Gurgel eingeschlafen? Los, gesungen jetzt, es ist kalt. *Perón, Evita / das sozialistische Vaterland! Evita gibt's nur eine, allen andren machen wir Beine!* Sieh doch mal diese große Fliege, Noon. Sogar die Fliegen sind vom Winter aufgestanden, um den Alten zu hören. Ein glorreicher Tag, nicht? Schau mal, was für eine Sonne. Als ich noch ein kleines Mädchen war, hat mich eine Tante immer in den Parque Centenario mitgenommen. Sie haben mich an den Zöpfen gerissen und mich gepiesackt, wegen den Haaren und den Sommersprossen. Aber auf dem Karussell gab's einen Jungen, der hatte sich in mich verliebt. Achtzehnuhrgesicht nannte er mich. Rostgesicht. Sonnenuntergangsgesicht. Und ich, statt fröhlich zu sein, wurde traurig.

Was macht ihr denn, Jungs? Los! Und die Trommel da? Ist sie etwa stumm geworden? Als kleines Mädchen dachte ich: Ich will sein wie Rosa Luxemburg, wie La Pasionaria, wie Isadora Duncan. Ich will die Krupskaja sein, die Lenin vor seinem Tod noch eine Geschichte von Jack London vorliest. Als ich groß war, merkte ich, daß ich von einer Liebe träumte, die parallel zur Geschichte wuchs, mit der Aktion, mit den Massen. Eine Liebe, die nicht stehenbleiben will, verstehst du?, wie das Feuer. Die im Bett und im Aktivismus verbrennt. Und am Ende habe ich mir gesagt: All das ist Evita.

Vorsicht vor dem Kordon von Männern bei der Schule dort drüben, Jungs, die mit den grünen Armbinden! Laßt euch nicht provozieren. Osinde und López Rega, dieser Hexenmeister, haben von überall Provokateure mitgebracht. Aber nicht verstummen, he! Zerreißt ihnen die Ohren: *Nur Mut, Perón, nur Mut, / dann nimmt der Hexer seinen Hut! Wäre Evita noch am Leben, / würde sie für die Montoneros das Letzte geben! Wäre Evita noch am Leben!* Verstehst du, was ich dir sagen will, Noon? Ich begann mich zu fragen: Diana, empfindet man die Liebe nicht tiefer, wenn man mitten im Getümmel der Aktion steht? Kann man den Sex denn nicht mit der Geschichte verbinden? Und ich gab mir die Antwort selbst. Ganz einfach, Diana: Du mußt die Liebe wie etwas Normales im Anormalen leben, die Liebe sei dein Atmen, dein Schlaf im Wachen. Die Liebe verteilen, wie Evita es tat, die sich mit dem General von drei bis fünf Uhr morgens traf, eine Ehe heimlicher Liebhaber. Die, wie soll ich sagen?, Route deiner Rute sein. Das magst du doch, oder? Nicht die Knute, die Route. Wie findest du das? Die Route deiner Rute. Ich bin verrückt. Ich bin verliebt. Ich bin eine Frau. Dieses Wort klingt heute besser denn je. Ich bin eine Frau.

Einen Schritt vorgetreten, Mädels! Singt den Marsch, legt eure Seele hinein. Lauter! Na? Legt die Seele hinein. Ja, so, genau so! *Mit Perón in den Krieg ziehn, / in den Krieg des Volkes . . .*

Noon legt ihr die Hand um die Schulter, umarmt das unbezwingbare Dickicht roter Haare und spürt, ohne Gedanken, aus reiner Notwendigkeit des Verlangens, das Brausen dieses Körpers. Er erinnert sich, wie er, als er letzte Nacht von einer Runde durch die lodernden Montonerofeuer in Cañuelas, Berisso und Florencio Varela zurückkam und dann in Dianas vom Winter (sie sagt: vom Leben) gesprungene Lippen eindrang, sich sehnlich wünschte, alles wäre schon vorüber und er wäre wieder dort, sie liebkosend, ohne je zu erlöschen. Er erinnert sich, daß er sie anstarrte, so anstarrte, wie es nur im Dunkeln möglich ist, und zu ihr sagte:

»Du darfst nie weggehen, Diana.«

Und mit einem Lachen begann sie weise die Knoten zu lösen, die Noon noch in sich hatte, jede verborgene Zärtlichkeit seiner Adern zu befreien. Langsam zeichnete sie ihm mit den Fingern einen Körper, der nur noch für den ihren taugen würde, und während sie ihn in ihr laues Meer einließ, antwortete sie mit den heiseren, stürmischen Worten, die einst Evita gehört hatten:

»Ich möchte nur gehen, um zurückkommen zu können. Ich werde zurückkommen und Millionen sein.«

Dann sah er sie einschlafen. Er spürte, wie über sein erloschenes Blut die neue Hitze der Schlaflosigkeit hochkletterte. Er rauchte, und der Rauch hinterließ auf seiner Zunge einen Moos- und Käferrückstand. Er roch an seinen Armen, um sich vom Duft des Sexes einhüllen zu lassen. Und sich wieder dem Geschreibsel der ungenießbaren *Horizonte*-Sondernummer zuwendend, ›Das vollständige Leben Peróns / Dokumente und Aussagen von hundert Zeugen‹, platschte er in den Schlamm eines weiteren Kapitels.

5. Wir werden nie wieder so sein, wie wir waren. ›An einem Sonntag des Jahres 1922 . . .‹

VIII

Um vier Uhr nachmittags macht der General durchs Flugzeugfenster die braunen Krater einer unbewohnten Landschaft aus. Der Anblick der Wüste benimmt ihm den Atem. Das Geschlängel eines Flusses tut auf der Erde grüne Adern auf – Bäume, Gebüsche? Welche Verlassenheit. Und in dieses Land kehre ich zurück? wird der General später sagen, am selben Abend. In diese endlosen, ausgesaugten, ausgelaugten Pampas? Ich erkenne sie nicht wieder. Sie gehören nicht mir. Hier wollte ich doch immer sterben, aber jetzt weiß ich nicht mehr recht. Gehört von alledem etwas mir? Und ich, wohin gehöre ich?

López Rega lenkt ihn mit einer Tasse Tee ab.

»Die Stunde naht«, sagt er.

Isabel streichelt Perón übers Haar.

»Wirklich? Die Stunde naht?«

López setzt sich neben den General auf dessen Lehne und breitet wieder einen mit Berechnungen und Hieroglyphen vollgekritzelten Blätterwald aus.

»Ich habe die Genossin Norma Kennedy angewiesen, der

Presse in Ihrem Auftrag eine Meldung zu verlesen. Sie hat sich sogleich in Bewegung gesetzt und etwa fünfzehn oder zwanzig Personen im ersten Stock des internationalen Hotels zusammengetrommelt. Sie hat ihnen gesagt, trotz der Schießerei und aller imperialistischer Verschwörung wird General Perón heute in unser Land kommen, und zwar für immer. Sie hat darüber informiert, daß wir eine Stunde Verspätung haben. Und um jeden Tumult im Keim zu ersticken, hat sie bestätigt, daß Sie zur Tribüne auf der Autobahnbrücke zwölf kommen und zu den Massen sprechen werden.«

»Norma . . . Was für ein gutes Kind!« murmelt der General.

»Nur daß wir nicht in Ezeiza niedergehen werden«, erklärt López.

»Aber wohin bringt man mich denn dann?«

»Zum Militärstützpunkt Morón, aus Sicherheitsgründen. Solano Lima, der Vizepräsident, hat sich einverstanden erklärt. Wir haben ihn und die Kommandanten der drei Streitkräfte gebeten, sich so rasch wie möglich nach Morón zu begeben . . .«

Einige Blitze unterbrechen ihn. Das Flugzeug hat die Lichter angemacht und ist gleichzeitig in ein Feld gelber Wolken hineingeraten. Plötzlich ärgert sich der General.

»Und was wird jetzt aus diesen armen Menschen, die mich erwarten, López. Drei Millionen sollen es sein? Zweieinhalb? Wer weiß, welche Höllen sie durchgemacht haben, um hierherzukommen und mich zu sehen. Es geht mir gegen den Strich, sie derart zu enttäuschen. Was für eine enorme Geste werde ich jetzt machen müssen, um sie zufriedenzustellen?«

»Keine«, antwortet López. »Das ist ein Akt göttlicher Gerechtigkeit. Was haben sie denn während der achtzehn Jahre getan, die Sie weg waren? Niemand hat sich geopfert. Niemand hat einen Finger gerührt. Das haben Sie alles ganz allein geschafft.«

»Und Daniel«, lächelt die Señora.

Eine Fliege setzt sich auf die altersfleckige, starre Hand des

Generals. Ihr Rücken ist blau, die Flügel sind durchsichtig, die Augen gierig.

»Eine Diptera«, verscheucht sie der General. »Fliegen, hier, in dieser Höhe?«

Sie sehen sie zu den Deckenleuchten fliegen und dann landen. Sie reibt die Beine aneinander.

»Ach Herrje!« seufzt die Señora.

»Schaut sie euch an«, sagt der General. »Seht diese Augen. Sie nehmen fast den ganzen Kopf ein. Es sind sehr seltsame Augen, aus viertausend Facetten. Jedes dieser Augen sieht viertausend verschiedene Teile der Wirklichkeit. Meiner Großmutter Dominga haben sie großen Eindruck gemacht. Juan, hat sie immer zu mir gesagt, was sieht eine Fliege? Sieht sie viertausend Wahrheiten oder eine geviertausendstelte Wahrheit? Und ich wußte nie, was antworten...«

Elf
Zickzack

(. . .) Den erwähnten persönlichen Effekten von Abelardo
Antezana alias Noon und Diana Bronstein alias die Hagere
alias die Rote alias die Sommersprossige sind Ausschnitte aus
der Wochenzeitschrift *Horizonte* beifügt, Sondernummer
vom 20. 6. 1973, aus dem Artikel mit dem Titel DAS VOLL-
STÄNDIGE LEBEN PERÓNS · DER MENSCH · DER FÜHRER ·
DOKUMENTE UND AUSSAGEN VON HUNDERT ZEUGEN, mit
handgeschriebenen Randbemerkungen der genannten Personen. All diese Effekten wurden bei der am Tage des Datums
um 16.00 Uhr auf dem ›Playa de Noche‹ genannten Hof in
der Avenida de la Noria, Bezirk Esteban Echeverría, Provinz
Buenos Aires, durchgeführten Haussuchung requiriert.

5. Wir werden nie wieder so sein, wie wir waren

An einem Sonntag des Jahres 1922, als er von einem Besuch
bei Großmutter Dominga zurückkam, kaufte der Stabsoberleutnant Perón an einem Kiosk auf dem Retiro-
Bahnhof ein schmuddeliges Heftchen, das aussah wie
einer der damals beliebten Fortsetzungsschundromane.
Auf der Titelseite löste sich welk ein Lorbeerkranz in
nichts auf. Es waren Napoleons hundertfünfzehn Maximen zur Kriegskunst.

Juan Domingo stürzte sich mit der Gier einer zu lange
hingehaltenen Liebe auf diese Sentenzen. Schlagartig
weckten sie in ihm ein ganz neues Bedürfnis, und er wußte
nicht, wonach.

Eine der Maximen begleitete ihn morgens auf den
Schießplatz und ertönte abends aus seiner Pfeife:

Im Krieg ist nichts so wichtig wie die Einheit des Kom-
mandos. Die Armee muß eine einheitliche sein, die Aktio-
nen müssen ein einziges Ziel anvisieren, Befehlshaber
kann nur einer sein.

Eine andere verschmolz so mit seinen Träumen, daß ihm
beim Erwachen noch immer ihr Geruch in der Erinnerung
haftete:

Die großen Aktionen eines großen Generals sind nicht das
Ergebnis von Glück oder Schicksal. Sie sind das Ergebnis
von Planung und Genie.

Genau das: Perón wollte die Zukunft planen, ihr zuvor-
kommen, sie erraten.

Damals wurde in den Offizierskasinos ehrfürchtig und
hinter vorgehaltener Hand von der Loge General San
Martín gesprochen, die Oberst Agustín P. Justo als Kriegsminister durchgesetzt zu haben schien und auf deren
schwarzen Listen viele Yrigoyen-treue Offiziere standen.
Perón wollte unbedingt wissen, wie man in diesen für ihn
unerreichbaren Kreisen über ihn dachte, und suchte den
einzigen auf, der es ihm sagen konnte: seinen Gönner, Bartolomé Descalzo. Er fand ihn in verdrießlicher Laune.

»Ich habe Klagen eines Oberstleutnants über Sie gehört,
Perón. Er ist ein hohes Tier in der Loge, und eine ungün-
stige Meinung dieses Mannes könnte Ihre Karriere zunichte machen. Hüten Sie sich.«

»Ich tue alles, was man von mir verlangt, mein Major.
Wie soll ich mich vor der Ungerechtigkeit hüten?«

»Wäre es eine Ungerechtigkeit, hätte ich es Ihnen nicht
erzählt. Dieser Oberstleutnant hat gesagt, daß Sie den ganzen Tag mit Sport verbringen. Und daß er nicht versteht,
daß Sie sich mit Ihren fast dreißig Jahren nicht endlich in
geordnete Bahnen begeben. Die Loge mißtraut ledigen
Offizieren.«

Perón zeigte sich betroffen. Schon seit mehreren Monaten trug er sich mit dem Gedanken zu heiraten. Bei seinen Abenteuern hatte er nur schrille, schlampige Flittchen kennengelernt, die sich mit gespreizten Beinen auf die Diwane warfen und auf den Boden spuckten. Er bat Descalzo, ihm bei der Suche nach einer anständigen Kandidatin behilflich zu sein.

»Deshalb«, sagte der Gönner, »haben meine Frau und ich drei oder vier Mädchen ins Auge gefaßt, die zu Ihnen passen. Bei der ersten sich bietenden Gelegenheit werden wir sie Ihnen vorstellen.«

Aber in diesem Moment brach das Unglück über die Familie Perón herein. Juan Domingo hatte es erwartet. Die Mutter hatte ihm schon von sehr klein auf beigebracht, daß das Leben zyklisch verläuft und das Schicksal einem kompensatorischen Gesetz untersteht – über kurz oder lang hat man jedes Glück mit Unglück zu bezahlen. Um sich keinem Risiko auszusetzen, hatte sich Perón große Mühe gegeben, seine Gefühle immer auf halbmast zu halten, aber er hatte nicht gedacht, daß auch der Erfolg seine Kehrseite hatte. Er war Militärfechtmeister, Lehrer für Körperertüchtigung, Verfasser einiger Ratschläge zu Hygiene und Moral für Unteroffiziersanwärter. Ein Jahr nach seiner Beförderung zum Hauptmann wurde er in die Höhere Kriegsakademie aufgenommen. Zuviel des leicht gewonnenen Glücks in kurzer Zeit. Gegen Ende März 1926 traf ein Telegramm der Mutter ein: ›Papa sehr schwach. Bitte erwarte uns Montag Zug Bahía Blanca.‹

Nur mit Mühe erkannte er seinen Vater. Don Mario Tomás zitterte, war bloß noch Haut und Knochen und lallte Wortklumpen, die einzig Doña Juana zu übersetzen imstande war. Er litt an Arteriosklerose, und in den Wüsten von Chubut hatten sie kein Heilmittel mehr gefunden, um ihm Linderung zu verschaffen.

Einige Tage wohnten sie im neuen Haus von Großmutter Dominga, in der Nähe des Bahnhofs Flores. Dann kauften sie dank eines Zuschusses, den man Juan Domingo in der Armee gewährte, in der Calle Lobos ein altes Haus, wo auch der Sohn über ein eigenes Zimmer verfügte, in das sich die in fünfzehn Jahren Nomaden- und Kasernenleben angehäuften Karten und Feldzeichen ergossen.

Doña Juana vertrieb sich die Zeit mit Hühnerzüchten und Nudelteigkneten. Nachmittags stellte sie Stühle auf den Gehweg hinaus und setzte Don Mario Tomás in den einen, während sie im andern mit den Nachbarinnen klatschte. An den Wochenenden erschien Juan mit einem Strohhut und immer in dunklem Anzug. Und wenn im Parque Chacabuco ein Abendfest der Truppe angekündigt war, stürzte er sich in die Galauniform und spazierte mit der stolzen Mutter am Arm einige Male unter den Pergolas auf und ab.

Am Abend vor Frühlingsanfang 1926 unterbrach ihn ein Anruf von Oberstleutnant Descalzo beim Abzeichnen einiger Napoleon-Karten.

»Treffen Sie mich um zehn Uhr vormittags beim Eingang des Kinos Capitol«, sagte der Mentor. »Und seien Sie gewappnet, Perón. Meine Frau und ich haben gefunden, was Sie suchen.«

Groß in Schale, ging er zwei Stunden zu früh aus dem Haus. Er wollte sich so zeigen, wie er war – adrett, sympathisch, selbstsicher – und die Kandidatin berücken, aber keinen Moment lang fragte er sich, wie *sie* war. Wenn Descalzo sie empfahl, wozu dann Zeit verlieren. Immer hatte er den unnützen Kräfteverschleiß verachtet, den Durchschnittsmänner ihren Gefühlen zuliebe betreiben, statt dieselben Energien in Ziele der Macht oder Arbeit zu investieren. Er mußte heiraten, und Descalzo würde ihm die geeignete Person vorstellen. So einfach war das.

Vom Fenster eines Kaffeehauses aus sah Juan Domingo die Frau des Oberstleutnants mit einem kleinen, unscheinbaren Mädchen daherkommen, das sprach, ohne aufzuschauen, und sich beim Lachen die Hand vor die Zähne hielt. Noch bevor sie sie ihm vorstellten, wußte er mit absoluter Sicherheit, daß sie ihn als Verlobten akzeptieren würde.

Das Kino war voll von jungen Offizieren und hütchengeschmückten Damen mit Schleifen an den Hüften. Perón gab vor, sich für das schwierige Gespräch über aufgesetzte Volants, Faltenröcke, Bubiköpfe und V-Ausschnitte zu interessieren, das Descalzos Frau begann. Auf dem Nebensitz brachte die Kandidatin ihre Bewunderung mit gehorsamem Wimpernaufundab zum Ausdruck. Kaum gingen die Lichter aus und ließ der Pianist eine Ouvertüre ertönen, die orientalisch sein sollte, neigte sich Juan Domingo zu dem jungen Mädchen hinüber.

»Señorita Tizón, gestatten Sie, daß ich Sie Aurelia nenne?«

»Potota«, korrigierte sie und schaute ihn zum ersten Mal an.

»Potota. Ich bitte Sie, senken Sie nie wieder die Augen. Sie haben einen so tiefen Blick, daß es einen heiß und kalt überlauft.«

»Heiß und kalt? Verzeihen Sie, Hauptmann. Das tut mir sehr leid.«

»O nein, nicht Hauptmann. Nennen Sie mich Perón.«

Gegen Ende des Films, als der in die Tänzerin verliebte Scheich eine Kehrtwendung machte, um sie vor einem vernichtenden Samun zu erretten, raunte ihr Perón tapfer zu:

»Ich bedanke mich, daß Sie gekommen sind. Schon lange wollte ich eine junge . . . Freundin . . . wie Sie kennenlernen. Würden Sie mir erlauben, Sie zu besuchen? Ich hoffe, nicht zu spät in Ihr Leben getreten zu sein.«

Sie wandte kein Auge vom Film. Sie wußte nicht recht, sollte sie der Verwegenheit des Hauptmanns Einhalt gebieten oder ihn sogar diskret dazu ermutigen. Ein aufmunternder Ellbogenstoß von Señora Descalzo verhalf ihr zur Entscheidung.

»Für mich wird alles, was geschieht, früh geschehen. Ich bin achtzehn.«

In der Dunkelheit des Kinos blendete Perón sie mit einem kleinen, von Melancholie getrübten Lächeln.

»Ich werde demnächst einunddreißig. Das ist eine traurige Überraschung für Sie, nicht wahr?«

Der Pianist jagte den Stromstoß eines Tremolos durchs Publikum. Der Scheich seufzte lasziv über einem Ohr der Tänzerin. Dann leckte er ihr unverschämt die Wange. Entrüstetes Husten wurde laut.

Zwei Wochen später, als sie mit den Schwestern Tizón wieder in denselben Kinosaal kamen und in denselben Sitzen diesen kühn simulierten Kuß sahen, berührte Juan Domingo zum ersten Mal mit den Fingerspitzen leicht Pototas behandschuhte Hände.

In den genau zwei Jahren ihrer Verlobungszeit glaubte sie sich über alle Maßen geliebt, das heißt mit Respekt, unausbleiblichen Besuchen und Höflichkeitsbriefen. Aber mit dem letzten Tag der Flitterwochen rutschte sie in eine so erdrückende Routine hinein, daß ihr die Zeichen der Liebe verschwammen.

»Manchmal«, so erzählte sie viele Jahre später, »ging ich mit dem Bedürfnis nach Zärtlichkeit auf Perón zu, und er wies mich ab, ohne mich zu verletzen, aber mit schrecklicher Beharrlichkeit. Immer dieses kindische Getue, sagte er jeweils. Ist dir eigentlich nicht bewußt, daß du eine verheiratete Frau bist?«

Und obwohl er sie fast den ganzen Tag allein ließ, überwachte er sogar ihre alltäglichsten Gänge. Es paßte ihm nicht, wenn sie mit jemandem sprach, nicht einmal mit den Schwestern, als fürchtete er, sie könnten in Potota Launen und eitle Hoffnungen ausbrüten, die er nachher wieder zurechtrücken müßte. Sein Besitzanspruch war extrem: Eines Abends, als er in einige Aufzeichnungen über das Militärkomplott von 1930 vertieft war, ging sie auf Zehenspitzen aus dem Haus und zum Gemüseladen, und als sie sich unversehens umdrehte, um ein paar Tomaten zu suchen, entdeckte sie Perón, der ihr hinter dem Pfosten einer Straßenlampe nachspionierte.

Erst nach dem sechsten Ehejahr durfte sie für ein Zeichen der Zuneigung dankbar sein. Es war ein Werk des Zufalls. Die Mutter, Tomasa Erostarbe, war an Krebs gestorben. Major Perón, seine Verpflichtungen im Kriegsministerium vernachlässigend, verbrachte die Nacht der Totenwache bei der Familie, nahm an den Responsorien auf dem Friedhof teil, verschwand aber auf einmal. Bei den nachfolgenden Novenen und Trauermessen war er abwesend. Er kam spät zum Schlafen nach Hause und stand so zeitig wieder auf, daß Potota mit dem Frühstück immer zu spät war. Um ihn nicht zu ärgern, schluckte sie die Klagen hinunter.

Wenn ihr Perón, selten genug, telefonisch mitteilte, er werde zum Essen kommen, erfrischte sie ihre Augen mit Wattebäuschchen und legte ein wenig Wangenrouge auf – gerade so viel, wie die Trauer zuließ –, um Glück und Sorglosigkeit vorzutäuschen.

Einmal hatte der Major einige Karten zu Hause vergessen und mußte sie in aller Eile holen. Als er die Wohnungstür öffnete, erschreckten ihn die Stille und die Dunkelheit. Er schlich sich hinein, während ihm seine Fantasie die unheilvollsten Vermutungen vorgaukelte. Auf einmal hörte er aus dem Schlafzimmer ein Klagen. Brüsk stieß er die Tür auf und machte Licht. Er sah Potota bäuchlings auf dem Bett liegen, weinend, mit einem tränenverschmierten Foto von Doña Tomasa.

Soviel Gram erweichte endlich sein Herz. Er gab ihr sein Taschentuch und küßte sie auf die Stirn. Sie wartete, bis sich ihr die Knoten in der Kehle lösten, vertrieb in einem Willensakt alles Schluchzen und sagte mit wie einst verschämten Augen:

»Verzeih mir, Perón. Ich bin ein dummes Huhn.«

Der Major deutete ein Lächeln an.

»Egal. Diese Frauenschmerzen werden schon vergehen. Jetzt laß mich einige Karten holen. Ich muß weg.«

Vielleicht ist soviel Zickzack verwirrend. Da sich in der Geschichte Ereignisse militärischer (oder gar politischer?) Natur nähern, Überschwemmungen, wo sich Wasser der verschiedensten Art vermischen wird, scheint es angezeigt, kurz haltzumachen und an einige wichtige Details zu erinnern.

1926: Der Held nimmt mit seinen Eltern Wohnsitz in einem alten Haus in der Calle Lobos 3529 (heute Gregorio de Laferrère, zwischen Quirno und San Pedrito) und beginnt seine Verlobungszeit mit Aurelia Tizón, Tochter eines bekannten Fotografen aus Palermo, Mitglied der Radikalen Partei.

1928: Im November stirbt nach langer, qualvoller Krankheit Don Mario Tomás. Unser Held muß das Datum seiner Vermählung auf Januar 1929 verschieben. Nach seiner Rückkehr aus den Flitterwochen wohnt das frischgebackene Ehepaar bei den Tizóns, Zapata 315.

1930: Auf der Suche nach Intimität ziehen sie in eine geräumige Wohnung im dritten Stock des Hauses Avenida Santa Fe 3641. Sie richten das Schlafzimmer mit einem Louis-XVI-Kleiderschrank, einem Bett mit sehr hohem Kopfende und einem Frisiertisch ein. Einander gegenüber hängen zwei zwei Meter hohe Spiegel, die den Körper verunendlichfachen. Das Hauptmöbelstück des Eßzimmers ist eine Kredenz, deren oberste Borde nur über eine Leiter zu erreichen sind; die Tischbeine ruhen auf Löwenköpfen. Der Tischschmuck besteht aus einem Keramikbernhardiner, auf dem ein Tiroler Dörfchen thront. Im Wohnzimmer döst im Dornröschenschlaf ein Klavier vor sich hin, das Potota nie berühren wird.

1933: Eine Mission im Grenzgebiet führt unseren Helden an die eindrucksvollen Schauplätze seiner Flitterwochen zurück. Auf einem Ausflug zum Vulkan Lanín begleitet ihn die Gattin.

1935: Es stirbt Doña Tomasa Erostarbe de Tizón. Ende Jahr reist unser Held als Militärattaché nach Santiago de Chile ab. Am Abend vor der Abfahrt besucht ihn José Artemio Toledo; er bewundert das rote Kabriolett, mit dem er die Anden überqueren wird, und lobt den Mut Pototas, die für Notfälle eine 22-Millimeter-Pistole in der Handtasche mitnehmen wird.

1936: Schon im Ausland, erfährt unser Held, daß General Francisco Fasola Castaño, der im Generalstab der Armee sein Vorgesetzter war, aus dem aktiven Dienst entfernt worden ist, da er einen Aufruf gegen ›die exotischen Ideologien, welche unsere eigene Ideologie trüben und vielleicht sogar beflecken wollen‹, verbreitet hat. Von Patriotismus entflammt, schickt er ihm eine Solidaritätsnote: ›Mein lieber General (. . .). Ich habe Vertrauen in Ihren Stern und Ihre Person, Schicksal und Mensch. Mehr braucht es nicht für den Sieg.‹

Neuer Zickzack. Anfang 1930 war Hauptmann Perón eher ein Offizier des Studierzimmers als der Tat. Die blinden Kasernenhierarchien verführten ihn inzwischen weniger als die gewundenen Palastintrigen. Nie schlief er ein, ohne eine Seite des Grafen Schlieffen gelesen und sich laut, wie ein Gebet, eine Napoleon-Maxime wiederholt zu haben. Thema fast all seiner Unterhaltungen war ein Buch des deutschen Generals Colmar von der Goltz, *Das Volk in Waffen*, das soeben mit vierzig Jahren Verspätung für die Reihe *Bibliothek des Offiziers* übersetzt worden war.

Er lehrte Militärgeschichte, und je mehr er sich im Unterricht mit seinen Lieblingsautoren auseinandersetzte, desto ehrerbietiger akzeptierte er die Wahrheiten eines jeden einzelnen als Dogmen. »Es gibt kein größeres Verbrechen wider den Geist, als eine Chance zu verpassen«, erklärte er seinen Studenten. »Wenn ein genialer Stratege schriftlich eine neue Angriffsformel vorschlägt, wozu tut er es wohl? Damit ihm andere Strategen nacheifern! Und wenn er uns eine solche Möglichkeit auf dem Präsentierteller anbietet, warum sie sich dann entgehen lassen? Sowohl im Krieg wie in der Politik gibt es nur eine Moral: die Moral des Nützlichen. Und einzig Idioten halten das Nützliche in der Hand und lassen es sich durch die Lappen gehen.«

Napoleon trug er wie das Credo vor. Schlieffen dagegen war sein heiliger Thomas von Aquin: die Übersetzung aller übernatürlichen Rätsel ins Licht der natürlichen Ordnung. Wenn er Napoleon ins Feld führte, erschuf er ihn neu. Er ging von einem Mustersatz aus und drehte ihn immer wieder um: *Der Mensch ist alles, die Prinzipien sind nichts. / Wenn die Prinzipien alles sind, ist der Mensch nichts. / Ein Mensch ist alles, alle Menschen sind nichts.* Schlieffens Gedanken dagegen bestachen ihn so sehr, daß er, statt sie zu modifizieren, lieber ganz vergaß, von wem sie stammten. Anfänglich gab er sie in Anführungszeichen wieder; dann unterstrich er sie; später deutete er an, sie könnten Xenophon, Plutarch, Titus Livius gehören, Figuren, die sich irgendwo im Dunkel der Zeiten verloren und schließlich auf Perón hinausliefen.

Ein letzter rascher Zickzack. Im Frühjahr 1970, fast vierzig Jahre nach den Ereignissen, von denen wir gleich berichten werden, befragten der Dichter César Fernández Moreno und der angehende Romancier Tomás Eloy Martínez General Perón in Madrid über den Militärputsch, der der demokratischen Regierung von Hipólito Yrigoyen in Argentinien den Gnadenstoß versetzte und zu einer Folge von Militärprotektoraten führte.

Die Zivilgardisten am Eingang der Villa, die Pudelweibchen, der Taubenschlag, die Esche – das Szenario ist bekannt. Wie die heisere Stimme des Generals hereinbittet, wie López Rega die Kassettenrecorder aufstellt, wie Isabel den Herren ein Täßchen Kaffee anbietet, all das werden wir uns ersparen.

Wir werden nur das nackte Gespräch zusammenfassen, in dem sich die Stimmen vermischen, und die Vergangenheit (diese Vergangenheit) wieder so aufrüsten, wie sie war.

Die Besucher hatten sich gut vorbereitet, mit Ausschnitten aus Reden, Meinungen, die Perón im Lauf der Jahre von sich gegeben hatte, und sogar dem gelehrten Wälzer eines ausländischen Professors, dessen Namen Perón hartnäckig mit andern Vokalen ausstattete. Der Hausherr verfügte über keine weitere Waffe als seine Erinnerung, aber darin lag ein Ferment lange wiedergekäuten Scharfsinns.

»Gestatten Sie uns, Ihnen zu sagen, General, daß Sie zu Beginn des Jahres 30 zwar noch ein unbekannter Offizier waren, aber den Respekt der Vorgesetzten genossen. Sie waren diskret, dienstbereit, vertrauenswürdig, hatten eine unglaubliche Arbeitskapazität, und in Zeiten so zügellosen Machthungers war Ihr politisches Talent gleich einem Milchzahn. Also galten Sie als ungefährlich. Auf Präsident Yrigoyen lasteten die Jahre. Er sprach wenig, hörte noch weniger zu, und eine Korona von Schmeichlern hielt ihn von der Realität so fern, daß er allmählich sogar seinen gesunden Sinnen mißtraute – er glaubte nicht an das, was er sah. 1930 stimmte die erschreckende Stille, die von der Staatsgewalt herniedersank, einige Militärs nachdenklich. Wenn schon niemand Befehle erteilt, warum erteilen nicht wir sie einfach, die wir es können? Eine Gruppe alter Oberster hatte Skrupel: Man wollte Blut von Rekruten – Zivilistenblut – vergießen, um eine rechtmäßige Regierung zu stürzen, indem man die Vorschriften und Gesetze verletzte, die einzuhalten sie geschworen hatten. Den Oberleutnants und Hauptleuten dagegen troff der Schaum vom Mund. Sie würden sich an der ersten Generalprobe für Staatsstreiche in Argentinien beteiligen. Es würde ihnen verstattet sein, sich, wenn auch nur für einen Augenblick, im Spiegel der Macht zu bestaunen. Sie, Juan Domingo Perón, sollten ihnen auf Ihrem Weg noch oft begegnen: Ossorio Arana, Julio Lagos, Francisco Imaz, Bengoa, all diese Oberleutnants und Kadetten von 1930 würden sich später gegen Sie wenden. Es waren eine Art große Trainingsmanöver gegen die historische Vernunft.«

»O nein, nein. Ich wollte da nicht hineingeraten. Ich erfuhr es als einer der letzten. Noch am Vorabend des Putsches, am 5. September, hatte ich um meine Versetzung nach Uspallata gebeten, weil ich mit diesen Verfassungsverrätern nichts zu tun haben wollte.«

»Wie konnten Sie dann in den Notizen, die Sie Oberstleutnant Sarobe anvertrauten, schreiben, daß Sie zu den ersten gehörten, daß sich José Félix Uriburu, Anführer des Militärputsches, im Juni 1930 mit Ihnen absprach? Uriburu gab, wie Sie erzählen, seine Absicht bekannt, die Demokratie durch einen Ständestaat zu ersetzen. Als Hauptmann wagten Sie nicht, ihm entgegenzuwirken. Aber Sie erboten sich, andere angesehene Befehlshaber für die Verschwörung zu verpflichten und unter derselben Tendenz und demselben Kurs zu versammeln.«

»Das war die Sorge, die ich immer hatte: das Organisieren. 1943 lief die Sache gut, weil wir bereits organisiert waren. Aber 30 . . .«

»Sie wurden in den revolutionären Generalstab aufgenommen, Abteilung Operationen. Man verlangte einige kleinere Arbeiten von Ihnen. Trotz Ihrer Bemühungen, General, war dieser Staatsstreich ein Chaos.«

»Wie das Land, meine Freunde. Ganz Argentinien ging zugrunde. Einen so alten Präsidenten zu haben machte uns alt. Wir waren arm, aber wir flößten nicht das Mitleid ein wie jetzt. Über dreißig Prozent der Landarbeiter, die für den Militärdienst untersucht wurden, waren tuberkulosekrank. Alle liehen Geld, lebten auf Pump, wie wir damals sagten. Jedes Pumpgenie hatte ein Café oder eine Konditorei als Stammrevier für seine Schwindeleien, genau wie die Bettler in den Kirchenvorhöfen. Die Bordelle wurden geschlossen, und ein neues Geschäft entstand, das mit den Stundenhotels. Für zwei Pesos bot eine Maniküre einen vollständigen Service – kein Nagel blieb unberührt. Die Grünschnäbel aus guter Familie gewöhnten sich daran, mit den armen Dienstmädchen zu debütieren. Jeden Tag kamen im Retiro für die verschiedensten Dienstleistungen waggonweise junge Mädchen an, die sich für monatlich zwanzig Pesos verdingten, Kost und Logis inbegriffen; wenn sie sich gegen die Zudringlichkeit des Patrons oder der Söhne wehrten, dann ade Brotverdienst. Die armen Geschöpfe hatten keinen andern Zeitvertreib, als sonntags in den Zoo zu gehen oder im Radio Nick Vermicelli zu hören. Yrigoyen war populär, gewiß, aber er war schon sehr alt. Sein revolutionäres Feuer war feucht geworden. Es gab keine andere Möglichkeit mehr, als ihn zu stürzen. Aber wer stürzte ihn? Die Armee? Nein! Es war die Oligarchie, die man 1916 von der Macht entfernt hatte und die bloß auf ihre Chance wartete zuzuschlagen.«

»Hören Sie jedoch, General, was Sie am 8. April 1953 sagten, lassen Sie sich in die Vergangenheit zurücktragen und hören Sie: ›Yrigoyen wurde nicht von der Revolution, sondern von seinen eigenen Gesinnungsgenossen gestürzt. Die, die jetzt überall Reden halten – die haben ihn verraten . . .‹«

»Seht ihr denn nicht, Jungs? Den armen Alten stürzte die Oligarchie im Bündnis mit den Radikalen. Sogar Alvear, dem Yrigoyen wie ein Vater war, stieß mit Champagner an, als man ihn vom Sturz benachrichtigte! Die menschliche Dankbarkeit ist wie der Vogel, der vorüberfliegt – als einzige Erinnerung bleibt der Mist zurück.«

»Sie haben ihn also bewundert?«

»Yrigoyen? Natürlich habe ich ihn bewundert! Er dachte ja dasselbe, wie ich denke!«

»Warum haben Sie dann beim Putsch mitgemacht?«

»Weil man mich hereingelegt hat, Jungs. Man hatte mir gesagt, die Regierung stehle, der Minister X halte sich eine Geliebte, indem er die Eisenbahnschwellen verkaufe, und der Minister Y treibe mit den Bleistiften des Erziehungsrats Handel. Und die Regierung halte den Mund und sage nichts. Was blieb mir denn sonst übrig, einem unbedeutenden, kleinen Hauptmann?«

»Sie haben all die Dinge beschrieben, die Sie getan haben. Sie erzählten, wie Sie sich, als es an diesem 6. September dunkel wurde, mit einem Panzerauto hinter den Grenadierschwadronen einen Weg bahnten. Sie sagten, ringsum hätten die Leute Freudensprünge vollführt und Blumen von den Balkonen geworfen. Es lebe das Vaterland! Nieder mit dem Stummfisch Yrigoyen! Sie erzählten, wie Sie, als Sie auf die Plaza de Mayo kamen, auf dem Dach der Casa Rosada ein Tischtuch als Parlamentsfahne flattern sahen.«

»So war es, meine Freunde. Und ich hörte, wie Enrique Martínez, der Vizepräsident, Uriburu bat, ihn zu töten. Der arme Mann, derart zum alten Eisen geworfen, wurde hysterisch. Ich danke nicht ab, mein General! Töten Sie mich, wenn Sie wollen! Wißt ihr, warum ich das sah? Weil ich die Grenadiere etwa um halb sechs Uhr nachmittags verließ, zur Calle Victoria marschierte und dort den Wagen von General Uriburu erwischte. Ich stieg aufs Trittbrett und fuhr mit ihm ins Regierungsgebäude hinein.«

Ende des Zickzacks. Es beginnt ein neues Kapitel mit der Musik des Tangos, den Discépolo fünf Jahre später schrieb: *Cambalache – Trödlerladen* . . .

(. . .) In der Folge werden die Randbemerkungen der genannten Diana Bronstein in dem beschlagnahmten Exemplar der Zeitschrift *Horizonte* wiedergegeben.

Anmerkung des voruntersuchenden Offiziers: Die Fußnoten sind ein schlüssiger Beweis für die bei den angeklagten Rädelsführern herrschende extremistische Ideologie. Sie werden zur Information an die Vorgesetzten weitergeleitet.
Der Alte hatte eine napoleonische Spürnase.
Er hatte einen Mordsriecher. Oh, was für einen Riecher!
›*Wir werden nie wieder so sein, wie wir waren.*‹ *Ein Bonmot, abgeschrieben bei Henry James,* Die Flügel der Taube, *letzter Satz.*

Zickzack. Zackzick.

Fasola Castaño, auch bekannt als Fa Sol La Tacaño, der Knausrige, Wegbereiter des nationalfasolistischen Vaterlandes.

Gib mir einen Faso, eine Zigarette, Noon. Gib mir ein Ich liebe dich.

Zwölf
Trödlerladen

Zamora hat sie sich vorgestellt, wie sie nicht mehr ist. Er hat erwartet, dem zerbrechlichen, kaiserlichen Gesicht zu begegnen, das auf den Fotos von 1955 zu sehen war. Er hätte nicht gedacht, daß die Zeit sie verschönern würde. Als ihm Mercedes Villada Achával de Lonardi die Tür öffnet, fragt er sich, ob er sich nicht etwa im Ort geirrt hat. Die Zeit hat die Schönheit der Frau immer mehr in ihren Körper hineingedrückt, als hätte sie sich geschämt, sie zu zeigen, und wäre jetzt nur noch der sie bergende durchsichtige Kokon. Sie ist vor über fünfzehn Jahren Witwe geworden. Die Nachfolger ihres Mannes an der Macht sind ihr gegenüber undankbar gewesen. Seltsamerweise steht ihr diese Undankbarkeit; sie taucht eine Haltung, die einmal allzu hochmütig gewesen sein muß, in gedämpftes Herbstlicht. Man sieht, daß die Frau nicht geschlafen hat. Unter ihren großen schwarzen Augen tun sich violette Täler auf.

»Haben Sie mich nicht mehr erwartet?« entschuldigt sich Zamora.

Sie bleibt im Halbdunkeln, in der Defensive:

»Ich erwarte nie jemanden.« Aber als sie ihn hereinläßt, drückt sie seine Hände mit Wärme. »Ich habe böse Ahnungen. Das ist logisch, an einem Tag wie heute. Aber setzen Sie sich doch, setzen Sie sich. Möchten Sie einen Tee?« Sie steht auf, angespannt: »Hören Sie – die Stille. Diese Gegend hier ist jetzt menschenleer. Als ich vor einem Augenblick auf den Balkon trat und die Straßen sah, habe ich gespürt, daß eine Tragödie über uns hereinbricht. Sie haben ja bestimmt gehört, Zamora, was die Leute ständig sagen: daß die Massen den nördlichen Teil der Stadt in Brand stecken werden, kaum betritt Perón Buenos Aires. Eine Familie da unten ist gestern nach Mar del Plata gefahren. Sie haben den Schmuck, die Bilder, die Hunde mitgenommen. Sie waren völlig verschreckt.«

»Sie müssen sich keine Sorgen machen«, tröstet sie Zamora, ebenfalls aufstehend. »Perón selbst wird verhindern, daß etwas passiert ... Er hat gesagt, er kommt im Zeichen des Friedens, und ich glaube nicht, daß er lügt. Er wird schon bald sterben und ist daran interessiert, makellos in die Geschichte einzugehen.«

Sowie sich seine Augen an die Dunkelheit gewöhnen, entdeckt Zamora, daß in der Wohnung Unordnung herrscht und Doña Mercedes Villada Achával de Lonardi tatsächlich einige Stunden lang gezögert hat, ob sie gehen oder bleiben soll. In einer Ecke des Wohnzimmers stehen zwei kleine Truhen, offen, leer. Dahinter, über einem Horizont zugedeckter Möbel, thront ein Ölbild von General Eduardo Lonardi mit Amtsstab und Präsidentenbinde. Einem silbernen Samowar entströmen Teedämpfe.

»Die Geschichte, die Geschichte ...« Skeptisch schüttelt sie den Kopf.

»Von hier aus ist nichts zu sehen«, sagt Zamora am Fenster. »Vielleicht, ich weiß nicht, gibt es auf der Plaza de Mayo Leute. Aber am Stadtrand, Señora, ist es ein einziger Strom. Von Lanús bis ins Zentrum habe ich über eine Stunde gebraucht. Als ich Monte Grande verließ, blieb mein Wagen wegen eines zwei Kilometer langen Trommelorchesters stecken. Busse, Lastwagen, klapprige Lieferwagen sind kreuz und quer in den Straßen verstreut, so daß keiner durchkommt. Es ist, als wäre das ganze Land hypnotisiert.«

»Der Vorabend der Apokalypse ...«, deutet sie an.

»Genau. Argentinien am Rand des Abgrunds, am Ende der Welt. Haben Sie Radio gehört?«

»Ich höre lieber nicht Radio.« Sie schenkt Tee ein. »Es deprimiert mich nur.«

»In den Nachrichten haben sie gesagt, Admiral Rojas habe sich in seinem Haus verbarrikadiert, um sich gegen einen Angriff der Massen zu verteidigen. Er hat sich in einem Sessel gegenüber der Eingangstür eingerichtet, mit einem sechsschüssigen Revolver. Wenn es die Angreifer schaffen, die

Verschanzung zu durchbrechen, wird er die ersten fünf
Schüsse abfeuern und sich mit der letzten Kugel (sagen sie)
selbst umbringen. Er hat ein paar sehr schwülstige, zornbe-
bende Erklärungen abgegeben.« Zamora sieht in einem
schmuddeligen Notizbuch nach. »Hören Sie, ein wörtliches
Zitat: ›Der Tyrann, der heute zurückkehrt, um das Land zu
schänden, verkörpert die Komödie vom verlorenen Sohn – er
bringt neue Fehler und schlimmere Absichten in der Tiefe
seiner unergründlichen Verderbtheit mit . . .‹«

»So ein Blödsinn!« entfährt es Doña Mercedes. Und als
hätte das Kraftwort sie unversehens in eine andere Wirklichkeit hineingeweckt, heftet sie ihren Blick auf Zamora. »Was
suchen Sie? Sagen Sie mir die Wahrheit. Was werden Sie mit
alldem anfangen, was ich Ihnen sagen kann?«

Er hat auf diese Frage gewartet:

»Und Sie, was werden Sie mir sagen? Werden Sie schwei-
gen, weil Sie Peróns Rache fürchten? Ich bin es, der Sie fragt:
Gehören Sie zu denen, denen es lieber ist, wenn sich die
Geschichte allein schreibt?«

»Ich habe keine Bedeutung mehr. Aber General Lonardi
ist heilig. Ihn tastet mir keiner an. So viele Journalisten haben
Dinge erzählt, die nicht geschehen sind, so viele haben bös-
willig die Geschichte auf- und wieder abgebaut, daß ich nicht
mehr weiß, nicht mehr weiß . . . Es fällt mir schwer zu glauben, daß Sie anders sind.«

»Ich muß anders sein, Señora. Ich schreibe keine Biographie wie die andern. Ich suche keine Erklärungen. Ich richte
niemanden. Wer bin ich denn, um zu sagen, der hat gut oder
schlecht gehandelt? Bei mir ist es viel einfacher – mich interessieren die Ursachen, nicht die Absichten, die Kräfte, die
zu den Ereignissen geführt haben. Schauen Sie diese *Horizonte*-Sondernummer – da klafft eine riesige Lücke. Der
Titel verheißt das vollständige Leben Peróns, aber es ist nicht
das vollständige Leben, sondern nur ein Teil. Auf dem Gipfel
seines Ruhms wird der General suspendiert und fährt mit
Evita zum Paradies auf. Sie werden ihn da nicht als Besiegten

sehen, mit Augenringen und in Panik, wie er fast zehn Jahre später auf einem paraguayischen Kanonenboot auf Lonardis Mitleid wartet. Wissen Sie, warum ich nicht bis ans Ende gekommen bin? Weil mir der Anfang gefehlt hat. Lesen Sie diese Abschnitte – da steht keine einzige Zeile über die griechische Tragödie, die Ihr Mann und Perón am 2. April 1938 in Chile erlebten. An diesem Punkt zeichnet sich eine Leerstelle ab.«

»Die verfeindeten Brüder ...«, seufzt Doña Mercedes müde und setzt sich.

»Das ist die Taste, die ich gern drücken möchte«, bemerkt Zamora. »Kain und Abel. Romulus, der Remus umbringt, damit die Stadt (die Geschichte) von seinem Namen geprägt ist. Der rote Asvin und der schwarze Asvin der Weden, die gleichzeitig galoppieren, einer im Licht und der andere im Dunkeln, als führe der Wagen, den sie lenken, den ewigen Rand der Dämmerung entlang ...«

»Lassen Sie mich sehen, was Sie geschrieben haben, Zamora. Ich möchte verstehen, auf was Sie zusteuern, was Sie damit wollen.«

Zamora reicht ihr eine Zeitschrift. Er zögert. Dunstig spürt er eine innere Besorgnis, aber nach außen verströmt er nichts als Ruhe.

»Darf ich so lange das Fernsehen anmachen, Señora? Nur einen Moment. In Ezeiza wird es schon kochen. Und wir werden die Tribüne aus der Nähe sehen können ...«

Doña Mercedes zuckt die Schultern.

»Sehen Sie nur, wenn Sie wollen. Ich nicht. Und jetzt entschuldigen Sie mich. Ich werde Ihnen den Rücken zukehren.«

Im Halbdunkeln geht sie zum Schreibtisch. Sie setzt sich die Brille auf, sucht im Licht einer Tischlampe Zuflucht und liest in *Horizonte*:

Nach dem Putsch von 1930 kamen die Soldaten in Mode. Fast jeden Samstag gaben die jungen Mädchen der Gesellschaft einen Ball, um die heldenhaften Kadetten zu ehren, die sie vor dem Pöbel errettet hatten. Ein Zeichen dafür, daß die Uniformen selbst die konservativsten Herzen erweichten, war die Ehe, die Mercedes Villada Achával, Cordobesin altehrwürdiger Abstammung, und Artillerieoberleutnant Eduardo Lonardi, Sohn eines italienischen Musikers, der auf den abendlichen Truppenfesten in den Dörfern aufspielte, damals schlossen.

Aber hinter den Kulissen zerriß die Krankheit der Staatsgewalt die Armee. Erpicht darauf, die Gelüste General Justos zu stillen, ernannte ihn Präsident Uriburu zum Oberkommandierenden. Vierzehn Tage lang spielten die beiden Flitterwochen vor. Justo plazierte seine Vertrauensleute an Machtpositionen und reichte seinen Rücktritt ein, um zu warten, bis er an die Reihe käme. Hauptmann Perón, noch zwischen den Gewässern der einen und der andern Partei kreuzend, wurde ins Kriegsministerium abgestellt. Während weniger Monate vertraute man ihm wichtige Missionen an. Dann fiel er in Ungnade. Sein Mentor Descalzo war vom Schauplatz entfernt worden – er war Chef eines abgelegenen Militärdistrikts in Formosa. Sarobe, ein anderer Oberstleutnant, der Sympathie für ihn hatte, wurde nach Tokio in die Botschaft geschickt.

Je mehr Uriburus Prestige abbröckelte, desto ungezwungener zeigte Perón seine ganz neuen Sympathien für Justo. Im Mai 1931 wurde er vom Kriegsministerium abgezogen und an die Grenzen des Landes geschickt, um zu kontrollieren, ob dort alles in Ordnung war, nach dem Motto: Geh doch mal hinaus und schau nach, ob es regnet.

Er reiste von Formosa nach Orán, durch Sümpfe, die nachts die Tiere verschlangen und morgens zu stinkenden Blütenfeldern wurden. Von La Quiaca nach San Antonio de los Cobres ritt er auf einem Maultier durch milchige Einöden, deren Bewohner Guanakofelle trugen und eine Sprache aus Gurgeln und Rotzen sprachen.

An einem entsetzlich heißen Morgen wurde ihm mitgeteilt, daß man ihn zum Major befördert hatte, was nicht einfach eine Veränderung in der Hierarchie bedeutete. Von jetzt an war er Chef und würde mehr befehlen als gehorchen müssen ...

Doña Mercedes übersprang einige Seiten, die mit Beschreibungen patagonischer Landschaften und rhetorischen Überlegungen zum ›siamesischen Gewebe‹ gespickt waren, das laut Perón die Geschicke der Armee und des Vaterlandes verband. Wo auf Chile Bezug genommen wurde, hielt sie inne. Diese Stelle war nur ein Einschub in einer ellenlangen Chronologie:

1937: Unser Held hat Chile erobert. Die Militärattachés von hundert Ländern wählen ihn aus, um sie an den Unabhängigkeitsfeierlichkeiten vor Präsident Arturo Alessandri zu vertreten. Eine Ovation belohnt seine beredte Rede. Der Präsident der Republik lädt ihn zu dem Fest im kleinen Kreis ein, das er zwei Tage später geben wird. Dort gewinnt Perón für immer Alessandris Freundschaft. Beim Nachtisch singt er sehr falsch, aber sehr gefühlvoll den Tango *Cambalache – Trödlerladen –*, den er als ethische Rhapsodie der argentinischen Seele bezeichnet. Der chilenische Funktionär Luis Villalobos, der unseren Helden bei dem Festessen kennenlernte, erinnert sich, daß dieser sich am Ende des Tangos im Text vertat und Dr. Alessandri ihn höflich darauf hinwies. Zu Pototas Bandoneonbegleitung hat unser Held offenbar gesungen:

> *Zwanzigstes Jahrhundert, welch*
> *düstrer, fiebriger Trödlerladen ...*
> *Wer nicht weint, saugt an keiner Brust,*
> *und wer nicht saugt, ist ein Tölpel!*

(Und der Präsident gab ihm zu verstehen: *wer nicht klaut, ist ein Tölpel, / wer nicht klaut*.)

Die nachhaltige Zuneigung, die Perón – jetzt schon Oberstleutnant – in Santiago weckt, wird deutlich im März 1938, als er bei seiner Rückkehr nach Buenos Aires, wo der Kriegsminister einen wichtigen Auftrag für ihn bereithält, Gegenstand zahlreicher Ehrungen wird ...

»Das ist unseriös, Zamora.« Die Brille abnehmend, wendet sich Doña Mercedes um. »Und General Lonardi wollen Sie auch in eine solche Klatschgeschichte verwickeln?«

Zamora hört sie nicht. Aus Takt hat er die Lautstärke des Fernsehers ganz zurückgedreht. Aber trotzdem entquellen ihm einige stürmische Geräusche, vielleicht die Lobgesänge der Menschenmassen oder das kräftige Organ des Moderators.

Ziellos wandert die Kamera in der Menge umher, überquert einige verlassene Weiden, gleitet über Buchstabenfelder, als zöge sie die Spuren eines Ameisenstaates nach, friert auf Isabelitas unfertigem Foto ein, das ein paar Arbeiter eilig auffüllen – noch fehlen ihr die Schulter, ein Stück Ohr, der Haarkranz. Neben der Tribüne laden Lastwagen Körbe voller Tauben ab. Die Musiker des Sinfonieorchesters wollen ihre Instrumente stimmen. Zamora? wiederholt Doña Mercedes, und diesmal sieht er sie benommen an. *C'est fini?* fragt sie angriffslustig. *Fini, la mascarade dégoûtante?* Und aus dem Halbdunkel der Lampe hält sie ihm ein Bündel handgeschriebene Blätter hin.

»Da, nehmen Sie, Zamora«, befiehlt sie, mit den Papieren wedelnd. »Da haben Sie die Geschichte, die Eduardo und ich mit den Peróns in Chile erlebt haben, vor fünfunddreißig Jahren. Ich habe sie die ganze Nacht aus meinen Heften herauskopiert. Da steht mehr drin, als Sie erwarten.«

Sie erhebt sich und tritt würdevoll ins Licht. Einen Moment scheint das Alter von ihrem Körper abgelöst, als ob der

Kokon um ihre Schönheit aufgebrochen wäre und das einstige Licht aufflöge.

»Ich werde Ihre Geschichte genauso bringen, Zeile für Zeile.«

»Nicht so eilig, Zamora. Gestern abend haben mir meine Kinder bis spät in die Nacht geraten, Ihnen gar nichts zu geben. Warum diesem Mann, warum gerade ihm? hat Marta gesagt, die Älteste, die an einem Buch zu Ehren ihres Vaters schreibt. Und im Grunde genommen wußte ich es auch nicht – warum gerade Ihnen, Zamora. Jetzt, während ich diese schmutzige Zeitschrift las, hatte ich eine Offenbarung. Weil Sie die andere Seite der Geschichte kennen, die Seite von Kain. Weil es einen Grund gehabt haben muß, daß Sie mich anriefen. Gott ist gerecht, erinnern Sie sich? Gott ist gerecht: Die Losung, mit der Eduardo Perón gestürzt hat.«

Ihre Zornessprache geht gelassen weiter, wie eine abgerichtete, an einem Koppelriemen gezogene Dogge, bis etwas sie verrät: Sie nimmt die Teetasse, und ein Tropfen fällt ihr auf den makellosen Rock. Genau an diesem Punkt hören Zamora und sie einen dunklen Donner auf der Plaza San Martín, zwei Häuserblocks weiter. Beide haben an prophetischen Regen gedacht, aber sie sagen es nicht; den roten Regen vom Ende der Welt. Doña Mercedes schaut aus dem Fenster und schiebt die Vorhänge zurück. Die Sonne scheint. Wieder fällt der Donner schwerfällig nieder wie ein sterbendes Tier. Jetzt verfängt er sich in einem monotonen Brausen, macht einen Heuschreckensprung, wird Stimme, krächzt mit der unverwechselbaren Melodie, wie groß du bist, Perón, Perón.

Zamora ist bereit für den Tauschhandel. Er hat eine Mappe voller alter Ausschnitte mitgebracht und breitet sie aus.

»Ich werde Ihnen die andere Seite nicht erzählen. Ich werde sie Ihnen zeigen, damit Sie sich wundern. Selten werden Sie in einem einzigen Stück so viele widersprüchliche Leidenschaften hören. Fangen Sie hier an. Lesen Sie diesen Bericht der *Horizonte*-Korrespondenten.«

1. Aᴋᴛ. Perón gelangte im März 1936 über den Uspallata-Paß nach Santiago. Bis Dezember 1937 wohnte er im Providencia-Viertel – und nicht in Ñuñoa, wie es immer heißt –, vielleicht in der Calle Diego de Almagro. Um sieben Uhr morgens begann er in einem kleinen Büro in der Matte-Passage zu arbeiten, dessen Fenster damals auf die Privatgärten des argentinischen Botschafters hinausgingen. Diese Passage ist eine Beschreibung wert, denn hier wird das Drama ausbrechen, das Peróns und Lonardis Schicksal besiegelte. Sie liegt gegenüber der Plaza de Armas. Ihre vier Ausgänge münden in die Calle Huérfanos, die Ahumada, die Compañía und die Estado. Die Läden schwitzen Feuchtigkeit aus. In ihren altmodischen Schaufenstern wird Kunsthandwerk aus den Provinzen angeboten: Kupferbecken, Lederzügel, Tonaschenbecher. Hier, über der Calle Ahumada, konzentrierte sich in einem fünften Stock die argentinische Botschaft.

Draußen lag eine unglückliche, durch Heere von Bettlern abgestumpfte Stadt. Roberto Arlt, der 1937 durch Santiago reiste, beschrieb die Stadt in einem Brief an die Mutter so:

Das ist schlimmer als Afrika. Die Leute haben praktisch nichts zu essen. Für uns Argentinier, die wir Geld haben, ist das Leben hier billig, für die Einheimischen unglaublich teuer. Die Statistiken belegen, daß ein Chilene täglich acht Gramm Fleisch ißt. Die Hauptstadt besteht zu drei Vierteln aus kolonialen Mietskasernen – Mietskasernen so lang, daß sie von einer Straßenkreuzung zur nächsten reichen, mit Dachziegeln aus der Zeit von San Martín . . .

Für die Militärattachés war es damals – sowohl in Santiago wie in Buenos Aires – eine Routinearbeit, Pläne, Karten, Statistiken, Manöverberichte und Strategiedokumente des andern Landes zu beschaffen. Sie spielten Krieg, Spionage, Patriotismus. Der chilenische Präsident Arturo Ales-

sandri, ein Mann der Linken, sah diese militärischen Schacher nicht gern. Seit Anfang 1935 belagerten ihn Armee
und Marine, um Geld für die Modernisierung der Kriegs-
ausrüstung zu erhalten. Sie brauchten Vorwände: einen
illusorischen Feind, einen unvorsichtigen Spion, das chinesische Schattenspiel eines auf den wehrlosen Staat pro-
jizierten Krieges. Perón, der diese Drohungen voraussah,
wob sein Netz im Halbdunkel und machte im Moment des
Handelns ständig einen Rückzieher. Major Lonardi, naiv,
erwies sich diensteifrig und biß an.

Es gibt drei Versionen der Geschichte, und alle drei sind
erbarmungslos mit Lonardi. Perón erwähnen die damali-
gen Zeitungen nicht. Sie berichten (man darf die Details
nicht aus den Augen verlieren), seit mindestens einem Jahr
sei der militärische Geheimdienst einem einstigen Armee-
offizier, Carlos Leopoldo Haniez, auf der Spur, von dem
man vermute, er wolle Geheimdokumente verkaufen.

Der Chef des Geheimdienstes, Oberst Francisco Japke,
legte eine Reihe von Fallen. Er hieß zwei ehemalige Kol-
legen von Haniez die Freundschaft mit ihm wiederaufnehmen und sich als Komplizen ausgeben. Es folgten, so
schreibt die Wochenzeitung *Ercilla*, ›wunderbare Weine,
fröhliche Mahlzeiten, endlose Toasts‹.

Die Dokumente sollten durch Guido Arzeno verkauft
werden, einen Argentinier, der in Chile die Interessen von
United Artists vertrat. Arzeno wohnte in der Matte-Passage 311. Japke ordnete an, sein Telefon abzuhören und in
der Diele seiner Wohnung Wanzen zu verstecken.

Ermuntert von den Kameraden, begann Haniez auszu-
packen. Der Militärattaché eines Nachbarlandes, sagte er,
sei daran interessiert, für sehr viel Geld wertlose Dokumente zu kaufen. Er biete fünfundsiebzigtausend Pesos
für den Mobilmachungsplan der chilenischen Armee und
weitere fünfundzwanzigtausend für den geheimen Bericht
über die letzten Manöver. Ein Hauptmann verdiene zweihundert Pesos im Monat. Ohne daß sie sich anstrengen

müßten, würden ihnen die Argentinier ein Vermögen in die Hände legen.

Haniez' Freunde täuschten Gewissenskonflikte vor. Schließlich willigten sie ein. Sie vereinbarten für Samstag, den 2. April, abends um acht Uhr ein Treffen in Arzenos Wohnung.

Hier müssen wir innehalten und rekapitulieren. Der Haniez in Versuchung geführt hatte, war Perón. Mitte März kehrte Perón nach Buenos Aires zurück. Bei einem letzten Treffen mit Haniez hatte er anscheinend zu ihm gesagt: »Keine Bange, Mann. Mein Nachfolger, Lonardi, hat bereits Anweisungen, das Geschäft abzuschließen. Wo Sie mit den Dokumenten hingehen, dort wird er auch den Koffer mit dem Geld hinbringen.«

In der Nacht auf Freitag, den 1., bekam der verräterische Offizier einen von Japke getürkten Satz falsche Karten und Statistiken. Am nächsten Tag stürmte eine Polizeipatrouille in die Matte-Passage. Lonardi wurde dabei ertappt, wie er die Dokumente mit einem Contax-Apparat fotografierte. Zu seinen Füßen stand der randvolle Geldkoffer. Die Fahnder beschlagnahmten siebenundsechzigtausend Pesos.

Drei Tage später ordnete die argentinische Regierung die unverzügliche Rückkehr des Militärattachés an und brachte ihn vor ein Kriegsgericht. Das Ehepaar Arzeno wurde aus Chile ausgewiesen. Haniez verbüßte in einem Militärgefängnis eine drei- oder vierjährige Strafe. 1941 sah ihn jemand in Lima wie einen Dandy aus einem Nachtschuppen kommen.

II. Akt. *Aussagen der Señora María Teresa Quintana, Tochter des argentinischen Botschafters zur Zeit der fraglichen Ereignisse.*

Ich lernte Perón sehr nahe kennen. Mein Vater, Federico Máximo Quintana, brachte ihm eine spontane Zuneigung entgegen und lud ihn zweimal wöchentlich zu Banketten und Mittagessen ein. Ich habe sein Bild noch in ganz frischer, deutlicher Erinnerung. Er war ein geistsprühender, überaus verschmitzter Mann. Er kam in den ersten Monaten seiner Verwitwung nach Santiago und legte eine ganz besondere katholische Frömmigkeit an den Tag. Als er gehen mußte, wurde ihm in der Botschaft ein außergewöhnlicher Abschied beschert, an dem der chilenische Außenminister persönlich teilnahm.

In diesen Tagen traf der neue Militärattaché ein, Major Lonardi. Er war nicht so brillant wie Perón, und meine Erinnerung an sein Aussehen ist vage. Aus Naivität oder Ungeschicklichkeit geriet er fast augenblicklich in eine Spionagegeschichte hinein, die Papa sehr mitnahm . . .

III. Akt. *Aussagen von Doña Enriqueta Ortiz de Rosas de Ezcurra, Gattin des ehemaligen Generalkonsuls in Santiago zwischen 1933 und 1942.*

An Perón? Allerdings! Natürlich erinnere ich mich an ihn! An dem Tag, an dem man ihn mir vorstellte, sagte ich zu meinem Mann Andrés: Hast du den Typ da gesehen? Der meint, er kann die ganze Welt über den Haufen rennen. Hält sich für überlegen.

Damals war die Botschaft ein Klub von guten Freunden. Da waren Ludovico Lóizaga, Tulio de la Rúa, Adolfo Béccar und Federico, der Botschafter, zwischen dem und Perón es eine Woche nach dessen Ankunft einen schrecklich unangenehmen Zwischenfall gab.

Federico lud ihn zum Essen ein. Wir Frauen kamen alle in Abendrobe. Peróns Frau, die Ärmste, war ein Fiasko. Sie war so ein . . ., wie soll ich sagen?, so ein unbedeutendes Ding. Aus reiner Neugier fragte ich Perón, welchen Eindruck er von unserem diplomatischen Corps gewonnen habe. Er antwortete mit einer Unverschämtheit. Er sagte, unsere Ehemänner würden mehr wegen ihrer Namen und Beziehungen ins Ausland geschickt als wegen ihrer wirklichen Kenntnisse. Da läuft gar mancher

Dummkopf frei herum, sagte er. Ich würde sie mit einem Monat militärischer Ausbildung trimmen.

Stellen Sie sich vor, wie das hätte enden können – in Eiseskälte! Mit einer eleganten Handbewegung bedeutete uns Federico, die Beschimpfung zu überhören. Ich erfuhr, daß die Botschafterin, sehr verärgert, sagte, wenn Perón noch eine solche Frechheit von sich gebe, werde sie ihn persönlich vom Tisch weisen.

Er muß die Leere gespürt haben, denn er tauchte nur ab und zu bei den Empfängen der Botschaft auf. Man erzählte mir, er verkehre mit chilenischen Militärs und habe sogar einen von ihnen in irgendeiner Spionagesache zu beschwindeln versucht...

IV. AKT. *Aussagen von Carlos Morales Salazar, Verfasser einer ›Exegetischen Studie der justizialistischen Lehre‹.*

Die chilenischen Journalisten kümmerten sich nicht um den Fall. Wir wissen doch alle, daß die Militärattachés keine andere Funktion haben als die des Spionierens; wenn sie in ein Land gehen, dann nur deshalb. Wozu sollten sie sonst noch gehen? Um zu spionieren und Waffen zu beschaffen. Perón servierte Lonardi eine einmalige Gelegenheit auf dem Tablett, bei der er nur zugreifen mußte, und Lonardi ließ sich erwischen. War Perón schuld daran? Nein! Weil er ein Dummkopf war. Logischerweise verzieh er ihm den schrecklichen eigenen Fehltritt nie und gab die Schuld dem, der einmal sein Bruder gewesen war und als sein schlimmster Feind enden sollte.

Perón ist sehr gerissen, sehr geschickt. Falls er seine Hände im Spiel hatte, konnte ihm niemand etwas nachweisen. Und die chilenische Geschichte hat ihm ja eine Unschuldsbescheinigung ausgefertigt. Der Beweis besteht darin, daß mein Land, als er es, jetzt Präsident, besuchte, ihn mit allen Ehren empfing und niemand auf den Gedanken kam, die unglückliche Episode von 1938 zu erwähnen.

»Mein Gott!« seufzt Doña Mercedes und bedeckt sich mit einer Hand den Hals. »So, mit solchen Fetzen, schreibt ihr Journalisten Geschichte?« Sie richtet sich auf. Purpurne Augenringe haben ihren Blick altern lassen. »Mit solchen Gemeinheiten? Bei dem Tauschhandel mit Ihnen werde ich verlieren, Zamora. Ich hätte es voraussehen sollen. Ich werde Ihnen die Wahrheit für einen Haufen Lügengeschichten geben. Es ist nicht Ihre Schuld, nein. Wie könnte ich Sie beschuldigen? Schuld ist Perón. Alles, was durch seine Hände ging, ist verseucht. Die Menschen, die Armee und dieses . . .« – schon wollte sie sagen: dieses Scheißland, aber das Wort bleibt in einem Brummen stecken und kommt ihr nicht aus dem Mund –, »dieses arme Land. Und jetzt wollen wir ihm noch eine zweite Chance geben. Unglaublich . . .«

Traurig wendet sie sich dem Fernseher zu. Eine Fahne flattert. Ein Ring von Männern in Ponchos und mit dunklen Brillen geht gemessenen Schrittes über den Damm auf die Tribüne in Ezeiza zu. Langsam nähert sich die Kamera Peróns Riesenfoto, das ihn in Zivil zeigt, mürrisch. Ein Hauch Ironie belebt seinen Blick.

»Man hat Isabels Foto gerade noch rechtzeitig vervollständigt«, entdeckt Zamora. »Man hat ihr schon den Ellbogen angesetzt. Und jetzt, schauen Sie – man hüllt sie in Fahnen.«

Doña Mercedes hört ihm nicht zu. Die Hand am Hals, als schützte sie sich vor der Dunkelheit, sagt sie:

»Hier hat keiner eine zweite Chance gehabt. Weder San Martín noch Rosas, noch Lonardi. Dieses Land ist grausam. Es ist unvernünftig. Nur die Schurken kriegen eine zweite Chance.«

Von den Papieren, die Zamora entgegengenommen hat, geht ein körperliches Unwohlsein aus, das die ganze Nacht angedauert haben muß und sich erst jetzt erschöpft verflüchtigt. Es sind Papiere, die viel gefühlt und sich langsam von ihren Gefühlen erholt haben. Man spürt es ihnen an. Auf der ersten

Seite von Doña Mercedes' Tagebuch sind die Worte von einer Skizze durchbrochen – das Profil einer Frau, eine Stadt aus der Vogelperspektive? –, und auf den beiden letzten Seiten platzt je eine Trauererinnerung auf: das Stück Karton mit Pototas Foto zum Angedenken ihres Todes und die Todesanzeige in der Zeitung *El Mundo*, die zur Beisetzung lädt. Während er in den Papieren blättert, befällt Zamora die zügellose Gefräßigkeit der Klatschmäuler. Er möchte gleich zu futtern anfangen.

»Darf ich?« sagt er, und sofort gerät er in Verlegenheit. Was mache ich inmitten von alledem? Nichts gehört mir, wie ein Eindringling bin ich an diese Geschichte gekommen. Er läßt eine dumme Entschuldigung fallen: »Tut mir leid.«

»Hier ist es nicht hell genug«, bemerkt Doña Mercedes, die die Hände auf den Rock gelegt hat, um den winzigen Teefleck zu verstecken. »Sie gehen besser ans Fenster.«

Zamora liest:

Santiago, Santiago: Gebirge, Einöde, Paß. Mein Gott, wie fern. Wie schrecklich, wenn wir nachts durch diese Gegend führen. Einöden, Pässe. Ich beneide Eduardo, meinen Mann. Wieviel Vertrauen ins Schicksal. In diesen unermeßlichen Weiten, den Anden, kann ich kein Vertrauen fassen. Gott steh' uns bei. Ich kann kein Vertrauen fassen.

In der Ferne erklingen einige Glockenschläge.

»Glocken, um diese Zeit, an diesem Tag? Wie merkwürdig! Sie kommen von der Socorro-Kirche . . .« Zamora stürzt zum Fernseher. »Ob es das Flugzeug ist, das schon so früh eintrifft?«

»Wenn Sie sich Sorgen machen, nur zu, hören Sie die Nachrichten«, erlaubt Doña Mercedes in einem Sessel im Halbdunkel. Sie sitzt mit dem Rücken zu den Fenstern und Bildern, aber eigentlich scheint sie allem den Rücken zuzukehren.

Über der Menge brummen die Helikopter. Der Fernseher

stößt einen asthmatischen Appell aus: »Proben wir! Momentchen, Genossen. Na . . . Wie wollen wir unseren General denn empfangen, wenn er kommt? Proben wir . . . Eins, zwei . . . Drei! Diiie Peronistenjuuungs . . .« Die Stimme wird heiser.

Zamora begreift. Auch die Glocken haben einen Fehltritt begangen, eine plötzliche Unhöflichkeit. Sie wissen nicht, was anfangen mit der Stille des Vormittags, so krampfartig und hohl. Er schaltet den Apparat aus und wendet sich wieder Doña Mercedes' Notizbuch zu:

(Zeichnungen: Kreise, Pfeile. Eine Stadt oder ein Berg?)
Die Reise war sehr ermüdend. Es geschah etwas Lächerliches, aber Furchtbares. Die kleinste meiner Töchter verlor den Schnuller. Ich fuhr im WC durch die Anden, damit die andern Fahrgäste nicht unter ihrem Weinen zu leiden hatten.

Im Bahnhof von Santiago anzukommen erleichterte uns sehr. Alle Unannehmlichkeiten waren vergessen, als wir chilenischen Boden betraten. Mein Mann und ich waren voller Erwartungen. Der Posten als Militärattaché bedeutete eine vollständige Umstellung des Lebens. Während zwei Jahren würden wir einen gewissen Wohlstand genießen – eine Unterbrechung in der Routine der Centavoklauberei und Ausgabeneinschränkung.

Seit Mitte 1937 hatte Eduardo – bereits im Range eines Majors – darauf gewartet, in irgendeiner Mission ins Ausland geschickt zu werden. Anfangs bestimmte man ihn für eine Studienreise durch Deutschland. Das war die übliche Vorstufe für Leute, die nach ihrer Rückkehr an der Höheren Kriegsakademie unterrichten würden. Aber jemand ließ zu Eduardos Nachteil seine guten Beziehungen spielen, und er wurde nach Chile abgeschoben.

Perón erwartete uns mit seiner Frau Potota auf dem Bahnsteig. Ich kannte sie nicht. Sie machten mir einen sehr guten Eindruck. Sie waren sympathisch, äußerst nett. In der Pension Lerner in der Subercaseaux-Passage hatten sie uns schon ein Appartement beschafft, und damit wir uns in der ersten Zeit weniger allein fühlten, hatten sie ihre Wohnung im Providencia-Viertel aufgegeben und waren auch ins Lerner gezogen. Alles war für unseren Empfang vorbereitet: die Diele voller Blumen und kandierte Früchte für meine Kinder.

Unsere Männer arbeiteten zusammen. Potota und ich waren Nachbarinnen. Abends fuhren wir jeweils in Peróns Auto aus, um die Stadt zu besichtigen. Er hatte eben seinen Kleinwagen gegen einen neuen Packard getauscht und sagte immer wieder, wir sollten die einmalige Gelegenheit des Diplomatenstatus beim Schopf packen und ebenfalls einen Wagen kaufen. »Tut es jetzt, dann kriegt ihr ihn geschenkt«, sagte er. Samstags gingen wir tanzen, ich immer mit Eduardo. Da war es nur logisch, daß wir schließlich eine nahe Freundschaft schlossen.

Ich bemerkte sofort, daß die Peróns ein sehr verbundenes Ehepaar waren. Immer wenn Potota von ihm sprach, füllte sich ihr Mund mit Stolz. Ich erinnere mich, wie wir zwei Frauen einmal in der Abenddämmerung hinter unseren Männern herspazierten. Beide trugen Uniform und sahen beeindruckend aus. Mit lebhaftem Ausdruck sagte Potota: »Schau nur, was für eine Figur sie haben. Was für gute Kerle sie sind. Laß Eduardo nicht aus den Augen. Die chilenischen Frauen sind mit allen Wassern gewaschen. Intelligent, attraktiv. Und vor allem draufgängerisch.« Potota war wahnsinnig eifersüchtig! Und Perón ebenfalls. Beide liebten die Häuslichkeit. Sie kochte und machte die Wohnung, und er las Schriftstücke.

In jener Zeit sahen Eduardo und ich sehr wenig Leute. Da wir Neulinge waren, kannten wir in der Botschaft fast niemanden. Wir verkehrten mit den Ehepaaren Ezcurra und Lóizaga und selbstverständlich mit Botschafter Federico Quintana, dessen Frau, Clementina Achával, eine Verwandte von mir war. Die Nachbarschaft und Freund-

lichkeit der Peróns brachte uns einander natürlich näher.
Wir sahen sie täglich.

Ich lese meine Aufzeichnungen aus dieser Zeit wieder
und überspringe eine Reihe unbedeutender Anekdoten.
Wen können sie etwas angehen? Da sehe ich eine Erinne-
rung an den 7. Februar.

Potota hat über Unwohlsein geklagt. Frauenstörungen.
Was sagen denn die Ärzte? frage ich. Ach, die finden nie
etwas. Wir sprechen über die Quintanas. Laut Potota has-
sen sie die Militärattachés. Sie sagt: Immer wenn sie ein
Fest geben, bekomme ich Kopfschmerzen. Aus den Zim-
mern der oberen Stockwerke herab bewerfen uns die
Kinder mit Schuhen und Papieren. Sie haben ihnen beige-
bracht, uns ihre Abneigung zu zeigen. Ich beruhige sie. So
schlimm wird es wohl nicht sein, Potota.

Eduardo wunderte sich ziemlich, als ihm Perón sagte, er
habe Anweisung, noch zwei Monate in Santiago zu blei-
ben. Das war unüblich – ein Offizier mußte dem, der ihn
ablöste, seinen Posten praktisch auf der Stelle abtreten.
Aber es schien uns ein triviales Detail zu sein. In wenigen
Wochen würde Justo die Macht dem neuen Präsidenten,
Roberto M. Ortiz, übergeben. Ich dachte, es handle sich
um eine Protokollfrage.

Dem war nicht so. Ohne es zu wissen, bewegten Edu-
ardo und ich uns auf ein riesiges Unheil zu.

Eines Abends gingen wir tanzen. Es war heiß. Im Ver-
trauen auf unsere Diskretion unterhielten sich die Männer
in unserer Gegenwart ganz offen. Eduardo beunruhigten
die ideologischen Taschenspielereien Alessandris, der sich
mit den Konservativen ebenso gut verstand wie mit der
Volksfront. Perón amüsierten diese Machenschaften außer-
ordentlich. Er zeichnete Pfeile aufs Tischtuch, um zu zeigen,
wohin die Taktik lief und wohin die Strategie. Ich weiß nicht
mehr, an welchem Punkt das Thema eine Wende nahm.

»Ich habe da etwas sehr Schwerwiegendes entdeckt«, sagte Perón. *»Die chilenische Regierung ist daran interessiert, einen Grenzzwischenfall mit Argentinien zu provozieren. Wenn der Trick verfängt, wird es eine Truppenmobilmachung geben. Das hiesige Parlament hat einen neuen Etatposten für den Waffenkauf abgelehnt. Aber wenn unmittelbar ein Krieg bevorsteht, wird es nachgeben müssen. Jemand hat mir für einen Pappenstiel sämtliche Dokumente angeboten: den Plan des Zwischenfalls, die Mobilmachungsmanöver. Selbstverständlich ist der argentinische Stab über alles informiert. Wir haben schon über den Kauf zu verhandeln begonnen.«*

Er fragte Eduardo, welche Anweisungen er vom Kriegsminister, General Basilio Pertiné, bekommen habe.

»In allem mit Ihnen zusammenzuarbeiten«, antwortete mein Mann.

»Ich werde Sie mit einem sehr gerissenen Argentinier namens Guido Arzeno bekannt machen«, sagte Perón. »Durch ihn werden wir die Operation ausführen.«

An diesem Abend unterhielten sich mein Mann und ich bis spät in die Nacht. Ich hatte den Eindruck, Perón paßte es nicht, auf seinem Posten abgelöst zu werden. Er hatte eine kitzlige Spionagearbeit in Gang gesetzt und wollte sie sicherlich selbst zu Ende bringen. Unser Kommen behinderte ihn dabei. Eduardo versuchte mir das auszureden und sagte, ich solle nicht undankbar sein. Ich solle mich daran erinnern, mit wieviel Höflichkeit und Zuneigung sie sich um uns gekümmert hätten. Aber es stimmte ihn mißtrauisch, wie leicht sein Vorgänger die Pläne beschafft hatte. Das wird doch keine Falle sein? sagte er. Es war ihm unangenehm, daß Perón in einer so heiklen Sache, die die Sicherheit des Landes gefährden könnte, einen Zivilisten benutzt hatte.

Am 20. Februar trat Roberto M. Ortiz die Präsidentschaft an. Pertiné wurde im Kriegsministerium durch General Carlos Márquez ersetzt. Eines Abends gingen wir aus, um über die Plaza de Armas zu spazieren. Wir setzten uns in ein Café.

»Man hat mich nach Buenos Aires zurückbeordert«, verkündete Perón plötzlich. »Am 5. oder 6. März fahren wir mit unserem Packard ab.«

»Wie? Und die Geschichte mit den Dokumenten?« fragte Eduardo beunruhigt.

»Es ist alles vorbereitet. Das einzige, was Sie zu tun haben, ist, die Hände zu öffnen, und die Dokumente werden wie eine reife Frucht hineinfallen. Sie haben das Geld, und Arzeno wird Ihnen sagen, wann der Moment gekommen ist. Ich empfehle Ihnen jedoch, für die Operation nicht die Botschaft zu benutzen. Machen Sie es bei Arzeno zu Hause.«

Ein Mensch bekommt von seinem Gewissen immer Warnungen – tu das nicht, tu jenes nicht. Einige nennen es Vorahnungen, andere Skrupel. Eduardos Herz war beklommen. Es gefiel ihm gar nicht, in dieses Netz hineinzugeraten, aber gleichzeitig mochte er auch nicht als Feigling dastehen. Zu alledem erfuhren wir in diesen Tagen noch, daß Perón unter dem Vorwand, die Sicherheit der Botschaft zu überprüfen, in den Dokumenten herumschnüffelte, die die Beamten in die Papierkörbe warfen.

Wir verspürten eine gewisse Erleichterung, als er ging. Es fanden einige Abschiedsfeiern statt, bei denen wir uns alle herzlich gaben, aber wir unterhielten uns nicht mehr mit demselben Vertrauen, zwischen den Peróns und uns war nichts mehr wie früher. Mir tat Potota leid, die mit jedem Tag abgezehrter war. Kurz bevor sie gingen, sagte sie:

»Ich blute ständig, Mecha. Und kein Arzt findet etwas heraus.«

»Du wirst sehen, in Buenos Aires kommt alles wieder in Ordnung«, tröstete ich sie. »Es geht dir aus reiner Melancholie so schlecht.«

Alle wissen, was dann geschah. Am 2. April wurde Eduardo abends um acht von Offizieren des chilenischen

Geheimdienstes festgenommen, als er die Pläne fotografierte, die ein ehemaliger Oberleutnant namens Haniez Perón angeboten hatte. Dort ging auch das Ehepaar Arzeno in die Falle. Unser Appartement wurde durchsucht. Aus dem Tresor nahmen sie die für die Bezahlung der Arbeit bestimmten fünfzehntausend argentinischen Pesos mit. Am nächsten Abend erhielt Eduardo ein Telegramm aus Buenos Aires. Wir mußten unverzüglich zurück. Die Reise war zu Ende.

Nur selten dürfte eine Frau so wie ich gespürt haben, wie ungerecht sich ihre Erwartungen in nichts auflösen. Wir waren etwas über zwei Monate in Chile gewesen. Eduardo hatte sich äußerst taktvoll und ehrbar verhalten. Und so sollten wir jetzt gehen, mit gesenktem Kopf?

Ich gehöre nicht zu denen, die sich so leicht unterkriegen lassen. Ich beschloß, mich allein mit den Quintanas zu unterhalten und sie um Hilfe zu bitten.

»Mein Mann hat seine Pflicht erfüllt«, sagte ich zu ihnen. »Aber die chilenische Regierung ist zu weit gegangen. Unser Appartement ist durchsucht worden. Sie müssen eine diplomatische Beschwerde vorbringen.«

Federico schaute mich befremdet an, als wäre ich verrückt.

»Ach was, Mecha. Wie hätte man denn Ihr Appartement durchsuchen können? Denken Sie gut nach. Das haben Sie doch nicht am Ende geträumt? In Krisensituationen gerät die Fantasie der Menschen manchmal außer Kontrolle...«

Verzweifelt ging ich wieder. Am nächsten Morgen fand ich die Antwort im Mercurio. Das chilenische Auswärtige Amt würde in Buenos Aires keine diplomatischen Beschwerden vorbringen. Und Buenos Aires seinerseits würde schweigen. Der Pakt war auf Kosten von meinem und Eduardos Glück besiegelt worden.

Zwei Wochen stand mein Mann im Hotel Savoy in Buenos Aires unter Arrest. Meinem Bruder Clemente wurde gesagt, man werde ihn beurlauben. Einmal mehr beschloß ich zu handeln. Wenn diese ganze entsetzliche Geschichte mit Perón begonnen hatte, sollte sie auch mit ihm enden. Gott (sagte ich mir einmal mehr) ist gerecht.

Es goß in Strömen. Die Straßen von Buenos Aires waren überschwemmt. Ich nahm ein Taxi und fuhr zu den Peróns, die damals in der Calle Arredondo wohnten, fast Ecke Obligado. Mit kaum verhohlener Überraschung öffnete er mir die Tür. Das werde ich nie vergessen. Er trug einen getupften Schlafrock und zweifarbige, weiß-braune Pantoffeln. Meine Nerven waren zum Zerreißen gespannt, und nur mit Mühe konnte ich das Schluchzen unterdrükken.

»Sie sind der einzige, der Eduardo retten kann«, sagte ich. »Erzählen Sie im Stab die Wahrheit. Sagen Sie ihnen, daß Sie und mein Mann Befehle von Pertiné ausgeführt haben. Daß Sie alles ausgeheckt haben – daß Sie mit Haniez gesprochen, das Geld beschafft und die Verbindung zu Arzeno hergestellt haben. Daß, als Sie Eduardo zurückließen, alles schon vorbereitet war, damit ihm die Dokumente wie eine reife Frucht zufielen. Erinnern Sie sich?«

»Damit habe ich nichts zu tun«, antwortet er kurz angebunden. Er stand, und ich stand ebenfalls, völlig durchnäßt. »Wenn Ihr Mann die Sache vermasselt hat, ist es nicht meine Schuld. Ich habe Klartext mit ihm geredet. Ich habe ihn gewarnt, die Dokumente außerhalb der Botschaft zu fotografieren.«

Soviel Zynismus verblüffte mich.

»Perón! Wie können Sie so etwas sagen? Ich war doch selbst dabei, als Sie Eduardo rieten, die Botschaft da nicht mit hineinzuziehen. Wegen der Sicherheit unseres Landes, sagten Sie. Und Ihr Ton ließ keinen Zweifel aufkommen – Sie befahlen es ihm.«

»Bringen Sie die Dinge nicht durcheinander, Mecha. So etwas habe ich nie gesagt. Und jetzt gehen Sie, zu Ihrem

Besten. Frauen sollen ihre Nase nicht in Staatsangelegenheiten hineinstecken.«

»Dann werden Sie also nichts unternehmen?«

»Gehen Sie«, wiederholte er.

Und ich war so dumm, schon im Gehen mit letzter Kraft zu fragen:

»Wie geht es Potota?«

Am selben Nachmittag besuchte ich Eduardo im Hotel Savoy. Er war sehr niedergeschlagen. Und die Schritte, die ich hinter seinem Rücken unternommen hatte, machten es noch schlimmer. Er tadelte mich liebevoll. Dann quälte er sich bei dem Gedanken, was Perón wohl mit dieser Drohung gemeint hatte: Gehen Sie, es ist zu Ihrem Besten. Zu Ihrem Besten. Mein Mann verlor selten die Beherrschung. Aber an diesem Nachmittag stieg ihm die Wut ganz langsam ins Gesicht hinauf. Ich hatte den Eindruck, sein Körper fülle sich mit Asche – er war es, aber im Innern hatte er nur Asche. Er machte mir angst. Er stand vom Sessel auf und schaute aus dem Fenster. Es regnete entsetzlich. Ich spürte, wie mir die Kälte in die Knochen kroch. Eduardo hob eine Faust gegen den Himmel von Buenos Aires.

»Gott wird ihn an seinen Worten ersticken lassen«, stieß er zwischen den Zähnen hervor. »Gott wird ihn für jedes einzelne von ihnen büßen lassen.«

Ein Freund, Benjamín Rattenbach, setzte sich beim Kriegsminister für Eduardo ein und rettete dadurch seine Laufbahn. Die Zeit milderte unseren Zorn. Im September erfuhr ich durch eine Todesanzeige, daß Potota gestorben war. In aller Stille suchte ich ihr Grab auf und brachte ihr einige Blumen. Ich blieb lange dort, betend und meditierend. Ohne es zu merken, ging ich tränenüberströmt davon.

Gedächtnisstützen, Margeritenblütenstaub, gelbe Zeitungs-ausschnitte: Die von Doña Mercedes abgeschriebenen Erin-nerungen erreichen die letzten Seiten mit hängender Zunge. Es gibt Schriften, deren Striche sich neigen wie Bäume, und unten ein Fluß aus Worten oder Trauerweiden.

Sie wendet ihm noch immer den Rücken zu. Sie hat ihren Körper gekrümmt, damit er sich im Halbdunkel vollständig in Sicherheit bringen kann, und nur die Hände bewegen sich im ungedämpften Licht der Lampe hin und her und blättern in den *Horizonte*-Fotos. Der Körper kümmert sich nicht mehr um das, was die Hände berühren, als fürchtete er, die fremden Erinnerungen – die Erinnerungen an Perón – könn-ten ihm ihre Zeckenstachel ins Blut bohren.

Zamora vergräbt die Blätter in den abgenützten Nischen seiner Mappe und wendet sich ein letztes Mal dem Fernseher zu. Was er jetzt sieht, enttäuscht ihn: langweilige Willkom-mensspruchbänder.

DEM GROSSEN URHEBER DER NATIONALEN WIE-DERBEGEGNUNG / SUPE KLATSCHT DEM SYMBOL DER EINHEIT BEIFALL / DIE VOLKSKOOPERATIVE KÄNGURUH BEGRÜSST JUBELND DEN GENERAL DER ARGENTINISCHEN UND LATEINAMERIKANI-SCHEN BEFREIUNG /
VATER UND VATERLÄNDISCHER MEISTER DICHTER PATRIARCH, MAGISCHES VERMÖGEN DER HIM-MELSBARKE /// NATIONAL /// MIT EHRERBIETUNG VON DEN KRAFTFAHRZEUGWERKEN ROT-AR

Es ist kurz nach Mittag. In Ezeiza geschieht nichts.

Dreizehn
Nomadenzyklen

Wenn der Oberstleutnant den roten Strich an die Wandtafel malt und verfügt, daß die Linken hier nicht durchkommen, dann kommen sie nicht durch und basta. Wozu ist die Tribüne denn sonst da, na? Damit wir mit unserem eigenen Blut auf sie aufpassen, sage ich. Der Oberstleutnant geht von einem zum andern und verlangt von uns eine Beurteilung der Lage. Und du, wie fieft du fie, Arcángelo? (Ich kann mich noch immer nicht daran gewöhnen, daff er lifpelt.) Ich sehe sie ganz einfach, sage ich. Ich glaube, wir haben sie absolut im Griff.

Ich hätte nicht zu spät zur Besprechung kommen sollen, aber nun bin ich eben. Wieviel zu spät, weiß ich nicht. Die Erklärung der Aktion hat schon begonnen, aber der Oberstleutnant wiederholt sie für mich, weil er weiß, daß ich eisern bin, er vertraut mir blind. Ich setze mich hinten hin, neben die Tür. Das Zimmer hat sich sehr schnell mit Rauch gefüllt, aber wir dürfen nicht einmal die Fenster öffnen. Höchste Geheimhaltung. Im internationalen Hotel gibt es kein Zimmer, das nicht für immer vermodert ist, der Zigarettengestank klebt in Gardinen, Teppichen, an allem. Wieviel Nikotin in der Luft. Die Raucherlunge (hat Daniel gesagt, wie ich mich erinnere) ist wie eine Kakerlakenwabe. Da sind also wir zwölf, die man Auserwählte nennt. Lito, der nach mir gekommen ist, setzt sich präsidierend ans Kopfende des Tisches, links vom Oberstleutnant. Rechts ist eine sehr aufgeregte Genossin, schon älter, ein Nervenbündel, kaut an den Fingernägeln. Sie ist das einzige Weibsbild, vor dem Lito Coba den Hut zieht. Im Widerstand hat Norma alles auf eine Karte gesetzt, hat sie mir mehr als einmal erzählt. Die ist ein richtiges Mannweib.

Lito ist sehr clever, ein Genosse, wenn ich ihn sehe, dann . . . krieg ich, ich weiß auch nicht, so was wie Schweiß im Herzen. Am Anfang war er ein bißchen brutal mit mir, aber mit der Erfahrung, die ich habe, begreif ich jetzt, daß diese starken Initiationen für einen Mann nötig sind, sie festigen dich, sie lehren dich, mehr Selbstvertrauen zu haben. Beim Eintreten hat er mir zugeblinzelt und ein Zettelchen gegeben, auf dem steht: *Azí ez Ezeiza* (Fo ift Efeifa) – *Azieze ze iza*, ein Palindrom. Und ich lache vor mich hin, denn der Oberstleutnant beläßt es nie bei Ezeiza beziehungsweise Efeifa und Punktum. Immer diese Litanei, Fo ift Efeifa. Und jetzt kapiere ich soeben, daß es womöglich eine Art Glücksbeschwörung ist.

Die Tribüne ist auf der Wandtafel deutlich eingezeichnet – die Zugänge gut markiert und die Schwachstellen, wo die Linken eindringen können, mit roter Kreide eingekreist. Von ganz oben auf der Tribüne hat man den Fächer der Menge im Griff. Um drei Uhr nachmittags werden wir schon dreieinhalb Millionen Menschen haben, schätzt der Oberstleutnant. Und jetzt paßt sehr gut auf, sagt er.

»Stellen wir uns einmal auf die Tribüne. Auf der Rückseite gibt es nichts – das ist ein überwachtes Gebiet von anderthalb Kilometern mit drei Sicherheitskordons (›Ficherheipfkordonf‹). Kein Durchkommen. Sehen wir uns die rechte Seite an: In zweihundert Meter Entfernung befindet sich die Heimschule Nr. 1 ...«

(Grüner Kreis: Diese Bastion gehört uns.)

»... die uns bereits als Versorgungslager dient. Mahlzeiten, Erste Hilfe, Zeughaus (›Pfeughauf‹), alles da. Wenn einer das Pech hat, verletzt zu werden, bringt er sich in der Schule in Sicherheit. Seht ihr, da neben dem Damm ...«

(Weitere grüne Kreise und ein Balken.)

»... ist der Durchgang von einem Krankenwagen versperrt. Aber drinnen sind nicht Ärzte, sondern fünfzehn schwergewichtige Unteroffiziere (›Unteroffipfiere‹), die beim ersten Mucks herausstürmen und zuschlagen. Das sind die, die wir Abschreckungsverband nennen werden. Sie haben keine Waffen. Nur Schlauchstücke mit Bleifüllung. Seht ihr diesen Kreidebalken? Das ist ein Kordon von Aktivisten mit Poncho und grünem Abzeichen (›Abpfeichen‹). Unter dem Poncho haben sie eine ganze Eisenwarenhandlung mit . . .«

(Links dasselbe: eine Stahlwand. Wir haben einen gepanzerten Dodge, einen Lastwagen, von wo aus wir schießen können, einen Wachposten Falken, die mit doppelläufigen Flinten ausgerüstet sind, und in der Gefahrenzone die berühmten dreihundert Meter, die wir mit unserem Leben verteidigen müssen; schon sind Draht- und Seilverhaue aufgebaut worden, damit sich da die Mechaniker- und Fleischgewerkschaften und die hartgesottenen Kerle der Metallarbeiterunion hinstellen können. Der neuralgische Punkt ist und bleibt, wie der Oberstleutnant noch einmal betont, die Tribüne. Da wird sich alles entscheiden:)

»... Fo ift Efeifa, Jungf. Wenn wir es an der Wandtafel sehen, haben wir das Gefühl, wir haben es im Griff. Aber wir haben es nicht im Griff. Wir werden es mit einem hochkarätigen Feind zu tun haben. Gobbi ist für die Tribüne verantwortlich. Etwa um zwei Uhr wird von den Flanken her eine Kolonne von dreißigtausend Linken den Kopf der Kundgebung einzukesseln versuchen. Ihr kennt ja die Losung – das sozialistische (›fopfialiftifche‹) Vaterland. Sie werden in einer Zangenbewegung von der Rückseite der Tribüne her vorrücken . . .«

(Der Oberstleutnant zeichnet einige rote Pfeile, die sich in die grüne Verteidigung verbeißen.) Jemand fragt:

»Und wie wollen sie hinter die Tribüne gelangen, wenn doch dafür gesorgt ist, daß sie nicht durchkommen?«

»Fo ift Efeifa. Wenn wir sie durchlassen, werden wir ein vorzeitiges Blutvergießen vermeiden. Wir werden sie in unserer Verschanzung einschließen. Wenn sie erst einmal drin sind, werden sie sich von selbst zu erkennen geben, und wir können sie leichter neutralisieren . . . Wir werden Hannibals Strategie in der Schlacht bei Cannae anwenden . . . Nur über ihre Leiche kommen die zur Tribüne hinauf. Man muß sie mit Ketten, Bleischläuchen, Stricken zurückschlagen . . . Sie ablenken, indem man die Tauben und Ballone steigen läßt. Und nur schießen, wenn es unbedingt nötig ist. Wir müssen Munition (›Munipfion‹) sparen. Nun habe ich ein mehr oder weniger vollständiges Bild gezeichnet. Fragen, Ungewißheiten?«

(Keiner spricht.)

»Gobbi?« verlangt der Oberstleutnant.

»Für mich ist alles klar. Ich halte es für einfach«, sage ich.

Die schon Ältere steht auf.

»Also dann ans Werk. Das Leben für Perón!«

Genau. Das Leben für Perón. Ein anderes gibt es nicht. Ich frage mich, was die Linken eigentlich wollen. Für mich geht es darum, zurück ins Jahr 55, und das wär's. Das peronistische Vaterland. Ein Volk, ein Führer. Wenn der General an der Regierung ist, ist Argentinien in weniger als einem Jahr wieder eine Macht. Darum hasse ich die Linken so. Was soll dieses Liebäugeln mit Fidel Castro und Salvador Allende? Das mit dem Sozialismus mag ja hinhauen bei den unterentwickelten Hungerleidern, aber nicht bei uns, die wir jeden Tag Fleisch essen. Denen würd ich mit was ganz anderem kommen als mit Tauben und Ballonen. Blei. Flügel stutzen. Dieses Land ist nur mit harter Hand in Ordnung zu bringen. Galgen. Einen Scheiterhaufen her und dann das ganze linke Geschmeiß anzünden. Reinen Tisch machen. Säuberung. Wie war das, was der General sagte? An dem Tag, an dem das Volk ans Hängen geht, werde ich auf der Seite derer sein, die hängen. Genau. Für die Freunde alles. Für die Feinde nicht einmal Gerechtigkeit. Lito hat zu mir gesagt: Von dir wird verlangt, daß du kein Erbarmen hast, Arcángelo. Wenn die Stunde des Zuschlagens kommt, dann hab mit keinem Erbarmen. Wenn nötig, nicht einmal mit mir. Nicht mit dir, Lito? Wie kannst du so was sagen?

Und wieder hat mein Herz zu schwitzen begonnen.

Jedenfalls wird Evitas Körper in dieser Nacht leer für die Ewigkeit sein. In der Stunde der Allgemeinen Auferstehung wird ihr Bild ein anderes sein, wird sie der Herr anders nennen, werden die Noten ihres Sternzeichens anders klingen. Leer wird der Körper sein, aber sein Aussehen wird sich nicht verändert haben. In den Adern wird derselbe Formaldehyd- und Kaliumnitratfluß ruhen, der ihn vor der Verwesung schützt, das Herz wird an jedem Morgen der Geschichte an derselben Körperstelle erwachen, nichts wird die Seligkeit ihres Gesichts trüben. Aber genau in dieser Nacht wird ihre Seele in Isabels Seele übergehen müssen.

Im Heiligtum ist schon alles bereit. Vor Tagesanbruch wird der Stier im Haus des Wassers Ruhe finden. Der Mond steht günstig. Auf einer einzigen Linie werden sich Uranus und Merkur treffen, die herrschenden Planeten. Die Körper werden nach Nordnordosten ausgerichtet sein müssen. Der Zeitpunkt des Übergangs, sagen die Astrolabien, muß genau in der Mitte zwischen Sonnenunter- und -aufgang liegen: elf Minuten vor ein Uhr nachts am 19. Juni 1973. Von den sieben Worten, die er wird aussprechen müssen, kennt López deren vier: das bengalische, das persische, das ägyptische und das aramäische. Noch fehlen ihm das chinesische und das sumerische. Das siebte, das weiß er, wird gebildet, indem man die Laute von Eva *ad infinitum* zusammenfügt: Vea, Vaë, Ave; er braucht nur noch die Reihenfolge festzusetzen, in der er die Buchstaben abzupft.

Also muß man die Pläne des Generals ändern, die Siesta übergehen, ihn bis zum Einbruch der Dunkelheit in die Memoirenlektüre versenken und dann mit Besuchen unterhalten, denen er nicht entkommen kann. Um elf Uhr, nach den Nachrichten, wird ihn López mit einem Tee zu Bett bringen. Er benötigt einen blinden und tauben Komplizen, einen, der weder argwöhnt noch fragt. Er hat ihn auch schon: Keiner bietet sich mehr an als Cámpora.

Behende wie ein Bär saust der Sekretär die Treppen vom Kreuzgang hinab, fast am Geländer hängend und schneller, als ihn die Hühneraugen an den Fußsohlen quälen können. Als er an der Küche vorbeikommt, ordnet er an, das Mittagessen hinauszuzögern. (Ich werde mit den Fingern schnalzen, wenn wir soweit sind.) Und schon entdeckt er im Büro Cámpora, stehend und die Haare mit Brillantine gefestigt. Herzlich hakt er ihn unter.

Wie können wir zulassen, daß der General geht ohne ein kleines Treffen mit den allerengsten Freunden? Er erwartet es seit Tagen und getraut sich nicht, darum zu bitten. Bereiten Sie ihm eine Überraschung, Präsident . . .

(Präsident? Cámpora zieht die Brauen hoch. López, als Sozialminister ins Kabinett gekommen, hat ihm noch nie eine solche Anrede zuteil werden lassen.) Die häuslichen Probleme erledige ich für Sie. In dieser Hinsicht können Sie ganz ruhig sein. Rufen Sie Doña Pilar Franco an. Benachrichtigen Sie Botschafter Campano . . .

(Cámpora ist auf der Hut und ballt die Fäuste. Ihm schwant nichts Gutes. Was soll diese ganze Freundlichkeit des Sekretärs nach einer Woche frostigen Umgangs und voller Impertinenzen gegen seine Präsidentenautorität? Abstand schaffen ist das beste. Er hat einen unanfechtbaren Vorwand.)

Heute nicht, Lopecito. Machen wir es doch morgen, am Abend vor der Abreise. Oder haben Sie schon vergessen, daß der General und ich uns für die Einladung für Franco in der Moncloa auf halb zehn verabredet haben? Da dürfen wir nicht fernbleiben. Das wäre eine gewaltige Unhöflichkeit.

Wir haben bereits im Pardo angerufen, um uns zu entschuldigen, Präsident. Wir werden nicht hingehen. Man hat verstanden. Der spanische Protokollchef hat mit mir gesprochen und gesagt: Es scheint uns ganz logisch, daß General Perón lieber nicht ausgeht. Ein kranker Führer heißt ein kranker Staat. Gott unser Herr möge ihn sehr schnell genesen lassen. Stellen Sie sich vor, Cámpora. Tatsächlich ist der General heute wieder mit 37,4 erwacht. Er ist beinahe achtzig. Das vergessen wir immer. Gehen Sie auf Ihr Fest in der

Moncloa, es bleibt Ihnen wohl nichts anderes übrig. Aber schicken Sie mir Doña Pilar, Don Licio Gelli, Valori samt Mama her ... Und sagen Sie Ihren Söhnen, sie sollen auch kommen, Cámpora. Sie haben den General noch nicht begrüßt.

Der Präsident streckt die Waffen: Meine beiden Söhne? Ja, natürlich, Mann. Sie sind vertrauenswürdig. Beauftragen Sie sie, etwa um zehn mit den Gästen woanders hinzugehen. Es ist gut, wenn wir den General heute früh zu Bett bringen. Ich werde die Platten verstecken. Wenn man Doña Pilarica Flamenco spielt, ist sie nicht mehr zu halten. Die Frau ist ein Wirbelwind. Morgen, wenn ich mehr Zeit habe, kann ich Sie zu ein paar Zeremonien begleiten. Als Minister muß ich das wohl, oder? Eben gestern abend sagte der General zu mir: López, warum lassen Sie Cámpora so allein? Da ich krank bin, leisten doch Sie ihm Gesellschaft. Und wann gibt er mir diese Order? Einen Tag vor unserer Abreise!

Der Präsident ist gerührt und hat keine Zweifel mehr. Irgend etwas ist vorgefallen. Die Stimmung im Haus, bis gestern so feindlich, ist ihm auf einmal hold. Seine Augen werden feucht, und er drückt dem Sekretär eine Schulter: Ich weiß, daß Sie viel getan haben. Ich bin Ihnen so dankbar dafür!

Und wieder geschieht alles zugleich, wie im Theater. Der Sekretär schnalzt mit den Fingern. Isabel drückt die Pendeltür des Speisezimmers auf und ruft: Zu Tisch, zu Tisch! Sie essen doch mit uns, nicht wahr, Cámpora? Und des Generals Stimme gleitet von den Zimmern herab: Was war denn mit Ihnen, Mann? Schon fast einen Tag hat man nichts mehr von Ihnen gehört. Wir haben Sie vermißt ... Leg noch ein Gedeck auf, Chabela.

Ach! Nein, Señor. Ich kann unmöglich bleiben. (Das Kinn des Präsidenten zittert.) Wenn's nach mir ginge, wäre ich mehr hier als sonstwo. Das wissen Sie ja. Aber ich muß dahin und dorthin, um die Unterschriften der Zusammenarbeitsverträge und -dokumente rückgängig zu machen, die das Militärregime vor unserem Sieg unterzeichnet hat. Ich bin nur wegen einer dringenden kleinen Auskunft gekommen. Wie wird es mit dem Protokoll aussehen, wenn wir uns in Barajas verabschieden? Sie sind die Macht, mein General, aber einen offiziellen Rang oder Titel haben Sie nicht. Wenn sich der Caudillo an Sie wendet, wie wird er Sie anreden müssen? Ich habe eine vertrauliche Note geschickt und gebeten, Ihnen den Rang eines Staatschefs zu geben. Und mir, was ihnen beliebt. Ich bin, wie alle wissen, ein Diener. Aber hier ist man sehr heikel. Das Herumfragen hat mich ganz konfus gemacht, und einmal mehr mußte ich zu Ihrer Gelassenheit Zuflucht nehmen, Señor. Welchen Weg einschlagen?

Um drei Uhr nachmittags, zwischen seinen Memoiren und Folianten sitzend, einsam im Kreuzgang, die Decke um die steifen Beine geknäuelt (die schon etwas krampfaderig und plötzlich blau sind, als hätte sie vorzeitig die Kälte von Buenos Aires heimgesucht), verspürt der General Mitleid mit dem armen Stellvertreter, der jetzt diesem Gipfel der Widerwärtigkeit ausgesetzt ist. Entscheiden *Sie* das, Cámpora. Heucheln Sie Ihr Protokoll, wie Sie wollen. Was habe ich mit diesen Schwachformen der Macht zu tun? Meine Gedanken sind woanders. Das Alter amortisiert mich. Sogar vom Exil habe ich mich schon pensioniert. Streiten Sie sich mit den Schmeichlern des Caudillos herum. Und mich halten Sie da raus. Es reicht mir, daß man mich zum Flugzeug bringt. Es ist übergenug. Von Buenos Aires erwarte ich mir nichts als Arbeit und Leiden.

Aufs Geratewohl schlägt er eine der Memoirenmappen auf, und der Schrecken des Krieges springt ihm ins Auge. Er liest:

Als ich von Chile zurückkam, lag die Spannung schon überall in der Luft. Es war offenkundig, daß der Planet jeden Augenblick explodieren konnte . . .

(Mein Schicksal beharrte auf den Nomadenzyklen. Ich emigrierte, die Geschichte ging rückwärts. Allmählich gewöhnte ich mich daran. Wenn ich mich als Fluß schlafen legte, war ich darauf gefaßt, als Lagune aufzuwachen. Fantasiere ich etwa? Schauen wir doch, was auf der vorangehenden Seite steht:)

. . .und in den letzten Briefen an Oberstleutnant Enrique I. Rottjer erzählte ich ihm von meinem starken Wunsch, das Land zu Fuß zu umgehen, die Wüste vom Lago de Vilama bis zur Salzlagune von Arizaro zu erforschen, dann auf der Linie der hohen Gipfel via Seen weiterzugehen und vom Cabo Vírgenes aus in einem Frachter unserer Kriegsmarine die Magalhãesstraße zu durchqueren. Aber ich litt unter dem Witwerstand und verschob den Plan.

(Ich bin verwirrt. Was war nachher, was vorher? Jetzt, da ich daran denke, wie oft ich auf Mailands Friedhöfe gegangen bin, als Eva noch nicht dort beerdigt war, strauchelt die Zeit in mir. Warum ereignet sich nicht die gesamte Ewigkeit in einem einzigen Moment? Warum ist keine abgeschlossene Angelegenheit mehr, was sich morgen ereignen sollte? Oder geschehen die Dinge wirklich so, stoßweise – ist schon alles geschehen, und man merkt es nicht einmal?

Seit einem Monat war ich Witwer. Es war Oktober 38. Der Kriegsminister befahl mir, eine Erkundungsreise durch den patagonischen Süden zu machen. Angeführt wurde die Expedition von Oberst Juan Sanguinetti, der soeben zwei Jahre in der Berliner Botschaft gedient hatte. Wir gingen in Comodoro Rivadavia an Land und fuhren in klapprigen Autos zum Lago Argentino. Sanguinetti war stark von Hitler beeindruckt: Der ist ein Vulkan, sagte er. Er wird alles dem Erdboden gleichmachen – Hannibal?, Napoleon? Sind Lehrlinge neben ihm. Strategie hat er nicht studiert, er ist mit ihr geboren worden. Er ist das Pfingsten der Politik – er kann keine Sprache außer Deutsch, und trotzdem versteht ihn ein

Japaner. Wir sprachen und sprachen, in Schluchten und auf Gletschern. Ich stellte mir Hitler als zwei Meter großen Helden vor, einen Koloß von Theben. Sanguinetti sagte: Hitler sieht elend aus, er ist ein Winzling. Aber sobald er den Mund aufmacht, wächst er.

Warum hat López Rega wohl diese düsteren Gärungen jener Zeit weggelassen? Mal sehen, welche Richtung ihn seine Laune diesmal hat einschlagen lassen:)

Anfang 1938 rief mich der Kriegsminister, General Carlos Márquez, einer der besten Militärs, die ich gekannt habe, in sein Büro. Ich stand auf ziemlich vertraulichem Fuß mit ihm. Zu meinen Kadettenzeiten war er Instruktor an der Militärschule gewesen und später an der Kriegsakademie mein Lehrer.

»Schauen Sie, Perón«, sagte er, »bald bricht der Weltkrieg über uns herein. Keine menschliche Macht kann ihn aufhalten. Wir haben all unsere Berechnungen angestellt, aber die Informationen, über die wir verfügen, sind sehr unzureichend. Die Militärattachés berichten uns mehr oder weniger, was in ihrem Umkreis vor sich geht, aber wenn die Feindseligkeiten ausbrechen, wird, was passiert, zu neunundneunzig Prozent ein politisches Phänomen sein, eher eine Angelegenheit der Völker als der Armeen. Perón, Sie unterrichten Strategie, Totalen Krieg und Militärgeschichte. Es gibt keinen geeigneteren Mann, um mir die Information zukommen zu lassen, die ich brauche. Suchen Sie sich einen Ort aus, wo Sie hingehen wollen.«

Deutschland oder Italien, eine andere Wahl gab es nicht. Ich bat um 24 Stunden Bedenkzeit. Überlegen wir einmal, sagte ich mir. Hitler hatte das Reich zu einem perfekten Uhrwerk gemacht. Öffentliche Hand und Industrie benötigten weniger als fünf Jahre, um die Arbeitslosigkeit zu beseitigen, die Devisenreserve zu erhöhen und eine Schwerindustrie auf die Beine zu stellen. Ich hatte Mein Kampf *mindestens zweimal gelesen und kannte weitere* gute Bücher über Hitler und seine Weltanschauung. In Italien bereitete sich der Duce nach der Eroberung Abessiniens darauf vor, in Albanien einzumarschieren. Seine Popularität und sein Charisma entzündeten die Fantasie ganz Europas. Hitler gab selbst zu, daß Mussolini sein Lehrer war.

Aber was mich die Entscheidung zugunsten Italiens treffen ließ, war meine Beherrschung der Sprache. Da ich mit dem Volk in Kontakt treten sollte, konnte ich in Deutschland wenig ausrichten. Ich spreche so gut Italienisch wie Spanisch, ja sogar besser, wenn es sein muß.

Zuerst gelangte ich nach Merano, wo ich in wenigen Monaten die Geheimnisse des Gebirgskrieges lernte. Dann nahm ich in Turin an einigen Kursen über reine und in Mailand über angewandte Wissenschaften teil. Dabei klärten sich mir viele Ideen und schwanden viele Vorurteile, insbesondere in politischer Ökonomie.

Alles begeisterte mich. Ich war hingerissen. Ich fühlte mich im Kern einer historischen Erfahrung von der Tragweite des Sturms auf die Bastille. Vielleicht war sie sogar wichtiger. Das in Italien im Entstehen begriffene Gesellschaftsmodell war völlig neu – ein nationaler Sozialismus. Damit verhält es sich folgendermaßen.

Die russische Revolution hatte in Europa einen starken Einfluß ausgeübt. Lenin und Trotzki, die sie verwirklichten, hätten es gern gesehen, wenn das in Moskau gelegte Feuer sogleich auch auf Berlin und Madrid übergegriffen hätte. Doch nein. In Westeuropas Grenzen fanden die bolschewistischen Ideen eine unüberwindliche Mauer. Was dagegen auf der andern Seite stattfand, war Lasalles und Marx' Sozialismus, aber mit den Italien, Frankreich und Deutschland eigenen Merkmalen. Genau da ist der eigentliche Grund für den Zweiten Weltkrieg zu suchen: in der beschleunigten Entwicklung, die die ideologischen Bewegungen des Westens bewirkten. Ich sah die dunklen Gewitterwolken schon, als das Münchener Abkommen un-

terzeichnet wurde, und sagte mir: Das ist kaum eine Ruhepause. Die Marathonläufer sind stehengeblieben, um zu verschnaufen. Das Schlimmste kommt erst noch. Und so war es auch.

Wenige Monate nach meiner Ankunft in Italien marschierte der Duce in Albanien ein, und die Deutschen unterschrieben einen Nichtangriffspakt mit den Sowjets. Fast unmittelbar darauf brach der Krieg aus. Ich nutzte die Gelegenheit, um die Ostfront zu studieren. Mit der Bahn fuhr ich nach Berlin. Das deutsche Volk arbeitete geeint, und Hitlers Feinde, später so zahlreich, waren nirgends zu sehen. Die Wehrmachtoffiziere waren sehr nett zu mir. Ich unterhielt mich mit ihnen ein wenig auf französisch und ein wenig auf italienisch. Manchmal radebrechte ich einige deutsche Grunzer, aber diese Sprache können nur der Teufel und die Teutschen sprechen.

Man brachte mich bei Loebtzen in Ostpreußen an die Front. Dort kontrollierten die Russen die Linie Kowno–Gradno. Die Kommandanten waren untereinander befreundet, und ich ging völlig problemlos von einer Seite auf die andere. In Militärfahrzeugen gelangte ich ziemlich weit in die Sowjetunion hinein.

Zurück in Berlin, las ich einige böswillige, von den US-Korrespondenten in ihrem Land publizierte Kommentare. Sie beschrieben den Faschismus und den Nationalsozialismus als tyrannische Systeme, was ja stimmen mochte, aber sie nahmen sich nicht die Mühe, die Bedeutung der gesellschaftlichen Veränderung zu untersuchen, die sie hervorbrachten.

In Italien nahm ich mir vor, den Prozeß zu analysieren und zu sehen, wie die Teile zusammenpaßten. Ich stellte ein sehr interessantes Phänomen fest. Bis zu Mussolinis Machtergreifung stand die italienische Nation auf der einen und der Arbeiter auf der andern Seite. Sie hatten nichts miteinander gemein. Der Duce bündelte alle versprengten Kräfte und bewegte sie in einer gemeinsamen

Richtung. Die mittelalterlichen Innungen erschienen wieder, aber jetzt als eigentliche Motoren der Gemeinschaft. Die Opfer des Volkes waren nicht umsonst; man arbeitete ordentlich, im Dienst eines perfekt organisierten Staates. Und ich dachte bei mir: Das ist es, was Marx und Engels auf irrigen Wegen gesucht haben. Hier sind die Utopien von Owen und Fourier aufs vollkommenste verwirklicht. Das ist die echte Volksdemokratie: die Gleichheit, Freiheit und Brüderlichkeit des 21. Jahrhunderts.

Damals wußte ich nichts von den Konzentrationslagern, in denen Hitler mit einer gewissen Grausamkeit die widerspenstigen Minderheiten des Ostens bändigte. Aber in Italien, wo alle sind wie wir – sentimental und ein wenig krakeelerisch –, war teutonische Härte nicht nötig.

Fast zwei Jahre dauerte diese goldene Erfahrung für mich. Ich sah das von den Hungersnöten des Bürgerkriegs verwüstete Spanien. Und einige Zeit weilte ich in Portugal, damals ein Spionagezentrum. Aber ich konnte Europa nicht verlassen, ohne mit Mussolini gesprochen zu haben.

Am 10. Juni 1940 trat Italien vollständig in den Krieg ein. Mehrere Bersaglieri-Bataillone drangen in Frankreich ein. Auf den Balkonen des Palazzo Venezia gab der Duce die Nachricht bekannt. Ich hörte ihm zu, inmitten der riesigen Menschenmenge. Ich sah kalabresische Bauern, die diesen großen Mann wie einen vorübersausenden Kometen anstarrten. Ich sah die Frauen aus dem Dorf, die sich umarmten und vor Begeisterung weinten, alles zugleich. Ich hörte, wie sie Giovanezza sangen und das Vaterland, das Reich und den Duce hochleben ließen. Mitgerissen von diesem fiebrigen Jubel, sang ich ebenfalls ein paar Strophen: ›Eia, eia, alalà‹.

Am nächsten Tag bat ich via argentinische Botschaft um eine Audienz. Sie wurde mir erst am 3. Juli gewährt, als der Duce von einer Inspektion der Westfront zurück war. Ich trat direkt in sein Büro. Es lag beinahe im Dunkeln. Eine Tischlampe beleuchtete voll seinen imposanten, rasierten

Kopf. Er schrieb. Einen Moment lang schaute er nicht auf.
Dann erblickte er mich und kam mit entgegengestreckter
Hand auf mich zu. Er fragte mich nach der Moral der
Gebirgstruppen. Ich sagte ihm die Wahrheit: nämlich, daß
es keine besser vorbereitete Armee gebe, um in den Bergen
zu kämpfen. »*E vero, è vero*«, *lächelte er.* »*Sono bravissimi*
i miei alpini.« *Ich hätte ihn am liebsten umarmt, aber die*
Feierlichkeit des Ortes hielt mich in Schranken. Ich schlug
die Hacken zusammen, und zum einzigen Mal im Leben
grüßte ich ihn statt mit einer Verneigung nach Faschisten-
art mit erhobener Rechter. Heute würde diese Geste miß-
verstanden. Ich tat es nicht in politischer Absicht, und ich
müßte es auch nicht erzählen, wenn ich nicht wollte, denn
es gab keine Zeugen. Aber es ist mir wichtig, es als Hul-
digung von Kämpfer an Vorkämpfer, von Waise an Weisen
zu verantworten.

Zurück in Buenos Aires, redete ich mir den Mund fus-
selig, um das komplexe Regime all dieser Orkane zu
erklären. In einem Referat am Vorweihnachtstag 1940
griff ich zur Metapher des Wassers. Die Völker, sagte ich,
bahnen sich einen Weg wie das Wasser, mit derselben Tak-
tik. Sobald das Wasser die abschüssigste Linie gefunden
hat, fließt es. Baut man einen Damm, so versucht es ein-
zusickern. Wenn ihm die Basis des Deichs kein Durchkom-
men gewährt, sucht es sich einen Weg über die Flanken und
bezwingt so die Wälle. Wenn es nichts ausrichten kann,
schlägt es zu. Bohrt Löcher und schlägt, bis es eines Tages
alles zerstört. Als Deutschland den Krieg verlor, war es, als
wäre der Damm gebrochen. Das Wasser bahnte sich einen
Weg durch Europa. Und jetzt bringen es die Gezeiten zu
uns. So ist die Zeit, in der wir leben.

(Was macht Sie so unruhig, López? Was soll das ganze Hin
und Her im Heiligtum? Ich habe damit gerechnet, allein zu
sein. Was hecken Sie jetzt wieder aus, in der Einsamkeit da
oben am Boden hockend?

Nichts, mein General. Ich bringe bloß alles in Ordnung, bevor wir gehen. Ich staube ab, kontrolliere die Sicherungen, suche das Dach nach Sickerstellen ab. Verzeihen Sie, wenn ich Lärm mache. Wie leichtfüßig man auch hinuntersteigt, die Wendeltreppe muß unbedingt knarren. Und diese Plattfüße lassen mich nicht zur Ruhe kommen.

Sie riechen nach Gras, López. Nach Zimt. Und die Armbänder, die Sie da tragen? Zeigen Sie her, das andere, das violette. Was steht da am Rand, in winzigen Buchstaben? Tönt nach Niggersprache: ›Saravá Oxalá / Saravá Oxum Maré / Que assim seja!‹ Marokkanisch? Galicisch?

Ich weiß nicht, mein General. Das sind Papierstreifen, die die Dienstmädchen beim Saubermachen immer verlieren. Sie bestreuen das ganze Haus damit. Wie kommen Sie mit der Lektüre voran? Es ist schon nach drei Uhr.

Etwas fehlt diesen Memoiren, López. Ich weiß auch nicht, was. Die Erinnerungen in bezug auf den Zweiten Weltkrieg sind nicht mehr von mir. Ich lese sie und habe das Gefühl, sie hätten sich verselbständigt. Da zum Beispiel: Wer bin ich da, wenn ich das Folgende sage?)

1941 hatte ich mehrere Geheimsitzungen, um die höheren Offiziere über die sich abzeichnenden Veränderungen zu informieren. Der neue Kriegsminister, Juan Tonazzi, verstand mich sogleich, aber die reaktionären Generale, die ihn unterstützten, schimpften mich einen Kommunisten.

Sie versuchten mich aus dem Verkehr zu ziehen. Ohne es zu merken, taten sie mir damit einen Gefallen. Ich landete im Unterrichtszentrum für Gebirgstruppen in Mendoza. Das Land verfaulte, während ich mich abseits hielt und so meine Reputation wahrte.

Die Korruption zerriß die Armee. Ein Sektor nationalistischer Offiziere wollte sich erheben, aber die Konspiration fiel der bleiernen Trägheit anheim und verpuffte von selbst. Das ganze Land schien zu schlafen und schnarchte mit einer Langsamkeit, die man sonst nur von den Bewoh-

nern Catamarcas kennt. Nur gerade für Unmoral und Betrug wurde es munter. Unsere heilige Uniform war so tief gesunken, daß einige Kadetten der Militärschule sogar in eine Homosexuellenrazzia gerieten. Das war ein Riesenskandal. Man vertuschte ihn, so gut es ging, aber die Anstalt trug einen beschädigten Flügel davon.

Im Sommer 41 begann meine Predigt Früchte zu tragen. Zehn oder zwölf junge Obersten, die meinen letzten Geheimvortrag gehört hatten, kamen nach Mendoza, um sich mir anzuschließen.

»Wir haben die Zeit nicht vertrödelt«, sagten sie. »Wir haben innerhalb der Armee bereits einen unangreifbaren Verband organisiert. Wenn Sie wollen, können wir innerhalb von vierundzwanzig Stunden die Macht ergreifen.« Es war die Urzelle des GOU, der Gruppe der Vereinigten Offiziere oder der Gruppe Vereinigungsprojekt, wie sie sich auch nannte. Mit ihrem Idealismus, ihrer Lauterkeit, der Uneigennützigkeit ihrer Ziele konnte diese Gruppe ein unzerstörbares, gerechtigkeitsliebendes Argentinien gründen, das in der Lage war, sich auf tausend Jahre hinaus selbst zu genügen. Wir hatten einen Vorteil, der sich nie mehr wiederholte: Unter uns gab es weder zivile Mentoren noch Verbündete. Und deshalb kamen wir in den Genuß von Ordnung, Diskretion und Hierarchie. Das war die Basis der militärischen Macht im gesündesten Sinn des Wortes: Macht ist das, was etwas in Gang setzt; militärisch kommt von ›militaris‹ – das, was zum Krieg gehört. Das wollten wir: die Idee vom Volk in Waffen neu beleben.

(López? Es reicht jetzt, Mann. Kommen Sie vom Heiligtum herunter. Was höre ich da für ein Gebrabbel von Ihnen? Was sind das für Geschichten? Nerven Sie mich um diese Zeit nicht mit Quark, Sie bringen mich beim Lesen aus dem Konzept. Sehen Sie? Sie verwirren mich sogar bei dem, was ich sage. Die Señora ruht in Frieden. Lassen Sie sie ruhen. Für ihre geringe Ewigkeit hat man sie schon unzählige Male herumgeschubst. Eva, mein armes Kind. Was beten Sie ihr da vor? Was sagen Sie?

Ich komme schon, mein General. Jetzt bin ich fertig und komme herunter.

> *OGUN CHEQUELA UNDÉ*
> *CHEQUELÉ*
> *CHEQUELÉ UNDÉ*
> *OGUM BRAGADA É A*

Schauen Sie doch Ihre Hand an, López. Sie haben sich verletzt. Sehen Sie nur, wie Sie bluten.)

Das Volk stellte sie sich blond und mit himmelblauen Augen vor, aber Evita Duarte war nicht wie die Kramwarenhändlerin von Santa Lucía, als sie 1935 nach Buenos Aires kam – weder sang sie wie eine Lerche, noch strahlte sie herrlich wie der Tag. Sie war (heißt es) nichts oder weniger als nichts: ein Straßenspatz, ein angelutschtes Bonbon, so dünn, daß sie Mitgefühl erregte. Durch Leid und Sehnen, mit Erinnerung und Tod wurde sie schön. Sie spann sich in einen Schönheitskokon ein, verpuppte sich allmählich zur Königin, wer hätte das gedacht.

Nicht einmal mir, die ich sie ganz in meiner Nähe hatte, kam so etwas je in den Sinn (sagte die Schauspielerin Pierina Dealessi, die sie in ihrer Theatertruppe aufnahm, ihr das richtige Gehen beibrachte, ihre Aussprache polierte). Als ich sie kennenlernte, hatte sie schwarzes Haar, eine perlmutterfarbene Gesichtshaut und so lebhafte, staunende Augen, daß sich die Leute gerade darum nicht mehr erinnern, wie sie waren: Weil sie so sehr schauten, ganz tief, sah man ihre Farbe nicht. Aber sonst war Evitas Gesichtchen nichtssagend. Die Nase war ein wenig grob und lang, die Zähne leicht vorstehend, und obwohl flachbrüstig, hatte sie eine ziemlich eindrucksvolle Figur. Bloß hatte sie dicke Knöchel und deswegen Komplexe. Ein hübsches Mädchen, aber nichts Jenseitiges. Und jetzt, wenn ich mir überlege, wie hoch hinauf sie es brachte, frage ich mich: Wo hatte dieses zerbrechliche Ding gelernt, mit der Macht umzugehen, wie stellte sie es an, um zu dieser Nonchalance und Wortgewandtheit zu kommen, woher nahm sie die Kraft, die Leute in ihren traurigen Herzen zu berühren? Was für ein Traum mag ihr in den Träumen zugefallen sein, welches tiefinnere Blöken ihr Blut gerührt haben, um sie über Nacht zu dem zu machen, was sie war: eine Königin?

Das ist die Frau, die López Rega jetzt, am 19. Juni, elf Minuten vor ein Uhr nachts, in Isabels Körper installieren will. Eine Seele soll die andere besetzen. Aber so einfach ist das nicht. Es sind ungleiche Seelen – wie will der Ozean in einem Fluß Platz finden? Und zudem sollen nicht Evitas sämtliche Turbulenzen auf Isabel übergehen. Täten sie es, könnte López sie nicht steuern. Die Sprachbegabung, die überströmende Liebe der Verstorbenen würden ihr nichts nützen. Sie würde einen Orkan entfesseln, aber einen unfolgsamen.

Sein ganzes Leben hat sich López für diese höchste Herausforderung der Gesetze der Vorsehung gerüstet. Immer wieder hat er sich gesagt, daß er zwar über mehr als genug Wissen verfügt, daß ihm aber die Gelegenheit gefehlt hat. Jetzt liegt Evita wehrlos in einem Eichenholzsarg, im Licht von sechs roten, wie Fackeln gedrechselten Lampen. In die Mansarde, die ihr als Grabstätte dient und die Isabel Heiligtum getauft hat, dringen weder Geräusche noch Temperaturschwankungen, noch die Unannehmlichkeiten der nächtlichen Dunkelheit. Das Licht ist immer gleichförmig, die Jahreszeiten kennen kein Kommen und Gehen, die Luft, die die Reiniger hier ausstoßen, ist dazu verurteilt, Luft von nirgendwo zu sein. Ans Kopfende der Verstorbenen hat man auf López' Geheiß ein Holzkruzifix mit Metallstrahlen gehängt, identisch mit dem vor einundzwanzig Jahren im Aufbahrungsraum des Arbeitsministeriums. Äußerlich ist die Imitation bewundernswert, aber die Füllung ist aus Plastik.

Jetzt, da der Moment, den Sprung zu tun und den Sieg auszukosten, fast gekommen ist, zögert López. Die himmlischen Kräfte haben mich doch nicht etwa getäuscht, und ich bin, wo ich nicht bin? Es sind doch nicht etwa nur meine Wünsche ins Heiligtum hinaufgegangen? Und selbst wenn diese Schein-Seelenalchemie Wirklichkeit wäre, was wird mit mir geschehen, wenn Evitas Geist die Verpflanzung ablehnt? Es gibt so viele unverträgliche Substanzen in der Natur: Oliven und Gurke, Mango und Reis, Öl und Wasser! Auch mit diesen beiden grundverschiedenen Frauenspersonen könnte es so sein: die eine, die aus dem Nichts erstand und am Ende alles war, die andere, die alles sein könnte und allmählich im Nichts endet. López kneift sich. Ich bin da. Da. Nichts tut mir weh. Träume ich also?

Den Schlägern, die ihn bewachen, hat er seine Erregung anvertraut: Ich werde meinen Golem haben, Jungs. Alles, was Isabel von jetzt an sagt, wird meinem Kopf entspringen. Wenn ihr sie sprechen hört, dann schaut, wie sich meine Lippen bewegen. Ich werde ihr Bauchredner sein. Die Schläger nicken. Mit Mühe und Not haben sie verstanden, daß ihr Herr, schon jetzt mächtig, nun unverwundbar werden wird.

Zu Füßen des Sarges liegt in einem Becken geköpft der Kolibri, den López am Nachmittag geopfert hat, als der General in den Memoiren las. Er hat bereits festgestellt, daß, wenn man diesen Vögelchen eine Nadel in den Kropf steckt, das Blut schnell wie Phosphor herausschießt. Man muß sehr gut aufpassen, denn man kann nur einen halben Fingerhut davon auffangen. Ein anderer, noch lebender Kolibri wartet mit zusammengebundenen Beinen in einem Käfig darauf, selbst an die Reihe zu kommen. Um Mitternacht hat López Isabel ins Heiligtum gerufen. Trinken Sie eine Tasse Tee, Señora, und verscheuchen Sie Ihre Angst mit einigen Tropfen Schlafmittel. Ziehen Sie einen seidenen Morgenrock an, tauchen Sie mit den Gedanken tief ins Ich, richten Sie sich auf und beten Sie. Sie wissen genau, daß wir in Buenos Aires die schrecklichsten Widerwärtigkeiten erleben werden, daß Perón dort sterben wird, und wenn wir verwitwet sind, werden sich die Geier auf uns stürzen. Wir wollen uns vorbereiten. Wir brauchen die Hilfe einer heiligen Seele, um die Gefahren unbeschadet zu überstehen. Legen Sie sich auf die Liege, Señora, neben den Sarg der Verstorbenen, und versuchen Sie zu schlafen. Ruhen Sie vorsichtig. Hier sind die Träume sehr zerbrechlich, und jeder unbedachte Schritt kann sie zerschlagen.

Als er spürt, daß Isabel entspannt daliegt, durchsticht er dem andern Kolibri die Kehle und bestreicht die Lider der Schläferin mit dem frischen Blut. Einen Hauch Blut tupft er auf Evitas Lippen. Und setzt sich, um auf den Moment zu warten. Seinen Körper hat er an verschiedenen Orten zugleich gelassen. Durchs Fenster im Zimmer der Señora entschlüsselt er die Himmelszeichen, hört Sirius pochen, Mars sich strecken, vernimmt das immense Todesröcheln von Beteigeuze – alles sagt Tod und Wiederkehr, Arche und Auffahrt, Sintflut und Leben voraus. Neben dem Bett des Generals stehend, überwacht er dessen Schlaf. Zum Glück haben sich die Besucher früh verabschiedet. Und hier, im Heiligtum, riechst du die Gerüche deiner Beklemmung, López Rega, trocknest dir mit dem Taschentuch deine Angst vor dem Scheitern ab. Wenn du nur träumst, wenn du bloß einigen bodenlosen Figuren eine schöne Gestalt überstülpst, wird es mit deiner Vorstellung bald aus sein, López, wird man dich überall mit Spott überschütten.

Ich habe keine Zeit mehr. Jetzt konzentriere ich mich. In welcher Reihenfolge muß ich Evitas Moira in den andern Körper fließen lassen, wie die Soma-Bäume, die Kinvat-Freuden zur ungebildeten Isabel hinüberbefördern? Versinke, träume, versinke, lerne sein, wie der Tod, Brücke zwischen dem General und den Descamisados, Bannerträgerin des Vertikalismus.

Um fünf vor eins betet López die erste Anrufung: BA, auf altägyptisch, den Vokal lang, den Konsonanten nur mit halbem Atem, um sich nicht zu lösen, B A, also die Macht einer

Seele, die zurückkommt, um sich in eine neue Erscheinung zu entleeren, B A, ich bin dein Körper, Isabel, ich fülle dich. Im Schlaf runzelt die Schülerin die Stirn, strömt einen gelben Hauch aus – den Schmerz der Nadeln, die ihre Seele nähen.

López macht weiter: die linke Handfläche auf Evitas Stirn, die rechte auf Isabels Herz, Medium, Kupferschnur, Wasserlópez, er rezitiert auf sumerisch An-An, auf aramäisch bájar, auf bengalisch samsara, auf chinesisch dóongo, auf persisch fravasi, Engel des Himmels und der Erde, heilige Penisse des Universums, seht diese Auserwählte das Ende ihrer sukzessiven Leben finden, hört sie, saugt euch voll mit ihrer Musenmusik, morgen wird die Menge singen: *Isabel Evita das Vaterland ist peronistisch / Evita Isabel Perón ein einzig Herz.*

Punkt ein Uhr fängt das Kolibriblut an einzutrocknen. López saugt den Atem der Verstorbenen ein und vergießt ihn auf den Lippen der Lebenden. Nie ist Evitas Ausdruck durchsichtiger gewesen. Isabels Gesicht dagegen hat sich mit flimmernden Kratzern und Striemen gefüllt. Die Anspannung der Träume scheint durch. Sie sieht aus wie eine Gitarre.

Auf einmal verrenkt sich López und versenkt den Kopf im Oberkörper. Nur das boshafte Grün der Äuglein lugt wie eine Eidechse hervor. Dann reckt er den Hals wieder. Und versenkt ihn abermals. Einen Augenblick schweigt er. Richtet sich auf. Breitet die Arme aus und hüllt die beiden Frauen langsam mit den rituellen Umbandagebeten ein, deckt sie mit den hypnotisierten Schmetterlingen einer Candomblélitanei wie mit einem Leichentuch zu, *salve Changó, salve Oshalá,* der Blutanstrich verflüchtigt sich allmählich von Isabels Lidern, *salve a lei de quimbanda, salve os caboclos de maiorá, ogum maré ogum,* plötzlich verschwindet der Bluthauch von Evitas Lippen. *Que assim seja!*

Am nächsten Mittag geht López im Zimmer im ersten Stock langsam auf Isabel zu. Draußen bellen die Hündinnen. Auf die Fensterscheiben prallt die Sonne. In irgendeine

Überwelt des Hauses zurückgezogen, liest der General in den Memoiren weiter. Geschäftig durchwühlt Isabel einige Schubladen. Alles ist in Unordnung. Seidenpapier, Kleidergeschlinge, Schminkgekröse liegt herum.

In der Benommenheit dieses Durcheinanders gibt López die letzte Anrufung von sich, die ihm noch in der Kehle gesteckt hat, die endgültige, die für die Ewigkeit beweisen wird, wieviel von Evitas unsterblicher Seele schon in Isabel installiert ist. Sie wird nur *Que assim seja!* antworten müssen, und dann wird man endlich wissen, ob die beiden Geister eins geworden sind.

»Eva?« ruft López. »Ave, vaë a e, aëv a, la morte è vita, Evita. Na?«

Isabel dreht sich zu ihm um.

»Was sagen Sie, Daniel? Kommen Sie schon, nur einen Augenblick. Helfen Sie mir. Ich kann die rosa Pantoffeln nirgends finden.«

Vierzehn
Erste Person

Ich habe diese Geschichte oft erzählt, aber nie in der ersten Person, Zamora. Ich weiß auch nicht, welch unbekannter Abwehrinstinkt mich veranlaßt hat, Abstand zu mir zu nehmen, von mir zu reden wie von einem andern. Aber es ist an der Zeit, mich so zu zeigen, wie ich bin, meine Schwächen bloßzulegen. Sehen Sie sich diese Fotos an. Das sind Perón und ich, an einem Frühlingstag in Madrid im Gespräch. Lesen Sie diese von der Hand des Generals persönlich korrigierten Manuskripte. Werfen Sie einen Blick auf diese salbungsvolle Korrespondenz mit Trujillo, Pérez Jiménez und Somoza, die mir in die Hände gefallen ist. Beachten Sie die Anreden, mit denen sich Perón an diese Heilige Herrscherdreifaltigkeit richtet: Erlauchter Sohn Amerikas, Bolivarischer Held, Herr und Wohltäter. Hören Sie ihn da gegen die Verschwörungen des internationalen Kommunismus vom Leder ziehen und dort Castro und Che Guevara um den Bart gehen. Der General ist ein endloser Widerspruch der Natur, ein Bärenkörper mit Uhugesicht, eine Weizenernte im Meer. Es fehlt ihm an Zeichnung. Er ist ein Merkurmensch. Ich glaube ihn gut zu kennen, und trotzdem erkenne ich ihn seit über sieben Jahren nicht wieder.

(Zamora hört zu. Es ist etwas nach ein Uhr mittags. Im obersten Stock der Zeitung *La Opinión* ist es still wie in einem Mausoleum. Man vernimmt Donnerschläge. Tomás Eloy Martínez verstummt. Wird es regnen? Er erinnert sich, daß der Himmel draußen wolkenlos ist, die Luft kristallen, sanft nähert sich der Winter. Vielleicht sind es Trommeln. In diesen Tagen ist jedes Geräusch ein Vorzeichen. Und heute erst recht, am 20. Juni 1973 – wenn die Geräusche ihre Höhlen verlassen, dann, um etwas mitzuteilen. Martínez fühlt sich schutzlos. Ich möchte – sagt er – meine Freunde etwas näher haben. Ich vermisse sie. Und auch meine Kinder. Sie leben weit weg. Heute wüßte ich gern, daß sie mich im Nebenzimmer erwarten, damit ich aufstehen und sie küssen kann. Keines von ihnen ist da. Ich brauche sie.)

Ich werde Ihnen weiterhin alles in der ersten Person erzählen, denn es ist an der Zeit, mit dem Versteckspiel aufzuhören, Zamora. Der Journalismus ist ein verdammter Beruf. Man lebt durch, empfindet mit, schreibt für jemanden. Genau wie die Schauspieler, die gestern einen Messerhelden von 1900 und vorgestern Perón spielten. Neuer Absatz. Ein einziges Mal will ich die Hauptperson meines Lebens sein. Ich weiß nicht, wie. Ich möchte das Nichtgeschriebene erzählen, mich vom Nichterzählten reinigen, die Geschichte von mir abrüsten, um mich am Ende mit der Wahrheit rüsten zu können. Und Sie sehen ja, Zamora: Ich weiß nicht einmal, wo beginnen.

Im Juni 1966 schickte mich eine Zeitschrift, die nicht mehr existiert, nach Spanien, um zu beschreiben, was dreißig Jahre nach dem Bürgerkrieg aus diesem Land geworden war. Ich wanderte durch Andalusiens tote Dörfer, erlebte in Toledo einen Stierkampf, verbrachte die Nächte bei literweise Manzanillawein mit einem Dichter aus der Estremadura, der in der Schlacht von Guadalajara einen Arm verloren hatte. Am 28. Juni kam ich nach Madrid. Spätabends teilte man mir aus Buenos Aires mit, Arturo Illia, der verfassungsmäßige Präsident, sei von den Militärs gestürzt worden. Meine Zeitschrift wollte von mir ein Interview mit Perón.

Ich traf ihn am nächsten Tag. Er empfing mich im Büro seines Freundes Jorge Antonio, in der Nähe der Plaza de Castelar. Auf dem Schreibtisch stand, wie ich mich erinnere, ein großes Bild von Che Guevara.

Sprach Perón über Che? wollte Zamora wissen.

Wenig und meines Wissens nichts, was gestimmt hätte. Che, sagte er, habe gegen das Gesetz der Eintragung in die Wehrdienstlisten verstoßen, er sei ein Deserteur. Wenn er der Polizei in die Hände falle, werde er vier Jahre zur Marine oder zwei in die Armee eingezogen. Als man ihn schon fast gehabt habe, hätten ihm die Jungs vom peronistischen Widerstand einen Tip gegeben. Da habe er sich ein Motorrad gekauft und sei nach Chile gefahren. Ich sagte zu ihm: Merkwürdig, General. Diese Version stimmt überhaupt nicht mit der Geschichte überein. Mit welcher Geschichte? unterbrach er mich. Mit der, die Che erzählt. Was heißt, sie stimmt nicht überein? Sie muß übereinstimmen.

Wir waren etwas über zwei Stunden allein. Anfänglich fühlte ich mich eingeschüchtert. Vermutlich zitterten mir die Hände. Es war wie ein Foto aus einer Nichtzeit betreten. Alles überraschte mich: seine den Bauch verdeckende Hose mit dem weiten Schritt, die zweifarbigen, weiß-braunen Schuhe, die Saratogas, die er mit Ranchera-Wachspapierstreichhölzern anzündete. Ich hatte auf einmal das Gefühl, ich sähe ihn auf den Kinoleinwänden, hörte ihn mit der Stimme von Pedro López Lagar und Arturo de Córdova. In mir erklang ein Tango von María Elena Walsh:

Erinnerst du dich, Bruder,
ans Jahr fünfundvierzig,
als der Du-weißt-schon-wer
auf den Balkon hinaustrat?

Vielleicht erscheinen Ihnen diese Details unbedeutend, Zamora. Für mich waren sie es nicht. Ich rauchte eine Saratoga mit dem Du-weißt-schon-wer. Zum ersten Mal im Leben konnte ich einer Illustration von Levene oder Grosso die Hand geben, spüren, daß eine Persönlichkeit der Geschichte etwas mehr als Geschriebenes war. Halten Sie mich nicht für übermäßig naiv. Zuvor hatte ich schon Martin Buber, Fellini, Gagarin kennengelernt. Aber was mit mir in einem Zimmer in Madrid koexistierte, unter vier Augen, hieß Perón. Das war nicht einfach ein Mann. Das waren zwanzig Jahre Argentinien, dagegen oder dafür. Ich sah die Flecken in seinem Gesicht, die Pfiffigkeit in seinen Äuglein, hörte seine rissige Stimme. Mein ganzes Land ging durch seinen Körper, Borges'

Haß, die Erschießungen der Befreiungsrevolution, die revolutionären Gewerkschaften, die Syndikalbürokratie, und obwohl ich es damals nicht wußte, gingen auch die Toten von Trelew hindurch. Ich dachte: Da ist der Mann, dem Millionen von Argentiniern in den Ritualen auf der Plaza de Mayo ihr Leben darboten, erinnern Sie sich? Perón oder Tod; der Oberst, in den sich Evita so sterblich verliebte, daß sie ihn meine Sonne mein Himmel / der Sinn meines Lebens nannte. Wie kann man eine derartige Last ertragen? fragte ich mich.

Da rückte ich näher zu ihm hin. Ich hörte ihn genau das sagen, was ich erwartete. Ich spürte, daß er immer erriet, wie ihn der andere sah, daß er der Verkörperung dieses Bildes vorgriff. Er war bereits der Führer, der General, der Alte, der abgesetzte Diktator, der Männliche, der Du-weißt-schon-wer, der flüchtige Tyrann, der GOU-Anführer, der erste Arbeiter, der Witwer Eva Peróns, der Exilierte, der ein Klavier in Caracas besaß, gewesen. Wer weiß, was er morgen alles sein könnte. Ich sah ihn mit so vielen Gesichtern, daß ich enttäuscht war. Plötzlich war er kein Mythos mehr. Schließlich sagte ich mir: Er ist niemand, er ist kaum Perón.

Wir tranken Tee und Orangensaft. Er bat mich, mit seinen Erklärungen diskret umzugehen. Er lebe als Asylant in Madrid und sei sehr strengen Regeln unterworfen. Es sei ihm nicht erlaubt, über Politik zu sprechen. Ich schaltete den Kassettenrecorder ein.

Was ich an jenem Abend nach Buenos Aires schickte, war kein Artikel, es war die peinlich genaue Wiederholung seiner Sätze. Stellen Sie sich meine Verwirrung vor, als mich um zwei Uhr früh ein französischer Journalist im Hotel anrief, um mir zu sagen, Perón habe das Interview dementiert. Was hätten Sie getan, Zamora? Die Tonbandaufnahmen vorgezeigt, nicht wahr? Das Dementi dementiert. Tatsächlich sah ich keinen andern Weg. Zwei Stunden später hörten sich die Nachrichtenagenturen meine Tonbänder an und rekonstruierten im Büro Nummer zwanzig die Tatsachen, die sie im Büro Nummer fünf enthüllt und dann in Nummer zehn

geleugnet hatten. Meine Vorstellungen von Wahrheit ver-
knoteten sich. Als ich auf dem Bahnhof Atocha einen Zug
nach irgendwo bestieg, kam ich wieder zu Atem.

Mit der Zeit begriff ich des Rätsels Lösung, Zamora. Am
Tag des Militärputschs gegen Illia mußte der General in der
Presse von Buenos Aires seine Stärke beweisen. Er vertraute
darauf, daß die Aufständischen sogleich Wahlen ausschrei-
ben und die Macht dem rechtmäßigen Sieger übergeben
würden. Ich war zur Stelle, so daß er mich als Lautsprecher
benutzte. Aber er durfte die spanischen Asylgesetze nicht
verletzen. Also dementierte er mich bedenkenlos. Er wußte,
daß ich aus Berufsstolz mit den Tonbändern herausrücken
würde. Daß seine Erklärungen in Argentinien schließlich
doch so gelesen würden, wie er wollte. Die politische Moral
liegt immer in den Antipoden der poetischen Moral. In diesem Abgrund, wo sich die Menschen verpassen – dort kann
der Politiker Stalin den Dichter Trotzki, Fidel Castro den
Che, der Faschist Uriburu den Faschisten Lugones nicht verstehen. Wäre Eva nicht rechtzeitig gestorben, hätten auch sie
und Perón sich verpaßt. Sie waren zwei ganz unterschiedliche Menschen.

Lassen Sie mich den Faden wiederaufnehmen. Nach und
nach entdeckte ich, daß ich an diesem Juniabend vor sieben
Jahren das kleine Instrument in einem großen Spiel gewesen
war. Daß der General so, wie er exakt die Sätze sagte, die die
andern von ihm erwarteten, auch die andern dazu brachte, so
zu handeln, wie er es beschlossen hatte.

Es war keine versteckte Strategie. Perón selbst machte
mich offen darauf aufmerksam, als wir einmal über Evita
sprachen: »Natürlich benutzte ich sie, so wie ich alle benutze, die brauchbar und etwas wert sind.« Ein Führer war für
ihn die endgültige Verkörperung der Vorsehung. Sie lachen,
Zamora? Auch ich lachte, als ich ihn sagen hörte, *er* lenke die
Vorsehung. Ich hielt es für einen Witz. Aber es begannen mir
sehr merkwürdige Mißgeschicke zuzustoßen, und ich lachte
nicht mehr.

344

Im März 1970 rief ich von Paris aus den General an und bat ihn um ein Interview. Zu meiner Überraschung willigte er ein. Ich war mißtrauisch und fragte ihn, ob ich mit einem Freund kommen dürfe. Ich durfte.

Am Abend vor meiner Abreise spazierte ich ziellos in den Labyrinthen des Quartier Latin umher. Als ich vor der Kathedrale von Notre-Dame vorbeikam, hörte ich Schreie, sah einige entsetzte Nonnen davonlaufen, stieß auf einen Kordon rasender Polizisten. Soeben hatte sich ein alter Mann mit einem Sprung von einem der Türme das Leben genommen. Beim Aufprall hatte er ein Paar in den Flitterwochen zerquetscht. Das schlechte Vorzeichen setzte meinen Träumen zu. Ich hatte Alpdrücken. Auf dem Rücken bekam ich rote Flecken, wie Perón.

Die Autofahrt nach Madrid unternahm ich mit einem wundervollen Freund, der die Gabe hat, alles, womit er in Berührung kommt, zu Gedichten zu machen. Einen Heuschober in einer Nadel zu finden überrascht ihn durchaus nicht. Es beglückt ihn. In aller Ruhe überquerten wir die eisigen Pyrenäengipfel. Aber irgendwann drang der Wind in den Wagen ein und begann zu sausen. Das ist nicht der Wind, das sind Fliegen, sagte mein Freund. Es wurde penetrant. Wir kurbelten die Fenster hinunter. Es wurde noch schlimmer. Wir spürten kleine Schnitte am Hals und mußten anhalten, um das Blut zu trocknen. Da er es satt hatte, sagte mein Freund eine Beschwörung gegen den bösen Blick. Genau in diesem Augenblick verzog sich der Wind. Als wir weiterfuhren, zerriß uns beiden die Hemdbrust. Mein Freund sagte: Das ist Perón.

Wir kamen am 17. Oktober, einem Freitag, gegen drei Uhr nachmittags bei der Villa an. Der General war im Garten und bestreute die Rosensträucher mit Ameisengift. Er ging sich die Hände waschen und umarmte uns. Während er meinem Freund aus dem Mantel half, sagte er zu ihm, Mantel und Mensch lägen in beständigem Kampf miteinander und wenn dem Menschen niemand zu Hilfe komme, verliere er auf fatale Weise. Wir lachten. Mein Freund bemerkte: Das könnte ein Gedicht sein, ein Haiku. Ist Ihnen das gerade jetzt eingefallen, General? Ja, antwortete Perón. Ständig kommen mir Parabeln und Allegorien in den Sinn. Aber danach lasen wir denselben Satz in einem Interview vom Vorjahr und in einem, das sieben Jahre zurücklag.

Wir setzten uns. Aus Gedankenlosigkeit erwähnte ich Vandor, den Führer der Metallindustrie, der sein Feind gewesen war. Einige Monate zuvor war er im Versteck seiner eigenen Gewerkschaft umgebracht worden – zwei Kugeln in die Brust und drei in die Nieren, als er schon zu Boden stürzte.

Da haben Sie ein Thema zum Nachdenken, sagte er. Der Ärmste mußte ja ein böses Ende nehmen. Er war ein intelligenter, fähiger Kerl, hatte aber sehr wenig Ehrgeiz. Als er wirklich hoch hinauswollte, ging er zugrunde, wie Simon Magus.

Wieder eine Parabel, bemerkte mein Freund. Simon Magus, der sich Gott wähnte. Er kommt in der Apostelgeschichte und in den gnostischen Schriften des 3. Jahrhunderts vor.

Von da stammt die Metapher, von den Gnostikern, sagte der General. Nun gut. 1968 wollte mich Vandor besuchen. Ich bestellte ihn nach Irún, im Norden, in der Nähe der französischen Grenze. Er beichtete mir seine Fehler. Er hatte sich an die argentinische Militärregierung und die US-Botschaft verkauft. Seien Sie vorsichtig, Vandor, riet ich ihm. Schuster, bleib bei deinem Leisten. Es ist nicht meinetwegen. Ich verzeihe allen. Aber Sie haben sich in Schwierigkeiten gebracht. Man wird Sie umbringen. Sie befinden sich zwischen Hammer und Amboß. Sie können tun, was Sie wollen, man wird Sie umbringen. Wenn Sie Ihre Verbindungen zur amerikanischen Botschaft aufrechterhalten, wird die peronistische Bewegung mit Ihnen abrechnen. Wenn Sie es dagegen bereuen und einen Rückzieher machen wollen, wird Sie schließlich die CIA kaltstellen. Vandor schaute mir in die

Augen und weinte. Was soll ich jetzt tun, General? fragte er. Retten Sie mich! Ich sagte, er solle kein Idiot sein. Wenn er sich in solche Schwierigkeiten gebracht habe, könne ihn nicht einmal mehr Gott retten. Er fuhr nach Buenos Aires zurück, und Sie sehen, fast sofort wurde er umgelegt. Ich weiß nicht, wer die Leute waren, die ihn erschossen haben. Ich brauche es auch nicht zu wissen, denn ich weiß, wer ihnen den Auftrag gegeben hat. Auf jeden Fall war viel Geld im Spiel, klar, viele schmutzige Interessen. Nicht Geschick war gefragt. Anständigkeit war gefragt. Und Vandor war nicht anständig gewesen.

Meine Güte, Zamora. Ich spürte, wie ich in einer Geschichte schwebte, deren Zeichen sich meinem Verstehen entzogen. Noch nie hatte ich jemanden den gewaltsamen Tod eines Mitmenschen so schamlos, so unbeteiligt schildern hören. Ich trieb meine Plumpheit auf die Spitze und fragte den General, ob ihn dieser Tod geschmerzt habe.

Ein Soldat sieht den Tod ganz natürlich, sagte er. Über kurz oder lang verlieren wir alle das Leben auf dieselbe Art.

Ich werde die folgenden Gespräche weglassen – den ganzen Freitag bis zum Einbruch der Dunkelheit und den Samstagvormittag. Es lohnt sich auch nicht, die Zwischenfälle auf der Heimfahrt zu erzählen, Zamora: den Vogelregen, den wir in Soria sahen, und den Unfall, den wir erlitten, als wir nach Paris hineinfuhren. Ich wurde paranoisch. Ich begann mir vorzustellen, mein Unglück gehorche den Absichten Peróns. Ich beruhigte mich erst, als ich in einem Buch von Américo Barrios las, das Wissen des Generals über Simon Magus stamme nicht aus gnostischen Traktaten, sondern aus einem Film mit Jack Palance.

Sie sollen bloß wissen, wie unsere letzte Begegnung war, zwei Jahre später. Es war Sommer, und es wurde dunkel. Wir spazierten durch den Garten bis zum Eingang der Villa. Wir unterhielten uns über Hunde und Bäume. Auf einmal blieb Perón stehen. Er starrte mich an, als ob er mich eben entdeckt hätte und ich der letzte Überlebende des Universums wäre.

Tomás, sagte er. Sie heißen wie mein Großvater. Auch ich sollte Tomás heißen.

Ich war verwirrt. Ich ließ einen belanglosen Satz fallen. Dann, ohne irgendeinen Grund, erklärte ich ihm, ich sei nicht Peronist. Er lächelte. Er fragte mich, was Peronismus für mich bedeute. Was ich von dieser ganzen Vergangenheit noch wisse.

Das einzige, woran ich mich erinnere, ist das, was ich nicht gesehen habe, antwortete ich. Etwas, was ich nie werde sehen können. Ich erinnere mich, wie Sie die Arme ausbreiten und die Menschenmenge auf der Plaza de Mayo grüßen. Ich sehe die wehenden Standarten, die Arbeiterchöre, die unaufhörlich *Perón, Perón* singen, während Sie sie noch immer grüßen, sehr lange. Schließlich bringt Ihre Hand den Lärm zum Verstummen. Niemand atmet. Tausende und aber Tausende Menschen schauen ekstatisch zu Ihnen hinauf, zu den Balkonen der Casa Rosada. In der Leere dieses gigantischen Schweigens bahnt sich Ihre Stimme einen Weg: Geeenossen! Ich höre dieses einzige Wort von Ihnen und dann wieder Hochrufe, Geschrei. Meine Erinnerung ist etwas, was ich im Kino kennengelernt, im Radio vernommen habe. Nichts, was zu meiner Wirklichkeit gehört hat.

Wieder sah ich ihn lächeln. Die Bilder gerieten mir durcheinander, und in diesem Moment war der General wieder fünfzig Jahre alt.

Man kann alles wiederfinden, sagte er. Hören Sie das Geschrei auf dem Platz.

Ich hörte es. Ich hörte, wie sich die Menge bewegte, die Stadt wie ein Lavastrom anzündend. Auf meine Erinnerung regnete es glühende Asche.

Im Garten wurde es Nacht. Der General breitete die Arme aus und rief:

»Geeenosse!« Seine Stimme war heiser und jung, die Stimme von damals.

Ich drückte ihm die Hände. Und ging weg wie ein Verblutender.

Fünfzehn
Die Flucht

Nie komme ich irgendwo hin. Der Satz fällt von Zamora ab wie der Knopf von einem Hemd. Er hat den Renault 12 vor dem Eingang der Zeitung *La Opinión* stehenlassen, um auf dem Rückweg nach Ezeiza nicht noch einmal die Widrigkeiten der Herfahrt zu erleben. Er hat ein Taxi genommen, das den dreifachen Tarif verlangt, um ihn »so weit wie möglich« zu bringen, und jetzt entdeckt er, daß soweit wie möglich genau hier ist, nicht weiter als die Autobahneinfahrt, zehn Kilometer südlich von der Tribüne. Lastwagen, Kioske und Trommelkarawanen füllen den Horizont an. Nicht einmal Licht sieht man auf die Entfernung, nur einen Graben von Menschendunkel.

Fahren Sie im Schrittempo weiter, empfiehlt er dem Taxichauffeur. Heften Sie die Durchfahrtsberechtigung an die Scheibe. Irgendwann werden wir schon dort sein.

Falls wir überhaupt hinkommen, sagt der Mann resigniert.

Wir müssen hinkommen, sagt Zamora und vergräbt sich rauchend in seinem Sitz. Auf einmal beginnt sich ihm ein uraltes Zen-Gedicht im Kopf zu drehen:

> *Zwanzig Jahre wallte ich,*
> *ging nach Osten und nach Westen.*
> *Schließlich kam ich nach Seikén zurück.*
> *Ich hatte mich gar nicht fortbewegt.*

Wie Perón: zwanzig Jahre, um an denselben Punkt zurückzukehren.

Letztlich hat sich die Fahrt zur *Opinión* doch gelohnt. Nach langem Zaudern hat ihm Martínez einige lose Blätter anvertraut, die die Jahre des Generals in Europa rekonstruieren. Es sind angesengte Landkarten, Fragmente einer Monographie über den Winterkrieg in den Alpen, Überreste eines unfertigen Artikels und die Erzählungen eines Oberstleutnants, Augusto Maidana, der zwischen 1939 und 1942 mit Perón zusammenwohnte.

Zamora wirft einen Blick darauf:

1. Das Porträt, nach Maidana

(Tonbandabschrift. Herausfinden, was Bunraku *bedeutet, falls das Wort korrekt geschrieben ist.)*

Er war nicht wie ein Mensch. Perón war ein Automat, ein Golem, das, was die Japaner ein Bunraku nennen. Mehrmals habe ich ihn zerstreut gesehen. Das hat fast niemand erlebt: Perón zerstreut zu sehen. Er war wie ohne Maske. Eine leere, seelenlose Figur. Dann, wenn er wieder zu sich kam, füllte er sich allmählich mit den Gefühlen und Wünschen der andern, mit Bedürfnissen. Man ging hinaus, um ein Pferd zu holen, und schon brachte es einem Perón gesattelt. Man fand einen Zufluchtsort im Schnee, und er erwartete einen drinnen. Wenn er zerstreut war, konnte man an ihm weder Haß noch Traurigkeit, noch Glück, noch Müdigkeit, noch Begeisterung erkennen. Man sah nur die Leere. Wenn er darauf achtete, was gesprochen wurde, dann reflektierten sich die Gefühle der andern in ihm, als hätte er statt des Körpers einen Spiegel.

2. Tagebuchaufzeichnungen

(Am Tag vor Weihnachten, Tucumán 1971. Jemand nannte mich, als er auf der Straße an mir vorbeiging, nicht Tomás, sondern Nucho, wie meinen Vater. Ich war verwirrt. Wechselt man etwa mit den Jahren den Namen?)

Heute habe ich einen Menschen ausfindig gemacht, der vor langer Zeit Perón kennenlernte, als er noch keine Geschichte hatte und sich bewegte, ohne sich um die Blicke zu kümmern. Ich baue darauf, daß ich in dieser Vergangenheit habe sehen können, was uns die Gegenwart nicht mehr zeigen kann, daß ich 1941 das Rätsel gelöst habe, das wir Argentinier dreißig Jahre später noch nicht zu lösen gelernt haben.

Er ist ein Freund meiner Eltern. Am Nachmittag habe ich mich mit ihm im Patio unterhalten. Er heißt Augusto Maidana. Wenn er spricht, dreht er die Wörter hin und her, als wären sie ein Hut in den Händen.

Nachdem er gegangen war, dachte ich über Kurt Gödels Theorem nach. Wie konnte man Gödels Formeln in Worte fassen? Gehen wir das unmögliche Unterfangen an. Also:

In jedem System mathematischer Logik . . .

Nein. So nicht.

In jeder Wahrheit, so offensichtlich sie auch sein mag, gibt es immer etwas, was nicht bewiesen werden kann.

So ist es besser. Daß ein Mensch Ohren, Fingernägel, eine Nase hat und gehen kann, bedeutet nicht unbedingt, daß er Ohren hat und geht. Aber ich weiß nicht, ob ich Gödel richtig verstanden habe.

Genaugenommen sprach ich mit Perón über das Theorem, im April des letzten Jahres. Ich fragte ihn: Haben Sie sich schon einmal überlegt, General, wie die Geschichte hätte sein können ohne Sie? Stellen Sie sich vor. Alles wäre genau gleich, wie es jetzt ist: Madrid, der Himmel, García Elorrios Tod unter den Rädern eines Autos, Franco, der sich von seinem ehemaligen Minister Fraga hintergangen fühlt, die Pudelweibchen, die Taubenschläge. Alles würde geschehen, aber Sie wären nie geschehen. Er antwortete: Ein Mensch, der das denkt, müßte aus sich selbst hinaustreten und sich aus dem Fenster stürzen.

Genau das ist Gödels Theorem.

3. Notizen für eine Notiz

[Work in progress: totes Werk? Die Quellen stammen alle von Oberstleutnant Maidana. Andere Quellen suchen. Im Reiseführer, den er mir lieh, gibt es Randbemerkungen von Perón. Die folgende Zeile ist unterstrichen (ich schreibe ab): »Der Bus braucht eine halbe Stunde nach Tirol (592 m.) und noch einmal zwanzig Minuten bis zum Schloß.« Daneben lese ich: Andare! Eine der Karten, die der Stadt Trient, ist angesengt, von der Glut einer Zigarette? Die Funken haben die Etsch besprüht und mit verkohlten Inseln gefüllt. Wo ein Pfeil die Piazza Dante signalisierte, sind jetzt nur noch ein paar zerfressene Buchstaben zu sehen: A Pia   Da te.]

Als Perón Ende Mai 1939 nach Meran gelangte, bezog er ein Häuschen an der Via dei Portici: drei Zimmer, ein Gang, eine Diele mit Kamin. Die Fenster gingen zum Duomo hinaus.

Der Frühling ließ auf sich warten. Der Monte Benedetto zeigte noch Schneespuren, und die Passer riß immer wieder erfrorene Hunde und Vögel mit sich herunter. Radio Mailand brachte alarmierende Nachrichten. Chamberlain erklärte in Birmingham, England müsse sich aufs Schlimmste gefaßt machen. Ciano unterzeichnete in Berlin den Stahlpakt mit Deutschland. In der Division von Trient, bei der sich Perón zu Studienzwecken befand, befahl Inspektor Ottavio Zoppi, einen Erlaß anzukleben, den die Offiziere als vorzeitige Kriegserklärung interpretierten:

Da questo momento, secondo l'articolo del Patto Bipartito, l'Italia è legata al destino del Terzo Reich.

Oberstleutnant Perón beschloß, den Verstand zu schärfen, die Sinne zu schulen. Er kam eine halbe Stunde zu früh auf die Schießplätze, um sich in der Handhabung der schweren Hotchkins-Maschinengewehre zu üben und die Wirkung der Brandt-Mörser auf unbewegliche Ziele kennenzulernen.

Mitte Juni erschien Hauptmann Maidana. Perón quartierte ihn im abgelegensten Zimmer ein, um ihn vor dem Geschnatter auf der Straße zu schützen. Der neue Kollege half dem Witwer die Trauer etwas lindern, die ihn zu Beginn der Reise so deprimiert hatte. Noch immer fühlte er sich ein wenig einsam, wenn er im Haus umherlief, aber es war nicht mehr so übermächtig wie zuvor.

Die Luft wurde mild. Perón zog jetzt immer häufiger die weiße Seidenuniform der Gebirgsoffiziere an. Voller Vergnügen verfolgte er die Projekte des Duce, die Strände des unglücklichen Albaniens zu einem Schaufenster der neuen imperialen Größe zu machen. »Die Zeit der Utopisten ist gekommen«, prophezeite Perón auf einer Konferenz mit dem Stab der Division von Trient. »Ein gewöhnlicher Mensch schickt sich in sein Schicksal. Der Utopist aber erfindet es, und dann macht er es sich gefügig.«

Auf einmal füllte sich Meran mit Touristen und Tiroler Orchestern, die bis zum Morgengrauen auf den Plätzen lärmten. Da der Krieg absehbar war, wollten alle das Leben in einem einzigen Zug genießen. Bei Einbruch der Dämmerung spazierten Maidana und Perón auf dem Corso del Principe Umberto. Sie gingen erst nach Hause, wenn die Matronen schläfrig von den Balkonen verschwanden, um neben dem Radioapparat ihren Spaghettiknäuel zu verdauen.

Sie wurden unzertrennlich. Der Oberstleutnant schulte den Hauptmann in den Kniffen der Diplomatie, indem er ihm schilderte, wie er in Chile die ihn überwachenden Geheimdienstoffiziere ausgetrickst hatte:

»Ich streute Sand auf die Terrasse meiner Wohnung und in den Flur meines Büros. Ich legte ein Fadenendchen von immer anderer Farbe auf die Dokumente, damit ich sehen konnte, ob trotz meiner Vorsichtsmaßnahmen jemand darin herumschnüffelte. Eines Morgens versuchten zwei Kerle einzudringen, um meine Wohnung zu durchsuchen. Meine Frau hörte die Schritte auf dem Sand und jagte die beiden mit einem Besen zum Teufel. Meine Informationen schickte ich in einem Koffer mit doppeltem Boden nach Buenos Aires. Einmal schrieb ich unserem Kriegsminister in einem vertraulichen Brief, der Oberkommandierende der chilenischen Armee sei absolut unfähig. Ich hatte mit diesem General einen herzlichen Umgang gepflegt, aber seit ich den Brief abgeschickt hatte, war er abweisend. Wenn immer möglich ging er mir aus dem Weg. Ich stellte fest, daß er sich meiner Korrespondenz bemächtigt hatte, und beschloß, ihn zu stellen. Auf einem Empfang sagte ich zu ihm: ›Was ich im Diplomatenkoffer über Sie äußerte, war gelogen, mein General. Die Wahrheit ist mit anderer Post nach Buenos Aires gelangt.‹ Sprachlos starrte der Mann mich an. Erinnern Sie sich noch an die Spruchweisheit, die die Leierkästen in den Vierteln von sich gaben? Nämlich: Kümmere dich nicht drum, / wenn dich das Schicksal plagt. / Jeder Argentinier ist ein Schlitzohr, / auch wenn er am Hungertuch nagt. Genauso ist es mit der Diplomatie, Maidana. Wer über keine Tricks verfügt, erfindet eben welche.«

Die Wirklichkeit ereignete sich so schnell, daß ihr niemand folgen konnte. Im Juli reisten die beiden nach Rom, um sich über ihre neue Bestimmung zu informieren. In der Botschaft versprach man ihnen ein Gespräch mit dem Duce, aber dann mußten sie sich mit einer Kollektivaudienz des Grafen Ciano zufriedengeben, zu der dieser verspätet und zerstreut erschien. Sie hörten aus seinem Mund ein paar gehaltlose Sätze über den nicht mehr abzuwendenden Krieg, dem Italien nicht in die Falle gehen werde. Ehe sie sich's versahen, entkam ihnen Ciano zwischen Magnesiumblitzen. Sie hatten nicht einmal die Möglichkeit, ihm Fragen zu stellen.

In den zehn Tagen, die er in Rom verbrachte, zog der Oberstleutnant die Uniform nicht an. Er trug Knickerbocker und graue Wollstrümpfe, ungewöhnlich in einer so warmen Jahreszeit. Nach langem Herumdrucksen faßte sich Maidana ein Herz und äußerte sein Befremden.

»So hält man mich eben für einen Engländer«, sagte Perón, »und ich komme zu viel präziseren Informationen über die Ereignisse.«

»Wie das, wo Sie doch kein Englisch sprechen«, fragte der Freund überrascht.

»Ich spreche es zwar nicht, aber ich gestikuliere es. Und niemand merkt etwas.«

Dann trennten sich ihre Wege. Perón kehrte nach Meran zurück, und Maidana wurde in Bassano del Grappa einquartiert, dreißig Kilometer nordwestlich von Venedig. Kaum hatte man sich an den Sauerstoff einer Stadt gewöhnt, wurde man mit der Folklore einer andern abgelenkt, als wäre der Vorabend des Krieges einzig das – Zerstreuung und Trunkenheit. Ende 1939 wurde Perón nach Pinerolo beordert, in der Nähe von Turin. Drei Monate später durchquerte er die Halbinsel und ließ sich in Chieti nieder. Diese irrationalen Känguruhsprünge durch eine unbekannte Geografie schulten ihn für nichts anderes als die reine, einfache Bewegung. Fühlte er sich erst einmal beschäftigt, so rackerte er sich mit den unnützesten Verrichtungen ab. Er übersetzte Dienstanweisungen vom Italienischen ins Spanische und wieder zurück, bloß um sie später erneut übersetzen zu können. In beiden Sprachen machte er grobe Fehler, brachte die Glut der *arditi* und den Mut der *alpini* durcheinander, aber er war nicht an Perfektion interessiert, sondern an der Wachsamkeit der Sinne.

Mitte Frühling wurde er in ein Bataillon in Aosta versetzt. Er spürte, daß diese düstere, ruinendurchsetzte Stadt der letzte Scheideweg der Welt war. Manchmal, wenn er vom Arco d'Augusto zur Collegiata de San Orso spazierte, blieb er beim Grabmal des Grafen Tommaso di Savoia stehen und sagte sich immer wieder, diese lauschige Stille würde bald vom Sturm zerstört und fortgeweht werden. Im Sauseschritt zogen die siegreichen Kanonen des Reichs alle Kreise immer enger. Um sich in die richtige Stimmung zu versetzen, las Perón unermüdlich *Das Volk in Waffen* wieder.

Aus von der Goltz' Buch sprach jetzt die Stimme des Duce zu ihm und wiederholte, daß ein geteiltes Volk, schlecht auf das Opfer vorbereitet, von elenden, beschränkten Politikern heruntergewirtschaftet, unfähig, eine eigene Kriegsindustrie auf die Beine zu stellen, ein Volk von Vasallen sei. Nur die Kraft des Vaters, des Militärs, des Führers könnte es retten, nur die Macht eines Befehlshabers, der sich für die Macht geübt hat, die Herrschaft dessen, der zu herrschen weiß, der von der Vorsehung bestimmte Wille des Weitblickenden.

Er vermutete, Gott lege ihm seine Hand auf die Schulter, als ihn ein Ruf aus Rom ereilte. Die europäische Dunkelheit senkte sich schon bis auf die Augen. Bald würde sie das Atmen unmöglich machen, und sie, die ausländischen Beobachter, würden alle zu gehen gezwungen sein. Am 14. Mai 1940 überschritt Hitlers Armee die Maas und rückte auf Amiens vor. Frankreich löste sich auf wie eine verfaulte Frucht. In Begeisterung geraten, wollte der Duce so schnell wie möglich die Midi-Provinzen besetzen. Einige Generale versuchten ihn zurückzuhalten: »Non siamo pronti. Il popolo italiano non vuole questa guerra.«

Der Duce sollte beweisen, daß ein einziger Wille genügte, um Tausende in jeden Abgrund zu stoßen. Am 10. Juni war es soweit. Maidana und Perón, in der Uniform argentinischer Offiziere, mischten sich unter die Menschenmasse auf der Piazza Venezia und wohnten ungläubig einer fast religiösen Zeremonie bei. Als es dunkel wurde, trat der Duce auf den Balkon eines Palazzo hinaus. Schaute nach links und rechts. Bemächtigte sich der verwirrten Menge mit der Herrschaft seiner Kinnlade. Flößte ihr Sicherheit ein, brachte sie zum Glühen. Begann mit ihr Zwiesprache zu führen und nach und nach die Angst, den Schrecken zu brechen, die seine Worte auslösten. Er sprach vom Tod, und die Menge antwortete: Er lebe! Maidana bemerkte, daß sein Freund schwebte, das Schauspiel mit sämtlichen Sinnen einsaugte und ein für allemal lernte, daß die Kunst des Führens nicht nur darin bestand, was man sagte, sondern wie man es sagte – das schlichte Wie war stärker als alle andern Argumente zusammen.

Sie blieben fast drei Monate in Rom. Die Lebensmittel waren rationiert, aber als Diplomaten verfügten sie über doppelte Bezugsscheine. Manchmal wagten sie sich in die Labyrinthe des Schwarzmarktes, um Zigaretten und Alkohol zu besorgen. Den größten Teil des Tages verbrachten sie über Karten gebeugt und heckten sichere Wege aus, um die Grenze zu einem neutralen Land zu passieren und in einem Passagierschiff über den von gegnerischen Flotten verseuchten Atlantik nach Buenos Aires zurückzukehren.

Die italienischen Truppen marschierten in Griechenland und Libyen ein. Sie rückten gedemütigt vor, ihre ständigen Niederlagen als einzige Atempausen. Im November erfuhr Perón, daß seine Freunde aus der Division von Trient aufgerieben wurden. Er hatte keine Zeit, sie zu bemitleiden. Er mußte den Krieg verlassen, auch wenn er ihn gar nicht gesehen hatte. Mit Passierscheinen versehen, verließ er Genua in einer Karawane, ging in Ventimiglia über die Grenze und folgte dem Bogen der Côte d'Azur bis Marseille. Zwei Wochen lebte er mit Zufällen und Schrecknissen, bis er am ersten Dezembermorgen in Barcelona eintraf.

E via dicendo. »Das war Peróns ganze europäische Erfahrung, mit Ausnahme der Flucht, die ich noch nicht erzählt habe«, resümierte Maidana.

Und die Visionen von Berlin, die er mindestens drei Be-

suchern diktierte? Und die Reise zu den Masurischen Seen,
von denen er zwei weiteren ausführlich berichtete? Und
das Gespräch mit dem Duce, mit dem er sich vor Pérez
Jiménez und Trujillo so brüstete?
   Nichts von alledem geschah, sagte Maidana. Und doch
log Perón nicht, als er diese Geschichten erzählte. Zwar
waren es Lügen, aber er erzählte sie so oft, daß er am Ende
selbst daran glaubte.

IN EZEIZA VOR ANKER

Wir werden nirgends hinkommen, sagt Zamora mutlos, als
das Taxi, auf einem Randstreifen der Autobahn gestrandet,
endlich entdeckt, daß es kein Weiter gibt. Der Lastwagen-
panzer vor ihm hat in geschlossener Formation vor den
großen Betonblocks des Arbeiterheims angehalten: streiken-
der Panzer in ewigem Verzug, Motorensynkope.

Wir ham Befehl, hier zu warten, un hier wird gewartet,
informiert unerschütterlich einer der Lastwagenfahrer mit
aufgedrucktem Perón-Kopf auf dem T-Shirt.

»Stellen Sie einen andern Sender ein«, ruft Zamora,
schwindlig von den immerwährenden Tangos des Taxifah-
rers. »Colonia. Rivadavia . . . Schauen Sie mal, ob's auf Belgrano Nachrichten gibt. Womöglich ist Perón schon gelandet, und wir verpassen noch die Ansprache. Hören Sie? Die
Hymne. Über die Lautsprecher wird die Hymne gespielt!«

Links auf der Stationsskala gibt es eine Tangoapotheose,
rechts einen Refrain nationaler, volkstümlicher Bewill-
kommnungen für den Großen Mann. Und in der Mitte weint
Leonardo Favio ›Einen Sommer lang warst du mein‹. Auf
einmal durchmißt eine ernste Stimme die ganze Skala:

». . . und angesichts des Ernstes der Ereignisse, die an dem
für den Empfang unseres obersten Führers bestimmten Ort
geschehen sind, studieren die höchsten Regierungsbehörden
die Möglichkeit, das Flugzeug mit dem General an Bord auf

einen alternativen Militärflughafen umzuleiten. In einigen Minuten folgen weitere Nachrichten . . .«

Zamora zündet sich eine neue Zigarette an.

Soll ich eine Umgehungsstraße suchen? erkundigt sich der Fahrer.

Bleiben Sie. Jeden Moment wird der Weg frei werden. Wir sind nicht die einzigen, die heute nirgendwo hinkommen.

Mir ist es einerlei, antwortet der Mann. Zahlen tun ja Sie.

Ein graues Licht fällt auf die letzten Blätter, die Zamora gerettet hat.

4. Die Flucht, nach Maidana

(Tonbandabschrift. Wörtlich. Die Verstöße gegen die Syntax beibehalten.)

Endlich gingen wir das Gepäck ausladen. Ich sollte Perón begleiten. Eine zeitraubende Aufgabe, uff. Zuerst mußte ich klarstellen, daß wir in Zug, Bus und Lastwagen reisten, aber nicht das Gepäck: per Schiff, direkt ab Genua. Den ganzen Tag waren wir dort. Perón sagte: »Als nächstes fällt die Kiste von Bonell runter!« Und wir hörten das Klirren von zerbrechendem Glas. »Jetzt ist Maidana dran!« Und der Kran schlitzte mir einen Überseekoffer mit Kleidern auf.

Wir werden weniger als eine Woche in Barcelona gewesen sein. Von dort an hatten alle Handlungsfreiheit. Ich schloß mich Perón an, der angesichts der Herausforderungen der Reise immer sehr clever gewesen war. Mit der Bahn fuhren wir via Saragossa nach Madrid. Wir sahen nichts als Kriegsruinen und zerschossene Glockentürme. Hunger. Wir aßen im verborgenen, um uns nicht dem Neid der Leute auszusetzen. In Guadalajara wollte eine Bande abgezehrte Bettler, ohne Arme und mit Fliegenschwärmen in den Wunden, den Zug überfallen. Die Zivilgardisten kamen, und die Bettler wurden mit Schüssen in die Flucht geschlagen. Perón sagte: Was wir in Italien gesehen haben, war schrecklich. Aber der Kampf, der da in Spanien zu Ende gegangen ist, muß noch viel schlimmer gewesen sein. Nie ist der Haß so groß wie zwischen Blutsbrüdern.

Gleich auf dem Bahnhof Madrid nahmen wir den Zug nach Lissabon. Dort hieß es warten. Zwei Wochen, drei Wochen, wie es dem Schicksal beliebte. In Kriegszeiten ist alles Geduld und Tod. Tod, damit die Geduld besänftigt wird, oder Geduld, um im Tod zu landen. Schließlich fanden wir ein kleines portugiesisches Schiff, die *Zarpa Pinto*. An Bord befanden sich Musiker. Aber die schwere See gab ihnen nicht einmal eine Chance zum Spielen. Zwei Tage brauchten wir bis Madeira, und in dieser Zeit traf keiner keinen. Alle in ihren Kabinen, hundeelend. Plötzlich beruhigte sich das Meer. Nun kamen die Leute an Deck, mit Ringen unter den Augen. Perón nicht – er war wie immer wie aus dem Ei gepellt. Sturm? fragte er. Habe ich nicht mal gemerkt! Ich habe ständig gearbeitet.

Ein Fuchs der Kerl. In der Krankenstation sagte man uns, die schweren Brecher hätten ihm sogar die Gedanken durcheinandergeschüttelt. Seiner Leber sei es elend gegangen. Und der Magen sei hart gewesen von der ganzen Kotzerei.

In Mendoza sah ich ihn wieder. Der Sommer 1941 ging zu Ende. Er war Stabsoffizier im Unterrichtszentrum für Gebirgstruppen, und der freie Himmel verjüngte ihn. Ich spürte, daß sich etwas an ihm änderte. Er war weniger angespannt, eher bereit zu leben. In Europa hatte er sich wie ein Asket benommen. Jetzt hielt er sich schadlos. An den Abenden konnte man ihn im Café Colón Orangeade trinken sehen, immer umringt von jungen Mädchen. Denen schilderte er die unsichtbaren Städte, die Hitler, wie er sagte, in den besetzten Ländern erbaut hatte. Er erzählte ihnen von Geheimgesprächen, in denen ihn der Duce um

Rat angegangen sei. Ich glaube, die Abweichungen von der Wirklichkeit hat er von diesen Jahren, als seine Fantasie allzusehr entzündet war. Wie ich höre, sagt er jetzt seinen Besuchern in Madrid immer wieder, die einzige Wahrheit sei die Wirklichkeit. Damals jedoch sagte er gern, für jeden Menschen gebe es eine eigene Wahrheit und er kenne keine zwei Wahrheiten, die sich glichen.

Einmal überließ ihm in der Nähe von Uspallata ein alter Gebirgsbewohner seine Tochter, damit er sie für ihn erzöge. Das Mädchen mag gegen vierzehn Jahre alt gewesen sein, und wie böse Zungen behaupten, machte er sie auf der Stelle zu seiner Konkubine. Vielleicht ist es dasselbe Mädchen, das mit ihm in Buenos Aires erschien und das er als sein Patenkind vorstellte. Ich bin mir nicht sicher. Woran ich mich aber noch genau erinnere, ist, daß die eine wie die andere Piranha geheißen hat.

Ich weiß von diesen Dingen, weil er mich schon 1942 oft bat, ihn in den Nachtklub Tibidabo von Cangallo/Carlos Pellegrini zu begleiten. Da ging er ein und aus wie bei sich selbst. Es war Sympathie des Inhabers. Er warf einen Blick auf die Animiermädchen, sonderte zwei oder drei ihm zusagende aus und fragte den Inhaber, wie diese Hühner fürs Rupfen seien. Nichts mochte er so sehr wie mit den Füßen des Mädchens im Ohr schlafen.

Er machte mich zu seinem Mitwisser. Er träumte davon, die einstmals so mächtige Loge General San Martín wieder zum Leben zu erwecken, aber damals war Justo Herr der Armee, und nichts geschah ohne seine Zustimmung. Hätte Justo zwei Jahre länger gelebt, gäbe es Perón nicht. Wer weiß, wo heute ein jeder von uns wäre. Aber das Schicksal vergißt, was wir hätten sein können. Es hält nur an dem fest, was wir waren. Als er schon Oberst war, begann Perón Vertrauen zu fassen. In der Gebirgstruppeninspektion arbeiteten wir zusammen. Vom frühen Morgen an redete und redete er. Er war eine Wortmaschine.

Aus irgendeinem Grund, wegen einer Albernheit, kamen wir auseinander. Er hatte sich in den Kopf gesetzt, nicht zuzulassen, daß jeder von uns seine Rechnungen bezahlte, und damit hatte er uns in der Hand. An einem Abend im Tibidabo rebellierte ich. Ich wollte nicht, daß er mich weiterhin mit zwei Drinks erpreßte. Ich zahle, sagte ich. Er ließ mich nicht. Sie bezahlen nicht, wollte er mir befehlen. Dem Oberst Perón bezahlt niemand seine Laster. Dem Major Maidana erst recht nicht, sagte ich, ihm den Rücken zuwendend. Ich legte meine Geldscheine auf den Tresen und zog ab. Ich ging nicht mehr ins Tibidabo. Ich ging lieber über die Straße und war so wie jetzt, im Leben.

LETZTE ÜBERLEGUNG VON ZAMORA

Dieses verdammte Zen-Gedicht will mich nicht in Ruhe lassen. Es schwirrt mir noch immer im Kopf herum:

> *Der Mond ist derselbe alte Mond,*
> *die Blumen sind immer, wie sie waren.*
> *Ich bin endlich das geworden, was bleibt*
> *von all den Dingen, die ich sehe.*

Das ist jetzt mein Gödelsches Theorem. Die einzig mögliche Bewegung ist, aus mir selbst hinauszutreten und mich aus irgendeinem Fenster zu stürzen. Aus dem Taxi zu steigen und ins Leben zu fallen. Aber nicht einmal so werde ich hinkommen.

Sechzehn
Das Gesicht des Feindes

Wie war der Alte wohl im Bett? fragte Diana Bronstein, als sie und Noon am 3. Juni kurz vor Mitternacht wieder in der düsteren Villa am Camino de Cintura waren. Sie warfen eine Wergmatratze auf den Boden, Noon machte den Ofen an, Diana breitete die gelb geblümten Bettücher aus, und sie betrachteten ihre schutzlosen Körper in Liebe und Mitleid, suchten Hitze in den Lohen, die ihnen aus jeder Pore züngelten, umarmten und schlürften sich, bis die Morgendämmerung über sie hereinbrach.

(Jetzt zerreißen die Hähne den Tag mit andern Stimmen. An der Spitze der Südkolonne gehen Diana und Noon Hand in Hand zwischen den Eukalyptusbäumen voran. Die erregte Menge, die ihnen folgt, hat die letzten Häuser von Monte Grande hinter sich gelassen und bedeckt das ganze weite Meer der Fernstraße 205, die in die Tribüne, den Altar von Ezeiza, mündet. Es sind über zwanzigtausend, und es werden immer mehr. Auf den Kreuzungen strömen ihnen Schlamm, Inselchen, Quellen, Nebenflüsse aller Art zu. Sie singen, fliegen im Licht der großen Trommeln. Und du bist eine andere, Diana. Nicht die, die gefragt hat:)

Wie war der Alte wohl im Bett? Natürlich meine ich nicht diese letzten Jahre, Dummkopf, Glaspapiergesicht, und weil du mich so auf den Arm nimmst, steck ich dir jetzt die Zunge in den Nabel. Ich meine vorher, in seinen besten Jahren. Mit wem war er da zusammen? Mit der, Noon, die einen so überaus sinnlichen Spitznamen hatte, ja, die Piranha. Weiß der Kuckuck, warum man die Piranha nannte. Die muß zwischen den Beinen ganz schön hungrig gewesen sein.

Das gibt dir aber noch nicht das Recht, mich anzufassen. Ganz ruhig. Ich werde dich mit Schokolade bestreichen und sie dir wegschmelzen. Nun sieh mal einer an. Mit dir kann man nicht einmal reden. Wart ein Momentchen. Hast du dir den Alten einmal so vorgestellt, steif, wie er mit der Zunge liebkost, überall herumstreift? Was willst du. Das ist ein Luxus, den sich selbst der ärmste Teufel leisten kann, aber nicht eine historische Persönlichkeit. Denen schreibt man immer nur Tugend zu. Als hätten die Leute nie Freud gelesen, als wäre Sex etwas Ekliges, Noon. Irrtum, Irrtum. Ohne die Libido kommst du nirgends hin.

Ja, so, gescheiterter Soldat. Streichle mich ganz langsam. Gott sei Dank gescheitert. Wärst du ein richtiger Soldat, ich würde mich längst zu Tode langweilen. Als ich von der Hölle träumte, war ich die Frau eines Soldaten. Ich scheuerte und scheuerte Säbel, den lieben langen Tag, ich meine, den lieben langen Traum, bloß um mich zu trösten. Oder ich war die Frau eines Historikers in Robe, der mit dem Fingernagel die letzte Wahrheit aufkratzte. Ich war eine kleine Ratte mit einer Jakobinermütze, setzte mich in die Tür der Wahrheit und rief: Keiner darf rein, da drinnen ist mein Mann, und die Wahrheit ist unteilbar. Und ich, die ich alles außer dir mit andern teile, erwachte in eiskaltem Schweiß. Da, berühr mich da. Bleib an diesem Punkt. Komm. Jetzt.

Um drei Uhr früh wiegelte der Sexgeruch Noon noch einmal auf, und da Diana schon tief in ihrer roten Lava schlief, zusammengeknäuelt in ihrem langenlangen Lavagarn, leckte ihr Noon das Ohr und lockte sie mit listigem Flüstern: Ich glaube nicht, daß mit dem Alten im Bett irgendwas Besonderes geschehen ist. Was genügte, um Diana in plötzliche Liebesbereitschaft zu versetzen, die Sinne hoch aufgerichtet, und nach und nach rekelte sie unter Noons immer zärtlicherem Laubwerk ihre Lust weg, ja, so, gib auf mich acht. Na komm, schnapp schon über, ja, geh noch nicht, jetzt, noch nicht, bleib bei mir bis morgen früh.

Diana nahm sich vor, aufzupassen und sich zu erinnern, wie die Seligkeit in ihr wuchs, aber als sie den sicheren Hafen erreichte, gab es nichts zu erinnern, die Grenze zur Seligkeit war ein Fluß, eine Selbstunkenntnis, ein Ufer des Vergessens, ein Schweben der eigenen Tiefe entgegen. Und als sie langsam wieder zu sich kam, hörte sie nichts als Bonbonverschen und Tangotexte. Albernheiten wie:

Nicht Sonnenstrahl noch Mondenschein und Sterngefunkel,
wenn dieser Tyrann uns wieder stürzt hinab ins Dunkel.

Sie leckte sich die bösen Gedanken weg wie eine Katze und kam, sich an die Wand lehnend, die Arme verschränkt, die Miene drohend, wieder auf ihr Thema zurück:

Aber du hast mir erzählt, den Alten hätten Füße erotisiert, und das ist doch schon ein Zeichen von Fantasie. Daß er sich daran gewöhnte, mit der Piranha zu schlafen, indem er ihr die Füße ins Gesicht streckte und umgekehrt. Ob er das mit Evita auch getan hat? He, wach auf. Was meinst du?

Keine Ahnung. Kommt drauf an. Vielleicht waren Evitas Füße nicht schön.

Perfekt waren sie, klärt Diana. Es gab nichts an Evita, was nicht perfekt gewesen wäre.

Sie blieben wach, kreuzten die ganze Nacht mit glühenden Karavellen, fuhren in ihren Meeren ein und aus und beklagten, daß ihnen noch soviel zu erforschen blieb, daß Noon sich die Sieben Städte Dianas hatte entgehen lassen und sie Noons Weißen Kaiser, daß du mein Eldorado nicht etwas länger berührt hast, daß ich deine Quelle der Ewigen Jugend nicht ausgetrunken habe.

Als es hell wurde, nahmen sie gemeinsam ein Bad, Noon seifte Dianas Füße ein und tauchte mit einer Blase auf der Nasenspitze wieder auf. Sie seufzte und kämmte das im Wasser geschmolzene Kupfer ihres Haars durch: Zum Glück sind wir keine berühmten Leute. Was würde aus uns werden, wenn uns die Geschichtsbücher zu einem Engelssex verdammen würden wie Manuel Belgrano, dazu, jungfräulich zu sterben wie Paso und Moreno, Kinder nur wegen einer Fahrlässigkeit der Natur zu kriegen, wie es dem armen San Martín widerfuhr . . .

(In der Ferne erscheinen Vicki Pertini und Kürbiskopf Iriarte mit wehenden Fahnen in der Vorhut einer Leyland-Flotte. Dahinter, im ausgetrockneten Las-Ortegas-Bach, hört man eine weitere stürmische Menge brüllen, der Himmel ist noch immer blau, die Wahrheit im Reinzustand ist nicht von falschen Papieren entstellt worden, das Leben beginnt, ich verspüre eine so große Begeisterung, daß sogar die Lust zu rauchen meinen Kopf verlassen hat. Alles hat mich verlassen außer dir, Noon, Korkeiche mit Augen, Kloakenkater.)

Wir wollen dem Feind inf Geficht fehen.

Im Militärsektor des Flughafens stehen zwei Hubschrauber mit laufenden Motoren bereit. Ringsherum kommt und geht ein Infanterieposten unter der Sonne. Die Befehle der Walkie-talkies verflechten und überlagern sich in der Luft, wo es mit Unterbrechungen Benzin regnet und der Rauch die Verständigung zerkratzt.

Soldat, geben Sie Bescheid, daß wir abfliegen wollen.

Der Oberstleutnant steigt in den besserbestückten Hubschrauber. Die Wache fächert auseinander. Die Propellerflügel zerzausen sich. Mit einem Sprung richtet sich Lito Coba neben dem Vorgesetzten ein. Hinter den Sitzen stehen Kisten mit Tränengasgranaten, Munition, mehreren Ithacas, zwei Magnums.

Der Krieg, murmelt Lito.

Der Hubschrauber hebt ab.

Sie sind es ja, die ihn wollen. Im Kopf eines Linken hat kein anderer Gedanke Platz (›Plapf‹) als der Krieg.

Kaum sind sie in der Luft, treibt sie der Wind auf die Tribüne zu. Der Oberstleutnant ist auf dem Flug schon festlich gekleidet: Anzug mit breitem Revers und eine Krawatte mit Pferdemuster. Sein Brillantinepanzer ist so eisern, daß sich nicht einmal die Windstöße des Hubschraubers ihn zu zausen gewagt haben.

Als er die Menge erblickt, entfährt es dem Piloten: Mein Gott, das sind ja Millionen!

Ein Fluß von Pilgern ergießt sich über die Felder, was für ein Fieber. Noch nie hat man so viele Menschen über die enormen Autobahnspuren rollen, die Bachbette mit den Schuhen auf dem Kopf durchwaten sehen. Die Standartenaufschriften beunruhigen den Oberstleutnant nicht mehr – wenn sie geschwungen werden, vermischen sie sich und heben sich gegenseitig auf. Von seinem gepanzerten Tabernakel aus wird Perón nur einen Buchstabenwirbel lesen können. Und die Akustik der Refrains wird in Leonardo Favios melodiösem Taktstock untergehen. Eben hört man unten über die Lautsprecher den Conférencier wiederholen: *Du warst mein Jungs einen Sommer lang geeint werden wir siegen.*

Die wenigen Zelte, die noch nicht zusammengepackt worden sind, tanzen windgebauscht. Aus den Imbißbuden quellen Rauchwolken. Der Geruch der Schweinswürste steigt in einem Schwall zum Himmel auf. Am Horizont des breiten Flusses versperrt eine Lastwagenflotte den Weg. Dahinter durchfurchen kolonnenweise Taxis den Randstreifen nach einem Ausweg. Keine Bewegung möglich.

Lito hat jedes verdächtige Summen in dem Schwarm registriert. Mit dem Fernglas hat er unter den Montoneroplakaten einen aufsässigen Chor aus Berazategui identifiziert, den Blauen Bach, der die Harmonie der Kundgebung mit feindlichen Refrains auf den verstorbenen General Aramburu zerstört. Und er weiß, daß am Fuß der Tribüne, neben den Notenpulten der Orchestermusiker, eine Clique von Freunden aus Lanús, die Goldkehle, schon lange die Kordons der Gewerkschaftsjugend belästigt. Sollen sie nur singen. Sie sind schon verurteilt. Es sind Schwäne mit sterbendem Gefieder. Völlig umzingelt, schütten sie ihre Losungen in einen großen akustischen Sack hinein. Keiner hört sie. Es sind nicht diese Gegner, die Lito beunruhigen. Der Feind, den er fürchtet, ist der unsichtbare: die Linken auf der Lauer, die sich hinten in den Straßengräben verstecken, zwischen den

Eukalyptuswurzeln jetzt bestimmt Schützengräben aushe-
ben, sich darauf vorbereiten, aus weiß Gott welchem Leer-
raum heraus auf die Tribüne zu stürmen.

Jetzt fliegen sie über flachen, erloschenen Häuschen dahin.
Umranden von Tapiales bis Llavallol die Felder. Nichts
scheint aus dem Lot zu sein. Sie entdecken nur Keime von
harmlosen Fußgängern mit hochgehaltenen Ballonen, Kindern auf den Schultern, tragbaren Radioapparaten. Und doch
(denkt Lito) müssen die Unsichtbaren schon ganz in der
Nähe sein. Es ist fast halb zwei. Der General wird kurz vor
vier landen. Es bleiben ihnen nur noch gut zwei Stunden, um
die ersten dreihundert Meter einzukesseln und in den eroberten Verschanzungen Fuß zu fassen. Wenn man sie läßt. Denn
kaum sind sie in der roten Zone, innerhalb der Kordons,
wird sie ein eisernes Korsett ersticken. Das Problem wird
sein, was man mit ihnen machen soll. Sie bloß abschrecken?
Einschüchtern, so daß sie sich zurückziehen? Das ist nicht
mehr möglich. Schon seit Tagen ist es zu spät. Es bleibt
(denkt Lito) nichts anderes übrig als die Vernichtung – mit
allen zur Verfügung stehenden Mitteln und mitsamt der Spitze, wie es der General befiehlt.

Im Hubschrauber wandern ihnen die Tremoli des Motors
in die Trommelfelle hinauf. Sie unterhalten sich nur mit Zeichen von Daumen und Zeigefingern. Da das Ohr tot ist,
bleibt ihnen als einzig Menschliches nur das Auge. Sie sind
Adler, Möwen, Raubkröpfe. Als sie die Tribüne überfliegen,
nimmt Lito einen raschen Überschlag seiner Streitkräfte vor.
Die Krankenwagen, der gepanzerte Dodge, die Kordons im
Poncho, Falken-Wachposten mit doppelläufigen Flinten –
alles an seinem Ort, die Schnäbel gewetzt, die Krallen ge-
reckt. Links macht er die Weidenkörbe mit den achtzehntausend Tauben aus, kurz vor ihrer märchenhaften Freilas-
sung, für jedes Jahr des Exils, das der Große Mann erduldet
hat, tausend Tauben in den Wind. Sogar Leonardo Favio sagt,
was er genau in diesem Augenblick zu sagen programmiert
hat: »Noch nie in der ganzen Geschichte der Menschheit ist

jemand zu einer solchen Ehrung gekommen. Weder Julius Caesar noch Alexander der Große, noch Pedro de Mendoza, als er Buenos Aires entdeckte. Niemand. Allein Perón.« Im Ameisenhaufen der Tribüne macht sich ein Schatten los, übel zugerichtet, ohne Nacken. Man sieht ihn mit erhobener Ithaca den Hubschrauber grüßen. Lito identifiziert ihn durchs Fernglas: Es ist Arcángelo Gobbi. Wie unvorsichtig. Und der Oberstleutnant schreit: Wie ärgerlich!

Der Hubschrauber driftet nach Westen ab. Er neigt den Propeller, erforscht die Eukalyptuswälder von den schlammigen Ufern des Río de la Matanza bis zu den Gebäuden der Atomkommission. Keine Spur vom Feind. Das Gurgeln des Motors halbiert den Nachmittag. Auf einmal erspäht Lito rechter Hand am Horizont einen Spritzer Dunkelheit. Von dort kommt eine finstere Schlange. Schlange? Das sind die Linken, bedeutet der Oberstleutnant.

Sie sehen einen kompakten Dampf, ein Nilpferd vorrükken. Das braune Tier schaukelt sich von der Avenida Fair her und peilt mit der Schnauze das Esteban-Echeverría-Viertel an. Es hat schon sämtliche Bewachungskordons überwunden und nähert sich der kleinen Schule, wo der Durchgang durch Doppelschranken versperrt ist. Doch bevor es dort eintrifft, biegt die Schnauze ab, die Beine versinken im Morast des Viertels, die Hinterbacken tarnen sich in den dürren Weiden. Es sind über zwanzigtausend – nicht so viele, wie der Oberstleutnant geschätzt hatte. Aber trotzdem, Vorsicht. Lito entdeckt weitere drei- oder viertausend, die auf den Seiten der olympischen Schwimmbecken, unter den schmalen Fenstern der Hotels und Ferienkolonien vorrücken, wo die Metallarbeiter Ersatztruppen zurückgelassen haben. Aber die sollen nur kommen, los los (Lito ballt die Fäuste), die sollen ruhig dem Sturm in den Rachen fallen. Das sind sie (frohlockt der Oberstleutnant lispelnd). Sehen Sie. Sie marschieren ganz ruhig, fast verstohlen, ängstlich, in Nervenbündeln. Sie haben die Flaggen gestrichen. Sie wissen, daß wir sie verfolgen, und wollen uns mit ihrer Abrüstung täuschen.

Das sozialistische Vaterland, da haben wir's. Der Oberstleutnant brandmarkt sie einen nach dem andern mit dem Eisen seines Fernglases. Noon, Iriarte, die Rote, Juárez, die Pertini. Und er entspannt sich in seinem Sitz. Sie wollen kämpfen. Ich rieche sie. Ich kenne sie. Das können sie haben. Schnell, runter. Das sozialistische Vaterland.

Er reibt sich die Augen. Wirft den Kopf zurück und bricht in schallendes Gelächter aus, sogar die Brillantineschildkröte platzt bei der Lachexplosion auf. Auch der Pilot lacht, ohne zu wissen, warum. Und Lito, die Kinnladen zusammengepreßt, die Nasenflügel bebend, strafft sich. Er schreit:

Sehen Sie, mein Oberstleutnant. Sie gehen geradewegs in die Falle.

Ja, geradewegf. Fünf auf einen, da verschon'n wir keinen.

Da schau her, das ist ja unglaublich, sagt Diana hingerissen, dabei ist es absolut glaublich, daß Pepe Juárez und Kürbiskopf Iriarte hier auftauchen, im Schatten des Wasserturms in der Calle Almafuerte. Aber sie kann es nicht unglaublich genug finden. Sie löst sich von Noons Hand und läuft zu den beiden hin, um sie zu küssen, als hätte sie sie seit Jahrhunderten nicht mehr gesehen, wo in Dreiteufelsnamen kommt ihr denn her, und wie ihr ausseht, richtig elend, was für zwei Hungerleider. Sie kratzt Pepe am Nacken, versucht des Kürbiskopfs Fettleib zu umfassen und kann nicht, nie komm ich bei dir rum, Junge, bist ein Baobab. Vicki Pertini streckt ihr ägyptisches Profil aus dem Fenster eines Leyland. Ein Schwall von Tics überläuft sie. Los, worauf wartet ihr, unterbricht sie die andern. Sie klatscht in die Hände. Die Revolution beginnt heute, oder sie beginnt nie. Der Satz ist wohlbedacht. Vicki überrascht immer wieder mit solchen Bonmots.

Sie wird täglich dünner. Sie erwacht zerknittert und zwergenhaft. Wenn Diana böswilliger Laune ist, sagt sie, Vicki schlafe in einem Nikotin-Kerosin-Fläschchen. Da sie nur noch Haut und Knochen ist, gedeihen ihre Nerven draußen, vermischt mit den Haaren. Sie hat eine schmale Nase, die Lippen immer von der Spur einer Kippe gekräuselt. Sie atmet nur, wenn sie sich bewegt. Stillhalten erstickt sie. Sie springt aus dem Leyland und hilft den Freiwilligen aus den Slums beim fieberhaften Bereitstellen der Riesenplakate. Sie zerkaut die Worte. Ganz langsam, Jungs. Rollt das Tuch vorsichtig auf. Die Buchstaben sollen wie gestärkt wirken, wenn der General sie sieht.

Diana dagegen küßt und umarmt weiter. Sie verursacht ein Chaos. Die Pilger nehmen den Wasserturm im Sturm, wie auf den Kreuzzügen. Der Turm hat Zinnen, Pseudokreuzgänge, mittelalterliche Rohrleitungen. Als sie die Hähne öffnen, fließt das Wasser durch die Ablaufrinnen. Die Slumbewohner sind erschöpft, verfleckt vom Senf und von den Schweinswürsten unterwegs. An den Turm gelehnt, verhehlt der Kürbiskopf seine Mutlosigkeit nicht. Er fühlt sich merkwürdig. Sein einziger, wenn auch hoffnungsloser Trost ist Vickis Nähe. Er schaut sie mit seinen dunklen, tränenden Kuhaugen an. Für Vicki gibt es keine andere Sonne als Noon. Dicke lassen sie kalt. Und Kürbiskopf Iriarte ist heillos dick.

Im Frühling 1970, als er beschloß, der Gruppe beizutreten, hatte Noon zu ihm gesagt: »Vorsicht mit den Depressionen, ja? Ein Depressiver hält so was nicht aus.« Und obwohl ihn immer wieder Anfälle von Traurigkeit packten, ließ sich der Kürbiskopf nicht unterkriegen. Er war für jede Mission zu haben. Er behandelte sich selbst. Allein in der Garage, entlud er seine Depressionen in Vergaser und Differentiale. Wenn er wieder auftauchte, hatte er nicht einmal eine Narbe.

Sein Vater war Barpianist in Bahía Blanca gewesen. Im Jahr nach Evitas Tod wurde er nach Buenos Aires geholt, um ein Fest in der Präsidentenvilla musikalisch zu untermalen. Er lernte Perón kennen, und das veränderte sein Leben. Etwa um zehn Uhr abends trat der General zu ihm, um sich zu verabschieden. In diesem Moment spielte der Vater gerade *La Morocha*.

Gratuliere Ihnen, Iriarte, sagte Perón. Noch nie habe ich jemand diese Musik so gut in die Tasten schlagen hören.

Der Vater wußte nicht, wie er sich bedanken sollte.

In diesem Fall, mein General, will ich den Weltrekord im Dauerklavierspiel brechen, indem ich Ihnen zu Ehren *La Morocha* spiele.

Perón nahm ihn beim Wort und stellte ihm für den Beweis das Palais de Glace zur Verfügung. Der Vater übte wie besessen. An einem Oktobertag erklärte er sich schließlich bereit. Hundertvierundachtzig Stunden lang spielte er *La Morocha*, mit rhythmischen Varianten, um nicht einzuschlafen. Am Anfang hörte ihm ein zahlreiches Publikum zu. Einige Damen schenkten dem Kürbiskopf Lutscher und Schachteln mit Murmeln. Aber am vierten Tag wurden die Besucher allmählich spärlicher. Nur die Mutter und die Notare waren noch da. Für den Kürbiskopf wurde eine Wiege aufs Podium neben das Klavier gestellt. Als der Vater es geschafft hatte, erschien die Nachricht vom Weltrekord in den Zeitungen. Einer der Minister empfing den Vater und schenkte ihm im Namen Peróns eine Medaille. Diesen Sommer verbrachten sie zwei Gratiswochen in einem Hotel in Claromecó. Eine Weile ging es ihnen richtig gut.

Bald wurde der General gestürzt, und der Vater war arbeitslos. Er stand auf den schwarzen Listen sämtlicher Bars und mußte in den Bordellen spielen gehen. Mehrere Jahre lebten sie wie Nomaden in den Vororten südlich von Buenos Aires. Nie konnte der Kürbiskopf eine Klasse an derselben Schule beenden. Schließlich wurde er als Lehrling in einer Autowerkstatt angestellt. Beim Vergaserreinigen hatte er mehr als genug Zeit zum Nachdenken. Eines Tages sagte er sich, wenn er als Kind mit Perón das Glück kennengelernt habe, sei Perón der einzige, der es ihm zurückgeben könnte. Er legte jeden Centavo, den er verdiente, auf die Seite, um nach Madrid reisen und Perón kennenlernen zu können. Er ernährte sich von den Resten der Pizzerias. Und wurde dick. Eines Samstagabends schlug ihn jemand in der Werkstatt mit einem Knüppel k.o. und stahl ihm all sein ins Hosenfutter eingenähtes Geld. Eine Woche lag er im Bett, untröstlich. Als er wieder aufstand, beschloß er, in Buenos Aires Arbeit zu suchen.

Er hatte Glück. Man beschäftigte ihn sogleich, in der Nähe des Retiro. Nach einem Monat stellte ihn Pepe Juárez Noon vor. Da lernte er Vicki kennen. Der Kürbiskopf war träge wie eine Kuh, und das bienenhafte Ungestüm, mit dem sie sämtliche Räume in Besitz nahm, faszinierte ihn auf den ersten Blick. Er begann von ihr zu träumen. Beim Erwachen war seine Unterhose naß vor Verlangen. Pepe riet ihm, mit Vicki ohne viel Federlesens ins Bett zu gehen. Außer Schlafen sei ihr jede Betätigung recht. Aber der Kürbiskopf schämte sich und lud sie ins Kino ein. Dort versuchte er ihre Hände zu streicheln. Äußerst gereizt zog Vicki sie zurück und starrte weiter auf die Leinwand. Beim Ausgang sagte sie zu ihm: Spiel nicht den Schlaumeier, Kürbiskopf. Das nächste Mal kriegst du eine gewischt.

Als Diana am Horizont auftauchte und zum Schwerpunkt der Gruppe wurde, begann Vicki ihre Tage damit zu verbringen, die Büros der peronistischen Partei zu scheuern und mit den Slumbewohnern Kleider zu nähen. Der treue Kürbiskopf ließ nicht locker. Umsonst. Für sie war es eine Prinzipienfrage: Ins Bett gehen konnte sie mit jedem. Aber mit Liebesgeschichten brauchte ihr keiner zu kommen.

In einer der Tonbandaufnahmen, die Noon von Madrid zurückbrachte, erzählte der General die Fabel von den Hunden und den Katzen. Alle fanden sie zynisch und amüsierten sich. Den Kürbiskopf dagegen machte sie schwermütig. Der General sagte:

»Die Völker bestehen zu neunzig Prozent aus Materialisten und zu zehn Prozent aus Idealisten. Die Materialisten sind wie Katzen. Wenn man sie schlagen will, erwischt man sie nicht. Und treibt man sie in die Enge, so machen sie einen Buckel und fauchen einen an. Sie reagieren aus Verzweiflung. Die Idealisten gleichen dem Hund. Sie reagieren aus Instinkt.

Wenn man ihnen einen Fußtritt versetzt, weichen sie zurück, und dann kommen sie wieder und lecken dem die Schuhe, der sie getreten hat. Die einzige Möglichkeit, einen Idealisten loszuwerden, besteht darin, ihn zu töten. Und selbst dann ist der Hund imstande und bedankt sich noch. Schaut die Katzen an. Die Katze ist kein Tier mit sieben Leben. Nein, sie liebt zutiefst das eine Leben, das sie hat. Mir liegen Hunde mehr, aber bewundern tu ich die Katzen.«

Sein Verhängnis, Hund zu sein, spürte der Kürbiskopf eines Samstags, als Vicki fast bis zum Morgengrauen mit ihm zusammen blieb und sie im Kerzenlicht Mate tranken. Es war kalt. Von den Balken hingen graue Blumen, Feuchtigkeitsweben. Sie hatten nur eine einzige Decke, und sie legte sie über ihn: Komm her. Wir können zusammensein, aber platonisch, ja? Er fühlte sich unbehaglich, denn sein unförmiger Körper war ein einziger Zärtlichkeitsknäuel, und er wußte nicht, wie er eins vom andern trennen, in welchem Winkel er die Zärtlichkeit verstecken sollte. Sie fragte ihn, was für eine Rolle Noon bei der Reorganisation der Kader in der Volksregierung spielen werde, und der Kürbiskopf, sie mit seinen Kuhaugen leckend, brachte ihr ein minuziöses Organigramm dar, versuchte sich ihr über die Pronomen zu nähern, zuerst waren sie sie, dann du, schließlich flocht er sie ins wir ein, aber Vicki hielt sich logarithmisch auf Distanz. Sie wollte unbedingt wissen, wie Noon die schon vom Lopezregismus durchsetzten Strukturen der Bewegung auflösen würde, brachte den armen Baobab mit ihrem Krötenschaum durcheinander, kreiste ihn mit ihrem Revolutionshandbuchjargon ein, bis ihm alle Lichter aufgingen und klar wurde, daß Vicki nicht in diesem schäbigen Zimmer war, um ihn zu hören, sondern um aus seinem Mund Noons Echos, Noons Überreste zu vernehmen, die dem Kürbiskopf noch im Gedächtnis hafteten. Und obwohl er unendlich wütend wurde, obwohl er sich beschissen und gequält fühlte, machte er ihr keine Vorwürfe. Er stand auf, sagte, er falle um vor Müdigkeit, und sagte beim Gehen, zwar gebiete ihm sein

Herz zu bleiben, aber ich kann nicht, Vicki, soviel Platonik macht mich nur leiden.

Jetzt stehen sie beisammen, am Fuß des Wasserturms und am Ufer des Todes, als ob keine Geschichte sie verbände und sie die letzte Gelegenheit verlören, sie zu haben: Vicki in ihre Ordnungsversessenheit versunken, die Stirn schon unter einem blauweißen Stirnband geordnet, das ihr Credo zum Ausdruck bringt, Montoneros, die Freiwilligen aus den Slums in Zwölferbrigaden zu Kolonnen formierend, alle Arm in Arm, eisern, halten wir die Plakate hoch und marschieren wir ab.

Wieder fliegt der unheilvolle Hubschrauber vorbei. Der Wind entlockt dem zwei Blocks entfernten Kirchturm einige Klänge. Noon befiehlt, das Waffenarsenal in den Rucksäcken zu verstecken, und los, Jungs. Der Bart ist ihm gewachsen. Neben ihm hüpft Diana wie ein Kanu in den Stromschnellen, die Augen frisch und glühend, wer weiß, wohin sie gehen, wie mancher Tod sich jetzt vor dem Leben retten wird.

Als sie auf den kleinen Platz des Viertels einbiegen, entdecken sie ein altes Haus mit abgeblätterter Fassade, auf dessen Balkonen eine Gruppe furchtloser Kinder in grauer Einheitskleidung steht. Waisen, murmelt der Kürbiskopf. Und er erinnert sich an die Moderblumen, die von der Decke fielen, während er mit Vicki Mate trank. Waisen, sagt Diana. Wer hat sie hergebracht? Die Kinder winken mit Vaterlandsfähnchen. Hinter ihnen, in der Sicherheit des Halbdunkels, äugen einige Nonnen heraus. Das alles kommt mir verdächtig vor, sagt Noon.

Der Hubschrauber ist verschwunden. Aber der Himmel ist voller Flecken. Ballone, Rauch, Spatzen, ein wenig Nacht zieht vorüber. Los, Jungs, beginnen wir zu singen, muntert Noon sich auf. Das Geschrei in der Ferne beruhigt ihn. Niemand kann erraten, daß sich die Zunge des Nilpferds zweiteilen wird, wenn es bei der Tribüne angelangt ist. Daß Pepe Juárez' und Vickis Brigaden die rechte Niere und diejenigen Noons und Dianas die linke Leber streifen werden. Der Kürbiskopf, den Slumtrupp befehligend, wird zurückbleiben, bei den Mandeln des Nilpferds, um die andern bei einem allfälligen Rückzug zu decken und auf der Autobahn in der verbotenen Zone ein riesiges Montonero-Willkommensplakat zu enthüllen.

Der Herr erleuchtet uns. Die Stunde kommt. Von den Geländern der Tribüne aus sieht Arcángelo Gobbi, wie sich in Zeitlupe das Gesicht des Feindes nähert. Und er fühlt sich unbesiegbar, historisch, durstig, schon jetzt zu sein, was er morgen sein wird, Held oder Märtyrer, Perón oder Tod. Hinter ihm wacht der Zug der Auserwählten, die Ithaca schußbereit, mit einem Inventar von Dornenketten am Fuß des gepanzerten Tabernakels. Oben läßt Isabels jubelndes Foto wie ein neuer Vogel die Flut ihres Schutzes auf Arca fallen. Sie nähert sich. Alle kommen. Und diesmal ist es kein Traum.

Siebzehn
Wenn Evita lebte

Das Schicksal ist ungerecht, sagt Perón. Eva war kaum sieben Tage in Madrid, und schon wurde sie mit Ehrungen überschüttet. Ich habe dreizehn Jahre dort gelebt und habe nur die Spur meines Namens in einer Straße hinterlassen können.

Im Schutz der aschgrauen Dämmerung, zwischen Pappkartons verborgen, die die Fenster des Mercedes zumauern, ist es dem General gelungen, ungesehen aus der Villa zu verschwinden. Was er für schwierig hielt, ist einfach gewesen. Im Speisezimmer hat er Lucas, den marokkanischen Gärtner, getroffen und zu ihm gesagt: Ich will wegfahren. Können Sie sich dazu entschließen, den Wagen zu steuern? Nur das, sonst nichts. Das Gespinst von Korrespondenten und Fotografen draußen hat ihnen keine Beachtung geschenkt. Wer hätte das Naheliegende vorausgesehen? Alle halten es für undenkbar, daß sich der General, offiziell krank, ins Freie hinauswagen würde. Auch Lucas. Er ist verwirrt und möchte von López die Erlaubnis zum Wegfahren. Aber López ist unauffindbar gewesen.

An der Kreuzung zwischen der Straße zum Pardo und der Autobahn nach La Coruña hat Lucas angehalten, um die Kartons im Kofferraum zu verstauen. Endlich vom Versteckspielen befreit, kann Perón Madrid in aller Ruhe auf Wiedersehen sagen.

Die Straßen riechen nach Betschwestern. Es fällt fettige Feuchtigkeit, wie Kerzensperma. In den Labyrinthen, die zu den Wasserreservoirs führen, tragen ein paar Alte in Schwarz und mit Hut ganz ehrerbietig einen Friedhofsengel auf einer Trage. In der Calle de Espronceda biegt der Mercedes nach Norden ab. Die Sommerdunkelheit fällt träge wie eine dicke Fliege nieder.

Zwei der Memoirenmappen liegen neben dem General auf

dem Sitz. Er weiß, daß er nicht einmal einen Blick hinein-
werfen wird, aber trennen mag er sich auch nicht von ihnen.

*Seit ich von Europa zurück war, spürte ich die Notwen-
digkeit einer Revolution. Ungeduldig wartete ich darauf,
sie ausbrechen zu lassen. Niemand war besser gerüstet als
ich, um in Argentinien zu herrschen, und doch sagte mir
der Instinkt, daß die Trauben noch nicht reif für die Ernte
waren. Ich brauchte einen General, der an meiner Stelle
die Macht hatte. Da kam ich auf meinen Vorgesetzten,
Edelmiro J. Farrell, mit dem ich in der Gebirgstruppeninspektion zusammenarbeitete. Er war ein guter Mann,
etwas furchtsam, Gitarren- und Tierliebhaber. Mit Bildung und Verstand war er nicht allzu reich gesegnet. Er
war genau auf mich zugeschnitten. Ich hielt ihm ein paar
kurze Vorträge, um ihn mehr oder weniger über die Ver-
antwortlichkeiten zu unterrichten, die auf ihn zukommen
würden, aber vorwegnehmen mochte ich nichts, um ihn
nicht zu erschrecken.*

Welcher Trägheit ist seine Erinnerung anheimgefallen? Nicht
die Erinnerung der Mappen, die ihm allein durch die Wort-
werdung nicht mehr gehört, sondern die private, dank deren
er weiß, wem er dies befohlen und jenes versprochen hat.
Diese Erinnerung ist ihm schwerfällig und hart geworden
wie die Prostata. Und in den Arztpraxen ist niemand imstande, sie mit lauwarmen Bädern wiederzubeleben und ihre
Rauchschwaden zu entrußen. Immer ist sie ihm loyal gewesen, und jetzt zerbröselt sich ihm die Erinnerung, kommt
ihm manchmal abhanden. Es wäre besser gewesen, sie zu
bändigen, an der Leine festzuhalten. Aber kann man das
denn, mit einem so unsteten Tierchen? Denn wenn die Erinnerung alt ist, ja, dann läßt sie tiefe Signale in ihm zurück –
der Kopf des Generals ist eine Wabe schimmliger Erinnerungen, in jeder einzelnen Zelle bleiben die Gesichter klar und
deutlich. Selbst die Gerüche halten sich über Jahre hinweg

am selben Ort. Jedoch nicht, was ihm vor einem Augenblick zugestoßen ist: diese Erinnerung verflüchtigt sich. Kommt jemand aus Buenos Aires und umarmt ihn: Danke wegen gestern, mein General. Und er weiß nicht, wen er herzt. Keine Ursache, mein Lieber, keine Ursache. Immer gibt er dieselbe Antwort, um sich nicht zu versprechen. Die unmittelbaren Erinnerungen sind glatt und eben, eine Wüste; die fernen dagegen bleiben an ihm haften. Eva zum Beispiel. Evas Reise nach Spanien ist eine Reise, die er nicht erlebt hat, die er aber nicht aus seiner Vorstellung entfernen kann. Wie lästig – der Kleister fremder Erinnerung.

Vor fünfundzwanzig Jahren, Lucas, habe ich sie als meine Botschafterin hergeschickt. Die Madrider haben sie noch immer nicht vergessen können. Es war Juni, wie jetzt. Unter einer Backofensonne trug sie Pelzcapes. Mochte das noch so unpassend sein, sie paßte ihnen – Eva flößte ihnen Liebe ein.

Aber ich denke: Steht dieser Ruhm nicht mir zu? Als ich, ein Verbannter, ihn suchen kam, wollten die Spanier ihn mir nicht zugestehen. Dreizehn Jahre habe ich gewartet. Aber nichts. Ich hatte meine Straße: die Avenida del General Perón. Es war meine Person, die nicht existierte. Franco beantwortete meine Briefe nicht. Die Minister verweigerten mir eine Audienz. Bin ich denn ein Paria? Das möchte ich wirklich wissen. Jedenfalls: Taubheit in den Palästen. Allmählich habe ich in meinem Land, wo ich nicht mehr war, einen neuen Körper bekommen, und hier drin bin ich ein Geist geworden. Es ist, wie López sagt: Weil ich ein Geist bin, habe ich länger gelebt. So, als Nebel, der ich in Madrid bin, haben mich Krankheiten und Unglück nicht erwischen können.

Schauen Sie, Lucas, das ist die Straße, die man mir gegeben hat. Verkümmert, abweisend, am Rand eines Fußballfelds. Damit mich das Geschrei der Fans noch im Jenseits quält. Und damit die gasförmigen Massen, wenn sie diese Pferche verlassen, meinen Namen befummeln. Bosheiten, die mir Franco angetan hat, Auswüchse seiner Undankbarkeit und seines Neids. Haben Sie das Viertel gesehen, wo er mich hingetan hat? Chamartín. Ein Hohn auf unseren heiligen Befreier und meine verbannte Person. San Martín, Chan Martín, Chamartín. Welch schamloser Schacher. Ich bin der einzige Argentinier von Rang, der sich darein gefügt hat, hier, in diesem gottverlassenen Winkel Europas, dahinzuvegetieren. Der Befreier hatte soviel Takt, sich zum Sterben in die Meerenge von Calais zurückzuziehen. Und für den verdienstvollen Rosas waren die letzten Jahre der Armut erträglicher, weil er sich nicht von der Bucht von Southampton rührte. Schon 1940, als ich durch diese Unhauptstadt kam, brachte man mich nach Chamartín. Da gab es nichts als Bordelle und Morast. Franco schloß die Bordelle und versetzte die totengebeinhaften Klöster, von denen es jetzt in meiner Avenida nur so wimmelt, Lucas. Spitzen Sie die Ohren: Bei dieser Hitze hört man bloß das Kollern der Novenen. Ich habe es schon in meinen Memoiren vorhergesagt: daß wir Argentinier in Madrid das Licht ausmachen und nicht wiederkommen sollen. Aber ich kam zurück. Wir kamen alle zurück. Sogar Eva, die Arme, ist mir nachgefolgt.

Der Krieg hat den Charakter des Menschengeschlechts verändert. Er hat die Menschen gierig und aufbrausend gemacht. Ich gehörte zu den wenigen, die einen kühlen Kopf behielten. 1942 war kein günstiger Moment. General Justo wollte als verfassungsmäßiger Präsident Castillo nachfolgen, und damit seine ehrgeizige Absicht nicht fehlschlüge, dämmte er alle Verschwörungsversuche der Armee ein. Die meisten Offiziere wollten, daß Argentinien im Krieg neutral bleibe, und Justo hatte sich ganz auf die Seite der Alliierten geschlagen, aus Gründen der politischen Opportunität. Dem Volk war es egal, welche Seite gewann.

In den Monaten nach dem Herbst 42 war der Horizont düster. Die Armee war in Mißkredit geraten. Wegen Unregelmäßigkeiten in der Materialhauptabteilung wurde ein Ermittlungsverfahren eröffnet, das Skandalöses an den

Tag brachte. Und dann gab es da die Episode mit den homosexuellen Kadetten. Ich verspürte das Bedürfnis, mich irgendeiner Oberstenloge anzuschließen, die in der Lage wäre, die angekratzte Moral wieder zurechtzubiegen. Wir mußten uns wappnen. Das Land verlangte nach einem Führer mit eiserner Hand, der die Großgrundbesitzer zwingen würde, ihre Gewinne in die Industrie zu reinvestieren. Wir sehnten uns nach dem Frieden, und wenn wir ihn erhalten wollten, mußten wir für den Krieg bereit sein. Der nächste Präsident konnte nur ein Militär sein. Die Jungs wollten unbedingt, daß ich es wäre. Aber was für Ambitionen konnte man hegen in einem Land, in dem sich zwei gierige Haie um den Fischschwarm stritten? Wie immer schickte mir die Vorsehung ihre Zeichen; Ende März 1942 starb der erste von ihnen, Don Marcelo de Alvear; am 11. Januar 1943 raffte eine plötzliche Gehirnblutung den andern dahin, General Agustín P. Justo. Fast sofort setzte Präsident Castillo seine Klauen in Aktion, um die Kandidatur von Robustiano Patrón Costas durchzuboxen, einem feudalen Ehrgeizling aus der Provinz Salta, dessen Zunge nach englischem Hintern stank. Oh, sagte ich mir, den lass' ich ganz bestimmt nicht durch. Und dann rief ich die Jungs, die mich gesucht hatten. Wollt ihr eine Revolution? fragte ich sie. Der Moment ist nämlich gekommen. Kontaktieren wir die Offiziere, und wer sich auflehnt oder den Verrückten spielt, den werfen wir zum Fenster hinaus, ja? So fing alles an.

Von Ende Februar an hatten wir Geheimsitzungen bei mir zu Hause. Im März waren wir schon organisiert und verfügten über ein strenges Reglement, das uns als Vorkämpfer einer neuen, gegen die traditionellen Politiker und den Kommunismus gerichteten militärischen Doktrin bestätigte. Wir waren neunzehn an der Zahl, und untereinander nannten wir uns Brüder des GOU. Es ist ja bekannt, daß man der Abkürzung ebenso viele Bedeutungen wie Absichten zuschrieb. Mir genügt GOU – es ist eine

Lautmalerei für Kraft, wie das ›Eia, eia, alalà‹ der Ge-
birgstruppen.

Ich informierte Farrell weiterhin nicht über unsere Plä-
ne. Ich hielt ihn in Reserve. Wer sich uns gegenüber jedoch
verpflichtete, war der Kriegsminister, General Pedro Pablo
Ramírez, den wir wegen seiner Magerkeit und seines ewig
whiskyroten Kopfes Streichholz nannten. Im Vorstadium
der Revolution setzte Ramírez unsere Leute an Komman-
doposten und befreite sie von administrativen Aufgaben.

Wir hatten die Absicht, den Handstreich erst im Septem-
ber durchzuführen, bevor Patrón Costas in einem betrü-
gerischen Urnengang zum Präsidenten gewählt würde. Da
kam mir eine rettende Alternative in den Sinn, um jedes
Blutvergießen zu vermeiden. Wenn Ramírez der Kandidat
der Armee war, dann mußte man ihn zitieren und ihm
klipp und klar sagen, auch er solle seine Lösungsvorschläge
präsentieren. Als die Radikalen, die überhaupt nicht in die
Landschaft paßten, von der Idee erfuhren, hängten sie sich
mir an die Rockschöße und sagten, wenn Ramírez der
Mann wäre, würden sie ihn unterstützen. Wir hatten meh-
rere Sitzungen. Der Kriegsminister druckste herum. Er
wußte nicht, was er tun sollte. Er tankte allen Whisky, den
es bei mir gab, kokettierte aber weiter mit uns wie ein
niedliches kleines Mädchen.

Wer die Sache schließlich (unabsichtlich) zur Entschei-
dung brachte, war Castillo. Jemand machte ihm weis,
Ramírez wolle Patrón Costas' Pläne durchkreuzen, und
der Präsident geriet außer Fassung. Er verlangte seinen
Rücktritt. Wir sahen die Gefahr voraus und verboten ihm,
irgend etwas zu unterschreiben. »Schön«, sagte Streich-
holz. »Ich werde mich nicht gegen euch wenden, mich aber
auch nicht für euch einsetzen. Sucht euch einen andern
General.« Einer von unseren Jungs, unerfahren und ehr-
geizig, verpflichtete den Kavalleriekommandanten Artu-
ro Rawson. Mir paßte Rawson nicht, und wenn ich ihn
gewähren ließe, nahm ich mir vor, dann nicht für lange.

Am Morgen des 4. Juni nieselte es. Ich stand überaus müde auf, da ich den ganzen vorangegangenen Tag unentschlossene Offiziere für den Putsch hatte gewinnen müssen. Das Beste am Ganzen war, daß die Zivilisten diesmal nicht einmal die Nasenspitze hineinsteckten. Wir hatten die geistige Unterstützung von Philosophen wie Nimio de Anquín und Jordán Bruno Genta, aber sonst nichts. Es war eine reine Bewegung: das Volk in Waffen.

Etwa um fünf ging ich in den Offiziersverein und holte Farrell aus dem Bett. »Sie dürfen sich diese Revolution nicht entgehen lassen«, sagte ich zu ihm. »Welche Revolution?« Der arme Kerl verstand nur Bahnhof. »Ihre, mein General.« – »Ach«, staunte er. »Dann ziehe ich mich sofort an.«

Der Marsch begann um sieben Uhr an der Kreuzung der Avenidas San Martín und General Paz. Ohne Zwischenfall kamen wir bis zur Maschinenbauschule der Marine. Dort wurde das Feuer auf uns eröffnet, und wir antworteten mit Artillerie und Mörsern. Es fielen der Wachoffizier und einige Soldaten. Die andern ergaben sich auf der Stelle.

Als er sah, wie leicht alles war, warf sich Rawson den Musketierumhang über und stellte sich an die Spitze der Truppen. Nachmittags um sechs saß er bereits fest im Präsidentensessel. Noch an diesem Abend verriet er uns. Er ging mit zwei Zivilisten essen und bot ihnen Posten im Kabinett an.

Die Revolution war ein Werk der Obersten, und da ich es war, der die Stirn geboten hatte, kamen meine Kameraden zu mir und fragten mit vollem Recht: »Was machen wir nun mit Rawson? Jetzt kannst du zeigen, ob dir was einfällt.« Ich beruhigte sie. »Das ist leicht zu regeln, Jungs. Ich gehe in sein Büro und verlange seinen Rücktritt. Wenn er sich weigert, werf ich ihn zum Fenster hinaus.«

Und so geschah es. Zu mehreren, sechs oder sieben Offiziere, glaube ich, betraten wir jeweils mit einer 45er-

Pistole unter dem Militärmantel das Regierungsgebäude. Wir fanden ihn im Präsidentenbüro, wo er vor sich hinkritzelte. »Sie verlassen jetzt auf der Stelle diesen Raum«, sagte ich zu ihm. Im Glauben, er könne sich hinter seiner Freundschaft mit General Ramírez verschanzen, wollte uns Rawson hinhalten. »Laßt mir bis morgen Bedenkzeit, Jungs. Das ist gut für euch und gut für mich.« Ich zeigte mich unnachgiebig: »Einen Scheißdreck ist es gut für uns! Dieser Präsidentensessel gehört uns, und wir werden schon sehen, wer sich hineinsetzt. Sie jedenfalls nicht.« Da gab er nach. »Und was soll ich jetzt tun? Wo soll ich hin?« Mir kam der Gedanke, am besten würde man ihn als Botschafter irgendwohin schicken. »Welches Land sagt Ihnen zu?« fragte ich ihn. »Das nächstmögliche«, antwortete er. »Pakken Sie Ihren Koffer, nächste Woche gehen Sie nach Brasilien«, versprach ich ihm.

Die Jungs drängten mich, als Präsident gleich dazubleiben. Aber ich war nicht blöd. Ich verpaßte ihnen eine Lektion in Geschichte: »Jede Revolution verschlingt ihre Söhne. Und ich bin noch zu roh – ich will nicht, daß die Revolution Verdauungsstörungen bekommt. Holen wir Streichholz Ramírez.« Ich schickte nach ihm und legte ihm die Binde um. »Morgen begleiten wir Sie, den Eid zu leisten«, sagte ich. »Unter welchen Bedingungen?« wollte er wissen. Ich antwortete, er könne einen einzigen Zivilisten zum Minister ernennen und müsse Farrell das Kriegsressort übertragen. Sogleich willigte er ein.

Ich mußte einigen Angriffen von hinterhältigen Feinden trotzen, die eifersüchtig auf den zunehmenden Einfluß des GOU in der Regierung waren. Zweimal versuchten sie mich beiseite zu drängen, aber es gelang ihnen nicht. Im Gegenteil, die patriotischen Ideen des GOU gewannen täglich neue Anhänger unter den jungen Offizieren. Im September 1943, als ich die Intrigen satt hatte, bat ich Ramírez, mich zum Arbeitsministerialdirektor zu ernennen.

»Was sagen Sie da, Perón!« rief er erstaunt. »Das ist doch nichts für einen Mann von Ihrem Format.« Damals war der Organismus unbedeutend und erfüllte mehr oder weniger ausschließlich bürokratische Funktionen, indem er den immer tauben Ohren der Regierung die schüchternen Forderungen der Gewerkschaften zuführte.

»Sie irren, mein General«, sagte ich. »Von da aus kann ich die kommunistischen Agitatoren auf den rechten Weg bringen und eine breitere Basis zur Unterstützung der Revolution schaffen.«

Als ich ins Ministerium kam, traf ich einen Haufen von Handlangern an, die nicht einmal die Arbeitsgesetze kannten. Ich hieß sie die Archive ordnen und die Akten vom Staub befreien. Und ich hatte einen Statistiker bei mir, der Gold wert war: den Katalanen José Figuerola. Er war ein Experte, der eingehend Italiens Ständeorganisationen studiert hatte und sich in Revolutionsregierungen wie derjenigen General Primo de Riveras abgehärtet hatte. »Also, Figuerola«, sagte ich, »analysieren Sie die Wirtschafts- und Arbeitspläne der vorherigen Regierungen, und schlagen Sie mir die notwendigen Reformen vor.« Nach einer Woche kam er verdutzt zu mir: »Es gibt keine Pläne«, rief er. »Was heißt, es gibt keine Pläne?« – »Der einzige Plan, den es in diesem Land gab, waren die Grundlagen von Alberdi, und die sind nicht mehr brauchbar«, sagte er.

Das war ein weiteres Zeichen der Vorsehung. Ich hatte eine Revolution initiiert, aber in einem Land ohne Identität, ohne Form, mit zu vielen Wegen und keinem Ziel. Vierzehn Millionen Argentinier, die sich einfach treiben ließen. Da sagte ich mir: Diesem schicksallosen Land werde ich ein Schicksal geben. Ich. Besteht es bloß aus Knorpeln? Dann werde ich ihm eben meine Knochen geben. Ich werde sein Zufall, seine Notwendigkeit, seine Prophezeiung sein.

Damit sich nun nach all den Jahren diese Gedächtnisschwächen einstellen, Lucas. Halten Sie an. Schauen Sie, diese verwahrlosten Trauerbalkone. Und links, diese Gitter. Alles in Dunkel gehüllt, in unaufhörlicher Agonie. So ist Madrid für mich gewesen, Lucas. Ein Hauptstädtchen mit Kloster- und Weihrauchgeruch. Gott hat mich vor Altersbrand bewahrt, aber zugleich mein wahres Alter verbrannt. Dürren hatte ich mehr als genug. Die Prostata ist mir eingetrocknet, ich leide an Eis in den Füßen und Atemnot im Kopf. In den Fingergliedern bekomme ich Krämpfe. Und kein Franco-Funktionär hat sich je für meine Gesundheit interessiert. Für Eva wurde die ganze Pracht entfaltet, die man *mir* geschuldet hätte. Wissen Sie, wie das war, Lucas?

Der Gärtner schüttelt die Locken. Nein, Señor. Und fixiert mit seinen Olivenaugen weiterhin die Statue auf der Plaza de la Cibeles.

Nun, mit Eva war es genau umgekehrt, Lucas. Sie habe ich in der Erinnerung erzogen. Als sie nach Madrid kam, 1947, war diese düstere Calle de José Antonio für sie geschmückt. Auf den Balkonen gab es Beifall und Nelken. Es war fast zehn Uhr abends, wie jetzt. Das tote Spanien war auferstanden. Die Betschwestern wurden versteckt. In der Ausgelassenheit auf den Plätzen ließ man das Wasser sprudeln. Als Eva unter der Puerta de Alcalá durchfuhr, ließ der Bürgermeister sie in Blumen erstrahlen. An diesem Abend erhielt sie zwei Orden, außer den Ehrenschlüsseln, Gunstbezeigungen der marokkanischen Wache und Handküssen der Menge, die sich ihr zu Füßen warf, um ihr zu danken – ihr, für die Gefälligkeiten, die ich, der Abwesende, gewährt hatte. So maßlos war das Fest, daß Eva, bevor sie sich in ihre Prinzessinnengemächer im Pardo zurückzog, es für angezeigt hielt, im Radio zu sprechen. Sie erklärte sich für erschöpft, trunken vor Glück. Schließlich erwähnte sie, etwas abrupt, auch mich. »Ich bin ja kaum die Botin«, sagte sie. Am nächsten Tag rief sie mich an und bat um Verzeihung. »Ich verdiene dich nicht«, sagte sie immer wieder, »ich verdiene dich nicht.« Ich maß dem nicht die geringste Bedeutung bei. Aber jetzt belastet es mich. Warum trübt mir Eva heute diesen Abschied, der doch mir allein gehört? Alles dreht sich mir. Ich weiß nicht, ob ich gehe oder eher komme, ob sie es ist, die mir geht, und ich es bin, der ihr bleibt.

Ich lernte sie im Irrsinn des Erdbebens von San Juan kennen. Die Katastrophe ereignete sich am Samstag, dem 15. Januar 1944. Am nächsten Tag mobilisierte ich das ganze Land, um der verwüsteten Stadt zu helfen. Inzwischen war mein Büro zum mächtigen Ministerium geworden. Ich war Arbeits- und Fürsorgeminister.

Ich fertigte Flugzeuge und Hilfszüge ab, befrachtete Lastwagen mit Lebensmitteln und Zelten, organisierte Wohltätigkeitsdelegationen, die das Land bereisten, um Geldmittel aufzutreiben. Es war ein schreckliches Unglück. Unter den Trümmern lagen achttausend Tote begraben.

Die Künstler boten von Anfang an ihre Mitarbeit an. Viele nur, um sich selbst darzustellen. Andere meinten es ehrlich und blieben, um zu arbeiten. Eva war die eifrigste. Am ersten Samstag nach dem Erdbeben gab es im Lunapark ein Wohltätigkeitsfest für die Opfer. Jemand plazierte sie neben mich. Sie schaute mich mit ihren kastanienbraunen, tiefen Augen fest an und sagte sanft:

»Oberst...«

»Was denn, mein Kind?«

»Danke, daß es Sie gibt.«

Danke, daß es Sie gibt. Dieser Satz brachte meine Seele durcheinander. Ich wollte mich weiter mit ihr unterhalten, aber die Aufregungen des Moments machten es unmöglich. Zum ersten Mal schaute ich sie an, intensiv. Auf der Bühne sang Libertad Lamarque Madreselva. Eva war blaß und nervös. Immer war sie auf der Hut, angespannt. Mich beeindruckten ihre feinen, spindelförmigen Hände. Ihre Füße waren genau gleich, wie Filigran. Sie hatte lange

Haare und fiebrige Augen. Nicht gut war ihre Figur – sie war eine der typischen hageren Einheimischen mit geraden Beinen und dicken Knöcheln. Aber nicht ihr Aussehen zog mich an, sondern ihre Güte.

Ich fragte sie, wo sie arbeite.

»In Yankelevichs Radio. Radio Belgrano. Dort gehöre ich zu einer Truppe von Hungerleidern.«

Immer machte sie sich klein mit diesem Wort: »Ich bin keine Künstlerin. Ich bin eine Hungerleiderin.« Aber Tatsache ist, daß sie eine vornehme erzieherische Aufgabe erfüllte. In ihrer Sendung wurde das Leben berühmter Frauen wie Lola Montez und Madame Lynch erzählt, und Eva spielte sie mit tiefer Überzeugung, als spürte sie, daß sie sie im wirklichen Leben alle übertreffen würde.

In der folgenden Woche ging ich beim Radio vorbei. Ich rief die Zeitschriften an und bat sie, von uns zusammen einige Fotos zu machen. Der Russe Yankelevich behandelte sie nicht gut, und ich wollte ihm zu verstehen geben, daß er, wenn er allzu dreist würde, es mit mir zu tun bekäme.

Evita war überaus dankbar. Sie suchte mich im Arbeitsministerium auf, um weiterhin mit den Opfern von San Juan zusammenarbeiten zu können. Ich gab ihr Carte blanche. Da nahm sie ein Sanitätsflugzeug, flog kreuz und quer durch die zerstörte Stadt und kam mit einer Liste der am dringlichsten benötigten Hilfsgüter zurück, die ich sofort bereitstellte.

Sie war so intelligent und weichherzig, daß ich sie nicht aus dem Kopf brachte. Sie strahlte die Kraft eines Wasserfalls aus. Nicht einmal unter den Männern, die mich unterstützten, gab es einen, der ihr gleichgekommen wäre. Ich sagte mir: ›Diesen unbearbeiteten Stein muß ich schleifen und zu einem hochkarätigen Diamanten machen.‹

Und so war es. Eva Perón ist ein Produkt von mir. Sie hatte ein riesiges Herz und eine vornehme Fantasie. Wenn ein Mann diese Eigenschaften zu kultivieren versteht, lernt die Frau, ihm besser zu dienen als das raffinierteste

Instrument. Natürlich muß man ihr auch ein wenig Bildung vermitteln, und das war bei Eva nicht einfach. Sie wies alles von sich, was nach Firnis roch.

Als wir Freunde wurden, fragte ich sie:

»Warum kommst du nicht ins Arbeitsministerium und hilfst uns ein bißchen?«

Sie willigte auf der Stelle ein, ohne Lohn und Bedingungen. Ich gab ihr ein kleines Büro und ernannte sie zur Sekretärin. Obwohl wir nach kurzer Zeit miteinander vertrauter wurden, einigten wir uns darauf, dem Politischen und Gesellschaftlichen den absoluten Vorrang zu geben. Das andere käme, wenn dafür Zeit bliebe. Für Eva war ihre neue Aufgabe eine Sache auf Leben und Tod. Sie schminkte sich nicht groß. Nur wenn wir ein Fest mit Armen hatten, dann verbrachte sie Stunden vor dem Spiegel und stürzte sich in den schönsten Putz. »Ich will beweisen, daß auch eine Frau aus dem Volk das Recht hat, sich luxuriös zu kleiden«, erklärte sie. Sie putzte sich nicht aus Eitelkeit. Sie tat es, um die andern stolz zu machen.

Ich war daran interessiert, die Gewerkschaftsbewegung von Kommunisten zu säubern. Die Kommunisten verseuchten alles. Und Eva erwies sich als unschätzbare Mitarbeiterin. Einmal erschien ein Bankangestellter bei uns, der sich als Sozialisten bezeichnete. Das war eine Maske. Wenn er den Mund aufmachte, leuchteten ihm schon auf den Zähnen Hammer und Sichel. Es war an Eva, sich um ihn zu kümmern. Er hielt sie für ein schwaches Wesen, nahm sich zuviel heraus, und sie schlug ihn mit einer Aktenmappe in die Flucht. Erschrocken trat ich aus meinem Büro. Noch nie hatte ich einen Schwall von Flüchen dieses Kalibers gehört. Wenn sie wollte, hatte Eva einen Honigmund. Aber wer sie provozierte, mußte auf der Hut sein. Wenn dieser Bienenstock erwachte, schossen einige sehr giftige Wespen heraus.

Sie war eine besondere Frau. Mit wenig andern hätte man soviel erreichen können. Mit ihr übte ich die Kunst

der Führung von Grund auf. Manchmal verzagte ich,
denn ihre unbeugsame Natur ließ weder Zügel noch Be-
sonnenheit zu. Hätte Evita am 16. Juni 1955, beim ersten
Aufstand der Militärs, noch gelebt, sie hätte keinen Pardon
gekannt. In ihren Augen verdiente ein Aufrührer kein an-
deres Los als das Exekutionskommando. Immer war sie so,
eine sektiererische Peronistin, unfähig, sich in etwas zu fü-
gen, was nicht peronistisch war. Und mich kostete es große
Mühe, sie zu besänftigen. In der Politik ist Sektierertum
schädlich. Es nimmt einem Sympathien. Eva war das egal.
Sie war sie, und sollte die Welt einstürzen.

Kurz nachdem wir uns kennengelernt hatten, gab es
keinen Grund mehr, Verstecken zu spielen. Wir zogen zu-
sammen. Ramírez war gescheitert, und ich mußte Farrell
an seine Stelle setzen. Da die Armee kein großes Vertrauen
ins Genie des neuen Chefs hatte, verpflichtete sie mich, die
Vizepräsidentschaft der Republik und das Kriegsministe-
rium anzunehmen. Mich interessierte das Arbeitsministe-
rium mehr, und so behielt ich auch das.

Bald griff der Neid mit seinen Klauen nach uns. Militärs
erschrecken, wenn sie einen ungebundenen Rock sehen.
Sie wollen, daß die Frauen kurzgehalten werden, die Beine
gebrochen. Zu denen gehörte Eva nicht. Sie kamen mir mit
einfältigen Vorstellungen. Ein Militär von meinem Karat
dürfe kein Verhältnis mit einem Revuegirl haben. Und sie
schwatzten mir den Kopf mit schmutzigem Gewäsch voll.
Ich mußte ihnen den Wind aus den Segeln nehmen. Eines
Tages versammelte ich sie im Ministerium und sagte zu
ihnen: »Ich bin kein Heuchler. Frauen haben mir immer
gefallen, und sie werden mir auch weiterhin gefallen. Ich
weiß nicht, inwiefern das unmoralisch sein sollte. Unmo-
ralisch wäre es, wenn mir Männer gefielen!«

Das Schicksal ist ungerecht, sagt Perón. Ich war es, der sie
gemacht hat, aber sie hat das Beste von meinem Ruhm für
sich genommen. Das ist das Unglück, wenn man nicht jung

stirbt, Lucas. Im Gedächtnis der Leute wird Eva immer die sein, die im Aufbruch ist. Man wird sich an sie erinnern für das, was sie hätte tun können, nicht für das, was sie tat. Schauen Sie dagegen mich an. Ich bin auf der Heimkehr. Die Zeit, die vergeht, ist Zeit, die mich verliert. Bringen Sie mich von hier weg. Fahren Sie mich zum Palacio de Oriente. Eva empfing man dort wie eine Königin. Ich dagegen habe nie hineingehen dürfen.

Ich weiß nicht, ob ich mich wirklich verliebte. Zu meiner Zeit erniedrigten sich die Männer nicht, zu sagen: ›Ich liebe dich.‹ Zu Intimitäten kam es oder kam es nicht, ohne daß es süßlicher Worte bedurfte. Ich weiß nur, daß wir, wenn eine Frau uns so sehr liebt, wie Eva mich liebte, nichts dagegen tun können.

In den stürmischen Wochen nach dem Erdbeben von San Juan hatte ich eine Drei-Zimmer-Wohnung gegenüber dem Bierlokal Palermo. Meine Aufgaben hielten mich bis Mitternacht auf der Straße fest. Und immer wenn ich nach Hause kam, lehnte sich Eva an die Tür und wartete auf mich. Was konnte ich ihr sagen? Ich bat sie herein, wir tranken einen Wermut und unterhielten uns.

Nach und nach stellte sie mir Damencremes ins Bad. Am einen Abend brachte sie eine Zahnbürste mit, am nächsten füllte sie meinen Spiegelschrank mit Make-ups von Le Sancy. Nach einer Woche mußte ich ihr einen Einbauschrank überlassen, damit sie ihre seidenen Morgenröcke, Seidenkleider und karierten Kostüme hineinhängen konnte, die die Schauspielerinnen damals trugen.

Seit zwei Jahren besorgte mir ein Mädchen aus Mendoza Wäsche und Essen. Piranha? Ja, ich glaube, ich gab ihr den Spitznamen, um sie wegen der Riesenzähne zu necken, die ihr Gesicht beschämten. Aber eine Liebelei mit ihr, die hatte ich nicht. Das ist gelogen. Wie sollte ich auch, wo sie doch mein Patenkind war? Der Vater, ein armer Viehtreiber aus Uspallata, vertraute sie mir an, als die

Arme noch das Bett näßte. Ich bin zwar im Rahmen des Schicklichen ein Mann mit starken Instinkten. Alles Degenerierte paßt nicht zu meinem Temperament. Es stimmt, daß mich Piranha manchmal in den Lunapark begleitete. Gemeinsam haben wir uns königlich bei den Kämpfen des Schwarzen Lovell vergnügt. Man sah, daß wir glücklich waren, und das genügte, um den abscheulichsten Klatsch zu veröffentlichen. Aber mir war das völlig egal. Ich war jenseits von Gut und Böse. Und sie, die Piranha, merkte es nicht einmal. Was für Einbildungen konnte sich ein Mädchen aus den Bergen schon machen, das nicht mehr als zwei Jahre zur Schule gegangen war? Und doch haben sich diese Lügen in die Geschichtsbücher eingeschlichen. Man lebt, ohne die Last kleiner Handlungen zu spüren, und vergißt sie. Aber unversehens kommt die Zukunft, und da sind sie alle aufgereiht und gehören uns erneut.

Als ich eines Abends aus dem Ministerium zurückkam, fand ich die Piranha nicht mehr. Ich ging in ihr Zimmer und sah nicht einmal das Bett. Die Kleider, die Puppen, die Colombinamaske, die ich ihr geschenkt hatte: nichts war mehr da.

»Ich habe sie nach Mendoza zurückgeschickt«, sagte Eva. »Eine Frau reicht und ist mehr als genug, um für einen Mann zu sorgen.«

Im guten wie im bösen war Eva halsstarrig, verbissen. Wenn eine Idee in ihrem Kopf Feuer fing, dann führte sie sie aus, ohne die Konsequenzen zu ermessen. Wahrscheinlich aus diesem Grund hatten viele Männer Angst vor ihr. Ich nicht, denn bei mir wurde sie immer sanft.

An ihrem mageren Elfenbeinkörper war mehr Phosphor als Fleisch. Wer nicht wußte, wie ihn berühren, verbrannte sich.

Nur selten ist die Plaza de Oriente dunkler gewesen als an diesem Vorabend des Sommers. Hinter den dicken Wolken erlischt der abnehmende Mond. Immer sind die Wetterstörungen im Leben des Generals ein schlechtes Omen gewesen. Es regnete, als ihm Lonardi Rache schwor. Und an dem Vormittag, als er gestürzt wurde, goß es in Strömen. Wie war das noch? ›Der Himmel von Buenos Aires, niedrig und dunkel, drückte auf die Hausdächer. Ringsum gab es (wie jetzt in Madrid) kein Lebenszeichen . . .‹

»Fahren wir zurück?« fragt Lucas, der Marokkaner, der am Steuer des Mercedes fast einschläft.

»Nur ruhig, mein Freund. Lassen Sie mich noch ein bißchen fantasieren.«

Da sind die Bogen des Palacio Real, in der Trägheit der Nacht. Einmal beschrieb ihm Eva den Glanz der mit Löwen und Wappen geschmückten Treppe, wo sie sich mit Francos Ministern fotografieren ließ. Der Marmor, die Steine aus Colmenar, die Scheiben aus Venedig versetzten sie in Bewunderung. Wie im Traum wandelte sie durch die dreißig Salons des Palastes und ließ sich immer wieder die auf die Gobelins gemalten Geschichten von Trajan, Herkules und dem gütigen Engel erzählen. Dann, in der Westgalerie, wandte sie sich zu Doña Carmen Polo um, der Gattin des Caudillo, und fragte unvermittelt:

»Du, sag mal, wie viele Kriegswaisen gibt es in Spanien eigentlich noch?«

»Schätzungsweise zweihunderttausend. Vielleicht auch einige mehr.«

»Warum gebt ihr ihnen denn nicht ein anständiges Zuhause, wo ihr doch hier so viele leere Zimmer habt?«

Doña Carmen verschlug es die Sprache.

»Wartet nicht länger, um Himmels willen. Macht aus dem Ganzen endlich eine Ferienkolonie. Wozu sind wir sonst Präsidenten?«

Als Eva nach Spanien kam – hat man es dem General erzählt, oder sah er es vor fünfundzwanzig Jahren im Kino? –, stand auf diesem jetzt so nächtlichen, menschenleeren Platz eine fiebernde Menge. Franco in Galauniform bot Eva gerührt den Arm, um ihr aus einer goldenen Kutsche zu helfen.

Im Thronsaal zeichnete er sie mit dem Großen Kreuz Isabellas von Spanien aus. Es herrschte eine klebrige Lavahitze. Ganz erfüllt von ihrer Majestät, schwitzte Eva aus allen Poren, ohne mit der Wimper zu zucken, in Zobelmantel und Straußenfedernhut. Nach den Reden legte sie den Mantel ab und trat auf den Balkon hinaus. Auf dem Platz brach orkanartiger Beifall aus. Die Männer knieten nieder. Die Kinder aus den Waisenhäusern winkten mit Fähnchen. Sich ans Theater erinnernd, grüßte Eva die Menge mit einer Verneigung, den Kopf gesenkt. Man hörte hysterische Hochrufe. Einige schwarzgekleidete Bäuerinnen brachen in Tränen aus. »Noch nie habe ich eine solche Begeisterung gesehen«, sagte ihr Franco ins Ohr. Eva hörte ihm nicht einmal zu. »Danke!« rief sie ins Mikrophon. »Danke, mein Volk von Madrid . . .« Sie machte sich ganz gerade und grüßte mit erhobenem rechtem Arm, nach Falangistenart. Dann verschwand sie vom Balkon.

Erst nach über zwei Monaten kehrte sie nach Buenos Aires zurück. Am 14. Juli 1947 erschien ihr triumphierendes Bild auf dem Titelblatt des Wochenmagazins *Time*, und am nächsten Tag verbreiteten die argentinischen Zeitungen erfreut die Frohbotschaft: ›Es ist nicht nur ihretwegen. Es ist auch seinetwegen.‹

»Es ist meinetwegen«, sagte der General. Jetzt, zwischen den düsteren Statuen der Plaza de Oriente, weiß er, daß es ihretwegen war, nicht seinetwegen. Und kalt zerfrißt ihm Eifersucht die Seele.

An einem frühen Sonntagmorgen, als die Hälfte der Reise vorbei war, rief ihn Eva aus Lissabon an und sagte schluchzend, sie brauche ihn, sie vermisse ihn, ohne ihn habe das Glück keinen Sinn. Nachdem er aufgelegt hatte, dachte der General nach, und schließlich raffte er sich dazu auf, nachzusehen, was die *Time* berichtete. Er las die von einem Sekretär vorbereitete Übersetzung:

Vergangene Woche errichteten die städtischen Arbeiter in der imperialen, breiten Avenida Alvear in Buenos Aires eine riesige Tribüne. »Wozu ist denn das?« fragte ein Journalist. »Um den Unabhängigkeitstag zu begehen oder etwa wegen des Besuchs des chilenischen Präsidenten?«

»Um die Señora zu empfangen«, antwortete einer der Arbeiter. »Ihre Reise hat alle beeindruckt. In Europa wird von nichts anderem gesprochen als von ihr. Ein Wunder, nicht wahr?« Ja, es ist ein Wunder.

Wir dürfen sie nicht weniger festlich empfangen als auswärtige Gäste, beschloß der General. Wir werden ihr einen mythologischen Empfang bereiten. Und zu den Ministern sagte er: Der Ruhm meiner Frau gehört uns allen. Sie ist Argentinierin.

Obwohl es Winter war, rüstete sich Buenos Aires, Evita mit einem Blumenmeer zu empfangen. Als der kleine Passagierdampfer, der sie von Montevideo brachte, ins Hafenbecken einfuhr, ließen alle andern Schiffe ihre Sirenen aufsteigen. Gegen drei Uhr nachmittags erspähte der General sie im Nebelhauch. Sie war auf Deck, eindrucksvoll und juwelengeschmückt.

Zur Begrüßung winkte sie ihm mit dem Taschentuch, wie im Film, und hauchte ihm einen Kuß zu. Ungeduldig sprang sie aufs Pier, noch ehe die Matrosen die Laufplanke ganz ausgelegt hatten. Sogleich hüllte sie der Tumult ein. Sie spürte, wie sie hin und her getragen wurde. Den General sah sie nicht mehr, er war nirgends. Wo steckst du, Perón? fragte sie weinend. Endlich erblickte sie ihn. Schwindlig fiel sie ihm in die Arme. Die Fotografen liefen zusammen, um das Bild der unsterblichen Königin zu erhaschen, die plötzlich zum hilflosen jungen Mädchen geworden war.

Ohne dich bin ich niemand, Perón, sagte Eva am Abend zu ihm, als man sie in der Residenz in der Calle Austria endlich allein ließ. Wo ich auch hingehe, ohne dich bin ich unvollständig.

Der General hatte sich in einiger Entfernung von ihr hingesetzt. Er war verdrießlich, steif. Den Hosenbund trug er höher als üblich. Daß seine Frau noch einmal durchs Haus ging, pausenlos redend, brachte ihn durcheinander. Sie war anders, alle sagten es – sie war als Göttin zurückgekommen. Unablässig rauchend, zögerte der General den Moment des Zubettgehens hinaus.

»Du mußt jetzt schlafen, Eva«, sagte er. »Soviel Unordnung bringt dich noch um.«

»Wie soll ich schlafen, wenn ich die einzige bin, die dir helfen kann?«

Überwältigt vom Ungestüm solch unersättlicher Liebe, wußte der General nicht, wohin mit sich, damit Evitas Begeisterung sich legte.

Hast du etwas gegen mich, Perón? Habe ich dir irgendwie weh getan? Was für ein Schmerz könnte das sein, wo ich dich doch keinen Augenblick von mir getrennt habe. Komm, sträube dich nicht. Was schmerzt dich, sag? Das, was ich einmal gewesen bin? Ich verdiene dein Mißtrauen nicht mehr. Ich gehöre dir. Du hast mich gemacht. Ich gehöre dir.

Das stimmte. Ich hatte sie gemacht. Ich hatte sie erlöst. Eva hatte unter dem Unglück in ihrer Familie sehr gelitten. Als sie ein Jahr alt war, verließ der Vater, ein Gutsbesitzer namens Juan Duarte, seine fünf Kinder und zog nach Chivilcoy zu einer andern Frau. Noch bevor Eva in die Schule kam, starb er bei einem Autounfall. Die vaterlosen Kinder erschienen bei der Totenfeier. Man empfing sie ungnädig. Diese Verachtung prägte Eva. Ich bin eine kleine Waise, sagte sie jeweils, eine arme Waise vom Land. Immer wenn sie sich an diese Geschichten erinnerte, wurde sie von schrecklichem Weinen geschüttelt. Sie hatte Alpträume und erwachte mit Fieberschauern, schweißgebadet. Ich beruhigte sie: Sprich nicht weiter von diesen Dingen. Begrabe deine Vergangenheit für immer. Ja, ja, versprach sie. Aber jederzeit, wenn sie in ein Kleid schlüpfte oder eine

Schublade aufzog, konnten sie diese schlechten Erinnerun-
gen wieder heimsuchen.

1934, mit fünfzehn Jahren, beendete Eva die sechste
Klasse. Doña Juana, eine unternehmungslustige Frau, hatte
in ihrem Haus in Junín eine kleine Pension eröffnet, um die
Familie zu ernähren. Nach und nach heirateten die älteren
Töchter ehrenwerte Anwälte und Offiziere, die dort vor-
beikamen. Eva dagegen gefiel das Routineleben nicht. Sie
wollte Schauspielerin werden. Einmal erzählte sie mir, sie
habe neben dem Haus in Junín unter einigen großen Öl-
weiden einen Zirkus erfunden. Sie sei von Ast zu Ast
gesprungen wie an Trapezen und habe den Geschwistern
Filmdialoge vorgetragen. Ihre Lieblingsschauspielerin war
Norma Shearer. In Marie Antoinette *sah sie sie über zehn-*
mal, und immer verließ sie das Kino unter Tränen.

Sie beharrte so darauf, Schauspielerin zu werden, daß
der Mutter nichts anderes übrigblieb, als sie einem Rund-
funksender in Buenos Aires vorzustellen. Da ließ man sie
deklamieren, um ihre Stimmlage festzustellen. Eva rührte
alle mit einigen Versen von Amado Nervo, die sie, als wir
schon verheiratet waren, abends wieder aufsagte, wenn sie
badete: ›Wohin gehen die Toten, Herr, wohin?‹

Aber das war erst der Anfang. Sie machte sehr harte
Jahre durch. Es fehlte nicht an Schurken, die ihre Uner-
fahrenheit und Naivität ausnützen wollten. Eva ging
ihnen listig aus dem Weg und prägte sich die Verletzungen
im Gedächtnis ein, um sich eines Tages dafür zu rächen. Im
Gegensatz zu mir war sie nachtragend, sie gehörte zu de-
nen, die nicht verzeihen.

In der ersten Nacht, die sie bei mir verbrachte, schaute
sie mich mit ihren großen kastanienbraunen Augen fest an.

»Man wird dir sehr häßliche Dinge über mich erzäh-
len«, sagte sie. »Nichts davon stimmt. Alles, was man dir
erzählen wird, ist eine Gemeinheit.«

»Es ist mir vollkommen egal, Chinita. Vollkommen«,
beruhigte ich sie.

Anfänglich hatte sie Anfälle von Melancholie. Sie kauer-
te sich weinend über meine Brust und bat um Verzeihung.
»Ich werde dich auch nach meinem Tod noch lieben«,
sagte sie. »Alles, was mein ist, auch das, was schlecht war,
gehört dir.« Dann lächelte sie traurig und hüllte mich wie-
der in die Süße ihres unvergeßlichsten Satzes: »Oberst –
danke, daß es Sie gibt.«

Jetzt, mit dem Rücken zum alten Teatro Real, neben dem
aufgebäumten Reiterstandbild Philipps IV., sieht Perón sie
wieder so, wie sie beim ersten gemeinsamen Erwachen war:
dunkel das gelockte Haar, die Hände durchsichtig, aderngе-
wellt. Damals gefiel Evita ihr Körper nicht. Ich habe, sagte
sie, einen unfolgsamen Körper; meine Nerven sind rebel-
lisch, sie veranstalten furchtbare Streitereien unter der Haut.
Am Morgen darfst du mich nicht ansehen, Perón. Ohne
Make-up sieht man meine Augenringe. Inwendig bin ich
hübscher. Und glücklicher. Soviel Glück ist nicht gerecht für
eine einzige Frau.

Eines Abends, als sie bereits in nebeneinanderliegende
Wohnungen in der Calle Posadas gezogen waren, sagte sie
dem General ins Ohr, was sie später in alle Winde hinaus-
posaunen sollte, auf Plätzen und im Radio: »Es gab einmal
eine Zeit, in der ich das Elend, das Unglück, die Not nicht
sehen konnte. Je blinder ich war, desto mehr umgab mich die
Ungerechtigkeit. Schließlich bist du gekommen, Perón, und
hast mir die Augen geöffnet. Seit diesem Tag liebe ich dich so
sehr, daß ich nicht einmal weiß, wie ich es dir sagen soll. Ich
spüre dich hier bei mir, mein Märchenprinz, und glaube zu
träumen. Und da ich dir nichts anzubieten habe außer meiner
Seele, gebe ich sie dir ganz. Dir zu gehören ist eine Gnade
Gottes.«

Sie wollte ihre Vergangenheit dermaßen verleugnen, daß
sie, noch bevor der General sagte: »Ich habe sie gemacht«,
sagte: »Perón hat mich gemacht.« Das stimmte nicht. Alle
Menschen sind immer wieder anders. Aber wie könnten sie

anders sein, wenn sie im Grunde nicht gleich blieben? Eva war schon Eva, als Perón sie kennenlernte.

Damals wohnte sie in der Calle Pellegrini, wenige Meter von der Avenida del Libertador entfernt. Wenn sie morgens zum Radio ging, begegnete sie auf den Treppen der Seaver-Passage immer einer Gruppe mißgestalteter Kinder, die aus den Waisenhäusern entwischt waren. Sie streichelte ihnen über den Scheitel und schaute sie traurig an.

Einmal sagte sie zu ihnen: »Habt ihr kein Zuhause? Was eßt ihr denn?« Und sie sah, daß sie alle stumm waren. An diesem Tag mußte sie Lola Montez verkörpern. Sie tat es zerstreut, ohne Überzeugung. Ein nervöser Husten schnitt ihr mitten in einem Liebesgespräch die Stimme ab. Sie stürzte aus dem Rundfunkgebäude und zu ihrer Freundin Pierina Dealessi.

Ich will diesen armen Geschöpfen ein Zimmer mieten, sagte sie zu ihr. Ihnen das Essen bezahlen. Die Verwahrlosung, in der sie leben, raubt mir den Schlaf.

Pierina kannte eine Pension im Bajo, wo sich die Provinzmusiker einquartierten. Sie war sicher, daß sich die Inhaberin für eine bescheidene Summe der Waisen annehmen würde. Noch am selben Nachmittag traf Evita mit ihr ein Abkommen.

Als Pierina mit ihrer Freundin in der Seaver-Passage anlangte und sah, wie sich die Ausgeburten auf den Treppen die Nissen aus den Haaren klaubten, konnte sie den Ekel nicht unterdrücken. Es waren keine Kinder, sondern verschrumpelte Albinozwerge, die in Sackleinen steckten und mit Krätze bedeckt waren.

Sie versuchte ihr das Vorhaben mit dem Argument auszureden, ihre Schützlinge wären in der Pension weniger glücklich als in ungebundener Obdachlosigkeit. Umsonst. Mit der eisernen Hartnäckigkeit der Samariterin gab Eva fast einen halben Monatslohn für Desinfektionsmittel, Matratzen und Zwergenkleider aus, und es verging kein Morgen, an dem sie sie in ihrem neuen Heim nicht besucht hätte. Sie behandelte ihre Blasen, kontrollierte ihr Gewicht, lehrte sie mit dem

Löffel essen und lehrte sie rufen. Vor allem das: rufen. Sie verlor die Hoffnung nicht, irgendwann würde ihnen eine Stimme erwachsen. Sie trat mit ihnen auf die Balkone hinaus und befahl: Ruft, Kinder! Los, ruft, so daß euch Evita hören kann! A e i o u! A a a a a! Die Stummen forcierten die Kehle, strafften den Hals, liefen rot an, nichts. Sie waren ohne Stimmbänder geboren worden.

Sie war so stolz auf die leichten Fortschritte ihrer Ausgeburten, daß sie, kaum hatte sie den General kennengelernt, ihn in die Mansarde der Pension führte, damit er sie sähe. Es war eine Katastrophe. Als sie die Tür öffneten, sahen sie, wie sie, von der Hüfte an abwärts nackt, zwischen den blütenweißen, frisch gestärkten Bettdecken die Wände mit Scheiße beschmierten.

Den General schüttelte ein Brechreiz.

»Wo es doch so viele Waisen aus anständiger Familie gibt, Evita, warum verlierst du da die Zeit mit solchen, denen nicht mehr zu helfen ist?«

Noch am selben Abend holte ein Armeelieferwagen die Stummen ab, um sie nach Tandil ins Waisenhaus zu bringen. In einem Gasthaus in Las Flores aß der Unteroffizier, der den Wagen steuerte, eine Pizza und paßte einen Moment nicht auf. Wahrscheinlich dort machten sie sich dünn. Auf den Feldern stand der Mais hoch, und obwohl sich mehrere Brigaden mit Suchen abrackerten, waren die Ausgeburten für immer verschollen.

Gegen Eva kam man nicht an. In allem war sie maßlos. Kaum begann sie in der Stiftung für Sozialhilfe zu arbeiten, glitt sie mir aus den Händen. Wir sahen uns nur ab und zu und für ganz kurze Zeit, als wohnten wir in verschiedenen Städten. Sie arbeitete gern nachts und kam im Morgengrauen zurück. Ich als alter Soldat lebte genau umgekehrt; ich ging um sechs Uhr früh ins Regierungsgebäude. Manchmal begegneten wir uns in der Tür der Residenz. Sie prahlte immer mit ihrer Erschöpfung.

Von den vielen Großtaten, die man von ihr kennt, gibt es zwei, die mich noch immer rühren. Eine könnte aus einem Tango stammen. Es geschah im Winter. Zur Abwechslung regnete es in Buenos Aires wieder einmal. Es war früher Morgen. Wach, unzufrieden mit sich, fuhr Evita durch die menschenleeren Straßen nach Hause. Im Eingang der Galería Güemes sah sie eine verhärmte Frau, die mit Mühe und Not dem Platzregen entkommen war und an deren Rock sich drei kleine Mädchen klammerten. Evita ließ den Wagen neben der Abschrankung des Gehwegs anhalten und streckte den Kopf hinaus:

»Wohin soll ich Sie bringen, Señora?«

Wegen der Dunkelheit oder des Dunstes bemerkte die Frau nicht, wer zu ihr sprach. Sie nahm die Töchter auf und setzte sich neben den Fahrer. Mit gesenktem Kopf redete sie sich sogleich die Geschichte ihres Unglücks von der Seele. Der Ehemann war im Gefängnis, die wenigen Habseligkeiten, die ihr geblieben waren, hatten sich die Gläubiger geschnappt, und nur eine einzige Hoffnung hielt sie aufrecht: die Señora zu sehen und auf ihr Mitleid zu warten. Sie schluchzte in ein schmutziges Taschentuch. Die Mädchen husteten. Nicht einmal Evaristo Carriego hätte sich eine pathetischere Szene ausdenken können.

Da geschah das Wunder. Eva tippte dem Fahrer an die Schulter und befahl, das Gesicht von plötzlicher Energie erleuchtet:

»Zurück zur Stiftung. Ich muß das regeln.«

Die Frau hörte die unverwechselbare Stimme und ließ vor Staunen und Verzauberung das Taschentuch fallen.

»Mein Gott!« rief sie und umarmte ihre Töchter.

Auf der Stelle wurde sie zur Gehilfin einer Waisenschule ernannt, wo sie genügend Geld sparen konnte, um sich ein Häuschen zu kaufen.

Auch die andere Geschichte ereignete sich am frühen Morgen. Seit Monaten schlief Eva nur zwei Stunden.

Wenn ihre Helfer sie beschworen, sich auszuruhen, wehrte sie sie beleidigt ab. Die endlose Schlange einfacher Leute vor ihrer Bürotür hielt sie wach. Es war, als würde die Zeit sie mit ihrem Vergehen verbrennen. Gegen vier Uhr schlich sich, kriechend, eine Frau wie aus einem Alptraum zu ihr hinein, deren Kopf in einen gezackten, prähistorischen Buckel auslief. Überdies hingen ihr zwei kurze, parasitische Ärmchen mit verklumpten Fingern von den Schultern. Diese Ausgeburt der Hölle brachte die sonst immer so selbstsichere Eva aus dem Gleichgewicht. Einer der Helfer hörte sie murmeln:

»Das sind sie . . . Sie, die zurückkommen . . .«

Sie zauderte. Zweifellos fragte sie sich, wer eine solche Mißgeburt lieben könnte, wer imstande wäre, ihr Vorhandensein zu ertragen. Und da sie sich selbst ohnmächtig fühlte, nahm sie zwei wunderschöne Brillantohrringe ab und schenkte sie ihr.

»Da. Fang ein neues Leben an.«

Wahrscheinlich wurde sie deshalb so geliebt.

Damit sie sich ein wenig zerstreuen könnte, entsandte ich sie nach Europa. Dort liegt der Anfang ihrer berühmten Rundreise; ich wollte sie vor der drohenden Erschöpfung retten. Die Einladung der spanischen Regierung galt mir, nicht ihr. Bald darauf wollte mich auch Italien empfangen. Beide Länder hatten mir sehr viel zu verdanken. Am Ende des Zweiten Weltkriegs beschlossen die Alliierten, Spanien zu isolieren, und nur ein einziger Botschafter blieb dort – meiner. Die Italiener bewahrte ich 1947 vor dem Hunger, indem ich ihnen eine halbe Million Tonnen Korn schenkte. Wie sollten sie mich also nicht zu kommen bitten? Aber ich konnte nicht. Wichtige Regierungsangelegenheiten erforderten meine Anwesenheit in Buenos Aires. Da dachte ich: Wenn ich Eva schicke, schlage ich zwei Fliegen mit einer Klappe. Ich tue meine Pflicht und Schuldigkeit gegenüber den Ländern, die mich feiern wollen, und ihr verordne ich die dringend benötigten Ferien.

So geschah es. Eva war eine begabte Frau und vertrat mich aufs vollkommenste. Aus Rom – oder vielleicht aus Lissabon? – schickte sie mir einen rührenden Brief und bedankte sich. Ihr ganzes Leben lang bedankte sie sich bei mir.

»Gehen wir jetzt, Lucas«, brummelt der General, plötzlich niedergeschlagen. »Ich will nicht, daß man uns zu Hause vermißt.«

Um dem Verkehr auf der Plaza de España zu entkommen, dringt der Mercedes unbemerkt in die Dunkelheit der Rosaleda ein. Es ist Mitternacht, und wie immer riecht Madrid nach Fritiertem. In der Ferne bewegt sich eine Fackelprozession. Einige Caballeros mit Halskrause und schwarzen Gewändern spazieren zwischen den Bäumen, flankiert von einer Hellebardistenwache. Wieder einmal hat sich die Stadt in die Vergangenheit fallen lassen, und leuchteten nicht die Pappeln in ihrem unversehrten Grün, erschienen in den Fenstern nicht undeutlich lebendige Köpfe, der General hätte das Gefühl, Madrid, das letzte Refugium seines Alters, verschwinde im Malstrom der Zeiten, Madrid weiche in die Höhlungen der Geschichte zurück und nehme ihn huckepack mit sich. Diese Stadt bin ich, sagt Perón. Auf einmal packen ihn Kältegeier. Er preßt die Memoirenmappen an die Brust und kann sich so mit Mühe etwas wärmen.

In dieser vorletzten Nacht vor der Abreise träumt der General wieder von der Südpolexpedition. Er läßt sich mit Unbehagen auf den Traum ein, denn dank seiner Vernunft, die ihn im Realen verankert – immer, selbst wenn er schläft –, weiß er, daß die Eroberung des Eismittelpunktes eine mittlerweile sinnlose Heldentat ist. Andere argentinische Infanteristen haben es schon vorher für ihn getan, im Sommer 65. Wie er gelesen hat, pirschten sie sich über turm- und grottengespickte Ebenen und hörten bei jedem Schritt die Klage-

403

laute ihrer verstorbenen Vorfahren. Wo der Pol beginnt, sahen sie keinen Vulkan, sondern nur Trugbilder der Natur: glühende weiße Fliegen, die über einer blendenden Pampa umhersummten.

Trotzdem stürzt sich der General hustend aus dem Traum aufs Weddelmeer. Und geht und geht. Einmal mehr treibt sein Körper auf dem steifen Schaum der Schluchten und wird von den Stalaktiten zerfetzt. Endlich macht er, klebrig vom Blut und Fruchtwasserschleim, in der Ferne den Vulkan des Pols aus, das Zeichen, das niemand außer ihm kennt. Auf einmal rebellieren seine Instrumente. Kompaß und Theodoliten zeigen ihm an, daß hier kein Vulkan ist, sondern eine senkrecht schwebende Riesenvagina. An ihrer Spitze hält die Mutter Wache, die Zöpfe gelöst und einen Männerponcho über dem Morgenrock. Aber wer steht da neben ihr? López ist's, herausgeputzt mit dem Kleid aus Neapel-Seide und Spitzen, das Großmutter Dominga für den Opernbesuch anzuziehen pflegte. Er schmiegt sich schutzsuchend an die Mutter und weist ihn ab:

»Gehen Sie zurück, Perón, gehen Sie zum Weddelmeer! Hier kommen Sie nicht rein!«

Und da der General mit stockendem Atem zu protestieren versucht:

»Nur einen Moment, bitte, Mama . . .«,

scheucht ihn der Großmutter-Sekretär mit einigen Höllenpsalmen in die Flucht, *Pe, pe orupandé / Oxum maré coroo Ogum te*, verstreut seine Knochen über die Grenzen dieser gefrorenen Sühnen, *salve Shangó / salve Oshalá*.

Schwitzend schlägt der General die Augen auf. Es ist schon Tag. In Kimono und Pantoffeln reicht ihm López am Fußende des Bettes ein Glas Wasser und einige Aspirintabletten. Zur Abwechslung hat er die Wünsche des Generals vorausgeahnt – er rettet ihn aus den Eisenbändern, die ihm den Kopf zusammengedrückt haben. Jetzt hilft er ihm aus dem Bett. Er prüft, ob das Badewasser lauwarm ist. Und dann gibt er ihm hinter den Vorhängen hervor ein Badetuch.

»Was würde ich ohne Sie machen, López«, bedankt sich der General.

»Und ohne die Señora, die um uns beide besorgt ist.«

»Genau. Was würde aus uns ohne Chabela.«

Nach dem Frühstück – nur starker Kaffee und einen Crakker – fühlt sich der General viel besser und verspürt den Drang zu arbeiten. Auf seinem Gesicht zeichnen sich die Erinnerungen an das ab, was er gleich lesen wird: eine Vergangenheit, die ihm entglitt, bevor er sie genießen konnte, wie die der Kinder, geflochten mit den flüchtigen Flechten dessen, was ich morgen machen werde, morgen sein werde.

»Wir werden von hier weggehen, ohne auch nur die Hälfte der Memoiren korrigiert zu haben, López, ist Ihnen das klar?« keucht er, während er langsam die Treppen zum Kreuzgang hinaufsteigt. »Das gibt mir ein ungutes Gefühl ... Wie werden wir es später anstellen, in Buenos Aires, um eine oder zwei Stunden Einsamkeit zu finden?«

»Geben Sie die Seele hinein, mein General, ich werde Ihren Körper hineingeben. Sie werden schon sehen, wir werden für alles Zeit haben.«

Oben hat López auf den Betstühlen Kopien der Projekte für die Nation ausgebreitet, die der General vor dreißig Jahren hinkritzelte. Im einen befinden sich die Verbesserungen zu den Arbeitsgesetzen und die Listen der potentiellen Sympathisanten, die sie ausführen sollten; in einem andern die Karten mit den Veränderungen der Nomenklaturen und der Almanach der Neuen Vaterlandsjubiläen; an der Wand hängt die Tafel der Fristen und Ziele, und auf dem Nachttisch, zwischen den Fotos von Evita, liegen die Rollen mit den mnemotechnischen Übungen für die Schulen. Jetzt, angesichts der Herbarien, die zerbröselt sind, bevor er sie hat benutzen können, sagt der General bewegt:

»Behandeln Sie diese Souvenirs mit großer Vorsicht, López. Äußerlich haben sie sich in ihrer Asche aufgezehrt, aber im Innern leben sie noch. Was man unbeendet läßt, macht angst. Es beißt. Besser, Sie schütteln sie nicht. Schlagen Sie eher die Mappe dort auf. Was enthält sie? Ist sie feucht? Offenbar dringt die Nachtluft auch ganz oben ins Haus ... Lesen Sie vor, was steht drin?

In Argentinien sind alle Menschen, was sie sind, aber selten, was sie zu sein scheinen. Unser Land kann man nicht durch die sichtbaren Kräfte kennenlernen, sondern nur durch die – immer versteckten, unterirdischen – Quellen, die diese Kräfte speisen. Die Revolution, die 1943 Castillo stürzte, personifizierte sich in einer Loge, dem GOU. Und der GOU war die Armee. Von den dreitausend Offizieren, aus denen sich die Institution zusammensetzte, wollte nur ein verschwindend kleines alliiertenfreundliches Grüppchen, daß wir die Zukunft des Landes gefährdeten, indem wir in den Krieg zögen. Wir andern waren neutralistisch. Wir fühlten uns durch einen Blutsvertrag verbunden. In den Grundlagen des GOU war festgelegt, daß jeder Offizier, wenn er sich unseren Reihen anschloß, sein Abschiedsgesuch unterzeichnete, bedingungslos und mit offenem Datum, um so für sein Verhalten und seine Ehre zu bürgen. Ich hielt diese Rücktritte in meinem Büro im Kriegs-Unterstaatssekretariat zu Händen von Minister Farrell und dem Präsidenten der Republik zur Verfügung. Bekanntlich ist nicht Gott der Herr des Paradieses, sondern der den Schlüssel hat, Petrus. In dieser Zeit war ich der Petrus der Armee.

Im Oktober 1943, als die Revolution noch nicht fest im Sattel war, gab Wirtschaftsminister Jorge Santamarina einige unvorsichtige Erklärungen ab, die die Neutralität in Frage stellten. Empört rief ich Präsident Ramírez an und gab ihm zu verstehen, wenn nicht er Santamarina schleunigst hinauswerfe, werde es die Armee liebend gern tun. Ramírez akzeptierte nicht nur die Beschwerde, ich sollte auch gleich die Ersatzperson aussuchen.

Mehrere Männer gingen mir durch den Kopf. Bei allen hatte ich Bedenken. Ich beschloß, der Fantasie freien Lauf

*zu lassen, und ging mit einigen Journalisten ins Restaurant
Scafidi in der Calle 25 de Mayo essen. Als ich das Steak
halb aufhatte, kam mir die Erleuchtung. Wie viele Argentinier kennen Sie, die von Null auf ein Vermögen zusam-
mengetragen haben? fragte ich sie. Sie wußten es nicht.
Einer der Reporter ging ins Archiv von* La Razón *und
brachte mir eine Liste. Wozu wollen Sie die? fragte er erstaunt. Ganz einfach, sagte ich. Jemand, der es verstanden
hat, für sich selbst Geld zu machen, kann nicht scheitern,
wenn er Geld fürs Land macht.*

*Als ich las, wer die Liste anführte, sprang ich auf. Diesen
Mann kenne ich sehr wohl! lachte ich. Mir hat er die ersten
tausend Pesos seines Lebens zu verdanken.*

*Wie das? Gestatten Sie mir, zwanzig Jahre zurückzu-
blenden. An einem Sonntag des Jahres 1924, als ich auf
dem Weg zu meiner Großmutter die Calle Viamonte hin-
aufging, entdeckte ich ein verrußtes, elendes Lädchen,
dem man das Unglück ansehen konnte. Es verströmte
einen so beißend süßen Geruch, daß man das Gefühl hatte,
es sei ein Sperber, der den Nasen der Passanten auflauere.
Überrascht sah ich hinter dem Ladentisch nicht das typi-
sche Ehepaar der Sonntagsstände, sondern einen beklom-
menen dunkelhäutigen jungen Mann mit lebhaft leuchtenden Augen. Neugierig und mitleidig blieb ich stehen
und kaufte ihm für fünfzig Centavos Grobschnitt ab. Ich
versuchte die Mischung.*

»Türkischer Tabak«, diagnostizierte ich.

»Griechischer, aus Smyrna.«

*Man brauchte kein Sherlock Holmes zu sein, um aus
diesen drei Worten die ganze Biographie des jungen Mannes abzuleiten. Dem Akzent nach war er Grieche; der
geographischen Angabe nach Patriot, da Smyrna ein Jahr
zuvor unter türkische Herrschaft gefallen war; seiner
Scheu nach ein Flüchtling ohne Papiere und seinen Manie-
ren nach ein Geschäftsmann aus guter Familie. Das sagte
ich ihm. Und da ich in allem den Nagel auf den Kopf*

getroffen hatte, wollte er seine Geschichte vervollständigen.

Er war dreiundzwanzig. Die Greuel Mustafa Kemals fliehend, war er von Triest direkt nach Neapel gefahren und von dort aus nach Buenos Aires, mit einem falschen Paß. Er war Akkordarbeiter bei der Telefongesellschaft River Plate gewesen und hatte sich von Speiseresten ernährt. Zu seiner Unterstützung hatte ihm der Vater unter weiß Gott welchen Opfern ein Paket Tabak geschickt. Um ihn beim Zoll auszulösen, mußte der junge Mann seine Ersparnisse eines Jahres hinblättern. Und jetzt wußte er nicht, wie er ihn verkaufen konnte.

»In diesem Land macht niemand Geschäfte ohne Beziehungen«, sagte ich zu ihm. »Ich werde dich empfehlen.«

Einer der Geschäftsführer der Tabakfabrik Piccardo war mir einen Gefallen schuldig. An Ort und Stelle verfaßte ich auf einem Stück Packpapier ein kleines Schreiben an ihn.

»Wie heißt du, mein Junge?« fragte ich ihn.

»Pos me lene?« antwortete er auf griechisch.

Wir gerieten in ein seltsames, komisches Mißverständnis hinein. Ich meinte, er frage mich, ob seine lange Mähne das Richtige sei für das Gespräch mit dem Geschäftsführer, und ich sagte, er solle sie ruhig so lassen, mit etwas Pomade wäre sie perfekt. Aber er wiederholte nur immer wieder: Sie wollen wissen, wie ich heiße? Schließlich sagte er:

»Aristoteles Onassis.«

Monate später kam er mich in der Kaserne besuchen, nun schon mit Gamaschen und Vatermörder. Er hatte die argentinische Staatsbürgerschaft erworben. Man kaufte ihm für Tausende von Dollars Tabak ab. Die Preise diskutierte er direkt mit dem Piccardo-Inhaber. »Einfache Ideen sind immer die besten«, bedankte er sich bei mir, »wie das Ei des Kolumbus.«

Das Schicksal hatte ihn fürs Geschäft bestimmt, nicht für die Politik. Seine Familienangehörigen trugen alle my-

thologische Namen: Ein Onkel hieß Hermes, die ältere
Schwester Artemis, der Vater Sokrates Odysseus, die Mut-
ter Penelope. Niemand entkommt den Schranken des
Schicksals, und schon gar nicht, wenn sie so zahlreich sind.

1943 überraschte ihn mein Telegramm, in dem ich ihm
das Wirtschaftsministerium anbot, in New York. Ich be-
kam eine großzügige, freundliche Antwort: ›Sie können in
allem auf mich rechnen, aber nicht fürs Regieren. Damit
will ich nichts zu tun haben. Ari.‹

Ich dachte, ich würde ihn für immer aus den Augen
verlieren, doch dem war nicht so. 1946 rief er mich an und
fragte, wer ihm in Buenos Aires Schiffe verkaufen könnte.
Ich stellte die Verbindung her zwischen ihm und Alberto
Dodero, der eine riesige Flotte besaß, und Fritz Mandl,
einem österreichischen Kriegsmaterialfabrikanten, der auf
der Flucht vor seiner Frau, der Schauspielerin Hedy La-
marr, in Argentinien Schutz gesucht hatte. Meines Wissens
konnten sich die drei nicht einigen, aber sie schlossen eine
dauerhafte Freundschaft. Bei dieser Gelegenheit besuchte
mich Onassis im Regierungsgebäude. Ich erinnerte ihn
daran, wie er mich 1943 versetzt hatte.

»Wen haben Sie schließlich an meiner Stelle genom-
men?« fragte er.

»Keinen Mann. Eine Philosophie. Alle Minister, die ich
jetzt habe, sind aus dem Nichts gekommen, wie Sie.«

Er sah düster aus und hatte Augenringe. Der Reichtum
hatte ihn zu einem Sammler von Berühmtheiten werden
lassen. Die Persönlichkeiten der Geschichte gingen in sei-
nem Leben völlig selbstverständlich ein und aus. Als Eva
nach Europa reiste, befand sich Dodero in ihrem Gefolge.
Durch ihn verfolgte Onassis sie so hartnäckig, daß ihn
meine Frau schließlich in der Villa der italienischen Rivie-
ra, wohin sie sich, des Protokolls überdrüssig, geflüchtet
hatte, zum Essen einlud.

Onassis kam pünktlich, tadellos gekleidet, mit einem
Strauß Orchideen. Eva, die sich eine häusliche Schürze

vorgebunden hatte, bat ihn in die Küche. Sie briet persön-
lich einige Wiener Schnitzel.

»Ein Mensch, der soviel zu geben hat wie Sie, Señora,
hat das Recht, noch viel mehr zu verlangen«, schmeichelte
ihr der Grieche. »Verfügen Sie über mich. Ich liege Ihnen
zu Füßen.«

Meine Frau, die mir die Geschichte später erzählte, be-
fürchtete, er versuche ihr den Hof zu machen, und wies ihn
sehr elegant in Schranken:

»Es ist leicht, bei mir einen guten Eindruck zu hinter-
lassen. Stellen Sie mir einen Scheck über zehn Millionen
Dollar für Argentiniens Waisenkinder aus.«

Jedes Mal, wenn ich an das erschrockene Gesicht denke,
das Onassis gemacht haben muß, kann ich mir das Lachen
nicht verbeißen.

Sehen Sie? Bei der Erinnerung daran muß ich noch immer
lachen, López. Wir sprachen vom GOU, und weiß der Kuk-
kuck, wie wir auf diese Trivialitäten kamen. Streiche der
Erinnerung. Sie meinen, wir sollten sie besser vergessen?
Werden Sie mein Bild beeinträchtigen? Nein, lassen Sie sie
stehen. Wären da nicht die kleinen Dinge im Leben, wir würden sterben vor lauter Pathos. Wenn sich ein Mann auf kalten
Höhen befindet, bleibt ihm nichts anderes übrig, als gegen
seine Gefühle zu leben. Man genießt die Macht, aber sonst
nichts. Und das Leben zerrinnt uns in den Händen wie Wasser. Wenn man ergründen will, wie die andern Dinge sind, ist
alles schon zu Ende, und es bleibt keine Zeit mehr, sie kennenzulernen. Deshalb tut man gut daran, sich auf die belanglosen Erinnerungen zu setzen und sich von ihnen einhüllen
zu lassen. Früher stand ich am Morgen nie auf, ohne einige
Gedächtnisübungen zu machen, um munter zu werden. Jetzt
habe ich sogar das vergessen.

Eine der Uhren im Kreuzgang, die nur gelegentlich
schlägt, läßt sich diesmal hören: ein dunkler, unheilverkün-
dender Schlag. Halb zehn.

»Cámpora ist schon im Büro und erwartet uns, mein General. Er ist gekommen, um die letzten Anweisungen für die Regierung entgegenzunehmen. Und danach werde ich ihn, wie Sie angeordnet haben, zu den Blumenzeremonien begleiten müssen, für die man ihn heute morgen verpflichtet hat – Blumen für San Martín im Parque del Oeste, für Kolumbus im Museo de América, Blumen für die Erschossenen von 1808. Was für ein Opfer, mein General. Ich werde Tage brauchen, um den Blütenstaub loszuwerden.«

»Er soll heraufkommen, López. Sagen Sie ihm, er soll hierherkommen.«

»Hierher, in den Kreuzgang?« wundert sich der Sekretär.

»Ja. Er soll diese alten Regierungsattribute sehen. Wenn er sie vorher nicht lernte, als Evita seine Lehrerin war, kann er es vielleicht jetzt tun. Begriffsstutzig, wie er ist, wird er im Kreuzgang die Poren des Verstandes öffnen.«

Präsident Cámpora kommt geschniegelter als sonst. Bevor er auch nur den Fuß auf die Treppe gesetzt hat, sind der Glanz der Schuhe, die scharfe Bügelfalte der Hose, der Brillantinehelm, das Paco-Rabanne-Parfüm schon oben. Er breitet die Arme aus, wenn auch respektvoll, und streckt sie dem General eher unterwürfig als mit der Miene einer Umarmung entgegen.

»Was haben Sie heute morgen den Journalisten für eine Riesenfreude gemacht, mein General. So viele Tage haben sie Wache geschoben, um Sie zu sehen, und sich um Ihre Gesundheit gesorgt, und auf einmal kommen Sie ohne Vorankündigung zweimal zur Tür, völlig gesund . . .«

»Ich soll zur Tür gekommen sein?« staunt der General.

»Ja«, beruhigt ihn López. »Ihr Körper . . . Die Journalisten haben ihn gesehen, und so hatten sie ein Thema, um darüber zu schreiben.«

»Die Burschen von der Nachrichtenagentur Telam haben mich gebeten, Ihnen die ärztlichen Bulletins von heute zu zeigen. Bevor sie sie nach Buenos Aires schicken, sollen Sie sie genehmigen. Nun, was halten Sie davon, mein General?«

7.30: Nach dem Aufstehen frühstückt Perón wie üblich schwarzen Kaffee und einen Cracker.

»Heute war es nicht so«, mischt sich López ein. »Korrigieren Sie: ›Da sich der General besser fühlt, hat er heute Tee mit Toast und Marmelade gefrühstückt.‹«

Cámpora fährt fort:

8.00: Der Peronistenchef erscheint hinten neben der Villa, rund zwanzig Meter vom Eingangstor entfernt (die Korrespondenten dürfen nur bis dorthin). Er setzt sich in einen Liegestuhl und denkt eine Weile nach. Er trägt ein beigefarbenes Hemd, eine gelbe Weste, eine hellgraue Hose und Tennisschuhe. Auf dem Kopf sitzt eine Pocho-Mütze (wie er sie während seiner Regierungszeit populär gemacht hat), rot mit schwarzen Bändeln.

»War ich nicht eher gestern abend so angezogen, López?« wundert sich der General, noch immer in Pyjama und Morgenmantel.

Die Äuglein des Sekretärs spähen nach einer Wolke des Unbehagens am Kreuzganghimmel. Die Mühen des frühen Morgens haben ihm den Verstand bloßgelegt. Seine Abwehrkräfte sind geschwächt. Er betastet sich. Die Zehen lugen halb aus den Pantoffeln hervor und sind aggressiv geworden. Der Kimono steht weiter offen als schicklich. Und sogar auf dem sonst so fügsamen Haar sind einige Wirbel entstanden.

»Sie wissen ja, wie die Körper sind, mein General. Man kann sie anders kleiden, aber sie behalten doch immer das an, was sie wollen. Und jetzt«, er senkt den Kopf, »wollen Sie mich bitte entschuldigen. Ich muß mich anziehen, den Präsidenten begleiten und vor dem Mittag wieder zurück sein. Die Señora wird nach mir fragen, wenn sie erwacht . . .«

Cámpora entspannt sich und schließt die Tür.

»Die Agenturen und Fernsehkanäle möchten, daß wir uns zwischen den Kisten und Koffern Ihrer Reise fotografieren

lassen, mein General. Man soll uns in Spanien so sehen, als
wären wir schon in Ezeiza. Das finde ich nicht schlecht. Es
wäre ein Ansporn für die Million Leute, die sich auf den Weg
zum Flughafen gemacht haben.«

»Sorgen Sie sich endlich nicht mehr um die Probleme der
Leute, Mann. Die sollen sie selbst lösen. Denken Sie an sich.«
Der General läßt sich in einen Sessel fallen, wie geblendet
vom Sauerstoffmangel.»Kommen Sie her. Haben Sie in den
letzten Tagen das Gedächtnis trainiert? Wie viele Reden können Sie wiederholen, ohne sie abzulesen?«

»Nur einzelne Sätze, Señor. Ich bin von der Natur nicht so
begünstigt worden wie Sie.«

»Und die peronistische Doktrin? Haben Sie sie weiterhin
jede Nacht aufgesagt?«

»Keine einzige habe ich ausgelassen, mein General, außer
als man uns zu den Gefängnissen im Süden brachte und uns
die Wächter die Lippenbewegungen kontrollierten, bis wir
einschliefen. Die peronistische Doktrin kann ich vorwärts
und rückwärts aufsagen.«

»Das ist ja das Übel, Cámpora. Daß sich einige Ihrer Leute
irren und sie rückwärts aufsagen. Setzen Sie sich hierher.
Schauen Sie sich diese Rollen an. Ja. Die Mnemotechnischen
Übungen. Was sehen Sie?«

»Ein Gesicht, mein General. Ich glaube, es ist Figuerolas
Gesicht. Regnerisch, wie im Kino. Und darunter eine Legende. Ja, er ist es: ›Das Volk wird Perón nie vergessen, nicht weil
er gut regierte, sondern weil die andern schlechter regierten.
Gez.: José Miguel Figuerola.‹«

Der General schlägt eine hohle Lache an.

»Eine geniale Sentenz. Sehen Sie Figuerola vor sich?«

»Aber natürlich, Señor. Der Spanier. Er war eine Leuchte.«

»Der beste Statistiker der Welt. Er erfand den Fünfjahresplan, die Gedächtnisrollen, einen Würfel, der Revolutionen
erriet, den Neuen Almanach der Vaterlandsfeste, die Auslo-
sungskugeln für Militärische Beförderungen. Hätte ich ihn an
meiner Seite behalten, so hätte mich niemand gestürzt . . .«

413

»Genau, mein General. Ich bin vollkommen einverstanden. Nie werde ich Figuerolas Bemühungen vergessen, sich seine Aussprache nicht anmerken zu lassen, als er im Kongreß den Fünfjahresplan vorlas. Der katalanische Akzent tropfte ihm von den Zähnen.«

»Vom Zahnfleisch, Cámpora. Sie als Zahnarzt sollten den Unterschied kennen. Schon damals trug Figuerola ein Gebiß. Er hatte sich die Prothese zur selben Zeit machen lassen wie ich, um nicht zurückzustehen. Mit Intrigen trennte man ihn von mir, weil er Spanier war. Als käme ein Blut nicht auf dasselbe heraus wie ein anderes . . . Also, Cámpora, ich möchte Sie um einen Gefallen bitten.«

»Ich tue Ihnen keinen Gefallen, mein General. Sie befehlen.«

»Schließen Sie die Augen und sagen Sie die peronistische Doktrin auf, wie es sich gehört. Erinnern Sie sich daran, daß der beste Weg, sie zu lernen, auf Anraten Figuerolas darin bestand, für jedes Gebot einen Vergleich zu suchen, einen Gegenstand, ein Bild? Sagen Sie, was haben *Sie* gebraucht, um sich zu üben?«

Der Präsident hat seine großen Lider gesenkt. Er beißt sich in den Daumen.

»Die Werbeslogans im Radio, Señor. Ich habe mir die populärsten ausgesucht.«

»Dann wiederholen Sie das erste Gebot. Das kennt jeder.«

Cámpora hält sich die Hände an die Stirn. Er zögert.

»Ist es Ihnen entfallen?«

»Nein, mein General. Ich pflege es mehr als einmal täglich herzusagen. Aber ich habe es nie von der Eselsbrücke lösen können, mit der ich es in den alten Zeiten gelernt habe.«

»Dann sagen Sie es, Mann.«

»Ich schäme mich.«

»Sagen Sie es.«

»›Hast du Lust, so denke dran – rauche immer Caravan.‹ Unsere Partei ist eine Partei der Massen, eine unzerstörbare Einheit von Argentiniern, die als Institution wirkt, welche entschlossen ist, alles zu opfern, um General Perón nützlich zu sein.«

»Das ist kinderleicht. Na, wie steht's denn bei Ihnen mit Gebot sechzehn?«

Cámpora blinzelt und lächelt.

»›Sagen Sie nicht hallo – Sagen Sie holla, Hollavina.‹ General Perón ist der oberste Führer. Inspirator, Schöpfer, Verwirklicher und Lenker. Er kann Beschlüsse der Parteibehörden ändern oder annullieren sowie die Behörden inspizieren, kontrollieren oder ersetzen ...«

Der General nickt müde. Der Vormittag, der kaum richtig begonnen hat, bricht ihm schon mit seinem ganzen Gewicht auf die Schultern herab.

»Sie können ganz ruhig sein, Cámpora. Sie haben es sehr gut gemacht. Sie hatten Qualitäten, und wir haben sie Ihnen seinerzeit nicht gedankt. Wir haben es Ihnen nachher gedankt. Man weiß nie, wann es der richtige Moment ist. Nicht der passende, sondern der richtige. Für einen Vertreter von mir, wie Sie, sind die Gebote eins und sechzehn die wichtigsten. Aber Ihren Leuten müssen Sie das siebenundsiebzigste in Erinnerung rufen.«

»Das ist mir am allergegenwärtigsten, mein General. Wissen Sie, wie es mir in den Sinn kommt? ›Die Kleider trotzen jedem Wind, wenn sie von Roveda sind.‹ So: ›Die Kleider trotzen jedem Wind.‹ Und sogleich stellt sich die Regel ein. Unter allen Umständen hat ein Peronist zu verfechten, daß jede Entscheidung einer peronistischen Regierung die beste ist. Er wird nie die geringste Kritik zulassen oder den geringsten Zweifel akzeptieren.«

»Spüren Sie den Unterschied im Stil? Die andern sind von Figuerola, einem Zivilisten. Dieses letzte kann nur von einem Militär stammen. Es ist von mir.« Der General mummelt sich in den Morgenmantel und macht Anstalten aufzustehen. Plötzlich läßt er die Arme fallen. »Passen Sie auf, Cámpora. Bevor wir uns in Buenos Aires aus den Augen verlieren ...«

»Wie können Sie so etwas annehmen, Señor? Ich werde Sie

täglich besuchen und Ihnen rund um die Uhr zur Verfügung stehen . . .«

»Aber ich weiß nicht, ob ich zur Verfügung stehen werde. Ich habe über viele Themen nachzudenken . . .«

»Sie werden mich doch nicht mit der Regierung allein lassen, mein General? Wenn Sie auf die Macht verzichten, dann verzichte auch ich.«

Perón schaut den Präsidenten bestürzt an. Er kann nicht begreifen, daß der nicht begreift.

»Wie kommen Sie auf diese Idee, Mensch? Selbst wenn ich wollte, könnte ich nicht verzichten. Die Macht gehört zu mir wie diese Beine. Gehen Sie mir im Hintergrund zur Hand. Lassen Sie Figuerola ein Denkmal errichten.«

»Jawohl, Señor.«

»Und darunter soll stehen: ›Der beste Statistiker der Welt. Nicht weil er gut war, sondern weil die andern schlechter waren.‹ Schreiben Sie sich's auf.«

»Jawohl, Señor. Ich werde es so in Marmor hauen lassen.«

»Und man soll täglich in den Parteibüros der Peronistenjugend die Doktrin lehren, aber gemäß den Übungen des Spaniers.«

»Verstanden.«

»Eine letzte Anweisung. Bringen Sie mal diese Pläne her.«

Ergeben und im Bemühen, den Betstuhl nicht zu berühren, entrollt Cámpora die riesigen Pläne noch nicht gegründeter argentinischer Städte, die Figuerola mit den Namen der Niederlagen taufte.

»Mit welcher werden wir beginnen, mein General?«

»Egal. In diesem Fall ist es die Philosophie der Geschichte, die zählt. Einmal machte mich Figuerola darauf aufmerksam, daß wir Argentinier todessüchtig sind. Er gebrauchte ein mir fremdes Wort: thanatophil. Daß wir San Martín nicht im Februar feiern, wo er geboren wurde, sondern am 17. August. Und daß wir auch Belgranos, Sarmientos, Evitas und Gardels an ihrem Todestag gedenken. Die Erstkläßler lassen wir die letzten Worte großer Männer aufsagen. Wir sind Leichenkultivierer. Figuerola dachte sich, unter seinen Fehlern soll man nicht leiden, sondern besser seinen Nutzen daraus ziehen. Er hatte recht. Ich will, daß Sie die Straßennamen ändern, Cámpora. Sie träumten davon, sie nach Perón zu nennen? Nennen Sie sie Vilcapugio, Ayohuma, Cancha Rayada, Curupaytí. Mögen wir jederzeit den Stachel der Fehlschläge spüren. Lassen Sie die Malvinen auf den Karten schwarz einfärben. Wenn wir sie schon verloren haben, sollen sie wenigstens Trauer tragen. Und lassen Sie sich eine Riesenstatue für Lonardi einfallen. Auf dem Sockel soll stehen: ›Ehrung für den Mann, der Perón stürzte.‹«

Cámpora fühlt sich von einem rohen, nach Tod riechenden Willen zu weiß Gott welchem Abgrund hingezerrt. Er zittert.

»Das wollen Sie wirklich, mein General? Sind Sie sicher?«

»Nie ist jemand sicherer gewesen.«

In diesem Augenblick schreiten der Fußballer Omar Sívori und der Boxer Goyo Peralta auf den Eingang der Villa zu. Jahrelang haben sie mit dem General den Sonntagsbraten geteilt. Haben gemeinsam irgendeinen Tango geplärrt. Ein Offizier der Guardia Civil versperrt ihnen den Weg. »Nein, Señores«, sagt er. »Es ist Ruhe geboten worden. Der General kann niemand mehr empfangen.«

Auf einmal geht eine der Türen etwas auf. Im Hintergrund erkennt Peralta zwischen den Fotografenschwärmen Perón mit gelber Weste, der in einem Schaukelstuhl im Laubengang nachdenkt. Auf Zehenspitzen ruft er:

»Wir sind es, Sívori und Goyo, mein General! Wir sind gekommen, um auf Wiedersehen zu sagen!«

Ein trauriges, abwesendes Gesicht wendet sich ihnen zu. Und sie mit einem Lächeln anlächelnd, das erst nach Jahrhunderten zustande zu kommen scheint, sagt Perón (oder sie hören ihn sagen) mit seiner unverwechselbaren hohlen Stimme:

»Danke, Jungs. Auf Wiedersehen.«

Achtzehn
Die Vergangenheit, die zurückkommt

> Ich habe Angst vor der Begegnung mit der Ver-
> gangenheit, die wiederkehrt, um sich mit meinem
> Leben zu treffen.
>
> ALFREDO LE PERA, *Wiederkehren*

Mittlerweile hat man ihnen sämtliche Stellen besetzt, bis ins
letzte Luftkrümel, ist sogar in die Verwirrung ihrer Gedanken eingedrungen. Den sieben Kindheitskameraden des Generals bleibt nicht einmal mehr die Illusion, mit irgendeinem
Ziel ins Hotel von Ezeiza zurückgekehrt zu sein. Niemand
schenkt ihnen Beachtung. Der Mann mit dem Eidechsenkopf, der sie im Bus spazierengefahren hat, ziellos, durch die
Hangars und über die blinden Pisten des Flughafens, hat sich
mit einem Revolver in der Hand aus dem Staub gemacht.
Zamora, der Journalist, der sie mit Bücklingen und falschen
Versprechungen hergelockt hat, ist in einer Höhle des
Schweigens versunken. Señorita Tizón und Benita de Toledo
haben ihm telefonisch nachgespürt, zuerst wütend und dann
ängstlich. Seine Gattin zu Hause weiß nichts. In der *Horizonte*-Redaktion beruhigt sie eine mitfühlende Frau. Haben
Sie Geduld. Zamora wird schon kommen. Seltsam, daß niemand von der Zeitschrift da ist. Auch der Chefredakteur
nicht? Kein Grund zur Beunruhigung. Und warum sollten
sie ausgerechnet jetzt verschwinden, wo das Flugzeug des
Generals schon zur Landung ansetzt?

Aber es kommt niemand. Draußen bevölkern sich die
Flughafengalerien mit finsteren, dickbäuchigen, wie für
einen Krieg bewaffneten Männern. Sie tragen weiße Armbinden. Als sich einige herrenlose Maultiere auf die Parkplätze verirren, verscheuchen die Männer sie mit Stachelruten.

Mehrmals wollten Artemio und Hauptmann Trafelatti die
WCs im ersten Stock benutzen. Nein, Señores, verboten.

Nicht einmal Vetter Julio, dessen Not ins Auge springt, haben sie erlaubt, sich zu erleichtern. Ein berühmter Oberstleutnant hält hier seinen Kriegsrat ab und hat angeordnet, die Zugänge zu schließen. María Tizón hat überall nach einem Toilettenraum gesucht, um ihr Make-up zu restaurieren. Umsonst. Der Kreis der Sicherheitskordons schließt die WCs mit ein. Es steht ihnen nur eine stinkende Latrine im Gang zur Verfügung, und auch die ist selten frei.

Im fleckigen Spiegel der Halle stellen sie erschrocken fest, daß sie geisterhaft aussehen. Benitas Fuchspelzjacke ist ganz zerzaust; aufbegehrend ist ihr schon eins der Schulterstücke zum Ellbogen hinuntergerutscht; Don Alberto Robert hat die Tabakkugel, die er kaute, aufs Hemd versabbert, zu allem Überfluß beginnen ihn seine blauen Silexaugen zu schmerzen; Señorita Tizóns rosa Galakleid ist nach dem Ausflug zu den Hangars fett- und lehmverschmiert. Aber am schlechtesten trägt Vetter Julio das Kreuz des Vormittags: Die fehlende Ruhe hat ihm die Schließmuskeln vollkommen durcheinandergebracht, und trotz María Amelias Fürsorge hat sich seine Hose vollgesaugt, sie trieft. Seit einer Weile dringt ihm die Feuchtigkeit auch in die Socken.

Kurz vor zwei Uhr hören sie Rufe und Beifall. Reihenweise laufen Soldaten zur Militärzone des Flughafens, und in den Galerien rücken die Dickbäuche mit den weißen Armbinden enger zusammen, die Waffe griffbereit. José Artemio streckt den Kopf hinaus und stellt enttäuscht fest, daß der Grund für das ganze Getue nicht der General ist, sondern nur gerade das Willkommenskomitee. Drei Silhouetten erkennt er: die des apostolischen Nuntius, Monsignore Lino Zanini, herausgeputzt wie für eine Hochzeit, die Solano Limas, an den Cámpora die physische Ausübung der Regierung delegiert hat und der, stolz auf den Gruß der Soldateska, athletenfüßig vorwärts geht, und einen Schritt dahinter die Stellvertretersilhouette Don Arturo Frondizis, eines Tribuns, den Perón vor fünfzehn Jahren zum Präsidenten gemacht hat; jetzt ist er, düster, mit Seminaristenlächeln, gekommen, um seinen Tribut zu leisten. Hinter ihm drängen sich die Minister, aber José Artemio wird erneut von einem ganzen Schwall Wachen schikaniert und kann sie nicht mehr sehen.

Er hört Benita aufgeregt gackern. Im Radio wird mitgeteilt, das Empfangskomitee habe eben in einem Luftstützpunkt zu Mittag gegessen. Und wir? Es ist schon fast zwei, und niemand hat uns auch nur Sandwiches angeboten. Die Dickbäuche mit den Armbinden nehmen die Beschwerden nicht zur Kenntnis. Sie gehen einfach vorbei, als wären die sieben Alten Geister des Generals, Kloaken seiner Vergangenheit.

Da verkündet José Artemio einen heroischen Entschluß:
»All diese Sicherheitsbeamten haben hier gegessen. Sie riechen nach Hähnchen. Irgendwo muß es Hähnchen und Getränke geben. Ich werde mal in den oberen Räumen nachschauen.«

Aus den Tiefen eines Sessels steigt Vetter Julios Zitterstimme auf:
»Und achten Sie bitte darauf, ob es unterwegs ein WC gibt.«

José Artemio nimmt die Baskenmütze ab und improvisiert eine Armbinde, die ihm Benita mit zwei Stecknadeln ans Jackett heftet. Señorita Tizón heißt die Metamorphose gut: aufrecht, ohne die Schärpe, wenn er sich so in die Brust wirft, wirkt Señor Toledo stattlich wie ein reifer Galan und sieht Pedro López Lagar zum Verwechseln ähnlich. Aber das Beste ist der verächtliche Ausdruck, der sein Gesicht entstellt. So, mit leerem Blick, gleicht er den Dickbäuchen.

José Artemio faßt Mut und geht geradewegs auf die Fahrstühle zu; es sind die einzigen Türen, die niemand bewacht, da sie allzu sichtbar sind. Er fährt in den ersten Stock hinauf. Durchs Guckloch äugt er hinaus. Unmöglich, den Aufzug zu verlassen. Auf dem Gang sitzt eine Reihe von Kerlen zwischen Maschinengewehren, Stacheldrahtrollen, Ketten und Magazinen. José Artemio schüttelt den Kopf. Das soll ein Hotel sein und sieht aus wie ein verfallener Stall. Ein Angstkrampf verbeißt sich in seinem Nacken. Er fährt weiter hinauf, bespäht den zweiten Stock. Bei den Treppenmündungen gibt es Wachen, aber nicht auf dem Gang. Da stößt er die Fahrstuhltür auf und schreitet voran, als sähe er niemanden, und genauso ist es – als Kind dachte er, wer nicht sieht, wird auch nicht gesehen. Und er täuschte sich selten. Mit völlig leerem Kopf bewegt er sich durchs Halbdunkel. Das einzige, was er spürt, ist die Hülle seltsamer Feuchtigkeit, die Meter für Meter das Hotel tränkt. Wie ist so etwas möglich, wo draußen die Sonne explodiert und eine trockene, reine Herbstbrise weht?

Im Hintergrund entdeckt er eine von drei stämmigen, olivenfarbigen Wächtern mit tätowierten Händen verteidigte Tür. Es sind Türken oder Söhne von Türken. Er muß sich vor ihnen so schnell wie möglich auslöschen, ein Körper sein, den sie vergessen. Mit einem raschen Blick schätzt er die übrigen Türklinken ab, errät den Zustand der Schlösser. Auf der Seite der Türken hat ein Zimmer keinen Schlüssel. Bedächtig geht er darauf zu, als wäre das sein Ziel, und tritt ein.

Er hat Glück. Niemand ist drin. Es ist ein kleines, armseliges Schlafzimmer. Das Licht brennt. Die Jalousien vor den auf die Parkplätze hinausgehenden Fenstern sind heruntergelassen worden. Auf einem Tischchen liegen zwei Bleistifte ohne Spitze und ein Heft mit Notizen. Auf dem Doppelbett hat jemand Nylonstrümpfe, eine Ithaca, mehrere Magazine und eine Magnum verstreut, eine von denen, die man nur beidhändig abfeuern kann. Neben dem Fenster tut sich ein sauberes, mit Seife und Papier ausgerüstetes WC auf. Lächelnd stellt er sich Vetter Julios Erleichterung vor.

Aus dem Nebenzimmer strömen Speisedünste und Zigarettenrauch herüber. José Artemio preßt das Ohr an die Wand und hört ferne Stimmen. Vielleicht stammen sie aus der von den Türken bewachten Festung am Ende des Gangs. Aber da, nebenan, ist niemand. Das spürt er intuitiv. Er hat den Instinkt eines alten Pokerspielers – er weiß es. Vorsichtig gleitet er auf die Tür zum Nebenzimmer zu. Er prüft das Schloß. Fürchtet, der Riegel sei vorgeschoben. Stochert mit dem Taschenmesser. Unnötig, sie ist offen.

Er tritt ein. Eine Billardlampe beleuchtet die Reste eines Banketts. Sein Mausriecher hat sich nicht geirrt. Schon will er sich auf die Fleischplatten stürzen, als plötzlich die vorher gehörten Stimmen wieder da sind, jetzt deutlich. Er ist wie gelähmt. Er hat schlecht kalkuliert. Sie waren ganz in der Nähe, nur ein Zimmer weiter. Und auf der andern Seite gibt es keine Tür. Eine unendliche Hilflosigkeit befällt ihn. Es ist, als ob sein Körper unter dem Licht nackt wäre und plötzlich jemand mit einem Messer auf ihn zukäme. Jetzt hat er Angst, sich zu rühren. Er hat das Schicksal über Gebühr versucht. Schrittchen für Schrittchen weicht er zurück. Und auf einmal hört er, gegen seinen Willen, entgegen den Mahnungen seiner Instinkte, die ihm davonzulaufen befehlen:

»Lassen wir das Gerede, Lito. Der General kann nicht, darf nicht hier landen. Wenn er landet, kesseln ihn die Linken ein. Ohne es zu merken, wird der Alte, mitgerissen von den Losungen, tun, was sie wollen. Wenn es so weit kommt, können wir gleich Fersengeld geben. Sie sind mehr, viel mehr.«

Jetzt wird plötzlich eine eiskalte Stimme vernehmbar, die José Artemio sogleich identifiziert. Es ist die des aalglatten Mannes mit den kastanienbraunen Haaren, der Arcángelo Gobbi entgegenkam, als sie von der Busfahrt zurück waren. Die, die zu ihm sagte: »Wir dürfen keine Zeit mehr verlieren. Der Oberstleutnant braucht dich.« Jetzt wiederholt er:

»Wir dürfen keine Zeit mehr verlieren, ich bin einverstanden. Aber sehen Sie sich die Situation an. Wir erwarten sie, und sie wissen es nicht. Obwohl sie Waffen haben, werden sie es nicht wagen, von ihnen Gebrauch zu machen. Täten sie es, so würden sie riskieren, daß sie der General nachher beschuldigt, das Fest ruiniert zu haben. Begreifen Sie die Mentalität dieser Leute, Oberstleutnant. Die Linken glauben, Politik ist Moral. Sie haben die Skrupelkrankheit. Das richtet sie zugrunde. Wenn wir einfach die ersten dreihundert Meter schützen wollen, dann kann die Kundgebung stattfinden. Diese dreihundert Meter sind bereits geschützt.«

»Du bist ein Dummkopf, Lito«, fällt eine rauchige Frauenstimme ein.

»Du bist ein Dummkopf. Und die, die hinter den dreihundert Metern schreien? Wer hat denn diese Leute unter Kontrolle? Es sind Millionen. Wie willst du sie dazu bringen, Cámpora nicht Onkel zu nennen?«

»Und die arme Isabelita?« doppelt die Frau nach.

»Genau. Sie haben noch immer Eva im Kopf. Die Señora werden sie auf irgendeine Weise kränken, das steht fest. Das Problem sind nicht die Linken, Lito. Das Geschwätz (›daf Geschwäpf‹) der Linken ist für die Blödhammel, für die kleinen Soldaten, die Gewalt anwenden werden. Das Problem ist die Masse. Man muß wissen, mit wem man sich anlegen will – mit der Masse oder mit dem, der das Sagen hat. Und du kannst nicht fehlgehen. Wer das Sagen hat, ist Daniel. Und wer Daniel sagt, sagt Perón.«

José Artemio hat sich bewegt, ohne zu atmen, und hat einen Winkel entdeckt, von dem aus er die drei Schatten sehen kann. Die Frau gestikuliert. Sie ist eckig, hysterisch. Der Lispler hat die Hände auf einen Schreibtisch gelegt, raucht. Litos Körper kann man halb erraten – er steht.

»Dann gibt es nichts mehr zu sagen«, sagt Lito. »Um die Lunte anzuzünden, brauchen wir einen Provokateur.«

Ich muß hier raus, denkt José Artemio. Und er wiederholt es hundertmal: Ich muß hier raus, ich muß mit Zuhören aufhören, ich muß diese schlechte Erinnerung loswerden. Sein Hunger ist verflogen. Das Essen vor seinen Augen ist Pest und Rauch.

»Einen linken Hetzer«, lacht die Frau.

»Den, den wir haben. Denselben Burschen, der mit offenen Karten gespielt hat. Der, der dir gesagt hat, die Südkolonne will zangenförmig eindringen und die Tribüne einkesseln. Dem läßt du ausrichten, wenn die Keilerei beginnt, soll er die Knarre ziehen und einen Schuß abgeben. Bloß eine einzige Kugel. Das wird uns ein Vorwand sein für den großen Zoff (›den groffen Pfoff‹).«

»Das muß aber jetzt geschehen«, sagt die Frau.

»Jetzt«, wiederholt Lito.

José Artemio setzt alles auf eine Karte. Auf leisen Sohlen schleicht er sich zur Tür des Zimmers zurück, wo der Alptraum begonnen hat, stößt sie auf und tritt ein. Erleichtert sieht er auf dem Bett wieder die Magazine, die Ithaca und die Nylonstrümpfe. Er wartet. Er hört Lito Befehle erteilen und treppab rennen, die Türken hinterher. Er hört den Oberstleutnant mit der Frau streiten, versteht aber nichts mehr, will nichts mehr verstehen. Er holt tief Atem und geht auf den Gang hinaus, wieder ohne zu schauen, als lastete eine tausendjährige Erfahrung auf seinen Schultern. Der Aufzug ist noch da. Er fährt nur zwei Stockwerke hinunter, und es ist eine Ewigkeit, ein langer Abstieg in den Abgrund.

In der Halle ist alles anders geworden. Es wimmelt von Polizisten und Soldaten, die mit andersfarbigen Armbinden bewehrt sind. Beim Hoteleingang gibt es zwei unüberwindliche Kordons. Die *Horizonte*-Hefte, die Tische und Sessel sind weggeräumt worden.

»Hast du etwas zu essen gefunden?« wimmert Benita.

»Es gibt kein Essen. Es gibt gar nichts«, sagt José Artemio mit angespannten Muskeln und verlorenem Blick. »Schauen wir, daß sich jemand unser erbarmt und uns nach Buenos Aires zurückbringt. Das hier ist zu Ende.«

»Wie bitte? In einer Stunde wird der General landen«, erwacht Hauptmann Trafelatti. »Sie haben es im Radio gemeldet.«

Kräftig gehen die Fahrstuhltüren auf, und eine von zwei Wächtern gefolgte Frau schaut suchend um sich. Die Mundwinkel sind ihr aus Anspannung oder Sarkasmus nach unten gerutscht.

»Coba!« ruft sie. »Lito Coba!«

Auf einmal bemerkt sie die sieben Kindheitskameraden,

hilflos, stehend, störend im Pandämonium der Halle. José Artemio spürt einen Schauder in der Wirbelsäule. Er denkt: Die rauchige Stimme aus dem zweiten Stock. Sie hat mich gesehen.
»Was machen denn diese Alten hier?« schreit die Frau. »Raus mit ihnen!«
»Ich bin Julio Perón«, empört sich der Vetter in einer Aufwallung von Würde. Er hat nicht gesagt: Ich bin der Vetter.
»Ich bin eine Kusine des Generals«, sagt María Amelia.
Im Tumult, im Fieber der Hysterie hört die Frau sie nicht: »Wer hat sie hergebracht, verdammte Scheiße! Bringt sie hier weg. Werft sie aufs Feld raus.«
Eine Horde Dickbäuche stürzt sich auf die Alten. Ungläubig sieht Benita, wie sie Señorita María hochheben, ihr zartrosa Kleid zerreißend, und sie unsanft auf den Asphalt des Parkplatzes setzen, sieht, wie sie Don Alberto wegschleifen und María Amelias Rock entblättern. Sie selbst spürt sich von einer schamlosen Hand mitgerissen und hört sich in einem Aufblitzen von Klarheit auf den Boden eines Busses fallen.
». . . weit weg, mitten aufs Feld hinaus!« dröhnt die Frau.
»Verstanden, Señora Norma«, sagt einer der Dickbäuche und steht stramm.
Benita ist neben María Tizón auf dem hintersten Sitz gelandet. Einer der Wächter zielt mit dem Revolver auf die beiden.
Noch immer scheint die Sonne im Überfluß. Die Luft bewegt sich warm. Zwischen den Wäldern marschieren singend die Leute. An den Zeugen gleiten wieder die Hangars, die jetzt von Lastwagen und Soldaten besetzten Pisten, die Drahtverhaue, die Eukalyptusbäume vorbei. Der Bus ist, wie Benita und María gleichzeitig feststellen, derselbe wie bei der morgendlichen Spazierfahrt. Unter einem der Sitze liegen die Reste eines lehmverschmierten, zerrissenen *Horizonte*-Hefts. Melancholisch entdeckt Benita auf einem Fetzen ihr Jungmädchenbild und hebt die Fragmente der Geschichte zärtlich auf, um sie in ihrem Rock aufzunehmen.

Auf einer verbrannten Weide bremst der Bus plötzlich.
»Hier!« brüllt einer der Dickbäuche. »Hier ist die Fahrt zu Ende.«

Sie steigen aus. Schlagartig spüren sie die Verwaisung des offenen Feldes, die unendliche Leere ihres Lebens. Und sie gehen voran. Hauptmann Trafelatti beschleunigt seine Schritte. Als sie durch einen Bewässerungsgraben waten, verlieren sie ihn aus den Augen. Vetter Julio ballt die Fäuste und schluchzt. Benita und María Amelia bleiben stehen und baden ihre geschwollenen Füße voller Dornenstriemen. Um sich von der Vergangenheit zu enttäuschen, liest Benita:

Evita Duarte, immer vom Zufall der parallelen Leben fasziniert, war eine ebenso dunkle Herkunft beschieden wie Juan Perón. Ihre Eltern waren nicht verheiratet, als sie am 7. Mai 1919 in Los Toldos geboren wurde. Sie sollten nie heiraten. Auf Drängen seiner angetrauten Gattin, die ihn in Chivilcoy erwartete, verließ Don Juan Duarte Los Toldos noch vor Evas erstem Geburtstag. Eva und ihre vier älteren Geschwister wuchsen allein auf, arme Waisen, wie sie später sagte.

Doña Juana Ibarguren, die Mutter, war eine schöne, stolze Bäuerin. In ihrer Familie waren die Namen genauso vermischt und die Verwandtschaften anscheinend so inzestuös wie in Peróns Familie mütterlicherseits. Anstelle von Toledo Sosa gab es auf dieser Seite Verstrickungen von Núñez und Valenti, die die Hebammen des Dorfes nie ergründeten.

Beide Väter waren irgendwann Friedensrichter gewesen. Beide Mütter waren unternehmungslustige, mutige Frauen, die sich nicht um den bösen Zeigefinger der Nachbarinnen scherten. Aber im Unterschied zu Juan Domingo wurde Evita von ihrem Vater nie anerkannt. Sie mußte sich selbst gründen, sich eine Vergangenheit erfinden, Anfang und Ende ihres eigenen Geschlechts sein ...

(Zerfetzte Seite. Zerrissenes, lehmverschmiertes Foto von Evita als kleinem Mädchen.)

... an diesem Punkt der Geschichte herrscht Uneinigkeit bezüglich der Angaben. War Evita fünfzehn, und verließ sie Junín mit dem Tangosänger Agustín Magaldi? Das scheint unwahrscheinlich. Es kann nicht stimmen.

Magaldi sang in Junín Ende 1934. Eva fuhr am 3. Januar 1935 nach Buenos Aires, mit zwei Empfehlungsschreiben und ausdrücklicher Einwilligung ihrer Mutter. Falls eines der Schreiben vom Sänger stammte, half es ihr nichts. Am 28. März 1935, als sie Arbeit als Komparsin in der Truppe einer Namensvetterin bekam, lebte sie in einer Pension im Congreso-Viertel, und Magaldi war auf eine neue Tournee in Santiago del Estero verschwunden ...

(Das Zwielicht blendet Benita. In ihren Pupillen werden die Buchstaben klein. Der Wind entreißt ihr das Blatt.)

Das von Oberst Perón im Lunapark organisierte Fest sollte um neun beginnen, doch Präsident Ramírez' Gattin wurde von einigen häuslichen Zwischenfällen aufgehalten. Sie trafen um halb elf im Stadion ein.

Es war einer dieser feuchten Abende, an denen man nicht atmen kann und die nur der Sommer von Buenos Aires zu bescheren weiß. Das Erdbeben in San Juan hatte sich vor kaum einer Woche ereignet; auf dem Wohltätigkeitsfest für die Opfer vermischten sich Kummer und Euphorie.

Die Ränge waren dicht besetzt. Evita sah strahlend aus. Ihre Perlmutterhaut paßte sehr gut zum schwarzen Kleid, den bis zum Ellbogen reichenden Handschuhen und dem Hut mit der weißen Feder. Ein Freund, Oberst Aníbal Imbert, hatte ihr einen Platz in der zweiten Reihe nahe am Ring besorgt, hinter dem Präsidenten. Eva ergatterte, niemand weiß wie, einen Sitz neben Oberst Perón.

Um elf Uhr, als der Oberst sprach, aufrecht, stolz, leuchtend in seiner kreideweißen Uniform, sah man sie weinen. Eva war schon verliebt, als sie ihn sagen hörte: *Es sind die Armen, die in San Juan am meisten gelitten haben. Es sind die Armen, die in diesem wunderbaren Land am meisten leiden und die größten Opfer bringen. Und während die Arbeiterklasse ihre Solidarität mit vollen Händen bekundet, wie sie es heute abend getan hat, gibt es viele Potentaten, die auf Kosten des Landes und ungeachtet unseres Schmerzes ein sorgloses Leben genießen.*

Der Oberst stieg vom Podium herab und trocknete sich mit einem Taschentuch die Stirn. Die Ränge klatschten ihm Beifall. Er mußte, die Arme erhoben, zweimal von seinem Sitz aufstehen, um zu grüßen und um Stille zu bitten. Schließlich saß er eine Weile reglos neben Evita, die Adleraugen ins Leere gerichtet. Sie holte Atem, gab sich einen Ruck und berührte mit den Fingern leicht seinen Uniformärmel.

»Oberst?« sagte sie.

Perón schaute sie zum ersten Mal an. Bis zu diesem Augenblick hatte er in ihr nur einen kleinen, ergriffenen Körper gesehen, nichts, eine Kehle unter vielen in der Menge. Er antwortete:

»Was denn, mein Kind?«

Da ließ Evita den Satz fallen, der beider Leben für immer verändern sollte.

»Danke, daß es Sie gibt.« Das war alles – danke, daß es Sie gibt.

(Mit naßklammen Füßen trippelt Vetter Julio in einem morastigen Straßengraben dahin. Ein Sprühregen setzt ein, zuerst blaß, dann mehr und mehr von der Dunkelheit des Abends angesteckt. Vetter Julio weiß nicht, warum er einige lose *Horizonte*-Fetzen in der Hosentasche verwahrt hat. Jetzt wird das Papier auf seinen feuchten Schenkeln klumpig, die Buchstaben lesen sich auf, lösen sich auf:)

... nicht einmal der Kern von sieben Offizieren, die im Dezember 1942 zusammen mit Oberst Perón die Loge gründeten, weiß heute noch, was die Abkürzung GOU bedeutete. Die Geschichtsbücher entschlüsseln sie als *Gruppe Projekt und Vereinigung, Organisations- und Einigungsgruppe* ... Was tut es zur Sache?

Sie einigten sich darauf, keinen Führer zu haben, verzichteten von allem Anfang an auf persönliche Ambitionen, verkündeten lauthals, der GOU diene ausschließlich den Interessen von Armee und Vaterland ...

... rlinger sprang auf. Er tobte. Perón bewegte keinen Muskel.

»Haben Sie einmal über Severo Toranzos Brief an Uriburu nachgedacht? Haben Sie wenigstens den Mut gehabt, ihn zu lesen? Er wurde 1932 geschrieben und könnte schon morgen wieder geschrieben werden. Schauen Sie, da.«

»Dazu fehlt mir die Geduld und die Zeit. Basta«, sagte Perón.

»Dann hören Sie ihn sich an«, sagte Perlinger und stellte sich ihm in den Weg. »Und sollte es das letzte sein, was ich in meinem Leben mache, ich werde Ihnen den Brief vorlesen.«

Zitternd setzte er sich die Brille auf. Perón wappnete sich demonstrativ mit unendlicher Geduld und schaute zur Decke empor.

Bis zum 6. September 1930 hatten wir eine Armee, die das Idol der Argentinier war. Auch von den schlechtesten Regierenden hatte es nie einer gewagt, sie als Instrument der Unterdrückung gegen das Vol ... Sie und Ihre Anhänger zersetzten ihre Disziplin, indem Sie sie mit Geschenken

und Pfründen korrumpierten ... Heute wird die argenti-
nische Armee vom wirklichen Volk verabscheut ...

(Schon ist das freie Feld mit dem Horizont zusammenge-
wachsen. Es ist finstere Nacht. Nicht einmal Tiere sind zu
sehen. Señorita María, von Müdigkeit gebeutelt, hat sich in
den Straßengraben gesetzt. In der Ferne fließt die Menge
noch immer in endlosen Flüssen über die Landstraße, aber
jetzt nicht mehr hin, sondern zurück.)

... seltsam, aber beide Geschichten ereigneten sich am sel-
ben Tag, gehörten zum selben Wesen. Der staubbedeckte
Zug verließ die Stauseen von Córdoba und drang in die
Wüstenlandschaft von Santiago ein. Es war früher Mor-
gen. Die Kabinen waren überfüllt mit Sekretärinnen,
Volkszählungsbeauftragten, Parteibüroleiterinnen. Über-
raschend spürten alle Evita. Niemand brauchte es zu
sagen. Man spürte sie. In einem langen, weißen Gaze-
Negligé durchschritt sie die Gänge. Ihr Haar war offen.
Und sie trug eine Atlasschärpe.
»Bin ich eine Göttin oder nicht? Bin ich's oder nicht?«
Gegen neun Uhr vormittags hielt der Zug im Bahnhof
Frías an. Es wimmelte von Unglücklichen, die sich mit
ihrem gebeugten Rücken wie traurige kleine Tiere bewegten. Sie wollten sie bloß berühren. Eva ließ es Geldscheine
regnen. Die Leute bückten sich nicht einmal, um sie aufzuheben. Sie sahen nichts als ihre schöne Erscheinung,
geblendet von ihrem Licht wie Nachtfalter.
Einer Alten mit einem Paket auf dem Kopf gelang es,
sich zu Eva durchzukämpfen und ihr ein Geschenk zu
überreichen. Es waren einige mit einer Serviette zugedeck-
te Stücke Brathähnchen. Eva berührte den Kopf der Frau
und segnete sie. Dann führte sie das Hähnchen zum Mund.
Eine der Volkszählungsbeauftragten fiel ihr in den Arm
und flüsterte ihr zu:
»Kommen Sie nicht auf die Idee, das zu essen, Señora!«

Eva aß mit Hingabe. Dann verschwand sie für einen Moment. Im Schutz des Waggons hörte man sie der Volkszählungsbeauftragten die Leviten lesen:

»Eine Frau aus dem Volk hat das für mich gekocht, ist dir das denn nicht klar? Nur Gott weiß, wieviel Liebe und Respekt sie in dieses Gericht hineingegeben hat. Und ich soll ihre Liebe auf den Müll werfen? Das reicht! Ich will dich nicht mehr sehen. Hörst du? Ich will dich nicht mehr sehen!«

Central Intelligence Agency
Report N° FIR DB-312/04751-73

Seit Eva im Bett stilliegen mußte, betrat Perón das Zimmer nie. Offenbar blieb er in der Tür stehen und erkundigte sich von dort aus nach ihrem Befinden. Er blieb ihr möglichst fern, da er befürchtete, der Krebs sei ansteckend.

(Wieder sind die Zeugen stehengeblieben, um zu verschnaufen. An José Artemios Brust geschmiegt, weint Benita – kurze, atemlose Schluchzer, wie verlöschende Streichhölzchen. Vetter Julio ist zum Glück auf dem Rock seiner Schwester María Amelia eingeschlafen. Ob es in diesem Vorort von Ezeiza wohl ein Telefon gibt, irgendeine Erste-Hilfe-Station, eine mitleidige Krankenschwester für diesen Alten, der mit Todesröcheln zu atmen begonnen hat? Don Alberto Robert, etwas zurückgeblieben, wird in der Dunkelheit von einem Stacheldrahtzaun festgehalten. Er tastet ins Nichts, um einen Halt zu finden, und verletzt sich abermals an den Händen. Diese berühren einige Papierschlangen, befreien sie aus ihrem Drahtgefängnis und verstreuen sie in die Nacht. In den Abgrund seiner Blindheit schauend und sämtliche Sinne in dauernder Alarmbereitschaft, errät Don Alberto vielleicht den dunklen Satz, den jetzt der Wind verweht und den keiner der andern Zeugen je lesen wird. Den Satz, den Perón wann, vor wem, mit welcher Betonung sagte und der alles in sich schließt, den Flußsatz, in dem der Ozean Platz hat.)

»Den Zweifel kenne ich nicht. Ein Führer darf nicht zweifeln. Können Sie sich Gott vorstellen, der auch nur einen Moment zweifelt? Zweifelte Gott, so würden wir alle verschwinden.«

Neunzehn
Die Spatzen dürfen sich nicht setzen

> Wenn die Chinesen Spatzen töten wollen, lassen sie
> nicht zu, daß sie sich in die Bäume setzen. Sie
> schlagen mit Stöcken nach ihnen, lassen sie sich
> nicht setzen und benehmen ihnen so immer mehr
> den Atem, bis ihnen das Herz bricht. Mit denen,
> die zu hoch hinauswollen, mache ich dasselbe. Ich
> lasse sie fliegen. Früher oder später fallen alle hin-
> unter, wie die Spatzen.
>
> PERÓN zum Autor, 29. Juni 1966

Er hat soviel getrunken, daß er das Gefühl hat, sein Körper
sei überschwemmt, und trotzdem hockt ihm die Angst in der
Kehle; die Trockenheit dort drückt ihm das Gewebe zusammen, der Speichel ist ein Pfropfen. Eigentlich hätte er keinen
Grund, sich zu beunruhigen. Schließlich ist ihm die ange-
nehmste Arbeit zugefallen: Warten.

Während Noons und Dianas Kolonne mit erhobenen Fahnen Spalten in die linke Seite der Kundgebung schlägt, in sie
eindringend, sie durchdringend, und Vicki Pertini an der
Spitze einer weiteren Zunge von Aktivisten auf der rechten
Seite die Sicherheitskordons zerreißt, ist er, Iriarte, Baobab,
Kuhauge, zurückgeblieben, um die Nachhut zu decken, hinter der Tribüne im Niemandsland, das die Menge vom Flughafen fernhält.

Es wäre ihm lieber gewesen, wenn Diana oder Noon den
mühelosen Erfolg des Manövers nicht so selbstverständlich
hingenommen hätten, wenn sie sich gefragt hätten, warum
sich ihnen kein Schlägertrupp entgegenstellte, als sie vom
Wasserturm zur verbotenen Straße marschierten, wo nur die
Durchfahrt von Polizeifahrzeugen geduldet wird, warum
kein Hubschrauber die Kolonne zu zügeln versuchte, als sie
sich zwischen den Gerüsten der Tribüne halbierte, sich zan-

genförmig vorwärts bewegte und auf die Schläfen der Menge heftete – warum die beiden, sonst immer so auf der Hut, nichts argwöhnten. Das Ziel sehen und erblinden war eins.

Mit einem Blick kann der Kürbiskopf Iriarte das Feld überschauen. Hinter ihm, im Niemandsland, formieren die Scharen der Freiwilligen aus den Slums die Doppelreihe, die ein großartiges Willkommensplakat entfalten wird, sobald sich Perón nähert. Gegenüber bohren Diana und Vicki der Kundgebung die Ellbogen in die Rippen, und im Gesäß der Tribüne döst eine Reihe von offenbar leeren Krankenwagen und Bussen mit abgestellten Motoren vor sich hin. Als geschähe nichts.

Er hat literweise Wasser getrunken, und doch ist die Zunge ein toter Lappen. Er erstickt. Oben auf der Metallstruktur der Tribüne, etwa zehn Meter über dem Boden, springen einige Schatten in den Rohren umher, wiegen sich. Wird dieses zerbrechliche Skelett halten, wenn der General erscheint? Wie viele von den Millionen Menschen, die jetzt auf der andern Seite der Autobahnbrücke brüllen, werden dem Wunsch widerstehen können, zu ihm hinzulaufen, um ihn zu umarmen und zu erdrücken? Obwohl bei der Lautstärke des Geschreis sämtliche Sinne durcheinandergeraten, kann der Kürbiskopf hören, wie die Rohre des Aufbaus ächzen: ein Kartenhaus. Der Wind weht. Seitlich bauschen sich die Fahnen.

Er dreht sich um und späht aufs leere Feld hinaus: die Kirche mit den Kacheln, an der er eben vorbeigekommen ist, das alte Waisenhaus, der Turm mit den Zinnen. Drei Ford Falcon kurven mit Vollgas durch die leeren Straßen. Sie kommen auf ihn zu. Das Kreischen der Reifen hört er nicht mit dem Trommelfell, sondern mit dem Magen. Sich aus den Fenstern windend, den Oberkörper draußen, die Hände auf dem Dach, ziehen einige Männer in Schwarz Ithacas, Beretta-Karabiner. Und zielen auf ihn.

Die Falcons überqueren eine Holzbrücke, durchfahren einen Graben. Und jetzt sind sie ganz nah. Im hintersten

Wagen erkennt der Kürbiskopf das eiskalte Grinsen von Lito Coba.

Um aufs Podium des Sinfonieorchesters zu gelangen, das in Form eines riesigen Konzertflügels zu Füßen der Tribüne aufgebaut worden ist, mußte eine zu spät eingetroffene Posaune von der Menge über die Köpfe hinweg hinaufgereicht werden. Zweien von den Geigern hat sich eine schmale Gasse aufgetan, damit sie im Profil hindurchkönnen, aber die Instrumente dürfen sie nicht mitnehmen. Auf die Notenpulte regnet es immer wieder Mortadellafasern, Schweinswurstreste, Vogelschleim. Doch obwohl die Noten ziemlich übel aussehen, schaffen es die Musiker, ihre Instrumente weiterzustimmen.

Das Meer von Körpern verströmt immer dickere Schwaden. Zwei Uhr ist vorüber. Seit einer halben Stunde bewegt sich niemand mehr. Wer geht, kehrt nicht wieder. Die Familien mit Kindern sind zu den Lichtungen hinten zurückgedrängt worden. Hier, auf den ersten Metern, harren nur Leute mit Stahlellbogen, Zementfüßen und betäubten Schließmuskeln aus.

Vor dem Podium üben mehrere Trommelorchester ihr Donnergrollen. Die Feuerwerkskörper schwirren. Eine verschwitzte Dicke mit bloßen Achselhöhlen kämpft sich nach vorn. Die Geistesabwesende spielend, stellt ihr eine andere Bärin das Bein, so daß sie stürzt. Sie drohen sich, raufen miteinander. Immer mit der Ruhe, Mädels. Halb so wild. Das ist ein peronistischer Tag.

Zwischen den hin und her patrouillierenden Hubschraubern taucht plötzlich ein weißblauer Ballon der Staatlichen Gasgesellschaft auf. Von einer Feder aus dem Korb geschleudert, fallen zwei dumme Auguste, zwei dumme Junis ins Leere und werden in der Luft von einem Seil aufgefangen. Es sind Puppen. Diese leichte Illusionsbö hat gereicht, damit die Taschendiebe ihren Schnitt machen, ihren Nationalfeiertag begehen konnten.

Das Organ des offiziellen Sprechers, Edgardo Suárez, verschafft sich Gehör: »Wir sind bereits über zweieinhalb Millionen Argentinier, die hier den General erwarten!« Leonardo Favio entreißt ihm das Mikrophon und korrigiert: »Nur so weiter, Genossen, wir sind schon drei Millionen!«

Favio versucht seinen Schrecken zu verbergen. Auf den Flanken der Tribüne hat er flüchtige Unruhen ausbrechen sehen. »Proben wir, Genossen!« schreit er, den Pompon seiner Wollmütze zurückwerfend. »Wärmen wir die Kehlen zu Ehren unseres geliebten Generals . . .«

Nichts. Die Kordons der Gewerkschaftsjugend rücken dichter zusammen, umklammern mit der Rechten den Genossen zur Linken, Schulter an Schulter, und schlagen mit Kopf und Knien die Flut zurück, die über sie hereinbricht. Sie dämmen nur den ersten Angriff ein. Sogleich ersteht die Woge neu und attackiert. Diana und Noon haben schon einige Drahtzäune niedergerissen. Sie schwitzen aus allen Poren. Die unwiderstehliche Kraft, die hinter ihnen kommt, zieht sich einen Moment zusammen und stößt dann wieder vor. Die Körper werden ausgeweidet, zerrissen, fliehen wild. Eine Holzumzäunung splittert nieder. Auf der Tribüne stößt einer der Auserwählten in die Pfeife – der Befehl, daß sich die Kordons zurückziehen und hinter den Krankenwagen auf den Seiten Schutz suchen sollen.

An der Spitze der Kolonne halten alle den Atem an. Dann schnaufen sie kurz und keuchend, wie eine Gebärende. Und stürzen vorwärts. Als sich die beiden langen Zungen der Kolonne vor der Tribüne endlich berühren, bricht ein Geschrei aus. Pepe Juárez und Noon heben die Fahnen in die Höhe.

Der riesige Körper der Kundgebung ist gewichen und ergießt sich in die Straßengräben. Die kräftigen Burschen mit den grünen Armbinden sind auf die Gewerkschaftslastwagen geklettert und formieren ihre Verbände neu, in Viererreihen. Bereiten sich vor. Warten aufs Zeichen. Ziehen die bleigefüllten Schläuche hervor und die Schlagringe an.

Noch bieten einige Leute alle Kräfte auf, aber um sich freizustrampeln. Die Goldkehlen sind vorausgegangen und singen:

Rucci, du Verräter,
dir wird passieren,
was Vandor, dem Täter,

während in der Ferne der Chor des Blauen Bachs, angefeuert von den Mengen, herausfordernd die Lastwagen umtanzt:

Jetzt oder nie, jetzt oder nie,
Schluß mit der Gewerkschaftsbürokratie.

Einer der Panzerwagenmotoren knattert, spuckt Rauch und macht Anstalten, sie zu überrollen. Die Trommelorchester krachen unisono. Vicki weiß nicht mehr, wohin mit ihrem Körper, und springt und ruft: Dalli, Pocho, dalli, Pocho!, als könnte sie so den Anflug des Generals beschleunigen. Beim Aufeinanderprallen trübt der Lärm die Luft.

Da knallt, deutlich, anders, ein Schuß. Im Strudel, wo niemand auch nur seinen Atem hören kann, hören alle, daß der erste Schuß fällt und daß mit ihm die Stille fällt.

Soviel Kampf, nur um jetzt einfach in die Falle zu tappen, als wäre sie aus weicher Butter? Aber was sagst du da, Diana Bronstein. Das Schlimmste hat noch gar nicht begonnen. Auf der Tribüne rüsten sich die Faschos wie für einen Krieg. Ich hätte mir ein Taschentuch um den Kopf knüpfen sollen. Mit dieser roten Mähne bin ich ja eine Ampel. Hebt endlich die Plakate hoch, Jungs! Du, hast du nicht irgendeinen Lappen, den du mir borgen könntest?

(Sie werden hin und her gewiegt, hin und her gezerrt. Manchmal finden sie eine Lücke. Wir haben nur einen Körper, und diese heftigen Bewegungen verschleißen ihn. Aber

was würde sonst aus dem Körper, was sollten wir verschleißen wenn nicht den Körper.)

Und doch ist es merkwürdig, daß es so gut gelaufen ist.
Merkwürdig? Du bist ein paranoisches Judenkind, Diana.
Jahrhunderte Konzentrationslager haben dir die Hoffnungen ruiniert. Das ist nicht das Warschauer Ghetto. Wer weiß,
ob es nicht noch schlimmer ist. Schau dir mal die Tribüne
genau an. Was für Visagen, mamma mia. Eine Verbrecherga-
lerie à la Lombroso. In Auschwitz und Dachau mögen die
Kapos ja verschwunden sein, aber hier sind sie noch quick-
lebendig. Siehst du den Glöckner von Notre Dame dort,
Noon? Den, der sich die Hände am Pullover reibt? Nein, den
Haarlosen, Kahlen, Buckligen, der sich hinter der Kabine
bewegt. Ja, den, hast du ihn registriert? Seit einer Weile er-
schießt er mich mit den Augen.

Im Schutz der Plakate endlich Atem schöpfend, sieht Diana Hunderte von Menschen in den Bäumen nisten. Vor der
kleinen, von López Regas Falken eingeschlossenen Schule
haben einige Familien aus der Provinz im Zedern- und Nuß-
baumgeäst Plattformen errichtet, Luftdörfer, genau wie in
den Romanen von Jules Verne. Dort oben sitzt eine Alte vor
einem glühenden Kohlenbecken und macht Mate. Doña
Luisa? Ist es nicht die Matrone aus Villa Insuperable, die vor
zwei Tagen zu ihr gesagt hat: Wenn du dort bist, Diana, werde ich es mir nicht entgehen lassen? Und der Mann bei ihr,
der singt oder Selbstgespräche führt, mit einer Zigarette auf
den Lippen, ist es etwa nicht ihr rheumatischer Mann? Doña
Luisa! ruft Diana, und die Frau schaut vom Kohlenbecken
auf und winkt irgendwohin.

Zwei Zwillinge aus Lanús mit Montonerostirnbändern
grüßen Diana aus einem Nußbaumwipfel. Sie sind ihretwegen gekommen, sind ihr gefolgt. Welch ein Blühen in den
Bäumen.

Etwas weiter weg, in einem aschgrauen Eukalyptus, stillt
eine dunkelhäutige Frau mit lieblichem Gesicht ihr Baby. Ihr
Deckung gebend, stimmen drei Männer ihre Gitarren. Auch

sie winken mit den Taschentüchern und lächeln. Manchmal heben alle den Kopf und erforschen die Zeichen am Himmel: die Kondensstreifen der Flugzeuge, das Kollern der Hubschrauber. Der General wird jeden Moment aufsetzen. Eine bukolische Szene, denkt Diana, Leute, die man sich ausgesucht hat, damit sie in ihrer Nähe sind, Menschen der Erde, die gleich sind wie man selbst.

(Wir haben nur einen Körper, und es gibt Zeiten, Stürme, in denen wir mit zweien lieben möchten, Ewigkeiten, in denen wir diesen Körper vergessen möchten, der Angst hat.) Und trotzdem.

Etwa zwanzig Männer mit leichten Gewehren haben den Kreis durchbrochen und sind, schon auf dem Schulgelände, auf zweistöckigen Plattformen oben an den Telegrafenmasten in die Hocke gegangen. Sie zielen überallhin, als bereiteten sie sich darauf vor, die Welt in die Luft zu jagen.

Je lauter wir die Losungen herausschreien, je klarer man spürt, daß wir nur hergekommen sind, um mit einem verjüngten Vaterland wieder abzuziehen, desto leichter wird es für den General sein, die Arme auszubreiten und nachzugeben: wie das Volk wünscht. Nationaler Sozialismus? Wie das Volk wünscht. Ich werde doch nicht ausgerechnet jetzt heiser werden. Los, Jungs, wir wollen singen. Also:

Wir werden ein neues Vaterland machen, peronistisch, aber ein Montonerovaterland und sozialistisch.

Ja, ja? Singen wir noch einmal. He, was ist denn mit euch los? Ist euch die Gurgel träge geworden?

»Genossen, nehmt für einen Moment die Plakate herunter!« verlangt Leonardo Favio über die Tribünenmikrophone. »Nur für einen Moment. Da neben mir stehen Kameraleute und Bildreporter, die aus den entferntesten Ecken der Welt gekommen sind, um dieses glorreiche Schauspiel festzuhalten. Es ist etwas noch nie Gesehenes, Genossen, eine in der Geschichte Südamerikas beispiellose Begeisterung . . .« Man muß jedes Wort abwägen. Den General so oft wie möglich erwähnen. Er ist unsterblich wie die Anden, ehrwürdig wie Perikles, groß wie Napoleon. Und sein Bild mit dem Isabelitas verbinden. Aber Eva wird nicht erwähnt. Auch der Onkel nicht. Das Libretto ist klar und deutlich. Vorsicht damit.

»Ein Momentchen runter mit den Plakaten, damit die Fotografen diesen Lorbeerkranz aufnehmen können, den wir heute unserem Großen Führer, General Perón, aufsetzen!« Niemand leistet der Aufforderung Folge. Bei jedem Wort von Favio steigen die Plakate höher, schlagen mit den Flügeln. Keiner hört mehr hin. Der Himmel deckt die Erde mit seinem Mund zu.

Hinter der Kabine, wo Perón Zuflucht nehmen wird, wartet Arcángelo Gobbi auf das Zeichen. Er marschiert los. Als er an den Auserwählten vorbeikommt, sagt er noch einmal zu ihnen: Spitzt die Ohren. Wartet auf den ersten Schuß. Seine Hände schwitzen. Er fürchtet, vor lauter Angespannt- und Untätigsein würden seine Hände zu Wasser, wenn er sie dann braucht. Die Nerven drücken ihn. Der Rücken quält ihn. Eine unerwartete Atemnot läuft ihm in Wellen den Bauch hinunter, verharrt dann und sticht ihn. Es ist wie jeweils der Schauer beim Masturbieren, wenn er es nicht länger aushält und aufs WC eilt, um sich zu erleichtern.

Etwas ist auf die Tribüne gefallen. Eine Flasche? Ein Draht? Nein, eine Violine mit zerrissenen Saiten.

Er rückt seine schwarze Brille zurecht. Und obwohl er sich schon oft gesagt hat, daß er das nicht darf, heftet Arcángelo seine Augen wieder auf die Frau mit den flammenden Haaren. Mit nassen Händen preßt er die Pistole. Sobald er das Zeichen hört, wird er dieses Bild tilgen, das ihn verletzt, wird die Frau in den Tiefen seiner Gedanken zerschlagen. Denn die grünen Augen, die Sommersprossen, das rote Haar der Feindin, die unter dem Montoneroplakat herumschreit, sind die gleichen, wie sie ihn im Traum quälen – die Jungfrau, die ihn allnächtlich heimsucht, ist endlich da. Und jetzt muß er sie von sich entfernen. Er muß. Gibt es eine schönere Opfergabe für Isabel Perón, die wahre Besitzerin dieses heiligen Gesichts?

Selten geschieht etwas in der Pause zwischen zwei Gedanken. Aber jetzt, denkt Noon, während der unglaubliche Kürbiskopf mit gezogenem Colt die Rohre der Tribüne hinaufklettert, gibt es einen Spalt, in dem die Wirklichkeit spürbar wird: Rechts, im Lebensmittellastwagen der Wohlfahrt, ahnt er das Zucken von Gewehren; auf den Dämmen hat er ein Gewirr von Drähten und Kabeln entdeckt; hinten riecht er den Blitz der Knüppel, die die Schläger mit den grünen Armbinden schwingen. Er möchte begreifen, ob er es ist oder ein anderer, der diese Ruhe hört. Die großen Trommeln sind verstummt, die Musiker haben sich in Luft aufgelöst, die Lautsprecher verstummen, Favio ist nicht mehr da. Der Ballon verschwindet in einer Wolke. Und genau in dieser Verlassenheit, wo sich die Dinge nicht ereignen, drückt der Kürbiskopf ab.

Als sich Lito Coba vom Metallgerüst der Tribüne entfernt und über die sonst autolose Autobahn Richtung Flughafen kurvt, zwischen den aufgeregten Slumbewohnern durch, die noch immer nicht verstehen, wie sich der Kürbiskopf Iriarte so hochkarätigen Faschos nähern und ihnen ohne Ekel die Hand geben konnte, wie sich ein Aktivist aus dem Volk vier oder fünf Minuten lang mit dem blutrünstigsten Stellvertreter des Lopezregismus unter vier Augen besprechen konnte – da sehen die Slumbewohner noch mit entsetzensweiten Mündern den Kürbiskopf seinen Nachhutposten verlassen, schwerfällig einen verrückten Trab Richtung Tribüne anschlagen, die Rohre hochklettern, den eben von Lito erhaltenen 45er-Colt ziehen, auf eine der Wachen zielen, Perón oder Tod! schreien und schießen, aber in die Luft, sorglos, das Montonerostirnband auf dem Riesenschädel strahlend, und dann absocken, sich dünnmachen, wie ein Wahnsinniger zu den olympischen Schwimmbecken laufen, während ihn Vicki Pertini einzuholen versucht, ihm aber nur von weitem einen Fluch nachschmettern kann. Was hast du uns da angetan, Kürbiskopf, in was für ein Schlamassel willst du uns bringen?, ohne daß der verängstigte Baobab sie noch hören könnte, denn im selben Augenblick hat man ihm von einem der Telegrafenmasten herab mit einem Zielfernrohrgewehr den Nacken zerschossen, hat für immer die wirren Einsiedlerträume des Kürbiskopfs zum Verstummen gebracht, der jetzt mit dem Tod ringt, ohne erklärt zu haben, wie seine Loyalität so plötzlich hat zerbrechen können, welche Ressentiments er geschluckt hatte, zu was für einem Tod er jetzt gehen mußte, in welche dunkle Ecke des Himmels er sein ungestilltes Bedürfnis nach Zärtlichkeit betten wird.

Du hast verzweifelt eine Zigarette gebraucht, Vicki Pertini. Nach all dem Kämpfen wolltest du den Kopf in irgendeiner Pfütze nässen, verschnaufen und die Seele mit einem Glimmstengel wärmen. Dann der Schuß. Eine Tür ist aufgegangen, die du nicht erwartet hast, und auf einmal bist du schon auf der andern Seite, stößt den Rauch der Zigarette aus, die du morgen rauchen wirst. Der Schuß. Zur Abwechslung läufst du. Schreist etwas. Und ohne zu wissen, wie, kehrst du mitten in den Strudel zurück, der Malstrom saugt dich ein, dein schmächtiger, für das Nichts und die Verdunstung bestimmter Körper ist nicht mehr bei dir, Vicki, jetzt spürst du nur noch, daß Pepe Juárez deine Hand losläßt, daß du die Goldkehlen aus den Augen verloren hast und eine bestialische Kraft dich an den Haaren zur Tribüne hinaufzieht, dich unters Bild des General schleift, während dich andere Klauen mit einem schwarzen Stück Plastik ersticken. Und du weißt nicht, in welchem Winkel des Nichts du dich verstecken sollst, das Häuchlein Mensch, das du bist, wie du aus dir herausfahren sollst, damit dich die Kettenstreiche nicht noch mehr zerreißen.

Kaum bricht der Kürbiskopf zusammen, läuft ein Zug Sanitäter zu ihm, aber keiner schert sich um das Loch in seinem Nacken, die Blutblüte, die austritt. Vielmehr umringen sie die Leiche mit den Tragen und verschanzen sich dahinter.

Neben dem Damm, wo er niedergeschossen worden ist, singt noch immer die vom Blauen Bach gebildete Nachhut. Dort hat man nur den Blitzknall des Teleskopgewehrs gehört. Man weiß also, was man sieht: daß an diesem Ufer ein Genosse liegt, hinterrücks verwundet, das Stirnband blutgetränkt. Einen der Baritone mit rotem Tuch um den Hals empört der Vorfall so sehr, daß er vortritt, um den Toten zu bergen.

Eine geballte Ladung stoppt ihn. Die Sanitäter haben die Erste-Hilfe-Kästen geöffnet und zwischen den Verbänden flache Berettas hervorgeholt. Wenn man den Abzug sanft behandelt, gehen ihre Salven, drei bis fünf Kugeln, nie daneben. Dem Bariton mit dem roten Tuch haben sie die Finger weggeschossen. Der Altstimme, die ihn hat decken wollen, zersplittern sie den Kiefer.

Als Pepe Juárez von Vicki getrennt ist, spürt er, daß ihn sämtliche Instinkte verlassen, außer dem Überlebensinstinkt. Wenn er nicht auf der Stelle weicht, wird er seine Leute in Gefahr bringen. Sich zurückziehend, schafft er es, an der Spitze einer in immer breiteren Fächern dahinziehenden Menge den Eukalyptuswald zu erreichen. Kaum hat er in dem vorläufigen Refugium Fuß gefaßt, befiehlt er, die Waffen hervorzuholen: Kaliber 22, Kleinkaliberpistolen, Schrot, jeder Lärm wird dazu gut sein, daß die aufgescheuchten Hühner seiner Nachhut ihren Hals retten können, wenn sie die Flucht ergreifen.

Juárez ist untersetzt, sehr dunkelhäutig und hat zusammengewachsene Brauen. Nie hat er sich für mutig gehalten, aber jetzt stellt er fest, daß die Blindheit der Muskeln, die plötzliche Geringschätzung jeder Art von Zukunft genau das ist – Mut. Es überkommt ihn ein Impuls, auf die Schützengräben am Straßenrand zuzuspringen, sich von hinten anzuschleichen und die Sanitäter zu attackieren, die unter den Sängern des Blauen Bachs gewütet haben. Wie viele könnte er retten, bevor sie ihn umbringen? Obwohl es ihm, genau besehen, egal ist, wenn sie ihn umbringen. Nach allem, was er von diesen Faschos gehört hat, macht ihm mehr Sorgen, daß sie ihm die Zunge ausreißen und ihn dann foltern, damit er singt.

Also wird er im Wald ausharren müssen. López Regas Falken haben das ganze Feld unter Kontrolle: die Krankenwagen, die Tribüne, die kleine Schule, die Gewerkschaftslastwagen, die olympischen Schwimmbecken. Der einzige Fluchtweg befindet sich hinter ihm, durch den Rio de la Matanza.

Die andauernd zubeißenden Schüsse haben die Kundgebung schließlich aufgerissen. Tastend ergießt sich die Menge in die Stoppelfelder, in der Hoffnung, nichts mehr sehen, nichts mehr hören zu müssen, bis der Orkan sich legt. Auf der Tribüne hat man die Ballone steigen lassen. Idiotischerweise färbt sich der Himmel festlich. Auf dem Podium sind die Orchestermusiker in Deckung gegangen und verschanzen sich im Notenständerwald.

Nur Noons und Dianas Kolonne hat die eroberten Stellungen gehalten und mit erhobenen Plakaten im Chor die Losungen gesungen, als wäre alles in bester Ordnung. Als die Schießerei intensiver wird und zwei Männer hinter Noon verwundet werden und fallen, greifen die Beherzten in der Kolonne zu den Waffen. Hart, ohne Pathos befiehlt Diana: »Keine Waffen, Genossen! Laßt euch nicht provozieren.«

Einige Minuten bleiben sie dort, im Vertrauen darauf, daß sie kraft ihrer Anzahl geschützt sind. Wieder hören sie Favio über die Lautsprecher: »Frieden, Genossen, Frieden! Niemand soll seinen Platz verlassen. Es gibt keinen Grund zur Panik.« Aber die Schrapnellsalven schlagen immer näher ein, und sogar die altgedienten Fotografen rücken von der Feuerlinie ab.

Ausharren, noch einmal,
gleich kommt der General,

ermutigt sie Diana. Sie kann nicht zu Ende singen. Zwei Krankenwagen kommen aus dem Nichts gerast, reißen der Kolonne zornig wie ein verwundeter Wal die Eingeweide auf und zermalmen Körper, mähen Fahnen nieder. Am schlimmsten sind die Sirenen, die das Blut versteinern lassen.

Jetzt kommen die Schüsse von überallher. Verwüstet, zerbröselt rennt die Kolonne los. Noon rennt. Er kann sich unter die Tribüne zwischen die Rohre retten. Wartet. Schließt die Augen. Atmet tief ein.

Als er sie wieder öffnet, findet er wie durch ein Wunder eine Bresche im Labyrinth des Metallgerüsts. Er zwängt sich hindurch. Schließlich gelangt er ins Niemandsland hinter der Bühne, überquert eine Autobahnbrücke, erreicht den Rand des Echeverría-Viertels. Erst jetzt entdeckt er etwas Unwirkliches, eine Leere an seiner Hand, wie eine sich verabschiedende Erinnerung. Und er wird gewahr, daß Diana nicht an seiner Seite ist. Daß ihm in dieser plötzlichen Ewigkeit Diana abhanden gekommen ist.

Mehrmals, selbst in der dunkelsten Verwirrung, hatte Arcángelo Diana im Visier seiner Beretta. Und jedes Mal hat ihn das Vergnügen, sie in seiner Hand zu wissen, die Waffe senken lassen. Aber er hat nicht ans Vergnügen gedacht, sondern sich gesagt: Wenn ich sie von hier aus umbringe, werde ich sie aus den Augen verlieren. Die Linken werden sie mitnehmen, und ich finde sie nie wieder. Sie wird mich nicht in Frieden lassen. In den Träumen werde ich sie auf mir haben.

Ein wilder Entschluß bringt ihm die Seele durcheinander. Und seine Bewegungen, bisher langsam, ungelenk, werden jetzt sprühend.

»Bringt die Krankenwagen, schnell!« sagt er. »Ich will drei gut bewaffnete Leute bei mir.«

Nicht drei kommen, sondern sieben. Geleitet von den Befehlen, die ihnen ein Unsichtbarer Auserwählter mit der Pfeife erteilt, schlagen die Kordons mit der grünen Armbinde blitzschnell eine Lichtung in die Montonerokolonnen. Und nun starten vom Damm die Krankenwagen mit entfesselten Sirenen und greifen an. Die Flanken der Kolonne geben fast auf der Stelle nach. Andere haben den Angriff kommen sehen und schlagen zurück. Aber obwohl sie sich selbstmörderisch zwischen die Felgen werfen und Haken und Bohrer hineinrammen, widersteht die Panzerung. Bei der Abfahrt hat Arcángelo deutlich zu verstehen gegeben, wen er sucht.

Die Beute befindet sich im engsten Knoten eines Strudels, der herausfordernd singt: *Ausharren, ausharren.* Sie wird von einem Schwarm Frauen indianischen Einschlags und von kräftigen Kerlen mit zottigen, lehmgelben Bärten verteidigt. In der Hitze der Jagd entlädt einer der Krankenwagen das ganze Gekreisch seiner Sirene auf einmal. Und greift an. Diana hat das Signal sofort verstanden. Der Lärm gilt ihr. Mit einem Sprung befreit sie sich aus dem Schwarm, durchdringt die Kordons und verschanzt sich neben der Tribüne. In die Enge getrieben, bietet sie dort den Faschos die Stirn. Fordert sie mit einem Flaggenmast heraus. Bohrt den Stab in den Kühler, in die Scheiben, bis ihr die Hände brechen. Nun erwartet sie sie: Sollen sie sie doch überfahren, sollen sie es doch wagen, sie zu töten.

Aber die Jäger spielen Katz und Maus. Sie weichen zurück und kreisen sie ein. Drei Männer steigen aus, halten sie fest, verschlucken sie. Sie knallen die Türen des Krankenwagens zu und verpassen ihr einen Knebel.

Arcángelo hat sie in der Führerkabine erwartet. Gierig

kann er endlich seine Beute betrachten: Sie soll ein Insekt aus einer andern Welt sein? Er mustert den Bogen der roten Brauen, die Verzweiflung der grünen Augen, Dianas große Brustflecken. Und als tauchte er die Hände in ein Kohlenbecken, mit unendlicher Vorsicht, berührt er sie. Spürt die seltsame Wärme des Schweißes auf den Lippen, die bebenden Nüstern, das Brausen der Schläfen.

Mit heiseren Sirenen umfahren die Krankenwagen den Damm und biegen dann auf die Autobahn ein, Richtung Flughafen.

Arcángelo späht in die sich langsam verdichtende Dämmerung hinaus. Er sieht die Umrisse einiger Häuser, eines zinnenbewehrten Turms, einer Kirche, die blau sein muß und jetzt schwarz ist. Er legt dem Fahrer die feuchte Hand auf die Schulter.

»Kehren wir um«, befiehlt er. »Ich will diese Frau dorthin bringen. In die kleine Kirche.«

Zwanzig
Der kürzeste Tag des Jahres

Gegen drei Uhr nachmittags, als die Schießerei endlich abflaute, zitierte Norma die Berichterstatter in ein Büro des internationalen Hotels und offerierte ihnen eine um eine Spur weniger neurasthenische Pressekonferenz als üblich. Die Spannungen des Tages hatten Spuren bei ihr hinterlassen, die einige Zeit brauchten, um zu verschwinden: Ihre Schultern stürzten ab wie auf einer Rutschbahn, und die dürren, muskulösen Beine begannen unkontrolliert zu zittern.

Das Durcheinander auf ihrem Schreibtisch von Telexen, Lageskizzen und Berichten über die Vorgänge im Flugzeug des Generals – das jetzt über Porto Alegre in der Stille eines wolkenlosen Himmels schwebte – wurde in Abständen von einem ganzen Hofstaat von Funkern und Polizisten auf den neusten Stand gebracht. Einmal steckte der Oberstleutnant den Kopf herein, dann faßte er Mut, trat zu Norma und flüsterte ihr ins Ohr:

»Die Linken haben den ersten Stein (›den erften Ftein‹) geworfen, und jetzt verstecken sie die Hand. Sie ziehen von der Tribüne ab. Und wer nicht in Ezeiza ist, ist nicht in Ezeiza, weil er den General nicht empfangen will. Hast du verstanden?«

Norma haßte es, geradeaus zu schauen, und brachte den Militär, der ihr politisches Talent schon mehr als einmal unterschätzt hatte, mit einem wütenden Blinzeln zum Schweigen.

»Ich weiß, was ich tue. Ich weiß, was ich zu sagen habe.«

Seit geraumer Zeit bemühte sie sich, es dem General gleichzutun und die Worte dorthin zu setzen, wo sie von den andern erwartet wurden, aber sie war zu nervös, um zu ergründen, in welcher Richtung der Wunsch anderer wehte. Das machte sie unsympathisch, was ungerecht war, denn unsympathisch waren nicht ihre Worte, sondern ihr ganzer Charakter.

Sie ließ Kaffee servieren, verbot das Fotografieren und sprach mit einer so bescheidenen, ihrem Benehmen so entgegengesetzten Stimme, daß sie den ersten Satz mehr als einmal sagen mußte:

»Einige von Ihnen wissen, daß vor wenigen Minuten die Tribüne gestürmt wurde, wo wir alle unseren großen Führer zu empfangen hoffen. Wir haben die Leute bereits identifiziert, die den Schießbefehl gaben. Es sind synarchische, monopolistische und imperialistische Interessen, die sich gegen die Anwesenheit des Generals in unserem Land richten. Die Meuchelmörder werden eben von Sicherheits-Volkstruppen zersprengt . . .«

Erschrocken bemerkte sie, daß sie die 9-Millimeter-Walther auf dem Tisch liegengelassen hatte, und verwahrte sie in ihrer Handtasche.

». . . Volkstruppen«, wiederholte sie. »Die subversiven eingeschleusten Elemente haben keine andere Alternative, als von hier abzuziehen. Nur das wirkliche Volk wird also bleiben, um den General willkommen zu heißen. An diesem ruhmreichen Tag ist unsere Losung, für ein peronistisches Vaterland zu kämpfen. Perón gleich Vaterland.«

Sie stand auf. Einer der Berichterstatter hielt sie zurück:

»Glauben Sie denn, wenn der General von diesen ernsthaften Zwischenfällen erfährt, wird er trotzdem zur Tribüne gehen?«

»Ja, das wird er.«

»Sollte er sich dennoch entschließen, nicht hinzugehen, sind bereits Alternativflughäfen in Aussicht genommen worden?«

Eine Grimasse verdüsterte ihr Gesicht. Leise fragte sie einen der Dickbäuche, ob die Pressekonferenz im Radio übertragen werde. Der Mann nickte: live.

»Es gibt keinen Grund, an Alternativflughäfen zu denken. Der General wird in Ezeiza landen. Daran gibt es nichts zu rütteln.«

»Dann können Sie also sagen, die Lage ist unter Kontrolle?«

»Absolut.«

»Und um wieviel Uhr, schätzen Sie, wird das Flugzeug eintreffen?«

»Wenn es schon dunkel ist. Es hat eine Stunde Verspätung. Man darf nicht vergessen, daß heute, am 20. Juni, der kürzeste Tag des Jahres ist.«

Wie vorauszusehen, war ein rasender Angriff der Südkolonne die Antwort auf die Nachrichten der Pressekonferenz. Als Lito Coba in die Gegend der Tribüne zurückfuhr, diesmal in einem gepanzerten Torino, sah er zwischen den Bäumen die Fahnen der Linken auferstehen. Vom Ende der Kundgebung, wohin die Pilger aus dem Nordwesten zurückgewichen waren, kamen in erdbebenartigen Wellen verzweifelte Klagerufe näher:

> *Was ist los, General, was ist?*
> *Das Vaterland ist sozialistisch,*
> *und man will's nicht lassen, wie es ist.*

Von den Krankenwagen und der Tribüne aus wurden die Gesänge mit wütenden Garben zerschossen, doch dank strategischer Kniffe erstand die Kolonne immer wieder von neuem; bald ließ sie ohrenbetäubende Trommelorchester vorangehen, bald schwadronenweise Krüppel, die mit der einen Hand ihre Rollstühle antrieben und mit der andern Friedensfahnen schwenkten. Die Barrikaden im Eukalyptuswald waren schon vor langem von den Angriffen der Dodges und Falcons zerschlagen worden, die Schützengräben am Straßenrand wurden eben von Pionieren mit spitz zulaufenden Türkenschnurrbärten zugeschüttet, aber niemand vermochte zu sagen, mit welcher Willensanstrengung diese Menge ohne Führer und ordnende Stimmen nach jedem Rückschlag die Verwundeten barg und sich immer wieder vor der Tribüne versammelte, um denselben Satz zu singen: *Was ist los, was ist los?*

Lito sah, daß ein paar bewaffnete Männer auf den Plattformen in den Bäumen Zuflucht gefunden hatten und von dort aus die Vorstöße der Kolonne unterstützten. Das war eines der Probleme, wie sie die Generale des Altertums mit wenigen Worten lösten. Er stieg auf die Tribüne und griff entschlossen zum Mikrophon. Er blies hinein. Es funktionierte. Er befahl den Auserwählten, das Feuer zu vermindern und die Gewehre auf die Bäume zu richten.

»Ich habe Ihnen eine unwiderrufliche Anordnung mitzuteilen«, verkündete er, sich mit der Hand durch die Haare streichend. »Alle Leute, die sich feige in den Baumwipfeln versteckt halten, kommen auf der Stelle herunter. Ich gebe Ihnen fünf Minuten, um herunterzukommen.«

Ein Funken Stille, der verglomm, weil jemand den Hahn einer Pistole spannte. Dann brach ein riesiges Pfeifkonzert aus.

»Sie wissen ja«, brüllte Lito, »es bleiben Ihnen viereinhalb Minuten.«

Herausfordernd sprang er von der Tribüne und lief zum Nußbaum- und Zedernwäldchen, das wie ein Büschel Federn auf dem Dammende stand. Der Befehl hatte Wirkung gezeitigt, und erschrocken kletterten die Frauen mit den Kindern im Arm herunter. Heckenschützen waren keine zu sehen. Sie waren schon in den Luftspiegelungen des Abends verschwunden. Aber aus den Geästen fielen Mategefäße, Kohlenbecken, verschmutzte Windeln und Gitarren. Während einige rüstige Matronen von Villa Insuperable die Arme ausstreckten, damit Doña Luisas rheumatischer Mann ohne Krämpfe herabsteigen konnte, setzte sie selbst, die alte Ehefrau, anmutig Fuß für Fuß auf die Aststummel des Stammes, bis ihr Pantoffel schließlich auf einem Wurzelbuckel anlangte und ihre Blicke sich mit denen Lito Cobas trafen.

Das war der einzige Augenblick an dem kurzen Junitag,

dessen Dauer nicht von Uhren gemessen wurde, denn Doña Luisa, die ihr weißes Haar mit einem Tuch derselben Farbe bedeckte und ihre Falten seit vielen Jahren nicht mehr zählte, besiegte jetzt die Logik der Zeit mit einer wundervollen, unübersehbaren Schwangerschaft. So gelassen, so ansteckend überzeugt von der Anmut ihres Loses stellte sie ihren Bauch zur Schau, daß auch die andern Matronen aus Villa Insuperable ihr Glück versuchten. Alle waren sie schwanger, wie die alten Frauen auf mittelalterlichen Bildern.

Verwirrt von dem sanften Lächeln, das aus fernster Vergangenheit kam, wandte Lito Coba den Frauen den Rücken zu und peilte die Tribüne an.

Er hatte noch keine zwei Schritte getan, als Leonardo Favio über die Mikrophone die achtzehntausend Tauben begrüßte, die aus der Enge ihrer Körbe zum aschgrauen Himmel aufflogen.

».. . Tausend Friedenstauben, peronistische Genossen, für jedes Jahr, das unser General im Exil verbringen mußte, tausend Symbole des Friedens für jedes Jahr ...«

Kaum vernahm er das Geflatter, zog Lito die Beretta aus dem Futteral, versetzte einer Planke einen Tritt, schrie »Los!«, und als er die Tauben durch die Luft pfeilen hörte, zerschmetterte er mit einer Salve mehrere Schnäbel.

Bis zu dem Moment, wo er auf den kleinen Platz des Esteban-Echeverría-Viertels gelangte, hatte Noon des Generals Lieblingsmaxime wie eine göttliche Offenbarung beachtet: *Stell dich in die Mitte, während du auf der Seite gehst.* Doch jetzt, als ihn das Gesetz der Schwerkraft unabänderlich auf die Seiten trieb, begriff er, wie gefährlich es für jeden Menschen außer für den General war, die Mitte zu berühren.

Er erfrischte sich das Gesicht im Brunnenbecken und erschrak über sein eigenes, kletten- und lehmstarrendes Bild. Bis zum Einbruch der Dunkelheit mußte er eine Zufluchtsstätte gefunden haben. Nach dem Vergnügen des Gemetzels würden López Regas Leute Meter für Meter das ganze Gelände nach ihm abklopfen. Er spürte die Leichtigkeit der verfließenden Zeit. Gegenüber sah er die absurde Masse der Kirche mit den Kacheln und dem Ziegeldach, der Spitzbogentür, dem Glockenturm, an dem vier Uhren eine unterschiedliche Stunde anzeigten. Im Laufschritt erreichte er den Vorhof. Er prüfte die Tür.

Sie war offen. Die romanischen Kirchenfenster ließen ein leichenfahles Licht auf die Bänke sickern. Beim Altar polierte der Küster die Krone eines Bildnisses. Zwei Neonkreuze brannten, und zu Füßen der Heiligen schmolzen die Votivkerzen. Sonst war niemand da. Draußen wurde es langsam Nacht.

Er spürte, daß er nachdenken mußte, aber in seinem Körper war kein Raum mehr für Gedanken. Er hatte nur noch Gefühle, und auch die nur halb, als fühlte ein Teil von ihm im verborgenen.

Eine aufreizende Sirene vor dem Vorhof befreite seine Nerven aus ihrer Lähmung. Er hörte Beschimpfungen, Befehle. In einem ersten Impuls wollte er sich unter die Bänke schleppen und zwischen den engen Brettern verstecken, sich die Augen zudeckend wie ein kleines Kind. Rechter Hand, in der Leere beim Eingang, sah er das Häuschen eines Beichtstuhls. Er schaffte es, genau dann hineinzuschlüpfen, als in einer wahnwitzigen Mischung aus Roheit und Ehrfurcht ein Schlägertrupp in die Kirche stürmte. Durchs Holzgeflecht spähte er hinaus. Sogleich erkannte er Arcángelo Gobbis bucklige Bewegungen. Und mit maßlosem Staunen sah er, wie er sich vor dem Hochaltar verneigte und bekreuzigte.

Einer der Schläger schlug mit dem Gewehrkolben den Küster nieder und schleifte ihn an den Füßen in den Vorhof hinaus, wo ihn zwei weitere wie ein Stück Vieh hochhoben und in den Krankenwagen warfen. Arcángelo achtete nicht auf sie. Er ging schnell hin und her, zwischen den Bildern des Kreuzwegs, als enttäuschten ihn die faden Malereien der Kirche. Unversehens schien er neben dem Beichtstuhl etwas zu finden. Noon hielt den Atem an. Durchs Gitter sah er ihn niederknien, aus dem Blickfeld verschwinden und sogleich mit dem Bildnis einer kleinen Spielzeugmuttergottes, die ein Jesuskind aus Gips trug, wieder auftauchen. Vorsichtig, wie man sich eine Wunde auswäscht, legte er das Bildnis zurück und betete es eine Weile mit gefalteten Händen an.

Dann schnallte er seinen Gürtel auf und begann sich der Waffen zu entledigen. Er legte die Beretta auf einen Betstuhl, erleichterte sich um eine Walther mit Schalldämpfer und zwei im Pistolenhalfter versteckte Granaten, stapelte zwischen den Knien die dreißigschüssigen Magazine auf, die ihm das Jackett beulten. Zuletzt krempelte er sich ein Hosenbein hoch, zog eine Schneiderschere hervor und klappte sie auf. Gegen das Licht wog er das Blitzen der Schneide ab.

Erst jetzt entdeckte Noon Antezana das große Bündel, das Arcángelo beim Eintreten unter dem Weihwasserbecken hatte liegenlassen. Er sah, wie der Bucklige es herbeischleppte, ohne daß ihm jemand helfen durfte, und es im Leuchten der Kerzenhalter, die das Zwergenbild Unserer Lieben Frau umschlossen, keuchend zu Boden warf. Ein einziges Aufflackern genügte. Unter den Blutkrusten, durch die Risse in der Bluse hindurch erkannte Noon Dianas Leiche. Ihre Augen waren in einem Ausdruck des Schreckens eingefroren. Die Brust war von dunklen Kratzern schraffiert. Und die Lippen, die ihr immer mit den ersten Unbilden des Winters schartig wurden, hatten jetzt keine Scharten, sondern waren blutig aufgerissen.

Noon hörte das Klappern der Schere. Dann sah er Diana Bronsteins Flammenlocken fallen, fühlte sich von der blutigen Weiße dieses Kopfs, den er so oft zwischen seinen Händen hatte pochen hören, in der Dunkelheit des Beichtstuhls festgenagelt und entdeckte, daß sein Gesicht naß von Tränen war.

Er wartete lange, bis die Sinne zu ihrer Ruhe zurückfanden und der Körper tatsächlich wieder etwas ihm Gehöriges war. Da verließ er vorsichtig Beichtstuhl und Kirche. Dicht die Wände entlang ging er zwischen den düsteren Häusern hindurch, wo ab und zu ein Fernseher flackerte. Allmählich tränkte sich die Nacht mit Feuchtigkeit. Die Weiden rochen nach Fäulnis. Plötzlich sah er auf einem der Bildschirme einen verstörten Leonardo Favio gestikulieren. Er hörte ihn sagen:

»Ein Junge hat mich gebeten, sofort ins internationale Hotel zu kommen, dort würden Leute gefoltert. Ich nichts wie hin. Ein Schläger wollte mich aufhalten. Ich habe mich losgerissen und zu ihm gesagt: ›Komm nicht auf den Gedanken, mich aufzuhalten, sonst schrei ich.‹ Dann habe ich an eine Tür geklopft. Man ließ mich hinein. Ein Unteroffizier hat mich am Arm gepackt: ›Du kannst ganz ruhig sein, hier ist alles in Ordnung, Leonardo.‹ Aber ich bin ja nicht blöd. Auf dem Boden lagen viele übel zugerichtete Menschen. Die Wände waren voller Blut. Wie muß das gewesen sein, daß die Spritzer bis an die Decke reichten. Da fing ich an zu weinen. Ich bin auf die Knie gefallen. Vielleicht bin ich ein Hosenscheißer, aber das ist mir egal. ›Ich werde euch nicht anzeigen, aber ihr müßt mir garantieren, daß sie am Leben bleiben‹, bat ich. Sie versprachen mir, einen Arzt zu rufen und mit dem Foltern aufzuhören. Da ging ich wieder. Auf ein Zettelchen habe ich die Namen der Verwundeten geschrieben, um die Angehörigen zu beruhigen: José Tomás Almada, Alberto Formingo, Vicki Pertini, Luis Ernesto Pellizón . . .«

Danach durchdrangen Noon die Bilder des Generals, Isabels und López Regas, wie sie mit erhobenen Armen aus dem Flugzeug stiegen, und sein Herz wurde eine so endlose Wüste der Wut, eine so unheilbare Leere, daß er den Schutz der Häuser verließ und wie ein Schlafwandler in die Dunkelheit eintrat.

Am 21. Juni um drei Uhr früh fand eine Polizeistreife Noon Antezana, der unter freiem Himmel reglos einen Eukalyptusbaum mit drei erhängten Männern anstarrte, die niemand kannte.

Der General hatte sich die Traurigkeit zwar vorgestellt, aber nicht so, im Wahn so vieler Menschen. Als die Beteigeuze um fünf Uhr nachmittags endlich auf dem Militärflugplatz Morón landete, sah er durch die Fenster als erstes die bedrohlichen Feuchtigkeitsschlieren, die geisterhaft in der Luft hingen.

Hinten im Flugzeug hörte er einen Applaus, eine Stimme, die sich fast überschlug: »Es lebe das Vaterland!«, und zugleich sah er, daß draußen die Minister, die Oberkommandierenden, die Erzbischöfe und die Bankiers ebenfalls applaudierten.

López beugte sich zu ihm herab und sagte:

»Sehen Sie, daß es so besser war, mein General, sicherer? Ohne Tumult, ohne Gedränge, ohne Fackeln . . . Sie werden noch oft genug Gelegenheit haben für all das . . .«

»Ja«, gab der General zu. »Auch die armen Leute werden mich sehen wollen.«

Die Señora brachte ihre Frisur in Ordnung. Sie klappte die Puderdose auf, tupfte sich den Glanz von der Nase und fragte:

»Werde ich so recht sein? Jetzt, wo ich all die juwelengeschmückten Frauen draußen sehe, bereue ich, das schwarze Schneiderkleid nicht im Handgepäck mitgenommen zu haben.«

»Mit dem dicken Mantel wirst du dich wohl fühlen«, beschwichtigte sie der General. »Und eine Kokarde am Revers. Heute ist der Tag der Fahne.«

»Man hätte uns die Hündchen schon bringen müssen«, beunruhigte sich die Señora. »Die Ärmsten haben sich während des ganzen Flugs übergeben. Sie sind krank.«

»Daniel wird sie dir bringen, Chabela. Daniel kümmert sich um alles.«

Sie mußten an Bord bleiben, bis der Vizepräsident die Macht an Cámpora zurückgegeben hatte. Dann stiegen sie im Dunkeln aus. Aus der Ferne beleuchteten einige Fotografen sie mit Blitzlichtern. Dem General bereitete es Sorgen, daß die Beteigeuze so plötzlich in die Wirrnis der Nacht gestürzt war. Achtzehn Stunden lang waren sie bei Tageslicht geflogen, so viele, wie sein Exil Jahre hatte, und auf einmal sah er, als er aus dem Fenster schaute, einen Horizont ohne Dämmerung, nur Sterne und einen dürren, abnehmenden Mond.

Man erwies ihm Ehre mit gezogenen Säbeln. Dieselben Leute, die vor Zeiten angeordnet hatten, schon die öffentliche Nennung seines Namens mit Gefängnis zu bestrafen, und die bei sämtlichen Wahlen ein Veto gegen seine Partei eingelegt hatten, waren jetzt wieder da, umarmten ihn und dankten Gott, daß er ihn gesund und kräftig erhalten hatte, so daß er in der Lage war, das Vaterland zu retten.

Der General sehnte sich danach, so schnell wie möglich wieder in seine erholsame Routine zu kommen. Im Körper verspürte er das dringende Bedürfnis nach einem Haus, und er sagte es. Aber statt dessen nahm ihn López Rega am Arm und führte ihn zu einem Büro, wo ihn die Oberkommandierenden erwarteten.

Wieder hörte er zerstreut die Einzelheiten des eben beendeten Gemetzels. Man wiederholte ihm die Namen einiger Schuldiger. Der General vergaß sie sogleich wieder – mit der Ermüdung wurden sie ihm zu Wasser.

»Wir werden sie mit aller Härte bestrafen«, sagte er so streng wie möglich. Dann wandte er sich zu López um und fragte: »Haben Sie die Mappen mit den Memoiren in Ihrer Aktentasche mitgenommen, mein Freund? Morgen gleich nach dem Aufstehen werden wir sie weiterkorrigieren müssen. Alles, was begonnen hat, muß auch einmal enden.«

Einer der Oberkommandierenden ließ es sich nicht nehmen, den offiziellen Bericht über die Toten und Verwundeten in Ezeiza vorzulesen. Der General unterbrach ihn. Er fragte, wo die Pilger Zuflucht gefunden hätten, die aus den fernen Provinzen gekommen waren, um ihn zu sehen; er wollte ihnen Blumen und Decken schicken.

»Es gibt keine Blumen, mein General. Es ist Winter«, sagte

Präsident Cámpora, die Silben voneinander absetzend. »Das Beste, was Sie für sie tun können, ist, mit ihnen zu sprechen.«

Die Señora stand auf. Normalerweise hatte sie einen unruhigen Blick, als könnte sie ihn von einem Moment auf den andern verlieren. Jetzt war die Unruhe verschwunden. Nur der verlorene Blick war ihr geblieben.

»Und meine Hündchen?« fragte sie. »Warum bringt man sie mir nicht endlich, Daniel? Wo hat man meine armen Räuberbräutchen hingebracht?«

Mein Schicksal ist besiegelt, sagte sich Zamora wieder. Ich sehe die Geschichte durchs Schlüsselloch. Die einzige Wirklichkeit, die ich kenne, ist die, die im Fernsehen kommt.

Um sechs Uhr abends bekam der Panzer aus Lastwagen, die seinem Taxi vor den großen Betonblocks des Arbeiterheims die Durchfahrt versperrt hatten, auf einmal Sprünge, und die in der Autobahneinfahrt festsitzenden Fahrzeuge machten sich auf den Heimweg in die Tiefen der Stadt, in einer unbegreiflichen, einmütigen Umkehrung der Migrationen, die den Tag beherrscht hatten. Der Lärm der großen Trommeln kehrte wieder, aber jetzt ohne Wirbel, nur ab und zu Trauerklänge spielend. An den Straßenrändern ging eine schweigende Menge in wenigen Stunden den Weg zurück, der sie achtzehn Jahre gekostet hatte.

Zamora war beeindruckt, daß die Stille so reglos blieb, wie ein Ballon über den endlosen Reihen schwebend. Er hatte sich nicht vorgestellt, daß die Leute so gehen könnten, unter der Stille, alle beisammen, ohne daß sie oder die Stille zerbrachen, und dazu noch mit dieser enormen Last der Rucksäcke und der Trauer.

Einmal mehr fühlte er sich von den Geschehnissen wie durch eine Scheibe getrennt, und er beschloß auszusteigen. Er bezahlte dem Fahrer den dreifachen Tarif, und in dem Moment, wo er die Tür öffnete, bekam er Angst. Über die Geschichte zu schreiben ist einfach. Kopfüber in sie hineinzustürzen konnte die Gefühle aus dem Lot bringen. Er stieg aus. Er wunderte sich, daß die Nacht weder Geruch noch Geräusche hatte, sondern nur dieselbe umfassende Stille, die er vom Auto aus erahnt hatte. Es fiel ein wenig Rauhreif.

Er marschierte gegen den Strom. Wie er nach Buenos Aires zurückkäme, kümmerte ihn nicht – jetzt war das Zentrum hier, an dieser blinden Stelle im Nebel. Meter für Meter bahnte er sich einen Weg, kämpfte gegen die Menge an, aber die Anstrengung nahm ihm die Kraft, als ließe er sich allmählich auf die andern fallen, statt vorwärts zu kommen. Wenigstens weiß ich, wohin ich gehe, dachte er. Aber er wußte es nicht.

Schließlich gelangte er zu einem Haus mit angefaultem Verputz und vielen Zimmern, wo Leute ein- und ausgingen. In einem der Patios sah er Männer in einer Reihe urinieren. Er urinierte ebenfalls und begann, eine Runde durch die verlassenen Räume zu machen. Er kam in ein mutmaßliches Speisezimmer. Durch die Dunkelheit bewegten sich Hunde und einige gesattelte, herrenlose Pferde.

Er trat in einen weiteren Patio mit einem Herd auf Brettern hinaus. Die Leute wärmten sich die Hände über den Feuern. Die Wände waren rissig und staubig. Auf dem Boden saßen einige Bauern mit abgetragenen grauen Ponchos. Niemand sprach. Alle blickten unbestimmt auf irgendeinen Glanz in der Luft, und wenn sie etwas sagten, waren es nur Sätze für sich selbst.

In der Dunkelheit, aus den Häusern im Hintergrund, leuchteten wie Glühwürmchen einige Fernsehschirme, die den Vorbeimarsch der niedergeschlagenen Pilger auf der Landstraße, die nationale Mutlosigkeit, die tödliche, sich allmählich wie der dichte Dunst über die Stadt legende Depression vervielfachten.

Auf einmal hörte Zamora ein paar einzelne Sätze aus der Stille aufsteigen. Er erkannte die brüchige, unmodulierte Stimme des Generals, die wie aus einer fremden Kehle zu kommen schien:

»Ich weiß nicht, welch undurchsichtiges Schicksal mich nach Buenos Aires geführt hat, nach achtzehn Jahren in der Verbannung, ohne daß ich jetzt das argentinische Volk aus tiefstem Herzen symbolisch umarmen konnte...«

Die Männer erwachten. Selbst die Pferde wandten dem Leuchten der Fernseher den Kopf zu. Die Lautstärke stieg an.

»...erstens, weil wir schon etwas spät aus Madrid abgeflogen sind. Und dann, weil heute, am 20. Juni, der kürzeste Tag des Jahres ist. Wir haben einen ganz normalen Flug gehabt, sind aber außerhalb der Zeit angekommen...«

Zamora näherte sich den Gruppen, die immer dichter zusammenrückten. Endlich konnte er den General sehen, kerzengerade, gesund, ohne sichtbare Spur der langen Reise. Die Haare hatte er mit einer Schicht Brillantine aufgereiht. Er saß in einem kaiserlichen Sessel und bewegte sich kaum. López Rega, einen Schritt hinter ihm stehend, stützte die Hände auf die Rückenlehne. In einem Sessel daneben hörte Präsident Cámpora verzückt zu. Ein vaterländisches Wappen illuminierte die Szene.

Obwohl die Ansprache improvisiert war, schien ihr López Rega mühelos mit den Lippen zu folgen. Der General sagte:

»...um Verwirrungen zu vermeiden, wollte ich nicht, daß abends in einer dunklen Gegend wie dem Flughafen eine Kundgebung stattfände. Ich tat es mit großem Bedauern und im Gedanken an die armen Menschen, die von so weit her nach Ezeiza gekommen waren, um mich willkommen zu heißen...«

Aber etwas an dem Bild war außerhalb der naturgegebenen Ordnung, wie wenn es aufwärts regnete. Bauern und Pferde wurden nervös. Zamora spitzte die Ohren. Der General sagte:

»Ich muß später eine Reise durch die ganze Republik machen...«

Einer der Männer merkte, daß López' Lippen der Ansprache voraus waren.

»Paßt gut auf«, flüsterte er. »Der General wird gegängelt.«
Wieder geschah es. Dem Sekretär war vom Mund abzulesen: ». . . und es wird mir Freude machen, die Jujuyer in Jujuy zu besuchen«, einen Sekundenbruchteil bevor der Satz dem General aus der Kehle kam.

». . . und die Saltaer in Salta«, diktierten die Lippen.

»Salta«, wiederholte Perón.

Wie eine plötzlich ausbrechende Krankheit befiel die Leute tiefe Enttäuschung. Eine der Frauen wandte sich weinend vom Fernseher ab und legte sich neben den Kohlenbecken nieder. Andere begannen ihren Kindern das Essen zu wärmen. Es herrschte gespannte Stille, bis endlich einer der Bauern aufstand und gelassen, unwiderlegbar sagte:

»Dieser Mann kann nicht Perón sein.«

»Er kann es nicht sein«, stimmten die Frauen zu.

»Wenn Perón erfährt, was da vor sich geht, wird er zurückkommen«, sagte der Bauer.

Auf dem Bildschirm deutete der General ein letztes melancholisches Lächeln an. Zamora kehrte ihm den Rücken und richtete seine Augen auf den Kinderlärm, damit sie dort einen Moment ausruhen konnten. Der kürzeste Tag des Jahres trat in die Ewigkeit ein, wie man damals sagte. Er näherte sich seinem Ende. Zamora stand auf:

»Selbst wenn er zurückkommt, ist es zu spät. Wir werden nie wieder so sein, wie wir waren.«

Epilog

Auf dem Stuhl stehend und palavernd, gab er
den Toten einem nach dem andern die Hand.
Man weiß nicht, ob es besser ist, wenn er
uns empfängt oder wenn er uns den Rücken kehrt.

JOSÉ LEZAMA LIMA,
Langsamer Vorhang für kurze Arien

Die rüstigen Matronen aus Villa Insuperable rückten gegen
den ockerfarbenen Bau des Teatro Colón vor und ahnten, daß
sie den General auch diesmal nicht würden sehen können. Es
fiel hartnäckiger Regen. Sie schützten sich in Unterständen
aus Wachstuchplanen und Besenstielen, die der Wind immer
wieder umriß, und lösten sich beim Wärmen der Babyflaschen
für die Säuglinge ab, die in den umliegenden Cafés zur Welt
gekommen waren, vor deren Türen sich die Kränze stapelten.

In rund fünfzehn Stunden hatten sie in den Trauerkolonnen von Westen nach Osten etwas über zwanzig Häuserblocks hinter sich gebracht. Es war nicht einfach, die Zeit zu
schätzen, denn sie befanden sich schon auf der andern Seite,
in der Ewigkeit der Begräbnisfeierlichkeiten, wo der übermäßige Tod des Generals seine Ansteckung ausgoß, respektlos, grenzenlos.

Ab und zu schlossen sich die Radiostationen zu einer Gemeinschaftssendung zusammen, um die Beileidstelegramme
aufzuzählen oder das Weinen der Schlange stehenden Menschen zu übertragen. Die Türen der Wohnhäuser waren
angelehnt, und die Zeitungen berichteten ausschließlich von
den Trauerfeierlichkeiten.

Am frühen Morgen des Mittwochs, 3. Juli 1974, schickten
die Nachrichtensendungen ein Gewirr von biographischen
Daten und Kommentaren für die Geschichte in den Äther,
die den General den Matronen noch unerreichbarer machten, als trüge ihn eine Fata Morgana davon.

Der Sarg des Großen Mannes befand sich bereits im Blauen Saal des Kongresses. Ein Abgeordneter schlug vor, ihn für immer auf dem Podium des Plenarsaals zu lassen, damit seine Unsterblichkeit künftige Gesetze und Dekrete beflügle.

Sie kleideten die Leiche in eine Militäruniform. Die verschränkten Finger umklammerten einen Perlmutterrosenkranz. Quer über seine Brust lief die Präsidentenbinde. Die Uniform – überlegte der Berichterstatter von Radio Rivadavia – erschien unpassend an diesem Körper, der sie achtzehn Jahre lang nicht hatte benutzen können und sich schließlich in die Freiheit von Zivilkeidern gefügt hatte. Acht Regierungen hatten ihm die Sonnen auf den Tressen, den Krummsäbel und die Mütze mit goldenen Palmzweigen verboten, die jetzt auf seiner Brust strahlten.

Die Menge, die anstand, um ihn zu sehen, mußte über vierhunderttausend Menschen umfassen. Höchstens zweitausend pro Stunde schafften es bis zum Katafalk. Radio Belgrano sagte, den General dürfe niemand berühren wie damals Evita. Es war die Totenwache eines Greises, bei dem weniger geweint und mehr philosophiert wurde. Ein mit einem blauen Tuch bedecktes Geländer trennte den Sarg von den Menschen. Das Tuch war verschmutzt von Tränen, Lehm, Schlick von der Straße, aber die Pilger küßten es trotzdem. Jede Viertelstunde brachten die Grenadiere ein neues.

Endlich war Isabelita, die Witwe, Präsidentin der Republik. Sie trat mit einstudierter Würde auf, um sich der Situation gewachsen zu zeigen. Alle zwei oder drei Stunden machte sie einen Gang durch den von Militäradjutanten bewachten Aufbahrungsraum. Sie betete ein Vaterunser, strich dem Verstorbenen die Haare glatt und trocknete ihm mit einem schwarzen Taschentüchlein den Speichel ab.

Der Sprecher von Radio Mitre wunderte sich, daß López Rega immer, wenn sich Isabelita zurückzog, den Aufbahrungsraum betrat, sich über den Dahingegangenen beugte und ihm Gebete ins Ohr flüsterte. »Sie können es in Ihren

Apparaten verfolgen«, sagte der Sprecher. »Jetzt sieht man, wie der Sekretär des Generals mit der Spitze von kleinem Finger und Ringfinger die Stirn seines Chefs berührt. Er tut es mit unglaublich viel Andacht. Er berührt ihn ein-, zwei-, dreimal. Und jetzt tritt er einen Schritt zurück.«

Noch bevor es hell wurde, teilte Radio Continental in seinen Nachrichten mit, in Alabama oder Kentucky sei die Mutter von Pfarrer Martin Luther King beim Orgelspiel in der Kirche ermordet worden. Doña Luisa, die alte Matrone aus Villa Insuperable, deren Schwangerschaft Lito Coba in Ezeiza verscheucht hatte, stillte gerade ihr Baby, als sie die Meldung vernahm. Sie erschrak dergestalt, daß sie dem Säugling die Brust entzog, weil sie befürchtete, die Milch könnte sauer werden.

»Der General hat das Ei des Todes gelegt«, sagte sie zu ihrem Mann. »Und wenn solches Unglück einmal begonnen hat, kann es niemand mehr aufhalten.«

Sie ahnte, daß die Rundfunksender dasselbe gedacht hatten, denn sie nannten den Tod mit höchster Vorsicht. Wenn sie von den Ohnmächtigen sprachen, die auf der Strecke blieben, sagten sie: »Siebentausend haben die Besinnung verloren und sind schon wieder zurück, hundertvierzehn sind in Krankenhäuser eingeliefert worden. Zwölf sind mit krankem Herzen gegangen – diese werden nicht mehr zurückkommen.«

Seit Stunden litt Doña Luisa an einem naß entzündeten Fußballen. Der Schmerz verästelte sich, und manchmal bohrte er sich ihr sogar in die Magengrube. Wie die andern Frauen aus Villa Insuperable trug sie einen Schal über der Schulter und ein weißes Taschentuch auf dem Kopf, aber in diesem Wasserwinter waren die Kleider ein Gewicht, kein Schutz.

Die Ehemänner machten Mate. Als der Tag anbrach, wurde der Regen schwächer, und die Trauerkolonne ließ das Teatro Colón hinter sich. Einige Maurer brachten Korbstühle, damit die Matronen behaglich stillen konnten. In jedem Spalt der Schlange erklang ein anderer Rundfunksender, aber mit gleichermaßen traurig-zeremoniösen Stimmen. Wenn Musik gespielt wurde, war es Kirchenmusik.

Der Übertragungswagen von Radio del Plata berichtete, die Textilarbeiterinnen von Pergamino hätten beschlossen, im Sitzungssaal der Gewerkschaft bei einem Plakat des Generals Totenwache zu halten. Der Berichterstatter sprach mit schmerzerfüllter Stimme: »Es ist überaus ergreifend, zu sehen, wie diese Frauen aus dem Volk das verehrte Foto auf ein Spitzenkissen gebettet und mit Trauerflor gerahmt haben, damit sich alle mit dem Gedanken vertraut machen können, daß auch hier, in Pergamino, der General persönlich anwesend ist, wie Unser Herr in jeder Hostie.« Dann wurde mitgeteilt, die Geistlichen von San Luis und Catamarca hüllten Büsten des Generals ins Leichentuch, um Totenmessen für ihn zu lesen.

»Wenn die Dinge so liegen, können wir auch in Villa bei ihm Totenwache halten«, sagte Doña Luisa.

Alle waren einverstanden. Sie brauchten Zeit, um mit den Rucksäcken auf dem Kopf durch die morastigen Gäßchen des Bajo Belgrano zu gehen. Als sie endlich zu den Häusern kamen und den Duft der heißen Suppen rochen, spürten sie, daß sich der General hier unter seinesgleichen wohler fühlen würde als wehrlos offiziellem Tand ausgesetzt.

Doña Luisas Haus bestand aus einem einzigen Raum. Die Ehemänner entfernten die Pritschen, den Eßtisch, die Wiege des Neugeborenen und errichteten aus Obstkisten einen Altar. Es wurde eine Pyramide. Sie legten eine Baumwolldecke über sie und krönten sie mit dem Fernseher. Das Bild zeigte unveränderlich den Aufbahrungsraum. Von Zeit zu Zeit zoomten die Kameras auf das starre Gesicht des Generals zwischen den organischen Falten seines Totenhemdes. Man sah, wie die Leute fast im Laufschritt vorbeidefilierten, und wenn jemand versuchte, eine Sekunde länger zu verweilen, zerrten ihn die Soldaten weg.

»Wie ihr seht«, wiederholte Doña Luisa, »geht es dem General hier besser als dort.«

Sie zündeten zu beiden Seiten des Fernsehers zwei große Kerzen an und hängten ein aus Baubrettern gefertigtes Kruzifix an die Decke. Die Wände schmückten sie mit schwarzen Schleifen, und Doña Luisa stellte ein wunderschönes Blumenarrangement aus Plastiknelken zu Füßen der Pyramide. Die Nachricht von der Totenwache verbreitete sich im ganzen Bajo Belgrano, und beim Eingang von Villa Insuperable bildete sich eine lange Schlange. Wenn sie beim Fernseher angelangt waren, knieten die Trauernden nieder, streichelten den Bildschirm und zogen sich still wieder zurück. Ab und zu reinigte Doña Luisa das Bild des Generals mit einem schwarzen Taschentüchlein und berührte durch die Scheibe seine Haare.

Sie sahen Noon Antezana vor dem Toten strammstehen und ihn mit erhobener Faust grüßen. Sie sahen, wie Arcángelo Gobbi die Señora an den Ellbogen stützte, als sie am frühen Morgen des 4. Juli einen Weinkrampf erlitt und ohnmächtig zu werden drohte.

Doña Luisa wandte sich nicht vom Fernseher ab, bis die Türen des Kongresses geschlossen wurden. Die Kameras näherten sich dem General ein letztes Mal und zeigten das in den Tüll wie in einen Uterus gebettete Gesicht. Da löste sich etwas auf, und auf das Bild fiel Schnee. Langsam versank der Tote im dichten Weiß, bis auf dem Bildschirm nur noch Gletscher und Eisvulkane wie am Südpol zu sehen waren.

Über dem verschneiten Bild berichtete eine Stimme, zweihunderttausend Menschen stünden noch vor dem Kongreß, ohne Abschied nehmen zu können. Die Kolonnen der enttäuschten Gläubigen zogen sich nun vierundneunzig Häuserblocks entlang, von der Calle Paraguay im Norden und der Avenida San Juan im Süden bis zur Carlos Pellegrini im Osten und der Jujuy im Westen.

Um halb zehn am 4. Juli brach der Trauerzug zur Kapelle Nuestra Señora de la Merced in der Residenz Olivos auf. Die Frauen von Villa Insuperable knieten vor dem Bild des Sarges nieder, der, in die Fahne gehüllt, auf einer Armeelafette aufgebahrt war. Er wurde naß vom Nieselregen. Von den Balkonen fielen Blumen zu Tausenden, Nelken, Gladiolen, Jasmine, Orchideen – flüchtige Sommerinsekten aus den Treibhäusern, die nur gerade für diesen Moment lebten. Die Präsidentenwache schlug die Pauken.

Die Matronen brachen in Tränen aus. Doña Luisa spürte, daß in dieser Beklommenheit des Endes auch sie starben. Ein Kloß wuchs ihr im Hals. Es wurde ihr klar, daß sie alle für immer verwaisen würden, sobald der Sarg von der Leinwand verschwände, und sie war keine Frau der Resignation. Sie stieg auf den Obstkistenaltar und umarmte den Fernseher kräftig. Da umfing des Generals Lächeln sie mit seiner allmächtigen Wärme, und sie glaubte, alles könne geschehen, man brauche es nur zu sagen, damit es geschehe:

»Auferstehe, Mann! Was kostet es dich denn?«

Anmerkungen

S. 18   *CGT*: Confederación General del Trabajo, Gewerkschaft in Argentinien.

S. 22   *Hector J. Cámpora*: Führer der Justizialismuspartei (→ Anm. zu S. 159); wurde nach der Militärdiktatur (1966 bis 1973) im Mai 1973 zum Präsidenten gewählt. Kurz darauf besuchte er Perón in dessen Madrider Exil und kehrte mit ihm nach Argentinien zurück, wo er unverzüglich vom Präsidentenamt zurücktrat, das provisorisch Raúl Lastiri übernahm. Gleichzeitig wurden für September Neuwahlen angekündigt, bei denen Perón als Präsidentschaftskandidat antrat. Er errang einen komfortablen Sieg und kehrte so nach achtzehn Jahren Abwesenheit wieder an die Macht zurück.

S. 24   *Bewaffnete Revolutionäre Streitkräfte*: Fuerzas Armadas Revolucionarias (FAR), wie die → Montoneros eine Guerrilla-Organisation am linken Rand des Peronismus.

        Montoneros: Peronistische (Stadt-)Guerrilleros.

S. 84   *ein kriegerischer Adler*: In den argentinischen Schulen wird jeden Morgen bei Unterrichtsbeginn eine Fahnenhymne gesungen, die mit den Worten beginnt: ›Hoch oben im Himmel / ein kriegerischer Adler . . .‹. Daher die Anspielung auf Perón als Fahne.

S. 127   *ERP*: Ejército Revolucionario del Pueblo, argentinische Untergrundorganisation.

S. 131   *Juan Bautista Alberdi* (1810-1884): Argentinischer Jurist und Politiker; verfaßte 1852 nach dem Sturz des Diktators Rosa die ›Grundlagen für die politische Organisation des Bundesstaates Argentinien‹, die die argentinische Verfassung inspirierten.

S. 145   *Casa Rosada*: Präsidentenpalast in Buenos Aires.

S. 159   *Justizialismus*: Bezeichnung für Peróns Regierungspolitik, offiziell definiert als ›Theorie und Praxis der nationalen Selbstbestimmung, der gerechten Verteilung und der internationalen Zusammenarbeit für den Frieden in einer durch die heftigsten interimperialistischen Kämpfe charakterisierten Welt‹. Innenpolitisch war der Justizialismus vor allem dadurch gekennzeichnet, daß die ›Descamisados‹ (→ Anm. zu S. 337) in den Genuß vieler sozialer Wohltaten kamen; die Arbeiter waren vor Entlassungen geschützt und erhielten pauschale Lohnerhöhungen und festgelegte zusätzliche Leistungen.

S. 174 *Quimbanda*: Variante der als Umbanda bekannten brasilianischen Religion (Synkretismus aus afrikanischem Animismus, vulgärkatholischem Aberglauben und Spiritismus).

S. 176 *Synarchie*: Eine – im allgemeinen entscheidende – Einflußnahme wirtschaftlicher Gruppierungen oder hochgestellter Persönlichkeiten in politischen und wirtschaftlichen Fragen eines Landes. Für Perón waren das Oligarchie, Marxismus, internationaler Zionismus, Freimaurerei, also eine Mischung aus allem, was ihm Gegner war.

S. 194 *Pocho-Mütze*: Schirmmütze, ähnlich wie die der Baseballspieler, die Perón nach Evitas Tod, 1953, in Mode brachte. Sein damaliger Übername war Pocho, und auch das kleine Motorrad, auf dem er mit dieser Mütze umherfuhr, wurde nicht ›motoneta‹, sondern ›pochoneta‹ genannt.

S. 194 *GOU* (Grupo de Oficiales Unidos): eine Art Offiziersverband, der nationalistische, prodeutsche Sektor der Armee, der im Juni 1943 die verfassungsmäßige Regierung stürzte. Autor dieser Charta und einer der GOU-Rädelsführer war Perón.

S. 196 *Hygieneabgeordnete*: Abgeordnete der von Bartolomé Mitre gegründeten Autonomistenpartei, die Gesetze zur vermehrten Beachtung von Prophylaxe und Hygiene vorlegten.

S. 221 *Benito Quinquela Martín*: Argentinischer Maler, Schöpfer eher kitschiger Genrebildchen aus dem Boca-Viertel von Buenos Aires.

S. 224 *Leopoldo Lugones*: Argentinischer Journalist und

Schriftsteller (1874-1938). Hinterließ ein gewaltiges lyrisches und Prosawerk, das von modernistischen Tendenzen bis zur fantastischen Literatur führt.

S. 230 *Spezialeinheiten*: Perón ergebene Guerrillagruppen, die, wie die Montoneros, seine Befehle akzeptierten; aber in seiner Redeweise nannte er sie weder Guerrilleros noch Montoneros, sondern euphemistisch Spezialeinheiten, Stoßtrupps, Überfallgruppen.

S. 250 *Aufstand von Córdoba* (›Cordobazo‹): Aufstand der Arbeiter und Studenten in der argentinischen Stadt Córdoba vom 29. Mai 1969. Protest gegen das Militärregime von General Onganía. Spontane Erhebung mit großer Auswirkung.

S. 317 *SUPE*: Sindicatos Unidos de Petroleros de Estado (Vereinigte Gewerkschaften der Staatlichen Petroleumhändler).

S. 334 *die Kramwarenhändlerin von Santa Lucía*: bezieht sich auf ein sehr populäres Lied von Héctor Pedro Blomberg, das so beginnt: »Sie war blond und hatte himmelblaue Augen, / sie strahlte herrlich wie der Tag / und sang wie eine Lerche, / die Kramwarenhändlerin von Santa Lucía.«

S. 337 *Descamisados*: die ›Hemdlosen‹; Proletarier, Arbeiter, Perón-Anhänger. In ›Der Sinn meines Lebens‹ schreibt Eva Perón: »Descamisados waren all jene, die am 17. Oktober 1945 auf der Plaza de Mayo waren (. . .) und den ganzen Tag in Sprechchören das Erscheinen ihres verhafteten Leaders forderten. (. . .) Nicht alle Descamisados sind Arbeiter, für mich aber ist jeder Descamisado ein Arbeiter, und niemals werde ich vergessen, daß ich jedem Descamisado für das Leben Peróns danken muß. (. . .) Die peronistische Bewegung wäre ohne sie nicht zu denken.«

S. 341 *Ein Messerheld von 1900* (Un guapo del 900): Stück des argentinischen Dramatikers Samuel Eichelbaum (1894 bis 1967).

S. 342 *Levene, Grosso*: Verfasser der populärsten argentinischen Geschichte für den Schulunterricht vor einem halben Jahrhundert.

S. 343 *Befreiungsrevolution*: Der Militärputsch, der 1955 Perón stürzte, nannte sich selbst Revolución Libertadora.

S. 385 *Die Grundlagen von Alberdi*: → Anm. zu S. 131.

S. 397 *Chinita*: Kosename, etwa: ›Liebste‹, ›Geliebte‹; Diminutiv des Ketschua-Worts *china*, Weibchen (Tier). Ursprünglich auf die Eingeborenen angewandt, die von den spanischen Eroberern als Tiere angesehen wurden, da sie keine Christen waren. Später bekam *china* die Bedeutung von ›Magd‹, ›Hausmädchen‹. Der Diminutiv hat keine despektierliche Bedeutung mehr und wird für Kinder und zwischen Verliebten gebraucht.

S. 401 *Evaristo Carriego* (1883-1912): Argentinischer Schriftsteller, dessen Gedichte das Leben in den Vorstädten von Buenos Aires schildern.

S. 437 *Dalli, Pocho!*: → Anm. zu S. 194.

Der Autor dankt

César Fernández Moreno, in dessen Gesellschaft die Idee zu diesem Roman entstand, während wir in einem Wagen namens Äolus – weil er sich keinen Luftzug entgehen ließ – über die Pyrenäen fuhren.

Cora und Manuel Sadosky, die mir eine Ecke in ihrem Haus in Caracas zur Verfügung stellten, damit ich die ersten Entwürfe schreiben konnte.

Dem Woodrow Wilson International Center for Scholars, in einem von dessen Türmen in Washington D.C. meine Berge von Dokumenten zu leben begannen. Louis W. Goodman, der über die Maßlosigkeit der ersten Fassung (beinahe zweitausend Seiten) beunruhigt war und mich ermutigte, mich kürzer zu fassen und mit meinen möglichen Lesern Erbarmen zu haben.

Den Sieben Zeugen, die mir ihre Tresore mit Dokumenten öffneten und meinen endlosen Befragungen mit wohlwollender Nachsicht begegneten. Mercedes Villada Achával de Lonardi, die mir erlaubte, ihr Tagebuch abzuschreiben.

Guillermo O'Donnell und Leslie Manigat für ihr Vertrauen. Carlos Fuentes für seine denkwürdigen Ratschläge in der Kantine des Wilson Center.

Susana, die jede Seite des Manuskripts las und diskutierte, selbst in den letzten Wochen der Niederschrift, als wir beide beschlossen, es lohne sich nicht mehr zu schlafen.

Der Übersetzer dankt allen, die ihm bei der Klärung zahlloser Fragen behilflich waren, insbesondere Luis Muro, wie immer zuverlässige Anlaufstelle.

Inhaltsverzeichnis